TRADUÇÃO André Aires

Eu o Supremo

Augusto Roa Bastos

APRESENTAÇÃO

EU O TRADUTOR

André Aires

Li "Eu o Supremo" a primeira vez entre janeiro e fevereiro de 2020 e considerei suficiente. Amante de todos os clichês de crítica literária, eu repetirei o que disse Ángel Rama deste romance: é "um monumento narrativo" da literatura hispano-americana, mas para mim bastava ter lido uma vez. Estava cumprido o meu papel de leitor. Não que seja um livro ruim. Longe disso, como falei. É uma obra de atualidade renovada, periodicamente e sobretudo nos últimos anos, pelo avanço da extrema direita em diversas nações mundo afora, inclusive na nossa América Latina, onde as ditaduras sempre encontraram chão firme para exercer demoradamente seu autoritarismo de traços fascistas. Quando não se chega a tanto, presenciamos anestesiados os descalabros de um governo parvo repleto de representantes sem experiência com a política e sem respeito algum pela coisa pública. Quando não são ignorantes, no sentido da violência, serão no sentido da patetice mesmo. O que têm de comum, os brutos e os idiotas, é só o mau-caratismo, o populismo e a covardia. O saldo dessa leitura no início de 2020 foi o de um sabor amargo e de diversas interrogações, mas estava lido definitivamente e eu não tinha intenção em voltar a "Eu o Supremo".

Em 2021, veio a proposta de traduzi-lo, que aceitei como uma oportunidade para compreender melhor esse livro grandioso. E passou-se um ano e meio de leituras, releituras, revisões, correções, sugestões, dúvidas e muitas pausas. Além de inadiáveis agendas pessoais, "Eu o Supremo" é um romance que cansa porque exige demais do leitor, não apenas por sua extensão considerável, mas por ser o texto mesmo um desafio de recepção.

A narrativa acompanha a trajetória do Dr. José Gaspar Francia, ditador do Paraguai entre 1814 e 1840, personagem real, embora não nomeado no livro. Um pasquim subversivo é fixado na porta da Catedral de Assunção, capital do país. O documento supostamente assinado pelo próprio ditador, determina que, quando morto, seu cadáver seja decapitado e exposto na Praça Pública. A partir daí, o "líder perpétuo" discute, com seu escrevente, a provável autoria do pasquim, com o intuito de punir os responsáveis, e aproveita para traçar um panorama da história recente do país, bem como seus conflitos com os vizinhos, a fim de justificar a importância do próprio governo para a nação paraguaia. O nacionalismo de Francia levou-o a ser visto como um estadista bárbaro e assassino que tinha apoio popular, religioso e militar.

Na ficção, ele se restringe a um narrador personagem que suprime o diálogo, apesar da polifonia caótica do texto, e deixa um legado subjetivo, político, econômico e intelectual que, na obra, questiona os limites da literatura e dos discursos em geral, na forma e no conteúdo. Em seu afã de forjar uma autoimagem positiva, o narrador se ergue com um ímpeto de catálogo que parece agregar tudo. A linguagem registra marcas da oralidade e das influências do guarani sobre o espanhol do Paraguai, além de alguns arcaísmos e outras tantas palavras criadas ou recriadas pelo autor, a fim de enfatizar novos sentidos, e um ritmo um tanto burocrático por se valer de gêneros de origens que se distanciam da poética (notas, decretos, cartas, anedotas, cadernos particulares), tudo compilado por um editor, que a certa altura se deixa entrever como o próprio Roa Bastos. O arranjo inteiro conflui para um debate acerca da linguagem, o uso e os abusos da palavra escrita com todo o seu poder de inventar memórias e persuadir as massas. O resultado é uma espécie de tratado filosófico que discorre sobre narrativas em disputa e que conduz o leitor à impressão de paralisia comum aos labirintos de uma papelada sem fim. Além da fragmentação do relato, repleto de notas do compilador que interrompem o fluxo de leitura, vez ou outra, nosso conhecimento sobre a História do Paraguai parece insuficiente para acompanhar as peripécias desse discurso sem cronologia, encharcado de metáforas e pitadas surrealistas. O texto de Augusto Roa Bastos surge, assim, igualmente autoritário e angustiante.

Nesta miscelânia infinita, os temas também são diversos. É possível ler páginas inteiras sobre impostos, fardamento militar, a guerra que se anuncia contra Uruguai, Argentina e Brasil, o estilo de uma escrita, a insignificância da religião (afinal, Deus não é mais Supremo que o Ditador), entre outros tantos temas históricos. O livro é uma sátira exagerada que opta por não humanizar o Chefe da nação, um bufão carnavalizado, por preferir ironizar o poder e por divagar sobre as prioridades de um líder que governa sem jamais representar o povo.

No fundo, o narrador sabe que sua supremacia é pura falácia. É retórica. Se os rebeldes escrevem pasquins, ele dita circulares perpétuas, ofícios, partes, ordens. "Eu o Supremo" revela um ditador sem convicção, que luta com todos os recursos que possui para entregar para a posteridade uma imagem positiva de si mesmo, e de sua atuação, a partir de discursos ideológicos e mentirosos. Apesar da relação com a nossa realidade, o que nos incomoda mesmo nesse romance não é o debate sobre os limites da ficção, mas o fato de que trata de um momento duradouro de absoluto desconforto: a ditadura no sentido coletivo, e a proximidade do fim, no âmbito individual do Dr. Francia.

Um texto notável, por meu apreço aos clichês críticos, esgotado há mais de 30 anos no Brasil. "Eu o Supremo" é, com muita justiça, considerado o romance mais famoso e mais importante de seu país, o Paraguai – sendo também um dos romances de ditador mais representativos do continente Sul--Americano. Leitores e leitoras brasileiras se depararão com uma narrativa um tanto estática graças também a seu apelo lírico: um ornamento da linguagem nada isenta do narrador para encobrir a violência de suas ações. E deverão notar passagens em que a sonoridade se destaca com rimas e repetições que procurei manter no mais das vezes, ainda que a palavra na língua de destino não fosse um equivalente justo no significado da língua de origem. Como dito, o que realmente significa neste romance é a cadência do texto. No entanto, quase sempre, creio, esse equivalente foi encontrado pela proximidade entre Brasil e Paraguai, digo, entre português e espanhol. Em 2022, "Eu o Supremo" está entregue para nossos leitores tão fictícios e autônomos quanto este fictício e autônomo tradutor.

EU O SUPREMO

Augusto Roa Bastos

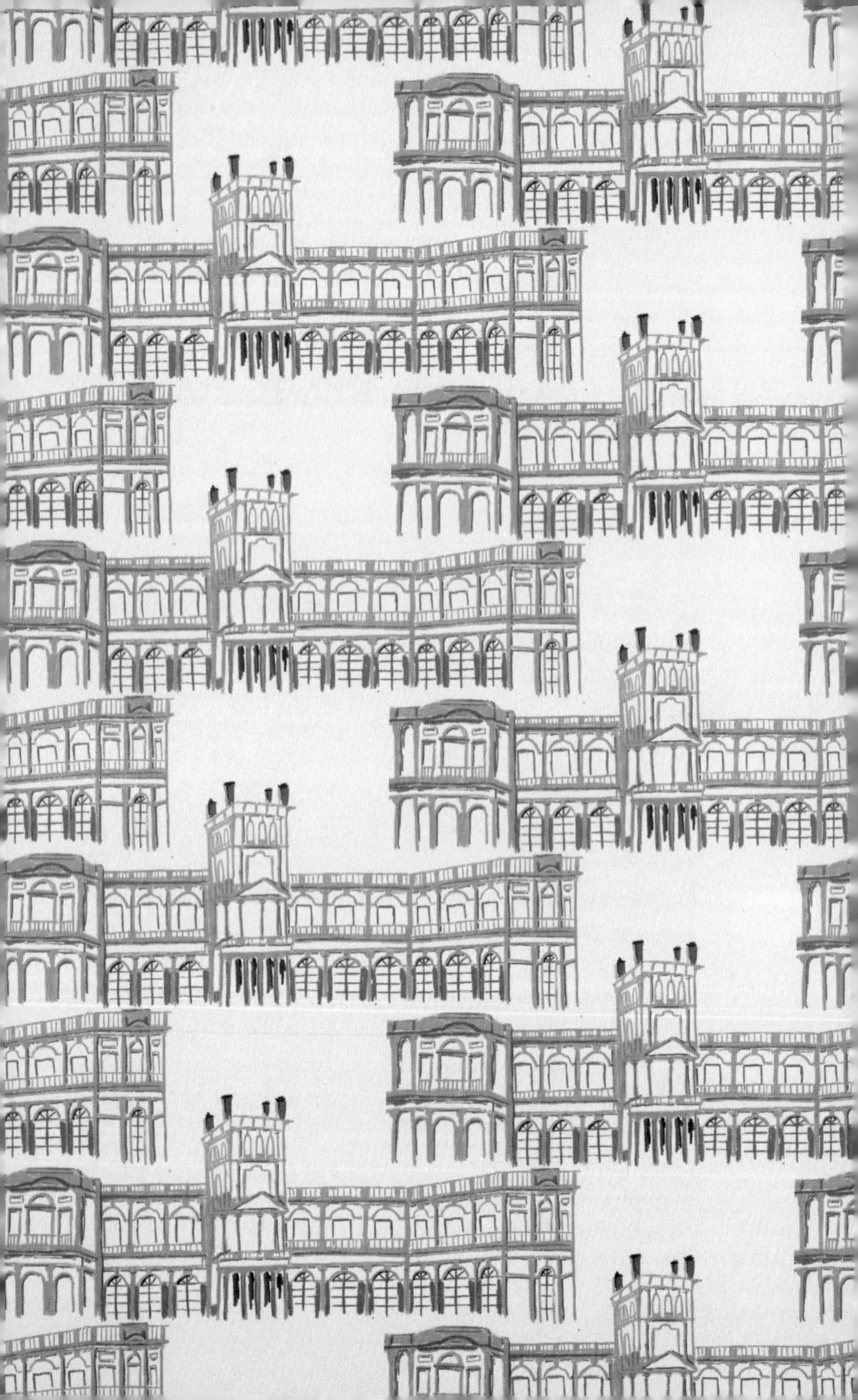

Eu o Supremo Ditador da República

Ordeno que na ocorrência de minha morte, meu cadáver seja decapitado; a cabeça posta em uma estaca por três dias na Praça da República onde se convocará o povo ao som dos sinos deixados ao vento.

Todos os meus servidores civis e militares sofrerão pena de forca. Seus cadáveres serão enterrados em pastagens fora da cidade sem cruz nem marca que recorde seus nomes.

Ao término do dito prazo, mando que meus restos sejam queimados e as cinzas lançadas ao rio...

Onde encontraram isso? Cravado na porta da catedral, excelência. Um grupo de granadeiros descobriu-o nesta madrugada e retirou-o de lá levando até a comandância. Felizmente ninguém conseguiu ler. Não te perguntei isso nem é coisa que importe. Tem razão o patrão, a tinta dos pasquins azeda mais rápido que o leite. Tampouco é folha de Gazeta portenha nem foi arrancada de livros, senhor. Que livros haveria aqui além dos meus! Há muito tempo que os aristocratas das vinte famílias converteram os seus em cartas de baralho.

Vasculhar na casa dos antipatriotas. Os calabouços, aí nos calabouços, verifica nos calabouços. Entre esses ratos com unhas peludas se pode achar o culpado. Aperta as falsidades desses falsários. Sobretudo Peña e Molas. Traga-me as cartas em que Molas me rende homenagem durante o Primeiro Consulado, logo durante a Primeira Ditadura. Quero reler o discurso que pronunciou na Assembleia do ano 14 reivindicando minha eleição de Ditador. É muito distinta a sua letra na minuta do discurso, nas instruções aos deputados, na denúncia em que anos mais tarde acusou um irmão por lhe roubar gado na estância de Altos. Posso repetir o que dizem esses papéis, excelência. Não lhe pedi que venhas recitar os milhares de expedientes, autos, providências do arquivo. Ordenei simplesmente que me traga a pasta de Mariano Antonio Molas. Traga-me também os panfletos de Manuel Pedro de Peña. Impostores ressentidos! Jactam-se de haverem sido o verbo da Independência. Ratos! Nunca a entenderam. Acham que são donos de suas palavras nos calabouços. Não sabem mais que chiar. Não se calaram ainda. Sempre encontram novas formas de secretar seu maldito veneno. Fazem panfletos, pasquins, difamações, caricaturas. Sou uma figura indispensável para a maledicência. Por mim, podem fabricar seu papel com trapos consagrados. Escrevê-lo, imprimi-lo com letras consagradas sobre uma prensa consagrada. Imprimam seus pasquins no Monte Sinai se lhes dá mesmo vontade, folhetinistas de latrina!

Hum. Ah. Orações fúnebres, panfletos condenando-me à fogueira. Bah. Agora se atrevem a parodiar meus Decretos Supremos. Remendam minha linguagem, minha letra, buscando infiltrar-se através dela; chegar até mim de suas tocas. Tapar minha boca com a voz que os fulminou. Recobrir-me com palavra, com figura. Velho truque dos feiticeiros das tribos. Reforça a vigilância dos que são alucinados com poder suplantar-me depois de morto. Onde está a pasta dos anônimos? Aí está, excelência, debaixo da sua mão.

Não é de todo improvável que os dois tratantes escrivães Molas e De la Peña puderam ditar essa troça. A burla mostra o estilo dos dois infames faccionários portenhistas. Se são eles, imolo Molas, depeno Peña. Um de seus infames sequazes pôde aprendê-la de memória. Escrevê-la um segundo. Um terceiro vai e prega o escárnio com quatro percevejos na porta da catedral. Os próprios guardiães, os piores infiéis. Razão de sobra ao patrão. Ante o que vossência diz, até a verdade parece mentira. Não te peço que me adules, Patiño. Ordeno que busques e descubras o autor do pasquim. Deves ser capaz, a lei é um palheiro sem fim, de encontrar uma agulha nesse palheiro. Interroga Peña e Molas até a alma. Senhor, não podem. Estão encerrados na mais completa escuridão desde muitos anos. E por quê? Depois do último *Clamor* que se interceptou de Molas, excelência, mandei tapar à cal de um canto a outro as claraboias, as brechas das portas, as falhas de taipas e telhados. Sabes que continuamente os presos adestram ratazanas para suas comunicações clandestinas. Até para conseguir comida. Lembre-se que os de Santa Fé estiveram roubando assim as rações dos meus corvos durante meses. Também mandei tamponar todos os buracos e corredores das formigas, os esgotos dos grilos, os suspiros das rachaduras. Escuridão mais escura impossível, senhor. Não têm com quê escrever. Esqueces da memória, tu, memorioso tapado? Pode ser que não disponham de um cabo de lápis, de um pedaço de carvão. Podem não ter luz nem ar. Têm memória. Memória igual à tua. Memória de barata de arquivo, trezentos milhões de anos mais velha que o *Homo sapiens*. Memória do peixe, da rã, do louro limpando sempre o bico do mesmo lado. O que não quer dizer que sejam inteligentes. Todo o contrário. Podes declarar memorioso o gato escaldado que foge até da água fria? Não, apenas que é um gato medroso. A escaldadura lhe entrou na memória. A memória não recorda o medo. Transformou-se ela mesma em medo.

Tu sabes o que é a memória? Estômago da alma, alguém disse erroneamente. Ainda que no nomear as coisas nunca haja um primeiro. Não há mais que infinidade de repetidores. Só se inventam novos erros. Memória só de um não serve para nada.

Estômago da alma. Que fineza! Que alma hão de ter estes desalmados caluniadores? Estômagos quádruplos de bestas quadrúpedes. Estômagos ruminantes. É aí onde fermenta a perfídia desses sucessivos e incuráveis pícaros. É aí onde cozinham suas caldeiradas de infâmias. De que memórias não vão precisar para se lembrar de tantas trapaças como as que forjaram com o único fim de me difamar, de caluniar o Governo? Memória de masca-masca. Memória de ingeri-digeri. Repetidora. Desfiguradora. Manchadora. Profetizaram converter este país na nova Atenas. Areópago das ciências, das letras, das artes deste continente. O que buscavam na realidade sob tais quimeras era entregar o Paraguai ao melhor arrematante. Os areopagitas estavam a ponto de consegui-lo. Eu os fui tirando do meio. Eu os tombei um a um. Coloquei-os onde deveriam estar. Areópagos a mim! À cadeia, covardes!

Ao réu Manuel Pedro de Peña, papagaio maior do patriciado, eu o desbrasonei. Despendurei-o de seu cabide de heráldica. Enjaulei-o em um calabouço. Aprendeu ali a recitar sem se equivocar desde o A ao Z os cem mil vocábulos do dicionário da Real Academia. Deste modo exercita sua memória no cemitério das palavras. Que não se enferrujem os esmaltes, os metais de seu diapasão falante. O doutor Mariano Antonio Molas, o advogado Molas, vamos, o escrivão Molas, recita sem descanso, até em sonhos, pedaços de uma descrição do que ele chama a Antiga Província do Paraguai. Para estes últimos areopagitas sobreviventes, a pátria continua sendo a antiga província. Não mencionam, ainda que seja por decoro de suas línguas colonizadas, a Província Gigante das Índias, no fim das contas, avó, mãe, tia, parenta pobre do vice-reino do Río de la Plata enriquecido a seu custo.

Aqui usam e abusam de sua ruminante memória não somente os patrícios e areopagitas vernáculos. Também os marsupiais estrangeiros que roubaram o país e embolsaram no estômago de sua alma a recordação de seus latrocínios. Aí está o francês Pedro Martell. Depois de vinte anos de calabouço e outros tantos de loucura, segue teimando com seu caixão de onças de ouro. Todas as noites tira furtivamente o cofre da cova que cavou com as unhas debaixo de sua rede; reconta uma por uma as reluzentes moedas; prova-as com as gengivas desdentadas; volta a colocá-las em sua caixa forte e as enterra outra vez na cova. Tomba na rede e dorme feliz sobre seu tesouro imaginário. Quem poderia se sentir mais feliz que ele? Do mesmo modo viveu nos sótãos por muitos anos outro francês, Charles Andreu-Legard, ex-prisioneiro da Bastilha, ruminando suas lembranças em minha bastilha republicana. Pode-se dizer por acaso que esses gambás sabem que coisa é a memória? Nem tu nem eles sabem. Os que sabem não têm memória. Os memoriosos são quase sempre antidotados imbecis. Além de malvados enganadores. Ou algo pior ainda. Empregam sua memória no dano alheio, mas não sabem fazê-lo sequer em benefício próprio. Não podem ser comparados com o gato escaldado. Memória do louro, da vaca, do burro. Não a memória-sentido, memória-juízo dona de uma robusta imaginação capaz de engendrar por si mesma os acontecimentos. Os fatos acontecidos mudam continuamente. O homem de boa memória não lembra nada porque não esquece nada.

A vaca que minha presumida irmã Petrona Regalada se permite ter no quintal de sua casa se infestou de carrapatos. Mandei que a tratassem como se combatem esse e outros males nas estâncias pátrias: perdendo o gado. Tenho uma só vaca, senhor, e não é minha, mas da minha escolinha de catecismo. Dá justo o copo de leite para os vinte meninos que chegam até a doutrina. Ficará, senhora, sem a vaca e seus alunos não poderão beber nem mesmo o leite do Espírito Santo, que você ordenha para eles enquanto banha suas velas. Ficará sem vaca, sem catecúmenos, sem catequese. O carrapato não comerá só a vaca. Comerá vocês. Invadirá a cidade, que já tem o bastante com sua praga de má gente e cães sem dono. Você não ouve como cresce o raivoso ulular dos uivos que sobe de todas as partes? Sacrifique a vaca, senhora.

Vi em seus olhos que não ia fazê-lo. Mandei um soldado para que talhasse o animal enfermo a baionetadas, e o enterrasse. A ex-viúva de Larios Galván, minha suposta irmã, veio apresentar queixa. Prevaricada do cérebro, a mulher assegurou que, ainda depois de morta, a vaca seguia mugindo surdamente debaixo da terra. Mandei os forenses suíços para fazer a autópsia do animal. Encontraram na entranha uma pedra bezoar do tamanho de uma toranja. Agora a mulher finge que o cálculo cabeludo vale contra todo veneno. Cura enfermidades, senhor. Especialmente o tifo. Adivinha sonhos. Prognostica mortes, entusiasma-se. Assegura, inclusive, que escutou vozes inaudíveis murmurarem à pedra. Ah, loucura, memória ao revés que esquece seu caminho enquanto o percorre. Quem tem em seu cérebro alguma mancha pode sustentar essas teimosias.

Com perdão de vossência, permito-me dizer que eu escutei essas vozes. O granadeiro que deu fim à vaca também. Vamos, Patiño, não caias em desvarios tu também. Perdão, com sua licença, devo dizer-lhe que eu ouvi essas palavras-mugidos, parecidas com palavras humanas. Vozes muito distantes, meio encatarradas, garganteiam palavras. Restos de alguma linguagem desconhecida que não quer morrer totalmente, excelência. Tu és demasiado tonto para ficar louco, secretário. A loucura humana costuma ser astuta. Camaleoa do juízo. Quando a crês curada, é porque está pior. Não fez senão se transformar em outra loucura mais sutil. Por isso, igual à velha Petrona Regalada, tu ouves essas vozes inexistentes em uma carniça. Que linguagem te vem à mente que pode recordar essa bola excrementosa, petrificada no estômago de uma vaca? Com sua licença, algo diz, sua mercê. Capaz que em latim ou em outra língua desconhecida. Não crê o patrão que poderia existir um ouvido para o qual todos os homens e animais falassem um só idioma? A última vez que a senhora Petrona Regalada me permitiu escutar sua pedra, ouvi-a murmurar algo assim como... *rei do mundo*... Claro, patife, eu devia ter imaginado! Que outra coisa além de realista podia ser essa pedra que ludibriou a viúva. Só falta isso! Que os chapetões, além dos pasquins na catedral, ponham uma pedra de contágio no bucho das vacas.

Tanto mais que a memória falsa, os maus costumes emudecem os fenômenos habituais. Formam uma segunda natureza, assim como a natureza é o primeiro hábito. Esqueça, Patiño, a pedra bezoar. Esqueça tua loucura desse ouvido que poderia compreender todos os idiomas em um só. Insanidades!

Proibi aquela que consideram minha meia irmã essas práticas de bruxaria com que alucina os ignorantes crédulos como ela. Já faz bastante dano ao prender nos rapazinhos que assistem a sua escolinha o carrapato do catecismo. Deixo-a fazer. Mania inofensiva. O Catecismo Pátrio Reformado e a militância cidadã extirparão desses meninos o cisto catequístico quando forem grandes.

A maldita bezoar não impediu que a vaca fosse invadida pelo carrapato, lhe disse quando veio se queixar. Você não a curou, senhora, de seu aturdimento. Não pôde tirar a peçonha da demência do bispo Panés. Menos ainda, aliviar-me a gota quando trouxe aqui sua pedra para esfregá-la sobre minha perna inchada durante três dias seguidos. Se a pedra não serve mais que para repetir à toa essas palavras provenientes de um mundo transmundano, em uma linguagem contranatural que unicamente os orates e aloucados creem escutar, maldito seja para o que serve a pedra!

Você tem também sua pedra, respondeu apontando-me o aerólito. Não a utilizo em crendices como você usa a sua, senhora Petrona Regalada. Acabará lhe nublando o cérebro igual aconteceu com seus outros irmãos. Você sabe que aos seus sempre lhes rondou o fantasma da demência. Espécie de qualidade familiar nos consanguíneos. Enterre você sua pedra de bezoar. Enterre-a em seu quintal. Ponha ao pé de uma cruz-

-légua. Jogue-a no rio. Desfaça-se dessa tolice. Você não volte a me dar um desgosto como quando, depois de dez anos de separação, soube que você continuava vendo às escondidas seu ex-marido Larios Galván. O que quer desse farsante? Ele pretendeu zombar de você. Antes zombou da Primeira Junta Governativa. Depois do Supremo Governo. O que você quer fazer em plena velhice com esse corrompido indecente? Filhos órfãos? Filhotes bezoares? Eh, quê? Você enterre sua pedra bezoar, como eu enterrei seu ex-marido na cadeia. Banhe suas velas em paz e deixe de patifarias.

E se lhe mudou a vista. Peculiar astúcia da demência quando finge um firme sentido exterior. Começou a olhar para dentro buscando se esconder de minha presença na malvada taciturnidade dos Franca. Ah, malditos!

Veja, senhora Petrona Regalada, de um tempo para cá anda me enrolando os cigarros mais grossos que de costume. Tenho que desenrolá-los. Deixá-los fininhos de tripa. De outro modo, impossível fumá-los. Fabrique-os da grossura deste dedo. Enrole-os em uma só folha de tabaco encerado, bem seco. O que menos irrita os pulmões. Responda. Não fique calada. Estou me dirigindo a uma estaca? Você perdeu a fala além do juízo? Olhe-me. Veja. Fale. Girou a cabeça. Me olha com a expressão de certos pássaros que não têm outro rosto. O seu, extraordinariamente parecido com o meu. Dá a impressão de que está aprendendo a ver, vendo pela primeira vez um desconhecido por quem não sabe ainda se sentir respeito, desprezo ou indiferença. Me vejo nela. Espelho-pessoa, a velha Franca Velho me devolve minha aparência vestida de mulher. Por cima dos sangues. Que eu tenho a ver com eles? Confabulações de casualidade.

Há muita gente. Há mais rostos ainda, pois cada um tem vários. Há pessoas que levam um rosto durante anos. Pessoas simples, econômicas, poupadoras. Que fazem com os outros? Guardam. Seus filhos os usarão. Também acontece que às vezes seus cães os põem. Por que não? Um rosto é um rosto. O do Sultão se parecia muito com o meu nos últimos tempos, sobretudo um pouco antes de morrer. Parecia tanto a cara do meu cão à minha como a desta mulher que está parada diante de mim, mirando-me, parodiando minha figura. Ela já não terá filhos. Eu já não terei cães. Neste momento nossos rostos coincidem. Pelo menos o meu é o último. Com levita e tricórnio, a velha Franca Velho seria minha réplica exata. Haveria que ver como se poderia usar esse casual parecido... (*o resto da frase queimado, ilegível*). Fábula para rir melhor!

Aqui a memória não serve. Ver é esquecer. Essa mulher está aí, imóvel, esperando-me. O não-rosto, todo inteiro, caído para a frente. Deseja algo? Não deseja nada. Não deseja a mais ínfima coisa deste mundo, salvo o não-desejo. Mas o não-desejo também se cumpre se os não-desejantes são turrões.

Você entendeu como me deve enrolar os cigarros daqui por diante? A mulher moveu-se violentamente para fora de si mesma. A cara lhe ficou nas mãos. Não sabe o que fazer com ela. Da grossura deste dedo, eh! Enrolados em uma única folha de tabaco. Encerado. Seco. Os que melhor pitam até que o fogo chega muito perto da boca. Cálido o alento que escapa com a fumaça. Você me entendeu, senhora Petrona Regalada? Ela move os lábios pregados. Sei em que está pensando, despelada viva pelas lembranças.

Desmemória.

Não se separou de sua pedra bezoar. Guarda-a escondida sob o nicho do Senhor da Paciência. Mais poderosa que a imagem de Deus Ensanguentado. Talismã. Gradação. Plataforma. Último patamar. O mais resistente. Sustenta-a no lugar da constância. Lugar onde já não se precisa de nenhuma classe de auxílio. A obsessão se fundamenta ali. A fé se apoia toda inteira em si mesma. Que é a fé senão crer em coisas de nenhuma verossimilhança. Ver por espelho no escuro.

A pedra-ruminante tem sua própria vela. Chegará a ter seu próprio nicho. Talvez com o tempo, seu santuário.

Frente à pedra bezoar da que consideram minha irmã, o meteoro tem ainda, deixará de ter alguma vez?, o sabor do improvável. E se o mundo mesmo não fosse senão uma espécie de bezoar? Matéria de excremento, cabeluda, petrificada no intestino do cosmos.

Minha opinião é... (*queimada a borda do fólio*)... Em matéria de coisas opináveis todas as opiniões são piores...

Mas não é isto que queria dizer. Nuvens se amontoam sobre minha cabeça. Muita terra. Pássaro de longo bico, não tiro bolinhas da vasilha. Sombra, não tiro sombras dos buracos. Sigo dando voltas de vagabundo como aquela noite atormentada que me caiu no lugar da perda. Do deserto acredita saber algo. Dos cães, um pouco mais. Dos homens, tudo. Do demais, a sede, o frio, traições, enfermidades, não me faltou nada. Mas sempre soube o que fazer quando devia obrar. Que eu me lembre, esta é a pior ocasião. Se uma quimera, estridulando-se no vazio, pode comer segundas intenções, segundo dizia o compadre Rabelais, estou bem comido. A quimera ocupou o lugar de minha pessoa. Tendo a ser "o quimérico". Piada famosa que levará meu nome. Procura a palavra "quimera" no dicionário, Patiño. "Ideia falsa, desvario, falsa imaginação", diz, excelência. Isso vou sendo na realidade e no papel. Também diz, senhor: "Monstro fabuloso que tinha cabeça de leão, corpo de cabra e cauda de dragão". Dizem que isso fui. Acrescenta o dicionário ainda, excelência: "Nome de um peixe e de uma borboleta. Pendência. Rinha". Tudo isso fui, e nada disso. O dicionário é um ossuário de palavras vazias. Se não, pergunte a De La Peña.

As formas desaparecem, as palavras ficam, para significar o impossível. Nenhuma história pode ser contada. Nenhuma história que valha a pena ser contada. Mas a verdadeira linguagem não nasceu ainda. Os animais se comunicam entre eles, sem palavras, melhor que nós, ufanos de havê-las inventado com a matéria-prima do quimérico. Sem fundamento. Nenhuma relação com a vida. Sabes tu, Patiño, o que é a vida, o que é a morte? Não; não sabes. Ninguém sabe. Não se soube nunca se a vida é o que se vive ou o que se morre. Não se saberá jamais. Além do mais, seria inútil saber, admitido que é inútil o impossível. Teria que haver na nossa linguagem palavras que tenham voz. Espaço livre. Sua própria memória. Palavras que subsistam sozinhas, que levem o lugar consigo. Um lugar. Seu lugar. Sua própria matéria. Um espaço onde essa palavra suceda igual a um feito. Como na linguagem de certos animais, de certas aves, de alguns insetos, muito antigos. Porém, existe o que não há?

Depois daquela noite de tormenta, na luz morrediça da aurora saiu a meu encontro um animal em forma de cervo. Um chifre no meio de sua fronte. Pelagem verde. Voz em que se misturava o alento da trombeta e o suspiro. Me disse: Já é hora de que o Senhor volte à terra. Dei-lhe uma paulada no focinho, e segui adiante. Me detive ante o armazém "Não há o que não há" do nosso espião Orrego, que abria as portas do local à luz de um candeeiro. Nem ele me reconheceu no mendigo enlameado que entrava em seu estabelecimento quando começavam a cantar os galos. Pedi-lhe que me servisse um copo de cana. Poxa, companheiro, tão cedo lhe despertou a sede mesmo com toda a água que caiu à noite. Joguei sobre o balcão uma *macuquina* corroída que desbaratou no chão. Enquanto se agachava o merceeiro, saí. Sumi na cerração.

Excelência, um emissário desembestado trouxe esse ofício do comandante de Villa Franca:

Suplico que se me permita levantar um breve detalhe do modo como temos trabalhado na celebração do ato das exéquias de nosso Supremo Senhor. No dia da véspera fez se iluminação na praça e em todas as casas desta vila.

No dia 18 celebrou o pai padre missa cantada solene pela saúde, êxito e felicidade dos indivíduos que compõem o novo Governo de fátuo provisório e único. Acabada a missa, publicou-se a Ata e com vivas exclamações de regozijo foi recebida e obedecida. Eu, como cabeça desta vila, prestei juramento.

Fez-se uma breve salva de três fuzis em meio aos repiques, e se cantou um solene *Te-Demus*.

Nesta noite repetiu-se a iluminação.

No dia 19 celebraram-se as honras fúnebres. Levantou-se um cúmulo de três corpos revestidos de espelhos. Ante ele colocou-se uma mesa coberta com os alvos panos dos altares, que o pai padre cedeu emprestados pela assinalada ocasião. Sobre uma almofada de cetim preto cruzavam-se um bastão e uma espada, distintivos do poder soberano. Estava o cúmulo iluminado por oitenta e quatro candeias, uma por cada ano de vida do Supremo Ditador. Muitos, para não dizer todos, notaram sua aparição entre os reflexos que se multiplicaram sem término à semelhança de sua infinita proteção paternal.

No 20 se cantou uma vigília solene, e na missa o padre cura predicou a oração fúnebre expondo por tema: Que o Excelentíssimo Supremo finado Ditador havia desempenhado não só as obrigações de um Fiel Cidadão, mas também de um Fiel Padre e Soberano da República. Porém a oração ficou incompleta por causa de não poder a multidão nem o padre conter o pranto que, silencioso a princípio, rebentou em descompassada lamentação. O predicador desceu do púlpito banhado em lágrimas.

Ao redor tudo era gemidos, soluços, lamentos dolorosos. Muitos arrancavam os cabelos com gritos de profunda dor. Almas paraguaias em sua máxima intensidade. O mesmo com a apreciável quantidade de para mais de vinte mil índios que chegaram de ambas margens para celebrar suas cerimônias funerárias diante do templo, misturados com a multidão. A agitação que se sentiu ultrapassa qualquer descrição.

Nossas curtas faculdades não nos permitiram consagrar mais solenidade à memória do finado Ditador. Por uma parte, a desolação nos tomou de assalto. Por outra, nos sentimos inundados de consolo; nós nos felicitamos quando parece ou se representa em nossas sessões da presença do Supremo Senhor.

Até aqui escrevia minha pluma trêmula no 20, até as seis da tarde. Porém desde esta manhã muito cedo começaram a circular rumores de que O Supremo vive ainda; isto é, que não morreu e que, portanto, não existe ainda um Governo provisório de fátuo.

Será possível que esta terrível comoção tenha alterado desde a raiz o sentido do certo e do incerto?

Suplicamos a V. S. que nos tire desta horrível dúvida que nos suspende o alento.

Responda ao comandante de Villa Franca que não morri ainda, se estar morto significa jazer simplesmente debaixo de uma lápide onde algum idiota brincalhão escreverá um epitáfio ao estilo de: Aqui jaz o Supremo Ditador / para memória e constância / da Pátria vigilante defensor..., etecetera, etecetera.

Lápide será minha ausência sobre este pobre povo que terá que seguir respirando sob ela sem ter morrido porque não pôde nascer. Quando isto acontecer, posto que não sou eterno, eu mesmo mandarei comunicar-te a notícia, meu estimado Antônio Escobar.

De que data é o ofício? De 21 de outubro de 1840, excelência. Aprende, Patiño: eis aqui um paraguaio que se antecipa aos acontecimentos. Meta teu ofício pelo olho da fechadura de um mês ainda não chegado. Salta por cima dos embaralhamentos do tempo. O bom é encontrar um tempo para cada coisa. Algo que não se detenha. Que água de rio tem antiguidade? É possível que gente como Antônio Escobar conheça com todo rigor algo que não aconteceu ainda? Sim. É possível. Não há coisa que já não tenha acontecido. Duvidam mas têm certeza. Adivinham com seus simples entendimentos que a lei é simbólica. Não tomam tudo literalmente como os que falam uma linguagem enrolada.

Eu não afirmo: Esta geração não passará até que tudo isto se faça. Eu afirmo: Depois desta geração virá outra. Se não estou EU, estará ELE, que também não tem antiguidade.

Ah, com respeito ao ofício de Escobar, expresse-lhe meu agradecimento pelas lúcidas exéquias. Diga-lhe que as segundas não sejam tão chuvosas; que as arrancadas de cabelos não sejam tão copiosas. Não tens necessidade, meu estimado Escobar, de levantar "cúmulos" iluminados, pois minha idade não se mede por candeias. Podes poupar este gasto em minha homenagem. Tampouco revesti-los com espelhos que dão uma visão falsa das coisas. Esses espelhos devem ser os que foram tomados dos *correntinos* há anos, durante o cerco de sua cidade. Devolva-os a seus donos, que desde então não sabem onde põem suas caras caídas de vergonha.

Outra coisa, Escobar. Faz-me saber de imediato, antes que se esfriem minhas cinzas, quem assinou a circular que te notificou minha morte e a instalação disso que chamas Governo provisório "de fátuo". A expressão que corresponde é *de facto*, que quer dizer "de fato". Ainda que de fato o que há nesse país é uma cambada de fátuos. Por isso que no teu ofício erras e acertas ao mesmo tempo.

Diga-me, Patiño... Sim, excelência. Sabes algo acerca disso? Nem meia palavra, senhor. Averigua-o um pouco. Não *nos* cairia mal a nós dois nos inteirarmos do que acontece. Incômodo estar vivo/morto ao mesmo tempo. Não se preocupe, excelência. Já não me preocupo; por isso ocorrem essas coisas. Tens alguma suspeita de alguém em particular? Nenhuma, senhor. Nunca ninguém avançou tanto. Não sei, excelência, quem será, quem pode ser o culpado. A verdade, excelentíssimo senhor, é que dentro do que posso saber não sei nada. Casualmente por um casual, desta vez nem sequer posso suspeitar de ninguém, indivíduo, grupo ou facção. Se uma nova conspiração está em marcha depois de vinte anos de paz pública, de respeito e acatamento ao Supremo Governo, prometo-lhe que não escaparão os culpados ainda que se escondam debaixo da terra. Deixa de cutucar as fossas nasais. Perdão, excelência. Eia! Basta já de andar te enquadrando a cada momento. Devo repetir isso todos os dias? Tuas molhadelas com a palangana acabarão por transformar o piso em um pântano. Nos afogaremos os dois neste lodaçal antes que nossos inimigos se deem o gosto de nos incinerar na praça. Deus nos guarde, excelência. Não é Deus quem te livrará dessas moléstias. Quando estamos trabalhando, também te dei ordens uma infinidade de vezes, não uses tanto senhoria, vossência, vossa mercê, sua excelência, todas essas palermices que já não são mais do estilo de um Estado Moderno. Menos ainda neste crônico estado de incomunicação que nos separa ao mesmo tempo que nos une sem hierarquia visível. Mais, se havemos de ser em breve companheiros no cinerário da praça de Armas. Por agora usa o senhor, se necessitas invocar-me a qualquer custo. Não te aproximará isso mais de mim ainda que te arrebentes. Enquanto eu dito tu escreves. Desaparecemos os dois finalmente no lido/ escrito. Só em presença de terceiros emprega o tratamento adequado. Pois, isso sim, havemos de guardar dignamente as formas enquanto sejamos figuras visíveis. Palavras correntes da linguagem geral.

Voltemos ao panfleto encontrado esta manhã na porta da catedral. Onde está? Aqui, senhor. Quando cutucas os cornetos com a caneta respingas toda vez sobre o folheto. Já estás a ponto de borrar sua formosa letra. Entregue-me. Os *gachupines* ou portenhistas que pariram este engendro não caçoaram de mim, senão deles mesmos. Comam os cupins. Mais eu rio da amalucada segurança de seus anônimos. Este papel não vale suas orelhas. Quem se cobre debaixo de uma folha duas vezes se molha. Ainda que se cubram debaixo de uma selva inteira de pasquins, igualmente se molhariam em suas próprias urinas. Miserável descendência daqueles usurários, comerciantes, acumuladores, vendeiros, que vociferam de suas vitrines: Cagamos sobre a pátria e sobre todos os patriotas! Na republiqueta dos paraguaios nós cagamos! Cagavam em seu medo. Em sua merda foram enterrados. Daquela seborreia saiu essa diarreia. Anófeles terciários. Zumbam pelo traseiro, não pela trompa, como todo mosquito. Neste caso, senhor, buscarei com fina vontade até nos papéis usados dos banheiros... Morda a língua, truão. Eu te proíbo que te atrevas a jogos sujos de palavras. Não trates de imitar as bufonadas latrinárias desses carapanãs.

Peço humildemente perdão a Sua Mercê por minha grosseria, ainda que involuntária irreverência! Nunca me permiti nem me permitirei faltar no mais mínimo respeito devido a nosso Supremo Senhor.

Deixa de seguir choramingando. Empenha-te mais em caçar o pérfido escrivão. Vejamos, Patiño, não te ocorre que os padres, o próprio provisor, poderiam ser os autores? Com os padres nunca se sabe, senhor. Tecem muito fino, muito cingido. A letra e até a assinatura do pasquim, tais quais às suas, senhor. Ainda que mal tiro seria para eles se meterem nesses negócios do peje-vigüela, agora que estão melhor que nunca. Não lhes convém um novo Governo de gente indo e vindo. Se acabará sua *bigua salutis*. Bem dito, Patiño. Eu te coroo rei das inteligências. Eu te legarei meu vaso de noite. Durante o dia, agora que nos atacou de novo a época miserável, tu o colocarás sobre sua fronte. Durante a noite devolverás a coroa de alabastro a seu lugar ordinário, de modo que te sirva duas vezes em usos distintos e distantes. O certo, senhor, é que a realidade mudou de lugar. Quando li o pasquim senti que um pé pisava o solo, o outro o ar. Exatamente é o que te sucederá. Só sei, excelência, que removerei céu e terra em busca dos culpados. Prometo-lhe que hei de encontrar o pelo em um buraco sem fundo. Não corras atrás dos pelos-fêmeas unicamente, segundo teu costume. Não me saias fazendo como o outro que abriu de noite um armário em vez de uma janela. Vir logo para me dizer que está escuro e fede a queijo por cheirar onde não deves, por não buscar onde deves. Em menos de três dias hás de levar o culpado ao tronco. Dar-lhe sua porção de cartucho e bala. Quem quer que seja. Ainda que seja O Supremo.

Farás falar até os mudos do Tevegó que, segundo os pasquins, já andam de quatro. Parem filhos mudos com cabeças de cães-micos. Sem língua. Sem orelhas. Conjunto de patranhas, superstições, embustes, como os que escreveram os Robertson, os Rengger, esses ressentidos, esses pilantras, esses ingratos. O que aconteceu com o povo de Tevegó é verdade, senhor. Ainda que mintam os pasquins, *isso* é verdade. Coisa de não ver e não crer nem vendo com meus olhos! Eu tampouco quis crer até que por sua ordem, senhor, fomos investigar o caso com o comissionado de Kuruguaty, Dom Francisco Alarcón, e um destacamento dos efetivos de linha dessa região.

Depois de três dias com suas noites, cortando caminho, chegamos à prisão do Tevegó com a saída do sol. Demasiado silêncio. Nenhum sinal de vida. Lá está!, disse o baqueano. Só depois de um longo tempo, forçando muito os olhos, vimos a população plantada no campo. Às escuras ainda porque os raios do sol não entravam nesse lugar que havia levado seu lugar a outro lugar, por dizer com suas palavras, senhor. Não há outro modo de explicar essa coisa muito estranha que ali se formou, sem que se possa saber o que houve. Lástima não haver tido nesse momento seus óculos de ver-longe. Seu aparato-estreleiro. Ainda que pensando bem, talvez para ver isso não tivesse funcionado. Tirei o espelhinho que sempre levo no bolso para sinalizar aos companheiros de viagem. Chispou um momento e se apagou quando seu reflexo chocou contra esse ar parado dentro da baixa. No povoado-penitenciário do Tevegó não se pode entrar, excelência. Como que não? Lá entraram sem muitas firulas os criminosos, ladrões, vadios, desocupados, prostitutas, os conspiradores que se salvaram do fuzilamento do ano 21. Entraram os primeiros *correntinos* que mandei capturar em suas invasões ao Apipé, a Yasyretá, a Santa Ana, a Candelaria. Entraram até mulatos e negros. Razão que lhe sobra, excelência. Digo mais, que não se pode entrar *agora*. Não porque não se possa senão porque se tarda. Tratando-se de ti, que estando em serviço caminhas de costas, é natural. Entrar ali não é entrar, senhor. Não há arames, nem paliçadas, trincheiras de plantas nem valetas. Nada mais que terra cinza e pedras. Pedras chatas, peladas, até de um palmo, marcando a linha onde acaba o verde da relva e dos pantanais. Do outro lado desta marca, tudo cinza-tambaú. Até a luz. Luz queimada que larga sua cinza no ar e aí fica quieta, pesada-leve, sem subir nem baixar. Se há gente lá longe, não se sabe se é gente ou pedra. O único é que se são gente estão aí sem se mover.

Negros, pardos, mulatos, homens, mulheres, meninos, todos cinzas, cinzos-tanimbulos, como lhe explicar, senhor, não da cor de sua pedra-aerolito que é negra e não reflete a luz, senão mais como essa pedra arenosa das barrancas quando há muita seca ou dessas pedronas que rolam pelas saias das serras. Esses não podem ser os destinados, disse Dom Francisco Alarcón. Onde está então a custódia? Veja, Don Tikú, disse o baqueano, se são pedras não precisam de custódia. Os soldados riram sem vontade. Depois vimos *isso*. Capaz que só críamos que víamos. Porque lhe digo, senhor, é coisa de ver e não crer.

(No caderno privado)*

---

* Livro de comércio de tamanho descomunal, dos que *O Supremo* usou desde o começo de seu governo para registrar, de punho e letra, até o último real, as contas da tesouraria. Nos arquivos foram encontradas mais de uma centena desses Livros Maiores, com mil páginas cada um. No último deles, que apenas começou a ser usado nas anotações das contas reais, apareceram outros irreais e enigmáticos. Somente muito depois se descobriu que, até o final da sua vida, *O Supremo* havia escrito nestas folhas, desconexas e incoerentes, fatos, ideias, reflexões, frequentes e quase maníacas observações sobre os mais distintos temas e assuntos; os que no seu juízo eram positivos na coluna do Crédito; os negativos, na coluna do Débito. Deste modo, palavras, frases, parágrafos, fragmentos, se desdobram, continuam, se repetem ou se invertem em ambas colunas à procura de um equilíbrio imaginário. Lembram, de certa forma, as anotações de uma partitura polifônica. Sabe-se que *O Supremo* era bom músico; ao menos excelente violista, e que tinha presunções de compositor.

O incêndio originado em seu quarto, uns dias antes de sua morte, destruiu grande parte do Livro de Comércio, junto com outros inventários e papéis que ele costumava guardar nos cofres fechados a sete chaves. (*N. do Compilador*).

Meu amanuense meio mil-e-uma-noiteiro pôs para esquentar seu azougue. Busca por todos os meios me fazer perder tempo, desvariar a atenção que me ocupa no principal. Agora sai com a graça de uma estranha história dessa gente castigada que migrou para alguma parte desconhecida permanecendo no mesmo lugar sob outra forma. Transformada em gente desconhecida que formou ali sua ausência. Animais. Cantos rodados. Figuras de pedra. O que chamam endríagos. Patiño tudo imita. Me viu praticar para mim a transmutação do azougue. A matéria mais pesada do mundo se torna mais leve que o fumo. Logo ao topar com a região fria, ao ponto, coalha e volta a cair como esse licor incorruptível que tudo penetra e corrompe. Suor eterno o chamou Plínio, pois apenas há coisa que se possa gastar. Perigosa conversação com criatura tão atrevida e mortal. Ferve, se dispersa em mil gotículas, e por menores que sejam não se perde uma, senão que todas voltam a se juntar, sendo o azougue o elemento que separa o ouro do cobre é também o que dobra os metais, mediador dessa junção. Não se parece com a imaginação, mestra do erro e da falsidade? Tanto mais embusteira quanto não o seja sempre. Porque seria regra infalível de verdade se fosse infalível de mentira.

Por acaso o fide-indigno só mente pela metade. Não consegue fundir o azougue dos espelhos. Carece do esquecimento suficiente para formar uma lenda. O excesso de memória lhe faz ignorar o sentido dos fatos. Memória de verdugo, de traidor, de perjuro. Separados de seu povo por acidente ou por vocação, descobrem que devem viver em um mundo feito de elementos alheios a eles mesmos com os quais creem confundir-se. Creem-se seres providenciais de um populacho imaginário. Ajudados pelo azar, às vezes se entronizam na idiotice desse populacho tornando-o ainda mais imaginário. Migrantes secretos estão e não estão onde parecem estar. E custa a Patiño subir a encosta do contar e escrever ao mesmo tempo; ouvir o son-ido do que escreve; traçar o signo do que escuta. Acordar a palavra com o sonido do pensamento que nunca é um murmúrio solitário por mais íntimo que seja; menos ainda se é a palavra, o pensamento do *dictare*. Se o homem comum nunca fala consigo mesmo, o Supremo Ditador fala sempre aos demais. Dirige sua voz diante de si para ser ouvido, escutado, obedecido. Ainda que pareça calado, silencioso, mudo, seu silêncio é de mando. O que significa que em O Supremo há pelo menos dois. O Eu pode desdobrar-se em um terceiro ativo que julgue adequadamente nossa responsabilidade em relação ao ato sobre o qual devemos decidir. Em meus tempos era um bom ventríloquo. Agora nem sequer posso imitar minha voz. O fide-indigno, pior. Não aprendeu ainda seu ofício. Terei que ensiná-lo a escrever.

De que falavas, Patiño? Da gente do povoado de Tevegó, senhor. Custa muito ver que os vultos não são pedra, mas gente. Esses vagos, desocupados, conspiradores, prostitutas, migrantes, vira-casacas de todo pelo e marca, que em outros tempos Sua Excelência destinou àquele lugar, também já não são mais gente, e se há de se desconfiar do que se vê. Vultos não mais. Não se movem, senhor; ao menos não se movem com movimento de gente, e se casualmente me equivoco, seu movimento há de ser mais lento que o da tartaruga. Um dizer, excelência: daqui de onde eu estou sentado até a mesa onde Sua Senhoria tem a santa paciência de me escutar, por exemplo, um vulto desse tartarugal de gente tardaria a velhice de um homem para chegar, se é que muito se apressa e chega. Porque esses vultos ao fim e ao cabo não vivem como cristãos. Devem ter outra classe de vivemento. Engatinham parados no mesmo lugar. Vê-se que não podem levantar as mãos, a espinha, a cabeça. Lançaram raízes no solo.

Como lhe dizia, excelência, toda essa gente semeada assim ao varrer no campo. Nenhum ruído. Nem o vento se ouve. Não há ruído nem vento. Grito de homem ou mulher, choro de criatura, ladrido de cão, o menor sinal. Para mim, essa gente não entende nada do que lhe acontece, e em verdade não lhe acontece nada. Nada mais que estar aí sem viver nem morrer, sem esperar nada, afundando-se cada vez um pouco mais na terra pelada. Frente a nós um chircal que antes devia ser um montezinho usado como latrina, cheio de sabugo de milho que você sabe, senhor, como os que usam nossos campesinos quando vão ao banheiro. Só que as manchas nesses sabugos brilhavam como o brilho dourado dos chanfalhos.

Esta gente não está morta; esta gente come, disse o comissionado Tikú Alarcón. Isso era antes, disse o baqueano. Não vimos nenhum milharal perto. Desperdícios, isso sim, aos montes. Trapos secos, muitas cruzes entre os matagais também secos. Nenhum pássaro, nenhum louro milheiro, nenhuma rolinha. Um gavião-taguató se jogou lá de cima contra o ar duro que tapava o povoado. Rebateu como contra uma placa e afastou dando voltas de bêbado, até que por fim caiu perto de nosso grupo. Tinha a cabeça partida e os montes de espuma saíam fervendo pela buraqueira.

Vamos vigiar mais, disse Tikú Alarcón. Os soldados desmontaram dos cavalos para recolher os merdugos dourados. Carregaram em suas mochilas como se fossem apenas sabugos de ouro. Tudo pode suceder, disse um. Demos a volta ao redor. De todas as partes se via o mesmo. Os vultos nos mirando de longe; nós os víamos meio borrados pela fumaceira. Um dizer, eles desde um tempo de antes; nós desde o tempo de agora sem saber se nos viam. Uma pessoa sabe quando seu olhar cruza com o de outro, não é, excelência? Bom, com essa gente, nem notícia, nem o menor sinal para saber ou não saber.

Chegou o meio-dia, já tínhamos os olhos secos de tanto olhar; cozidos pela luz do sol rebatendo contra a sombra que estava atrás. Meio mortos de sede porque em várias léguas aí em volta todos os rios e canais estavam sem água desde há muitíssimo tempo. Isso também se notava. O povoado ia escurecendo como se dentro já estivesse crescendo a noite, e era somente que a sombra se tornava mais espessa.

Há que se ter paciência, disse o baqueano. Sabendo esperar, alguém viu lá uma função patronal dos negros no dia de Três Reis. Também a viu meu avô Raymundo Alcaraz, porém ele esteve aqui vigiando por uns três meses. Contava que até conseguiu ver um ataque de índios *mbayás*, quando andavam saqueando por estes lados com os portugueses. Para ver há que se ter paciência. Há que se mirar e esperar meses, anos, se não mais. Há que se esperar para ver.

Eu vou vigiar dentro, disse o comissionado, descendo do

cavalo. Para mim, que esses filhos-do diabo não são, mas se fazem. Cuspiu e entrou. Ao cruzar a linha entre o verde e o seco não o vimos mais. Entrou e saiu. Para mim, entrou e saiu. Para os outros também. Um dizer, indo-vindo. Nem o catarro que escarrou havia secado quando voltou. Porém voltou feito um ancião, agachado até o chão, a ponto de engatinhar também. Buscando a fala perdida, disse o baqueano.

Tikú Alarcón, o comissionado Francisco Alarcón, homem jovem entrou e saiu homem velho de uns oitenta anos pelo menos; sem cabelo, sem roupa, mudo, apequenado mais que um anão, dobrado pela metade, pendurando-lhe o couro cheio de rugas, pele escamosa, unhas de lagarto. Que lhe aconteceu, Dom Tikú? Não respondeu, não pôde fazer o menor gesto. Envolvemo-lo em um poncho e o montamos atravessado sobre o cavalo. Enquanto os soldados o atavam à montaria, dei uma olhada no povoado. Me pareceu que os vultos dançavam em quatro patas o baile dos negros de Laurelty ou de Campamento-Loma. Este sim podia ser um engano dos olhos cheios de lágrimas. Regressamos como depois de um enterro. O morto vinha vivo conosco.

Quando chegamos a Kuruguaty, o comissionado entrou engatinhando em sua casa. Veio todo o povo para ver o sucedido. Mandou-se chamar o padre pároco de *San Estanislao* e curador dos *xexueños* de Xexuí. Missa, procissão, pedidos, promessas. Não houve caso; nada podia remediar o dano. Provei o recurso dos *guaykurúes*: dei um puxão nos cabelos de Dom Tikú. A cabeleira ficou nas minhas mãos mais pesada que um pedaço de pedra. Um profundo odor de coisa enterrada.

Mandou-se chamar Artigas, que dizem que sabe curar com ervas. O general dos orientais veio de sua chácara trazendo uma carroça de ervas de todas as classes. Caixinhas de mezinhas. Um pote de Água-de-anjos de forte odor, destilada de muitas flores diferentes como as de laranjeira, jasmim e murta. Viu e tratou o enfermo. Fez por ele tudo o que se sabe que sabe fazer o asilado oriental. Não lhe pôde sacar uma só palavra, que digo, excelência, um só som da boca. Não lhe pôde meter uma gota de mezinha na junção dos lábios feitos já de pedra. O comissionado, subiam-no a seu catre. Sem saber como, já estava outra vez no chão em quatro patas como os de lá. Esfregaram-lhe seis tachos de cera negra. Dom José Gervasio Artigas mediu o espaço que vai dos dedos de uma mão à outra, que é a mesma distância que há dos pés à cabeça. Porém, encontrou que a fileira correspondia a homens diferentes. O ex-protetor dos orientais moveu a cabeça. Este não é meu amigo Dom Francisco Alarcón, disse. E então quem é?, perguntou o padre. Não sei, disse o general, e voltou a sua chácara.

Coisa de maus espíritos!, encrespou-se o padre *xexueño*. Houve novos pedidos, procissões. A congregação levou à rua a imagem de São Isidoro Lavrador. Tikú Alarcón seguia envelhecendo a quatro patas, cada vez mais duro. Alguém quis sangrá-lo. A lâmina da faca quebrou ao tocar a pele do velho, que também ia ficando cada vez mais quente que pedra de forno.

Há que se queimar o Tevegó!, correu a voz pelo povoado. Ali vive o Mal! Isso é o inferno! Bom, então, disse mansamente Laureano Benítez, o irmão mais velho da congregação, se este santo homem pôde sair e voltar do inferno, a mim me parece que é preciso lhe fazer um nicho. Já o comissionado não tinha nem a altura do senhor São Blas.

No dia seguinte, Tikú Alarcón morreu na mesma posição, mais velho que um lagarto. Foi preciso enterrá-lo em um caixão de criança. Eia, basta já, deslinguado palavrório! Falas como os pasquins. Perdão, excelência, eu fui testemunha da história; trouxe a instrução sumária levantada pelo juiz da *Villa del Kuruguaty* e o ofício do comandante Fernando Acosta, da *Villa Real de la Concepción*. Quando vossência regressou do Quartel do Hospital rasgou os papéis sem ler. O mesmo aconteceu, senhor, com o informe sobre a misteriosa pedra redonda encontrada nas escavações das serras de *Yariguaá* pelo milhar de presos políticos que vossência enviou sob custódia para trabalhar nessas canteiras. Sucederam ambos fatos ao mesmo tempo? Não, excelência. A pedra da serra de *Yariguaá* ou *Silla-del-Viento* foi encontrada faz quatro anos, depois da grande colheita de 36. O do Tevegó não faz um mês, pouco antes de que vossência se desgraçasse no acidente. Eu ordenei que me remetessem cópia fiel de todos os signos que estão lavrados na pedra. Assim se fez, excelência, porém você rasgou a cópia. Porque estava mal feita, espertalhão! Ou acha que não sei como são essas inscrições rupestres? Enviei instruções de como se devia efetuar a cópia em escala do petróglifo. Medição de suas dimensões. Orientação astronômica. Pedi amostras do material da pedra. Sabes o que teria sido encontrar ali os vestígios de uma civilização de milhares de anos? Envia de imediato um ofício ao comandante da região de *Yariguaá* ordenando-lhe que me envie a pedra. Não custará mais trabalho que ter trazido o aerólito oitenta léguas do interior do Chaco. Parece-me, excelência, que usaram a pedra de *Silla-del-Viento* na construção do novo quartel da região. Que a tirem de lá! E se a quebraram em pedaços para armar os cimentos, senhor? Que juntem os pedaços! Vou estudá-los eu mesmo no microscópio. Determinar a antiguidade, porque as pedras sim a têm. Decifrar o hieróglifo. Sou o único que pode fazê-lo neste país de cretinos sabidões.

Outro ofício ao comandante de *Villa Real*. Ordenar-lhe que com os efetivos de linha sob seu mando proceda a desmantelar a colônia penitenciária do Tevegó. Se resta algum sobrevivente, enviá-lo acorrentado com segura custódia. Que acabas de balbuciar? Nada de particular, excelência. Só penso que me parece ser mais fácil trazer a pedra com seus milhares de anos e milhares de arrobas, que a essa gente do Tevegó.

Vamos ao que importa no momento. Recomecemos o ciclo. Onde está o pasquim? Em sua mão, excelência. Não, segredário burrocrata. No pórtico da catedral. Pregado sob quatro tachinhas. Um grupo de granadeiros o retira à ponta de sabre. Levam-no à comandância. Te dão aviso. Quando o lês ficas *media res* ao ar vendo já a fogueira acendida na praça, a ponto de converter-nos a todos em tições. Traz-me o papel com olhos de carneiro degolado. Aqui está. Não diz nada. Não importa o que diga. O que importa é o que está por trás. O sentido do sem-sentido.

Vá começar a rastrear a letra do pasquim em todos os expedientes. Fichários de acordos, desacordos, contra-acordos. Comunicações internacionais. Tratados. Notas reversais. Letras remissórias. Todas as faturas dos comerciantes portugueses-brasileiros, orientais. A papelada de sisa, dízimo, cotização. Contribuição frutuária. Estanco, vendagem, ramo de guerra. Registros de importação-exportação. Guias de embarque remetidos-recebidos. Correspondência íntegra dos funcionários, do mais baixo ao mais alto nível. Cifrados de espias, observadores, agentes dos distintos serviços de inteligência. Remessas de contrabandistas de armas. Tudo. O mais mísero pedaço de papel escrito.

Entendeu o que te mando fazer? Sim, excelência: devo buscar o molde da letra do pasquim catedralício, buscar seu pelo e marca em todos os documentos do arquivo. Ao fim vás aprendendo a maneira de falar sem andar sob muitas nuvens. Não te esqueças tampouco de revisar intelixamente os nomes dos inimigos da Pátria, do Governo, fiéis amigos de nossos inimigos. Prenda o crapuloso intempestivo dos muitos aturdidos que zumbam pelas ruas do Paraguai, segundo clama em sua proclamação meu patrioteiro tio o frei Bel-Asco. Caça o culicídeo. Esturrica-o em sua vela definitiva. Enterra-o em suas próprias fezes. Faz o que te ordeno. Entendeste? Pois mãos à obra. Desça da lua. Só que, excelência... Que foi agora? Que o trabalho vai levar certo tempo, nada mais. Há uns quantos vinte mil fichários no arquivo. Outros tantos nas secretarias do judiciário, comissariados, delegações, comandâncias, postos fronteiriços e demais. Fora os que estão à mão em trâmite de despacho. Umas quinhentas mil folhas pouco mais ou menos no total, senhor. Sem contar as que se perderam por tua incúria, mestre da desordem, do desleixo, do abandono. Não perdeste as mãos, só porque te fazem falta para comer. Eu faço o que posso, excelência, digo isso com todo o respeito, minha vontade não se esfria no serviço, e se Sua Mercê me ordena, encontro o pelo em um buraco sem fundo, quanto mais estes malfeitores da letra escrita do rumor. Sempre dizes o mesmo, porém não acabaste com eles. Perdem-se os expedientes; os pasquineiros são cada vez mais numerosos. Dos expedientes, me permito recordar a vossência, só falta o processo do ano 20, presumidamente roubado pelo réu José Maria Pillar, seu braço direito, quem por mandato da inexorável justiça de Sua Excelência já teve seu merecido. Se não por esse delito que não se pôde provar, por outros não menos graves que o levaram ao tronco. Os demais fichários estão todos. Eu diria a vossência, com sua vênia, que até sobram de tantos que são. Só as tuas patas de molho podem evaporar semelhante estupidez! Esses documentos, mesmo os mais insignificantes segundo seu desjuízo, têm sua importância. São sagrados, posto que eles registram circunstanciadamente o nascimento da Pátria, a formação da República. Suas muitas vicissitudes. Suas vitórias. Seus fracassos. Seus filhos beneméritos. Seus traidores. Sua invencível vontade de sobreviver. Só Eu sei as vezes que para cobrir suas necessidades tive que acrescentar um pedaço de pelagem de raposa quando não bastou a pele do leão parado no escudo da República. Revisa esses documentos um por um. Esquadrinha-os à lupa com olhos de *lúpus*, com os três olhos das formigas. Apesar de serem completamente cegas, elas sabem que folha cortam. Para não empregar teu tempo ao serviço, recruta a caterva de escreventes de juizados, escrivães, calígrafos que não fazem mais que andar enrolando os os outros todo o dia em praças e mercados. Faça a leva. Encerre-os no arquivo. Ponha-os a rastrear a letra. Por alguns dias ficarão as praceiras sem suas cartas; os escreventes sem seu prato de *locro*. Também nós vamos descansar por um tempo de tantos escritos de mil bobagens. Quanto mais haveria valido ao país que estes parasitas da pluma tivessem sido bons lavradores, capinadores, peões, nas chácaras, nas estâncias, pátrias, não esta praga de letricidas piores que os gafanhotos!

Excelência, são mais de oito mil escreventes, e há um só pasquim. Teria que ir alternando-os um de cada vez, de tal forma que daqui a uns vinte e cinco anos poderão revisar os quinhentos mil fólios... Não, espertalhão, não! Mutila o papel em pedaços muito pequenos até fazer-lhe perder o sentido. Ninguém deve se inteirar do conteúdo. Reparta o quebra-cabeças com esses milhares de perdulários. Vê a maneira de organizá-los para que se espiem mutuamente. O *caraña* que teceu esse tecido cairá por si só. Tropeçará em uma frase, em uma vírgula. O negro de sua consciência o enganará no delírio da semelhança. Qualquer um deles pode ser o malfeitor; o mais insignificante dentre esses indolentes. Sua ordem será cumprida, excelência. Ainda que me animaria a dizer-lhe, senhor, que quase não faz falta. Como que não faz falta, folgazão? Na ponta do olho, excelência, tenho a letra de cada um dos escritos. Do mais mínimo papel. E se vossência me apura, eu diria que até as formas dos pontos ao final dos parágrafos. Sua Senhoria sabe melhor que eu que os pontos nunca são de todo redondos, assim como nas letras mais parecidas sempre há alguma diferença. Um traço mais grosso. Um traço mais fino. Os bigodes do *t*, mais longos, mais curtos, segundo o pulso de quem os marcou. O rabinho de porco do *o*, levantado ou caído. Sem falar do empeno, das pernas retorcidas das letras. Os fustes. Os floreios. Os lances de duas águas. As cabeças de fumo. Os tetos de campainha das maiúsculas. As trepadeiras das rubricas desenhadas em uma só espiral sem um respiro da pluma, como é a que Sua Excelência traça debaixo de seu Nome Supremo trepado às vezes pela taipa do escrito... Acaba mentecapto com tua floricultura escriturária! Só queria recordar a vossência que me lembro de todos e de cada um dos fichários do arquivo. Pelo menos desde que Sua Senhoria se dignou a nomear-me seu fiel de feitos e atuário do Supremo Governo, na linha sucessória de Dom Jacinto Ruiz, de Dom Bernardino Villamayor, de Dom Sebastián Martínez Sanz, de Dom Juan Abdón Bejarano. Dom Mateo Fleitas, o último, a quem substituí na honra do cargo, desfruta agora em Ka'asapá de uma merecida aposentadoria. Encerrado em sua casa, como em um calabouço, na mais total escuridão, vive Dom Mateo Fleitas. Ninguém o vê durante o dia. Uma coruja, senhor. Mais escondido que o urukure'á na espessura da mata. Somente pelas noites quando não sai lua, seu fogo-frio lhe brota na pele uma espécie de sarna parecida com a lepra-branca, nos olhos um fluxo ranhoso parecido com a remela, Dom Mateo sai para passear no povoado. Quando a lua não sai, sai Dom Mateo. Envolto na capa de forro avermelhado que Sua Excelência o presenteou. Seu chapéu Carandaí coroado por velas acesas. A vizinhança já não se assusta quando vê essas luzes porque sabe que sob esse chapéu iluminado vai Dom Mateo. O encontrará por aí, capaz que em direção ao fundo do poço Bolaños, me disseram quando perguntei por ele na noite de minha chegada ao povoado por aquele assunto dos abigeatos.

Sendo noite muito obscura vi-o subir a ladeira da fonte milagrosa. Vi o chapéu só flutuando no ar, muito afarolado, cheio de lume, que no princípio pensei ver um amontoado de pirilampos iluminando verdosamente os cardais. Dom Mateo!, gritei-o chamando forte. O chapéu coroado de velas se virou. Eh, Dom Poli, o que você faz por estes lugares tão de noite? Vim para investigar o roubo de gado da estância-pátria. Ah, quatreiros!, disse Dom Mateo Fleitas, que já estava sendo um pouco de sombra humana ao meu lado. E você como vai?, disse por dizer algo. Já vê, colega, o mesmo de sempre. Sem novidade. Me pareceu que teria de zombar dele um pouco. Que, Dom Mateo, anda jogando o torocandil ou o quê? Já estou um pouco velho para isso, disse com sua voz caidinha e chiadinha. Com essas velas no chapéu não vá se perder, compadre. Não é que vou me perder, mais perdido do que já estou. Conheço bem esses espinhais. Se me apetece, posso percorrer todo *Ka'asapá* com os olhos fechados. Uma promessa então? Antes de dormir venho sempre ao poço de Bolaños para tomar um trago da nascente do Santo. Melhor remédio não há. Opilativo. Corrial. Vamos para casa. Assim conversamos um pouco. Me pôs a mão no ombro. Senti que suas unhas se engancharam nas franjas de meu poncho. Nem me dei conta de que havíamos entrado no rancho. Tirou o chapéu. Colocou sobre um cântaro. Apagou todas as velas menos o cabo mais gastadinho com essas unhas de kaguaré. As do polegar e do indicador, sobretudo, senhor, ganchudas e afiadas como uma navalha. Com o líquido de uma botelha esfregou o quarto três vezes. Uma fragrância sem segundo em um segundo varreu o ar de fechado, de urina de velho, de carne decomposta que senti ao entrar. Agora cheirava apenas a jardim. Observei se havia posto algumas plantas aromáticas nos cantos. Só consegui ver umas sombras que revoavam quase coladas ao teto; outras, penduradas em cachos, da palha mesma.

Trouxe uma manta que tirou de um baú; parecia tecida em lã ou pele muito suave de uma cor quase pardo-escuro; eu diria melhor uma cor sem cor porque a luz fraquinha do candeeiro não entrava nessa espuminha que com mais luz seria ainda menos visível; uma suposição, a cor do nada se o nada tivesse cor. Toque-a, Policarpo. Tirei, retirei a mão. Toque-a sem medo, colega. Tentei a mão. Mais suave que a seda, o veludo, o tafetá ou a holanda era. De que é feito esse tecido, Dom Mateo? Parece uma pluminha de pintinhos recém-nascidos, plumões de pássaros que não conheço, e isso porque não há pássaros que não conheça. Apontou para o teto. Desses que estão revoando sobre sua cabeça. Faz dez anos que estou tecendo a manta para presentear Sua Excelência no dia de seu aniversário. Neste 6 de janeiro, se o reumatismo me deixar caminhar as cinquenta léguas até Assunção, eu mesmo vou para levar-lhe meu presente porque me contaram que nosso Karaí anda meio sem roupa e meio enfermo. Esta manta vai abrigá-lo e vai curá-lo. Mas feita com esse pelo, Dom Mateo! Parece-lhe que Sua excelência vai usar semelhante coisa?, tartamudeei entre náuseas. Você sabe muito bem que nosso Karaí Guasú não aceita logo nenhum presente. Eia, Dom Poli! Isto não é presente. É remédio. Vai ser uma manta única no mundo. Suave, já a tocou você mesmo. A mais leve. Se a jogo no ar neste momento, você e eu podemos envelhecer esperando que volte a cair. A mais acolhedora. Não há frio que possa atravessar o tecido. Contra o calor de fora e a quentura de dentro também serve. Esta manta é contra tudo e por tudo. Eu olhava o teto fechando os olhos. Mas como pôde juntar tantos orelhudos? Já me conhecem. Vêm. Sentem-se como em sua casa. Por acaso ao entardecer saem para se ventilar um pouco. Depois voltam a entrar. Aqui estão porque gostam. Não lhe mordem, não lhe chupam o sangue? Não são tontos, Poli. Sabem que nas minhas veias já não há mais que uma seiva. Eu lhes trago animaizinhos da mata; esses que andam de noite são os mais vivos e de sangue mais quente. Meus *mbopís* cevados e contentes criam um pelo tão fino que só mãos acostumadas à pluma, como a sua ou a minha, podem fiar, manejar, tecer, disse despertando o candeeiro com suas unhas longuíssimas. Enquanto dormem lhes arranco a pluminha de seda com olhares de seda e puxõezinhos de seda. Somos muito companheiros. Porém deixando à parte a colcha que não é de discutir, eu malicio que um destes meus animaizinhos poderia aliviar os males de Sua Excelência. Aqui, fará uns anos, um frade dominicano morria de uma ardente febre. O sangrador não conseguiu tirar-lhe uma gota de sangue com sua lanceta. Os frades, estimando que o enfermo morria, depois de lhe dar o último adeus foram dormir e mandaram os índios cavarem a sepultura para enterrá-lo pela manhã. Pela janela soltei um morcego que eu por esses dias guardava preso e sem comida por haver-me desacatado. O *mbopí* se prendeu em seu pé. Quando lhe mordeu começou a voar deixando ferida uma veia. À saída do sol voltaram os frades crendo que o efermo já estaria morto. O encontraram vivo, alegre, quase bão, lendo seu breviário na cama. Graças ao *mbopí*-médico o frade voltou muito breve ao seu natural. Hoje em dia é o mais gordo e ativo da congregação; o que mais filhos tem com as índias-paroquiais, se diz; porém eu não me ocupo dessas calúnias ocupado dia e noite no trabalho de tecer a manta para nosso Supremo.

Fique para dormir, amigo Policarpo. Eu o convido para fazer penitência. Ali está seu catre. Temos muito que conversar daqueles bãos tempos de antes. Voltou a guardar a manta no baú. Contras as sombras do teto revoavam, chiavam os ratões orelhudos de Dom Mateo, cobertas as carinhas acaveiradas com pontinhas de luto. Tirou devagar a capa deixando ao ar o esqueleto nu. Que vou fazer além de tomar o pelo desses inocentes para fazer roupa para nosso Pai? Deite-se, Policarpo. Ia soprar a vela. Me levantei. Não, Dom Mateo, eu vou agora mesmo. Já passamos um tempo muito agradável. Me espera o comissionado. Creio que já pegaram os quatreiros latrocidas. Se é assim, terá que fuzilá-los com a alvorada, e eu tenho que estar presente para assinar a ata. Metam bala nesses bandidos!, disse o velho soprando a vela*.

---

*Dom Mateo Fleitas, primeiro "fiel de feitos" de *O Supremo*, sobreviveu a ele mais de meio século. Morreu em Ka'asapá, com a idade de cento e seis anos, rodeado de filhos e netos, do respeito e carinho de todo o povoado. Um verdadeiro patriarca. Chamavam-no de Tomoi-ypy (Avô primeiro). Anciões de sua época a quem consultei negaram veementemente, alguns com verdadeira indignação, o conto do "chapéu coroado de velas", assim como a vida de reclusão maníaca de Dom Mateo, segundo o relato de Policarpo Patiño. "São calúnias desse linguarudo que se enforcou de tão mau e traiçoeiro", sentencia na faixa gravada a voz cadenciada mas ainda firme do atual prefeito de Ka'asapá, Dom Pantaleón Engracia García, também centenário.

A propósito de minha viagem ao povoado de Ka'asapá, não me parece totalmente banal referir um fato. Ao regressar, cruzando a cavalo o riacho Pirapó transbordado pela enchente, deixei cair na água o magnetofone e a câmera fotográfica. O prefeito Dom Panta, que me acompanhava com uma pequena escolta, ordenou de imediato a seus homens que desviassem o curso do riacho. Não houve nenhum rogo nem razões que o fizessem desistir do seu propósito. "Você não vai de Ka'asapá sem suas ferramentas – grunhiu indignado –. Não vou permitir que nosso riacho roube os serranos iluminados que vêm nos visitar!" Informada sobre o ocorrido, a população acudiu prontamente para colaborar com a drenagem do riacho. Homens, mulheres e crianças trabalharam com o entusiasmo de um "mutirão" transformado em festival. Até o anoitecer, entre o barro do leito, apareceram os objetos perdidos, que não haviam sofrido grandes danos. Até a madrugada dançou-se com as músicas de minhas *cassetes*. Com a saída do sol segui meu caminho, fui saudado um longo trecho pelos gritos e vivas dessa gente animada e hospitaleira, levando a voz e as imagens dos seus anciãos, homens, mulheres e crianças; de sua verde e luminosa paisagem. Quando considerou que eu não teria mais inconvenientes, o prefeito se despediu de mim. Eu o abracei e beijei em ambas bochechas.

"Muito obrigado, Dom Pantaleón", disse-lhe com um nó na garganta. "O que vocês fizeram não tem nome!". Ele piscou um olho e me fez estalar os ossos de minha mão. "Não sei se tem nome ou não – disse –. Mas essas pequenas coisas, desde o tempo de *O Supremo*, para nós são uma obrigação que fazemos com gosto quando se trata do bem do país". (N. do C.)

És o charlatão mais desaforado do mundo. Passarolo que grasna todo o tempo. Passarolo para o qual a morte já veio; que vai morrer de imediato, ainda que pouco a pouco. Não consegui fazer de ti um servidor decente. Não encontrarás nunca matéria suficiente para calar-te. Com tal de não trabalhar, inventas sucedidos que não sucederam. Não crês que de mim se poderia fazer uma história fabulosa? Absolutamente certo, excelência! A mais fabulosa, a mais verdadeira, a mais digna da altura majestática de sua Pessoa! Não, Patiño, não. Do Poder Absoluto não se podem fazer histórias. Se pudessem, O Supremo estaria de mais: na literatura ou na realidade. Quem escreverá esses livros? Gente ignorante como tu. Escribas de profissão. Embusteiros fariseus. Imbecis compiladores de escritos não menos imbecis. As palavras de mando, de autoridade, palavras por cima das palavras, serão transformadas em palavras de astúcia, de mentira. Palavras por debaixo das palavras. Se a todo custo se quer falar de alguém, não só tem que se colocar em seu lugar: tem que *ser* esse alguém. Unicamente o semelhante pode escrever sobre o semelhante. Unicamente os mortos poderiam escrever sobre os mortos. Porém os mortos são muito frágeis. Tu crês que poderias relatar minha vida antes de tua morte, esfarrapado amanuense. Necessitarias pelo menos do ofício e da força de duas foices. Eh, eh, compilador de embustes e falsificações? Recolhedor de fumo, tu que no fundo odeia o Amo. Responde! Eh, eh? Ah! Vamos! Ainda supondo a teu favor que me enganas para me preservar, o que fazes é quitar-me pelo a pelo o poder de nascer e morrer por mim mesmo. Impedir que eu seja meu próprio comentário. Concentrar-se em um só pensamento é talvez a única maneira de fazê-lo real: essa manta invisível que tece Mateo Fleitas; que não chegará para cobrir meus ossos. Eu a vi, excelência! Não é suficiente. Teu ver não é ainda saber. Teu ver-de-vista borra os contornos de tua rejuntadora memória. Por causa dele é impossível para ti descobrir, entre outras coisas, os pasquineiros. Suponhamos que estás com um deles. Supões que eu mesmo sou um autor dos pasquins. Falamos de coisas muito engraçadas. Me contas contos. Faço minhas contas. Fechas os olhos e cais na irresistível tentação de crer que és invisível. Ao levantar as pálpebras te parece que tudo segue como antes. Espirras. Tudo mudou entre dois espirros. Esta é a realidade que tua memória *não vê*.

Senhor, com sua licença, eu digo, um dizer, sinto que suas palavras, por mais pobremente copiadas que estejam por estas mãos que a terra ainda vai comer, sinto que copiam o que vossência me dita letra por letra, palavra por palavra. Não me entendeste. Abre o olho bom, fecha o mau. Estenda tuas orelhas no sentido do que te digo: por mais que excedas aos animais em memória bruta, em palavra bruta, nunca saberás nada se não penetras no íntimo das coisas. Não te faz falta a língua para isso; ao contrário, te estorva. Por isso mesmo, além da palangana em que esfrias os pés para esvaziar a cuca, vou mandar que te ponham uma mordaça. Se não te enforcam antes, segundo a amável promessa de nossos inimigos, eu mesmo te farei olhar fixamente para o sol quando chegar teu minuto de hora. No momento em que seus raios calcinem tuas pupilas, receberás a ordem de estirar a língua com os dedos. Tu a colocarás entre os dentes. Tu te darás um soco no queixo. A língua saltará ao chão, serpenteando igual à cauda de um iguana cortada pela metade. Entregará à terra tua saudação. Sentirás que te livraste de um peso inútil. Pensarás: Sou mudo. O que é uma silenciosa maneira de dizer: Não sou. Só então terás alcançado um pouco de sabedoria.

Vou ditar-te uma circular para meus fiéis sátrapas. Quero que também eles se deleitem com a promessa reservada a seus méritos.

Aos Delegados, Comandantes de guarnição e de urbanos,
Juízes comissionados, Administradores,
Capatazes, Receptores fiscais, Cobradores e demais autoridades:

A cópia do infame pasquim que vai adjunta é um novo testemunho dos crescentes desaforos que estão cometendo os agentes da subversão. Não é mais um na multidão de panfletos, libelos e toda espécie de ataques que vêm lançando anonimamente quase todos os dias desde algum tempo, na errônea crença de que a idade, a má saúde, os achaques ganhos no serviço da Pátria me têm prostrado. Não é mais uma das escandalosas diatribes e investidas dos convulsionários.

Reparem atentamente em um primeiro fato: não só avançaram para ameaçar de morte infamante a todos os que levamos juntos a pesada carga do Governo. Se atreveram agora a algo muito mais pérfido: falsificar minha assinatura. Falsificar o tom dos Decretos Supremos. Que perseguem com isso? Aumentar na gente ignorante os efeitos desta iníqua zombaria.

Segundo fato: o anônimo foi encontrado hoje pregado no pórtico da catedral, local até agora respeitado pelos agentes da subversão.

Terceiro fato: a ameaça da mofa decretória estabelece claramente a escala hierárquica do Governo; em consequência, a punitiva. A vocês que são meus braços, minhas mãos, minhas extremidades, oferecem-lhes forca e fossa comum em pastagens fora da cidade sem cruz nem marca que memore seus nomes. A mim, que sou a cabeça do Supremo Governo, me obsequiam minha autocondenação à decapitação. Exposição no pelourinho por três dias como centro de festejos populares na praça. Por último, o lançamento de minhas cinzas ao rio como culminação da grande função patronal.

De que me acusam estes anônimos papelórios? De haver dado a este povo uma pátria livre, independente, soberana? Ou o que é mais importante, de haver-lhes dado o sentimento de Pátria?

De havê-la defendido desde seu nascimento contra os embates de seus inimigos de dentro e de fora? Disto me acusam?

Queima-lhes o sangue que eu tenha assentado, de uma vez para sempre, a causa de nossa regeneração política no sistema da vontade geral. Queima-lhes o sangue que tenha restaurado o poder do Comum na cidade, nas vilas, nos povoados; que tenha continuado aquele movimento, o primeiro verdadeiramente revolucionário que estalou nestes Continentes, antes ainda que na imensa pátria de Washington, de Franklin, de Jefferson; inclusive antes da Revolução Francesa.

É preciso refletir sobre estes grandes feitos que vocês seguramente ignoram, para valorar seus alcances, a importância, a justiça, a perenidade de nossa Causa.

Quase todos vocês são veteranos servidores. A maioria, entretanto, não teve tempo de se instruir a fundo sobre estas questões de nossa História, atados às tarefas do serviço. Eu os preferi leais funcionários, mas não homens cultos. Capazes de operar a obra que mando. A mim não me preocupa a classe de capacidade que possui um homem. Unicamente exijo que seja capaz. Meus homens mais homens não são mais que homens.

Aqui no Paraguai, antes da Ditadura Perpétua, estávamos cheios de escreventes, de doutores, de homens cultos, não de cultivadores, agricultores, homens trabalhadores, como deveria ser e agora é. Aqueles cultos idiotas queriam fundar o Areópago das Letras, das Artes e das Ciências. Pus-lhes o pé em cima. Se tornaram pasquineiros, panfleteiros. Os que puderam salvar a pele, fugiram. Escaparam disfarçados de negros. Negros escravos nas plantações da calúnia. No estrangeiro fizeram pior ainda. Renegados de seu país, pensam no Paraguai a partir do ponto de vista não-paraguaio. Os que não conseguiram emigrar, vivem migrando na escuridão de seus covis. Convulsionários engrandecidos, viciosos, ineptos, não cabem em nossa sociedade campesina. Que podem significar aqui suas façanhas intelectuais? Aqui é mais útil plantar mandioca ou milho, que encher de tinta papelotes sediciosos; mais oportuno desbichar animais atacados pelo carrapato, que encarapitar panfletos contra o decoro da Pátria, a soberania da República, a dignidade do Governo. Quanto mais cultos querem ser, menos querem ser paraguaios. Depois virão os que escreverão pasquins mais volumosos. Vão chamá-los de livros de histórias, romances, relações de fatos imaginários ensopados ao gosto do momento ou de seus interesses. Profetas do passado, contarão neles seus inventos patranhas, a história do que não passou. O que não seria de todo mau se sua imaginação fosse passavelmente boa. Historiadores e romancistas encadernarão seus embustes e os venderão a muito bom preço. A eles não lhes interessa contar os fatos senão contar que os contam.

Por agora a posteridade não nos interessa. A posteridade não se regala a ninguém. Algum dia retrocederá para buscar-nos. Eu só opero o que muito mando. Eu só mando o que muito posso. Mas como Governante Supremo também sou vosso pai natural. Vosso amigo. Vosso companheiro. Como quem sabe tudo o que há de saber e mais, irei instruindo-lhes sobre o que devem fazer para seguir adiante. Com ordens sim, mas também com os conhecimentos que lhes faltam sobre a origem, sobre o destino de nossa Nação.

Sempre há tempo para ter mais tempo.

Quando nossa Nação era ainda parte destas colônias ou Reino de Índias como se chamavam antes, um funcionário da corte com cargo de fiscal ouvidor na Audiência de Charcas, José Antequera y Castro, viu, ao chegar a Assunção, a pedra da desgraça pesando sobre o Paraguai havia mais de dois séculos. Não andou com muitas voltas. A soberania do Comum é anterior a toda lei escrita, a autoridade do povo é superior mesmo à do rei, sentenciou no Cabildo de Assunção. Pasmo geral. Quem é este jovem magistrado caído da lua? Então agora a Audiência se converteu em uma casa de orates? Não lhe ouvimos bem, senhor ouvidor.

José de Antequera se pôs a estampar a fogo a letra, os fatos, sua sentença de juiz pesquisador: Os povos não abdicam sua soberania. O ato de delegá-lo não implica de maneira alguma que renunciam exercê-la quando os governos lesionam os preceitos da razão natural, fonte de todas as leis. Unicamente os povos que gostam da opressão podem ser oprimidos. Este povo não é desses. Sua paciência não é obediência. Tampouco podem esperar, senhores opressores, que sua paciência seja eterna como a bem-aventurança que lhe prometem para depois da morte.

O juiz pesquisador veio não com a fé do carvoeiro que se benze. Chegou, veio, pesquisou tudo muito a fundo. Revoltou-se com o que viu. A corrupção absolutista havia acabado por infestar tudo. Os governadores traficavam com seus cargos. A corte fazia vista grossa com os que lhe faziam a corte, a troco de seguir recebendo seus dobrões. Eu posso vender a vocês o cargo de Ditador Perpétuo? Vejo-os mover hipocritamente a cabeça baixa. Pois bem, Diego de los Reyes Balmaceda comprou a governação do Paraguai por uns patacões. De um pontapé Antequera expulsou o crápula Reyes que foi se queixar ao vice-rei de Buenos Aires. Assim estavam de tão corrompidos estes Reinos de Índias.

Os pacotes oligárquicos das vilas empacotavam carne de índio nas encomendas. Imenso quartel de sotaina o dos jesuítas. Império dentro de outro império com mais vassalos que o rei.

No califado fundado por Irala, quatrocentos sobreviventes dos que haviam vindo em busca de *El Dorado*, em lugar da Cidade-resplandecente, encontraram o lugar dos lugares. Aqui. E levantaram um novo Paraíso de Mahoma no milharal neolítico. Risca essa palavra que ainda não se usa. Milhares de mulheres acobreadas, huris as mais formosas do mundo, a seu completo serviço e prazer. O Alcorão e a Bíblia ajuntados na meia-lua da rede indígena.

O estrilo antequerino levantou os *comuneros* contra realistas--absolutistas. Blasfêmias. Lamentações. Rogativas. Intrigas. Conjuras. Libelos, sátiras, panfletos, caricaturas, pasquins, repetiram então o que está acontecendo hoje. Os jesuítas acusaram Antequera da pretensão de se fazer rei do Paraguai sob o título de José I. Pouco antes queriam monarquizar seu império comunista coroando o índio Nicolás Yapuguay sob o nome de Nicolás I, rei do Paraguai e imperador dos mamelucos. Perdão, senhor, não ouvi bem isso dos reis do Paraguai. Não é que não ouves. Há tempos não entendes o que escutas. Peça ao negro Pilar que te conte a história. Os reis do Paraguai não eram outra coisa que fábulas como as de Esopo, Patiño. O negro Pilar te contará. Senhor, como você sabe, o negro José María Pilar já não está. Quer dizer, está, mas embaixo da terra. Não importa; diga-lhe que te conte essas fábulas. São justamente para serem contadas embaixo da terra, escutadas a cavalo sobre uma sepultura. Já a contou, senhor, ainda que de outra maneira no Aposento da Verdade sob os açoites. A mim me pareceu pura bravata de seu ex-pagem a mão ex-ajuda de câmara. Desafinâncias que o tormento arranca. O próprio juiz instrutor Dom Abdón Bejarano me disse que não anotara aquela disconveniência no sumário. Que disse o negro infame? Declarou, jurou, perjurou, senhor, que castigavam-no e iam justiçá-lo nada mais porque havia querido ser rei do Paraguai com o nome de José I. Isso disse com cara de riso e coração de diabo entre seus mucos e suas lágrimas. Agregou outros desaforos que tampouco anotei no sumário por ordem de Dom Abdón. Maluquices do disconfidente réu. Loucura do juízo. Não aprendeste ainda, atuário, que a loucura diz mais verdades que a confissão voluntária? Não será que o falsário tratou de subornar-te com o cargo de fiel de feitos em sua negra monarquia? Por Deus, senhor, não! Não será que prometeu fazer-te cônsul de sua ínsula barataria? Senhor, se é assim devíamos ser dois os Cônfules da Ínfula, Bejarano e eu. Dois cônfules, Pompeu e César, como foram Sua Excelência e o infame traidor da Pátria o Ex-brigadeiro Fulgencio Yegros, que já teve seu merecido no tronco, junto com os demais cúmplices na conspiração.

Não será que tu também fabulas fazer-te algum dia rei do Paraguai? Nem por um queijo, senhor! Você mesmo costuma dizer que isso só valeria à pena se o povo e o soberano fossem uma mesma pessoa; porém para isso não precisa ser rei senão um bom Governante Supremo, como é Sua Excelência. Entretanto, tu vês que aqui como no resto da América, desde a Independência, ficou flutuando no ar o vírus da monarquia, tanto ou mais que o do garrotilho ou a mancha que empesta o gado. Os camareiros, os fiéis de feitos, os doutores, os militares, os padres, todos sofrem de febre por ser reis.

Onde havíamos ficado? No comum, senhor. Tu sempre andas com rodeios, passeias pelas tripas. Pergunto-te onde terminava o último parágrafo, espertalhão. Leio, senhor: Acusaram Antequera da pretensão de se fazer rei do Paraguai sob o título de José I. Não, que não e não! Não é isso de nenhuma maneira o que eu disse. Tens misturado como sempre o que dito. Escreva devagar. Não te apures. Faça de conta de que dispões de oito dias mais de vida. Se são oito dias podem ser oitenta anos. Não há como pôr prazos longos às dificuldades. Melhor ainda se não tens mais que uma hora. Então esta hora tem a vantagem de ser curta e interminável ao mesmo tempo. Quem tem uma hora boa não tem todas más. Faz-se mais nessa hora que em um século. Feliz do condenado à morte, que pelo menos tem a certeza de saber a hora exata em que há de morrer. Quando estiveres em tal situação saberás. A paixão de teu apuro provém de crer que sempre estás no presente. Mal-informado aquele que se proclama seu próprio contemporâneo. Estás entendendo, Patiño? Para dizer-lhe toda a verdade, não muito, senhor. Enquanto escrevo o que me dita não posso agarrar o sentido das palavras. Ocupado em formar com cuidado as letras da maneira mais uniforme e clara possível, escapa-me o que me dizem. Quando quero entender o que escuto me sai torcido o risco. Me embaralham as palavras, as frases. Escrevo a trancos. Você, senhor, vai sempre avante. Eu, ao menor descuido, me ataranto, me atravanco. Caem gotas. Formam-se lagoas sobre o papel. Logo com toda justiça vossência se zanga. Há que começar de novo. Ora que se leio o escrito uma vez assinado por Sua Excelência, jogada a areiazinha sobre a tinta, resulta-me sempre mais claro que a claridade mesma.

Passa-me o livro do caetano Lozano. Nada melhor que destacar a verdade dos fatos comparando-a com as mentiras da imaginação. Bem pérfida a desse outro palerma tonsurado. O mais cabeça dura caluniador de José de Antequera. Sua *História das revoluções do Paraguai*, contrária ao movimento *comunero*, contrária a seu chefe. Este já não podia defender-se de tais velhacarias porque o haviam assassinado duas vezes. O padre Pedro Lozano pretendeu fazê-lo pela terceira vez recompilando os enganos, imposturas, infâmias que se teceram contra o chefe *comunero*. O mesmo que operam e operarão contra mim os anônimos panfletistas. Algum desses escrevinhadores emigrados se animará, no entanto, na impunidade da distância, a estampar cinicamente sua assinatura ao pé de tais truanias.

Traga-me o livro. Não está aqui, senhor. Você o deixou guardado no Quartel do Hospital. Tenha-o pois a pão e água; que lhe deem uma purga diariamente até que morra ou jogue no ralo todas as suas mentiras. O Paí Lozano não está aqui, senhor; não esteve nunca, que eu saiba. Eu te pedi que me passes as *Revoluções do Paraguai*. Estão no Quartel do Hospital, senhor. A *História*, espertalhão. A *História* está no Hospital, senhor, guardada à chave no armário. Você a deixou lá quando houve sua internação.

Ficamos na primeira interrupção da Colônia. Um século atrás José de Antequera vem, intervém, não se detém. O governador de Buenos Aires, o ínclito marechal de campo Bruno Mauricio de Zabala, invade o Paraguai com cem mil índios das Missões. Barbicha sumida, cachos enrolados, põe-se à cabeça da expedição repressora. Cinco anos de batalhas. Colossal carniçaria. Desde os tempos de Fernando III, o Santo, e de Afonso X, o

Sábio, não se viu luta mais cruenta. Com atraso de séculos a Idade Média entra a talhar as selvas, os homens, os direitos da província do Paraguai.

Na grande peleja, cada um só vê a roda que se faz de sol de ouro muito fino, do tamanho de uma roda de carroça. Os sarracenos de Buenos Aires, os padres do império jesuítico, os encomendeiros godo-criollos, descabeçam, destripam a rebelião. Antequero é levado a Lima. Também Juan de Mena, seu aguazil-mor em Assunção. São arcabuzeados nas mulas que os levam ao cadafalso antes que o povo amotinado possa libertá-los. Para maior segurança jogam seus cadáveres sobre o tablado. O verdugo arranca as cabeças. As duas primeiras cabeças que rolam pela independência americana. Gargarejo de historiador. O que não impede que aquilo tenha ocorrido. Pelo visto e ouvido aprendi a ser desconfiado. Cem anos em um dia. Um dia antes do século rematei a volta daquele levantamento proclamado, eu por minha vez nestas colônias, que o poder espanhol havia caducado. Não só os direitos realengos do bourbon. Também os usurpados pela cabeça do vice-reinado onde o despotismo monárquico havia sido substituído pelo despotismo *criollo* sob disfarce revolucionário. O que resultava duas vezes pior.

Igual aqui no Paraguai. Assunção não era melhor que Buenos Aires nesse sentido. Assunção cidade-capital. Fundadora de povos. Amparo-reparo da conquista, estigmatizaram-na cédulas reais. Honra desonrante.

Os grandes oligarcas queriam seguir vivendo até o fim dos tempos da cria de seu dinheiro e de suas vacas. Viver fazendo o não fazer nada. Prole dos que traíram o levantamento *comunero*. Aristocratas-iscariotes. Os que venderam Antequera pela maldição dos Trinta Dinheiros. Bando dos contrabandos. Bando dos escamoteadores dos direitos do Comum. Bastardos daquela legião de encomendeiros. Mancebos da terra e do garrote. Eupátridas que se autointitulavam patrícios. Põe uma nota de rodapé: Eupátrida significa proprietário. Senhor Feudal. Dono de terras, vidas e fazendas. Não, melhor, risca a palavra eupátrida. Não a entenderão. Começarão a metê-la em seus ofícios sem tom nem som. Alucina-os tudo o que não entendem. Que sabem eles de Atenas, de Sólon? Ouviste tu algo de Atenas, de Sólon? O que vossência já disse deles, não mais. Continua escrevendo: Por outra parte aqui no Paraguai esta palavra nada significa. Se alguma vez houve eupátridas, já não há mais. Difuntados ou emparedados estão. Pese a queos genes da *gens* cabeças duras tarados engendram: a *gens* godo-criolla reproduzindo-se sem cessar na cadeia dos genes--iscariotes. Estes foram, continuam sendo os judiscariotes que pretendem ascender a judiscaridores do Governo. Desde um século traíram a causa de nossa Nação. Os que traem uma vez traem sempre. Trataram, seguirão tratando de vendê-la aos portenhos, aos brasileiros, ao melhor licitador europeu ou americano.

Não me perdoam que eu tenha adentrado em seus domínios. Desprezam o trato justo que dou a mentecaptos e *espolones* campesinos; assim é como esses delicados espíritos designam o populacho. Esqueceram que a plebe da ralé era a que amamentava suas fazendas em servidão perpétua. Para estes mancebos da terra, para estes fierabrases do garrote, a plebe não era senão um apero de lavoura a mais. Peças lavradoras/ procriadoras. Utensílios-animados. Trabalhavam nos feudos com os joelhos feridos a uma ordem do sol até a caída da noite. Sem dia livre, sem lugar, sem roupa, sem nada mais que seu nada cansada.

Até que recebi o Governo, o Dom dividia aqui a gente em Dom-amo/ servo-sem-Dom. Gente-pessoa/ gente-multidão. De um lado a folgança califária do maioral *godo-criollo*. Do outro, o escravo pendurado do cravo. O morto-ser-continuamente-vivo: peões, chacareiros, balseiros, caminhadores da água, da mata, gente de remo e erva, lenheiros, vaqueiros, artesãos, caravaneiros, montanheses. Escravos armados uma parte deles, deviam defender os feudos dos *kaloikagathoí criollos*. Se tivesse vossência a bondade de repetir-me o termo que me escapou. Escreva simplesmente: Amos. Pretendiam ainda os Dons-amos que a plebe faminta além de servi-los os amasse? A gente-multidão;

em outras palavras, a plebe lavradora-procriadora produzia os bens, padecia de todos os males. Os ricos desfrutavam de todos os bens. Dois estados em aparência inseparáveis. Igualmente funestos ao bem comum: de um saem os causadores da tirania; do outro, os tiranos. Como estabelecer a igualdade entre ricos e suplicantes? Você não se fatigue com estas quimeras!, me dizia o portenho Pedro Alcántara de Somellera às vésperas da Revolução. Voto, sonho piedoso, que não pode realizar-se na prática. Veja você, Dom Pedro, precisamente porque a força das coisas tende sem cessar a destruir a igualdade, a força da Revolução deve sempre tender a mantê-la; que ninguém seja rico o bastante para comprar o outro, e ninguém pobre o bastante para ver-se obrigado a se vender. Ha ha, exclamou o portenho, você quer distribuir as riquezas de uns poucos pareando a todos na pobreza? Não, Dom Pedro, eu quero reunir os extremos. O que você quer é suprimir a existência de classes, senhor José. A igualdade não se dá sem a liberdade, Dom Pedro Alcántara. Esses são os dois extremos que devemos reunir.

Entrei para governar um país onde os infortunados não contavam para nada, onde os espertalhões eram tudo. Quando empunhei o Poder Supremo em 1814, aos que me aconselharam com primeiras e segundas intenções que eu me apoiasse nas classes altas, disse: Senhores, por agora pouco obrigado. Na situação em que se encontra o país, em que me encontro eu mesmo, minha única nobreza é a plebe. Não sabia eu que nos dias daquela época o grande Napoleão havia pronunciado iguais ou parecidas palavras. Apequenado, derrotado depois, por haver traído a causa revolucionária de seu país.

(No caderno privado. Letra desconhecida)

Que outra coisa fizeste tu?... *(queimado, ilegível o resto do parágrafo).*

Alentou-me coincidir com o Grande Homem que, em cada momento, sob qualquer circunstância, sabia o que tinha que fazer na continuação e o fazia continuamente. Coisa que vocês, funcionários servidores do Estado, não aprenderam ainda, nem parece que vão aprender tão cedo, segundo me abrumam em seus ofícios com perguntas, consultas, bobagens sobre a melhor porcaria. Quando por fim cansados fazem algo, eu devo prover também sobre o modo de desfazer o mal que fizeram.

Enquanto os oligarcas nenhum deles leu uma só linha de Sólon, Rousseau, Raynal, Montesquieu, Rollin, Voltaire, Condorcet, Diderot. Risca estes nomes que não saberás escrever corretamente. Nenhum deles leu uma só linha fora do Paraguai Católico, do Ano Cristão, do Florilégio dos Santos, que a estas horas já estarão também convertidos em naipes. Os oligárquicos ficam em êxtase folheando o Almanaque das Pessoas Honradas da Província, trepados nos galhos de suas genealogias. Não quiseram compreender que há certas situações desgraçadas em que não se pode conservar a liberdade senão à custa dos demais. Situações em que o cidadão não pode ser inteiramente livre sem que o escravo seja sumamente escravo. Negaram-se a aceitar que toda verdadeira Revolução é uma troca de bens. De leis. Troca a fundo de toda sociedade. Não mero rejunte de cal sobre o rebocado sepulcro. Procedi procedendo. Pus o pé no passo do amo, do traficante, do dourado canalha. De bruços caíram do gozo ao poço. Ninguém lhes deu um pingo de consolo.

Redigi leis iguais para o pobre, para o rico. Fi-las contemplar sem contemplações. Para estabelecer leis justas suspendi leis injustas. Para criar o Direito suspendi os direitos que em três séculos funcionaram invariavelmente torcidos nestas colônias. Liquidei a impropriedade da propriedade individual tornando-a propriedade coletiva que é o próprio. Acabei com a injusta dominação e exploração dos *criollos* sobre os naturais, coisa mais natural do mundo posto que eles como tais tinham direito de primogenitura sobre os orgulhosos e mescladinhos mancebos da terra. Celebrei tratados com os povos indígenas.

Provi-lhes de armas para que defendessem suas terras contra as depredações das tribos hostis. Mas também os contive em seus limites naturais impedindo-lhes de cometer os excessos que os próprios brancos lhes haviam ensinado*.

---

* "Em vista das frequentes queixas de vizinhos da campanha sobre as depredações e roubos que os índios cometiam nas propriedades rurais com as contínuas invasões que efetuavam, o Ditador Perpétuo em um extenso decreto emitido em março de 1816 censurava acremente a inépcia dos comandantes das tropas encarregadas da vigilância da fronteira, dispondo sem perda de tempo que fossem reforçadas com forças da cavalaria os destacamentos de Arekutakuá, Manduvirá, Ypytá e Kuarepotí, devendo as partes armadas de todos os destacamentos da fronteira organizar contínuas incursões nos campos imediatos, para castigar os selvagens em qualquer tentativa de invasão. O mesmo decreto fazia responsáveis os comandantes por qualquer timidez que demonstrassem no cumprimento destas medidas, e mandava que fossem lancetados todos os índios invasores que pudessem ser tomados como prisioneiros por roubo, mandando que colocassem as cabeças destes no mesmo lugar por onde tivessem invadido, sobre lanças, à distância de cinquenta varas uma da outra.

"Os índios mais temíveis que invadiam continuamente a região do Norte, eram os Payaguaces. Vagabundos, viviam em hordas e aduares nômades. Muito traiçoeiros em suas incursões, viviam dedicando-se ao roubo de gado, à pesca e à caça. Havia, no entanto, um número reduzido de índios que tinham suas cabanas um pouco mais ao norte de Concepción, que ajudavam com suas canoas as forças do destacamento próximo a dito ponto, para perseguir os índios matreiros. Um assalto como de cinco mil deles foi reprimido no fim de 1816. Todos foram lancetados e colocadas suas cabeças sobre lanças a cinquenta varas umas das outras formaram um cordão escarmentador ao longo de muitas léguas de fronteira da região invadida onde desde então reinou uma era de paz que os historiadores denominam a Era das Cabeças Quietas". *(Wisner de Morgenstern, op. cit.).*

Hoje por hoje os índios são os melhores servidores do Estado; dentre eles eu cortei os juízos mais probos, os funcionários mais capazes e leais, meus soldados mais valentes.

Tudo o que se necessita é a igualdade dentro da lei. Unicamente os pícaros creem que o benefício de um favor é o favor mesmo. Entendam isso todos de uma vez: o benefício da lei é a lei mesma. Não é benefício nem é lei senão quando é para todos.

E quanto a mim, em benefício de todos não tenho parentes nem enteados nem amigos. Os libelistas me jogam na cara que uso de mais rigor com meus parentes, com meus velhos amigos. Rigorosamente certo. Investido do Poder Absoluto, o Supremo Ditador não tem velhos amigos. Só tem novos inimigos. Seu sangue não é água do pântano, nem reconhece descendência dinástica. Esta não existe senão como vontade soberana do povo, fonte do Poder Absoluto, do absolutamente poder. A natureza não dá escravos; o homem corruptor da natureza é quem os produz. O marco da Ditadura Perpétua libertou a terra arrancando-lhes da alma os marcos de sua imemorial submissão. Se continua havendo escravos na República já não se sentem escravos. Aqui o único escravo segue sendo o Supremo Ditador posto ao serviço do que domina. Mas ainda há quem me compare com Calígula e chega ao extremo de inquietar o Incitato, nome do cavalinho tornado cônsul por ocorrência peregrina do tonto imperador romano. Não teria valido mais que meu peregrino difamante averiguasse o significado dos feitos e não dos desfeitos da história? Houve, sim, um cavalo-cônsul na Primeira Junta: seu próprio presidente. Mas eu não o elegi. O Ditador Perpétuo do Paraguai nada tem que ver com o cônsul solípede de Roma nem com o bípede cônsul de Assunção que finou no tronco.

Me acusam de haver planejado e construído em vinte anos mais obras públicas que as que os indolentes espanhóis desedificaram em dois séculos. Levantei nas desertas solidões do Gran Chaco e da Região Oriental casas, fortins, fortes e fortalezas. As maiores e mais poderosas da América do Sul: o primeiro de todos, o que antigamente se dizia Bourbon. Borrei esse nome. Borrei essa mancha. O que antes não era mais que uma estacada de palmas e troncos foi reconstruído desde os alicerces. Assim, enquanto os portugueses fortificavam Coimbra para nos assaltar no remoto Norte, erigi para enfrentá-los a Fortaleza do Olimpo. Mandei que murassem de pedras. Bastião inexpugnável. Torrões de cegante brancura contra os piratas negros e negreiros do Império. Logo foi a Fortaleza de San José, ao Sul*.

---

* "A Fortaleza de San José é, sem discussão, a mais portentosa das construções de engenharia militar, única por suas inauditas dimensões, em toda a América do Sul da primeira metade do século XIX. O projeto de sua construção concebeu-se com o cessar das hostilidades entre Brasil e Buenos Aires, na Banda Oriental, que tornou propícia a invasão do Paraguai até oferecer em certos momentos indícios de iminência. Após estudos atenciosos e uma cuidadosa concentração de meios se iniciou a obra nos últimos dias de 1833, em frente a Itapuã, do outro lado do rio, na Guarda ou Acampamento de San José. Duzentos e cinquenta homens, pernoitando em tendas e barracas de couro em torno do casario da Guarda, começaram a trabalhar simultaneamente. Intermediaram a condução (das obras) o subdelegado José León Ramiréz, seu substituto Casimiro Rojas e o comandante da guarnição José Mariano Morínigo. Crescendo dia a dia a ambição pelo projeto, todos os homens que poderiam ser contratados durante a execução terminaram sendo poucos. [Os duzentos e cinquenta homens do começo aumentaram para vinte e cinco mil.] O ritmo dos trabalhos se intensificou em 1837 e tudo basicamente foi finalizado nos últimos meses de 1838. A Fortaleza, que entre os paraguaios continuou sendo chamada com o modesto nome de sua origem, Acampamento San José, e entre os correntinos e demais provincianos Trincheira San José ou Trincheira dos Paraguaios, tinha uma muralha externa totalmente de pedra, de quase quatro metros de altura e dois de espessura, com perfil ameado e repleto de torres com bocas de fogo batendo todos os ângulos do horizonte. Exceto pela porteira que se abria no caminho dos comboios de San Borja, essa muralha, com um profundo fosso paralelo, se estendia ininterruptamente até se perder de vista, partindo do banhado da Lagoa San José, na orla do Paraná, para depois de percorrer um dilatado semicírculo de muitos quilômetros, voltar a se fechar como um monstro semi enroscado no mesmo rio.

"Tamanha massa de cal e pedra, similar, de certa maneira, à Grande Muralha da China, cercava os quartéis da tropa, o alojamento de oficiais e sargentos, o parque de armas e demais dependências auxiliares, dispostos em forma de uma pequeno povoado com uma rua de quinze conjuntos de casas de cada lado, cada cômodo medindo cinco metros e meio, e as calçadas com mais de um metro, e por último, nos arredores, envolvia duas grandes esquinas ou currais interiores separados por uma espessa selva partida por uma trilha que ia desvanecendo ao chegar no rio.

"E muito longe, diante dos olhos das patrulhas correntinas que percorriam as montanhas e as solidões do deserto missionário, a Fortaleza aparecia de improviso com um aspecto impressionante e avassalador. Mais além das paredes, na ponta de um altíssimo mastro de urundey, erguido como uma agulha, quase perfurando o céu, flamejava o símbolo tricolor da lendária, respeitada e temida República do Ditador Perpétuo. (J. A. Vázquez, *Visto e Ouvido*).

O edifício do Cabildo, do Quartel do Hospital, a reconstrução da Capital e de numerosos povoados, vilas e cidades no interior do país. Tudo isso foi possível mediante a primeira fábrica de cal que instaurei, e não por milagre, no Paraguai. De modo e maneira que, como afirma o amigo José António Váquez, sobre um passado de adobe e barro batido, eu introduzi aqui a civilização da cal. Às estâncias da pátria, às granjas da pátria, se somava assim o resplandecente impulso da cal pátria.

Desde a Casa do Governo até o menor rancho do último confim, branqueou o alvor da cal pátria. Meu panegirista dirá: A Casa de Governo se converteu em receptáculo que recolhia as vibrações do Paraguai inteiro. Palingenesia do branco no branco. Os chivosis pasquineiros murmurarão, por sua vez, que se converteu o tímpano dos gemidos que exalam dia e noite os cativos no labirinto das masmorras subterrâneas. Tromba--mandatária. Recipiente dos rumores de um povo em marcha. Cornucópia do fruto-múltiplo da abundância, louvam uns. Palácio do Terror que fez do país uma imensa prisão, coaxam os batráquios viajantes, os oligarcas expatriados. Que importa o que digam esses trânsfugas! Digam, que de Deus disseram. Apologia/ Calúnia nada significam. Resvalam sobre os feitos. Não mancham o branco. Brancas são as túnicas dos redimidos. Vinte e quatro anciãos estão vestidos de branco ante o grande trono branco. O ÚNICO que ali se senta, branco como a lã: o mais branco de todos no tenebroso Apocalipse.

Também aqui no luminoso Paraguai o branco é o atributo

da redenção. Sobre esse fundo de brancura cegante, o negro de que revestiram minha figura infunde maior temor ainda a nossos inimigos. O negro é para eles o atributo do Poder Supremo. É uma Grande Obscuridade, dizem de mim tremendo em seus cubículos. Cegos pelo branco, temem mais, muitíssimo mais o negro no qual percebem a asa do Arcanjo Exterminador.

Me lembro muito bem, excelência, como se estivesse vendo, quando expus um problema ao enviado do Império do Brasil. O sabichão Correia da Câmara não soube resolver a adivinhação. De que adivinhação estás falando? Vossência disse naquela noite ao brasileiro: Por que o leão com somente seu bramido e rugido aterroriza a todos os animais? Por que o chamado rei da selva só teme e reverencia o galo branco? Vou lhe explicar o assunto já que você não sabe, lhe disse vossência: A razão é porque o sol. Órgão e prontuário de toda luz terrestre e sideral, mais efeito produz, está melhor simbolizado no galo branco da alvorada por sua propriedade e natureza, do que no leão rei dos latrocínios selváticos. O leão anda de noite em busca de suas presas e depredações, bandeirante de grande melena e fome grande. O galo desperta com a luz e se mete no bucho do leão. Correa tragou forte e revirou os olhos. Vossência lhe disse logo: De repente aparecem diabos emplumados em forma de leão e desaparecem ante um galo... Vamos, Patiño, deixe de antigas animálias! Não podemos prognosticar o que virá. Pode acontecer que de repente se invertam os papéis e que o rei dos latrocínios selvagens cometa a selvageria de meter o galo na pança. Só que isto não sucederá enquanto dure a Ditadura Perpétua. Se é Perpétua, senhor, a Ditadura durará eternamente e por toda a eternidade. Amém. Com sua licença solto um momento a pluma. Vou me benzer. Já fiz, senhor. Às suas ordens. Pronto Valois! Conheço teu grito de guerra. Penúria e disúria te atacam. Vá ao feijão e benza-te sobre a panela.

Basta por agora. O resto continuará. Envia sucessivamente o que for saindo. Leva-me à câmara. À Câmara, senhor? À minha cama, a meu leito, a meu vão. Sim, tacanho, a minha própria Câmara da Verdade.

Ah, leito, odiado leito. Buscas minha gravidade, queres ser dono do meu fim. Já não é bastante que me tenhas roubado horas, dias, meses, anos? Quanto, quanto tempo minha pessoa percorreu tua imensidão de tão suados colchões! Calça-me a espinha, Patiño. O travesseiro primeiro. Esses dois ou três livros depois. As *Siete partidas* sob uma nádega. As *Leyes de Indias* sob a outra. Levanta-me o lombo com o *Fuero juzgo*. Ai, ah, ui. Não, assim não. Mais ainda, põe um pouco mais embaixo o *Fuero*. Assim, assim está melhor. Necessitaria da alavanca de Arquimedes. Ah, sim uma ciência desconhecida poderia me sustentar no ar. Essas argolas das que penduram panelas sobre o fogo. Ainda inflado de gás quente, não posso levitar como meus cavalos. Poderia, senhor, mandar tecer uma boa rede, como as que têm os presos nos calabouços. Tão leves se sentem nelas, que até esquecem o peso de suas barras de grilhões. Talvez tenhas razão. É o último que me falta. Obrigado pelo conselho. Vá almoçar, que já as tripas te choram na cara. Eh, eh, aguarda um momento. Traz-me o pasquim. Quero examinar outra vez. Alcança-me a lupa. Contorno mais o postigo, senhor? O que, pensas que te escapa o pássaro pela janela? Não, senhor; só para que vossência tenha mais luz. Não precisa. Debaixo da minha cama há tanta claridade como no céu raso do meio dia.

Me intriga esse papelucho. Te terás dado conta pelo menos de que este papel do anônimo já não se usa desde há muitos anos. Eu nunca o vi, excelência. Que observas nele? Papel coberto de mofo, longamente guardado, senhor. Colocado à contraluz se nota a filigrana listada da marca d'água: um florão de estranhas iniciais que não se deixam entender, excelência. Pergunta ao delegado de Villa del Pilar se essa contrabandista chamada La Andaluza trouxe mais resmas dessa marca. Tomás Gilí é alucinado em garatujar seus ofícios em papel avergoado. Se perjurado, melhor. Devo recordar-lhe, senhor, que a viúva de Goyeneche não voltou ao Paraguai. Quem é a viúva de Goyeneche? A capitã do barco que trazia os contrabandos, a senhora a quem chamam La Andaluza, senhor. Ah, achei que te referias à viúva de Juan Manuel de Goyeneche, enviado confidencial de Bonaparte e de Carlota Joaquina, o espião maturrango que jamais pisou nesse país. Depois da entrevista que vossência lhe concedeu, La Andaluza não fez mais viagens. Mentes! Jamais a recebi. Não confunda as coisas. Não ponhas acima o de baixo. Averiguar com os comissionados, administradores de fronteiras, chefes de resguardos, quando e como entraram mais resmas deste papel avergoado no país. Agora retira-te. Almoçará, senhor? Diga a Santa que me traga um jarro de limonada. Há de vir o mestre Alejandro às cinco como de costume? Por que não há de vir? Quem és tu para alterar meus hábitos. Diga ao barbeiro que vá botando as tuas de molho. Vá e bom apetite.

(No caderno privado)

Creio reconhecer a letra, este papel. Antigamente, nos anos mais atrás, representaram para mim a realidade do existente. Batendo uma pedra de fogo sobre a folha se podia ver na tinta ainda úmida um pulular de infusórios. Fibrilas parasitas. Corpúsculos anulares, semilunares do *plasmodium*. Acabavam formando as roséolas filigranadas da malária. Treme o papelucho atacado de chucho. Viva a terçã!, zumba a febre em meus ouvidos. Obra dos culicídeos anopheles.

Seguir o rastro da letra nos labirintos de... (*rasgado*).

... as filigranas de água em papel a-ver-goado, as letras flageladas, marcam agora a irrealidade do inexistente. Na selva de diferenças que jazemos, também Eu devo me cuidar de ser enganado pelo delírio das semelhanças. Todos se acalmam pensando que são um só indivíduo. Difícil ser constantemente o mesmo homem. O mesmo não é sempre o mesmo. EU não sou sempre EU. O único que não muda é ELE. Sustenta-se no invariável. Está aí no estado dos seres superlunares. Se fecho os olhos, continuo vendo-o repetido ao infinito nos anéis do espelho côncavo. (Tenho que buscar meus apontamentos sobre esse assunto de almastronomia). Não é uma questão de pálpebras somente. Se às vezes ELE me olha acontece então que minha cama se levanta e rema ao capricho dos remoinhos, e EU deitado nela vendo tudo de muito alto e de muito baixo, até que tudo desaparece no ponto, no lugar da ausência. Só ELE permanece sem perder um ápice de sua forma, de sua dimensão; melhor dizendo crescendo--acrescendo-se de si próprio.

Quem pode me assegurar que esteja eu no instante em que viver é errar só? Esse instante que efetivamente, como o disse meu amanuense, se morre e tudo continua sem que nada ao que parece tenha acontecido ou mudado. No princípio não escrevia; unicamente ditava. Depois esquecia o que havia ditado. Agora devo ditar/ escrever; anotar em alguma parte. É o único modo que tenho de comprovar que existo ainda. Ainda que estar enterrado nas letras não é por acaso a mais completa maneira de morrer? Não? Sim? E então? Não. Rotundamente não. Emagrecida vontade da caduquice. A velha vida borbulha pensamentos de velho. Escreve-se quando já não se pode operar. Escrever fementiras verdades. Renunciar ao benefício do esquecimento. Cavar o poço que alguém mesmo é. Arrancar do fundo o que à força de tanto tempo ali está sepultado. Sim, mas estou seguro de arrancar o que é ou o que não é? Não sei, não sei. Fazer titanicamente o insignificante é também uma maneira de operar. Ainda que seja ao revés. Do único que estou seguro é que estes Apontamentos não têm destinatário. Nada de histórias fingidas para diversão de leitores que se lançam sobre elas como nuvens de gafanhotos. Nem Confissões (como as do compadre Juan Jacobo), nem Pensamentos (como os do compadre Blas), nem Memórias Íntimas (como as rameiras ilustres dos letrados sodomitas). Isto é um Equilíbrio de Contas. Tábua estendida sobre a borda do abismo. A perna gotosa vai se arrastando até o extremo até esse ponto do equilíbrio em que tábua, caminhante, contas e contos, dívidas e devedores são tragados pelo abismo. Saúde, bem-vindo ataúde!

O idiota do Patiño acerta sempre as coisas pela metade. Não recebi La Andaluza. Concedi-lhe audiência, mas não a recebi. Receba-a, S. M., me faz dizer seu sócio Sarratea. A insigne comerciante é uma encantadora pessoa, devota de Você até dizer chega. Leva a S. Exa. a proposta de um negócio que haverá de deixá-lo satisfeito por muito tempo, porém que não pode menos que ser tratado a sós pelos riscos que implica. Falsas palavras de portenho, falso como todo portenho. Pretende me alucinar com a armadilha de um grande contrabando de armas. Em pouco menos viria no carregamento todo o arsenal roubado do Paraguai no bloqueio pirata do rio, mais as armas que deixaram as tropas paraguaias quando foram defender Buenos Aires contra as invasões inglesas. Até os canhões do Porto, para não dizer mais.

A chaminha do complô cheirava desde longe antes de que brotasse a fumaça. Eu às vezes gosto de parecer ingênuo. Que há amanhã que não possa vir hoje a insigne comerciante, se ontem seria já um pouco tarde, debochei do portenho. No alvo, a garça verde asas brancas de vinte metros de fora a fora cobriu as setenta léguas da Villa del Pilar, onde a barca esteve ancorada durante dois meses esperando minha autorização. Planando entre as serras de Lambaré e Takumbú descendeu suavemente na baía do porto frente à Casa de Governo.

Primeiro entrou na alcova pela lente da luneta a miúda silhueta da capitã ao leme. Está aí de costas no espelho. Corpo--junco. Corpo-escopeta. Espingarda-mulher. Os dedos crispados sobre o gatilho da vontade. Foi então quando escrevi, *nihil in intellectu*, este exercício retórico que agora copio para me castigar duas vezes com a vergonha daquela baixeza provocada pela visita fabulária da real mulher. Dejanira me traz a túnica empapada de sangue do rio-centauro Nesso. Nesso: anagrama de senso. Criaturas anfíbio-lógicas as mitológicas. Sabes como é a coisa? Podem encontrá-la em qualquer dicionário portátil sobre os mitos. Se então o meu não está consumido pelo fogo, cuidadoso compilador-coletador de cinzas, acuda às pp. 70-7, onde acharás uma cruz: Hércules se enamora de Dejanira destinada a Aqueloo. Luta com este que tomou a forma de serpente, logo a de touro. Arranca-lhe um corno e este será celebrado depois como o Corno-da-abundância. Perder uma mulher é sempre encontrar a abundância. Hércules, por sua vez, é levado por sua vitória à perdição. Leva Dejanira ao centro de Takumbú, na realidade a Tirinto. O que não importa muito, pois em tais fábulas uns homens não são mais reais que outros. Entra em cena o centauro Nesso que conhece os pontos vadeáveis do rio. Se oferece a passar Dejanira sobre suas costas. Mas como todas essas deidades machefemeadas são traiçoeiras, o rio-centauro Nesso foge com ela. Hércules dispara ao raptor uma flecha envenenada. Sentindo-se morrer, dá sua túnica empapada em sangue e veneno a Dejanira, quem por sua vez a entregará como presente a Hércules. Aqui há todo um enredo.

Detalhes de zelo, desvelo, dor de cotovelo. De que se nutrem as fábulas senão de frequentes fatalidades? Hércules agoniza vestido com a túnica de Nesso. Ainda lhe sobram forças para derrubar grandes árvores ao pé do Monte-Leão. Forma uma pirâmide; mede uma pira na medida de sua raiva. Manda a Filoctetes, seu Policarpo Patiño, que ponha fogo nos troncos sobre os quais estendeu sua pele de leão, deitando-se sobre ela como em um leito, a cabeça apoiada em sua maça. O portátil diz que também Dejanira se matou por desesperar. Não; as mulheres fabulárias ou reais não se matam. Matam por esperar. Entre duas luas sangram, mas não morrem.

Ah, traidora, astuta, bela Dejanira-Andaluza! Viúva do maturrango Goyeneche, emissária dos néscios portenhos. À boa parte hás chegado! Pensas que vou me despir de minha pele de leão para que o tecido fatal roce o meu corpo com sua feitiçaria de sangue monstrual-menstrual? Guarda teu transparente presente. Com muito pouco dinheiro compraram tua formosura, tua audácia, minha morte por tua mão, Amazona-do-rio. Ah, se pudesse povoar meu país de mulheres belicosas como tu, mas não traidoras, belicosas contra o inimigo, as fronteiras do Paraguai chegariam até a Ásia Menor, onde moravam as amazonas que só puderam ser vencidas por Hércules! Mas Hércules, mulherengo infiel, foi vencido por mulheres. Eu não me deitarei para jazer contigo.

Desde muito menino amei a uma deidade a quem chamei a Estrela-do-Norte. Mais de uma veleidade quis ocupar seu lugar tomando outras formas falsárias sem poder me enganar. Num dia de minha juventude dirigi a um espírito a pergunta: Quem é a Estrela-do-Norte? Mas os espíritos são mudos. (À margem): Salvo para Patiño, que crê conversar com eles, só porque cometi o erro de ensinar-lhe alguns rudimentos de ocultismos e de astrologia judiciária. Bastaram-lhe para se achar com o tempo um mago. Imago. Mariposa-coleóptero. Grande-sarcófaga, leva pintados crânios e tíbias fosforescentes nas asas enlutadas... (*rasgado na margem*). Copiei em latim a pergunta sobre um papel. Meu primeiro pasquim, não calunioso nem amoral, mas amorado, enamorado, alucinado. Pus o recado sob uma pedra, no alto da serra Takumbú. Que não houvesse existido então um farsante para responder essa pergunta!

De todos modos, falta me fazia essa fantasia, viesse ou não ao conto o contrabando de armas. Imóvel ante à mesa esquadrinha a olho os papéis, o paiol com cinquenta dos fuzis que ela me vendeu em numerosas oportunidades, mais o vinho carlón, farinha, bolachas, ferragens, contrabando-formiga que atravessa o bloqueio do rio. Passa a mão sobre o meteoro enquanto observa de rabo de olho. Suave carícia ao açor do cosmos. Azar-pedra encadeado em um canto do quarto manando luz invisível, aviso de azares menores: essa mulher de corpo preto a-penas trêmulo. Não oculta suas claras intenções no mais obscuro de seu pensamento. Primeira-última Adiantada de atentados tentados tateando. Bem-vinda sejas, capitã de La Paloma del Plata! Dejanira-Andaluza traficante de armas, de especiarias, de amantes. Dizem as más-línguas que todos os tripulantes de tua barca eleitos por ti se deitam contigo um por vez na hora em que o maometano ora tocando o solo com a fronte. O meteoro te desnuda enquanto o acaricias. Costume de mando, de cópula. Não trazes armas para meu exército. Nada mais que teu vermelho lenço. Chamariz para o balaço que pensas desfechar-me à queima-roupa apenas vejas minha aparição na porta. Retrais a mão até a cintura. Os botões peruanos de tua blusa iluminam a frestinha. Dou um passo atrás deixando passar a centelha. Voltas teu rosto até o espelho buscando-me/ buscando-te. Retocas o cacho azulado que escapa do turbante do pirata. Estás dobrando o Cabo das Onze Mil Virgens. E inclinas sobre o sextante. Buscas as coordenadas retilíneas/ esféricas; onde, como fixar o ponto que voou de lugar deixando-te sem lugar no espaço do impossível; ou pior ainda abandonando-te à deriva nesse lugar inexistente onde coexistes com todas as espécies possíveis. Lugar comum que borra o sentido comum; anula o feito mesmo de que estejas aí inclinada sobre o sextante esperando que te receba, espiando o rumo, o momento oportuno para fazer-me cair por tua vez no lugar-comum de uma frase. Coisa a mais fácil do mundo; a mais infalível maneira de fazer desaparecer uma coisa: gente, animal, seres animados-inanimados. Permita-me um aparte entre colchetes: [Em um drama da Antiguidade, não recordo qual neste momento, há uma passagem em que um conspira-dor-usurpador está falando com os homens que enviará para que matem o rei. Os mercenários alegam ser homens e ele lhes diz que só são uma espécie de homens]. Tu tampouco és uma mulher; só uma espécie de mulher. Enviada-extraviada à contramarcha do possível. Já não estás navegando o rio Paraguai, nem sulcando o Estreito sob as nuvens de Magalhães. Navegas por detrás das coisas sem poder sair de um espaço sem espaço. Em contraste com o brilho das *Nubeculae* magalhânicas as sombras de tuas olheiras cresceram: duas bolsas-de-carvão sob o fogo de teus olhos derramam chuva de fuligem sobre tua impessoal-pessoa. Por momentos te inviabilizam. Uf. Não. Sei que não estou escrevendo o que quero. Provemos outro matiz. Te meteste em uma caverna escura até o mesmíssimo centro da terra. Rebuscas mudamente em meu silenciário. Tocas, farejas, revisas tudo. Registras acariciante/ suspirante os tubos. Eh, cuidado! Não te iludas, Dejanira-Andaluza: Hércules já se lançou às chamas envolto na túnica. Não vás medir minhas calçolas com meu teodolito. Esse aparato me serviu para reedificar a Cidade que em três séculos teus antepassados deixaram mais cheia de imundícies que o estábulo de Áugias. Demarquei, desinfetei o país, enquanto cortava de um só talho as sete cabeças dos Lernos que aqui não podiam rebrotar duplas. O único Duplo é O Supremo. Mas tu não entendes a expressão ser-dois. Te aproximas do telescópio. Descobres o escroto do antílope. Observas através da lente: vês o cruzeiro invertido; ao mesmo tempo e ao contrário o mete-ouro. A bússola tem cravada sua agulha no Norte magnético da pedra. Levantas o tubo até o ângulo mais alto. Se as bolsas-de-carvão não tivessem escurecido o céu, talvez terias podido divisar o espaço completamente vazio de estrelas entre Escorpião e Ofiúco: verdadeira brecha por onde nossos olhares podem penetrar os mais distantes cantos do Universo. Sobre a mesa os sete relógios batem a um só pulso que eu sincronizo todos os dias ao dar-lhes corda setenta vezes sete. Não podes franquear essa linha latente por mais que empurres com o ombro, com tua sombra, o espaço sem espaço que te contém junto com as outras miseráveis espécies, fênix-fêmea da umidade. *Memento homo. Nepento Nulier.* Já está tarde. Inútil que movas o bastão de ferro do quadrante solar; no relógio de Acaz a sombra costuma ir para trás. Segura a barra do timão, cotovelo em gurupés avanças até a mesa navegando contra o vento que enche as bordas da porta atrás da qual te observo. Tua respiração agita as bandeirolas, estremece ritmicamente teus seios, move as ondas de papéis. Levanta a carta de Sarratea. Lança-a ao cesto. Sacodes a cabeça liberando-te da distração. Trouxeste ordem de matar-me e me estás divertindo: escrevendo-descrevendo o que não pode acontecer, obstinado carregador, barqueiro de justiça. Apura-te! Bom, ah, bom. Decidiste por fim a um fim que não terá começo. Rascunhas uma palavra em desalinho. Ah, ah. Tu escreves primeiro, operas depois. Primeiro juntas as cinzas para acender logo o fogo; e bem, cada um tem seu modo e maneira. Te levantas. Enfrentas a porta. Metes a mão entre as pregas da blusa. Fá-lo com tanta força que salta o voto. Um botão. Roda, cruza a juntura da porta, cai junto a meus sapatos. Recolho. Está morno. Guardo-o no bolso... (*rasgado*). Do seio tiras algo. Atiras. Algo rebate sobre o planisfério, entre as constelações do Altar e o Pavão Real. O ar se adensa no gabinete. Ácido fedor de gata almiscareira. O inconfundível, o imemorial miasma de fêmea. Odor carnal de sexo. Luxurioso, sensual, lúbrico, libidinoso, salaz, voluptuoso, desonesto, impudico, lascivo, fornicatório. Suas vaporadas se expandem, enchem o aposento. Penetram nos menores interstícios. Removem em balanço de mareio os objetos mais pesados. Os móveis, as armas. Até o meteoro parece flutuar e cabecear na fedentina terrível. Deve de estar invadindo a cidade inteira. A náusea me paralisa na beira da ânsia. Estou a ponto de vomitar. Me contenho em um esforço supremo. Não é que cheira apenas esse cheiro de fêmea; que o tenha recordado de repente. Vejo-o. Mais feroz que um fantasma que nos ataca à plena luz saltando para trás, para frente, até o final desses dias primeiros, queimados, esquecidos nos prostíbulos do Bajo. O odor está aí. Sansão-fêmea se abraçou às colunas de meu temperado templo. Enrosca seus milhares de braços nas estacas de meu inexpugnável eremitório-eretório. Pretende desmoroná-lo. Olha-me cegamente, cheira-me invisível. Pretende desmoronar-me. Entra Sultão. Se aproxima de La Andaluza. Começa a farejá-la desde os calcanhares. As coxas, as entrepernas lupanárias, as curvas das nádegas. O ancião-cão *sans-culotte* também vacila. O que rompe os membros, o Desejo, o velho desejo relampeja em seus olhos remelentos. Geme um pouco à beira da capitulação. Retira porém instantaneamente o focinho daqueles mórbidos vales. Beiços gotejantes de espumosa baba. A insulta grosseiramente: Fêmea traidora! Oxalá morras de fome de homem! Que não tenhas outro teto que o firmamento. Outro leito, que a ponte de teu barco. Que vivas rodeada de alarmes ainda que não nos traga armas. Que a cabeça de teu marido morto se aperte contra tuas coxas, cinto de castidade contra teu furor feminino. Fora! Adeus, puta! Eh, eh, eh. Que é isso, Sultão? Que é essa linguagem incivil de cão carbonário? Não deves tratar assim às senhoras. Que se pode esperar de ti, velho cão misógino e avarento! Sultão abaixa a cabeça e se afasta resmungando desacatos irreproduzíveis. Não convém recarregar aqui a nota grosseira. Também nestes excessos vou me repetindo. Um pouco deliberadamente, quem sabe. Exagero as minúcias. As palavras são sujas por natureza. A sujeira, a porqueira, os pensamentos indignos e ruins estão na mente dos teratos, dos literatos; não nos vocábulos. Aplico a estes apontamentos a estratégia da repetição. Já me tenho dito: O que prolixamente se repete é o único que se anula. Além do mais, que merda!, eu faço e escrevo o que me apetece e do modo que me apetece, posto que só escrevo para mim. Por que então tanto tanto espelho, escrituras hieróglifas, tesas, engomadas. Literatologia de antífonas e contra-antífonas. Cópula de metáforas e metáforos. Pela lua do caralho, Sultão fez muito bem em expulsar a puta de La Andaluza!

Na realidade, poderia suprimir toda a noveleta. Em todo caso, a revisarei e a corrigirei de trás pra frente. O certo e o real é que a andaluza Dejanira se foi em um sopro. Sopro-mancha--mulher rapidamente saindo, lentamente sendo outra vez a juncal Andaluza, seguida pelos olhos do negro Pilar. O indiscreto rufiãozinho de minha camareira também estava espiando da outra fresta. Mais pálido que um morto, se é que a mortal palidez de um negro se pode notar. Mais turbado que ninguém o pajem de confiança se fez fumaça até a cozinha. Volta em um momento com o mate. Água fervida de duas horas; percebo na primeira chupada da bombinha. Viu uma mulher sair da alcova? Não, meu Amo. Não vi sair nem entrar ninguém. Estive todo o tempo na cozinha preparando o mate, aguardando sua ordem. Vá perguntar à guarda. Já está de regresso. Esta escrófula pode percorrer vários lugares ao mesmo tempo. Senhor, nenhum dos guardiães nem sentinelas viram entrar nem sair nenhuma mulher da Casa de Governo enquanto Sua Mercê esteve trabalhando até este momento.

O rascunho da noveleta na que quero representar aquele feito continua assim: Procurei o botão em meus bolsos; não encontrei mais que uma macuquina de prata a meio real. Passei à alcova. Sobre a mesa me aguarda o papel escrito pela mulher. Letras grandes, o obituário solfeja: SAUDAÇÕES DA ESTRELA-DO-NORTE! Me inclino com luneta à janela. Esquadrinho o porto até em seus menores recôncavos. Sobre o ancoradouro da baía não há rastros da barca verde. Entre a Arca do Paraguai a meio construir já faz mais de vinte anos, as barcaças e demais embarcações apodrecendo ao sol, só tremulam os reflexos da água. Sobre a mesa desapareceu também o obituário. Talvez o tenha espremido com raiva e jogado no cesto. Talvez, talvez. Que sei eu. Encontro em seu lugar, entre as pastas e as constelações, uma flor fóssil de amaranto; e então pode-se seguir escrevendo qualquer coisa, por exemplo: flor--símbolo da imortalidade. À semelhança das pedras lançadas ao azar, as frases idiotas não voltam atrás. Saem do abismo da não-expressão e não se dão paz até nos precipitarmos nele tornando-se donas de uma realidade cadavérica. Conheço essas frasezinhas-granizo pelo estilo de: "Nada é mais real que nada"; ou "Memória estômago da alma"; ou "Desprezo este pó que me compõe e vos fala". Parecem inofensivas. Uma vez lançadas para rolar pela ladeira escriturária podem infestar toda uma língua. Adoecê-la até a mudez absoluta. Deslinguar os falantes. Colocá-los de novo engatinhando. Petrificá-los no limite da degradação mais extrema, de onde já não se pode voltar. Monolitos de vaga forma humana. Semeados em um carrascal. Hieroglíficos, eles mesmos. As pedras do Tevegó, essas pedras!

Colhi, pois, a flor. No interior do raminho cristalizado a lupa permitia ver imperceptíveis granulações. No fundo da crespa amaranta picos de montanhas infinitamente pequenas. Substância do aroma fossilizado? Fedor fraco; um olor mais que olor, rumor. Fagulhas de corpúsculos que estão aí desde ANTES e que só se deixam perceber depois que alguém tenha esfregado longamente a flor-múmia contra o dorso da mão. Nebulosas. Constelações semelhantes às do cosmos. Um cosmos virado do avesso até o infinitesimal, contraindo-se contra si mesmo. A um passo da contra-matéria. Diabos! Continua a retórica fazendo estragos. É que perdi por completo a faculdade de pôr em palavras de todos os dias o que penso e creio recordar. Se conseguisse, estaria curado. Vem uma piranha, uma raposa--d'água. Esparrama todo o escrito. Aparece uma arquirrameira navegante. Te manda recordar que esqueças.

Outro assunto.

A propósito da *História das revoluções da província do Paraguai* mencionei nesta manhã o jesuíta Loano. Li o manuscrito no

Quartel do Hospital durante minha internação por causa da queda no último passeio. Se hei de dar atenção ao testemunho de meus sentidos devo escrever que essa tarde *vi* Pedro Lozano no padre que me cortou o passo, rua da Encarnação abaixo, no momento em que desencadeava a tormenta. Com as primeiras gotas caiu o escuro de repente. O sargento de descoberta, os batedores, o corneteiro, o tambor, já haviam passado. Em uma esquina apareceu o padre de batina e estola. Dois ou três coroinhas o acompanhavam portando velões acesos que a chuva e o vento não conseguiam apagar. A charanga da escolta se desvaneceu no rumor da sineta que um dos acólitos agitava apavorado ante a mim como ante a aparição de um espírito. O mouro seguiu avançando os passos, as orelhas vibradoras até a badalada. Pensei em um novo complô por trás desse simulacro do viático para um moribundo. Me admirou o engenho da treta. Previram tudo: atiraram-me o balaço, logo o viático. Não; talvez não, disse outra vez para mim. Não é o jesuíta Pedro Lozano que vem para entregar-te em suas próprias mãos seu libelo contra José de Antequera? Detido na metade do corredor o séquito da emboscada eucarística me enfrenta. Não dá mostras de afastar-se. Fecha-me o caminho. Saia daí, Pedro Lozano!, grito-lhe. Agora o distingo claramente no fulgurar dos relâmpagos. Vejo-lhe até os poros da pele. Lívida a cara. Olhos cerrados. Lábios movendo-se em balbucio de antífona. Se enraíza no barro. Nesse momento recordo haver lido que o cronista da ordem morreu um século antes, na quebrada de Humahuaca, quando viajava rumo ao Alto Peru pelo mesmo caminho que fez Antequera rumo a sua decapitação. Volto a escutar a badalada abafada pelas rajadas de chuva e de vento cada vez mais fortes. O mouro pega um bote espantado. Os coroinhas fogem chiando Xake Karaí! Xake Karaí! Estou quase em cima do padre. O que de longe parecia a capa dourada de um livro é na realidade o cálice de ouro que guarda a forma consagrada. A ponto de desbocar-se, contenho o mouro com um puxão nas rédeas. É então quando o extremo do chicote vibrando entre as rajadas se engancha na haste do cálice arrancando-o das mãos do clérigo. Vejo-o arrastar-se à sua procura pelo lodo. O estranho é que a batina não perde sua brancura. A velhíssima estola de luto, as guardas, as duas cruzes desfiadas dos peitorais, se tornam de um reluzente alvor. O mouro salta sobre o padre e se lança nos remoinhos da tormenta. Resvala em um charco. Cai; me empurra para longe de si. Por minha vez me revolvo no barro em busca de não sei que coisa perdida. Perdido em dois pela concussão da queda. Me encontrei no caso de quem já não pode dizer Eu porque não está só, sentindo-se mais só que nunca nessas duas metades, sem saber a qual delas pertence. Sensação de haver chegado até aí empurrado, enganado, jogado como um desfeito, preso ao charco. Nesse momento, sob o Dilúvio, só atinava golpear o barro com gestos de cego. Idiota, idiota, idiota! Um osso roto, a coluna quebrada, um golpe na base do crânio podem te provocar esta alucinação. Talvez não o soubesse nesse momento. Nas situações desalentadoras, a verdade exige tanto apoio como o erro. Nesse momento não tinha mais apoio que o barro; me chupava para dentro. No meio da chuva e do vento, o cavalo esperava.

Dá-me a mão. Vai se levantar, senhor? Venha a mão. Honra muito grande para este servidor é que vossência me estenda a mão. Não te estendo a mão. Te ordeno que me estendas a tua. Não te proponho uma reconciliação; unicamente um simulacro de transitória identificação.

Isto é uma aula. A última. Devia ser a primeira. Já não posso te propor uma Última Ceia com a cáfila de Judas que são meus apóstolos, te ofereço uma primeira-última classe. Classe de que classe, senhor? Homenagem a tua supina ignorância em benefício do serviço. Já faz mais de vinte anos que és o escrivão-mor do Governo, o fiel de feitos, o supremo amanuense, e não conheces ainda os segredos de teu ofício. Teu dom escriturário continua sendo muito rudimentar. Pouco, mal ou pior atado. Tu aprecias ter na ponta do olho a faculdade de distinguir as mais ínfimas semelhanças e diferenças até nas formas dos pontos, mas não és capaz de reconhecer a letra de um infame pasquim. Razão que lhe sobra, senhor. Com sua permissão, quero informar a vossência que já tenho aquartelados sete mil duzentos e trinta e quatro escreventes no arquivo, para cotejar as letras do pasquim nas vinte mil pastas, suas quinhentas mil folhas, mais toda a papelada que o senhor me ordenou reunir para este efeito. Eu trouxe na leva até o Paí Mbatú. Com seu cérebro meio atacado, é o mais vivo e ativo de todos os escrevedores recrutados. Sou louco forrado de ciência e caço botinas de paciência!, grita a cada momento o ex-padre. Venham pois os expedientes, que para mim este assunto é pão comido! Eu os tenho à bolacha de caserna e água para avivar seu apuro e boa vontade. Lembra-se, senhor, daqueles índios velhos de Jaguarón que se negaram a seguir trabalhando no benefício do tabaco alegando estar ceguetas? Você mandou que lhes servissem um bom *locro* com muitos marandovás dentro. Os índios se sentaram para comer. Comeram até o último grão de milho, mas deixaram inteirinhos todos os verdes vermes do tabaco na beira do prato. Penso fazer o mesmo com estes preguiçosos. Só aguardo que Sua Excelência me entregue o pasquim para começar a investigação da letra.

Faz mais de vinte anos que és meu fide-indigno secretário. Não sabes secretar o que dito. Torces, retorces minhas palavras. Te dito uma circular a fim de instruir os funcionários civis e militares sobre os feitos cardinais de nossa Nação. Já lhes enviei a primeira parte, senhor. Quando a lerem, essas bestas iletradas acharão que lhes falo de uma Nação imaginária. Estás parecendo esses empolados escrivães, os Molas e os Peñas, por exemplo, que se creem uns Tales de Mileto e não são mais que uns tais e quais. Ainda presos passam o dia ratereando os escritos alheios. Não te empenhes em imitá-los. Não empregues palavras impróprias que não se mesclam com meu humor, que não se impregnam de meu pensamento. Me desgosta esta capacidade relativa, mendigada. Teu estilo é, além do mais, abominável. Labiríntico estreito empedrado de aliterações, anagramas, idiotismos, barbarismos, paronomásias, da espécie *pároli/párulis*; imbecis anástrofes para deslumbrar invertidos imbecis que experimentam ereções sob o efeito de violentas inversões da oração, pelo estilo de: "Ao solo da árvore caio-me"; ou esta outra mais violenta ainda: "Cravada a Revolução em minha cabeça a lança pisca-me o olho cúmplice de lá da praça". Velhos truques da retórica que agora voltam a se usar como se fossem novos. O que te reprovo principalmente é que sejas incapaz de te expressares com a originalidade de um papagaio. Não és mais que um bio-humano parlante. Bicho híbrido engendrado por espécies diferentes. Asno-mula puxando a caçamba da escrivaninha do Governo. Em papagaio me haverias sido mais útil que em fiel de feitos. Não és nem um nem outro. Em lugar de transladar o estado da natureza das coisas que te dito, enches o papel de fanfarronadas incompreensíveis. Presepadas já escritas por outros. Te alimentas com a carniça dos livros. Não arruinaste ainda a tradição oral só porque é a única linguagem que não se pode saquear, roubar, repetir, plagiar, copiar. O falado vive sustentado pelo tom, os gestos, os movimentos do rosto, os olhares, o sotaque, o alento do que fala. Em todas as línguas as exclamações mais vivas são inarticuladas. Os animais não falam porque não articulam, mas se entendem muito melhor e mais rapidamente que nós. Salomão falava com os mamíferos, os pássaros, os peixes, os répteis. Eu também falo por eles. Ele não havia compreendido a linguagem das bestas que lhe eram mais familiares. Seu coração endureceu com o mundo animal quando perdeu seu anel. Dizem que o tirou sob o efeito da cólera quando um rouxinol lhe informou que sua mulher novecentos e noventa e nove amava a um homem mais jovem que ele.

Quando te dito, as palavras têm um sentido; outro, quando as escreves. De modo que falamos duas línguas diferentes. Mais gosto a gente encontra em companhia de um cão conhecido do que na de um homem de linguagem desconhecida. A linguagem falsa é muito menos sociável que o silêncio. Até meu cão Sultão morreu levando à tumba o segredo do que dizia. O que te peço, meu estimado Pansancho, é que quando te dito não trates de artificializar a natureza dos assuntos, senão de naturalizar o artificioso das palavras. És meu secretário ex-cretante. Escrevas o que te dito como se tu mesmo falasses por mim em segredo ao papel. Quero que nas palavras que escreves haja algo que me pertença. Não te estou ditando um conticulário de nimiedades. Histórias de entretém-e-minto. Não estou ditando-te uma dessas novelonas em que o escritor presume o caráter sagrado da literatura. Falsos sacerdotes da letra escrita fazem de suas obras cerimônias letradas. Nelas, os personagens fantasiam com a realidade ou fantasiam com a linguagem. Aparentemente celebram o ofício revestidos de suprema autoridade, mas turvando-se ante as figuras saídas de suas mãos que creem criar. De onde o ofício se torna vício. Quem pretende relatar sua vida se perde no imediato. Unicamente se pode falar de outro. O Eu só se manifesta através do Ele. Eu não me falo a mim. Me escuto por Ele. Estou encerrado em um arbusto. O arbusto grita à sua maneira. Quem pode saber que eu grito dentro dele? Te exijo pois o mais absoluto silêncio, o mais absoluto segredo. Pelo motivo de que não é possível comunicar nada a quem está fora do arbusto. Ouvirá o grito do arbusto. Não escutará o outro grito. O meu. Entendes? Não? Melhor.

O ruim, Patiño, é que a situação piora pelo crescente receio de teu frênulo. Me enches as folhas de zês. A decrescente faculdade de tua voz as vai deixando cada vez mais afônicas. Ah, Patiño, se tua memória, ignorante do que não aconteceu ainda, pudesse descobrir que os ouvidos funcionam como os olhos e os olhos como a língua enviando à distância as imagens e as imagens, os sons e os silêncios audíveis, nenhuma necessidade teríamos da lentidão da fala. Menos ainda da pesada escritura que já nos atrasou milhões de anos.

Com os mesmos órgãos os homens falam e os animais não falam. Isto te parece razoável? Não é, pois, a linguagem falada o que diferencia o homem do animal, mas a possibilidade de fabricar-se uma linguagem à medida de suas necessidades. Poderias inventar uma linguagem em que o signo seja idêntico ao objeto? Inclusive os mais abstratos e indeterminados. O infinito. Um perfume. Um sonho. O Absoluto. Poderias conseguir que tudo isto se transmita à velocidade da luz? Não; não podes. Não podemos. Razão pela qual tu sobras e faltas ao mesmo tempo neste mundo em que os charlatães e enganadores sobram, enquanto que os indivíduos honrados faltam com notável encarniçamento. Me entendeste? Para dizer a verdade, não muito de tudo, senhor, pelo que lhe peço que me outorgue seu excelentíssimo perdão. Não importa. Deixemo-nos por agora de bobeiras. Comecemos pelo princípio. Ponha teus cascos na palangana. Molha os joanetes solípedes. Coloque na cabeça o balde do barbeiro Alejandro, o casco de Mambrino ou de Minerva. O que queiras. Escuta. Atenda. Vamos realizar juntos o escrutínio da escritura. Te ensinarei a difícil arte da ciência escritural que não é, como crês, a arte da floração dos traços senão a desfloração dos signos.

Prova tu primeiro sozinho. Encavilha a pluma. Levanta os olhos. Fixa-te no busto de gesso de Robespierre à espera de uma palavra. Escreva. O busto não me diz nada, senhor. Interroga à gravura de Napoleão. Tampouco, excelência, que vai falar a mim o senhor Napoleão! Fixa-te no aerólito; talvez te diga algo. As pedras falam. O que acontece, senhor, é que a esta hora da meia tarde ando sempre meio desatinado até para escutar minha própria memória. Que lhe digo se sinto que até me adormece a mão! Dá-la. Vou dar-lhe corda, pô-la tensa de novo. Meia-noite. Às doze em ponto e sereno. Sob o cone branco da vela só se veem nossas duas mãos encavaladas. Para que descanses tua minguada memória enquanto te instruo com o mágico poder dos aparecidos guiarei tua mão como se escrevesse eu. Fecha os olhos. Tens na mão a pluma. Fecha tua mente a todo outro pensamento. Sentes o peso? Sim, excelência! Pesa terrivelmente! Não é somente a pluma, excelência; é também sua mão... um bloco de ferro. Não penses na mão. Pensa unicamente na pluma. A pluma é metal pontiagudo-frio. O papel, uma superfície passiva-quente. Aperta. Aperta mais. Eu aperto tua mão. Empurro. Prenso. Oprimo. Comprimo. Pressiono. A pressão funde nossas mãos. Uma só são neste movimento. Apertamos com força. Vaivém. Ritmo sem pausa. Cada vez mais forte. Cada vez mais fundo. Não há nada mais que este movimento. Nada fora dele. O ferro da ponta rasga a folha. Direita/ esquerda. Acima/ abaixo. Estás escrevendo, começando a escrever há cinco mil anos. Os primeiros signos. Desenhos. Cretinográficos pautados. Ilhas com árvores altas envoltas em fumaceiras, em chuvisco. O chifre de um touro investindo numa caverna. Aperta. Siga. Descarrega todo o peso de teu ser na ponta da pluma. Toda tua força em cada movimento em cada traço. Monta-a com as perninhas, à bastarda, à estradiota. Não, não! Não ponha o pé na terra ainda. Sinto, senhor, não vejo mas sinto que estão saindo letras muito estranhas. Não estranhes. O mais estranho é o que mais naturalmente acontece. Escreves. Escrever é descolar a palavra de si mesmo. Carregar esta palavra que vai se descolando de alguém com tudo desse alguém até ser de outro. O totalmente alheio. Acabas de escrever sonolento EU O SUPREMO. Senhor... você manipula minha mão. Te ordenei que não penses em nada

nada

esquece tua memória. Escrever não significa converter o real em palavras senão fazer com que a palavra seja real. O irreal só está no mal uso da palavra, no mal uso da escritura. Não entendo, senhor... Não te preocupes. A pressão é enorme porém quase não a sentes não a sentes, eh, o que é o que sentes

sinto que não sinto

peso que se descarrega de seu peso. O vaivém da pluma é cada vez mais rápido. Penetra até o fundo. Sinto, senhor... sinto meu corpo indo-vindo em uma rede... Senhor... o papel escapou! Deu um giro de meia volta! Continua então escrevendo de costas. Aferra a pluma. Aperta-a tal como se te fosse nisso a vida que ainda não tens. Continua escrevendo

continuooo

voluptuosamente o papel se deixa penetrar nas menores fissuras. Absorve, chupa a tinta de cada traço que o traça. Processo passional. Conduz a uma fusão completa da tinta com o papel. A mulatice da tinta se funde com a brancura da folha. Mutuamente se lubrificam com os lúbricos. Macho/ fêmea. Formam ambos a besta de duas costas. Eis aqui o princípio da mistura. Eh, ah, não gemas tu, não arquejes. Não, senhor... não posso. Sim, podes. Isto é representação. Isto é literatura. Representação da escritura como representação. Cena primeira.

Cena segunda

Um aerólito cai do céu da escritura. O óvulo do ponto se marca no lugar onde tenha caído, onde tenha se enterrado. Embrião repentino. Brota sob a crosta. Pequeno, desborda de si. Marca seu nada ao mesmo tempo em que sabe dela. Materializa o furo do nulo. Do furo do nulo sai a nul-idade.

Cena terceira

O ponto. O pequeno ponto está aí. Sentado sobre o papel. À mercê de suas forças interiores. Grávido de coisas: busca procriar-se na palpitação interior. Quebra a casca. Sai piando. Senta-se sobre a crosta branca do papel.

Epílogo

Eis aí o ponto. Semente de novos ovos. A circunferência de seu círculo infinitesimal é um ângulo perpétuo. As formas ascendem ordenadamente. Da mais baixa à mais alta. A forma mais baixa é angular, ou seja, a terrestre. A seguinte é angular perpétua. Logo é a espiral origem-medida das formas circulares. Em consequência se chama a circular-perpétua: a Natureza enroscada em uma espiral-perpétua. Rodas que nunca param. Eixos que nunca se rompem. Assim também é a escritura. Negação simétrica da natureza.

Origem da escritura: o Ponto. Unidade pequena. De igual modo que as unidades da língua escrita ou falada são por sua vez pequenas línguas. Já o disse o compadre Lucrécio muito antes que todos seus afilhados: O princípio de todas as coisas é que as entranhas se formam de entranhas menores. O osso de ossos menores. O sangue de gotinhas sanguíneas reduzidas a uma só. O ouro de partículas de ouro. A terra de granitos de areia contraída. A água de gotas. O fogo de chispas encontradas. A natureza trabalha no mínimo. A escritura também.

Do mesmo modo o Poder Absoluto está feito de pequenos poderes. Posso fazer por meio de outros o que esses outros não podem fazer por si mesmos. Posso dizer a outros o que não posso dizer a mim mesmo. Os demais são lentes através das quais lemos nossas próprias mentes. O Supremo é aquele que o é por natureza. Nunca nos lembra outros salvo a imagem do Estado, da Nação, do povo da Pátria.

Vamos, apeia de tua sonolência. A partir daqui escreva só. Não tinhas te gabado tantas vezes de te lembrares das letras e até das formas dos pontos sentados sobre a papelada das vinte ou trinta mil pastas do arquivo? Não sei se teu olho memorativo te engana, se tua língua papagaiada mente. O certo é que nas letras mais parecidas, nos pontos aparentemente mais redondos, existe sempre alguma diferença que permite compará-los, comprovar essa coisa nova que aparece na folhagem das semelhanças. Trinta mil noites mais outras trinta mil me tomaria para ensinar-te as distintas formas dos pontos. Ainda assim, só teríamos começado. As aspas, os hifens, os tremas, os colchetes, os travessões, as vírgulas, as aspas simples, os parênteses mais iguais são também diferentes sob sua aparência de aparecidos. A letra de uma mesma pessoa é muito distinta escrita à meia--noite ou ao meio-dia. Jamais diz o mesmo ainda formando a mesma palavra.

Sabes o que é que distingue a letra diurna da letra noturna? Na letra de noite há obstinação com indulgência. A proximidade do sono lima os ângulos. Se estendem as espirais. A resistência de esquerda à direita, mais fraca. O delírio, amigo íntimo da letra noturna. As curvas vibram menos. O esperma da tinta seca com maior lentidão. Os movimentos são divergentes. Os traços se inclinam mais. Tendem a se estender.

Pelo contrário, a letra de dia é mais firme. Rápida. Guarda poluções inúteis. O movimento é convergente. Os traços estão em ascenso. Há acompanhamento de curvas livremente onduladas. Sobretudo na espiral das rubricas. Luta encarniçada entre os polos do círculo-perpétuo. A pressão positiva é um contínuo aproximar-se-ao-limite. O traço sai do curso. Salta as bordas. Sua obstinação é mais rígida. A resistência de direita à esquerda mais forte. Mais duros os dobros, os arcos, os dobramentos, a dobradura. A soltura salta ao ar. Mas na letra diurna como na noturna a palavra só serve só para o que não serve. Para que servem os pasquins? Perversão a mais envergonhada do uso da escrita! Para que o trabalho de aranha dos pasquineiros? Escrevem. Copiam. Garatujam. Se amancebam com a palavra infame. Se lançam pelo talude da infâmia. De repente o ponto. Sacudida mortal do parágrafo. Quietude súbita do alude paragrafal, da saúde dos pasquineiros. Não o ponto de tinta; o ponto produzido por um cartucho de bala no peito dos inimigos da Pátria é o que conta. Não admite réplica. Soa. Cumpre.

Compreendes agora por que minha letra muda segundo os ângulos do quadrante. Segundo a disposição do ânimo. Segundo o curso dos ventos, dos acontecimentos. Sobretudo quando devo descobrir, perseguir, penar a traição. Sim, excelência! Com toda a claridade compreendo agora suas ínclitas palavras. O que quero que compreendas com maior claridade ainda, ínclito amanuense, é tua obrigação de descobrir o autor do anônimo. Onde está o pasquim? Aí o tem sob sua mão, senhor. Toma-o. Estuda-o de acordo com a cosmografia letrária que te acabo de ensinar. Poderás saber exatamente a que hora do dia ou da noite foi rascunhado esse papel. Pega a lupa. Rastreia os rastros. À sua ordem, excelência.

(No Caderno privado)

Patiño espirra pensando não na ciência da escritura senão nas intempéries de seu estômago.

Agora estou certo de reconhecer a letra do anônimo. Escrito com a força torcida de uma mente afetada. Demasiado recarregado em sua brevidade o pasquim catedralício! As mesmas palavras expressam diferentes sentidos, segundo seja o ânimo de quem as pronuncia. Ninguém diz "meus servidores civis e militares" senão para chamar a atenção de que são servidores, ainda que não sirvam para a maldita coisa. Ninguém ordena que seu cadáver seja decapitado senão aquele que quer que o seja o de outro. Ninguém afirma EU O SUPREMO uma paródia falsificatória como essa, senão o que padece de absoluta insupremidade. Impunidade? Não sei, não sei... No entanto, não há que se descartar nenhuma possibilidade. Hum. Ah. Eia! Observa-a bem. Letra noturna, certamente. As ondas se enfraquecem para baixo. As curvas contrapõem-se em linhas angulares; buscam descarregar sua energia para a terra. A resistência de direita é mais forte. Traços centrípetos, tremidos, fechados até a mudez.

Em outros tempos eu fazia com os dois corvos brancos um experimento de letromância que sempre dava bons resultados. Traçar na terra um círculo do raio do pé de um homem. Mesmo raio do disco do sol ao fio de Poente. Dividi-lo em vinte e quatro setores iguais. Sobre cada um desenhar uma letra do alfabeto. Sobre cada letra colocar um grão de milho. Então mandava trazer Tibério e Calígula. Rápidas mordidas de Tibério comendo os milhos das letras que armam o presságio. Calígula, torto, os milhos das letras que vaticinam o oposto. Entre os dois acertam sempre. Um ou outro, alternadamente. Às vezes, os dois juntos. Acertavam. Muito mais preciso o instinto de meus abutres que a ciência dos arúspices. Alimentado de milho paraguaio, os abutres grafólogos escrevem suas previsões em um círculo de terra. Não precisam como os corvos de César escrevê-las nos céus do Império Romano.

(À margem, escrito em tinta vermelha)

Olho! Reler o Contra-Um Parte primeira: Prefácios sobre a servidão voluntária. O rascunho se encontra, provavelmente, entre as páginas do *Espírito das leis* ou de *O príncipe*. Tema: A capacidade da inteligência se limita a compreender o que há de sensível nos fatos. Quando é preciso raciocinar, o povo não sabe mais que andar tateando na escuridão. Ainda mais com estes aprendizes de bruxo. Regam sua malícia com a maldita saliva de seus espirros. Meu empregado no ramo de almas, o mais perigoso. Capaz até de jogar furtivamente arsênico ou qualquer outra substância tóxica em minhas laranjadas e limonadas. Eu lhe outorgarei uma nova regalia. Prova de confiança sumária: o farei a partir de hoje o provador oficial de minhas beberagens.

Eh, Patiño, dormiste? Não, excelência! Estou tratando de descobrir de quem é a letra. Descobriste? Na verdade, senhor, suspeitas, nada mais. Vejo que quanto mais esforças mais te enforcas. Observa o anônimo uma vez menos. Delicada atenção eh, ah. Que nome recolhe tua memória? O que figura teu ver-de-vista sabe-tudo? Que traços escriturários? Tremor de pálpebras afilando nas protuberâncias uma rachinha quimérica. Diga, Patiño... Toda a pessoa do fide-indigno se adianta em sua pesada carcaça para o que não sabe ainda que é o que vou dizer. Desesperada esperança de uma comutação. Espanto do bêbado ante o cu da garrafa vazia. Diga, a letra do pasquim não é a minha. Surdo estalar da lupa caindo sobre o papel. Tromba de água levantando-se da palangana. Impossível, excelência! Nem com loucura de juízo poderia pensar semelhante coisa de nosso Karaí-Guasú! Há que pensar sempre em tudo, secretário--secretante. Do impossível sai o possível. Olha bem aí, debaixo da marca d'água, o florão das iniciais, não são minhas? São suas, senhor; tem razão. O papel, as iniciais avergoadas também. Vês? Alguém então mete a mão nas próprias arcas do Tesouro onde tenho guardado o taco desfolhador. Papel reservado às comunicações privadas com personalidades estrangeiras, que não uso já faz mais de vinte anos. Concordas. Porém a letra. O que me dizes da letra? Parece a sua, excelência, porém não é a sua propriamente. Em que te baseais para afirmá-lo? A tinta é distinta, senhor. Está perfeitamente copiada a letra nada mais. O espírito é de outro. Além do mais, excelência, ninguém vai ameaçar de morte o Supremo Governo e seus servidores. Me convenceste só pela metade, Patiño. O mau, o muito mau, o muito grave, é que alguém viole as Arcas, roube as resmas de filigrana. Mais imperdoável ainda é que esse *alguém* cometa temerária feitoria de ousadia de manusear meu Caderno privado. Escrever nos fólios. Corrigir meus apontamentos. Anotar na margem juízos desajuizados. É que os pasquineiros invadiram já meus domínios mais secretos? Continua buscando. Por agora seguiremos com a circular-perpétua. Enquanto isso prepara-te para esgrimir com vontade a pluma. Quero ouvi-la fazendo gemer o papel quando me ponha a ditar o Auto Supremo com o qual corrigirei a mofa decretória.

Ah, Patiño, e essa outra investigação que te ordenei? A do penal do Tevegó, senhor? Aqui está já escrito o ofício ao comandante da Villa Real de la Concepción para que proceda com o desmantelamento do penal. Só falta sua assinatura, senhor. Não, tacanho! Não te falo desse povoado de fantasmas de pedras. Te ordenei investigar quem foi o padre que portando o viático me saiu ao passo na tarde do temporal em que caí do cavalo. Sim, senhor; não houve nenhum padre que portasse viático nessa tarde. Não houve nenhum moribundo. Eu o averiguei perfeitamente. Sobre esse assunto ou fanfarronada no seu dizer, senhor, não houve mais que vagos dízeros. Se diz dizeres, mal dizedor. Exato, senhor. Malignos rumores, fofocas, falácias que saíram da casa dos Caríssimos por seu ódio contra o Governo para provar que sua queda foi um castigo de Deus. Até que um barato pasquim andou viboreando por aí com esse rumor entre as más-línguas. Vossência tem toda a informação sumária nesta pasta. Leu-a no seu regresso do Quartel do Hospital. Quer, senhor, que volte a lê-la? Não. Não vamos perder mais tempo em minudências que os murmuradores escribas repetirão prolixamente através dos séculos.

Estes são os que vão defender a verdade mediante poemas, novelas, fábulas, libelos, sátiras, diatribes? Qual é seu mérito? Repetir o que outros disseram e escreveram. Príapo, aquele deus de madeira da Antiguidade, chegou a reter algumas palavras gregas que escutava de seu dono enquanto lia à sua sombra. O galo de Luciano, dois mil anos atrás, por força de frequentar o trato com os homens acabou por falar. Fantasiava tão bem como eles. Se tão sequer soubessem os escritores imitar os animais. Herói, o cão do último governador espanhol, pese o ser chapetão e realista, foi mais sábio palavreiro que o mais pintado dos areopagitas. Meu ignorante e rústico Sultão depois de morto adquiriu tanta ou maior sabedoria que a do Rei Salomão. O papagaio que dei aos Robertson, rezava o Pai-Nosso com a mesma voz do bispo Panés. Melhor, muito melhor que o bispo, o lourogalo. Dicção mais nítida, sem salpicadas de saliva. Vantagem de o passarolo ter a língua seca. Entonação mais sincera que o hipócrita jargão dos clerigalos. Animal puro, o papagaio pronuncia a linguagem inventada pelos homens sem ter consciência dela. Sobretudo, sem interesse utilitário. Do aro ao ar livre, pese o seu doméstico cativeiro, predicava uma língua viva que a língua morta dos escritores encerrados nas jaulas-ataúdes de seus livros não pode imitar.

Houve épocas na história da humanidade em que o escritor era uma pessoa sagrada. Escreveu os livros sagrados. Livros universais. Os códigos. A épica. Os oráculos. Sentenças inscritas nas paredes das criptas; exemplos, nos pórticos dos templos. Não asquerosos pasquins. Porém naqueles tempos o escritor não era um indivíduo só; era um povo. Transmitia seus mistérios de idade em idade. Assim foram escritos os Livros Antigos. Sempre novos. Sempre atuais. Sempre futuros.

Têm os livros um destino, porém o destino não tem nenhum livro. Os próprios profetas, sem o povo do qual haviam sido cortados por sinal e por fábula, não poderiam escrever a Bíblia. O povo grego chamado Homero compôs a Ilíada. Os egípcios e os chineses ditaram suas histórias a escreventes que sonhavam ser o povo, não a copistas que espirravam como tu sobre o escrito. O povo-homero faz um romance. Assim ofertou. Assim foi recebida. Ninguém duvida que Troia e Agamêmnon tenham existido menos que o Velocino de Ouro, que Candiré do Peu, que a Terra-sem-Mal e a Cidade-Resplandecente de nossas lendas indígenas.

Cervantes, manco, escreve seu grande romance com a mão que lhe falta. Quem poderia afirmar que o magro Cavaleiro do Verde Gabão seja menos que o autor mesmo? Quem poderia negar que o gordo escudeiro-secretário seja menos real que tu; montado em sua mula à retaguarda do rocim de seu amo, mais real que tu montado na palangana embridando pessimamente a pluma?

Duzentos anos mais tarde, as testemunhas daquelas histórias não vivem. Duzentos anos mais jovens, os leitores não sabem se se trata de fábulas, de histórias verdadeiras, de fingidas verdades. Coisa igual passará conosco, que passaremos a ser seres irreais-reais. Então já não passaremos. Menos mal, excelência!

Deveria haver leis em todos os países que se consideram civilizados, como as que estabeleci no Paraguai, contra os plumitivos de toda laia. Corrompidos corruptores. Vagos. Desocupados. Truões, rufiões da letra escrita. Arrancar-se-ia assim o pior veneno de que padecem os povos.

«O atrabiliário Ditador tem um armazém de cadernos com cláusulas e conceitos que tirou dos bons livros. Quando lhe é urgente redigir algum papel, ele os revisa. Seleciona as sentenças e frases que em seu juízo são as de mais efeito, e vai derramando aqui e ali, venham ou não a uso. Todo seu estudo se pauta no bom estilo. Dos bons panegíricos memoriza as cláusulas que mais o impressionam. Põe à mão o dicionário para variar as vozes. Sem ele não trabalha coisa alguma. A *História dos Romanos* e as *Cartas de Luís XIV* são o diurno que reza diariamente. Agora se dedica a aprender inglês com seu sócio Robertson, para aproveitar os bons livros que este tem e lhe foram conseguidos em Londres e Buenos Aires por meio de seus sócios.

«Há algo mais, Rev. Padre, sobre a simulada fobia que o Grande Cérbero afirma ter contra escritores, produto, sem dúvida, da inveja e dos ressentimentos deste homem com ânsia de César e de Fênix dos Engenhos, a quem a lipemania deixou anêmico o cérebro.

«Veja Você, frei Bel-Asco, se não é uma fábula para morrer de rir! Você saberá S. M. que nosso Grande Homem desaparece por tempos em periódicas clausuras. Durante meses se encerra em seus aposentos do Quartel do Hospital, segundo ele mesmo faz com que se saiba pelo método do boato oficial, ou seja, do público segredo de Estado, para dedicar-se ao estudo dos projetos e planos que sua imaginação esquentada acredita ter concebido para pôr o Paraguai à cabeça dos países americanos. Estão vazando, no entanto, o boato de que estes retiros em seu *hortus conclusus* respondem ao propósito de escrever um romance imitando o *Quixote* pelo qual sente fascinada admiração. Para a infelicidade de nosso Ditador romancista, falta- lhe ser aleijado de um braço como Cervantes, que o perdeu na gloriosa batalha de Lepanto, e sobra-lhe aleijão de cérebro e de engenho.

«Outras versões dignas de crédito dessas desaparições temporárias permitem supor que elas se devem, mais fácil, às furtivas viagens que o ilustre Misógino faz às casas das numerosas concubinas da campanha, com as quais teve mais de quinhentos filhos naturais, havendo já ultrapassado nisso Dom Domingo Martínez de Irala e outros fundadores não menos prolíficos.

«Meus informantes mencionaram inclusive uma destas concubinas, uma ex-freira apóstata que seria sua favorita. Dizem que esta marafona, duplamente impura e sacrílega, vive em uma vila entre os povoados de Pirayú e Cerro-León. Ninguém, até hoje, conseguiu ver a estufa íntima do Ditador, pois se acha protegida em toda sua extensão por altas barreiras e sebes de papoula, além de selado por numerosos postos de sentinelas. O Grande Homem começou a difundir o boato de que estabeleceu ali o parque de sua artilharia.

«Publique Você sua Proclamação aos nossos paisanos, Rev. Padre. Pode chegar a ser um verdadeiro Evangelho para a liberação de nossos compatriotas do sombrio déspota de quem S. M. tem a infelicidade de ser parente muito próximo. O que ponho neste papel são verdades nuas, que não devem ser desmentidas. É um homem de peleja de telhado, que atira tudo que encontra em seus acessos de fúria. Não o tema, que longe de seu alcance é como melhor podemos combatê-lo». (*Carta do Dr. V. Días de Ventura ao Frei Mariano Ignacio Bel-Asco*).

A mania de escrever parece ser sintoma de um século desbordado. Fora do Paraguai, quando se escreveu tanto desde que o mundo jaz em perpétuo transtorno? Nem os romanos na época de sua decadência. Não há mercadoria mais nefasta que os livros desses convulsionários. Não há peste pior que os escrivães. Remendões de embustes, de falsidades. Locadores de suas plumas de pavões irreais. Quando penso nessa fauna perversa imagino um mundo onde os homens nascem velhos. Decrescem, vão-se enrugando, até que os encerram em uma garrafa. Lá dentro vão se tornando menores ainda, de modo que se poderia comer dez Alexandres e vinte Césares untados a uma rabanada de pão ou a um pedaço de mandioca. Minha vantagem é que já não necessito comer e não me importa que me comam estes vermes.

No mais rigoroso do verão mandava trazer do calabouço a meus aposentos, para a sesta, o catalão francês Andreu-Legard. Amenizava minhas digestões difíceis com seus cânticos e historietas. Me ajudava a pegar no sono ainda que fosse aos cochilos. Em cinco anos mostrou que tinha manha e fazia seu trabalho com bastante eficiência, como que com ele pagasse sua comida de preso, sem maiores estorvos. Estranha mescla de prisioneiro-transmigrante. Cativo na Bastilha por agitador. Em uma ocasião, o machado do carrasco lhe passou muito perto do cangote. Mostrou-me uma sesta na nuca a cicatriz do que poderia ser o talho fatal. Depois da tomada de 14 de julho, saiu dali e participou da Comuna Revolucionária, ao mando direto de Maximiliano Robespierre, segundo me disse ou mentiu. Membro de uma seção de Piques durante a ditadura jacobina, caiu novamente em desgraça após o julgamento do Incorruptível.

Na prisão conheceu e se fez particularmente amigo do libertino marquês a quem Napoleão mandou prender por causa de um panfleto clandestino que o nobre crápula fez circular contra o Grande Homem e sua amante Josefina de Beauharnais. Napoleão era o primeiro cônsul. Os autores de panfletos e pasquins não tinham lá nenhum freio. Assim apareceu, supostamente traduzida do hebraico, uma Carta do Diabo à Grande Puta de Paris. O catalão-francês garantia que, se bem seu licencioso amigo não foi o autor de dito panfleto, este haveria merecido sê-lo pela forte corrosiva do mesmo. Dizê-lo era mencionar a corda na casa do enforcado, *lancer des piques* pelo ex-sargento de Piques maltrapilho *comme l'as de pique. Tais-toi canaille, eh! Mais non, Sire,* se desculpava Legard. Não entendo como este desaforado, sórdido, feroz, maligno sodomita do teu amigo pôde ser, como o afirmas, um amigo do povo e da Revolução. É o que foi, excelência. Um revolucionário *avant la lettre. Ah, la, la* e com que força! A convicção mais honrada. Sete anos antes da Revolução escreveu o *Diálogo entre um padre e um moribundo*, que acabo de recitar a vossência. Um ano antes do assalto à Bastilha e com onze anos de cativeiro, o marquês exclama em outras de suas obras: Uma grande Revolução se incuba no país. Os crimes de nossos soberanos, suas crueldades, suas libertinagens e necedades já nos cansaram. O povo da França está enojado do despotismo. Está à porta o dia em que, irado, romperá suas correntes. Nesse dia, França, te despertará uma luz. Verás os criminosos que te aniquilam a teus pés. Conhecerás que um povo só pela natureza de seu espírito é livre, e por ninguém mais que por si mesmo pode ser dirigido. De todos modos, me resulta estranho o que afirmas, Legard. Isso não aconteceu aqui nem em um só caso com os putanheiros oligarcas a quem tive que embastilhar. O mesmo à canalha tonsurada e aos milhões; aos cocôlibris que se consideravam deslumbrados por Minerva, e não eram senão bastardos do cão de Diógenes e da cadela de Eróstrato. E quanto ao grande libertino, excelência, sua libertinagem foi muito mais uma tarefa profunda de liberação moral em todos os terrenos. Na Seção de Piques, onde seu ateísmo o enfrentou com Robespierre. Nas sessões da Comuna de Paris. Na Convenção. Na Comissão dos Hospitais. Até no hospício onde foi finalmente recluído. Isso, isso! Esse espertalhão licencioso tinha que terminar no manicômio. Considere, no entanto, excelentíssimo senhor, que sua obra política mais revolucionária data daquela época.

Sua proclamação *Filhos da França: Um esforço a mais se quiserdes ser republicanos!* iguala ou ultrapassa talvez o *Contrato Social* do não menos libertino Rousseau e a *Utopia* de Santo Tomás Moro. O catalão-francês perturbava minhas sestas. Forçava seu pequeno desquite com sutilezas de forçado, escavando a terra sepulcral da insídia. Quando o marquês morre em 1814, o mesmo ano em que vossência assume o Poder Absoluto, se descobre entre seus papéis do hospício o testamento hológrafo: Uma vez recoberta, a fossa será semeada de bolotas para que posteriormente minha tumba e o bosque se confundam. Deste modo, meu sepulcro desaparecerá da superfície da terra, como espero que minha memória se apague do espírito dos homens; exceto do pequeno número dos que quiseram me amar até o último momento e de quem levarei uma doce recordação à tumba. Seu póstumo desejo não se cumpriu. Tampouco foi ouvido seu clamor: Só me dirijo àqueles capazes de me entender! Viveu quase toda sua vida na prisão. Sepultado em uma profunda masmorra, foi-lhe rigorosamente vedado por decreto, contra qualquer pretexto que invocasse, o uso de lápis, tinta, pluma, carvão e papel. Enterrado em vida, proibiram-lhe sob pena de morte escrever. Enterrado seu cadáver, negaram-lhe as bolotas que havia pedido que semeassem sobre sua tumba. Não puderam apagar sua memória. Posteriormente abriram o sepulcro. Profanação mais pérfida ainda, porque foi feita em nome da ciência. Levaram seu crânio. Não encontraram nada extraordinário, como vossência me conta que ocorrerá com o seu. O crânio do "degenerado de tristíssimo renome" era de harmoniosas proporções, "pequeno como se fosse de uma mulher". As zonas que indicam ternura maternal, amor às crianças, eram tão evidentes como no crânio de Heloísa, que foi um modelo de ternura e amor. Este último enigma, somado aos anteriores, lançou pois o posterior desafio a seus contemporâneos. Enganchou-os para sempre na curiosidade, na execração. Acaso na sua glorificação final.

O réquiem não conseguia amortecer-me. O cátalo-franchute sabia de cabo a rabo não menos de vinte dessas obras do delirante pornógrafo, posto que lhe havia servido durante muitos anos de memorioso repositório; algo assim como os vasos-escuta que eu fabrico com a argila caulinita de Tobat'i e as resinas da Árvore-da-Palavra. Alguém rasga a delgada película hímen-óptera; a agulha de sárdonix e crisoberilo desperta, põe de novo em movimento, faz voar em contramovimento as palavras, os sons, o mais ligeiro suspiro, presos nas células e membranas nervosas das vasilhas-escutantes-parlantes, posto que o som emudece mas não desaparece. Está aí. Alguém o busca e está aí. Zumba por debaixo de si, colado à cinta engomada com cera e resinas selvagens. Na arca tenho guardados mais de uma centena dessas tigelas cheias de segredos. Conversações esquecidas. Gemidos dulcíssimos. Sons marciais. Gemidos requintados. A voz mortal dos supliciados, entre as pancadas das chicotadas. Confissões. Orações. Insultos. Estampidos. Descargas de execuções.

O cátalo-galo era da mesma espécie desses jarros-parlantes. Vinha à minha câmara todas as sestas, no inverno e no verão, as duas únicas estações do Paraguai. Já está aí. Tirem-lhe os grilhões. O ruído das correntes o deixava absorto, crispado. Não começa já, como se lhe custasse desesposar a língua. Vamos, fala, canta, conta! Vamos ver se durmo, se dormes. Primeiro tirava um murmúrio; certo fanhoseio muito suave, entrefechando os olhos verdelousa. Abria geralmente a sessão com um desses delírios lascivos do marquês. Ordálios de bode. O sátiro faunesco investe contra o sexo do universo. Mas o fragor de suas investidas, o ruído de seu orgasmo, não é maior que o zumbido de uma mosca. A fúria incomensurável da luxúria geme, clama, insulta, suplica com voz de mosca às divindades estéreis. Fúria de esgotamento. Parece encher o céu e cabe em uma mão. O tremendo vulcão não deixa cair uma gota de sua ardente lava. Suave a vela do sonho, sem brisa que possa eriçá-la. Basta!

O prisioneiro muda de tema, de voz, de intenções. Vasto em seu repertório. Enciclopédia de estupros, obscenidades hiperbólicas. Sabe de memória, não só essas inesgotáveis e mentirosas histórias de vã profanidade, cheias de maus costumes e vícios, escritas pelo marquês. Além disto, compostas com maior força que as Sagradas Escrituras nos signos, ainda que fracas e imponentes em seu objeto; de modo que dão mais avidez no simulacro da fartura. O que é que procura este inchado sodomita, este saturnal uranista? Um Deus-fêmea em quem saciar seu estéril desespero? Houve aqui, no Paraguai, uma mulata chamada Erótida Blanco, dos Blanco Encalada y Balmaceda de Ruy Díaz de Guzmán. Capaz de acalmar um exército. O mesmíssimo exército de Napoleão talvez Erótida Blanco haveria acalmado; o infernal marquês na Bastilha. Mas não, mas não. Erótida Blanco precisava de uma selva virgem, uma cordilheira, para copular com mil com cem mil faunos peludos ao mesmo tempo. Acabemos com estas profanações!

Nas células de sua memória, por fortuna, estavam guardadas também outras vozes, outras histórias. A voz palato-nasal começava a cantarolar as queixas do genebrino: Homem, Grande Homem, Homem Supremo, encerra tua existência dentro de ti! Permanece no lugar que te assinalou a natureza na cadeia dos seres, e nada poderá te forçar para que saias dele. Não dês murros na ponta da faca da necessidade. Teu poderio e tua liberdade alcançam até onde raiam tuas forças naturais. Não mais para lá. Faças o que faças, nunca tua autoridade real ultrapassará tuas faculdades reais. A voz do catalão-francês vai parecendo-se cada vez mais com a do genebrino. Erres muito arrastados nas arengas filosóficas do *Contrato*, nas pedagógicas do *Emilio*. Nasais, ofegantes-confidenciais, nas impudicas *Confissões*. Pela voz de Andreu-Legard vejo no compadre Rosseau um menino ancião, um homem mulher. Não é ele mesmo quem falava de um anão de duas vozes?; uma, artificial, de baixo-velho; a outra, aflautada, aparvalhada; por isso o anão recebia sempre na cama para que não lhe descobrissem seu duplo dolo, que é o que faço agora sob a terra.

Muito sofri, excelência. Antes e depois do 9 Termidor, que corresponde a vosso 27 de julho; *peut-être*, vosso inconsolável 20 de setembro, em que tudo fica detido em torno de vossência. No entanto, há França para um tanto. A história não acaba em 20 de setembro de 1840. Poder-se-ia dizer que começa.

Na França se estabelece o Diretório em 27 de outubro de 1795. Em 1797, Napoleão triunfa em Rivoli. Começa o Segundo Diretório. Expedição de Napoleão ao Egito. Saio, ou me tiram da cadeia. Me alisto como soldado raso no exército do Grande Corso. Palmeiras se recortam contra o céu do Egito. Também aqui, contra o azulado e candente céu paraguaio. A grande serpente do Nilo rasteja-se aos pés das pirâmides. Aqui o Rio--das-coroas, ao pé da sua câmara, excelência. Não consegues me fazer dormir, Legard. O que queres que te diga. Estou te ouvindo sempre o mesmo já faz dez anos. Sua cansada voz de velho não te faz mais jovem. Vamos ver, trabalha com a cornucópia. Charles Legard pigarreia, entoa a voz. No ritmo de *danzón*, dos que se praticam em Bali, em Tanganika, nas ilhas da Especiaria, se solta a cantarolar o Calendário Republicano. Só então começo a adormecer um pouco sob a chuva de hortaliças, de flores, de verdes legumes, de frutos de todas as espécies, douradas laranjas, melodiosos melões, melancias melodias, maravilhas de ervilhas, de colheitas. Todas as fases do ano, os meses, as semanas, os dias, as horas. A natureza inteira com suas forças genésicas e elementares. A humanidade do trabalho e o trabalho da humanidade *sans-culottides*. Animais, sementais, substâncias minerais, asnos e éguas, cavalos e vacas, ventos e nuvens, mulos e mulas, o fogo e a água, as aves, seus fertilizantes excrementos, germinações, vindimas florais, frutíferas, messidoras, pradiais, caem sobre mim, semelhante a um fresco orvalho, desse chifre da abundância fabricada por Fabre d'Eglantine. A Festa da Virtude começava a anestesiar-me em 17 de setembro em uma suave sonolência, que a Festa do Gênio interrompia bruscamente em 18. Sentia que roncava um pouco durante a Festa do Trabalho, em 19. A Festa da Opinião, que coincidia com minha morte ou talvez a provocava em 20 de setembro, me levantava em 21, para a Festa das Recompensas.

Não posso oferecer a tua, Charles Legard. Cantaste mal. Sacudiste mal o Chifre. Talvez as ressonâncias de teus solos o arranharam, o cansaram, gastaram, atraiçoaram. Quando vou dormir a ponta do chifre rasga a membrana do sono. Abro os olhos. Te observo. Tua figura gesticula ao som de uns ritmos bárbaros de caçadores, não de agricultores. Me levanto. Te expulso. Queres ir do país? Tens vinte e quatro horas para fazê-lo. Por um minuto que te atrases, só viajará parte de ti: tua cabeça será posta em uma estaca na praça de Marte para exemplo aos que se permitem chacotas com o Supremo Governo e fazem mal seu trabalho. Perdeste tua memória, Charles Andreu-Legard. Tua boa memória. Tua terrível memória. Adeus e saúde!

Partiu com os Rengger e Longchamp, entre alguns outros franceses atrevidos que eu tinha em conserva em meus calabouços. Libertei-os por estar cansado deles e para que se fossem com sua música para outra parte. Em meu tempo sem tempo, o Calendário Republicano da França já não servia. Deixei ir sem pena o catalão-francês. Nada de verdadeiro cheguei a saber mais deste migrante aventureiro. Vagos informes me noticiaram que estourou na Bajada; outros, que ensina o idioma guarani em uma Universidade da França.

A história do libertino marquês da Bastilha, trasladado logo ao asilo de Charenton, a história de suas histórias narradas por Legard, me traz à memória a de outro degenerado de tristíssimo renome: o burlesco marquês de Guarany. Uma prova a mais da desaforada falácia, más artes e diabólicas maquinações que usam os europeus e espanhóis para enganar, encobrir fraudes e seus intentos de menosprezar a dignidade destes povos, a majestade desta República. Assim maquinaram a descomunal ou melhor ridícula trapaça do fingido marquês de Guarany. É público e bem sabido na Europa e na América que este aventureiro espanhol europeu foi a Espanha com a tramoia de que ia em comissão deste governo enviado ao monarca daquele país. A imaginação carece do instinto da imitação porém o imitador carece totalmente do instinto da imaginação. Assim que a ficção e brutal mentira do impostor foram descobertas em pouco tempo. O próprio Tribunal de Alcaldes da corte borbonária não teve mais remédio que impor a este falsário insolente a pena do último suplício, que ao fim se reservou para o caso de quebrantar o desterro a que foi confinado.

Muito foi o dano, no entanto, que o velhaco aventureiro produziu em desfavor do nome deste país e do prestígio de seu Governo. O espertalhão catalão que havia residido na América e que nem sequer conhecia este país, dizia se chamar José Agustín Fort Yegros Cabot de Zuñiga Saavedra. Adornado destes ouropéis gentílicos (a lista completa da proceridade patrícia!) fez sua teatral aparição na corte borbônica. Afirmou possuir uma imensa fortuna e haver doado ao Governo do Paraguai mais de duzentos mil pesos em moedas de ouro. Chegou a começos de 1825, pela época em que Simón Bolívar planejava ainda assaltar o Paraguai, na crença de que este outro aventureiro também ia sair com a sua. Ambos estavam condenados ao fracasso desde o começo dos tempos. Eles não sabiam.

De Badajoz oficiou à corte noticiando que era portador de uma suposta comissão deste Governo, tão importante ela que ao facilitar-lhe os meios podia proporcionar à Metrópole a recuperação de suas antigas colônias. Exigiu tratar diretamente com o rei. Os pretendidos poderes de que se achava investido lhe permitiam, segundo afirmou o impostor, estipular em meu nome as seguintes condições: 1) estabelecimento de um governo representativo da Espanha no Paraguai; 2) aprovação do sistema jesuíta aperfeiçoado que vige (maldito canalha!) neste país já suficientemente alquebrado por mais de um século do império de batinas.; 3) que ele, como supremo comissionado do Ditador Perpétuo, em sua qualidade de morgado da Casa de Guarany e coronel da Legião Voluntária do Paraguai, fora posto à cabeça do governo monárquico de Espanha com título de vice-rei, e; 4) que se o rei aceitava estas condições, lhe entregaria doze milhões de duros do tesouro paraguaio.

Entre os documentos forjados que o espertalhão apresentou se achavam a Ata Declaratória da Independência do Paraguai, sua nomeação como supremo comissionado e embaixador em que falsificou minha assinatura embaixo do escudo com uma flor-de-lis, a insígnia borbônica, em lugar da palma, a oliva e a estrela, que são os da República. Em sua comitiva atreveu-se arteiramente a fazer figurar um Yegros e um tal frade Botelho, sócio honorário da Academia do Real Proto-Medicato do Paraguai que o espertalhão postulou como encarregado de negócios. Eram muitas falsidades e falsificações juntas. Não satisfeito ainda com elas, me deu finalmente por derrocado do Governo pela Legião que ele comandava e desterrado em uma canoa a remo perpétuo pelos estuários de Villa del Pilar de Ñeembukú.

Quando descobriram sua felonia, o presidente do Tribunal de Alcaldes de Madrid decretou que lhe dessem duzentos açoites e que passeasse em um burro pelas ruas. O rei, burlado porém ainda esperançado em algum giro imprevisto da patranha, comutou-lhe a pena por dez anos de prisão. Logo outro vilão americano, Pazos Kanki, se encarregou de difundir a frustrada façanha do espanhol. Quanto mais idiotas, as histórias são mais críveis. A lenda do marquês de Guarany correu por toda Europa. Passou a América. Há gente que ainda crê e escreve sobre ela. A idiotice não tem limites, sobretudo quando anda a tropeções pelos estreitos corredores da mente humana.

(Circular perpétua)

Os pasquineiros consideram indigno que eu vele incansavelmente pela dignidade da República contra os que anseiam por sua ruína. Estados estrangeiros. Governos de rapina, insaciáveis agarradores do alheio. Sua perfídia e má fé as tenho de antes bem conhecidas. Chame-se império de Portugal ou do Brasil; suas hordas depredadoras de mamelucos, de bandeirantes paulistas os que contive e impedi que seguissem bandeirando bandidescamente em território pátrio. Alguns de vocês foram testemunhas, se lembrarão, terão ouvido como as fulminantes invasões incendiavam nossos povos, matavam pessoas, roubavam gado. Levavam cativos aos milhares os naturais. Sobre as relações de nossa República com o Império; sobre suas trapaceiras maquinações, ciladas, velhacarias e perversões, antes e depois de nossa Independência, lhes instruirei mais detalhadamente em sucessivas voltas desta circular.

O pantagruélico império de voracidade insaciável sonha em tragar o Paraguai igual a um manso cordeiro. Tragará um dia o Continente inteiro se este se descuida. Já nos roubou milhares de léguas quadradas de território, as fontes de nossos rios, os saltos de nossas águas, os altos de nossas serras serradas com a serra dos tratados de limites. Assim foram enganados reis e vice-reis da Espanha por maus governadores tirados das calcinhas de suas mulheres e dos bolsos dos negócios e afazeres. O império das bandeiras negreiras inventou o sistema de divisas que se deslocam com os movimentos de uma imensa sucuri.

Outro bode-espiatório inimigo: a Banda Oriental. Seus bandos de foragidos foram os que ajudaram a fechar ainda mais o bloqueio da navegação. Tenho aqui bem guardadinho um de seus principais capatazes. José Gervasio Artigas, que se fazia chamar Protetor dos Povos Livres, ameaçava todos os dias invadir o Paraguai. Arrasá-lo a sangue e fogo. Levar minha cabeça em uma estaca. Quando por sua vez foi traído por seu segundo-tenente Ramírez que se levantou com sua tropa e seu dinheiro, perdida até a roupa, Artigas veio se refugiar no Paraguai. Meu alternativo extorquidor, meu jurado inimigo, o promotor de conjuras contra meu Governo, se adiantou para mendigar-me asilo. Eu lhe concedi trato humanitário. Em uma situação como a minha, o mais magnânimo dos governantes não haveria se importado com este bárbaro, que não era credor da compaixão mas do castigo. Eu explodi de generosidade. Não somente o admiti como ao resto de sua gente. Também gastei liberalmente centenas de pesos para socorrê-lo, mantê-lo, vesti-lo, pois chegou nu, sem mais vestuário nem equipamento que uma jaqueta vermelha e um alforje vazio. Nenhum dos sujos, aturdidos revoltosos que haviam fundado nele as maiores esperanças de vantagens e adiantamentos, lhe fez a menor esmola. Eu lhe dei o que me pediu na carta que me escreveu da Tranquera de San Miguel, dentro já de nossas fronteiras.

A carta de Artigas era sincera*. Não mentia quanto a sua guerra contra espanhóis, portugueses-brasileiros e portenhos.

---

* "Desenganado pelas deserções e ingratidões de que tenho sido vítima, eu lhe suplico sequer um monte onde viver. Assim, terei os louros de ter sabido escolher para meu seguro asilo a melhor das melhores partes deste Continente, a Primeira República do Sul, o Paraguai. Idêntica ambição à sua, Exmo. senhor, a de forjar a independência de meu país, foi a causa que me

levou à rebelião, para sustentar sangrentas lutas contra o poder espanhol; logo contra portugueses e portenhos que pretendiam nos escravizar de maneira ainda mais iníqua. Batalhar sem trégua que tem consumido tantos anos de penúrias e sacrifícios. Ainda assim, teria continuado a defender meus patrióticos propósitos se o germe da anarquia não tivesse penetrado na gente que obedecia minhas ordens. Eles me traíram porque não quis vender o rico patrimônio de meus paisanos ao preço da necessidade". (*Cartas do general Artigas a O Supremo, pedindo asilo. Sbro 1820*).

Não deixei de tomá-lo em conta. Se a muitos os desvios na defesa de uma causa justa os condenam, os princípios, as projeções dessa causa contribuem a resgatar ainda que seja parcialmente os errados que não estão cerrados no erro. Artigas, afundado em tal angústia e fatalidade, era um exemplo escarmentativo para os iludidos, os facciosos, os depravados ambiciosos de subjugar e impor leis aos paraguaios, extrair suas riquezas e finalmente levar gente escravizada a suas empresas e serviços, para depois rir do Paraguai e mofar orgulhosamente dos paraguaios.

Mandei um destacamento de vinte hussardos a cargo de um oficial para recolher Artigas. Outorguei-lhe trato humanitário, cristão, no verdadeiro sentido da palavra. Ato não só de humanidade, senão ainda honroso para a República conceder asilo a um chefe desgraçado que se entregava. Fiz que lhe preparassem alojamento no convento do Merced e ordenei que diariamente fizesse exercícios espirituais e se confessasse. Eu respeito as convicções alheias, e se bem é certo que os padres servem para pouco, pelo menos que sirvam para recolher as agruras dos estrangeiros. Concedi, pois, ao chefe oriental o monte que me pediu para seguir vivendo; não um monte de louros, mas um prédio nos melhores terrenos do fisco na Villa del Kuruguaty, para que levantasse ali sua casa e sua chácara, longe do alcance de seus inimigos. O traidor e aleivoso segundo-tenente de Artigas me pediu insistentemente sua entrega para que respondesse em juízo público às províncias federadas sobre os cargos que justamente devem lhe fazer, escreveu-me o cínico bandoleiro, por presumir nele a causa e origem de todos os males da América do Sul. Como não respondi nenhuma de suas notas, intimou-me à entrega de seu chefe sob ameaça de invadir o Paraguai. Que venha, disse, o Supremo Selvagem de Entre Rios. Não conseguiu chegar. Deixou a cabeça na jaula que lhe estava destinada.

A oitenta léguas de Assunção ao norte, sem se inteirar sequer dos perigos que correu, o ex-Supremo Protetor dos Orientais lavra a terra que jurou converter em areal, em tapera. Vejam-no cultivando-a com o suor da testa, não com o sangue dos naturais. Hoje me jura gratidão e lealdade eternas. Me elogia como o mais justo e bom dos homens. Reverso do mais perverso bando de chefes portenhos, como foram os Rivadavias, os Alveares, os Puigrredones.

A Hidra do Plata é precisamente a única que segue insistindo em seu afã de se apropriar do Paraguai. Destruí-lo, mutilá-lo, cerceá-lo, já que não conseguiu anexá-lo ao conjunto das pobres províncias sufocadas entre seus tentáculos.

Ponto por hoje. Levará meses aos sátrapas para ler as entregas do folhetim circular, se vão muito pesadas. Terão pretexto agora para abandonar por completo as tarefas do serviço e se dedicar inteiramente ao gargalo da malandragem.

No forte de Buenos Aires, o novo vice-rei, Baltasar Hidalgo de Cisneros, apronta canhões, machados de abordagem, crendo-se certamente ainda vice-almirante da Armada Invencível rumo ao descalabro final de Trafalgar. Depois do bastilhaço do forte... (*faltam fólios*).

Aqui, em Assunção, os acólitos realistas, os portenhos disfarçados de borbonários, gachupines, portenhistas, espreitam em torno à surdez do governador Velazco. Entram nele pelo cornetim. Saem pela outra orelha agourando presságios de desastre. A primeira invasão inglesa a Buenos Aires e a fuga do vice-rei Sobremonte lhe produzem um derrame que lhe fecha pela metade o olho esquerdo. A segunda, com o francesinho Liniers como vice-rei interino, lhe deixa rígida a comissura da boca. O capitão de milícias que dizem que foi meu pai, transporta em carretos barris de mel de vespa-lechiguana, tonéis de geleia-real para a casa do governador meio surdo e meio mudo, para que lubrifique sua laringe. Há a substância que os índios *xexueños* tiram do cedro, a resina da Árvore-sagrada-da-palavra. Nem com essas. Todo o tempo o afônico governador mastiga, deglute essas matérias, que os criados olham sair de sua boca em melenas-sanefas de todas as cores.

O vice-rei urgindo de Buenos Aires. Que acontece aí? Ficaram todos mudos? Ou os *comuneros* voltaram? Os escreventes esperando no despacho do governador, calcinhas inchadas, plumas ao alto. Teu pai, um desses infi-escreventes, vinha me trazer quaisquercoisas que aconteciam neste mesmo lugar pelos dias da época.

Naquela manhã o governador Bernardo de Velazco e Huidobro em um ataque de furor expulsou curandeiros, frades, desempayenadores, que o sobrinho trazia em procissão ao palácio. Lançou-se ao pátio. Ali passou toda a manhã de quatro comendo grama entre o burro e a vaca do Presépio, no lugar onde o governador mandava fazer os nascimentos naturais. Junto a seu amo, o cão Herói também arrancava capins, cortava o gramado, arrancava flores dos canteiros a dentadas, nesse delírio que para ambos era uma batalha contra os espíritos do mal. Sigilosamente regressou a caterva de familiares, servidores, funcionários para contemplar com lágrimas como pastava o governador. Enervado se levanta por fim. Aproxima-se do algibe. Dobra-se sobre a beirada. Herói abandona sua guerra florida. Lança-se sobre o governador segurando-o pelas abas da casaca até arrancá-lo dali por completo. Volta à carga. Puxa pelos fundilhos. As nádegas de Dom Bernardo ficam para o ar. Inclina-se cada vez mais sobre a beirada. Meu pai pensava, senhor, que o governador estaria rogando ajuda à alma do teatino morto no algibe, épocas mais atrás, quando esta ainda era a Casa de Exercícios Espirituais dos jesuítas. Mal informado teu pai. Não foram os teatinos que levantaram este edifício. Mandou-o construir o governador Morphi, o Desorelhado, a quem o barbeiro havia limpado uma orelha à navalhada. Desculpe, sua mercê, havia dito o barbeiro ao governador. Você tinha uma mosca na orelha, Exmo. senhor. Já não a tem.

O edifício também ficou desorelhado. Poder das moscas. Pelas mãos de um barbeiro truncam a asa falsa de uma cabeça de governador. Convertem um edifício sem terminar em flamejante ruína. Eh, Patiño, tira essa mosca que caiu no tinteiro. Com os dedos não, animal! Com a ponta da pluma. Como quando limpas as chaminés nasais. Devagar, homem! Sem manchar os papéis. Já está, excelência; ainda que me permito dizer-lhe que no tinteiro não havia nenhuma mosca. Não discutas as verdades que não consegues ver. Sempre há alguma que zumba junto ao ouvido. Logo aparece afogada no tinteiro.

A construção do edifício, teto armado, buracos de janela, de portas, paredes a três varas do chão, continuou nos tempos do governador Pedro Melo de Portugal, que o inaugurou denominando-o pomposamente Palácio Melodia, igual a outros povos melodiosos fundados sob seu governo na margem esquerda do rio. Fortalezas contra as invasões dos índios do Chaco.

Quando era rapazinho me botava a observar nestes lugares a escavação dos fossos onde se levantaram parapeitos terraplenados contra as torrentes das chuvas, contra as surpreendentes invasões indígenas. Não sabia ainda que eu entraria para habitar para sempre esta Casa. Em minha cabeça de menino revolvia ordens e contraordens. Dava instruções aos trabalhadores. Até ao mestre de obra. Prolongar esse fosso até o barranco. Levantar essa parede, esse muro um pouco mais para cá. Afundar as valas dos cimentos. E se no lugar de areia lhe fizesse carregar salina nas fossas? Pareciam me dar ouvidos, pois cumpriam as ordens que saíam caladas para fora de mim. As pontas das picaretas, das pás, das enxadas, davam à luz vasilhas, utensílios, arcos, restos de armaduras, escombros de ossos. O mestre de cantoria Cantalicio Cristaldo, pai de nosso tamboreiro maior, desenterrou uma manhã um crânio, uma *chirimía*, vários arcabuzes enferrujados. Pedi-lhe o crânio. Vá para sua casa, filho da diaba. Segui insistindo. Pedindo sem pedir. Muda presença. Braços cruzados. Impassível aos estilhaços, às pazadas dos escavadores que iam me enterrando. Por fim, o crânio voou por cima dos montículos. Caçado no voo, pus embaixo de minha batininha de coroinha. Mancha vermelha voando para a escuridão. O crânio, esse que está aí. Toda a terra metida dentro. Impossível que tivesse podido caber na terra. Um mundo no mundo! Eu o levava embaixo do braço correndo sem alento. Cada batida partida em duas batidas. Para um pouco, não te apresses tanto!, queixou-se o crânio. Como ficaste enterrado aí? Contra minha vontade, menino; tenha certeza. Digo aí, nos fossos da Casa de Governo. Sempre se está enterrado depois de morto em algum lugar. Asseguro-te que a gente nem se dá conta disso. De que morreu o que te levava sobre os ombros? De haver sua mãe lhe dado à luz, menino. De que morte, te pergunto. De morte natural, que outra podia ser? Conheces tu alguma outra classe de morte? Me decapitaram porque tentei atirar um balaço no governador. Tudo por não dar ouvidos ao conselho de minha mãe. Não cruzes o mar, filho. Não vá à Conquista. O mar do ouro é perigoso. No dia da partida, com olhos de vidro, me disse: Quando estiveres na cama e ouvires ladrarem os cães no campo, esconda-te embaixo do cobertor. Não tome como brincadeira o que fazem. Mãe, disse-lhe ao lhe dar um beijo de despedida, lá não há cães nem cobertores. Haverá, filho, haverá; o desejo está em todas as partes, ladra e encobre tudo; e assim agora me estás levando embaixo do braço rumo à ressurreição depois da insurreição. Não, somente à uma cova, disse-lhe. Íamos cruzando o cemitério da Catedral. O que, coroinha, vais me enterrar agora em sagrado depois de tantos séculos? Não faz falta; não faças trapaça a nossa Santa Mãe a Igreja. Xiiii. Silenciei-o sob a batina. Dois coveiros cavavam uma fossa. É para mim essa sepultura?, voltou a murmurar. Me tiraste de uma para colocar-me em outra? Não é para ti, não te preocupes; é para uma figura muito principal que enforcaram nesta madrugada. Vês, rapazinho? O triste do caso é que os poderosos hão de ter neste mundo a faculdade para mandar enforcar ou deixar de enforcar a seu capricho. Deixa-me ver um pouco o trabalho destes rústicos. Detive-me; entreabri um pouco o saio só para dar-lhe o gosto. Cavam, disse. A verdade é que não há cavalheiros de mal antiga prosápia que os hortelãos, os cavadores, os coveiros; ou seja, os que exercem o ofício de Adão. Era Adão cavaleiro?, brinquei. Foi o primeiro que usou armas, disse o crânio com voz de palhaço. Que estás dizendo? Nunca foi armado nem herdou armas nem as comprou. Como que não. Coroinha e herege? Não leste a Sagrada Escritura?

Em alguma parte diz: Adão cavava. Como podia cavar sem ir armado de braços? Vou propor-te outro enigma: Quem é o que constrói mais solidamente que o pedreiro? O que faz as forcas. Para um rapaz como tu, a resposta não está mal. Mas se alguma outra vez te fizerem a pergunta, diga: o coveiro. As casas que ele constrói duram até o Dia do Juízo.

Não estás copiando o que te dito? Senhor, estou desfrutando de ouvi-lo contar essa divertida história da caveira faladora. Não escutei em minha vida outra mais divertida! Depois copiarei, senhor, o parágrafo dos coveiros que está quase íntegro naquele sucedido que o Juan Robertson traduzia nas classes de inglês. Copia não o contado por outros senão o que eu conto a mim através dos outros. Os feitos não são narráveis; menos ainda podem sê-lo duas vezes, e muito menos ainda por distintas pessoas. Já te ensinei isso cabalmente. O que acontece é que tua maldita memória recorda as palavras e esquece o que está por trás delas.

Durante meses lavei o crânio oxiflorescido em uma cova do rio. A água ficou mais vermelha. Transbordou na enchente do ano setenta que por pouco não leva o melodioso palácio de Dom Melo. Quando entrei para ocupar esta casa ao receber a Ditadura Perpétua, reformei-a, completei-a. Limpei-a dos insetos. Reconstruí-a, embelezei-a, dignifiquei-a, como corresponde à sede que deve acomodar um mandatário escolhido pelo povo por toda a vida. Dispus a ampliação das dependências; sua nova distribuição, de modo que na Casa de Governo se encontraram os principais departamentos do Estado. Mandei mudar as antigas vigas de *urundey* por pilastras de silharia. Alargar as beiradas dos corredores em que fiz colocarem escanos de madeira lavrada; lugar e assento que desde então se ocuparam a cada manhã com a multidão de funcionários, oficiais, emissários, soldados, músicos, marinheiros, pedreiros, carroceiros, peões, campesinos livres, artesãos, ferreiros, alfaiates, mineiros, sapateiros, carpinteiros de ribeira, capatazes de estâncias e chácaras da Pátria, índios corregedores dos povoados portando a vara-insígnia na mão, negros escravos-libertos, caciques das doze tribos, lavadeiras, costureiras. Todo aquele que até aqui chega para me entrevistar. Cada um sobe por conta própria ocupando seu lugar ante a presença de O Supremo que não reconhece privilégios a nenhum.

A última vez que mandei reformar a Casa de Governo foi quando fiz entrar o meteoro em meu gabinete. Se negou a fazê-lo pela porta. De início não se podem exigir bons modos de uma pedra-azar. Os meteoros não conhecem a genuflexão. Teve que dar a volta em dois pilares, um lanço de parede. Por fim, o aerólito subiu para ocupar o canto. Não por conta própria. Vencido, prisioneiro, acorrentado a minha poltrona. Ano de 1819. Incubava-se a grande sedição.

Cobri o algibe. Se o teatino, capelão do governador, ou quem fosse, se atirou verdadeiramente no algibe, isso deve ter acontecido pelos dias do desjesuitamento de 1767, para escapar da fulminante cédula que caiu sobre os padres da Companhia sem dar-lhes tempo de dizer Jesus nem amém.

O equívoco da origem da Casa dos Governadores como Casa de exercícios Espirituais proveio do fato de haver sido construído o edifício com os materiais que figuravam no inventário geral ou contas de bens dos expulsos sob o rótulo de Real Sequestro. Vês, Patiño, nesse tempo os sequestradores eram os reis. Terroristas por Direito Divino.

Os governadores Carlos Morphi, chamado o Irlandês e também o Desorelhado por causa da mosca; logo Agustín de Pinedo; logo Pedro Miguel de Portugal; todos eles a ocuparam nesta crença, se bem que não se dedicaram nela exclusivamente a exercícios espirituais para a salvação de suas almas.

Causa do equívoco: o algibe. Cretinos! Ninguém se atira em um algibe para sair do outro lado da terra. Mandei transferir a beirada ao bispado. Seu adorno de ferro forjado em forma de mitra, destinado a sustentar a roldana, encantou o bispo. Mas naquela manhã o governador Velazco ainda estava ali. Encurvado sobre a beirada. A cabeça emborcada no arco mudéjar, no lugar da roldana. Lamentações, precações dos que contemplavam a cena querendo no fundo dessas preces que o governador se atirasse de uma vez ao fundo. Teu pai contou-me que ouviu murmurar o assessor Pedro de Somellera y Alcántara: Arre, velho surdo! Atira-te ao cântaro antes que seja tarde!

Abraçado a sua pança, o governador persignou o ar com a cabeça. As patas de Herói o tinham abraçado por trás. Dom Bernardo abriu a boca com ânsia de lançar um grito que não saía. Saiu a parva que havia ingerido. Calaram as roucas Aves, as Salves, os murmúrios. Os curiosos se desvaneceram nos vãos. Acalmado por mim, o governador retornou ao despacho. Começou a ditar o ofício ao vice-rei:

Correm certas malícias com as que se está abrumando o vulgo estúpido para incliná-lo à credulidade e alvoroçá-lo na desobediência; rumores tão irracionais que não podem fazer a menor impressão em gentes sensatas, porém que excitam funestamente a besta da plebe, de modo que não é possível por agora desenganá-la. Os patrícios e fiéis vassalos me apoiam, respaldam nossa causa em sua totalidade. Apesar de que estive e estarei cuidadosamente atento a indagar quanto possa conduzir à averiguação do promotor ou dos promotores de tais agitações, bem seja descobrindo alguma carta ou sob qualquer outro arbítrio, no que meus ajudantes são muito peritos, em especial meu assessor o portenho Pedro de Somellera. Até agora só consegui escutar vozes estendidas entre o vulgo, incapaz de dar razão de onde ou como as terão concebido.

Teu pai passou a limpo o ofício que por pouco não bramava nem mugia, posto que a voz de Dom Bernardo não dava para mais. Pela tarde me fez chamar. A sós no gabinete colocou o cornetim em minha orelha. O sopro cavernoso me falou desses rumores irracionais espalhadas entre a plebe. Imensa, poderosa besta, a qual há que se amansar a todo custo, disse Velazco, ainda que seja usando um pouco a picana. Seu tio aquele, frei Mariano, me aconselha com justíssima razão que é perigoso dizer ao povo que as leis não são justas porque as obedece crendo que são justas. Há que dizer-lhe que hão de ser obedecidas como há de se obedecer aos superiores. Não porque sejam justos somente, senão porque são superiores. Assim é que toda sedição fica conjurada. Se for possível fazê-la entender isso, a populosa besta se aplaca, abaixa a cabeça sob o jugo. Não importa que isto não seja justo; é a definição exata da justiça.

O poder dos governantes, assegura-me sabiamente seu tio, está fundado sobre a ignorância, na domesticada mansidão do povo. O poder tem por base a debilidade. Esta base é firme porque sua maior segurança está em que o povo seja débil. Tantíssima razão a de frei Mariano Ignacio, meu estimado Prefeito de Primeiro Voto. Observe V. M. um exemplo, continuou corneteando o governado-intendente: O costume de ver um governante acompanhado de guardas, tambores, oficiais, armas e demais coisas que inclinam ao respeito e ao temor, faz com que seu rosto, ainda que alguma vez se veja só, sem cortejo algum, imprima a seus súditos temor e respeito, porque nunca o pensamento separa sua imagem do cortejo que ordinariamente o acompanha. Nossos magistrados conhecem bem este mistério. Todo o aparato de que se rodeiam, a indumentária que gastam lhes resulta muito necessária; sem isso veriam reduzida sua autoridade a quase nada. Se os médicos não carregassem a maletinha com unguentos e poções; se os clérigos não vestissem batina, capelos quadrados e largas estolas, não teriam conseguido enganar o mundo; igualmente os militares com seus deslumbrantes uniformes, alamares, espadins, esporas e fivelas de ouro. Só as gentes de guerra não vão disfarçadas quando vão de verdade ao combate com as armas nas costas. Os artifícios não servem no campo de batalha. Por isso é que nossos reis não buscaram augustos atavios mas se rodeiam de guardas e grandes boatos. Essas armadas fantasmas, os tambores que vão à vanguarda, as legiões que os rodeiam, fazem tremer os mais firmes encapuzados-conspirados. Precisar-se-ia de uma razão muito sutil para considerar como um homem qualquer o Grande Turco guardado e seu soberbo serralho por quarenta mil janissários. É indubitável que enquanto vemos um advogado com barrete e toga como V. M., temos de imediato uma alta ideia de sua pessoa. No entanto, quando eu exercia o cargo de governador de Missões, andava sozinho, sem custódia, sem guardas. Claro que por ali haviam andado os filhos de Loyola que em cem anos conseguiram uma quase perfeita domesticação dos naturais. Dentre eles não vai surgir nenhum José Gabriel Cóndor Kanki. E se se levantasse nessas terras um novo Tupac Amaru, voltaria a ser vencido e justiçado como foram em seu devido tempo o rebelde José de Antequera, o inca rebelde, os rebeldes de todo tempo e lugar.

Aqui, em Assunção, tomei por regra de justiça seguir o costume com a maior temperança possível. Por isso me amam e me respeitam. A indulgência me é contranatural. Se nem sempre achei o justo, ao menos bebo na fonte de uma moderada justiça. Não crê assim V. M.? O cornetim ganhou sua forma de sinal de interrogação diante de meus olhos. Permaneci em silêncio. O cornetim voltou a zumbir na boca de Dom Bernardo:

Vossa Mercê. Prefeito de Primeiro Voto, descendente dos mais antigos fidalgos e conquistadores desta América Meridional, segundo rezam as informações sumárias sobre sua genealogia; o mais conspícuo dos homens desta cidade por sua ilustração tanto quanto por seu zelo, deve saber algo acerca dos promotores, dos propagadores de tais irracionais rumores. Diga-me, pois, com toda franqueza, o que souber destas falações. Olhando-o fixamente lhe respondi: Se eu não soubesse eu o diria, velho borbonário. Mas como sei não o digo. Assim ficamos em paz. Não se alteram as coisas. Nem delações nem dilações neste dia de nada e véspera de muito, pois ainda que o falador seja louco, o que escuta há de ser cordo. Voltou à carga com o cornetim: Como digno súdito de nosso Soberano deve contribuir para manter a ordem e o concerto, a tranquilidade pública nesta província. O vice-rei Cisneros me preveniu sobre a multidão de papéis anônimos contrários à causa do Rei que estão enviando de Buenos Aires a Assunção. Um verdadeiro dilúvio. Encomendei ao assessor Somellera a investigação destas atividades subversivas. Ajude-nos V. M. em seu caráter de Síndico Procurador Geral.

O cacoete que me instava a ser um alcaguete me arranhava a trompa de Eustáquio. Meu aborrecimento estalou. Peguei o cornetim. Meti-o de golpe na peluda orelha do governador. Gritei à alta voz no gargalo: Bramido de asno sem pelo não chega ao céu! O governador riu muito satisfeito. Retirou a mão de meu ventre onde a tinha apoiada como para incitar-me à confidência e estimular a evacuação. Bateu nas minhas costas familiarmente. Já sabia eu que S. M. entende a coisa. Não duvidava que sua ajuda me ia ser de muita importância, meu doutíssimo amigo. Siga proporcionando-a a mim em honra de nosso amado Soberano. Quem com fé busca sempre encontra, disse por dizer algo. E ele, não tanto para responder o dito como por se fazer dono de seu empenho, estendeu sua asa de veludo: Desta capa ninguém escapa! Caiu-lhe o cornetim. Desapareceu nas encruzilhadas do piso. Durante um bom tempo engatinhamos os dois sob a mesa batendo os chifres, os cascos, os traseiros, nessa espécie de arrastada tauromaquia. Por fim, amigão, bonachão, Herói levantou triunfalmente da cuspideira o cornetim gotejante. E o entregou ao amo em um passe de toureador.

Assim terminou minha última entrevista reservada com o governador Velazco, que já estava em vésperas de ser atirado no algibe da destituição.

O que é esse ruído de charanga, Patiño? Sua Excelência está voltando do passeio. Passa-me a luneta. Abra bem os postigos. Desprende todos os tubos. Alguém agita os braços lá longe. Está chamando, pede auxílio. Há de ser esse mosquito, não mais, excelência, colado no vidro. Limpa-o com o pedaço de baeta.

Uma lâmina de azougue se levanta de repente. A baía, o porto, os barcos, lançados contra o céu. A Arca do Paraguai em carena, já quase pronta para zarpar. Quem te disse que o madeiramento apodreceu inteiramente? Afirmações dos calafates, dos carpinteiros de ribeira, senhor; faz vinte anos que está abandonada ao sol, às chuvas, às secas. Mentes! Odor de breu quente traz o vento norte aos repelões. Ouço os golpes dos martelos. Retumbam as ferramentas no ventre da Arca. Eu estou ali dirigindo os trabalhos, dando ordens a meus melhores armadores, Antonio Iturbe, Francisco Trujillo, o italiano Antonio Lorenzo, o índio artesão Mateo Mboropí. Vejo a Arca toda vermelha e azul. Seu mascarão de proa rasga as nuvens. Agora sim real, definitiva! Terceira reconstrução da Arca do Paraguai. Três vezes refeita, ressuscitada. Tu também a vês, Patiño? Completissimamente, senhor. Onde a vês? Ali onde vossência a põe. Talvez só estás querendo comprazer-me uma vez mais por adulação. Se fosse assim, excelência, a luneta que vossência tem posto sobre os olhos seria outro vil adulador que lhe mostra o que não existe.

Quando consiga restabelecer a livre navegação, a Arca do Paraguai levará até o mar a insígnia da República içada no topo. Porões repletos de produtos. Olha! Vai-se deslizando sobre os cilindros do estaleiro. Flutua! Flutua, senhor! Repete-o com todas as tuas forças

uuutuuaa, seeenhooorrr.

Vejo os canhões sobre a coberta. Em que momento os instalaram? Os canhões estão na barranca, senhor; são as baterias que defendem a entrada do porto. Mas então, Patiño, se os canhões não estão na ponte da Arca tampouco a Arca está onde está. Não, senhor, a Arca está onde vossência a vê. Por que cessou de repente o ruído dos trabalhos? Era a charanga da escolta nada mais, senhor. Isto é o mau, meu estimado secretário. Ouço um silêncio muito grande. Dá ordem aos comandantes de quartéis que a partir de amanhã todas as bandas de músicos voltem a tocar sem parar desde a saída à entrada do sol. Sua ordem será cumprida, excelência.

Sobre a barranca, ao alcance da mão, o paredão dos fuzilamentos. Seco, os ramos retorcidos, o tronco uma só crosta de tinta. Quem é aquela sentinela da ribeira que pendurou sua carabina em um dos ramos? Senhor, é o fuzil que ficou embutido na árvore faz muito tempo. Esse idiota pôs para secar ali sua jaqueta, sua camisa, sua gravata. Que ato de indisciplina é esse? Manda prendê-lo. Diga ao oficial de guarda que lhe dê um mês de calabouço a pão e água. Poderia cuidar melhor de seu uniforme. Senhor, não consigo ver a incuriosa sentinela. Não posso ver suas roupas. Isso não prova que não estão feito um andrajo. Talvez, senhor, a sentinela esteja com a roupa de Adão, nada mais. Dá a ordem, de todos modos.

(No Caderno privado)

Do outro lado do riacho Kará-kará lavadeiras batem roupa na orla. Rapazolas se banham nus. Um deles olha para cá. Levanta o braço. Aponta a Casa de Governo. Uma das mulheres, benzendo-se, empurra-o à água de um peteleco. O negrinho dá um mergulho. As mulheres ficaram imóveis. Essa gente não se engana. Me veem cavalgando o zebruno. Não se enganam. Sabem que esse Eu não é O Supremo, a quem temem-amam. Seu amor-temor lhes permite sabê-lo, obrigando-os ao mesmo tempo a ignorar que o sabem. Não saber nada. Girassóis obscuros, sua aflição projeta sua sombra sobre a água. Que sabem de pernas cruzadas, de palavras cruzadas, de cruzadas crucíferas. Volumes e volumes de ignorância e saber fumegam de suas bocas. Fumam imensos cigarros enquanto brandem o pau e branqueiam montes de roupa. Riram meses inteiros do mascarão de proa da Arca que Mateo Mboropí lavrou com forma de cabeça de víbora-cão. Se o vento pega de frente e lhe entra pela boca, o monstro pintado ladra com latidos cortados por acessos de tosse muito acatarrada. Riram anos dessa figura que não entendiam, desse lamento que entendiam menos ainda. Até que do mascarão não ficou senão um pedaço do queixo.

Há muito que não riem. Sabem menos que antes. Seu medo é maior. De uma margem à outra, as lavadeiras jorram o nome de um personagem fantástico. Então cantam. Suas canções chegam até aqui. Chegam a espiar, iguais às pombas mensageiras que mandei ao exército. Vou, digo, para ver. Vou, digo, para ouvir. Uma tarde me aproximei do riacho. Perguntei a uma lavadeira de que ela ria. Seu riso se transformou em incredulidade muito grande. Olhou-me nos olhos piscando ao desconhecido, como se eu mesmo tivesse regressado à infância. De que nasce o peixe?, lhe pergunto. De uma espinha pequenininha que anda na água, diz a mulher. De que nasce o mico?, lhe pergunto. De um coco que anda pelo ar, diz. E então, o coqueiro? O coqueiro nasce do peixe, do mico e do coco. E então, nós, de que nascemos? Do homem e da mulher que se salvaram em um coqueiro muito alto durante o Dilúvio, diz o Paí na igreja, senhor. Mas minha mãe foi um pião de tão sarakí que foi, e meu pai, o chicote desse pião. Quando os dois ficaram quietos, nasci eu. Dizem. Mas saber não se sabe, porque o que nasce não sabe que nasce e o que morre não sabe que morre. Bem dito, disse, e me fui largando seus risos nas minhas costas.

Se eu tivesse podido chegar esta tarde até o riacho teria perguntado às lavadeiras se também viram elas cair o bando de pássaros cegos às cinco da tarde há um mês, três dias depois da tormenta. Teria lhes perguntado se ouviram gritar esses pássaros que vieram do norte. Para quê? Nada sabem, nada viram, nada ouviram.

Já não escuto a charanga. Em dezessete minutos entrará Ele por esta porta. Então já não poderei seguir escrevendo às escondidas.

A cara acaveirada me observa fixamente. Arremeda os movimentos do meu sufoco. Cravo as unhas no nó de Adão, agarrou a traqueia que bombeia o vazio. O espectro de cara de múmia faz o mesmo. Tosse. O riso descomposto me golpeia por dentro na tampa do crânio. Seguirá observando-me ainda que me acostume a não olhá-lo. Ignorá-lo. Encolher-me os ombros. Encolhe-se os ombros. Fecho os olhos. Fecha os olhos. Imagino que não está aí. Não; não se foi. Me observa. Destruí-lo de uma tinteirada. Pego o tinteiro. Pega o tinteiro. Pior se consigo me adiantar. O velho esquelético ficaria cravado, multiplicado, bailando nos fragmentos da lua, do redondel de vidro empapado de suor. Gira até as grades. Perco-o de vista. De rabo de olho vejo que me vê. Monstros. Animais quiméricos. Seres que não são deste mundo. Vivem clandestinamente dentro de alguém. Às vezes saem. Se distanciam um pouco para nos avaliar melhor. Para melhor nos alucinar.

O que vês nesse espelho? Nada de particular, excelência. Olha bem. Bom, senhor, se hei de dizer o que vejo, o mesmo de sempre. O retrato do senhor Napoleão à esquerda. Que mais? O retrato de seu compadre Franklin à direita. Que mais? A mesa cheia de papéis. Que mais? A ponta recortada do aerólito com o candeeiro em cima. Não vês minha cara? Não, senhor; unicamente a caveira. Que caveira? Digo, a caveira que vossência tem desde sempre na mesa sobre o pano de baeta vermelha. Vira-te. Olha-me. Levanta a cabeça, levanta esses olhos rasteiros. Não saberás alguma vez olhar de frente? Como me vês? A vossência eu sempre vejo vestido com uniforme de gala, com sua sobrecasaca azul, o calção branco de casimira. Agora que acaba de voltar do passeio tem posta a calça de montar cor de canela, um pouco esponjosa entre as pernas pelo suor do cavalo. Chapéu tricórnio. Sapatos de couro com presilha de ouro... Nunca usei presilhas de ouro nem coisa alguma que fosse ouro. Com seu perdão, excelência, todos lhe viram e descreveram com este vestuário e figura. Dom Juan Robertson, por exemplo, pintou vossência com esse traçado. Por isso te mandei queimar o esculhambado pintado pelo inglês em que fez aparecer sob estranha imagem, mescla confusa de mico e moça mal-humorada, chupando a imensa bomba de um mate, que nada tinha de mate paraguaio; para pior, sobre o fundo de uma paisagem do Hindustão ou do Tibet, em nada semelhante a nossa livre campina. Queimei esse retrato, excelência, com minhas próprias mãos, e em seu lugar, voltei a pôr, por seu mando, o retrato do senhor Napoleão, cuja figura majestosa tanto se parece com a sua. Queimei o retrato pintado pelo inglês, porém ficaram esses papéis que lhe sequestramos. Também neles está pintada a figura de vossência. Que figura? A estampa de nosso Primeiro Magistrado, que o gringo contemplou no primeiro encontro com vossência na chácarad e Ybyray. Dei a volta, disse ao pé da letra o anglômano, e vi um cavalheiro vestido de negro com uma capa escarlate jogada sobre os ombros. Tinha em uma mão um mate de prata com uma bomba de ouro de descomunais dimensões, e um charuto na outra. Sob o braço levava um livro encadernado em couro de vaca com guarnições dos mesmos metais. Um rapazote negro com os braços cruzados esperava junto ao cavalheiro. O rosto do desconhecido... veja, excelência, a desfaçatez do gringo. Chamar a Sua Mercê, O Desconhecido! Continua, espertalhão, sem fazer comentários por tua conta. O rosto do desconhecido era sombrio e seus olhos negros muito penetrantes se cravavam na gente com imutável fixidez. Os cabelos de azeviche penteados para trás descobriam uma fronte altiva, e caindo em cachos naturais sobre os ombros, lhe davam um aspecto digno e impressionante, mescla de braveza e bondade; um ar que chamava a atenção e impunha respeito. Vi em seus sapatos grandes presilhas de ouro. Repito que nunca usei presilhas de ouro em meus sapatos nem nada que fosse de ouro em parte alguma de minha indumentária. Outro estrangeiro, excelência, Dom Juan Rengo, também o viu vestido deste modo quando com seu companheiro e colega Dom Marcelino Lonchán, chegaram a esta cidade em 30 de julho de 1819, quatro anos depois do desterro dos anglômanos. Estampa imponente a do Supremo Ditador!, escrevem os cirurgiões suíços no capítulo VI, página 56, de seu livro: Levava posto naquele dia seu traje de ordenança, casaca azul com galões, capa *mordoré* posta sobre os ombros, uniforme de *brigadier* espanhol... Jamais usei uniforme de *briga-*

dier espanhol. Teria preferido os andrajos de um mendigo. Eu mesmo desenhei as vestiduras que correspondem ao Ditador Supremo. Razão que lhe sobra, excelência. Os estranjas sujos e inglésicos eram muito ignorantes. Não se deram conta de que o uniforme de nosso Supremo era um supremo e único uniforme no mundo. Não viram senão a capa *mordoré*, colete, calções e meias de seda branca, sapatos de couro com grandes presilhas de ouro... Pobres diabos! Veem a insígnia de meu poder nas presilhas de meus sapatos. Não podem olhar mais alto. Veem em tais presilhas coisas de maravilhas: o caduceu de ouro de Mercúrio, a lâmpada de Aladin. Do mesmo modo poderiam me pintar com as plumas do Pássaro-que-nunca-pousa, abrigado na capa de Macabeu, riscando o piso com as esporas de ouro do Grão-vizir. Exatíssimo, excelentíssimo senhor! Isso é o que viram os estranjas. Como me vês tu, te pergunto. Eu, senhor, vejo pendurada no seu ombro a capa preta de forro carmim... Não, tacanho. O que tenho pendurada no ombro é a bata de dormir o sono eterno feita farrapos, a bata andrajosa que já não consegue cobrir a nudez de meu ossamento.

(No Caderno privado)

O negrinho voltou a flutuar lançando jatos de água. Brande no ar os dentes branquíssimos. Barulho entre a criançada. As comadres voltam a bater a roupa suja comadreando entre elas. Idêntico ao negrinho escravo José María Pilar. Sua mesma idade teria quando o comprei junto com as duas escravas velhas, Santa e Ana. Por elas paguei muito menos em atenção a sua idade avançada e sua enfermidade de chagas. As velhas curaram e vivem. Me são fiéis em vida e morte. Por outro lado, o negro Pilar me foi infiel. Tive que lhe fazer curar as chagas latrocidas sob o tronco. A pólvora é sempre bom remédio para os enfermos sem remédio.

Eu, aqui, feito um espectro. Entre o negro e o branco. Entre o cinza e o nada, vendo-me duplicado no engodo do espelho. Os que se ocuparam do aspecto exterior de minha pessoa para me difamar ou me realçar, não conseguiram coincidir na descrição de minha vestimenta. Menos ainda na de minhas características físicas. Que exagero, se eu mesmo não me reconheço no fantasma mulato que me olha! Todos se fixam enfeitiçados nas inexistentes presilhas de ouro, que apenas foram de prata. O último par que cheguei a usar, antes que a gota inchasse meus pés, eu dei ao liberto Macário, meu afilhado, filho do traidor ajuda de câmara José María Pilar. Este quis em póstumo desejo que também se chamasse José María. Para que não carregasse a herança nominativa do pajem traidor mandei que lhe impusessem na pia o nome Macário. Deixei-o ao cuidado das escravas. Engatinhava entre a cinza. Dei-lhe as presilhas para que brincasse com elas. Macário menino desapareceu. Se esfumou. Mais inteiramente que se o tivesse tragado a terra. Desapareceu como ser vivo, como ser real. Tempos depois reapareceu em uma dessas ignóbeis novelinhas que publicam no estrangeiro os escrivães migrantes. Raptaram Macario da realidade, despojaram-no de seu bem natural para convertê-lo na irrealidade do escrito em um novo traidor.

Cai o sol depois de uma última explosão que incendeia a baía. Negra a ramagem do tronco. Continuo vendo-o através da tela de minha mão. Sua ramagem se confunde com minhas falanges. Os pensamentos tristes o secaram mais rápido que a meus ossos. Sábia caricatura. Madrasta-natureza, mais hábil que os hábeis pasquineiros. Tua imaginação não necessita do instinto da imitação; até quando imitas crias algo novo. Encerrado neste buraco, eu não posso senão copiar-te. Ao ar livre, o tronco arremeda minha mão pelancuda. Mais forte que eu, não posso transplantá-lo para estes fólios e ocupar eu seu posto na barranca. O negrinho está mijando contra o tronco; de repente consegue revivê-lo. Eu só posso escrever; quer dizer, negar o vivo. Matar ainda mais o que já está morto. EU, tronco-

-de-cócoras. Desplumado sobre os colchões. Encharcado em meus próprios suores-urinas. Desplumado, me cai a pluma.

Erguido na porta, cheio de olhos, ELE está me observando. Seu olhar se projeta em todas as direções. Bate palmas. Uma das escravas acode ao ponto. Traz algo de beber, ouço que ELE ordena. Ana me olha com olhos de cega. EU não falei. Ouço que ELE diz: Traz ao Doutor uma limonada bem fresca. Voz burlona. Poderosa. Enche o quarto. Cai sobre minha febre. Chove dentro de mim. Goteiras de chumbo fundido. Me viro na penumbra cortada por relâmpagos. Vejo-o afastar-se erguido, em meio à tormenta que se abre a seu passo. Lá fora, a noite vai apagando novamente o entardecer.

Ana entra com o copo de limonada.

(Circular perpétua)

Em julho de 1810 o governador Velazco se dispõe a queimar o seu último cartucho na hora. Não voltará a pastar; a governação está pelada de grama, de maravedis. Plena seca de cequíes. Os ruminantes do Cabildo lhe aconselham convocar um congresso com o objetivo de decidir a sorte da província. O vice-rei Cisneros foi derrotado em Buenos Aires por uma Junta Governativa de patrícios *criollos*. Dom Bernardo já se vê correndo a mesma sorte em meio à lastimosa fermentação. Foge para refugiar-se em um navio de guerra. Descobre que a canhoeira não tem canhões. Não tem água o rio pela vazante. Retorna ao palácio e convoca então os membros do clero, chefes, magistrados, corporações, sujeitos de literatura, vizinhos arraigados-desarraigados. Claro que a "imensa besta" da plebe não é admitida no concílio. O conclave se reúne não na Casa de Governo senão no bispado. Circunstância bem notável dos que notoriamente pretendem. O bispo Pedro García Panés y Llorente acaba de chegar da corte de José Napoleón. Parece atordoado pelo empurrão dos "rumores irracionais" que o governador o brindou como saudação. O prelado trouxe seus próprios rumores do outro lado do charco. Por outra parte, as raposas da Primeira Junta portenha enviaram como núncio do novo sistema o homem mais velho e odiado da província, o coronel de milícias paraguaio Espínola y Peña, que se pretende com ordens de substituir o governador. Brilhante forma de ganhar adeptos, e que fraco negócio para os paraguaios a Revolução se constituiria ao mudar Velazco por Espínola. Gênio e figura do que ia acontecer logo.

Com estes auspícios os duzentos notáveis se reúnem no vespeiro. Sem querer, aqueles fantoches fizeram de todos modos a assembleia inaugural da Pátria; o mau às vezes traz o bom. A rebelião fermentava já a massa pronta para ser colocada no forno; não ali desde já. Portanto se lhes parece, amados concidadãos, proclama o *gachupín* porta-voz do governador sem voz e dentro de pouco sem voto, reconheçamos aqui mesmo por aclamação ao Supremo Conselho de Regência da Coroa e mantenhamos enquanto isso relações fraternais com Buenos Aires e demais províncias de Vice-reinado. Porém como o Império vizinho de Brasil-Portugal observa o momento de tragar esta preciosa e apreciada província, agrega o cabildante sarraceno, e tem suas tropas às orlas do rio Uruguai, convém levantar um exército para defender-nos. Mostremos o que somos e devemos ser, evitando ser subjugados por ninguém que não seja nosso legítimo Soberano. Este foi o *argumento Aquiles* dos espanholistas daquela emergência, escreve Júlio César em seus *Comentários*.

Nequaquam! Diz: O governo espanhol caducou no Continente. Chiou o cornetim do governador-intendente; chiaram os ratões assustados do congresso. Latinizou o bispo seu mitral estupor. Apoiou-se no báculo. A cruz peitoral apontou-me tremulamente: Nosso Soberano Monarca segue sendo-o das Espanhas e das Índias, compreendidas todas suas ilhas e a terra firme! Grande baderna de desembarque. Descarreguei uma mãozada calando-a: Aqui ao monarca o pusemos na arca!, gritei. Aqui, no Paraguai, a terra firme é a firme vontade do povo de fazer livre sua terra desde hoje e para sempre! A única questão a decidir é como devemos os paraguaios defender nossa soberania e independência contra Espanha, contra Lima, contra Buenos Aires, contra o Brasil, contra toda potência estrangeira que pretenda subjugar-nos. Em que se funda o Síndico Procurador Geral para lançar esses rebeldes proferimentos?, chiou um ratão chapetão. Saquei minhas duas pistolas. Eis aqui meus argumentos: Um contra Fernando VII. Outro contra Buenos Aires. Com o dedo no gatilho intimei o governador a que votasse minha moção. Creu que me havia tornado louco. Cornetim na boca, voz traqueada, tartamudeou: Você prometeu ajudar-me na luta anti subversiva! É o que estou fazendo. As fontes da subversão são agora os espanholistas e os portenhistas. Ficou piscando. Seus olhos desorbitados iam do cornetim a minhas pistolas. Exijo que se arrisque votar à risca minha moção, intimei depois de outra pancada. Muitos acreditaram que eu havia deflagrado um tiro. Os mais assustados se lançaram ao chão. O bispo afundou a mitra até a barbicha. O governador fazia gestos de afogado. A máquina de seus sequazes começou a funcionar. Desatou-se o tumulto a gritos de Viva o Conselho de Regência! Trouxeram a urna-algibe para o sufrágio. Os sarracenos deixaram ali suas papeletas, esganiçando-se. Viva a Restauração Institucional da Província. O governador recobrou a voz. Neste momento, segundo me referiu depois José Tomás Isasi, de uma festa popular que se celebrava perto dali, entraram a rebate um negro depois de outro negro que corria atrás de uma mascarada vestida de palhaço. A estranha patuscada alterou o concurso até a alucinação. Parece que o negro perseguidor pegou uma de minhas pistolas, a destinada ao rei. Disparou contra o palhaço que fugia protegendo-se entre os perucões, até que caiu atrás da cadeira do governador.

Eu não vi nada disso. Se o que contou o traidor Isasi foi verdade, o mambembe não pôde ser senão tramoia forjada pelos chapetões do Cabildo para frustrar a assembleia. Pantomima ou não, só posso dizer que resultou uma muito digna representação do que ali se ventilou.

Um momento antes eu havia abandonado o galinheiro bispal abrindo passo entre a gachupinada que alvoroçava a sala.

Saí à rua espantando o montão de chocas, galos capões, clérigos, magistrados, sujeitos de literatura invertidos-travestidos, que ficaram cacarejando em torno às minhas duas pistolas argumentais.

Pouco ia durar-lhes o triunfo. Eu levei comigo o ovo da Revolução para que chocasse no momento oportuno.

(*Escrito à margem. Letra desconhecida*: Quiseste imitar nisto a Descartes, que odiava os ovos frescos. Deixava-os incubarem-se sob a cinza e bebia a substância embrionada. Quiseste fazer o mesmo sem ser Descartes. Não ias para desjejuar-te a Revolução todas as manhãs com o mate. Converteste este país em um ovo lustral e expiatório que chocasse quem sabe quando, quem sabe como, quem sabe o quê. Embrião do que poderia ser o país mais próspero do mundo. O galo mais pintado de toda lenda humana).

Montei a cavalo. Me afastei a galope. Aspirei com força o olor a terra, a bosque requentado ao sol. A noite ternamente de baixo nascia. O dobrado marcial do pássaro-campana nos montes de Manorá trouxe certa paz a meu espírito. Soltei as rédeas ao cavalo que apurou o trote rumo à querência compassando-o com o ritmo de meus pensamentos. As ideias as sentimos virem como as desditas. De regresso a meu retiro de Ybyray ia refletindo sobre o que acabava de ocorrer; sobre o fato de que até no mais mínimo fato a casualidade está em jogo. Compreendi então que só arrancando esta espécie de fio do azar da trama dos acontecimentos é como se pode fazer possível o impossível. Soube que poder fazer é fazer poder. Nesse instante um bólido traçava um rastro luminoso no firmamento. Quem sabe quantos milhões de anos havia andado vagabundeando pelo cosmos antes de apagar-se em uma fração de segundo. Em alguma parte havia lido que as estrelas errantes, os meteoros, os aerólitos, são a representação do azar no universo. A força do poder consiste então, pensei, em caçar o azar; *re-tê-lo* capturado. Descobrir suas leis; quer dizer, as leis do esquecimento. Existe o azar só porque existe o esquecimento. Submetê-lo à lei do contra-esquecimento. Traçar o contra-azar. Tirar do caos do improvável a constelação proba. Um Estado girando no eixo de sua soberania. O poder soberano do povo, núcleo de energia na organização da República. No universo político, os Estados se confederam ou estalam. O mesmo que as galáxias no universo cósmico.

Objetivo primeiro: amar no anárquico o hierárquico. O Paraguai é o centro da América Meridional. Núcleo geográfico, histórico, social, da futura integração dos Estados independentes nesta parte da América. A sorte do Paraguai é a sorte do destino político americano. O mouro relinchou um pouco esticando as orelhas para essa possibilidade que inclusive o fiel animal aceitava por antecipado. Pode ocorrer que nos dominem, disse-lhe, porém devemos tratar de impedi-lo. Ressoprou fundo. Não temas tua sombra, meu tomás mouro. Chegará o dia em que poderás galopar de frente ao sol sem sombra nem temor sobre essa terra de profecias. Retomou o trote, mais tranquilo, movendo a cabeça afirmativamente, só um pouco chateado pelo freio cujo metal rangeu entre seus dentes.

Levantei outra vez a cabeça para o céu. Tratei de ler o livro das Constelações à luz de seus próprios fanais. Nesse livro-esfera, que aterrava Pascal, o maior espanto é que, apesar de tanta luz, exista o obscuro azar. Em todo caso o mais sábio dos juncos pensantes não pôde adivinhar, nem sequer com sua ingênua fé em Deus, essa palavra tão curta e tão confusa que se interpunha entre seu pensamento e o universo; entre o que sabia e não sabia. Diga-me, compadre Blas, tu que foste o primeiro a desjesuitar a Ordem sem provinciais temores, diga-me, responda-me isto: O que te espantava realmente na esfera infinita cujo centro está em todas as partes e a circunferência em nenhuma, não foi acaso a infinita memória de que está armada? Memória cujas leis promulga o cosmos depois de haver surgido do nada.

Memória sem gretas. Sem descuidos. Rigor puro. No arzinho impregnado a hortelã e patchouli, a voz do compadre Blas disse: Talvez, talvez. Assim, o homem voltado para si mesmo, considera o que é em relação ao que existe fora dele. Tu, mestiço de duas almas, te sentes como extraviado neste remoto canto da natureza. Embriagado pelo aroma selvagem de uma ideia. Agora cavalgas rumo ao cenóbio de tua chácara trinitense. Crês que és livre. Corres a cavalo por uma ideia: libertar teu país. Mas também te olhas encarcerado em um pequeno calabouço escrevendo à luz de uma vela junto ao meteoro que capturaste e se acha preso contigo. Não me faças dizer o que não quero dizer e não disse, compadrinho paraguaio. Aprende a estimar a terra, tua terra, as gentes, tua gente, a ti mesmo. Em seu justo valor. Que é um homem no infinito? Nada entre dois planos. Que é pois enfim o homem na natureza? Nada, comparado com o infinito; tudo, comparado com o nada: um termo médio entre nada e tudo. O princípio e o fim de todas as coisas estão ocultos para ele em um segredo impenetrável. Vamos, compadre Blas, não sejas derrotista! O mouro me leva à chácara. Tu queres me levar na armadilha da palavra de Deus. Isso que, segundo tu mesmo, desborda a esfera e portanto não pode caber no pensamento. Não sejas menos inteligente que um cavalo. Não o eras quando falavas de coisas concretas como os jesuítas, os animais, os insetos, o pó, as pedras. Tu mesmo zombaste de Descartes como filósofo. Inútil e incerto Descartes, disseste. Há algo mais absurdo que afirmar que os corpos inanimados têm humores, temores, horrores? Que os corpos insensíveis, sem vida e incapazes dela, têm paixões, que pressupõem uma alma? Que o objeto de seus horrores é vazio? Que há, pois, no vazio que lhes possa dar medo? Cabe algo mais ridículo? Tu, compadre, cometeste essa insensatez, porém não pudeste perdoar a Descartes que teria querido em sua filosofia prescindir de Deus uma vez que este propinou ao mundo o pontapé inicial. Não lhe perdoas que depois disto, desse Deus em baixa para sempre. Inventado pelo pavor dos homens ante o nada, pretendes que essa invenção faça tudo? Não o passes por alto, eh.

Por agora Deus não me ocupa. Me preocupa dominar o azar. Pôr o dedo no dado, o dado no dédalo. Sacar o país de seu labirinto.

(À margem. Letra desconhecida: Escavaste outro. O das prisões subterrâneas para estes pobres gatos do patriciado. Porém construíste sobre esse labirinto outro mais profundo e complicado ainda: o labirinto de tua soledade. Jogador dos dados da palavra: tua só-idade. Tua antiguidade. Encheste, velho misantropo, esse labirinto de teu horror ao vazio com o vazio do absoluto. *Spongia solis*... É este o peteleco que tens dado ao dado para pôr a Revolução em movimento? Creste que a Revolução é obra de um-só-no-solo? Um sempre se equivoca; a verdade começa em dois ou mais...).

Ah, corretor impostor! Raça não é igual a azar; não é uma simples inversão de letras. Minha raça é a constelação que devo situar, medir, conhecer em seus menores segredos, para poder conduzi-la. Formo parte dela. Mas também devo permanecer fora. Observá-la à distância. Pulsá-la desde dentro. Aperto o maldito dado em punho.

Quando no começo da Ditadura Perpétua vi cair o aerólito a cem léguas de Assunção, mandei-o cativar. Ninguém compreendeu então, ninguém compreenderá jamais o sentido desta captura do bólido migrante. Desertor-fugitivo do cosmos. Ordenei que o trouxessem prisioneiro. Durante meses um pequeno exército o rastreou sobre a terra plana do Chaco. Tiveram que cavar mais de cem varas até encontrá-lo. Seu campo magnético se estendia em torno. Barreira infranqueável no único caminho que oferecia alguma probabilidade de sair sub-repticiamente do país, o do Chaco Boeral. Por ali tentou fugir o comerciante francês Escoffier, preso no cárcere desde muitos anos com outros enganadores estrangeiros. Na companhia de uns negros libertos, cruzou o rio e passou o Gran Chaco. Uma negra escrava que estava prenhe quis segui-los para não se separar de seu concubino. Mordidos por víboras, flechados pelos índios, enfermos das febres, os negros foram morrendo um a um até que não ficaram mais que o fugitivo Escoffier e a escrava. O campo de atração do meteoro os sugou até a vala onde a centena de sapadores se achava escavando. O francês não teve mais remédio que se pôr a trabalhar com os outros, enquanto lhe deram as forças. Logo foi fuzilado e jogado ao fosso. A escrava deu à luz um filho e continuou cozinhando para os sapadores. Podia ter deixado o meteoro nesse lugar; bom vigia haveria sido naquelas solidões. Preferi tê-lo a bom cuidado. Não foi tarefa fácil. Mais de cem homens me custou transportá-lo em luta com as tribos ferozes, os elementos, as animálias, as enfermidades, contra o mistério terrível do azar que resistia a ser reduzido. Astúcia e ferocidade inauditas. Unicamente quando a escrava e seu filho tomavam a ponta da caravana, a pedra parecia ceder e se deixava conduzir por desertos e atoleiros. Mordida por uma víbora, a escrava morreu. A pedra empacou de novo, até que o filho da escrava, convertido em mascote dos homens, começou a engatinhar e andar por sua conta, meio irmão de leite da pedra. Aeropelidaram-no Tito. Teria chegado a ser meu melhor rastreador, mas também desapareceu uma noite do acampamento, talvez roubado pelos payaguaios. A passagem da pedra pelo rio durou mais que a viagem de Ulisses pelo mar homérico. Mais do que demorou Perurimá em sair do pântano quando se meteu a buscar a carlos quarto que Pedro Udermales lhe anunciou que flutuava sobre o barro. Mais que todas essas fábulas durou a passagem. Não houve embarcação nem balsa que fosse capaz de suportar as dez mil arrobas de metal cósmico. Afundou flotilhas inteiras. Outros cem homens se afogaram durante a interminável travessia. As travessuras e ardis do meteoro para não avançar recrudesceram. Enviaram-se centenas de escravas negras com filhos pequenos, porém o olfato do cão do cosmos era muito fino; sua laia, indecifrável; suas leis, quase tão inflexíveis como as minhas, e eu não estava disposto a que o pedrão saísse com a sua, vencedor por seus caprichos. Ao cabo, a maior vazante do rio Paraguai de cem anos a esta parte, permitiu aos efetivos de linha arrastá-lo sobre carretos especialmente fabricados, puxados por mil juntas de bois e por mais mil soldados eleitos entre os melhores nadadores do exército. Está aí. Meteoro-azar agrilhoado, amarrado à minha cadeira.

(*Letra desconhecida:* Acreditavas que deste modo abolias o azar? Podes ter prisioneiros nas masmorras quinhentos oligarcas traidores; até o último dos antipatriotas e contrarrevolucionários. Quase poderias afirmar que a Revolução está a salvo das conspirações. Dirias o mesmo dessas infinitas miríadas de aerólitos que riscam o universo em todas as direções? Com eles o azar dita suas leis anulando o vértice-qualidade de teu Poder Absoluto. Escreves as duas palavras com maiúsculas para maior segurança. O único que revelam é tua insegurança. Pavor cavernário. Te conformaste com pouco. Teu horror ao vazio, tua agorafobia disfarçada de negro para te confundir com a escuridão te amaciou o juízo. Te carcomeu o espírito. Enferrujou tua vontade. Teu poder onímodo, menos que sucata. Um só aerólito não faz soberano. Está aí; é verdade. Porém tu estás encerrado com ele. Preso. Rata gotosa envenenada por seu próprio veneno. Te afogas. A velhice, a enferma-idade, enfermidade da que não se curam nem os deuses, te esgota).

Quem quer que seja, impertinente corregedor de minha pluma, já estás começando a me enfadar. Não entendes o que escrevo. Não entendes que a lei é simbólica. Os entendimentos torcidos não podem captar isto. Interpretam símbolos literalmente. Assim te equivocas e enches minhas margens com tua zombeteira suficiência. Ao menos leia-me bem. Há símbolos claros/ símbolos escuros. Eu O Supremo minha paixão a jogo a sangue frio...

isso de O Supremo deverias omiti-lo ao menos para ti mesmo, tão sequer quando falas não na superfície senão na subfície de tua minguada pessoa; sobretudo enquanto jogas de chinelos os dados.

... não me interrompas, repito. Eu O Supremo minha paixão a jogo a sangue frio em todos os terrenos. O homem-povo, a gente-multidão entendeu claramente, dentro de sua alma uma/ múltiple, a epopeia de cinco anos na captura do meteoro. Os sediciosos, avaros, vaidosos, soberbos, ingratos, caluniadores, destemperados, cruéis, arrebatados, inchados, ignorantes, onde você encontra conspiradores inteligentes?, me atacaram furiosamente. Me chamaram de louco por ter mandado trazer a pedra-demente caída do céu. Alguns chegaram ao extremo de afirmar que a levava sobre meus ombros em lugar da cabeça. Excesso de palavras atrevidas! Mas eles também buscavam caçar ao azar minha cabeça...

antes clamavas por sedição, agora clamas contra ela

... atacavam O Supremo como a uma só pessoa sem se darem ao trabalho de distinguir entre Pessoa-corpórea/Figura-impessoal. Uma pode envelhecer, finar. A outra é incessante, sem término. Emanação, imanação da soberania do povo, mestre de cem idades...

inquietude de teu gênio. Demasiado carregado tudo o que dizes!

Circuncidei o aerólito. O recorte metálico bastou para fabricar dez fuzis nos arsenais do Estado. Com eles foram executados os cabecinhas da conspiração de 1820. Não falhou um só cartucho de bala. Desde então estes fuzis põem ponto final às conspiratas agitadoras. Fini-quitam de um só tiro os infames traidores da Pátria e do Governo. Por sua precisão estes fuzis seguem sendo os melhores que tenho. Não se desgastam nem se requentam. Podem disparar cem tiros seguidos. A matéria cósmica não se imuta. Continua tão fresca como antes, uma vez apagada, depois de haver sofrido as maiores temperaturas do universo. Se eu pudesse coletar areólitos da mesma forma que a dupla colheita anual do milho ou do trigo, já teria resolvido o problema do armamento. Não teria que andar mendigando a mercadores e contrabandistas que me cobram a peso de ouro cada grânulo de pólvora. Agora já não se contentam com o câmbio de armas por madeiras preciosas do país. Querem moedas de ouro. Idiotas!

Os fuzis meteóricos, minha arma secreta. Algo pesadas são. Atiradores anêmicos não servem para usá-los. Cada um destes rifles carregam não menos que dez arrobas de metal cósmico. Precisam de atiradores hercúleos. Só que depois deste meteoro não pude caçar nenhum outro. Uma das duas: ou o céu está se tornando mais avaro que os contrabandistas brasileiros de armas. Ou o cativeiro de um só meteoro aboliu por meio de uma representação por sua vez real e simbólica a irrealidade do azar. Se é este último, já não devo temer as emboscadas da casualidade. Então tu, o que corrige nas minhas costas meus escritos, mão que te colgas nas margens e entrelinhas de meus mais secretos pensamentos destinados ao fogo, não tens razão. Estás equivocado de meio a meio e eu acertei de tudo a tudo: o domínio do azar vai permitir a minha raça ser verdadeiramente inexpugnável até o fim dos tempos.

Isto sucedeu sem suceder. Naquele momento, cavalgando ao trote do mouro, de cara com o céu noturno, minha determinação já estava tomada. Naquele instante vi outra vez o tigre. Agachado entre o matagal do barranco se dispunha a saltar como a primeira vez sobre a sumaca detida na enseada verde do rio. À sombra das velas os homens da tripulação dormiam pesadamente a soneca da sesta. O mouro galopava já à rédea solta o olor da querência. A chácara, a casa, avançaram a nosso encontro.

Já não ia me mover dali, enquanto não empunhasse as rédeas do poder. Guarita-observatório. Capela-tebaida. Ermitão ligado à sorte do país, me escondi na choça à espera dos acontecimentos. Ali viriam para me buscar. Abria-a aos campesinos, à chusma, à gente-multidão, ao povo-povo declarado em estado de assembleia semi clandestina. A chácara de Ybyray se converteu em cabildo dos verdadeiros cabildantes. Isto sim sucedeu sucedendo.

(Circular perpétua)*

Por aquele tempo vinha Manuel Belgrano à frente de um exército. Advogado, intelectual, pese a sua profunda convicção independentista, vinha para cumprir as ordens da Junta de Buenos Aires: enfiar à força o Paraguai no rodeio de vacas das províncias pobres. Vinha com essas intenções que em uma primeira fermentação devia de ter acreditado que eram justas. Vinha Belgrano acalorado por esse vinho de impossíveis. Como em outras ocasiões, vinha acompanhado também por essa legião de malvados migrantes; os eternos partidários da anexação, que serviram então, que serviram depois como baqueanos nas invasões à sua Pátria. Vinha feito vinagre.

Já internado no território paraguaio, desde o cume do *Cerro de la Fantasma*, que alguns chamam de *Los Porteños*, escreve aos portenhos-fantasmas de sua Junta: Cheguei a este ponto com pouco mais de quinhentos homens, e me acho à frente do inimigo forte de uns cinco mil homens e segundo outros de nove mil.

* «Leiam muito atentamente as entregas anteriores a esta circular-perpétua de modo a achar um sentido contínuo a cada volta. Não se coloquem nas margens da roda, que são as que recebem os solavancos, senão no eixo de meu pensamento que está sempre fixo girando sobre si mesmo." (*N. de O Supremo*).

Desde que atravessei o Tebicuary não se me apresentou nem um paraguaio voluntário, nem ao menos os achei em suas casas, segundo nos haviam assegurado os informes [do renegado comandante paraguaio José Espíndola y Peña]; isto, unido a nenhum movimento feito até agora a nosso favor, e antes pelo contrário, apresentavam-se em tanto número para o que nos opuséssemos, obriga o exército a meu mando a dizer que seu título não deve ser de auxiliador senão de conquistador do Paraguai.

Comunicação de punho e letra, registra o Tácito do Plata. Ao anoitecer, o auxiliador-conquistador se retira para sua tenda, e estando a sós com seu secretário, o espanhol Roca, lhe confia seus propósitos: Os inimigos são como moscas, mas na posição em que nos encontramos acho que seria cometer um grande erro empreender nenhuma marcha retrógrada. Esses que vimos esta tarde, não são em sua maior parte senão vultos; os demais não ouviram em sua vida o sibilo de uma bala, e assim é que eu conto muito com a força moral que está a nosso favor. Tenho minha resolução tomada e só aguardo que chegue a divisão que ficou à retaguarda, para empreender o ataque.

No dia seguinte se levantou um altar portátil no cume desse enganoso Horeb. O capelão de seu exército disse a missa militar, e segundo o Tácito, tão próximos estavam já em corpo e em espírito invasores e invadidos, que os milicianos paraguaios com seus chapéus adornados de cruzes e velas, também a ouviram ajoelhados da planície. Achavam que iam se bater contra hereges, agrega o Tácito citando o Despertador Teo-Filantrópico, assombrou-lhes a grande maravilha de que iam se bater contra irmãos em religião. Deveu agregar, assim mesmo, que quando começou o quiproquó das cargas de cavalaria os *vultos* se esfumavam em um sopro de suas montarias. Estes continuavam avançando como uma exalação com as selas vazias, até que os *vultos* reapareciam de golpe sobre elas com as lanças de takuara em meio a uma gritaria selvagem rompendo suas linhas e ouvidos, arrebentando com tudo.

Os vultos católicos lutam pois escorrendo o vulto infernal. Os tiros saem às tropas invasoras pela culatra, como vulgarmente se diz. O chefe invasor comunica então a seu des-governo: V. E. não pode formar uma ideia bastante clara do que ocorre, e que para mim mesmo resulta obscuro entre a fumaça e o desastre. Você nos assegurou que não encontraria a meu passo nenhuma oposição segundo as miras de V. E.; que pelo contrário a maior parte da população desta província iria se juntando a nossos efetivos. Deparei-mei, por outro lado, com um povo que em um grau de entusiasmo delirante defende a pátria, a religião e o que há de mais sagrado para eles. Assim é que trabalharam para vir e atacar-me de um modo incrível vencendo impossíveis, que só vendo se pode crer. Pântanos formidáveis, rios transbordados, bosques imensos e impenetráveis, os canhões de nossa artilharia: tudo tem sido nada para eles, pois seu entusiasmo, seu fervor e seu amor por sua terra tudo o tem achatado e vencido. Que demais! Se até mulheres, meninos, velhos e quantos se dizem filhos do Paraguai estão dispostos a suportar todos os males, a dar todos os seus bens, sua própria vida pela pátria.

Isto dito depois de duas sangrentas batalhas nas quais ficou completamente vencido. Os próprios legionários antiparaguaios que acompanham Belgrano servindo-o de guias, os Machaín, os Cálcena, os Echevarría, a prole parasita do velho Espínola y Peña, os Báez e outros desprezíveis anexionistas, não sabem que razões dar ao enganado-desenganado Belgrano.

Não vim para cortar os direitos desta província, declarou enquanto os ginetes paraguaios arrastavam a laço os últimos canhões abandonados no campo pelos invasores. Não vim para invadi-los, concidadãos meus; vim para auxiliá-los, protestou sob a bandeira branca de rendição, às margens do Takuray. Comprometeu-se a abandonar de imediato o território da província e jurou pelos Evangelhos não voltar para fazer armas contra ela, o que cumpriu religiosamente. Há que se dizê-lo em sua honra.

Os milicos paraguaios se deixaram com-vencer. As palavras conseguiram, depois de Cerro Porteño e Takuray, o que não puderam os canhões. O chefe derrotado, em realidade triunfante, rumou de novo para seus pagos. O exército vencedor o escoltou até a passagem do Paraná, depois de longos conciliábulos. A estolidez dos chefes *criollos* acedeu generosamente a tudo solicitado pelo vencido sem lhe exigir nenhuma reparação pelos imensos danos que causou ao Paraguai a pretendida expedição libertadora. Cavañas, o chefe de Takuray, depois infame conspirador, não tinha tinta no cérebro do que estava ocorrendo nem do que ia ocorrer. Sim tinha, como se há de dizer que não, do que convinha a seus interesses. O principal tabaqueiro do país não esperava já regalias dos regalistas senão dos portenhistas unitários.

Certa razão tinham os estancieiros uniformados em buscar o conchavo com os portenhos. O poder real já não era real. Os espanhóis brilharam por sua ausência naquela primeira patriada. A infantaria chapetona se desbandou pouco depois de começada a luta. Também fugiu o governador Velazco do quartel general do Paraguarí. Para evitar ser reconhecido mudou com um lavrador seu uniforme de brigadier pelos andrajos deste. Deu-lhe além do mais seus óculos e boquilha de ouro. Depois se escondeu nos altos da Cordillera de los Naranjos. Deixou que os paraguaios se arrumassem como pudessem.

Por algum tempo viram o brilhante uniforme, exposto impavidamente nos lugares de mais risco do combate, desaparecendo por momentos e reaparecendo em outros como para infundir valor às tropas. Um enigma, tanto para o inimigo como para os chefes paraguaios. Conseguiram por fim fazê-lo refugiar-se detrás das linhas. Admiraram-se da astúcia, da coragem temerária, completamente insólita do governador, sem montaria, tão bem disfarçado nesse homem barbudo de tez obscura, mãos calosas, pés descalços. Os óculos e boquilha de ouro brilhavam sob a maloca. Cavañas, Gracia e Gamarra em um primeiro momento lhe fizeram consultas; lhe pediram ordens por sinais. A muda presença lhes contestava com movimentos de cabeça mostrando-lhes sempre os rodopios do triunfo. Só depois da vitória, quando o governador reapareceu para retomar o mando, disfarçado com as roupas do campesino, os chefes suspeitaram os reais motivos da impostura. Quem é você?, pergunta-lhe Cavañas. Sou o governador-intendente, comandante em chefe destas forças, diz ativamente Dom Bernardo, tirando o largo chapéu de palha que lhe oculta o rosto. O mesmo que veste e calça!, admira-se risonho Gracia. Vamos com a graça do assunto! Onde esteve S. M., senhor Governador?, volta-lhe a perguntar Cavañas. No alto dos Naranjos observando as evoluções da batalha. E você de onde saiu?, perguntam ao campesino completamente nu, meio morto de medo. Eu... murmura o pobre homem cobrindo as vergonhas com as mãos. Eu vim... eu vim para curiar o bochicho nada mais!

A coisa é que ao chefe portenho não lhe resultou difícil alucinar o gado de milicastros-latifundiários-mercadores. Enquanto conciliábula, vagula, animula, brandula em território paraguaio antes de repassar o Paraná, oferece-lhes uma negociação para provar que não veio para conquistar a província, nem para submetê-la como em outro tempo Bruno Mauricio de Zabala em união com os jesuítas. Protesta ter vindo só com o objetivo de promover sua felicidade. Engancha um bagre já frito no anzol; lança a linha ao arroio do Takuray; fica à espera com a vara em uma mão, a chave de ouro do câmbio livre tilintando na outra. A virtude da chave é que seja aperitiva, a virtude do gancho é que enganche. Os chefes paraguaios, boquiabertos, ficaram enganchados. O chefe tabaqueiro vê entre os reflexos a sorte nutritiva. Isto é bom, mas muito bom!, comenta com seus sequazes. Para que mais guerra se o Sul é nosso Norte. Alucinação geral. Enfie a palavrear com o triunfante derrotado. Pôde ter sido prisioneiro até com o último de seus vultos. Aqui não houve vencedores nem vencidos!, clama Cavañas. Belgrano tem agarrados pelas guelras os vencedores. Mostra-se magnânimo: oferece união, liberdade, igualdade, fraternidade aos paraguaios; franco-liberal comércio de todos os produtos de sua província com as do Río de la Plata. Não haverá mais portos precisos nem imprecisos. Acabou-se o monopólio portenho. Já está abolido o estanco do tabaco. Gamarra guarda a lua sob o sovaco. Todos comem o bagre convertido em dourado. Todos a uma fumam o cachimbo da paz. Os milicos paraguaios se lambem de gosto passando os dedos pelo siso e pelo arbítrio da guerreira mili-tabaco-mateira. Sobre os fogos de Takuray, Belgrano profetiza união e liberdade. A Junta de Buenos Aires o profetizará muito em breve. Paraguaios e portenhos confraternizam nos campos de Takuray ainda encarnados de sangue, escreve nosso Julio César. Em Assunção bate o alarme dos realistas. Em um primeiro momento, reparte-os sobre a debandada das tropas borbonárias; a fuga do governador. Agora as notícias do armistício enviadas às carreiras. O que acontece aí? Sem esperar resposta, os espanhóis fogem de suas casas, pela noite, disfarçados de negros, com suas caudas nas costas. Enchem dezessete barcos prontos para escapar para Montevidéu, onde os realistas mantêm ainda firmes seus reais às ordens do vice-rei Elío.

Bernardo de Velazco, ao regressar de sua fuga em roupas menores, não pôde impedir o armistício e menos o entendimento dos chefes paraguaios com Belgrano, amartelados às margens do Takuary.

A chegada do governador ao acampamento paraguaio, escreve Belgrano em suas Memórias, não foi com o objetivo de concluir desavenças, senão de impedir que se propague o germe revolucionário. Desviar Cavañas de suas sãs intenções. Igualmente aos de seu partido, que são os Yegros e a menor porção dos paraguaios. Belgrano deveu precisar: O partido dos tabaqueiros, mateiros e estancieiros uniformados.

(No Caderno Privado)

Firmar esse armistício, tão contrário aos objetivos da invasão anexionista e aos interesses de Buenos Aires, isso foi pôr o dedo na chaga, dirá depois o Tácito do Plata. Em nossa mesmíssima chaga, Tácito-Brigadier. Também tu invadirás nossa pátria; logo te colocarás a traduzir tranquilamente a *Divina Comédia* invadindo os círculos infernais do Alighieri.

Teimosamente insiste, batendo a ponta do bastão-generalíssimo sobre os tijolos frouxos da História: confias que Belgrano foi o verdadeiro autor da Revolução Paraguaia, jogada como uma teia ao acampamento paraguaio. São tuas textuais palavras. Havíamos podido incendiar-nos todos, Tácito-Brigadier! Desde 25 de maio de 1810 em diante, diz, época em que a imprensa alcança um grande desenvolvimento, foi-me fácil seguir a marcha dos sucessos, consultando a imprensa periódica e a multidão de papéis soltos que então se publicaram, ilustrando estes testemunhos com os manuscritos correlativos que pôde me proporcionar. Porém, a pouco andar, os sucessos se complicam; a imprensa não basta para refletir o movimento cotidiano da revolução, e o segredo começa a se fazer por necessidade uma regra do governo; porém como sucede sempre, à medida que se faz mais indispensável o mistério, é forçoso escrever tudo para se comunicar, e deste modo chega um dia em que a posteridade se acha em possessão até dos mais recônditos pensamentos dos homens do passado e pode estudá-lo melhor que tendo-os à vista. Tal me sucedeu desde o momento em que, buscando um guia mais seguro que o da imprensa periódica, penetrei nos arquivos de guerra e de governo, posteriores ao ano dez. O primeiro fato que tinha que ilustrar era a expedição de Belgrano ao Paraguai, sobre o qual existia pouco digno de se consultar publicado, havendo cometido os mais grosseiros erros quase todos quantos dela haviam falado... Ah, Tácito--Brigadier! Consideras indispensável o mistério como regra do governo. (O tratado secreto da Tríplice Aliança contra o Paraguai o cozinhaste entre meios galos e meia noite). Depositas toda tua fé nos papéis soltos. Na escritura. Na má fé. És dos que creem, dirá depois de ti um homem honrado, que quando encontram uma metáfora, uma comparação por má que seja, creem que encontraram uma ideia, uma verdade. Falas, como te caracteriza acertadamente Idrebal, a base de comparações, esse recurso pueril dos que não têm juízo próprio e não sabem definir o indefinido senão pela comparação com o que já está definido. Tua arma é a frase, não a espada. Tuas dissertações históricas sobre a Revolução são fantoches, não discursos. Isto te deu crédito, dinheiro, títulos, poder, te julga esse sábio homem. Eu posso ainda ser algo mais benigno contigo, pois és um rapaz enquanto escrevo isto. Mas pudeste ter presenciado o momento em que Belgrano lançou a "teia da Revolução Libertadora" ao acampamento paraguaio; terias dito em todo caso "teia da contrarrevolução liberticida", posto que caiu nas mãos do Cavañas, dos Gracia, dos Gamarra e dos Yegros; então tua retórica de Arquiveiro-chefe haveria estado um pouco mais próximo da realidade e da natureza daqueles feitos que pretendes narrar com o chapéu inglês colocado sobre os olhos. Isto te permite afirmar com britânica fleuma, repetindo o velhaco do Somellera, que a única verdadeira e imediata causa da revolução paraguaia foi a inoculação que os paraguaios receberam em Takuary. Decididamente pareces, Tácito-Brigadier, um veterinário da remonta, um furriel de mestrança. Se admites que o Cerrito Porteño e o Takuary foram os lugares da inoculação revolucionária no Paraguai, deves admitir também, a foro de sincero embusteiro, que se tratou de uma inseminação artificial, e que os verdadeiramente inseminados foram os invasores. Desde os *comuneros*, os garanhões paraguaios têm doado generosamente seus espermas, e não para fabricar velas. Aqui, as velas as fabricam as mulheres. O outro o deixamos para o outro.

(Circular Perpétua)

Antes de repassar o Paraná, Belgrano obsequiou a Cavañas seu relógio. Doou sessenta onças de ouro, que na realidade foram cinquenta e oito, para serem repartidas às viúvas, aos órfãos os que não foram capazes de suportar os argumentos plúmbeos da prédica portenha. Pois claro, os animais mortos, as armas destruídas, as bagagens perdidas, não foram indenizados.

Mas tampouco o pobre Belgrano foi indenizado no seu regresso a Buenos Aires. Não somente não lhe reconheceram seus esforços. Tampouco, ao fim e ao cabo, seus êxitos: parecia pouco aos cérebros sem matéria gris da Junta que o general expedicionário tivesse podido trocar uma derrota militar por uma vitória diplomática? Seu prêmio, um juízo de guerra. Pela mesma época em que foi fuzilado o franchute Liniers, um tempo depois de haver reconquistado Buenos Aires dos invasores ingleses. Porém isto é farinha de outro saco; não fará nosso pão depois de haver-nos custado nosso afã.

Entretanto as palpitações de Takuary, aponta de novo Júlio César, chegaram até Assunção, amplificando a notícia do estranho armistício em que se permite a um exército invasor retirar-se com as máximas honras.

Eu fui desde o princípio o mais apaixonado crítico do acordo de Takuary, onde a complacência de Atanasio Cavañas no Cabildo contra o absurdo comportamento. Por unanimidade os cabildantes lhe exigem uma explicação sobre as verdadeiras causas da capitulação. Não deu nem podia dá-la ao comandante tabaqueiro sem autocondenar-se. Aí ficou a intimação no ar. Lembras-te do texto, Patiño? Sim, excelência; é a de 28 de março de 1811. Copia na íntegra; é bom que se inteirem dessa meus sátrapas de hoje. Os de ontem. Os de amanhã.

O Cabildo era por esses dias o bastião do espanholismo, como já lhes referi; de modo que minhas miras eram outras a mais longo prazo. O ovo da Revolução se incubava lentamente nas cinzas em brasa daqueles bivaques. Ponto por hoje à perpétua.

Alcança-me esse relógio de repetição. Qual dos sete, senhor? O que Belgrano obsequiou a Cavañas em Takuary; esse que neste momento dá doze badaladas.

(No caderno privado)

À noite me visitou de novo, melhor dizendo voltou à carga o herbolário. Desta vez sem tisanas. A cabeça mais encurvada que de costume. Sobressaltando-se ao ver-me escrevendo. Achou por certo que fazia contas no monumental livro de comércio. Que faz, excelência? Já o vê, Estigarribia. Quando nada se pode fazer, se escreve. Tentou tomar-me o pelo do pulso. A mão lhe ficou no ar. Deveria repousar, excelência. Completo descanso, senhor. Dormir, dormir. Seguiu movendo as desdentadas gengivas tal como se mastigasse polvo. Depois de um longo silêncio se animou a soprar. O Governo está muito enfermo. Creio ser meu dever rogar-lhe que se prepare ou disponha o que considere mais conveniente, posto que seu estado piora dia a dia. Talvez tenha chegado o momento de eleger um sucessor, de nomear um designatário.

Disse tudo de uma tacada. Tamanha insolência em um homem tão esmirrado, assustado. Pensamento encorpado em um fio de voz. Você falou de minha enfermidade com alguém? Com ninguém, senhor. Então feche a boca. O mais absoluto segredo. Apoiou sua sombra no meteoro. Alguns, senhor, maliciam o pior. Porém o veem sair em sua cavalgada das tardes como de costume. Então os que muito duvidam, duvidam menos e os que pouco nada. Através das treliças as pessoas espiam o passo do cavalo, rodeado pela escolta, entre o ruído dos pífanos e o ribombo do tambor. Veem Sua Excelência! Erguido como costuma na sela de veludo carmim. Como você sabe se não sou Eu realmente o que vai montado no mouro? Esta tarde me disse seu amigo Antonio Recalde que via vossência de melhor semblante. Bah, esse velho louro limpando-se sempre o bico! Porém você, você que é meu médico, me encontra cada vez pior. Veio pôr em transe de morte o meu semi-cadáver. Como sei eu se não está conivente com os inimigos que rondam por todas as partes esperando pescar em rio revolto? Senhor, você conhece minha lealdade, minha fidelidade a vossência. Não sei eu tais bobagens. Veja, Estigarribia, você é um ignorante ou um espertalhão ou ambas as coisas de uma vez. Não sabe honrar a confiança que lhe dispensei toda a vida. Também você se burla? Também você deseja minha morte? Não, por Deus, excelência! E não é maior vilania que sendo você meu médico a deseje e me induza a dar-lhe esse gosto? Pois saiba você que não o terá. Ao contrário, senhor, não abandono a esperança nem a segurança de que sua saúde melhore com a graça de Deus que faz milagres impossíveis. Não dou confiança para esperanças nem seguranças de homens como você que vivem desconfiando da cruz à água benta. Só pensei, senhor, que alguém deve aliviar você em seus abrumadores trabalhos do Governo. Não me moleste mais com essas miudezas. Depois de mim virá o que possa. Por agora, Eu posso ainda. Não só não me sinto pior; me sinto terrivelmente melhor. Alcança-me a roupa. Vou lhe demonstrar que mente.

Não está vendo? Me sustento de pé mais firmemente que você, que todos os que querem me ver sair daqui a dois palmos do chão. Barba morta obrigação cumprida, eh? Isso é o que você pretende? Retirar-se. Aposentar-se. Não, excelência! Você sabe que não é assim de nenhum modo. O que mais quereríamos todos os paraguaios é que você vivesse para sempre para o bem da Pátria. Veja, Estigarribia, não digo que algum dia não hei de morrer. Mas o quando Eu me calo e o como Eu o como. A morte não nos exige ter um dia livre. Aqui a esperarei sentado trabalhando. A farei esperar atrás de minha poltrona todo o tempo que seja necessário. A terei de plantão até dizer minha última palavra. Não é com pás que removerão meu cadáver para ver se estou morto. Não encanecerá meu cabelo na tumba.

Me vesti desprezando sua ajuda. O herbolário gesticulou, bracejou, abraçou o ar querendo sustentar um espectro. Esteve ele sim a ponto de vir ao chão. Passamos o despacho. Escrevi a nota para Bonpland. Faça-a chegar a San Borja, se ainda anda por aí. Mande o estafeta mais rápido que ligeiro. Se possível for que já esteja de regresso antes de haver partido. Os remédios do francês quando menos me acalmavam anos atrás. Em troca as suas mezinhas contrabandeiam em favor dos achaques. Que puderam contra minha gota militar e minhas hemorroidas civis? Eh, senhor protomédico, quê e quê e quê. Ter-me o santo dia a perna, a nádega o ar, buscando a postura ingrávida das santas aparições. Graças a você a eternidade me tragará de costas.

Suas beberagens não poderiam me piorar. Não remediarão meus intestinos pendurados que se arejam no ar à semelhança dos jardins da Babilônia. Meus pulmões fazem ranger seus velhos foles rachados pelo peso de tanto ar como deviam inalar/ expelir. Do seu lugar entre as costelas, se estenderam sobre mais de dez mil léguas quadradas, sobre centos de milhas de dias. Dilúvios, tormentas, cálido alento dos desertos desataram. Em suas matérias naturais respira um corpo político, o Estado. O país inteiro respira pelos pulmões de ELE/ EU. Perdão, excelência, não entendo bem isso dos pulmões de ELE/ EU. Você, Dom Vicente, nunca entende nada igual aos outros. Não pôde evitar que nossos pulmões se convertessem em duas bolsas membranosas. Lástima de homem ignorante! Pior ainda se se considerasse que você virá a ser o antepassado de um dos maiores generais de nosso país. Se você defendesse minha saúde com a estratégia dos curraizinhos copiada desse descendente seu que defendeu-recuperou o Chaco pouco menos que à unha dos descendentes bolivarianos, já me teria sarado. Teria feito alguma honra à sua profissão. Também a arte de curar é uma arte de guerra. Mas em uma família há dotados e anti dotados.

Você, prócer do protomedicato, não conseguiu tapar uma só de minhas goteiras. Estou tão cheio de buracos que me saio por todas as partes. Você entra e me anuncia: O Governo está muito enfermo! Crê que não sei? Meu protomédico não só não me cura. Me mata, me faz perecer todos os dias. Me traz presságios, apreensões de uma proto-enfermidade já curada. Profetiza esses tormentos que causam a morte antes que esta chegue, quando já tiver passado. Coisa igual faz com outros pacientes-morrentes. Essa sentinela que guarda minha porta, enterrou esta manhã sua mãe, sua mulher, dois de seus filhos. Todos eles você tratou. Suas receitas mataram mais gente que a peste. Como seus antecessores, os Rengger e Longchamp.

E quanto a mim, sábio Esculapio, você não me receitou em seus cozimentos a pata esquerda de uma tartaruga, a urina do lagarto, o fígado de um tatu, o sangue extraído da asa direita de um pombo branco? Ridículo. Curandices. Para me fazer comer um caracol me prescreve misteriosamente: Mande prender esse filho da terra que se arrasta pelo solo, despossuído de ossos, de sangue, levando sua casa nas costas. Mande-o ferver. Beba o caldo em jejum. Desjejuado, coma a carne. Se minha saúde tivesse dependido desses pobres yatytases, já teria me curado. A cólica continua enamorada de minhas entranhas. O que você me receita em tais transes? Nada mais que dejetos pulverizados de ratões, porquinhos da índia aos montes, tostadas sobre lenhas de pau-brasil. Você crê que vou me deixar envenenar por tais misturas? Suspeito que sua só presença me enferma, senhor protomédico: ver aparecer de pronto suas enroladas mechas, seus grisalhos cachinhos, o reflexo de seus óculos na penumbra, seu enorme crânio rodando sobre patinhas de barata, me faz saltar da cama ao comum. Omito esse gesto de suficiente garantia que rodeia sua imensa cabeça de anão: Caronte remando em sua fúnebre barca ao rés do chão ao redor de minha mesa, de meu leitor, a toda hora.

Igual coisa me aconteceu com os Rengger e Longchamp*.

---

* Os doutores Juan Rengger e Marcelino Longchamp, oriundos da Suíça, chegaram em 1818 a Buenos Aires, onde fizeram amizade com o famoso naturalista Amadeo Bonpland. Sem pressentir o que o esperava no Paraguai, em vista da incerta situação política que reinava no Plata, o sábio francês aconselhou seus jovens amigos suíços a tentar a sorte no Paraguai. Os viajantes descobriram que o "Reino do Terror", pintado por alguns, era na realidade um oásis de paz em seu rigoroso e selvagem isolamento. Foram amavelmente recebidos por *O Supremo* que lhes brindou com todo tipo de facilidades para seus estudos científicos e o exercício de sua profissão, apesar da má experiência que sofrera anos antes com outros dois europeus, os irmãos Robertson, como se verá. O Ditador Perpétuo nomeou os suíços médicos militares dos quartéis e prisões, nas quais também serviram como forenses. Juan Rengger, a quem *O Supremo* chamava de "Juan Manco", pela fonética de seu sobrenome, e porque realmente era, acabou sendo seu médico particular. Sob a suspeita de que os suíços mantinham ocultas relações com seus inimigos das "douradas vinte famílias", a amizade do Ditador por eles foi se tornando surda e crescente animosidade. Tiveram que abandonar o país em 1825. Dois anos depois, publicaram um *Ensaio Histórico sobre a revolução do Paraguai*, o primeiro livro escrito sobre a Ditadura Perpétua. Traduzido para vários idiomas, alcançou grande sucesso no exterior, mas foi proibido no país sob severas penas de *O Supremo*, por considerá-lo uma insidiosa diatribe contra seu governo e uma "manada de boatos". Escrita em francês a primeira parte e em alemão a segunda, pode-se dizer que o livro de Rengger e Longchamp é o "clássico" por excelência, acerca deste período histórico da vida paraguaia: "chave e lanterna" indispensáveis para penetrar na misteriosa realidade de uma época sem paralelo no mundo americano; também na ainda mais enigmática personalidade daquele que forjou a nação paraguaia com férrea vontade no exercício quase místico do Poder Absoluto. (*N. do C.*)

Fui tratado por eles com irremediável desídia. Observavam minhas ranhuras como as de uma taipa. Não sei para que nomeei você meu médico particular, Dom Juan Manco, eu o repreendi uma vez. Lástima não ter ao lado, como Napoleão, a um Corvisart! Suas mágicas poções permitiam ao Grande Homem conservar matinalmente frescos seus intestinos. Não espero de você que me ponha o colédoco corrente e as entranhas aveludadas, como queria Voltaire. Tampouco posso beber grandes quantidades de ouro potável conforme faziam os reis da Antiguidade para atrasar seu momento de hora, segundo li em alguma parte. Não posso comer a pedra filosofal. Não espero de sua alquimia herbolária o segredo da imperial tisana. Porém ao menos você devia ter ensaiado uma mais modesta orchata ditatorial. Pedi-lhe por acaso que me devolvesse a juventude? Exigi-lhe, porventura, que me tensionasse de novo os nervos da pica, colocá-la em sua hora de outrora sobre o quadrante bravo? Não rogariam outra coisa a todas as deidades do universo os velharacos decrépitos, pelados, sórdidos, encurvados, cínicos, desdentados, impotentes. Nada disso espero de você, meu estimado galeno. Minha virilidade, você sabe, é de outra laia. Não se esgota na gota. Não declina. Não envelhece. Guardo minha energia gastando-a. O veado perseguido conhece uma erva; ao comê-la expulsa a flecha de seu corpo. O cão que o persegue também conhece uma erva que o restabelece dos arranhões e dentadas do tigre. Você, Juan Manco, sabe menos que o veado, que o cão. Médico verdadeiro é quem passou por todas as enfermidades. Se há de curar o mal gálico, as sarnas rebeldes, a multiforme lepra, as hemorroidas penduradas, primeiro é mister que tenha padecido destes males.

Você e seu companheiro Longchamp me converteram em uma peneira. Vocês são os que assassinaram com suas mortais poções a metade dos soldados de meu exército. Não confessaram isso vocês mesmos no libelo que fabularam e publicaram dois anos depois que eu os expulsei daqui? Quiseram me difamar como pagamento da hospitalidade e de todas as atenções que ingenuamente lhes dispensei? Estamparam nesse libélulo que a temperatura tem muita influência sobre meu humor. Quando começa a soprar o vento norte, leio, seus acessos se tornam muito mais frequentes. Este vento muito úmido e de um calor sufocante afeta os que têm uma excessiva sensibilidade ou sofrem de obstrução do fígado ou dos intestinos do baixo ventre. Quando este vento sopra sem pausa, em ocasiões por muitos dias consecutivos, na hora da sesta nos povos e nos campos reina um silêncio mais profundo ainda que o da meia-noite. Os animais buscam a sombra das árvores, a frescura dos mananciais. Os pássaros se escondem na folhagem; vê-se que encurvam as asas e eriçam as plumas. Até os insetos buscam abrigo entre as folhas; O homem se torna torpe. Perde o apetite. Transpira mesmo estando quieto e a pele se torna seca e pergaminácea. Adicione-se a isto dores de cabeça e, em se tratando de pessoas nervosas, sobrevêm afecções hipocondríacas. Possuído por elas, O Supremo se encerra por dias inteiros sem comunicação nem alimentação alguma, ou desafoga sua ira com os que vêm a tiro, sem empregados civis, oficiais ou soldados. Então vomita injúrias e ameaças contra seus inimigos reais ou imaginários. Ordena prisões. Inflige cruéis castigos. Em momentos tão bêbados seria para ele uma bagatela pronunciar uma sentença de morte. Ah, helvéticos bacharéis! Quanta maligna bufonaria. Primeiro me atribuem excessiva sensibilidade. Logo perversidade extrema que faz do vento norte meu instigador e cúmplice. Por último, faltam à ética de sua profissão divulgando minhas enfermidades. Viram-me fulminar sentenças de morte em tal estado, infligir cruéis castigos, como dizem? Por mentirosos, falsários e cínicos, vocês deveriam ser justiçados. Muito mereciam. Receberam em vez disso trato amável e bondoso, mesmo sob os piores mormaços do vento norte. O mesmo sob o seco e agradável vento do sul que é quando, segundo vocês, canto, danço, rio sozinho e falo sem parar com meus fantasmas particulares em um idioma que não é deste mundo.

Ah, indignos compatriotas de Guilherme Tell! Não me aconselharam que expusesse meu tricórnio sobre uma estaca na praça da República para receber a cotidiana saudação coletiva? Por haverem-me prestado a tamanha bufonada, inconcebível neste país de cidadãos dignos e altivos, vocês teriam sido os primeiros a se submeterem com gosto a semelhante cerimônia de submissão, cuja só ideia reprovei iradamente. No caso improvável de vocês terem se negado, como Guilherme Tell, a tal humilhação, jamais teriam conseguido flechar a maçã posta sobre minha cabeça. Mas as vossas teriam caído *ipso facto* sob o machado do carrasco.

Ah, hipócritas! Capazes, sim, de pôr seus ovos em ninho alheio, Pássaros apunhalados não podem sair para dar a hora sobre o quadrante de meu baixo ventre. Deixo de lado o número ímpar de pílulas que devo ingerir em momentos pares; a marcação de certos dias do ano para punções e sangrias com sanguessugas e morcegos amestrados; as fases lunares para enemas e eméticos. Como se a lua pudesse governar os enjoos de meus intestinos.

Não exageremos, ilustrados punhais. Eu diria melhor que um Pentágono de forças governa meu corpo e o Estado que tem em mim seu corpo material: Cabeça. Coração. Ventre. Vontade. Memória. Esta é a magistratura íntegra de meu organismo. O que sucede é que nem sempre o Pentágono funciona em harmonia com as alternativas estações de fluxo-constipação, chuva-seca, que malogram ou acrescentam as colheitas. Nem hipocondria nem misantropia, meus estimados meteorólogos. Em todo caso, deveriam dizer acédia, bílis negra. Palavras medievais. Designam melhor meus medievos males. Não vou perder tempo em discussões estéreis. Vamos aos fatos. Sabem por que os pássaros e todas as espécies animais não adoecem e vivem normalmente o curso de suas vidas? Os galenos suíços se lançaram ao mesmo tempo a uma longa digressão em francês e em alemão. Não, meus estimados esculápios. Não sabem. Vejam, escutem. A primeira razão é porque os animais vivem em meio à natureza, que não sabe de piedade nem de compaixão, fonte de todos os males. Segundo, porque não falam nem escrevem calúnias como vocês. Terceiro, porque os pássaros e todas as espécies animais ou animadas fazem suas necessidades no momento da necessidade. Um tordo que passava nesses instantes a baixa altura aplastou sobre o cocoruto de Juan Rengger um úmido solidéu. É o que lhe digo, disse ao helvético. Você viu, este tordo não postergou o momento nem escolheu o melhor lugar para liberar seus despejos, porém obrou o que tinha que obrar. O homem, por sua vez, deve esperar que mil néscias ocupações não perturbem, como a mim nestes instantes, o regular funcionamento de suas tripas. Ambos tentaram de novo a duo em seus dois idiomas um balbuciante pedido de desculpas privadas. Me instaram com gestos para que não perdesse mais tempo se necessitava ir à privada. Não, senhores; não se preocupem. O Governo Supremo também exerce poder sobre seus intestinos. EU/ ELE temos nosso bom tempo, nosso mau tempo adentro. Não dependemos da mudança dos ventos, das estações nem das fases lunares. Por pouco, ilustres mentecaptos, não converteram o Vento Norte no verdadeiro Ditador Supremo deste país. Como esta e muitas outras inventaram quantas patranhas lhes deu na telha sobre meu regime de governo que vocês qualificaram de "o mais generoso e magnânimo que existe sobre a terra civilizada", enquanto desfrutaram de meus favores. Quando por fim os expulsei, o mesmo regime se converteu para vocês, longe já desta terra que lhes protegeu benignamente e mais longe ainda da decência, no sombrio Reino de Terror fraguado depois pelos Robertson no molde que vocês armaram com suas diatribes. Destas escórias que se nutrem as histórias, as noveletas de toda espécie, que escrevem os tordos-escrivães tardiamente. Papéis manchados de infâmias mal digeridas.

Você, Juan Manco, foi o mais mentiroso e ruim. Descreveu cárceres e tormentos indescritíveis. Grutas subterrâneas que chegam com seu labirinto de masmorras até o pé de minha própria câmara, copiado do que mandou escavar na rocha viva Dionísio de Siracusa. Condoeu-se dos condenados à prisão perpétua cujos suspiros me entretinham escutando-os no tímpano do labirinto que dá à cabeceira de meu leito; dos condenados à solidão perpétua no remoto penal do Tevegó, rodeado pelo deserto, mais infranqueável que os muros das prisões subterrâneas.

"Os principais objetivos do seu regime despótico se dirigiam à classe acomodada, sem descuidar por isto das classes inferiores. Seu espírito perspicaz buscou vítimas até no populacho. Para isolar mais os indivíduos desta esfera que lhe infundiam suspeitas, fundou uma colônia na margem esquerda do Rio Paraguai, a cento e vinte léguas ao Norte de Assunção, e a povoou, em grande parte, com mulatos e mulheres de má vida. Esta colônia penitenciária, a qual pôs o nome de Tevegó, é a mais setentrional do país. (*Rengger y Longchamp, op. cit.*)

"Em Assunção há dois tipos de prisões: a cadeia pública e a prisão do Estado. A primeira, ainda que também contenha alguns presos políticos, serve essencialmente de lugar de detenção para outros condenados e, ao mesmo tempo, como uma casa de castigo. É um prédio de cem pés de comprimento, de teto baixo e paredes de quase duas varas de espessura. À imitação das casas do Paraguai, não tem mais que um andar térreo, distribuído em oito cômodos e um pátio de uns doze mil pés quadrados. Em cada cômodo, se acham amontoados trinta ou quarenta presos, que não podendo se deitar nas tábuas, suspendem redes em filas umas sobre as outras. Faça-se agora uma ideia de umas quarenta pessoas encerradas em um quarto pequeno sem janelas nem candeeiros; isto em um país onde nas três quartas partes do ano o calor não fica abaixo dos 40°, e sob um teto que esquenta o sol durante o dia a mais de 50°. Assim sucede que corre o suor dos presos de rede em rede até o solo. Se a isso se acrescenta o mau alimento, a falta de limpeza e a inatividade desses desditados, se conceberá que é precisa toda a salubridade do clima de que goza o Paraguai, para que não se declarem enfermidades mortais naqueles calabouços. O pátio da cadeia está repleto de pequenas choças, que servem de aposento para os indivíduos em prisão preventiva, para os condenados por delitos correcionais e para os presos políticos. Foi-lhes permitido construir essas choças, porque os quartos não têm bastante capacidade. Ali sequer respiram a frescura da noite, apesar de que a falta de limpeza é tão grande como no interior da casa. Os condenados à perpétua saem todos os dias para trabalhar nas obras públicas. Para esse efeito, vão acorrentados de dois em dois, ou levam só a algema, ao passo que a maior parte dos demais presos arrasta outras classes de ferros chamados grilhões cujo peso, às vezes de vinte e cinco libras, apenas lhes permite andar. O Estado administra um pouco de alimento e algumas vestes aos presos que ocupa nos trabalhos públicos; e quanto aos demais, mantêm-se tanto às próprias custas como por meio de esmolas que dois ou três deles vão todos os dias recolher na cidade, acompanhados por um soldado, ou do que lhes enviam seja por caridade, seja para cumprir algum voto.

"Muitas vezes temos visitado estas prisões horríveis, tanto pelos casos de medicina legal, como para socorrer algum enfermo. Ali se veem misturados o índio e o mulato, o branco e o negro, o amo e o escravo; ali estão confundidas todas as gamas, todas as idades, o delinquente e o inocente, o condenado e o acusado, o ladrão público e o devedor, enfim o assassino e o patriota. Muitas vezes estão sujeitos a uma mesma cadeia. Mas o que leva ao ápice desse espantoso quadro é a desmoralização sempre aumentando da maior parte dos presos, e a feroz alegria que manifestam quando chega uma nova vítima.

"As mulheres detidas, que por fortuna são muito poucas, habitam uma sala e uma cerca de paliçadas; encerradas no pátio grande, onde podem se comunicar, mais ou menos com os presos. Algumas mulheres de certa classe, que atraíram o ódio do Ditador, encontram-se misturadas ali com prostitutas e criminosas, e expostas a todos os insultos dos homens. Levam os grilhões como eles e nem mesmo a gravidez alivia sua condição.

"Os detidos na cadeia pública, como podem se comunicar com seus parentes e receber ajudas, se acham ainda muito ditosos quando comparam sua sorte com a dos desditados que ocupam as prisões do Estado. Estas se localizam nos diferentes quartéis, e consistem em pequenas celas sem janelas e em subterrâneos úmidos, onde não se pode ficar de pé, senão no meio da abóbada. Ali os prisioneiros sofrem uma reclusão solitária, particularmente os designados como objeto da vingança do Ditador; os outros estão encerrados de dois a quatro por cela. Todos estão sem comunicação e algemados, com uma sentinela à vista. Não lhes permitem ter luz acesa, nem se ocupar de nada. Havendo conseguido um preso conhecido meu domesticar os ratos que visitavam sua cela, sua sentinela os perseguiu para matá-los. Neles crescem a barba, o cabelo e as unhas, sem poder obter nunca a permissão para cortá-las. Não se permite a suas famílias enviar-lhes comida, senão duas vezes ao dia; e esta comida não deve ser composta de nada mais do que os alimentos reputados como os mais vis do país, carne e raízes de mandioca. Os soldados, que os recebem na entrada do quartel, revistam com suas baionetas para ver se há dentro papéis ou alguns instrumentos, e muitas vezes os guardam para si, ou os atiram por terra. Quando cai enfermo algum prisioneiro, não lhe é concedido nenhum socorro, senão alguma que outra vez em seus últimos momentos, e não podem ser visitados já que não é de dia. À noite, fecha-se a porta. O moribundo fica abandonado às suas dores. Mesmo na agonia não lhes tiram os grilhões. Vi o doutor Zabala, a quem por um singular favor do Ditador pude visitar nos últimos dias de sua enfermidade, morrer com os grilhões nos pés e sem lhe permitirem receber os sacramentos. Os comandantes dos quartéis fizeram este tratamento aos presos mais desumano ainda, buscando por este meio comprazer a seu Chefe", (*Ibid.*)

Pelas mesmas razões de ruindade e malevolência, nada escreveram sobre o castigo que melhor define a essência justiceira do regime penal neste país: a condenação ao remo perpétuo. Covardia, roubo, traição, crimes capitais, são submetidos a ela. Não se envia o culpado à morte. Simplesmente o afastamos da vida. Cumpre seu objetivo porque isola o culpado da sociedade contra a qual delinquiu. Nada tem de oposto à natureza; o que faz é devolvê-lo para ela. A descrição do criminoso é enviada a todos os povoados, vilarejos, aos lugares mais remotos onde exista o menor rastro humano. Estrita proibição de recebê-lo. Mentem-lhe algemado em uma canoa na que põem víveres para um mês. Indicam-lhe os lugares onde poderá encontrar mais suprimentos enquanto possa seguir remando. Dão-lhe a ordem de se afastar, de não voltar a pisar jamais terra firme. A partir desse momento, unicamente a ele lhe incumbe sua sorte. Livro a sociedade de sua presença e não tenho que me reprovar por sua morte. Tudo o que está por debaixo da linha de flutuação dessa canoa, não vale o sangue de um cidadão. Me guardo, pois, de derramá-lo. O culpado irá remando de margem a margem, subindo ou descendo o largo rio da Pátria, livrado à sua inteira vontade-liberdade. Prefiro corrigir e não impor um castigo que não seja exemplificador. O primeiro conserva o homem e, se ele mesmo se empenha, o melhora. O segundo o elimina, sem que o castigo sirva de escarmento a ele nem aos demais. O amor próprio é o sentimento mais vivo e ativo no homem. Culpado ou inocente.

Um autor de nossos dias teceu uma lenda sobre esta condenação do destinado que vai remando sem término e encontra ao fim a terceira margem do rio. Eu mesmo, para estabelecê-la aqui, me inspirei em uma história narrada por um libertino na Bastilha, que costumava me repetir um prisioneiro francês nas sestas do tórrido verão paraguaio. Eu tomo o bom onde o encontro. Às vezes, os mais depravados libertinos cumprem sem querer uma função de higiene pública. Este nobre degenerado, preso na Bastilha, refletiu em sua utopia da imaginária ilha de Tamoraé a ilha revolucionária do Paraguai, exemplar realidade que vocês caluniaram.

Sem dúvida *O Supremo* alude à narração sadiana *La isla de Tamoé*, conhecida no Paraguai, um século antes de ser publicada na própria França e no resto do mundo, mediante a versão oral do memorioso Charles Andreu-Legard, companheiro do marquês na Bastilha e na Seção de Piques; depois foi prisioneiro do Ditador Perpétuo, durante os primeiros anos da Ditadura, segundo consta no início destes *Apontamentos*.

A alteração do nome da ilha imaginária de Tamoé pelo de Tamoraé, é um erro de *O Supremo*, inconsciente, ou talvez deliberado. O vocábulo *tamoraé* significa, em guarani, aproximadamente: *oxalá-assim-seja*. Em sentido figurado: Ilha ou Terra da Promessa. (*N. del C.*).

Nos dias de sua época, pouco antes de sua expulsão, os punhais suíços se chamaram para total silêncio e humildade. Mandei chamar Rengger. Veja você, Dom Juan Manco, com suas ervas fez de mim um leão herbívoro. Que devo fazer com você? Devo premiá-lo com a destituição. Desde hoje deixa de ser meu médico de câmara. Limite-se a não seguir envenenando meus soldados e prisioneiros. Ontem morreram trinta hussardos mais por causa de seus purgantes. Neste passo, você vai me deixar sem exército. Pedi-lhe que nas autópsias você buscasse na região da nuca algum osso oculto em sua anatomia. Quero saber por que meus compatriotas não podem levantar a cabeça. Que há disso? Não há nenhum osso, me diz você. Deve haver então algo pior; algum peso que lhes volte a cabeça sobre o peito. Busque-o, encontre-o, senhor meu! Pelo menos com o mesmo cuidado que põe em buscar as mais estranhas espécies de plantas e insetos.

Quanto à mariposa fúlgida que o tem alucinado, a filha de Antonio Recalde, deixe a onde está. Você sabe muito bem que aqui aos estrangeiros europeus, não somente aos espanhóis, está absolutamente proibido se casar com mulher branca do país. Não se admitem demandas de esponsais nem ainda alegando estupro. A lei é uma para todos e não pode haver exceções. Me diz que você deseja abandonar o país, o mesmo que seu companheiro Longchamp. Me pede você autorização para a boda e logo para a partida. Impossível, Dom Juan! Alega você apuro. A pressa não é boa conselheira. Sei por experiência. Ainda no caso de que regesse esta proibição, não seria bom casar a menina Retardação com o doutor Apuro. Alega você que esta proibição é absurda e significa a morte civil dos europeus. Não se suicide, pois, meu senhor Dom Juan Manco, que não ressuscitará você civilmente por mais médico que seja. Busque você uma das tantas formosas mulatas ou índias que são o orgulho deste país. Despose-a você. Sairá ganhando duas vezes, quem lhe assegura é quem bem conhece o pano que corta. Veja, serei indiscreto. Pergunto-lhe: Quantas vezes visitou você a filha de Dom Antonio Recalde? Não me responda. Eu sei. Muitas. Quase todas as noites há três anos. Este prolongado noivado, romance, namoramento, ou como queira chamá-lo, demonstra a firmeza de seus sentimentos. Prova também que, se em verdade o cavalheiro Juan Manco tem apuro, este apuro tomou seu tempo não em vãos galanteios, suponho. Hei de me permitir, não obstante, outra pergunta. Chegou você porventura a conhecer a mais notória particularidade dessa formosa mocinha? Não; claro que não. Salvo se seu amor seja realmente tão grande que passe por alto o pequeno detalhe. E se é assim, eu estaria inclinado a outorgar a você a dispensa. Imagino seus encontros. A encantadora filha de Antonio Recalde recebeu sempre você, sentada no meio da mesa, a espessa toalha cobrindo-lhe as extremidades, eh? Chegou a saber você, talvez alguém tenha murmurado, qual é o apelido da bela Recalde? Não, não sabe, me dou conta disso. Já o direi: chamam-na *Patona*. Imensos pés. Quase uma vara de comprimento e meia de largura. Provavelmente, os pés maiores que qualquer donzela gaste-se o mundo da realidade e da fábula. E o melhor é que seguem crescendo. Não param de crescer. Se você, Dom Juan, está disposto a levar em sua coleção essas plantas em quarto crescente, assinarei a dispensa. Vá. Pense. Venha logo para me comunicar sua decisão. Não voltou. Poucos dias depois os dois suíços embarcavam rumo a Buenos Aires. A filha de Recalde malogrou sua boda; o país ganhou dois trapaceiros a menos.

Má pessoa não é o protomédico. Coração irreprovável. Não anda em perversidade de boca. Incapaz de dizer uma meia mentira; mas tampouco a metade de uma verdade em momento oportuno. Incapaz de dobrez se dobra de puro brando de modo que qualquer um pode brandir sua ingênua vontade subornando-o por astúcia ainda que não com ouro. Homenzinho-cacareco sua por todos os poros a água de sua incomensurável simpleza. Longe de acalmar minha sede a agrava. Quando me encontro em tal estado nem a este velho-menino suporto. Me encarniço com meu próprio mal. Abandono meu corpo a seus muitos sofrimentos. Pois se bem a dor sofrida é igual a que se teme sofrer, quanto mais o homem se deixa dominar pela dor, mais esta o atormenta. O sofrimento físico não me atormenta. Posso dominá-lo, tirá-lo de cima, mais facilmente que a camisa. Me atormenta o que se passou naquela tormenta. Dor de outra espécie. Partiu-me com uma cutilada; me fez duplo apequenando-me a menos da metade, a que vai decrescendo rapidamente. Dentro em pouco não ficará mais que esta mão tiranossaura, que continuará escrevendo, escrevendo, escrevendo, ainda fóssil, uma escritura fóssil. Voam suas escamas. Se despela. Segue escrevendo.

Estou suando até debaixo das unhas. A língua seca entre os dentes. Um vai-vém-errante, o ataque. Me espia, me espreita.

O herbolário me observa fixamente. A cabeça baixa por esse osso clandestino da nuca que impede os paraguaios a mantê-la erguida. Calcula que está cumprindo o avance da demolição. Completo repouso! Dormir! Dormir, senhor! Você sabe que não durmo, Estigarribia. O sonho é a concentração do calor interior. O meu já não produz evaporação. Meu pensamento é que sonha acordado uma matéria cabeluda, corpórea. Visões mais reais que a própria realidade. Talvez tenha chegado o momento de eleger um sucessor, nomear um designatário! É o que lhe ocorre? É esta a derradeira homenagem que vem render a seu jovem enfermo? Só tenho vinte e seis anos de enferma-idade.

Não posso eleger um designatário, como você diz. Não me elegi. Me elegeu a maioria de nossos concidadãos. Eu mesmo não poderia eleger-me. Poderia alguém substituir-me na morte? Do mesmo modo ninguém poderia substituir-me em vida. Ainda que tivesse um filho não poderia substituir-me, herdar--me. Minha dinastia começa e acaba em mim, em EU-ELE. A soberania, o poder, de que nos achamos investidos, voltarão ao povo ao qual pertencem de maneira imperecível. E quanto a meus poucos bens pessoais, serão repartidos da seguinte forma: a chácara de Ybyray a minhas duas filhas naturais que vivem na Casa de Recolhidas e Órfãs; de meus haveres não cobrados que alcançam a soma de 36 564 pesos fortes com dois reais, se fará pagar um mês de soldo aos soldados dos quartéis, fortes, fronteiras e resguardos tanto do Chaco como da Região Oriental. A minhas duas velhas criadas 400 pesos, mais o mate com a bomba de prata a Santa; a Juana, que já está mais arqueada que uma asa, meu copo de noite, que lhe corresponde de fato e de direito por haver-lhe manuseado dia e noite com mais que sacrificada dedicação durante todo o tempo que esteve a meu serviço. À senhora Petrona Regalada, de quem dizem que é minha irmã, 400 pesos além do vestuário, guardado nesse baú. O resto de meus haveres não cobrados serão distribuídos assim mesmo aos maestros da escola, aos maestros e aprendizes músicos, a razão de um mês de soldo a cada um, sem fazer omissão dos indiozinhos músicos que servem em todas as bandas dos quartéis tanto da Capital como do interior. Quero que tenham bem vestidos e alimentados a esses indiozinhos; o que por outra parte são melhores e mais disciplinados, por seu instinto natural para a música. Quero que seus instrumentos sejam tão brilhantes como os das dotações de brancos e pardos. Aos que formaram minha escolta desde rapazotes, deve-se dotar-lhes de tambores e pífanos novos, e se sobrarem alguns reais, reparti-los aos que já devem estar muito anciãos sem possibilidades de prover suas necessidades por seus próprios meios. Meu violão, ao maestro Modesto Servín, organista e diretor do coro de Jaguarón, com a expressão de meu afeto.

Todos os meus instrumentos óticos, mecânicos e demais artigos de laboratórios, legados à Escola Politécnica do Estado, e a totalidade de meus livros à Biblioteca Pública. O resto de meus papéis privados que tenham sobrevivido ao incêndio, serão rigorosamente destruídos.

Mas saiba, Dom Vicente, que apesar do que murmuram por aí, do que você mesmo predisse e deseja, não lhe dei o gosto ainda. Sabe pelo menos onde irei parar quando morra? Não. Não sabe. Ao lugar onde estão as coisas por nascer.

O provisor Céspedes Xeria também me fez oferecer confissão e auxílios de bem morrer. Mandei-lhe dizer que me confesso sozinho. Quem guarda sua boca guarda sua alma. Guarde você sua boca e sua alma. Guarde-se de repetir o que temos falado aqui. Não deixe que circulem rumores sobre minha enfermidade. Eu calo disse o calo e duro. Imite-o e durará como ele. Lembre-se, Dom Vicente, que também você em seus começos foi milho comido de gorgulhos, e que se salvou porque o trouxe para servir como boticário do Governo. Não posso me queixar, isso sim, da retidão de sua vida desde então. Mas não faça comigo o que você fez com a sua; ir contando a todo mundo pelas ruas, nas casas, seus extravios juvenis e sobretudo o tristíssimo fato de que morreu em seus braços aquela moça alegre que havia bebido os cascos de tão má maneira. Os excessos de sua loucura ninfomaníaca a fizeram finada de todos os modos à sua maneira, e talvez antes ainda nos braços de qualquer outro mancebo mais dotado. Você afirma que exercitou sua pública confissão para servir de exemplo aos demais. Ninguém aprende em cabeça alheia. As loucuras de um nunca são as de outro. Não abra mais a porta às visitações do arrependimento.

Agora, sobre o assunto de minha enfermidade, calado, eh!! Nem uma palavra, que é coisa minha. Vai nisso sua vida. Saia daqui. Não volte a comparecer até que o mande chamar.

No dia seguinte de instalada a Junta Governativa, o cachorro do ex-governador Velazco abandonou a Casa de Governo antes que seu amo. Esse cão realista compreendeu o que não entrava na cabeça dos chapetões. Mais inteligente que os facciosos da nova força portenhista. Mandou-se mudar com a dignidade de um camareiro do reino, exonerado por meu cachorro Sultão, uma espécie de *sans-culotte* jacobino de longos cabelos e gênio muito curto. Fora!, ladrou apurando a retirada de Herói. Grossa voz de mando. Voltaremos, gaguejou o cachorro Herói. Montado à turca em tua avó!, embestou Sultão. O sabre entre os dentes, guardou a porta do palácio. Te mandarei enforcar, cachorro chapetão. Não fará falta, meu estimado e plebeu par. Já fiz de mim um cadafalso. Por três vezes a guilhotina cerceou minha cabeça. Eu mesmo não me recordo com muita clareza. Oxalá, cidadão Sultão, não te pesque o mal-de-horror. O primeiro que se perde é a faculdade da memória. Vês este pedaço de espada cravado nos meus rins? Não sei desde quando está aí. Talvez me cravaram os ingleses quando combati junto a meu amo na reconquista de Buenos Aires. Ou no sítio de Montevidéu. Não sei onde. Fora, charlatão! Fora! Herói o olhou sem ressentimento. Tens razão, Sultão. Talvez tudo não seja senão um sonho. Arrancou dos ossos a enferrujada espada. Afirmou sua sombra no solo depois de empurrá-la duas vezes. Saiu rengueando. Fora o estava esperando a imensidade do desconhecido. Pobre Sultão! Não sabes o bem que alguém sente ao encontrar o outro. Acabo de achar por fim alguém que se parece comigo, e esse alguém sou eu mesmo. Obrigado, mil vezes obrigado, Deus pai e dos outros tio. Poderiam me acontecer coisas piores. Morrer de forma não cristã, sem o auxílio da confissão, dos santos óleos. O que te sucedeu é nada em comparação com o que não te sucedeu. Mas de pouco te vale ser cristão, Herói, se não empregas algo de picardia. Arre! Siga teu caminho sem fazer presságios.

Provecto, sarnento, possuído de uma estranha felicidade, se acomodou à nova vida igualitária. Sem abatimentos nem aproveitamentos. Quem tem dois tem um. Quem tem um tem nenhum, disse. Não tombou sobre a tumba dos realistas enforcados na conspiração fraguada para escarmentar os realistas. Largou-se a vagabundear pelas ruas, mercados e praças. Contava histórias fingidas pelo que lhe dessem. Sobras lhe sobravam. Ânimos não lhe faltavam. O que para um jogral de rua vinha a resultar o alimento mesmo das fábulas. Acabou em cicerone de Paí Mbatú, um ex-padre ex-cordo, ainda que algo pícaro, que também vivia nos mercados da esmola pública.

Alucinados pelas habilidades do ex-cão regalista, os irmãos Robertson* compraram-no por cinco onças de ouro.

---

* Juan Parish Robertson chegou ao Río de la Plata em 1809, no grupo de comerciantes britânicos que chegaram a Buenos Aires pouco depois das invasões que abriram seu porto ao livre comércio. Tinha então dezessete anos. Alojou-se na casa de uma conhecida família, Madame O' Gorman foi uma de suas principais protetoras. O jovem empreendedor escocês frequentou em seguida os círculos mais prestigiosos, chegando a ser amigo do vice-rei Liniers. Assistiu à Revolução de Maio "como a uma pitoresca representação das ânsias de liberdade dos patriotas portenhos", manifesta em uma de suas cartas. Três anos mais tarde, se uniu a ele seu irmão Roberto. Juntos empreenderam, para eles, a "grande aventura do Paraguai". Os Robertsons repetiram seus êxitos em Assunção, em todos os terrenos, com maior fortuna ainda que em Buenos Aires. Contaram aqui

com a proteção de *O Supremo*, que os exaltou e acabou expulsando-os em 1815. Os Robertsons se jactam em seus livros de terem sido os primeiros súditos britânicos que conheceram o Paraguai, após atravessarem a "muralha chinesa" de seu isolamento, acerca do qual elaboraram uma original interpretação. (*N. do C.*).

Por menos não quis fechar trato Paí Mbatú com os avaros ingleses. Foi o primeiro caso talvez, nestas terras de América, em que um *criollo* meio louco impôs suas condições a dois súditos do maior império da terra. Me pediram autorização para trazê-lo às aulas de inglês. Cão mais, cão menos, aqui não vai estorvar. Tragam-no. Assim foi como Herói voltou a Casa de Governo cumprindo sua promessa. O que fez poucas graças a Sultão, que se sentiu deslocado nas investidas do intruso. As histórias de *As mil e uma noites*, os contos de Chaucer, as imaginações dos deões ingleses, o levavam a regiões do além. Cada vez que escutava palavras como *rei*, *imperador* ou *guilhotina*, Herói emitia um grunhido sobressaltado. Analfabeto, ralé, Sultão virava-lhe as ancas depreciativamente. O hábito, mais que a memória, lhe fazia ladrar longe dali percorrendo um por um os quartéis até o último posto de guarda da cidade.

Nem tudo é questão de memória. Mais sabe o instinto no indistinto.

Os dois homens verdes de cabelos vermelhos chegam na hora de costume. O cachorro Herói os acompanha. Sultão sai para recebê-los. Passem para o escritório, senhores. Marcada displicência para o jogral da rua. Certo temor o encolhe à vista do cãocerbero *sans-culotte*. Tomem assento onde queiram, cavalheiros. Indica-lhes as poltronas. Por cima do ombro se dirige entre os dentes a Herói. Você, para o canto. Tomou banho por acaso? Oh, sim, em água de rosas, senhor Sultão! Traz pulgas? Oh, não, excelentíssimo senhor cachorro! Nunca saio com elas. Sofrem dos brônquios, as pobrezinhas. Temo que se resfriem. Podem pegar cinomose, o mal de anginas. Que sei eu. O clima de Assunção é insalubre. Está cheio de germes. Eu as banho na mesma água de minhas abluções. Fecho-as em uma caixinha de laca chinesa especial para esses animaizinhos, que me trouxe de Buenos Aires Dom Robertson, e vamos dormir, pulguinhas minhas, enquanto eu vou para tertúlia na casa de O Supremo! São muito obedientes. Aprenderam excelentes modos. Não é verdade, Dom Juan? Penso fazer delas as pulgas ilusionistas mais amestradas da cidade. Vá para o canto, ninguém lhe perguntou nada! Herói se apertou contra o promontório do aerólito. Ancião dos dias, jovem de um século, põe-se a cheirar na pedra o odor do cosmos, enrugando um pouco o nariz.

Em uma caldeira fervem sobre o fogo dez libras de aguardente. O negro Pilar perfuma a sala com fumaça de incenso. Joga pó de verniz sobre o vapor. Sultão me abre a porta do aqueduto. Entro com uma placa de cobre vermelha de tão quente, e o quarto resplandece com centelhas celestes. Faíscas de todas as cores. Os objetos se elevam um palmo, envolvidos por um halo muito fino. Boa noite, senhores. Não se levantem. Os dois homens ficam vermelhos; seus cabelos, verdes. Descem suavemente das poltronas até o piso. Suas bochechas se movem em alívio. Boa noite, excelência! O tempo fica quieto um minuto no rabo dos cachorros. Traz a cerveja Pilar. Já está saindo do sótão com o garrafão. Derrama o espumoso líquido nos copos. O certo é que, entre a conjugação de verbos ingleses e meus titubeios de tartamuda tradução de Chaucer, de Swift ou de Donne, os Robertson beberam durante cinco anos minha fermentada cerveja. Não ia destampar um garrafão por semana em homenagem a esses fementidos *green-go-home*. A carta de Alvear, diretor nos dias daquele tempo do governo de Buenos Aires, foi a gota que fez derramar o podre líquido. Até esse momento o beberam. O mesmo Juan Robertson trouxe o carregamento de cerveja em uma de suas viagens. Meus bons patacões me custou. Eu não recebo presentes de ninguém. Bebiam a cerveja sem poder terminá-la, pois seu volume crescia com a espuma da fermentação. Não haverá maneira de manter tapados ao menos os pichéis até a próxima lição, excelência?, arrotava morto de rir e cuspindo alguma ou outra mosca viva, Guillermo, o mais jovem e mais sorrateiro dos dois. Não, Mister William, aqui são preciosos para nós até os restos mais ínfimos. Somos muito pobres, de modo que não podemos renunciar nem mesmo a nosso orgulho. *But, sir*, beber isto é *to snatch up Hades itself and drink it do someone' health*, gargalhava o menor dos Robertson. Pe kuarú hagua ara-kañymbapevé, pee pytaguá, debochava eu por minha vez. E isso, excelência? Veja que nosso guarani ainda não é muito forte. Bem simples, senhores. Urinem minha cerveja até o fim dos tempos, por tontos e gananciosos. Ah, ah, ho, ho, houuu..., *your Excellency!*

Divertido e espirituoso sempre! Depois de arrasar o inferno e bebê-lo à saúde de alguém de sua devoção, podiam ficar em efeito os dois mercadores urinando minha cerveja até o Dia do Juízo. Com o pichel na mão, Juan Robertson cantarolava entredentes seu estribilho predileto:

> There's a Divinity that shapes our ends,
> Rough-hew them how we will![1]

Entre sorvo e sorvo das pestilentas borbulhas, Juan Robertson deixava escapar o gorgolejo de sua cantilena. Ácidas borbulhas de vaticínio. Soa a voz do possível e efetivo? Soa sem que o cantor soe? Ocorreram-me coisas, muito depois de cantadas, sem que me desse conta de seu aviso. O segredo escondia sua sabedoria. Sem sabê-lo, Juan Robertson trauteava o que lhe ia acontecer na Bajada. Mas, algo de real no visível ou audível, coloco sempre em um indivíduo sentado a estibordo, meia nádega ao ar, como então por instantes se deixava estar em inglês, igual a mim neste momento sem poder variar de posição. Ido, ausente, Juan Robertson balia para si o prelúdio idiota, aparentemente submerso em seus cálculos de ganâncias e perdas. Não era isso o que fazia. Mas isso era exatamente. Cálculos de ganâncias e perdas no Livro de seu Destino. Melhor assim. Contra contas no Haver são mais claras que as contas no Dever.

Imaginação prodigiosa, *Excellency!* Na boca aberta do menor dos Robertson se formou um imenso globo de espuma indeciso entre se refazer e cair. Arrebentando-o com a unha do mindinho. Desenrolada a voz, continuou borbulhando seu entusiasmo pelo cachorro jogral. A memória de Herói é assombrosa! À noite disse: Vou compor uma novelinha de trinta páginas. Não precisa de mais para descrever episódios de uma implacável utilidade posto que nascem da alma de um renegado de sua classe, melhor dizendo de um convertido...

---

1 Ali uma Divindade que modela nosso destino/ desbasta-o como nós desejamos!

Devo refletir um pouco sobre esta diferença que me condena ou exalta, segundo o cristal...

Herói bebeu o resto do pichel, olhando-me de rabo de olho, o muito animal. Mandei o negro Pilar que voltasse a encher os copos. Herói estava atacando de novo minha incredulidade com sua gutural vulgaridade. Como em um congresso de babélicos poliglotas, o anglomaníaco ia traduzindo a arremessos o que grunhia Herói. Os bigodes vermelhos cheios de espuma marcavam a pelo o compasso das cadências. Fala de Nit... Mãe das Mães, que é a uma só vez macho e fêmea. Escaravelho, abutre, em sua parte feminina. Mulher da esfera negra, que tem seu duplo no homem com cabeça de pelicano... O cantarolado pelo cachorro hispânico, traduzido pelo mercador escocês, me fez pensar no bestiário do Vinci: O pelicano ama seus filhos. Se os encontra no ninho mordidos pelas serpentes, abre o próprio peito a bicadas. Banha-os com seu sangue. Devolve-os à vida. Não sou Eu no Paraguai o Supremo Pelicano? Herói se interrompe, me olha com soberba através de suas cataratas: Vossência ama tanto a seus filhos como o pelicano-mãe; acaricia-os com tanto fervor que os mata. Esperemos que seu sangue de pelicano-pai os ressuscite ao terceiro dia. Se assim for, ilustríssimo senhor, sua imagem pelicana será celebrada pelos anais patrioteiros. Os capões a gravarão nos cálices litúrgicos. Os Velhos a encerrarão nos espelhos. Não considerei adequado o momento para responder à crítica do cachorro. Tive a impressão de que os demais não o haviam ouvido. Juan Parish continuou traduzindo:... Mulher da esfera negra tem seu duplo no céu, também um abutre dos cordeiros, que é a uma só vez macho e fêmea... De onde tiraste isso? Não importa de onde o tenha tirado! Talvez das *Cantigas* de Alfonso o Sábio, rei de Castela e Leão quem, diga-se de passagem, tem em suas *Sete partidas* uma bela definição do que é um tirano; ou seja, aquele que ama mais fazer do seu pro magüer, tornando o senhorio que era direito em retorcido. Tyrano, disse o rei sábio, é aquele que com o pretexto do progresso, bem-estar e prosperidade de seus governados, substitui o culto de seu povo pelo de sua própria pessoa. Assim se constitui em um falso e perigoso pelicano. Sua infernal astúcia converte em escravos os homens que diz liberar. Transforma-os em peixes. Vai embuchando-os na bolsa avermelhada que se pendura de seu insaciável bico. Só vai cuspindo as espinhas das que britam dos cardos, das tunas, todas as espécies espinhosas. Mas o pior que têm os tiranos é que estão cansados do povo, e ocultam seu cinismo na vergonha de sua nação. Ante a inocência de seus vassalos se sentem culpados, e procura que todos se corrompam de sua lepra... Vê-se que a rua te ensinou muito, Herói, porém não te pergunto agora acerca dessas fabulazinhas tiranicidas. Não te faças aqui de Tupac Amaru. Acabarás esquartejado. Te pergunto pela fábula essa do abutre dos cordeiros, que é a uma só vez macho e fêmea. Te pergunto de onde a tiraste? Pouco importa. Pude tirá-la dos livros da Cabala, do Alcorão, da Bíblia, do Antelóquio do marquês de Santillana, do ar que se infiltra pelas bordas das portas. A linguagem é parecida em todas as partes. As fábulas também. Não há um ponto fixo para julgar. Aposto que não saíram das letras senão das palavras dos homens, anteriores às letras. Que importa mais ou menos saber a origem das coisas ou seus resultados. Tudo está em símbolos. Não se faz mais que mudar de fantasia. Ambos os olhos engendram uma só vista. Um livro só, todos os livros. Mas cada coisa lança um certo eflúvio parecido e ao mesmo tempo distinto de todos os outros. Exalação, alento próprio. Os que mais sabem, os que mais veem, sempre são os cegos. Os de voz mais doce, os mudos. Os de ouvido mais fino, os surdos. Homero! Oh mero repetidor de outros cegos e surdo-mudos! A principal dolência do homem é sua curiosidade insaciável pelas coisas que não pode saber. Está claro, disse aos homens verdes. Este cachorro tem o mesmo apetite de meu amanuense Patiño, por dourar metais, azougar espelhos, empaná-los com o vapor de seu alento. Herói ficou esmagado. Vamos, *gentlemen*, absurdo estar pendente das mistificações de um cachorro! Pior ainda, o ex-cão do último governador espanhol! Sultão grunhiu, esfolando o descalavrado maxilar. Tiro daqui a chutes, a espetadas, esse cachorro atrevido, excelência? Não, deixa-o onde está sem estar, e tu fica tranquilo onde deve estar e não estás, inconsulto inculto Sultão. Os Robertson e Herói, aproveitando a interrupção, apuraram seus copos com um sorrisinho de burla.

Gentlemen, o que este cachorro está relatando é uma velha história. Desde os livros antigos, incluído o Gênesis, sabemos que o homem primitivo foi na origem varão / fêmea. Nenhuma prole e inteiramente pura. A cada cem anos e um dia, melhor dizendo, cada longo dia de cem anos, o varão e o fêmea se encarnam em um só ser que faz surgir os seres, os fatos, as coisas*.

---

* Jorge Luis Borges, em sua *História da eternidade*, citando Leopoldo Lugones (*O império jesuítico*, 1904) anota que a cosmogonia das tribos guaranis considerava macho a lua e fêmea o sol. Na mesma nota diz: "Os idiomas germânicos que têm gênero gramatical dizem *a sol* e *o lua*".

Em outra de suas obras, Borges nos informa: "Para Nietzsche, a lua é um gato (*Kater*) andando sobre um tapete de estrelas e, também, um monge". Uma mente limitada e simétrica se perguntaria de imediato: E o sol? Como devia Nietzsche considerar o sol? Uma *sol-gata*? Uma *sol-monja*? Sobre que tipo de tapete deve tê-la feito caminhar? As *Notas* de *O Supremo* deixam entrever que resolveu o enigma proposto por Nietzsche. Cortou assunto com outro enigma em sua invectiva sobre os historiadores, os escritores e a traça: "Um inseto comeu palavras. Acreditou devorar o famoso canto do homem e seu forte fundamento. Nada aprendeu o hóspede ladrão em ter devorado palavras". (*N. do C.*).

Fá-los surgir de um pacto terrível e de um princípio de mescla. Os velhos das tribos também sabem aqui, sem terem lido O *symposio* de Platão, que cada um era originariamente dual. Tipos completos de homens duais. Indivíduos de uma só peça. Íntegros. Espécies fixas. Muitas. Herança indefinidamente garantida pela união do melhor no melhor. Até que o pensamento os desgarrou da natureza. Os separou. Os partiu em dois. Continuaram crendo que eram um só, sem saber que uma metade buscava a outra metade. Inimigos irreconciliáveis no impulso do que o Homem-de-agora chama amor. Os gêmeos não nasceram de uma mãe; a chamada Mãe-das-Mães, afirmam os payés indígenas conhecedores de suas cosmogonias, foi devorada pelo Tigre-azul que dorme sob a rede de Ñanderuvusú, o Grande-Pai-Primeiro. Os gêmeos nasceram de si e engendraram sua mãe. Inverteram a ideia da maternidade considerada erroneamente como dom exclusivo da mulher. Anularam a distinção dos sexos, tão cara e indispensável ao pensamento ocidental, que unicamente sabe-se manejar por pares. Conceberam ou recobraram a possibilidade, não só de dois, como de muitos, de inumeráveis sexos. Ainda que o homem seja o sexo racional. Só ele pode exercer a reflexão. Por ele também só ele é chamado, o destinado, o condenado a render conta da sem-razão. Como é possível que tenhamos um só progenitor e uma só mãe? Não pode alguém por acaso, nascer de si mesmo?

A única maternidade possível seria a do homem. A única maternidade real e possível. Eu podia ser concebido sem mulher pela só força de meu pensamento. Não me atribuem duas mães, um pai falso, quatro falsos irmãos, duas datas de nascimento, tudo o que não prova por acaso certamente a falsidade do infundado? Eu não tenho família; se de verdade nasci, o que está ainda por se provar, posto que não pode morrer senão o que nasceu. Eu nasci de mim e Eu só me fiz Duplo. (Nota de *O Supremo*).

Yes, certainly, Excellency, but... eu me arriscaria a dizer que está no meio o princípio do prazer. O sábio princípio da conservação da espécie! Suprema felicidade! Ah! Oh! Ouuu! *Is it not so? Very very nice!* De acordo, Mister Robertson. Mas uma espécie infinitamente assegurada não significa espécies imutáveis. *All right, Excellency, but...* Permita-me, Dom Juan. Não há uma *só espécie* de homens. Você conhece, ouviu falar das outras espécies possíveis? As que foram. As que são. As que serão.

Os seres provêm de raízes viventes; não nascem senão quando coincidem na encruzilhada do caminho. O que não é casual. Só nosso torpe entendimento crê que o azar reina em todas as partes. Natura nunca se cansa de repetir suas intenções. Nada no entanto que se pareça a uma loteria divina ou panteísta. Se Um cresce e se acresce tanto e tanto de si mesmo, desaparecerão os Muitos. Ficará Um só. Logo esse Um voltará a ser Muitos. Você sugere, Excellency, arrumar-se um a sós... como possa? Os homens verdes de cabelos vermelhos me olhavam ardilosos. Que podiam saber de meu duplo nascimento ou desnascimento? Cravei-lhes os olhos até atravessar-lhes a nuca: Só disse que por todas as partes rege a necessidade de um parto terrível e de um princípio de mescla. O homem é idiota. Nada sabe fazer sem copiar, sem imitar, sem plagiar, sem remedar. Poderia ser inclusive que o homem tivesse inventado a geração por coito depois de ver copular a cigarra. Ah, *Excellency*, admitamos então que a cigarra é um animal racional! Sabe o que é bom e o pratica. Se eu fosse o primeiro homem não seria o último a imitá-la. Até aprenderia a cantar como ela. Aproveite seu verão, Dom Juan. Via-o de novo na quinta de Dona Juana Esquivel, vizinha à minha, em Ybyray. Via Dom Juan Parish, mais que em vitória de cigarra, em vítima da velha ninfomaníaca. Mulher da esfera negra. Escaravelho, abutre em sua parte feminina, que fazia em terra seu "duplo" do verde cordeiro da Escócia.

Shsss Shsss I beg your pardon, Excellency! Herói precisamente está contando algo disso. Enquanto eu falava, o mal-educado ex-cão regalista não tinha parado de falar, de modo que minhas palavras saíam filetadas de surdos harmônicos pelos grunhidos do cachorro. Tudo para me contrariar, até no terreno de línguas e mitos desconhecidos, desaparecidos. Coloquei os auriculares. Voz hieroglífica de cachorro. Voz meio bêbada de intérprete inglês: Herói conta uma lenda celta. Dois personagens formam um só. A *old hag*, a velha feiticeira, propõe um enigma ao jovem herói: se este o decifra, quer dizer, se responde aos requerimentos da repulsiva velha, encontrará em seu leito, ao despertar, uma mulher jovem e radiante que lhe fará obter realeza... *Dear* Herói, não te ouvimos bem. Um pouco mais alto. Não poderias ir um pouco mais devagar? O cão fez um desdenhoso movimento de cabeça e continuou sem transição, agora em castelhano, rematando a burla: A velha repugnante, ou formosa moça, foi abandonada pelos seus no transcurso de uma difícil migração enquanto estava dando à luz... Um pouco mais de cerveja, *please*. A partir de então a mulher vaga pelo deserto. É a Mãe-dos-Animais que recusa entregá-los aos caçadores. Quem a encontra com suas vestimentas ensanguentadas tão aterrorizado se sente, que experimenta um impulso erótico irresistível. Infinitas ânsias de cópula... Esconder-se em um imenso bosque fornicatório. Afundar-se em um mar seminário. Estado que a velha aproveita para violá-lo, recompensando-o com uma copiosa caça. Neste caso... Eu ri com vontade interrompendo o fabulista. Ah, por fim, o vemos de bom humor outra vez, *Excellency*. A noite em verdade ficou fresca e agradável com o vento do sul. Raro que comece a soprar à meia-noite. Talvez o vento do norte tenha deixado de soprar na hora dos fantasmas. Ah, capricho dos ventos! E dos fantasmas, acrescentei, para dissimular minhas incontíveis gargalhadas. De que ri com tanto entusiasmo, sire? Oh, de uma bobagem, Dom Juan! Me lembrei de repente de nosso primeiro encontro, naquela tarde em Ybyray.

Em suas *Cartas*, Juan Parish Robertson descreve assim o encontro:

"Uma dessas agradáveis tardes paraguaias, depois que o vento do sudeste clareou e refrescou o ambiente, saí para caçar por um vale tranquilo, não longe da casa de Dona Juana. De repente dei com uma cabana limpa e sem pretensões. Voou uma perdiz. Fiz fogo, e a ave caiu. Bom tiro!, exclamou uma voz às minhas costas. Me virei e contemplei um cavalheiro de uns cinquenta anos, vestido de preto.

"Me desculpei por ter disparado a arma tão perto de sua casa; porém com grande bondade e cortesia, conforme a hospitalidade primitiva e simples do país, me convidou a tomar assento na varanda para fumar um cigarro e fez um negrinho me servir um mate.

"O proprietário me garantiu que não havia motivo para pedir uma mínima desculpa, e que suas terras estavam à minha disposição quando eu quisesse me divertir com minha escopeta naquelas paragens.

"Através do pequeno pórtico descobri um globo celeste, um grande telescópio, um teodolito e outros vários instrumentos óticos e mecânicos, pelo que inferi imediatamente que o personagem que tinha diante de mim não era outro senão a mesmíssima eminência cinzenta do Governo.

"Os instrumentos confirmaram o que eu tinha ouvido de sua reputação acerca de seus conhecimentos sobre astronomia e ciências ocultas. Não me deixou vacilar muito tempo sobre este ponto. Aí tem você, me disse com um sorriso irônico, estendendo a mão ao sombrio estúdio-laboratório, meu templo de Minerva, que deu motivo a muitas lendas.

"Presumo, continuou, que você é o cavalheiro inglês que reside em casa de Dona Juana Esquivel, minha vizinha. Respondi que assim era. Acrescentou que havia tido já intenções de me visitar, mas que era tal a situação política do Paraguai, particularmente no tocante a sua pessoa, que achava necessário viver em grande reclusão. Não podia de outro modo, acrescentou, evitar que se atribuíssem as mais sinistras interpretações a seus atos mais insignificantes.

"Me fez entrar em sua biblioteca, um quarto fechado com minúscula janela, tão coberta pelo teto muito baixo da varanda que apenas deixava filtrar a luz decrescente do entardecer.

"A biblioteca estava disposta em três fileiras de estantes estendidas ao longo do quarto e podia conter uns trezentos volumes. Havia vários volumosos livros de Direito. Outros tantos de Matemática, ciências experimentais e aplicadas, alguns em francês e em latim. Os *Elementos de Euclides* e alguns volumes de Física e Química, se destacavam entreabertos sobre a mesa com marcas entre as páginas. Sua coleção de livros sobre Astronomia e Literatura geral ocupava uma fila completa. O *Quixote*, também aberto pela metade em primoroso volume com um marcador roxo com tranças douradas, descansava sobre uma estante. Voltaire, Rousseau, Montesquieu, Volney, Raynal, Rollin, Diderot, Júlio César, Maquiavel, faziam coro um pouco mais atrás na penumbra que já começava a se espessar.

"Sobre uma mesa grande, mais parecida com um galeão de carga do que com uma mesa de estudo, viam-se montes de expedientes, escritos e processos forenses. Vários tomos encadernados em pergaminho se encontravam esparramados sobre a mesa.

"O ditador tirou o casaco e acendeu uma vela que prestou pouca ajuda para iluminar o cômodo, ainda que mais parecesse estar ali para acender cigarros. Um mate e um tinteiro de prata adornavam outro extremo da mesa. Não havia tapetes nem esteiras sobre o piso de ladrilhos. As cadeiras eram de estilo tão antigo, que pareciam móveis pré-históricos extraídos de alguma escavação. Estavam cobertos por velhas solas ou incrustações de um material desconhecido, quase fosforescente, sobre o qual se achavam estampados raros hieroglíficos, semelhantes a inscrições rupestres. Eu quis levantar uma dessas cadeiras; mas, apesar de todo o meu esforço não consegui movê-las um milímetro. Veio então em minha ajuda o Ditador e com seu afável sorriso fez levitar a pesada curul com um leve gesto da mão. Logo a fez baixar no lugar preciso que meu pensamento havia escolhido sem palavras.

"No chão da sala se achavam esparramados envelopes abertos e cartas dobradas; mas não se podia dizer em desordem senão de acordo com uma certa ordem preestabelecida que dava ao ambiente, *desde baixo*, um ar levemente incompreensível e sinistro.

"Uma tina para água e um jarro se erguiam sobre um tosco tripé de madeira em um canto. Em outro, as selas e os arreios do Ditador, que brilhavam na penumbra.

"Enquanto conversávamos, o negrinho se pôs a recolher lentamente com estudada parcimônia e como se compenetrado da importância de sua tarefa, as botas, os chinelos, os sapatos espalhados por todas as partes e que ainda assim, como já disse, não conseguiam romper a ordem mais profunda e inalterável de um sistema preestabelecido no ambiente da humilde vivenda tão prolixamente limpa e localizada entre as árvores de modo tão idílico, que tinha toda a aparência de estar habitada por um ser amante da beleza e da paz.

"De fora, possivelmente dos pátios ou currais traseiros, começou a chegar o crescente rumor de uns chiados de roedores famintos.

"Prestei atenção, pois esses chiados me pareciam, por serem tão abafados e atrozmente concertados, que vinham de uma caverna subterrânea, para não dizer do além-túmulo.

"Só então também o Ditador, que não tinha deixado de andar todo o tempo de um extremo a outro da sala enquanto conversávamos, se deteve.

"Chamou com um bater de palmas outra de suas pesadas cadeiras, e se sentou diante de mim. Ao notar meu gesto de estranheza pelo cada vez mais audível concerto de chiados, me tranquilizou com seu peculiar sorriso: É a hora do jantar no meu berçário de ratas. Ordenou ao negrinho que fosse se ocupar delas".

Ah! Você se portou como um cavalheiro nesta terra hospitaleira. Pagou como pode a interessada hospitalidade da octogenária donzela de Ybyray*.

---

* "A situação da casa de dona Juana Esquivel era absolutamente bela; não menos era a paisagem que a rodeava. Viam-se bosques magnífi-

cos de rico e variado verdor; aqui o chão desimpedido e lá um denso matagal; fontes murmurantes e riachos refrescando o solo; laranjais, canaviais e milharais rodeavam a branca mansão.

"Dona Juana Esquivel era uma das mulheres mais extraordinárias que eu já conheci. No Paraguai geralmente as mulheres envelhecem aos quarenta anos. No entanto, Dona Juana tinha oitenta e quatro anos, e, embora necessariamente enrugada e grisalha, ainda conservava vivacidade no olhar, disposição para rir e atividade de corpo e espírito para atestar a verdade do ditado de que não há regra sem exceção.

"Me abrigava como um príncipe. Há no caráter espanhol, especialmente como então estava amplificado pela abundância sul-americana, tão magnífica concepção da palavra "hospitalidade", que me permiti, com demonstrações particulares de cortesia e favores recíprocos de minha parte, proceder em muito à maneira de Dona Juana. Em primeiro lugar, tudo de sua casa, criados, cavalos, provisões, os produtos de sua propriedade, estavam à minha disposição. Logo, se eu admirava qualquer coisa que ela tivesse – o pônei favorito, a rica filigrana, os exemplares seletos de ñandutí, os doces secos, ou uma junta de formosas mulas – transferia-os para mim de maneira que fazia sua aceitação inevitável. Uma tabaqueira de ouro, porque eu disse que era muito bonita, foi levada uma manhã ao meu quarto por um escravo, e um anel de brilhantes porque um dia aconteceu que o olhei, foi colocado sobre minha mesa com um bilhete que tornou sua aceitação imperativa. Nada se cozinhava na casa senão o que se sabia que me agradava, e ainda que eu tentasse, por todos os meios possíveis, por minha vez compensá-la por sua onerosa obsequiosidade e demonstrar-lhe o que em meu sentir era esmagador; no entanto, percebia que todos os meus esforços eram vãos.

"Estava, por conseguinte, disposto a abandonar minha super-hospitaleira morada, quando ocorreu um incidente. Apesar de inacreditável, é verdadeiríssimo. Mudou e pôs em melhor pé meu subsequente trato com esta mulher singular.

"Me agradavam os ares plangentes cantados pelos paraguaios acompanhados com violão. Dona Juana sabia disso e, com grande surpresa minha, ao regressar da cidade uma tarde, encontrei-a em direção a um violeiro, tentando, com a sua voz rouca, modular um triste, e com seus magros, morenos e enrugados dedos acompanhá-lo no violão. Como poderia ser outra coisa? O que poderia eu fazer diante de tal espetáculo de debilidade, desafiando ainda mais a natureza sensível da dama, que insinuar um sorriso zombeteiro? "Pelo amor de Deus", disse, "como você pode, catorze anos depois que, conforme as leis naturais, deveria estar no sepulcro, converter-se num alvo para o ridículo dos seus inimigos ou em objeto de piedade para seus amigos?

"A exclamação, confesso, mesmo dirigida a uma dama de oitenta e quatro anos, não era galante, pois, no concernente à idade, que mulher pode suportar uma reprovação desta natureza?

Pareceu bem rápido que Dona Juana tinha a este respeito toda a fraqueza do seu sexo. Atirou ao solo o violão. Ordenou bruscamente ao mestre de canto que saísse da casa; os serviçais os expulsou da sala e, em seguida, com um aspecto de ferocidade do qual eu não a achava capaz, me aturdiu com as seguintes palavras: "Senhor Dom Juan, não esperava insulto semelhante do homem que amo", e na última palavra pôs uma ênfase extraordinária. "Sim – continuou –, eu estava pronta, e ainda estou, a oferecer-lhe minha mão e minha fortuna. Se aprendi a cantar e tocar violão, por que razão era senão por dar-lhe prazer? Para que estudei, em que pensei, por quem vivi nos três últimos meses, se não para você? E esta é a recompensa que encontro?"

"Aqui a velha senhora mostrou uma combinação curiosa de patética e ridícula paixão, quando, desfazendo-se em lágrimas, deu escape a seus sentimentos, soluçando de indignação. O espetáculo era surpreendente novidade e não isento de alarme para mim, por causa da pobre velha. Em consequência, saí da sala; enviei-lhe seus criados dizendo-lhes que sua ama estava gravemente enferma; e depois de ouvir que tudo havia acabado, me deitei na cama, não sabendo se compadecer-me ou sorrir da terna paixão que um jovem de vinte anos havia despertado em uma dama de oitenta e quatro. Espero que não se atribua à vaidade o relato desta aventura amorosa. Faço-o simplesmente como exemplo das bem conhecidas aberrações do mais ardente e caprichoso de todos os deuses, Cupido. Não há idade que limite o alcance dos seus dardos. O octogenário assim como o guri são suas vítimas; e seus movimentos são geralmente mais extravagantes quando as circunstâncias externas – a idade, os hábitos, a decrepitude – se combinaram para tornar incrível e absurda a ideia do seu acesso ao coração". (Ibid.)

Quando me retirei da Junta, por causa de minha guerra contra os militares, fui involuntária testemunha da outra guerra menos surda ainda que mais íntima que tinha por cenário a Tróia campestre de minha vizinha Juana Esquivel. Ouvia toda hora o fragor de sua lascívia quase secular. Via-a perseguindo você pelas varandas, entre a folhagem, no arroio. A trompa de falópio ressoava aguerridamente a sol e sombra com energia suficiente como para aniquilar um exército. Os gritos de prazer da velha rompiam meus eustáquios. Faziam estremecer as árvores, ferver o arroio quando ambos se jogavam nus nas águas. O ardor de Dona Juana prolongava o ardor das sestas nas noites. Punha o sereno em estado de ebulição. Uma neblina de ácido sabor se estendia sob a lua. Penetrava em minha casa hermeticamente fechada. Impedia que me concentrasse em meus pensamentos, em meus estudos. Perturbava meu solitário recolhimento. Tive que renunciar a minha afeição favorita: pegar o telescópio e observar as constelações. Via a esquelética cigarra da *old hag* se arrastar gemendo sobre o pasto envolta em uma longa esteira de fumaça. Você, Dom Juan, o jovem herói da lenda celta, era impotente para decifrar o enigma que a repulsiva feiticeira lhe propunha compulsivamente variando-o uma e outra vez. Uma e outra vez você ficava esperando a próxima violação, sabendo de antemão que sua recompensa nunca seria ver a velha transformada em radiante donzela. Não pode se queixar no entanto de que, apesar de tudo, não lhe tenha recompensado outorgando-lhe extremada sorte na caça de faisões, senão de gaviões.

Tenho má memória, Dom Juan. Não sei em que autor antigo se fala de uma Velha-Demônio, armada de dupla dentadura, uma na boca, outra no baixo ventre. Também aqui no Paraguai, onde o demônio é fêmea para os nativos, algumas tribos rendem culto a este súcubo. Que significa a vulva-com-dentes se não o princípio devorador, não engendrador da fêmea? Juan Robertson se contraiu em um ligeiro espasmo. Não caem esses dentes, excelência, na velhice da fêmea? Não, meu estimado Dom Juan. Se tornam cada vez mais afiados e duros. Teme algo? Sucedeu-lhe algo desagradável? Penso que não, *Excellency*. De todos os modos, Dom Juan, não está demais que você se inteire como conjuram estes riscos os índios. Dia e noite se põem a bailar ao redor da fêmea-demônio. Bailam enlouquecidamente, fazendo com que ela também baile, salte e se encabrite. Com a saída do sol do terceiro dia, podem ocorrer duas coisas: os caninos caem e branqueiam o solo da Casa das Cerimônias. Então os homens correm atrás desses dentes que saltam de lado a outro, trêmulos, pendurados do cordão umbivaginal, até que ficam quietos, convertidos em secas espinhas de cardo, de tuna. Colhem-nos e queimam-nos em um fogaréu onde tardam outros três dias em se consumir enchendo a cerimônia de uma fumaça agre, espessa, viscosa, como corresponde a sua origem e condição. Pode ocorrer também que não caiam os baixos-dentes da mulher. Convulsos e alienados, os dançantes-homens se convertem para seu mal no que aqui chamamos de sodomitas ou putos. A partir de seu fracasso, são condenados às tarefas mais humilhantes. É bom precaver-se contra tais contingências. De repente, sem prevê-lo, o mais ousado pode estar balançando-se sentado no chifre de um touro. Eh! Eh! Guarda Pablo da fêmea-diabo!

Juan Robertson pôs as mãos entre as pernas. Arqueou-se na contração da arcada. O fedor à cerveja encheu o cômodo. Até os cachorros franziram os narizes. Herói lançou em torno escrutinadoras visagens. Cheirou em todas as direções. Se diria que nos invadiram mais de cem mil fêmeas-demônios a julgar pelo salaz fedor, excelência! Pode ser, pode ser, Herói. Eu não sinto nada. Estou resfriado. O cão se aproximou do inglês que combatia sua cólica feito um arco de meio ponto, a cabeça enfiada no peito, os cotovelos nas virilhas. A fim de consolar, Herói farejou sem convicção: Já ficará bom, Dom Juan. Não é mais que uma cólica moral, e como para que eu não entendesse acrescentou: *Fucking awful business this, no yes, sir? Dreamt all night of that bloody old hag Quin again...* Mandei o negro Pilar que jogasse grãos de incenso e âmbar líquido e um pingo mais de aguardente sobre a prancha avermelhada de cobre. As formosas cores apagaram os maus odores. Vá, Pilar, para a cozinha. Peça a Santa que prepare uma tisana de flores de aneto, azevinho, malva-branca e yateí-ka'á. Entre a fumaça aromática e os clarões se viam azuladas as caveiras dos irmãos Robertson. Herói e Sultão, adormecidos, davam-se depreciativamente as costas. Somente se enfureceram quando Cândido e seu criado o mulato tucumano Cacambo chegaram ao Paraguai para guerrear em favor dos jesuítas. É um portento esse império!, exclamou exaltado Cacambo tratando de alucinar seu amo. Eu conheço o caminho e levarei você lá: os padres são donos de tudo e os povos não têm nada. É a obra mestra da razão e da justiça. Júbilo desbordante. Otimismo sideral. Sultão não entendia mais nada. Acreditava estar em um Paraguai desjesuitado para sempre, e eis aqui que dois suspeitosos estrangeiros cavalgavam rumo ao reino desaparecido com que alguns ousam comparar com o meu. O ruído dos cascos das cavalgaduras ressoava na penumbra do cômodo. Todo o reino também. Redivivo, intacto, presente. Colmeeiro gigante, formigueiro de trezentas léguas de diâmetro e cento e cinquenta mil índios. As esporas do padre provincial entraram fazendo faíscas no piso. Reconheceu em seguida Cândido. Se abraçaram ternamente. Sultão e Herói, um em um par, enlouquecidos, raivosos, investiram como búlgaros contra paredes, portas e janelas, rosnando mais que cem dragões e víboras-cachorros. Impotentes contra essa imensa, espelhada bola de sabão. Entre colunatas de mármores verde e cor de ouro, gaiolas repletas de papagaios, papa-moscas, cardeais, colibris, toda a volataria do universo, Cândido e o padre provincial almoçaram placidamente em vasilha de ouro e prata. Cânticos suspendiam os sentidos. Aves, cítaras, harpas, pífanos, suspendidos no ar-música. Cacambo, resignado, comia grãos de milho em tigela de pau com os paraguaios sob o sol rascante, sentados sobre os calcanhares, entre as vacas, os cachorros e os lírios do campo. Cândido, o que é o otimismo?, gritou o mulato de Tucumán, longe, a um tiro de fuzil da varandinha de mármore verde. Pelo que sei, respondeu-lhe Cândido, sustentar que está tudo bem quando manifestamente está tudo muito mal. Entre os vapores de vinho, a elegante cara do padre não pareceu se inteirar de nada. Herói e Sultão se lançaram com tudo contra o tonsurado general dos teatinos. Acabemos com esta algazarra, disse aos Robertson, empenhados em caçar por lazer um colibri sobre a página do livro. Começaram a ler o conto para matar o tempo, imaginem que já está morto sob o peso de tais fantasmagorias, ou os cachorros nos matam a nós e também devoram nossas nádegas, deixando-nos a metade crédula do traseiro, a metade incrédula da vida. O jovem Robertson pôs a pluma do colibri entre as páginas e fechou o livro. Levantaram-se os dois, apalpando pressagiosos os glúteos, e boa noite, reverendo padre provincial, perdão, quero dizer excelência.

A propósito do "berçário de ratas" que *O Supremo* pôde, com efeito, ter para fins experimentais em sua chácara de Ybyray, veja-se outro exemplo do método usado pelo Doutor Días de Ventura e frei Bel-Asco para insultá-lo e difamá-lo, distorcendo os fatos. Os fragmentos que seguem foram extraídos da já citada correspondência privada entre estes dois ferrenhos inimigos do Ditador Perpétuo:

"Rev. Padre e amigo:

"Me emocionam já antecipadamente suas futuras *Proclamações de um paraguaio a seus paisanos*, nas quais com sua admirável arte de persuasão os convencerá de que devem rebelar-se e terminar com esta época de vergonha e luto, antes que seja demasiado tarde.

"Talvez possa resultar-lhe útil, neste conjunto monstruoso de fatos, a última desatinada ocorrência do Ditador, que ele mantém no maior dos segredos. À imitação dos prisioneiros que domesticam roedores nos calabouços, me informaram confidencialmente que ele instalou na sua quinta de Trinidad um imenso viveiro de ratos. Tem ali recolhidas todas as espécies de roedores que se conhecem no país. Colocou na guarda do viveiro dois ou três escravos surdos-mudos. O negrinho José María Pilar, seu camareiro, é quem vigia os cuidadores. A confiança que lhe tem e a inocência do negrinho são talvez, na opinião do Ditador, suficientes prendas contra qualquer infidelidade. Porém pela boca das crianças, ainda que sejam escravos, é por onde se filtram as verdades, as que às vezes tomam formas de símbolos ou de parábolas.

"Do alto de uma guarita, o negrinho – segundo me informaram em fontes fidedignas – tem a missão de observar e anotar pontualmente todos os movimentos dos milhares de roedores. O Ditador em pessoa vem frequentemente à quinta para verificar os dados. Segundo os rumores que correm, baseados nos dizeres do próprio negrinho, o Grande Homem transformou o viveiro em um estranho laboratório. Dedica-se ali a experimentos de cruzamento e, sobretudo, a observações sobre o comportamento gregário desta impressionante massa de dentuços mamíferos. Comidas a toque do sino; evoluções, como se se tratassem de efetivos militares; ajuntamentos; inclusive longos períodos de fome durante os quais o sino soa a ponto de enlouquecer esta multidão de ratas e ratos; tudo isto, digo Rev. Padre, leva a suspeitar que o diabólico Ditador ensaia ali, nesta sorte de projeto ao vivo, seus métodos de governo com os quais está bestializando nossos paisanos.

"A última experiência supera todos os limites que uma pessoa honrada e em suas faculdades é capaz de imaginar. Imagine S. M.: algo verdadeiramente demoníaco! O Ditador ordenou encerrar na mais completa escuridão o filhote de uma gata, desde o momento mesmo de seu nascimento. Durante três anos, o tempo que passou desde que o Ditador assumiu o poder absoluto, o filhote tem se mantido em total solidão e isolamento, longe do contato com qualquer outra espécie viva. O gato já adulto foi retirado em uma bolsa de couro de seu hermético confinamento e conduzido ao viveiro. Ali, sob o sol a pico, o gato foi liberado e jogado entre os milhares de roedores famintos, enquanto o negrinho rompeu o ar da sesta com o toque do sino. Suponha você, meu amigo, o clarão do sol queimando de repente os olhos do gato acostumado à treva mais completa desde seu nascimento. A luz o cega no momento mesmo em que a conhece! Bem alimentado em sua cova noturna, tampouco conhece a espécie ancestralmente inimiga que o rodeia e o ataca ferozmente até convertê-lo em contados segundos em pequenas lascas de osso que são levadas em todas as direções, em meio a esse espantoso sabá. Não é isso, Rev. Padre, algo verdadeiramente satânico?

"A maior força de um governante reside no perfeito conhecimento de seus governados, disse o Ditador em seu discurso inaugural. Estamos condenados os paraguaios, ao menos nossos paisanos que não puderam escapar do canil hidrofóbico, à sorte desse pobre gato nascido em uma masmorra? Faça S. M. nas suas *Proclamações* salutares advertências. Seu devoto amigo q.b.s.m. Buenaventura Días de Ventura. (*N.do C.*).

Encerrado em meu quarto-minguante, passava pelas noites o pano de baeta sobre o crânio. Só depois, muito depois, começou a brilhar tenuamente. Soltou certo suor rosado sob o calor da fricção. Eu sou o que fricciona, disse-lhe, porém tu és o que sua. Não cessava de esfregar em plena escuridão. Noite após noite durante nove luas. Só então começaram a saltar faíscas muito pequeninas. Já está começando a pensar! Luz-calor. Todo sabido. Todo branco. O coração batendo na boca. Todo branco/ todo negro. Enorme trêmula alegria! Coisas de menino voando do solo ao solo. Ou melhor: coisas de menino ainda não nato incubando-se no cubo de um crânio. Qualquer recipiente pode servir, mesmo a cabeça morta do que se deslizou ao cubo do ataúde, vítima da imprevista enfermidade ou esperada velhice. Melhor ainda o que ficou enterrado em terra simplesmente. Mas eu era um não-nascido, oculto voluntariamente entre as seis paredes de um crânio. As recordações do homem adulto que eu havia sido pressionavam sobre o menino que não era ainda enchendo-o de só-sobras. Não temas!, lhe dizia para animá-lo. Os homens cultos são os mais ocultos. Anseiam voltar à natureza que traíram. Voltar, por medo da morte, do estado que mais se parece com a morte. Algo semelhante ao encerramento obrigatório no cárcere, em um calabouço, em uma comissária, em uma colônia penitenciária, em um campo de concentração. Tudo isto não pensei então, na penumbra sem ar do sótão. Imaginei, imaginarei depois.

Nascer é minha atual ideia... (*queimado, ilegível o resto*).

Quanto tempo pode estar enterrado um homem sem se decompor. Segundo dizem, se não estiver podre antes de morrer deverá durar quanto mais oito ou nove anos. Por força de ser bom cristão e morrer cabalmente no dia de sua morte, pode que se estire até o Dia do Juízo, capaz que. Ressuscitar dentre os mortos com somente a voz de Deus. Tudo sabido, menino Josué. Eu não me chamo Josué. Sim, menino. Desde o taitá Adão até Nosso Senhor Jesus Cristo, sempre foi assim. Josué. Ou Adão. Ou Cristo. Pode prolongar sua vida o homem, machú Hermogena Encarnación? Se não é culpado de sua morte não encurta sua vida. Começa-se a envelhecer desde que se nasce, menino Josué. A antiguidade do homem sempre recua. Porém onde viu você um vivo que não encurte sua vida à vontade? Ninguém sabe desertar de sua desgraça.

A aia voltou-me as costas enquanto untava o cabelo enrolado, a nuca, os rins, os seios, com gordura de tartaruga. Deixe de tanto perguntar, ajudantezinho Josué, e venha para me esfregar a cintura. Já estou velha e não alcanço com a mão nem tenho força na mão. Deitou no piso. Comecei a friccionar distraidamente o fardo de rugas pensando no crânio, enquanto a aia cantarolava a boca colada no solo.

...Yo nunca moriré
sin saber por qué por qué
por qué
por qué
oé oé oé

Quanto tempo lhe parece que esteve enterrada esta caveira? Ea, tchê Deus! Para que guardá isso? Todas as caveiras são loucas. Por que, machú Encarna? Ea, porque perdeu seu siso, pois! Esta caveira, disse dando voltas entre suas mãos pardo-cinzas, esteve enterrada há nove mil cento e vinte e sete luas. A lua que vem irá e morrerá outra vez. Hi. Melhor, por meu mau conselho, leve-a ao cemitério ério ério. Diga-me machú Encarna: Cabeça de homem ou de mulher foi? De homem, de homem. Vê aí a crista de galo. Senhor muito principal foi. Pelo olor se sabe a calidade. Quanto mais calidade tem o dono em vida, pior olor tem depois de morto orto orto. Em outro tempo tinha língua, podia cantar:

Cuando era joven
Guitarreando
guitarreando
pasaba el tempo
pasaba y pasaba
pasaba avá avá
avá avatisoká

A língua do senhor está agora no poder do senhor verme. Hi hi hi. Ah, senhor sem juízo não chegarás ao Dia do Juízo. Hi hi hi. Essa ossada não lhe há de servir, menino, mais que para jogar bolas olas olas. Nem sequer para isso lhe há de servir. Agora que a olho bem, vejo que cabeça de índio foi. O canto mesmo o disse. Não há como cantar para saber das coisas. Repare você aqui: A mancha da argola no osso, a estria da cinta. Atira-a ao rio dos payaguá guá guá. Atira-a, meu ajudantezinho, pode lhe trazer uma mão grande de desgraça. Oé oé oé! A voz da aia ressoando entre as seis paredes. Isso não é brinquedo para um menino.

Eu não era menino. Não era ainda. Não seria mais. A aia rindo: Quando cê chupava minha teta eu não sentia tua boca. A você o que lhe falta é estar em seu ser natural.

Ay, suerte qué mala suerte
Cuando la burra quiere el burro no puede...

Riso. O branco no negro. A mamãe de você te malcriô demasiado mal depois, menino Josué. Mas pior quando se tem duas mães. Cale-se, Hermogena! Eu não tive mãe!, disse, porém a aia havia voado pela janela deixando só o retumbo de seu riso de pássaro de mal agouro.

Me vejo explorando à luz de um candeeiro a carcaça de osso. Primeiro mapa-múndi de um mundo que caiu em minhas mãos. Pequeno calabouço onde esteve encarcerado o pensamento de um homem. Não importa se índio ou grande senhor. Maior que o globo terráqueo. Vazio agora. Quem sabe. Bah, bom assunto. Imaginação viva imaginando imaginação morta. Não há vazio em nenhuma parte. Em todo caso, o que há no vazio que possa assustar. Os que se assustam da imagem que eles mesmo fabricaram, esses são meninos. Ponho a vela no interior do crânio. A esponjosa transparência deixa adivinhar o desvanecido labirinto de matéria hoje ausente. Machas. Somente rastros na brancura rotunda. Meço, marco, monitoro com o compasso. Raias, diâmetros, fissuras, ângulos, entrelaçados, nebulosas, orbitárias, circunvoluções temporais, zonas occipitais, equinociais, solsticiais, regiões parietais. Lugares das grandes tormentas do pensamento. Rachadura sem fundo. Crateras. Globo lunar. Ancião crânio. Crânio de ancião ou de jovem. Sem idade. A sutura metópica o divide em duas metades. Meninice/velhice. Agora que eu jazo em minha antiguidade sem ter saído da infância que não tive, sei que devo ter um princípio sem deixar de ser um término. Dadas três ou quatro vidas ou talvez cem vidas nesta terra ingrata, eu teria podido chegar a algo. Saber o que fiz com excesso ou com defeito. Saber o que fiz mal. Saber, saber, saber! Se bem que já sabemos, pelas Escrituras, que sabedoria adiciona dor.

Na cripta- enterratório do gótico pagode de Monserrat os estudantes líamos em segredo os livros dos autores "libertinos", sentados sobre crânios já desautorizados fazia séculos. À luz das velas dos sepulcros, entre o revoar dos morcegos e dos miasmas da morte, esses livros dos "anti-Cristos" tinham para nós um estranho sabor de vida nova.

Frei Mariano Bel-Asco confia a seu amigo o doutor Ventura Días de Ventura, muito tempo depois, o seguinte informe acerca do sobrinho estudante:

«O arriscado rapaz se converte em seguida em um dos primeiros da classe. Sua contração ao estudo lhe permite avançar mais rápido que seus companheiros. Em dois anos realiza dois cursos para bacharel em Artes, no final dos quais deu exame de Lógica e três cursos completos de Philosophia, graduando-se de Licenciado a Mestres em Artes. Meteu na cabeça um volume de Estética, que o tornou visionário. O latim é seu forte. Fala com perfeição e nele escreve seus ensaios e estudos, suas cartas de amor, assim como os pasquins clandestinos com que bombardeia o Convictório e a Casa Reitoral.

»Quando levou à cabo a recepção do novo aluno o internato, não pressentíamos ainda que aquele adolescente de quinze anos seria o correr do tempo do protagonista de um dos dramas políticos mais terríveis da América do Sul.

»O Reitor lhe deu a ordenação na Sala Secreta da Comunidade. Os colegiais abraçaram o assunceno em sinal de caridade e boas vindas. Todos beijamos o obscuro e taciturno Judas em ambas bochechas crostosas de espinhas. Beijamos suas mãos que logo esbofeteariam todos os que lhe ajudamos e fizemos algum bem no temporal e no eterno.

»Temperamento nervoso e irascível. Bem concentrado. Nada comunicativo. Altivo, rebelde, com professores e condiscípulos. Nada faz para ganhar sua simpatia, porém lhes impõe por sua inteligência e tenacidade. Na aula e fora dela, sua forte personalidade impressiona vivamente. A recordação de suas travessuras e façanhas perdura por muito tempo nas tradições do claustro. A respeito de seus companheiros, gosta sobremaneira de dominá-los, e o consegue porque é audaz, voluntarioso, intrépido em seus projetos e execuções. Frequentemente briga com eles e os ameaça com um punhal do qual jamais se separa. Porém é sua coragem o que impõe respeito a seus condiscípulos. Algumas histórias o provam.

»No interior da igreja da Companhia (que ele denominava o "Gótico Pagode") existia um profundo subterrâneo que atravessava boa parte da

Cidade e desembocava no edifício chamado Noviciado Viejo. Aquela cova que guardava numerosos sepulcros de santos e ilustres varões, tinha além do mais calabouços para a aplicação de penas corporais. Os estudantes costumavam fazer escapadas e farras e festanças noturnas através dessa catacumba. O bolsista assunceno ia de ponteiro nas correrias com uma lanterna. Uma noite induziu um de seus companheiros a que o acompanhasse. Morto de medo porém impelido por seu amor próprio, segundo confessou depois, este fez a travessia da lúgubre passagem. Dentre os sepulcros, uma caveira atravessou-lhes a metade do caminho fechando-lhes a passagem. O acompanhante tropeçou nela e caiu meio morto do susto. Então o impetuoso farrista desembainhou o estoque e o afundou várias vezes nas órbitas da caveira. Uma queixa de animal ferido fez vibrar o subterrâneo. A arma saiu gotejando sangue ante o pavor do outro que presenciava a macabra cena como de um pesadelo, disse. Com um pontapé o cabeça lançou o crânio contra o muro, no momento em que uma rata escapava de dentro dos pedaços de osso espalhados sobre o chão. Este episódio proporcionou ao aluno paraguaio uma fama algo sinistra, e acrescentou sua influência sobre os demais.

»Durante um dos passeios estudantis para fora da cidade, na quinta de recreio de Caroyas, gravou seu nome na pedra inacessível de uma serra. Muito mais tarde, um raio partiu a pedra e destruiu o sinal, porém seu nome ficou indelével sobre o que fora sua carteira, como que o havia feito a ponta de faca com marcas tão profundas que atravessaram de ponta a ponta a madeira.

»Em outra ocasião obrigou a tragar os caroços de vários pêssegos um companheiro que lhe furtava as frutas. Já para então no Colégio o apelidavam *O Ditador*, mote pré-anunciante que por desgraça se cumpriu, transcendendo os limites do Real Colégio naquela etapa de sua formação juvenil. No *Livro privado* sobre os Colegiais, os PP. Reitores Parras y Guittian corroboram que é muito viciado às diabólicas doutrinas desses anti-Cristos que estão surgindo em legião na França, nos Países Baixos ou do Norte. Leitor infatigável desses novos "livros de cavalaria", não já de romances somente, nem de histórias vãs ou de profanidade como são os de Amadis e outros desta qualidade, contaminou-se profundamente com as machiabelísticas ideias que pretendem erguer uma sociedade atéia sobre a abominação do homem sem Deus.

»Foi expulso, pois, do Real Colégio o rebelde cabeça, que teve que continuar seus estudos na Universidade como estagiário ou aluno livre (melhor *libertino* seria mais correto dizer em seu caso) até terminá-los e receber o capelo com a borla *in utroque juris* de Doutor em Sagrada Teologia e Philosophia, das mãos do próprio são Alberto.

»Consumou-se uma nova injustiça, na que eu tenho parte de culpa como professor e parente. A expulsão do aberrante discípulo devia ter sido completa; seu castigo, exemplar. Quantos tyranos, quantos sinistros personagens que desataram torrentes de sangue e pranto, teriam sido evitados esmagando-os a tempo, quando a viborazinha apenas começa a levantar sua peçonhenta cabeça. Estes avernais ophidios trazem sua marca ao nascer em suas testas triangulares. Incorri na debilidade de interceder por meu sobrinho. Não só advoguei por ele, constituindo-me em garantia de seu futuro moderado comportamento. Paguei inclusive uma dívida de dinheiro que tinha com o Colégio. Finalmente, para maior irrisão e castigo de meus pecados, oficiei o padrinho na cerimônia de colação de graus.

»Se algo faltasse para modelar a imagem de seu horrendo caráter, basta acrescentar um fato mais que revela de muito dentro os emaranhados de seu retorcido espírito. Pelos dias de sua expulsão, recebeu a triste notícia da morte de sua mãe. Fato lutuoso para todo homem bem nascido e de bons sentimentos. Nele não fez o menor abalo. Acredita, amigo Ventura, que o Ditador deu mostras em algum momento de se sentir afetado no mais mínimo? Muito longe disso! Seca sua alma de amor filial, que até os animais demonstram, ele não pareceu inteirado sequer do angustioso acontecimento. No lugar de tribulação e dor manifestou, pelo contrário, uma insensibilidade total, aumentando os desplantes sarcásticos contra professores e condiscípulos. Enfim, eu lhe poderia relatar infinidade de casos similares, porém deste engendro, meu estimado amigo, só se pode falar com rigidez na ponta de um garfo, e teme que você se fatigue de me ler como eu estou de escavar em matérias tão duras e oprobiosas", conclui frei Mariano sua longa carta a Días de Ventura. (N. do C.).

O reitor manda me chamar. Manda que me prosterne ante sua cadeira, e pondo-me um braço sobre o ombro me fala paternalmente ao ouvido *in confessione*, acariciando-me o lóbulo do outro com as pontas sedosas dos dedos: O que muito nos angustia e perturba é o veneno da ambição e ateísmo que estão infiltrando em vossos espíritos os livros e as ideias destes libertinos impostores que ledes às escondidas. O demônio, meu filho, sopra as páginas desses livros deicidas e regicidas. Cospe sobre os Livros Santos sua execrável baba de doutrinas exóticas. Veja, sua paternidade, também é exótico o Deus que trouxeste a nossa América pondo a seus serviços os deuses mitayos e yanaconas dos índios. Não sejas herege, meu filho!

Não, reverendo padre. Simplesmente queremos saber o novo, não seguir repetindo como louros as Patérnicas, a *Summa*, as sentenças de Pedro Lombardo. Ainda quereis destruir Newton à força dos silogismos, e só podeis remendar vosso bastião teológico em ruínas com outros velhos troços de sola. Nós, por outro lado, pensamos em construir *tudo novo* mediante pedreiros como Rousseau, Montesquieu, Diderot, Voltaire, e outros tão bons como eles. *Omnia mecum porto*, reverendo padre, e se levo todo o meu comigo, essas novas ideias formam parte de nossa nova natureza. Não podereis confiscá-las, a menos que nos laveis o cérebro com ácido muriático. Porco rebelde! A redonda cusparada reitoral se achatou contra meu olho enxaguando-o. Notei que visionava melhor ainda. Paradoxos dos lavados mal feitos. Quando a chuva é forte, os homens se enlameiam e os porcos vão ficando limpos.

Tenho um velho crânio nas mãos. Busco o segredo do pensamento. Em algum ponto os maiores segredos estão em contato com os menores. Este é o ponto que rastreia minha unha sobre o osso. *Lustravit lampade terras*. Depois de muito buscar tateando creio já ter localizado a sede-mor da vontade. O lugar da linguagem sob este fungo de afasia. Aqui, a esquecida tela da memória. Imóveis, as que foram usinas do movimento. Desaparecidos os sentidos; a razão que nos faz miseráveis; a consciência que nos torna covardes porque nos faz saber que somos covardes e miseráveis.

Faço girar entre minhas mãos a bola calcárea. Vales, depressões obscuras onde regozija Capricórnio. Cornos em chamas. Montanhas. Uma montanha. Sombra de uma montanha. O cume fosforesce ainda que vagamente. Apaga. Retiro o cabo da vela fumegante. Entro eu. Não há mais horizonte que o osso piso. Vou me arrastando até o ponto exato que não desvaria. Grande escuridão. Silêncio grande. Nem o eco responde meus gritos no côncavo calabouço. Ruído de passos. Saio rapidamente.

Delação da aia. Emboscada. Calcanhares do capitão de artilharia das milícias do rei. Ranger da porta. O que dizem que é meu pai, o mameluco paulista, está aí imenso, impotente, amulatado. Voz alta, altíssima, ouvida do chão. Tarda em chegar até mim. Troante disparo de canhão. Miserável! Jogar-se o jôgo da bola com um crâneo humano! *Haverem vergonha* mal nascido!

Vai'mbora agora mesmo para enterrá-lo na contra-sacristia da Encarnación! Depois confessarás esta profanação *ao senhor* padre! A aia, senhor, disse que não é cabeça de cristão, mas de índio. Joga então no rio! Negro de raiva sai a capitão de milícias lançando uma portada-piparote que quase me arrebenta a cabeça. O crânio saltou para o canto mais escuro. Ficou ali cabeceando a dez passos. Suplicando. Suplicando. Suplicando ele também sua volta à terra. Branco, desnascido, inacabado. Todo branco na pequena sombra leitosa que derrama na escuridão. Suplicante de memória. Penitente esquecido do costume dos vivos. Feito terra suplica voltar à terra. Se arrasta até mim. Leva-me, enterra-me de novo! Balança bêbado. Não sou mais que a cabeça de alguém que foi um cabeça fidaputa. Está chorando pelas órbitas vazias. Vamos, truão mal-agradecido! Não chores agora. Se viveste fracamente, deves estar morto ao menos com grande firmeza. Não me enganes. És uma cala-vera; não sejas uma cala-falsa. Não és um fidaputa libertino, como é que pretende ser meu progenitor. Ah tu, rapaz, nada sabes porque ainda não nasceste. A aia me disse que és o crânio de um índio. Não, rapazote, não. Como falaria então castelhano antigo da própria Castilla a Velha? Com sotaque da Mancha, se pedes mais. Claro, não estás astuto ainda na arte dos sons da linguagem. Do contrário, saberíeis a *cosa verede* que sou um grande fidaputa. Crie fama de mentiroso para dizer impunemente a verdade. As aias mentem mais que as faias cujos frutos só servem para engordar os porcos. Por caridade enterra-me, joga-me no rio! Um lugar bem escuro onde possa ocultar minha vergonha! De pé ante ele, entre o retumbo que enche minha cabeça esmurrada, entreouço seu silêncio suplicando-me, suplicando-me, suplicando-me. Recolho o vaso cinza. Todos os cinzas chegam ao mesmo nível do princípio. Aí onde a queda começou. O cinza azougado se situa entre o branco e o negro; o branco reduzido ao estado de treva. O zumbido enche meu crânio saindo pelos ouvidos, pela boca, pelas órbitas dessa escura brancura que embalo em meus braços. Tudo sabido: branco. Tudo passado: cinza. Tudo cumprido: negro. A cantoria da aia me vem à boca. Deixo-a chilrear entre os dentes apertados, apertada a boca contra o osso do crânio penitencial-pestilencial. Que foi agora? Sofro muito, rapaz! O sentimento de minha culpa me destroçou. Minha mãe me disse um dia com os olhos vidrados: Quando estiveres na cama e ouças ladrar os cachorros no campo, esconda-te embaixo do cobertor. Não tomes como brincadeira o que fazem. Voltou a tiritar a boca branca. Vamos, crânio, esqueça-te dessas minudências. Esqueça-te de tua mãe! Pensa em algo sério: necessito que penses em algo sério. Estás começando a enfastiar-me com teu gênio melancólico. Eras muito mais divertido quando me propunhas enigmas ou zombavas dos coveiros. Encerrei-o em uma caixa de massas, que escondi depois no desvão entre a sucata que ali guardava o capitão de milícias.

Por algum tempo o paulista fidaputa ia me deixar em paz. Partiu em pouco tempo em uma de suas viagens de inspeção pelos postos de Costa Abajo e Costa Arriba, até o remoto forte Bourbon. Dispunha eu agora de um tempo precioso e da ausência de tempo. Sentei meus reais no desvão. Levei a caixa ao mais escuro do sótão. Sentado ante ela me punha a vigiar o vulto esbranquiçado através do redondel de vidro sem que passassem as horas nem viesse o declinar do dia. Sentia que era noite quando a escuridão se adensava dentro de mim. Então tirava o crânio e o levava à minha cama. Quando começavam a ladrar os cachorros o metia debaixo do cobertor; seus maxilares tremelicavam de medo, os parietais úmidos de suor gelado. Todo branco sob as cobertas, destilando na escuridão essa lividez e umidade que não eram deste mundo. Acossava-o com perguntas. Diga-me, tu não és o crânio de um libertino fidaputa, verdade? Diga-me que isso não é verdade! Tu és o crânio de um senhor muito importante! Responde! Ele bocejava. Cada vez menos memória. Cada vez menos vontade de falar. Quando a caveira caía para o lado eu sabia que tinha voltado a morrer-dormir. Mudo, surdo, branco, ardendo no branco, o crânio. Gelado. Suado. Sonhando-me. Sonhando-me de uma maneira tão forte que me fazia sentir dentro de seu sonho. Junto a meu corpo se estendia seu corpo cheio de membros pensantes. Cansado de buscar com as mãos, com os pés, esse corpo colado ao meu sem me tocar; cansado de sondar em vão essa profundidade, eu também acabava dormindo sob o sudário dos lençóis. O esforço para não dormir me dormia. Me vencia o sono, mas só por um instante. Em menos de um segundo voltava a me despertar. Talvez não tenha dormido nunca; nesse tempo nem em nenhum outro. Igual a agora, que fingia estar dormidormindo. Espreitava seu sonho. Espiava seu despertar, o mais mínimo movimento sonâmbulo, que não era abrir os olhos somente, mover-se, estalar a língua no amargo da saliva fermentada pelos miasmas da protonoite. Pendente desse fio trêmulo, eu chegava sempre tarde no entanto. Era necessário recomeçar do princípio, começar do fim. Acordar entre os dois essa fração infinitesimal de tempo que nos separava mais que milênios. Escuta-me. Minha voz baixava até parear-se com seu silêncio. Não crês que pondo uma segunda água em nossos tetos poderíamos nos entender? Pode ser que com duas vertentes em contrapartes nosso pensamento voe mais. Não poderia ser que se encontrassem, chovesse nas duas águas tua morte e minha vida? Eu suplicava agora: Quero nascer em ti! Não entendes? Faz um pequeno esforço! Total, o que te custa? Minhas lágrimas de menino misturando-se a seu silêncio, o suor que manava dele tenuamente, geladamente. Porém ainda quando este fosse possível, chacoalhou por fim, nascerias tão velho que antes de nascer já estarias de novo na morte, sem poder em realidade sair nunca dela. Não entendes! Não entendes tu, velho crânio. Tens a cabeça de capacete de um castelhano velho. Pobre Espanha! Quando poderás sair da Idade Média com esta espécie morosa como tu. O único que te peço é que permitas incubar-me em teu cubo íncubo. Não quero ser engendrado em ventre de mulher. Quero nascer em pensamento de homem. O demais deixa por minha conta. Bom, rapaz, se não é mais que isso, por conta de quê tu ficas tão pesado? Pardiez! Sai pelo buraco que te agrada e deixa de encher a paciência! Não haverá grande diferença; quem te assegura é alguém que sabe de buracos.

Desde então o crânio foi minha casa-matriz. Quanto tempo estive aí gestando-me por minha só vontade? Desde antes do princípio. Intenso calor. Superfícies ardentes. Contrações. Circunvoluções de matéria em combustão caem sobre mim sem me queimar. Inundam meu não-ser. Me submergem no ar-sem-ar. Fogo primogênito. Não é assim como o alimento dos naturais é cozido? Não é deste modo como as criaturas selvagens são engendradas, sem necessidade de uma mãe? Menos ainda de progenitor.

Silêncio infinito. Mais que no cosmos. Entra, golpeia sólido, soa no osso. Na imaginação ressoa o osso. Vibra então só, abóbada, cúpula. Vibra até a sombra. Cinza-branca, defumada--negra. Entre os dois, segundo. Não somos um. Não somos dois. Ele já foi. Eu não sou. Eu ainda. Sinto que o universo se comprime sobre mim envelhecendo-me dentro do crânio. Vamos, apressa-te!, sussurra o presta-crânio. Ou será que vás chocar aí durante uma eternidade e um pouco da outra? Já vai, já vai, acalma-te! Passo minhas mãos sobre a calota úmida. Acaricio-a pingando de suor. Matéria embrionária. Talvez sinta crescer o cabelo. Pelo menos isso; um signo, um indício. Os cabelos crescem por fim! Crescem, crescem até encher todo o quarto-crescente. Me envolvem. Me asfixiam. Calor. Escuridão. Matéria viscosa. Um cordão ardendo na boca. Costurada a boca. Costurados os olhos. Uma voz de trovão: Lázaro *veni fora*! Não te ordenei que enterrastes esse crânio? Seu mal cheiro *tenerem* a casa convertida em monturo. Cabeça apodrecida de índio! Joga-o no rio! Do contrário eu mesmo te jogarei com a caveira!

Saio outra vez. Retrocedo. A pequena construção desaparece. Eleva-te, escapa! Mais rápido! Branca na brancura a cúpula ascende. A luz enfraquece. Tudo escurece há um só tempo. Chão. Parede. Abóboda. A temperatura da matéria em estado de ignição-ebulição está baixando. Rapidamente descende ao mínimo. Ao redor do zero. Instante em que aparece de novo o negro. O puto negro. Cresce. Sou eu, engatinhando. Alucinação. A sombra do mulato paulista ou marianense do Rio de Janeiro, a obscura silhueta do capitão de milícias montado sobre a caveira que palpita no tremor branco de suas últimas contrações. Em que rolo me meteste, rapazote do demônio! Montado o capitão de milícias sobre um mocinho de doze anos, que envelheceu trinta anos ou trezentos anos no interior de um crânio sem ter podido nascer. O que pode parecer estranho se pensamos que as coisas começam/ acabam; se se pensa que a morte é o único remédio para o desejo de imortalidade a que a porta do sepulcro fecha o passo. Como a minha para mim só. Mas não; talvez não seja assim. A vida de um não acaba. Não; talvez sim. O que é o pensamento de um homem fidalgo ou fidaputa? Filho-de-algo tem que ser. Nasce algo do nada? Nada. O que é vida/ morte? O que é este mistério desdobrado em outros infinitos mistérios, estou me perguntando. Pendurada em um galho a aia-rameira não pode eleger-me/ delatar-me. A razão do mistério é o mistério mesmo. Sei que não há nada semelhante em qualquer outro lugar ao que me aconteceu. Não há que sonhar em encontrar novamente esse ponto branco perdido na brancura, no mais profundo do negro. A Grande Brancura é imutável/ mutável. Não acaba. Volta a se engendrar do negro.

Meti o crânio na caixa de massas. Levei-a a esse lugar do futuro para mim já passado, onde outros levarão a caixa com meu crânio. A casa, o caminho, a cidade inteira estavam tomados de um fedor à tumba. Com passo lento me encaminhei até os barrancos. Descansei um instante de cócoras sob a laranjeira apoiando a caixa contra o tronco. A borda de vidro queimava ferida pelo sol. Não deixava ver nada em seu interior. Continuei descendo; melhor dizendo, continuei andando sem saber se subia ou descia.

Completo repouso. Dormir. Dormir. Dormir. A voz do protomédico chega até aqui de longe, de uma distância imprecisa. Desta vez finjo que não escuto. Aparento dormir. Sinto que alguém me espia. Finjo de morto. Entreabro a porta de meu sepulcro. Corro o túmulo que se aparta com ruído de granito. Abro os olhos. Exercito o simulacro de minha ressurreição alçando-me. Ante mim, O-sem-sono. O-sem-velhice. O-sem-morte. Vigiando. Vigiando.

(Circular perpétua)

Me enclausurei em meu observatório de Ybyray. Vi como os politicamente ineptos chefes de Takuary, aquadrilhados agora na própria Casa de Governo de Assunção pelo portenho Somellera, estavam por completar a capitulação entregando todo o Paraguai atado de pés e mãos à Junta de Buenos Aires. Então decidi sair-lhes ao passo. Dom Pedro Alcântara, bom bombeiro dos portenhos, transbordando de felicidade atuava febrilmente. Enganados com a ideia extravagante de que eu os ajudaria, todos a uma me fizeram chamar. Súplicas de extrema urgência. Quando para seu mal fui em pessoa ao quartel nessa manhã de 15 de maio, Pedro Juan Cavallero me recebeu na porta. Já saberá, amigo doutor, que jogamos a capa sobre o touro e que nos resultou muito manso. S. M. é o único que pode dirigir-nos nesta emergência daqui em diante. Enquanto cruzávamos o pátio lhe perguntei: O que se dispôs, o que se faz? Determinou-se enviar expressamente o marinheiro José de María em uma canoa dando parte à Junta de Buenos Aires do que ocorreu, respondeu o capitão.

No posto de guarda estava Somellera dando os últimos toques ao ofício. Arranquei-o de suas mãos. Esta parte não parte, disse. Se tal se faz seria dar o maior alegrão aos orgulhosos portenhos. Nada disso. Acabamos de sair de um despotismo e devemos andar com cuidado para não cair em outro. Não vamos enviar nosso tácito reconhecimento à Junta de Buenos Aires, no tom de um subordinado a um superior. O Paraguai não necessita mendigar auxílio de ninguém. Basta-se a si mesmo para rechaçar qualquer agressão. Voltei-me logo a Somellera que me espreitava, irritado camaleão. Com muita suavidade lhe sugeri: Você já não faz falta aqui. Melhor lhe diria que estorva. É mister que cada um sirva a seu país em seu país. A mesma canoa que ia conduzir a parte o transportará sem perda de tempo. Senhor, devo levar minha família, e o rio seco não permite a navegação. Parta você primeiro. Sua família partirá depois logo que o rio esteja livre. Profunda desilusão e mal-estar no grupo de anexionistas. Caiu-lhes a cara no chão ficando-lhes tão só as caretas. Era o que eu buscava.

Só para ver o que fazia, o capitulador Cavañas foi convocado a se apresentar de sua instância da Cordilheira. Venha, mandou lhe dizer, para aderir à causa da Pátria. Venha para nos reunirmos aos compatriotas congregados com as tropas em quartel. Teve a insolência de responder que viria só se o chamasse o governador Velazco. Porém Velazco já não era governador nem tinha velas em seu enterro. Pouco depois parará na cadeia junto com o bispo Panés e os mais conspícuos espanhóis, que não cessam de conspirar. Os outros chefes da capitulação de Takuary também se fazem fumaça: Graça foge para o norte em busca do apoio português, que Graça! Gamarra responde que só vai aderir à causa com a condição de não ir nunca contra o Soberano. Escreve inclusive com maiúsculas o descarado. Soberano idiota! Queria fazer a Revolução sem se levantar contra o soberano: torta de milho sem milho.

O resto da milicada, aparentemente fiel, tampouco estava no fiel da balança. Desde o estabelecimento da Primeira Junta Governativa buscaram a cada instante fazer tremer o Governo para obter com ameaças não o bem do país senão as pretensões de seu arbítrio. Em vez de ocupar-se dos negócios públicos passavam seu tempo brincando, fazendo desfiles, festas, dedicando-se a meras patuscadas. Os pompeyos e bayardos da Junta se enredaram em suas esporas, em sua inaptidão. Afrescalhados. Malas sem alça os cavaleiros de laço e mala. Fanfarrões, isso sim. Bodes escarapelados, espartilhados em brilhantes uniformes. Proto-próceres lustrosos de suor se contemplavam já ilustres no que eles achavam ser o espelho da História. Distribuíam entre si graduações militares cujas insígnias tomavam, vendo-se-lhes disfarçar a imitação do ex-governador, ora de brigadeiros, ora de coronéis de dragões espanhóis. Já em tempos da Colônia se distinguiam por estas virtudes castrenses. O procurador Marco de Balde-Vino, inveterado portenhista, disse deles em seu Informe a Lázaro de Ribera: Os feitos nos deixaram para eterno monumento as intoleráveis paliçadas dos Patriotas que a seu pecúlio servem as milícias convertidas na maior destruição da Província.

Traficavam em tudo para fazer frente aos gastos que lhes demandava sua paixão desmedida de ostentação, agora que além de milicos eram governo. Assim pois, para satisfazer esta ridícula mania, davam liberdade a presos do Estado fazendo-lhes pagar grossas somas por estas prevaricações. Como eles apenas sabiam que coisa era a Independência nacional, Liberdade civil ou política, permitiam que seus subalternos cometessem em todas as partes mil atos arbitrários. Particularmente no campo, principal teatro de suas violências.

Em Ykuamandijú, um capitão de milícias que se havia sobressaído por seu zelo revolucionário, quis explicar aos campesinos que coisa era a Liberdade. Enfiou-lhes um discurso de seis horas falando de tudo sem dizer nada. O padre concluiu a arenga dizendo que a Liberdade não era mais que a Fé, a Esperança e a Caridade. Desceram depois os dois e de braços dados foram se embriagar na comandância, de onde saíram ordens de prisões, abusos, vandalismos, os mais iníquos, em nome das virtudes sobrenaturais que acabavam de proclamar.

Administrar era prender, sequestrar anonimamente às vezes fazendo recair em outros a suspeita do atropelo; condenar ou libertar segundo exigia, taxado a preço vil, o ódio ou o interesse. Falava-se de patriotismo; sob este escudo tudo era permitido; podia satisfazer todas as paixões, os crimes, todas as selvagerias.

Naquele tempo dos começos a coisa era assim. As tropas quase em sua totalidade estavam compostas pela gente mais ignorante, mais malvada do país. Assassinos, delinquentes reconhecidos tirados das prisões. Impunes, onipotentes sob o uniforme; se acreditavam autorizados a insultar, a humilhar de mil maneiras os cidadãos mais pacíficos. Se um paisano se esquecia de tirar o chapéu ao passar diante de um soldado, o tosavam com o sabre. Logo me imputaram este indigno costume da saudação descobrindo-se, que em si mesma não é tanto um sinal de respeito ao superior como uma mutilação. Decapitação simbólica do saudador. Nesta terra de vinte e quatro sóis o chapéu de palha forma parte do organismo da pessoa. Não houve modo de extirpar este hábito humilhante de nossos concidadãos empalhados em seus imensos chapéus.

Pior que o comportamento das tropas, o dos oficiais. Sem o menor respeito por suas funções, por sua graduação, se misturavam nas discussões dos paisanos encerrando-as a balaços quando terminavam seus argumentos ou sua paciência. Como quase todos os oficiais e suboficiais eram parentes dos chefes da Junta ou dos quartéis principais, estes lhes toleravam as mais escandalosas iniquidades.

Em vão tentei da Junta pôr cadeado nestes desmandos. Duas vezes mais me retirei de seu seio desanimado dos esforços inúteis que fazia por impor a meus companheiros de Governo moderação em seu comportamento. Mandei-me mudar vigiando--os à distância. Os negócios do Estado ficaram inteiramente paralisados. Os palafreneiros se sentavam nas curuis na ausência de seus amos bêbados. Risca curuis. Risca palafreneiros. Põe: Sentados nas cadeiras da Junta, os cavalariços dos proto-próceres não administravam melhor que eles os assuntos do Estado. Pior já não podiam estar. As partes não partiam. As partes dos latrocínios co-feitos se repartiam honradamente. Igual a vocês agora. Risca esta última frase. Não quero que claramente se sintam já sentados no banquinho.

As vezes que abandonei os fátuos da Junta, eles mesmos me rogaram que voltasse. Meu primo, o Pompeyo-Fulgencio que fulgia como presidente, o vogal Cavalheiro-bayardo, o fariseu-escrivão Fernando-en-Mora me escreveram. Nota em que data, Patiño? Em 6 de agosto de 1811, senhor. Bem satisfeitos da grandeza de seu coração, não tememos cair na nota de temerários com a presente súplica, e sendo nossos conhecimentos muito inferiores a nosso zelo, não encontramos outro meio que implorar a S. M. que volte a colocar o timão no seu caminho, que a presente ignorante borrasca arrebatou. Do contrário se perdeu a Pátria e tudo. Seus sempre afetuosíssimos companheiros.

Apeando por um momento de seus torneios festeiros, o presidente da Junta me propõe com letra analfabeta e uma palmadinha: Vejamos, querido compatriota e parente, de nos organizarmos para que você conduza de novo a nave do Estado em meio a estes malignos ventos que ameaçam fazer soçobrar nossos empenhos.

Meu outro parente Antonio Thomas Yegros, comandante das forças, como se eu fosse um pré-lado me trata por venerado senhor. O capelão portador deste, comprometeu-se a chegar a sua própria casa para lhe fazer presente o que se acordou hoje sobre seu retorno entre todos os oficiais e a Junta. Rompa você esta meia dificuldade que se opõe a sua possibilidade e dever de voltar à Junta para nos dirigir. Se realmente ama sua pátria, ilustre parente, há de amanhecer amanhã nesta cidade e todos nós o receberemos triunfalmente em ares de um geral regozijo. Depois terá tempo de mandar compor o teto de sua casa, causa de sua ausência, sob o teto do Governo. Seu mais apaixonado parente q.s.m.b.

Nem sequer lhes respondi.

O Cavalheiro-bayardo insiste em bilhete do... Quatro dias depois, senhor, datado o 10 de agosto: Sua retirada a essa chácara pelo motivo de ter que compor sua vivenda, encheu-me de sentimento assim pelo afeto particular que lhe professo, como porque as grandes obras que começaram a estabelecer com seu particular influxo e direção, talvez não se poderão levar a termo e aperfeiçoamentos.

Vamos espertalhões! Tudo isto depois de tão severas ameaças, cominações, fulminações!

Rogo de Cabildo: O Quartel General e o Povo clamam por que você volte para incorporar-se à Junta Superior Governativa. Este corpo o suplica com as maiores veras de afeto, admiração e respeito às altas varas de seu talento Condutor. Porque crê firmemente que na presente angústia e tempestade que ameaça, aparecendo você aqui no luar que deve, será o Iris que tudo serena e aplaca.

Para esta gentalha que se debatia entre seus interesses, seus temores, suas inaptidões e muitos receios, meu retorno à Junta tinha se convertido em um problema de meteorologia e navegação. O que se comprovou na segunda-feira, 16 de novembro, quando me reincorporei à Junta, em meio a um terrível temporal e uma chuva de cântaros. O Cabildo em pleno acudiu para me felicitar aclamando-me por unanimidade com o sobrenome de Piloto-de-Tormentas, que a multidão cantou em coro com júbilo inconsolável, pois também a maior felicidade é com frequência a des-dita.

Meu primeiro retiro da Junta, um mês e dez dias depois de sua constituição, teve sua causa no incidente que me promoveram os militares; melhor dizendo, no âmago da extorsão de uns prevalecidos das armas que se achavam com direito conforme não a causa que deviam defender, mas a seu arbítrio e vontade. Sentados os milicastros, como até agora se diz, sobre suas baionetas; e não somente os milicastros, mas também os apaniguados sim-vis. Nos labores palacianos, as patas das damas mostravam cinicamente suas meias escarlates.

Me acusaram de réu da sociedade. Promotor subversivo de novidades, de divisões, de enfrentamentos. Vamos ver, senhores militares e aristocratas, não basta dar qualquer nome às coisas. A autoridade, a força não devem empregar-se em caluniosas imputações, reprovei os mandarins-coringas da Junta por intermédio do Cabildo, que se meteu a terceirizar o pleito.

Por que hão de avançar em chamar autor de divisões, de novidades, ol que propõe essa Junta provisória e inservível seja substituída por um verdadeiro Governo surgido de um Congresso Geral em que estejam representados todos os cidadãos? Por que hão de tachar de subversivo a quem se propõe que as autoridades sejam eleitas por assembleias amplamente populares?

Pelo contrário, senhores cabildantes, como vocês mesmos proclamaram, é constante e bem notório que o peso do despacho somente foi suportado por meus ombros como vogal-decano e assessor-secretário, não só desde a instituição da Junta como desde a mesma Revolução. Eu sempre olharei com indiferença semelhante nomeação, pois meu único propósito foi o de cooperar no que pudesse com o serviço da Pátria consentindo em carregar sozinho estes cargos e cargas. Bem consta-lhes que os outros membros da Junta não carregaram sequer o peso de uma pena.

Não é preciso trazer à memória os meios violentos, réprobos e artificiosos que puseram em obra para ocasionar minha retirada, removendo logo de seu emprego outro vogal, o presbítero Xavier Bogarín. A Junta só com três membros já não era legítima nem competente. Nem julgando saudavelmente, ninguém que conheça as pessoas e circunstâncias, poderá imaginar que a ideia do Congresso tivesse sido autorizar ainda para tal caso três indivíduos absolutamente imperitos, destituídos de todo conhecimento; em uma palavra totalmente ignorantes e ineptos. Se acaso tiveram aquela colocação foi pela mediação deste vogal-decano, cujo retiro provocaram, posto que suas miras e interesses não eram precisamente os da Revolução e Independência do país.

Unicamente as autoridades duvidosas e incertas podem causar divisão e não terminar com as que ocorram. Só os que temem ser julgados temem os Congressos. As novidades por tais nada têm que não possam ser canalizadas pelos cidadãos honrados para o bem do país. Pois se delas há as más, também há as boas e até as muito boas. Por acaso nossa Revolução mesma não foi uma grande e ainda a maior das novidades? Também a mais brilhante. A mais justa. A mais necessária de todas as novidades.

A liberdade nem coisa alguma pode subsistir sem ordem, sem regras, sem uma unidade, concertados no núcleo do supremo interesse do Estado, da Nação, da República, pois ainda as criaturas inanimadas nos predicam a exatidão. De outra sorte, a liberdade pela qual temos feito, estamos fazendo e seguiremos fazendo os maiores sacrifícios, parará em uma desenfreada licença, que tudo reduzirá a confusão em um campo de discórdias, de alvoroços. Teatro de estragos, de prantos, dos mais horrendos crimes, como até agora estão ocorrendo, de modo tal que parecesse ser a violência dos de cima contra os de baixo o único norte dos poderosos. Não podemos obrigar nossos concidadãos a dormir sobre um rio. Vocês apenas, como oficiais do Quartel, nomeados pela Junta de Governo, a soldo dela com dinheiros do país, não são povo. São, melhor, o contra povo ao agir assim. Por sua mesma profissão de militares devem ser os primeiros em dar exemplo de fidelidade ao cumprimento de seus deveres; de respeito à dignidade da Junta; de decoro aos cidadãos; à proteção daqueles mais inermes, ignorantes e humildes, a quem se lhes ensinou a receber os atropelos como uma benção de Deus.

Aos impertinentes do Cabildo respondi muito claramente: Não se pode passar por alto o tom ameaçante, decretório, dos oficiais, que se constituem arbitrariamente no contrapoder da Junta. Podem vocês me assegurar que adiante não levantarão a mão, nem cometerão suas feitorias? Que só terão de adorno as armas na mão, as cabeças sobre o ombro?

Eu estou inteiramente à disposição de servir o Governo, o país, a causa de sua soberania e de sua independência, sempre que as forças armadas se reduzam a uma exata disciplina que lhes exija a tranquilidade, a unidade, o bom regime e a defesa de nossa Nação.

Sou partidário de proceder sem contemplações nem delongas. Sustentar o princípio de autoridade impondo aos militares uma exata obediência à vontade expressa nos Congressos. Qualquer debilidade do Governo põe em perigo a Independência da Pátria não bem cimentada ainda.

A Revolução não pode esperar nenhum apoio de um exército contrarrevolucionário. Não há entendimento nem pacto possível com este exército de castradores-castrenses, de mercenários uniformizados, sempre dispostos a impor só seus interesses. Não podemos exigir nem mendigar tais milícias que se ponham ao serviço da Revolução. Tarde ou cedo acabarão por destruí-la. Toda verdadeira Revolução cria seus próprios esporões os melhores galos acabam capões. E já se sabe, do galo mais pintado podemos tirar um capão, porém de um capão não podemos tirar nenhum galo, salvo um falsete.

Foi o último que disse, não o último que fiz.

Os cartões pintados da Junta desfilavam cada vez mais. Em casa dos parentes Yegros, noite após noite, banda, orquestra, sarau a todo luxo, festanças, festejos*

---

* "Segue em pantomima já com desgosto do povo que murmura", escreve o coronel Zavala y Delgadillo em seu "Diário de sucessos memoráveis". (Cit. Por Julio César).

Cidadãos honrados da cidade e do campo chegam até minha casa para trazer-me suas queixas. Vejam e aprendam, digo-lhes. Quem é Dom Fulgencio Yegros? Um gaúcho ignorante. Que tem de melhor Dom Pedro Juan Cavallero? Nada. E com tudo, os dois são chefes investidos de autoridade suprema, que igual aos outros militostões lhes insultam com a aplicação de uma vã ostentação, que seria risível se não fosse desprezável. O que temos de fazer, senhor, em semelhante situação? Eu lhes direi no momento oportuno o que tenha de fazer para conjurar estes males. Iam bem confiados.

À noite, depois da reunião da Junta, nos visitaram alguns estrangeiros. Juan Robertson contou que havia recebido cartas de seu irmão da Inglaterra. Segundo suas notícias, o imperador Alejandro da Rússia entrou em aliança contra Napoleão. O império britânico enviou muitos barcos de armas e munições a seu aliado o imperador moscovita. Amalaya!, clamou Fulgencio Yegros com o mesmo entusiasmo de Arquimedes quando saiu nu do banho gritando Eureka!, depois de ter descoberto o modo de determinar o peso específico dos corpos. Amalaya!, resmungou o arquidiota presidente da Junta, sopre um vento sul e forte e traga todos estes barcos água acima pelo rio Paraguai até o porto de Assunção! Pode semelhante animal governar a República?

O Cavalheiro-bayardo manda prender o alcaide por não terem colocado almofada vermelha em seu assento na catedral no dia de todos os santos, e uma segunda vez no dia de todos os sãos, seus patronos.

Como nos Provérbios, a escória uniformizada continua jogando prata no lixo. Ponha alvoroçar. Atropelar. Aquecidos na festa da violência, de sensualidade de mando, na bebedeira de poder que transtorna os fracos de caráter. Cambaleiam e fazem cambalear o Governo com suas bravatas. Não hei de me complicar com estes senhores que tão pouco apreço têm pela causa da Pátria. Esgotei os meios de minha paciência, no entanto, tratando de instruí-los e resgatar os menos maus para o melhor serviço de nossa causa. Falei-lhes em todos os tons; tratei que lessem pelo menos um que outro parágrafo do "Espírito das Leis". Leia isto, estimado Dom Pedro Juan. Não sou leitor, disse o chefe do quartel. Então vou ler eu. Ouça, escute esta ideia de Montesquieu sobre o conceito de uma república federativa: Se se devesse dar um modelo de uma bela república diria o exemplo de Lígia. Não sei onde fica esse lugar, se desentende o bayardo jeca. Não importa onde se ache este país, Dom Pedro Juan. O importante é seu regime de governo baseado em uma associação de cidades ou de estados em igualdade de soberania e de direitos. Aqui temos uma só cidade, emperra. Sim, digo-lhe, porém há outras cidades que querem nos submeter e escravizar. Não, senhor, isso não, replica. Morrer antes que escravos viver. Bem, Dom Pedro Juan, agrada-me ouvi-lo dizer isso. Porém o muito saboroso é que, como também o disse Montesquieu, pode-se viver livre pondo ordem em nossa República. Talvez melhor que em Lígia. Veja, doutor, você entende mesmo de livros e de gente sábia. Por que não se ocupa você mesmo dessas porcarias. Se acha conveniente, escreva a esse senhor Montesquem. Podemos lhe dar aqui um empreguinho de secretário terceirizado na Junta, para que nos ponha em ordem os papéis. Impossível entender-nos. Era pedir dentes ao galo. Bati de novo à porta da Junta e voltei à chácara*.

---

* Retirou-se duas vezes da Junta, confirma Julio César. A primeira desde agosto de 1811 até os primeiros dias de outubro do mesmo ano. A segunda desde dezembro a novembro. (*N. do C.*)

Não tardaram em chover pela segunda vez em meu abrigo em Ybyray as súplicas por meu retorno. De Buenos Aires, o próprio general Belgrano me escreve com a sinceridade que falta a meus consócios da Junta. De querido amigo me trata: Não posso menos que expressar ao Sr. que me é sobremaneira sensível que o Sr. pense na vida provada em umas circunstâncias tão apuradas como estamos. Volte o Sr. a sua ocupação; a vida é nada se a liberdade se perde. Olhe você que está muito exposta e que necessita de toda classe de sacrifícios para não perecer.

Eis aqui a palavra de um homem honrado.

Não direi que seguindo o conselho de Belgrano senão o de minha própria consciência, cujos ditados são os únicos que acato, foi como aquela manhã de 16 de novembro, a quase um ano de meu retiro da Junta, retornei a Assunção, debaixo do temporal que se desencadeou desde a noite.

Na véspera, depois de me levantar da sesta, sucedeu algo que me decidiu. Desperto *vi* esta visão de sonho: meu berçário de ratos havia se convertido em uma caravana de homens. Eu caminhava diante dessa multidão pululante. Subimos uma coluna de pedra negra, na que um homem estava enterrado até as axilas. À imagem do homem se sobrepôs a do fuzil enterrado até a metade do canhão no muro dos fuzilamentos. Reapareceu em seguida o homem enterrado até os sovacos na pedra. Negro também e do tamanho do tronco de uma velha palmeira. Tinha duas enormes asas e quatro braços. Dois dos braços eram como os braços de um homem. Os outros, parecidos com as patas dos jaguares. Uma eriçada cabeleira de crinas semelhantes à cauda dos cavalos revoava selvagemente sobre seu crânio. Tinha eu presente a visão de Ezequiel dos quatro animais ou anjos; as figuras com rostos de leão na parte direita, de boi na parte esquerda e os quatro rostos de homens porém também de águia, crescendo e caminhando cada um em direção de seu rosto. O homem enterrado na pedra, no entanto, com nada disto era parecido. Cravado aí, parecia que clamava porque o petrificaram. A caravana empurrava e chiava atrás.

Agora eu estava cruzando no mouro a nado as correntezas dos caudais, encarando a chuva e o vento. Purpurado de barro da cabeça aos pés, entrei na sala capitular. Encharcado apareci, avancei ante a estupefação de uns poucos cabildantes e escreventes. Prestes a retomar meu posto na Junta, disse aos boquiabertos, vim para deixar constância no Cabildo que o faço unicamente em defesa da integridade do Governo.

Com passinhos de ar, apesar de seu rechonchudo ventre cruzado de correntes de ouro, adiantou-se La Cerda, intrigante o mais pícaro de toda Assunção. Durante minha ausência aproveitou para usurpar meu cargo de assessor-secretário. Me estendeu a mão. Deixei-a pendurada no ar. Ditosos os olhos, senhor vogal decano, de vê-lo novamente por aqui depois de tanto tempo! Cravei os olhos nesse matreiro; não só havia tratado de soprar-me do posto como procurava imitar os detalhes de minha indumentária. Inclinou o tricórnio e deixou cair as pregas de sua capa granada. Sentiu-se obrigado a uma de suas habituais provocações: Bem se nota, senhor vogal decano, que o Mar Vermelho de nossos caudais se abriu a seu passo! Não se preocupe, repliquei-lhe taxativo, que há de se fechar muito em breve sobre o seu. Acompanho-lhe, doutor, ao sólio da Junta, insistiu intrépido, entreabrindo a capa e fazendo brilhar as presilhas de ouro de seus calções e sapatos. Não, Cerda, prefiro ir só. Vá você se despedir de suas comadres e preparar seus equipamentos pois há de partir o quanto antes, que aqui não queremos estrangeiros intrometidos e ladrões*.

---

* *Comentários de Júlio César:* La Cerda em nenhum momento atuou como secretário da Junta. Ao que parece era um homem de confiança de Fernando de la Mora [outro dos vogais da Junta]; como nem ele nem Yegros nem Caballero mostravam maior apego ao seu ofício de governo se converteu [Cerda] em factótum. Era um cordobês pitoresco, famoso por ser compadre de meio mundo. O que outorga grande respeitabilidade no Paraguai. Em algum momento terá que marcar a influência do compadrio no desenvolvimento de nossa política.

Professava [O Supremo] ao seu colega De la Mora uma profunda antipatia por considerá-lo responsável por algumas medidas levadas a cabo durante sua ausência para unir o Paraguai a Buenos Aires e particularmente pela perda do artigo adicional do tratado de 12 de outubro, circunstância da qual se valeu o Triunvirato [de Buenos Aires] para gravar de forma indevida o tabaco paraguaio. Mora foi finalmente expulso da Junta pelas acusações concretas pelas quais o vogal decano o declarou responsável; em particular pela "subtração e perda de dito importantíssimo documento, durante o tempo em que eu me encontrava retirado da Junta, em conivência com o indivíduo Cerda, sujeito que não é cidadão nem natural deste país, um antigo e íntimo amigo e confidente do referido Mora. Por disposição deste, Cerda levou para casa vários arquivos extensos da Secretaria, entre os quais devia estar o citado artigo adicional. Moço ébrio, na maioria das vezes em total estado de embriaguez nas reuniões da Junta mesma, acha-se envolvido também no delito de ser espião e informante do Triunvirato de Buenos Aires, na pessoa do Dr. Chiclana, mantendo-o a par das atividades e resoluções do nosso Governo". Mora e Cerda foram, pois, devorados em um verdadeiro banquete de feras.

Rolou o tricórnio no chão. La Cerda se agachou para recolhê-lo. Voltei-lhe as costas e me encaminhei para a Casa de Governo. Minhas roupas fumegavam vermelho vapor sob o repentino sol que apareceu a contra-céu fazendo cessar magicamente chuva e vendaval. Cruzei a praça de Armas, seguido por um crescente gentio que comemorava meu nome. Voltei feito outro homem. Em minha chácara-guarita de Ybyray havia aprendido muito. O retiro me havia aproximado do que buscava. A partir de agora não transigiria com nada nem com ninguém que se opusesse à santa causa da Pátria. Todas as minhas condições foram aceitas e estabelecidas em ata sujeita a estrito cumprimento: autonomia, soberania absoluta de minhas decisões. Formação, sob minha chefia, das forças necessárias para fazê-las cumprir. Exigi que se pusesse a minhas ordens a metade do armamento e das munições existentes nos parques. Da gente-multidão tirei os homens que formaram o primeiro plantel do exército do povo. Apoio ainda mais incontrastável que o dos canhões e fuzis na defesa da República e da Revolução.

(No Caderno privado)

A paródia das exéquias decretadas pelo provisor, o lúgubre vaticínio do herbolário, levaram a insurreição pasquineira ao paroxismo. Já sabia eu que esses faladores não iam ficar calados. Mais diatribes, caricaturas e ameaças sujam as fachadas. Eu devia tê-las mandado pintar com alcatrão não com a cal pátria que estes alcaguetes da subversão emporcalham covardemente. Voltamos ao tempo das bufonarias.

Anteontem, a obscena figura em cera de marimbondo, amanhecida entre as janelas da Casa de Governo, remendando minha imagem decapitada. A cabeça descansando sobre o ventre. Imenso cigarro à guisa de falo, encaixado na boca. Consegui ver o vexatório simulacro antes que se derretesse na fogueira acendida por meus descuidados guardiães. Tão aterrados estavam, que um deles caiu no fogo. Abraçado à figura em chamas que o abrasava, convertido em tição fumegante. O fogo fez estalar o cartucho de fuzil que portava na bandoleira; o projétil se incrustou no marco da janela na qual eu me achava presenciando a paródia de minha inumação. Pretendem intimidar com artimanhas que se usam em outras partes. Avançam para querer alucinar o povo ignorante pela violência. Provocar o terror. Porém o terror não surge dessas cabalas idiotas. Em outros países onde a anarquia, a oligarquia, as sinarquias dos apátridas entronizaram os déspotas, estes métodos por acaso foram eficazes. Aqui a generalidade do povo se encarna no Estado. Aqui eu posso afirmar sim com inteira razão: O-Estado--sou-Eu, posto que o povo me fez seu protestatório supremo. Identificado com ele, que medo podemos sentir, quem pode fazer-nos perder o juízo ou o senso com estas bufo-nadas.

Eu desculpo certos erros. Não aqueles que podem tornar-se perigosos para a ordem em que vivem os que querem viver dignamente. Não tolero aqueles que atentam contra o intocável, o inatacável sistema em que estão assentadas a ordem da sociedade, a tranquilidade pública, a segurança do Governo. Não posso ter contemplações contra os que fazem a guerrilha de sapa. Malvados os mais perigosos. O ódio eriça-lhes os cabelos. Apaga-lhes a voz. Deixa-lhes apenas o covarde, o triste valor de arremeter contra mim entre as sombras, pluma em riste, carvão na mão. O perverso vive em perversidade de boca. Não pode olhar o sol de frente. Anda sempre atrás de sua sombra. Não merece o orgulho de pertencer ao país mais próspero, independente e soberano da terra americana. Orgulho que sente até o último, o mais ignorante dos campesinos livres desta Nação. O último mulato. O último liberto.

Apesar de tudo alguma vez tentei socorrê-los. Jogar-lhes a ponta de uma corda. Tirá-los a bote. Devolvê-los à margem do humano. Não quiseram. Estão cheios de medo. O medo se horroriza de tudo, até daquele que poderia socorrê-lo.

Coisa de louco é não ter juízo. A estes filhos da Grande Sigilária, o delírio de seu ódio, a impotência de sua ambição lhes secaram o último átomo de matéria cinza. Ameaçam-me de enfiar minha cabeça no mastro da República. O *Scrutinium Chymicum* de minha cremação é o mesmo que pedem. Quando muito pouco. Já que não podem queimar-me em pessoa, queimam-me em efígie fazendo-me fumar meu próprio falo. Ensaio geral outra vez. Uf. Ah. Já me aborrecem suas palhaçadas. Não penso em responder-lhes. Nada enaltece tanto a autoridade como o silêncio. Minha paciência tem raio muito amplo. Também devo cobrir vocês, agitadores de meio real. Castrados de almas-ovos. Íncubos-súcubos da guerrilha pasquineira. Promíscua legião de eunucos prematuros. Mordem o freio do Governo e deixam presos ao ferro seus cariados dentes de leite. Mulherzinhas fantasmas. Depilam as partes secretas para armar seus pincéis. Corruptores da tranquilidade pública, da paz social. Não me darei o trabalho de mandar que os joguem no rio em um bolsa, à romana, junto com um mico, um galo e uma víbora. Agentes secretos dos que bloqueiam a navegação, vocês não necessitam de salvo-conduto para buscar, águas abaixo, melhores horizontes. Filhos de má cepa os plantarei no cepo, bom conselheiro para aquietar cabeças que querem alvoroçar as alheias. Quanto mais me execram mais autorizam minha causa. Mais justificam meu mando. São meus melhores propagandistas. Os da serenata pasquineira quebrem-lhes o violão na cabeça. A música não é senão para quem a entende. Não vou tratá-los com os escrúpulos que costumam dizer de frei Gargajo. O que é que vocês acham, malandrinhos? Acham que a realidade desta Nação que pari, e me pariu, se acomoda às suas fantasmagorias e alucinações? Ajustar-se à lei, vadios e desocupados. Tal é o mundo que deveria ser. A Lei: o primeiro polo. Seu contrapolo: a anarquia, a ruína, o deserto que é a não-casa, a não-história. Escolham se puderem. Mais além não há um terceiro mundo. Não há um terceiro polo. Não há terras-prometidas. Menos ainda, muito menos há para vocês, virtuosos do rumor, defecadores do zumbido. Saibam-no de uma vez, vocês que nada sabem, que não podem nada, sépalas da merda em flor!

Não se dão trégua. Não me dão trégua. A enfermidade me acossa por dentro e por fora. Estende-se pela cidade. Contamina. Infecta. O não dormir solta ao ar o vírus salamandrino do não-sono. Pior que a mancha do gado. Peste do general. De dia, nem o voo de uma mosca. Silêncio ao revés. Os que estão à espreita aguentam a respiração desde a alvorada até a noite. Só então começa o zumbido do besouro. Arranhar de patas dos escaravelhos. Adejar dos morcegos. Sussurros de escamas. A noite se povoa de sons-fantasmas. Aponto a luneta, o telescópio, através das janelas. Nada. Nem uma sombra. As casas mancham de branco a escuridão. Via láctea levantada por mim entre as árvores. Mais branca que a nuvem de nossa galáxia entre as nuvens. Os gritos das sentinelas chegam de outro mundo. De repente um tiro. Uivos. Se propagam. Enchem a noite. Todos os cães do Paraguai ladram ao pesadelo da escuridão. Depois o silêncio se ancora de novo. Surgem as silhuetas em ponchos negros. Os pés com lãs envoltos por peles de ovelha. Rondam, deslizam ante as casas dos inimigos. Buscam nos corredores dos templos, nas pracinhas, nas ruelas, nas ruazinhas tortuosas, nos recantos. Sei que não verão nem encontrarão nada, pese seu instinto e olfato de perdigueiros. Nada escutarão através das treliças de portas e janelas. A noite é maior, mais monótona que o dia. Faz com que estejam em outra vida. Creem ver algo. Uma exalação sulfurosa ziguezagueia à flor da terra. Dão a volta. Já é tarde. Mais longe, música de serenata em uma calçada. Correm para lá. Postigos fechados. Não há senão a memória do som sob os gazebos. Os pés-peludos não ouvem, não veem nada. Cospem insultos grosseiros. Chupam os dentes cariados. Cospem. Ficam piscando no catarro de suas cuspidas. Não servem mais que para isso.

Aqui em meu quarto, o desligado tique taque dos relógios; entre eles o que Belgrano regalou a Cavañas em Takuary. Os barulhinhos das traças nos livros. O ponteiro de minutos oculto pelo caruncho do madeirame. De tanto em tanto caem os descascados sons da campainha da catedral marcando não horas senão séculos. Quanto faz que não durmo! Tudo se repete à imagem do que foi e será. O sumo e o mínimo. Tão certo é que não há nada novo sob o sol e este mesmo sol é a repetição de inumeráveis sóis que existiram e existirão. Os antigos sabiam que o sol se achava a duas mil léguas e se assombravam de que se pudesse vê-lo a duzentos passos. Sabiam que o olho não poderia ver o sol, se o olho não fosse de certo modo um sol. Mais que necessário saber não estar enfermo, fingir-se invulnerável a tudo. O cacique Avaporú, segundo o jesuíta Montoya, mascava a erva mágica do Yayeupá-Guasú; espirrava três vezes e ficava invisível. De modo que eu, ainda que estivesse morto não estaria, pois seria minha repetição. Unicamente a casca da minha primeira alma estaria rompida ou morta depois de haver chocado as outras.

Fala-me sobre isto, ordeno ao chefe nivaklé. Conta-me tudo o que souberes acerca disso. O rosto do feiticeiro indígena se torna mais sombrio ainda. Os carvões de seus olhos flutuam um instante entre as avermelhadas rugas. Fala, pois. Gato Selvagem se apoia na vara-insígnia e através da boca fechada começa o murmúrio que através de seu corpo parece vir de muito longe. Chasejk, o linguarudo, traduz: Todos os seres têm duplos. As roupas, os utensílios, as armas. As plantas, os animais, os homens como sombra, reflexo ou imagem. A sombra que qualquer corpo projeta, o reflexo das coisas na água, a imagem vista em um espelho. Podemos chamá-la sombra, ainda que esteja constituída de uma matéria mais sutil. Tanto é assim que a sombra do sol cobre os objetos, porém não os oculta. O reflexo da água não permite que os peixes se escondam totalmente. As sombras são idênticas aos seres que duplicam. São tão delgadas, mais-que-transparentes. Não se pode tocá-las. Somente se pode vê-las. Porém, nem sempre com os olhos da cara, apenas com o olho interior que pensa. Assim a sombra é a imagem de cada ser. Todos os seres têm duplos. Porém o duplo do humano é uno e triplo ao mesmo tempo. Às vezes mais. Cada uma destas almas é distinta das demais, porém apesar de suas diferenças formam uma só. Digo ao linguarudo que pergunte ao nivaklé se é como no mistério do cristianismo: um só Deus em três Pessoas distintas. O feiticeiro ri com uma risada seca sem descolar os lábios franzidos pelas tatuagens. Não, não! Isso não é conosco, os homens-do-bosque! A alma primeira se chama ovo. Logo está a alma-criança, situada no centro. Rodeando totalmente o ovo está a casca ou couro: o *vatjeche*. Dura crosta que protege a alma-branda ou medula. Assim como o ovo é a alma do corpo, a casca é a alma do ovo. Ambas não podem se ver nem se tocar. Estão formadas por algo que é menos que o vento, posto que o vento se sente; enquanto essas duas almas não têm nada que se possa tocar nem ver. Atravessam as coisas mais duras. Nunca chocam contra nada. Quando uma pessoa solta o alento sobre a cara de outra, esta sente. O ovo e a casca são mais tênues que o alento. A terceira alma é *vatajpikl*: a sombra. Alma da casca que "tem algo". São muitos os que veem a sombra de uma pessoa recentemente morta nos arredores de sua tumba. Sua semelhança é tão perfeita com o corpo "que já não está", com seus movimentos que foram, com sua maneira de ser que já não é, que parece que o corpo segue estando. Porém essa alma errante está completamente vazia, não tem nada dentro. Para nós o corpo tem mais importância que as almas, porque estas se originam naquele. Sem corpo não existem almas, ainda que estas sobrevivam depois da destruição. Este é o pensamento dos Velhos. Não há palavras para explicar isto, porém eles, os Velhos, *sabem* que há várias almas em uma só: a alma-ovo, filho-da-alma, ou alma-criança; a sombra produzida pelo sol; o reflexo na água, a imagem no espelho; a sombra produzida pelo sol à meia manhã ou à meia tarde; a sombra do sol quando bate nas costas do corpo que vai adiante; a sombra do corpo quando o sol está no ponto mais alto do céu; a sombra projetada pela luz do sol filtrada pelas nuvens; a sombra que produz a luz da lua; a mesma lua através das nuvens. Porém, de todas elas, as principais são as três almas que são o sustento da saúde e da vida do homem. Seu trabalho é mantê-lo são, sem dores nem moléstias, com ânimo e energia. Esse é seu ofício; o ofício sagrado que somente as três juntas podem cumprir. Se faltasse alguma das três, por exemplo, a alma-ovo, o homem incompleto seguiria caminhando, cumprindo com suas obrigações, porém com permanentes dores de cabeça e de corpo. Sinal de que a alma-criança já não está. Se foi. O enfermo pode seguir vivendo. Se não se faz curar a tempo, a parte do ser que lhe falta, torna mais fácil o roubo das outras duas pelos espíritos malignos. São os *chivosis* ou seres anões que vivem debaixo da terra; almas disformes dos recém-nascidos e criaturas mortas. Aí embaixo estes torturam as sombras roubadas. Tomam chicha de milho e se divertem torturando--as, iguais a esses índios desnaturalizados que torturam nos sótãos do Grande-Senhor-Branco. Entre vários chivosis retorcem e dobram cruelmente as almas roubadas. Então o corpo sofre os tremores do morto-ser-continuamente. Pergunta-lhe, Chasejk, se pode me curar. Diz que não, excelência. Diz que vê inteiramente vazio o interior de Sua Senhoria. Não há mais que ossos, diz. As três almas já se foram. Sobra somente uma quarta alma, porém ele não a vê. Diga-lhe que olhe, que veja. A sombra é mais difícil que o ovo. Diz que não tem poder sobre ela; que não pode vê-la. Diz, excelência, que ainda que soprasse até que ficasse sem fôlego, os espíritos auxiliares da cura não poderão penetrar já no vazio-sem-alma do corpo. Soprará e cuspirá até que lhe seque e lhe caia a boca. A pedra grande da morte caiu lá dentro e já não há forma de tirá-la. Isto diz o nivaklé, excelência.

Assim que também, segundo o diagnóstico deste agnóstico selvagem, estou com os ovos da alma todos partidos. Não se vê mais que vazio entre os ossos. Porém o vazio é ainda algo; tudo depende do modo e de como o acomodo. Não? Sim. Os fetos panfletários dos chivosis retorcem o trapo molhado de meu corpo debaixo da terra. Tomam chicha de milho. Seguem retorcendo-me, seus bolsos transbordando de calúnias. Tomam mais chicha. Me põem no fogo. Meu corpo fumega nos tremores do morto-ser-continuamente. Mas não acabarão comigo. Sou água de ferver fora da panela, dirá de de mim uma menina da escola. Estar morto e seguir de pé é meu forte, e ainda que para mim tudo seja viagem de regresso, vou sempre de adeus para diante, nunca voltando, eh? Eh! Crescem as árvores para baixo? Voam os pássaros para trás? Volta-se a palavra pronunciada? Podem ouvir o que não digo, ver claro no escuro? O dito, dito está. Se só escutaram a metade, entenderão o dobro. Eu me sinto um ovo que agorinha puseram.

O que mais tens entre essa papelada? A viúva da sentinela José Custódio Arroyo, que se queimou ontem, levantou solicitação a vossência. Que quer a viúva? Que lhe ressuscitemos o marido como prêmio da grave falta que cometeu descuidando de seu posto?

Com todo respeito e veneração ao Supremo Governo digo, disse a viúva: que tenho em um caixão o morto em minha casa sem poder enterrar, e que com o calor reinante a fedentina já invadiu todo o bairro da Merced. Razão pela qual os vizinhos estão fazendo grande barulho e alvoroço. Que o enterre de uma vez. O senhor padre pároco de Encarnación, Supremo Senhor, se nega enfático a rezar responso e a dar permissão para que meu finado, seu servidor que foi, receba cristã sepultura, não digo já debaixo da terra da igreja, como lhe corresponde, mas que pelo menos seja na contra-sacristia onde se enterram todos os cristãos. Que o padre diga por que se nega a entoar o enterro. O senhor padre pároco alega que meu finado José Custódio era um ateu rematado e maçom. Além do mais alega que por ele mesmo não é casual que o tenham visto em meio à tropa de demônios bailando com infernal selvageria ao redor do fogaréu que tragou o Supremo, digo mal e me desdigo dizendo bem: ao redor do fogaréu que meu finado José Custódio acendeu para queimar a sacrílega figura de nosso Supremo Karaí Guazú, abrasado ao qual, quero dizer não ao Supremo em pessoa, mas somente à sua figura de cera, tostado logo no fogo a cair sobre ele.

É o que alega o senhor padre pároco, quando eu bem mais que bem sei que meu finado José Custodio fez isso unicamente e com toda sua alma querendo salvar essa figura que para nós é santa, por personificar nosso Karaí, feita com má intenção pelos que querem rir do Chefe Supremo do Governo e receberão eterna maldição, se Deus quiser e Maria Santíssima.

De tudo isso resulta que por intriga do Paí a vizinhança me acusa de ser bruxa. Continuamente saem em procissão ao Santíssimo, que está proibido, em meio a lamentações e rezas. Também saem com a imagem de Nossa Senhora da Assunção que está em poder de Dona Petronita Zavala de Machaín como zeladora perpétua da Virgem, a qual também está proibida.

Trouxeram de todas as partes rezadeiras e carpideiras eleitas que somam mais de mil. Em frente a minha casa e em muitas ruas acenderam fogueiras de palma-benta e louro-bravo, dizem que para afugentar os maus espíritos que segundo eles saem do corpo de meu José Custódio. Me gritam e maltratam com palavras a toda hora e na hora.

À noite vários sujeitos e mulheres de meu conhecimento, de que dou fé, trajados com os hábitos da Ordem Terciária, invadiram minha casa. Me amarraram e me cobriram com rosários de Quinze Mistérios. Me arrastaram até a beira de um dos arroios de fogo que se derramam pela rua e pelas valas tal qual os caudais das tormentas com suas labaredas de água. Arrastaram também o caixão com o finado dentro e me ataram com cordas sobre a tampa. Teriam nos atirado à vala de onde saía o fogo, queimando Deus me guarde! meu José Custódio pela segunda vez depois de morto, e eu pela primeira antes de morrer. O acontecimento teria acontecido, se não houvessem chegado os guardas justo a tempo para salvar-nos com seus fuzis.

Por meu finado, que já está morto, por mim que ainda estou viva, não me importa, nem teria reclamado nada a nosso

Supremo Ditador. Porém tenho doze filhos, e o maiorzinho acabou de fazer quinze. Toca o tambor na banda do Quartel do Hospital. Eu sou lavadeira, porém o que ganho com os trapos sujos da gente de cima não vai chegar mais para viver com meus filhinhos.

Porém isto tampouco me importa demasiado, Supremo Senhor. O que muito me importa, e mais que nada me importa, é que por culpa da calúnia e malícia de gente má eu não possa enterrar cristãmente o meu chorado finado, que ninguém sabe o bom, o serviçal, a alma de Deus que era o pobre José Custódio. Não é o mesmo enterrá-lo no pátio de nosso rancho ou atirá-lo ao rio, por mais Arroyo que seja o homem que serviu o nosso Supremo com toda sua lealdade e morreu por e em serviço da Pátria e do Governo.

Levante-se, senhora. Como é seu nome? Gaspara Cantuária Arroyo, para servi-lo, Exmo. Senhor. Levante-se. Não posso permitir que nenhum paraguaio, homem ou mulher, se ajoelhe ante ninguém, nem sequer ante mim. Vá, leve meus pêsames. Seu desejo será cumprido.

Já se foi, Patiño? Quem, senhor? A viúva, tacanho. Excelência, ela não esteve aqui. Sua Mercê proibiu toda audiência. Estive lendo a solicitação da viúva e nada mais, senhor. Por ser idiota não sabes que as pessoas, as coisas, não são de verdade. Desperta de uma vez dessa espécie de bebedeira-encantamento que te faz estar sempre fora do que acontece. Não sentes tanta pobreza do povaréu? Gente nas duras de suas dificuldades, nas maduras do desânimo. Os pobres, os únicos que têm um triste amor à honestidade. Árvores que recolhem poeira. Se não pudessem pelo menos suspirar, se afogariam. Averiguei, excelência, que há de permeio uma antiga inimizade entre o padre e os Arroyos por estes não haverem querido pagar as tarifas do batismo dos doze filhos.

Escreva a providência ao pároco de Encarnación:

Que manifeste aonde foi parar a alma do defunto José

Custódio Arroyo. Se o encontrar no inferno, deixe-o ali. Se não for possível averiguá-lo, procederá de imediato a enterrar o cadáver em solo sagrado, depois de um funeral de corpo presente. Sem custos. Dê vistas do expediente ao provisor. Ordena-se, ademais, o traslado do padre de Encarnación ao presídio do Tevegó.

Auto Supremo:

Pagar 30 onças de prata à viúva Gaspara Cantuária de Arroyo em reparação de danos morais e prejuízos materiais. Mais uma pensão de seis pesos com dois reais por cada filho até que o maior alcance a maioridade. Cumprida, entrará para serviço no corpo de Banda do Quartel do Hospital com o grau de cabo músico.

A propósito, e a fim de que as bandas de todo o país voltem a estremecer o ar com suas marciais sonoridades tal como tenho ordenado, toma nota do seguinte pedido aos comerciantes brasileiros de Itapúa: 300 clarins de metal latão e outros tantos banhados em bronze; 200 cornetas de chaves; 100 oboés; 100 trompas; 100 violinos; 200 clarinetes; 50 triângulos; 100 pífanos; 100 pandeirolas; 50 timbaus; 50 trombones; duas resmas de papéis de música; 1000 dúzias de cordas e bordões de violão, para repor a entrega anterior que caiu na água ao cruzar o Paraná por descuido e desídia dos transportadores.

Deste instrumental se proverá uma dotação completa aos índios músicos que compõem a banda do Batalhão de Infantaria Nº 2, a cargo do maestro Felipe Santiago González, a qual será reabilitada e ampliada a um efetivo de cem praças. Os solistas de oboé Gregório Aguaí, de trompa Jacinto Tupaverá, de violino Crisanto Aravevé, de clarinete Lucas Araká, de pífano Olegário Yesá, de pandeirola José Gaspar Kuaratá, de triângulo José Gaspar Jahari, componentes da orquestra que rendeu honras nas exéquias, vão dar baixa com a pensão correspondente.

Que soubeste do roubo das 161 flautas furtadas do órgão que se achava no coro do templo da Merced? Eis aqui, excelência, deu parte o Ilmo. Provisor e Vigário Geral D. Roque Antonio Céspedes Xeria: Em vista da gravidade do sacrílego roubo, resolvi ameaçar os presumidos ladrões e cúmplices com todo o aparato do Estado, o que até o momento não deu nenhum resultado além de dar parte a Vossa Excelência. Pese a tais ameaças e a de excomunhão que decidi fulminar *post mortem*, tudo o mais que se pôde averiguar é que presumivelmente o músico Félix Seisdedos (chamado assim porque efetivamente os levava em cada mão e em cada pé, organista do suprimido convento da Merced, criado e escravo do finado presbítero O'Higgins) é que andou vendendo as flautas ao ourives Agustín Pokoví como sucata de chumbo. Tampouco isto foi possível confirmar, excelência, pois o ourives Pokoví morreu pouco depois do furto, de um ataque de apoplexia, e o citado escravo e organista Seisdedos, afogado em um caudal, no mesmo dia do temporal em que Sua Excelência sofreu o acidente. *Pede poena claudo!* Nossas pesquisas se encaminham agora para as escolas públicas, pois recebi informes de que se formaram bandas secretas de flautistas entre os alunos de ditos estabelecimentos. Trago a Vossa Excelência estas notícias sem me deter a adquirir outras crendo que sua prontidão convém aos efeitos de que Vossência se servisse ter por bem para conter o mal.

Ordena, Patiño, que se deixe sem efeito a investigação do roubo. Agrega à lista de instrumentos músicos que já te ditei a quantidade de 5000 flautas pequenas para sua distribuição a cada um dos alunos das escolas públicas. Ordeno, ademais, que em cada uma delas se formem bandas de flautins com os discípulos mais bem dotados. Desde a data incorpora-se a matéria de teoria e solfejo ao programa escolar de instrução.

Que mais? O cabo músico Efigênio Cristaldo traz a Sua Excelência solicitação de aposentadoria do cargo que vem desempenhando durante trinta anos como tambor-mor. Alega que sua idade e má saúde não lhe permitem mais cumprir suas obrigações com a capacidade que exige o serviço. Pede em troca autorização para se reintegrar a seus trabalhos de chacareiro, especialmente como plantador de milho d'água no lago Ypoá. Vês, Patiño, como a enfermidade, mais que a morte, transtorna as atividades dos homens? No momento em que estou jogando as sementes para que surjam milhares de músicos neste país da música e da profecia, o tamboreiro decano, o melhor dos meus tambores, o que fazia do instrumento a própria caixa de ressonância de minhas ordens, quer chamar-se ao silêncio. Por quê? Para cultivar vitórias-régias na água barrenta do lago! Que vitórias há sem tambores? Chame-o. Este é um problema que temos que resolver entre ele e eu.

Que mais? Solicitação de Josefa Furtado de Mendoza, que reclama a restituição do solar que lhe corresponde por participação na herança do marido. Tarde de viúvas, de músicos, de flautistas, de tambores, de quanto diabo a quatro vem para mexer o rabo em momento tão pouco oportuno! Averiguaste os antecedentes do pleito? Sim, excelência. A viúva tem a cassação do Juiz de Alçada. Não te pinga sebo desta vela-viúva, Patiño? Por Deus, senhor! O pedido da viúva Furtado Mendoza é de justiça. Providencia, então: Se o Mendoza não é furtado, conceda-se.

Que mais? A viúva Nosedá solicita a Vossência permissão para fazer chegar sua carga de erva até Itapúa. Mais viúvas! Onde estão os certificados de pagamento de alcavala, de contribuição frutuária, ramo de guerra, estanco, todos os impostos de lei? Não se adjuntam, excelência. Estão ainda em trâmite. Diga-me, incomensurável, bufão. Levanta os olhos! Não espirres. Esta viúva de Nosedá, que tem a cara mais dura que o couro da pedra, está em trâmite de velho compadrio contigo. Velha cupincha. Não, juro-lhe que não, excelência! De acordo. Damos pois à seda o tratamento da seda. Escreva: À comerciante viúva de Nosedá se dá o que pede: Carregue se não tem carga, e se tem carga, não carregue. Por esta escritura contrabandística se encarrega a solicitante de três mil pesos de multa, que serão cobrados por Tesouraria em metálico.

Não poderá se queixar tua empregada, Patiño. Faz alguns anos, impus uma multa de 9539 pesos fortes ao mulato José Fortunato Roa, encoberto portenhista, por uma peleria semelhante que quis fazer passar, como tu agora, em conivência com seu ladro-sócio Parga. Eu, Excelentíssimo Senhor... Tu, por agora, despacha os expedientes enquanto eu aponto outros apontamentos. Nenhum caminho é ruim ao terminar.

O que há com essas argolas para as canoas? Ah sim, excelência. O condutor do carro que as levava se afogou sem salvação no Pirapó ao querer cruzar o arroio, com as últimas chuvas inchando a enchente. As argolas de ferro, te pergunto. Já chegaram ao destino, senhor. O comandante do povoado de Yuty, próximo ao lugar do afundamento do carro com afogamento de seu condutor e a perda de sua carga, reuniu em conselho todos os vizinhos e resolveram mudar o curso do arroio convertido em rio galopante. Trabalharam até os leprosos do leprosário. Em três dias e três noites, as argolas ficaram no seco. Cem cavaleiros desabalados chegaram a entregar as argolas ao Delegado de Itapúa.

Enviar um ofício a esse inservível.

Ao delegado de Itapúa Casimiro Roxas:

Ao recibo do presente, dar-se-á imediato cumprimento às seguintes ordens:

1) É absolutamente preciso acelerar a construção das chalanas. A frota deve estar pronta antes de um mês. Mando Trujillo para dirigir os trabalhos. Ele sabe onde se coloca o canhão, em que lugar preciso do plano; onde se amarra o bragueiro do canhão, como eu o ensinei, para que o contragolpe do disparo não faça naufragar a embarcação.

2) Também mando carretas marinhas em quantidade de cem. Outras cem terrestres. Logo se verá de enviar o que falta. Sobre tudo isto irão mais detalhes na Pasta de Instruções

Reservadas que se enviará a todos os comandantes militares. A ideia é que essa frota de guerra contribua, quando chegue o momento, para romper o bloqueio do rio e franquear a navegação. Em pouco tempo estarei aí para organizar os preparos da defesa. Eu mesmo me colocarei à frente das tropas e comandarei as operações de acordo com um plano que tenho traçado. Vou para controlar o que há e o que se gasta; e quanto aos equipamentos não vou pagar a esses insaciáveis traficantes brasileiros os exorbitantes preços que vocês fazem figurar nas listas. Nem um grãozinho de pólvora vamos pagar mais do que vale.

3) Dizer ao comandante de guarnição que para não acabar de arruinar os cavalos dando-lhes tempo de engordar neste verão, é mister pôr mais grossos os pelegos nas fainas do acampamento. Dizer-lhe também que pode continuar o corte de madeiras até o quarto crescente, que será na sexta. Separar o corte em duas porções; em uma as que sirvam para a construção das embarcações; em outra, as que hão de ser permutadas por armas com os contrabandistas brasileiros e orientais. Em tuas partes e ofícios deixa o *Dom*, que já não se usa.

4) Que houve com a senhora Pureza? Chegou aí? Deste-lhe asilo, a devida atenção que te ordenei anteriormente? Trate-a com o devido respeito que merece senhora tão importante, a quem o país deve muitos serviços que eu bem sei. Não necessites fingir com ela altivez, fúrias de palavras com as quais em tua idiotice crês realçar, afirmando teu poder de mando. Poder que não tens senão em delegação do Supremo Poder.

5) Recebi muitas queixas contra ti dos comerciantes brasileiros. A mesma raiva, por justificada que seja, não se deve tolerar ter. Porque quando se cria raiva contra alguém é o mesmo que autorizar que essa pessoa passe todo o tempo governando a ideia, o sentir nossos. Os menores momentos. Isso é falta de soberania em uma pessoa. Farta bobagem de fato é. Planta este conselho sob a mata de teus cabelos crespos. Que cresça ali em pensamentos, em ações úteis. Meu estimado Roxas, opera segundo teu dever.

6) Enviar Gazetas portenhas. A última que me enviaste tem já seis meses de antiguidade. Folhetos, qualquer classe de publicação que saia lá. Tenho lido que Rosas começa a se ocupar favoravelmente de mim, o que poderia significar algo se não são mais que astutos requebros do Restaurador para ganhar tempo e ganhar a mim, agora que Lavalle empurra suas hostes contra ele. O desprezível Ferré é novamente governador dos correntinos. Eles o têm merecido. Averiguar se é verdade que ofereceu ao falsário Rivera o comando do exército contra Rosas e posto o manco Paz como chefe militar de suas forças.

7) Reclamar ao inglês Spalding, na outra margem, o envio do prometido livro dos irmãos Robertson sobre meu Reino do Terror, junto com suas *Cartas sobre o Paraguai*. Quero ver com que novas vilanias saem estes espertalhões, depois de um quarto de século. Podes pagar por essas patranhas encadernadas até um terço de erva. Um mais se são dois os tomos. Regateia. Não creio que essas misérias impressas valham mais que um par de alpargatas. De todos os modos, não passes dos dois terços de erva no total. Do contrário, vão ao inferno o inglês Spalding, os dois escoceses Robertson, o Império Britânico com todos os seus miseráveis súditos dentro.

8) Ao receptador León dizer que carregue com tempo um novo carregamento de brinquedos para ser repartido com os meninos no Dia de Reis. Os brinquedos desta vez serão pagos em metálico pela Tesouraria na conta dos meus soldos não cobrados. A caravana de carroças que levam os carretos e canhões podem trazer na volta os fardos e caixotes de brinquedos, segundo detalhe abaixo.

9) Veja de compor-te para melhorar nosso serviço secreto na área do exterior que te corresponde. Fazê-lo mais rápido, mais eficaz, mais reservado. Assim, como hoje funciona, sou o último a inteirar-me do que acontece. Especialmente agora que estou embarcado em um projeto de vastas proporções. Sobre isto em particular receberás mais instruções na Pasta reservada.

10) Sonda a senhora Pureza acerca de suas relações em Rio Grande, a Margem Oriental, o Entre Rios. Não lhe diga

nada ainda. Enlamearás, como sempre, as coisas. Melhor convidá-la, em meu nome, a fazer uma viagem até Assunção para falar comigo. Não lhe adiantes os motivos. Se é de seu gosto esta viagem, proporciona-lhe os meios junto com a escolta adequada. Anda por ali, creio, a antiga carruagem dos governadores desde que a abandonaram em sua viagem a Missões os pícaros Robertson. Ponha-a em condições ao serviço da senhora Pureza. Neste caso, avisar-me com tempo de sua chegada.

11) Aumenta para três o número de postos em serviço de estafetas Assunção-Itapúa. Um no povoado de Acahay; outro sobre o rio Tebikuary-mi; o terceiro na confluência dos rios Tebikuary-Pirapó. Fabricar as balsas para o translado de carga pesada nos dois rios maiores. Destacar nestes pontos os remeiros-balseiros mais capazes que possas recrutar ali. Enviar gente do leprosário de Yuty para o cuidado dos pertences, das instalações. Destinarás uma rês diária mais o mantimento, o uniforme de tropa, tanto aos balseiros como às patrulhas de canoagem. O mesmo às equipes de conservação, reparação e manutenção do material.

12) Não entendo, meu estimado Roxas, isso de que sais repentinamente dizendo em uma parte que precisas de roupagem para o batalhão. Aqui estou sem poder concluir o vestuário de mais de mil recrutas. As únicas três alfaiatarias que há com três alfaiates e vinte operárias, trabalhando em três turnos, não dão para o gasto. Por isso que tais recrutas não puderam passar ainda em revista, estando já regularmente ensinados, dispostos a incorporar-se aos efetivos de linha. Que esses outros aguardem para quando haja lugar; e se tanto precisam, que façam o que querem, porque neste momento estou ocupado em muito graves assuntos que não são unicamente os de prover trapos às tropas. Que é isto de andar misturando os trajes? Tu sabes muito bem ou deverias saber já depois de vinte anos, que o uniforme geral é uma jaqueta azul com golas cuja cor varia segundo a arma. Calças brancas. Cordõezinhos amarelos nas costuras das costas distinguem a Cavalaria da Infantaria. Chapéu redondo

de couro com o estandarte tricolor e a inscrição *Independência ou Morte* na cúspide. Outra maior sobre o coração da túnica. Se não se cuidam desses detalhes, no primeiro entrevero de um combate de verdade, as unidades não saberão manter a ordem. Se misturarão os batalhões, esquadrões, companhias. Atacará, disparará cada um por seu lado. Como ocorreu a Rolón em sua escaramuça com os correntinos.

Nas carroças que levam os carretos irá o que se possa aprontar por agora dos artigos de vestuário. Talvez tudo, menos as gravatas, que irão se fazendo depois.

Lista do pedido de brinquedos:

2 figuras de generais uniformizados a cavalo, cada um sobre uma base de 4 rodinhas, de 10 polegadas de altura as figuras.

6 oficiais uniformizados também a cavalo e igualmente uma base de 4 rodinhas cada uma, de 7 polegadas de altura.

770 figuras de granadeiros uniformizados de 6 polegadas de altura, 10 deles com corneta.

10 figuras de tambores uniformizados com suas caixas, e cordas para tocar, diferentes tamanhos desde 5 e ½ polegadas de altura, cada um sobre um caixote em que está a corda.

1000 figuras de uma sentinela em sua guarita, da qual sai e entra por meio de uma corda, de 3 polegadas de altura a figura.

600 canhõezinhos de 3 e ½ polegadas de largura sobre carretos.

12000 fuzis de 12 ½ polegadas de largura o canhão, enfeitados de cores diferentes.

100 cornetas pintadas de diferentes cores de 13 polegadas de largura.

20 figuras de mulheres de 6 e ½ polegadas de altura, vestidas de branco tocando violão e paradas cada uma sobre um caixão em que tem a corda.

20 cômicos com suas cômicas valsando sobre uma roda posta sobre uma caixa onde está a corda, de 5 polegadas

de altura.

20 figuras de mulheres sentadas em cadeiras, tocando piano, de 9 polegadas de altura, e postas sobre caixões onde está a corda.

40 mocinhas sentadas de cócoras sobre as caixas de 3 polegadas de altura, dando cada uma de comer a dois passarinhos.

30 mocinhas de 3 polegadas de altura sobre caixas de corda ensinando seus cachorrinhos.

30 mocinhas de 3 polegadas sobre caixas com corda, dando de comer a um passarinho cada uma.

50 mocinhas de 2 polegadas de altura sentadas sobre molas com um passarinho nas saias.

400 figuras de mulher de 4 polegadas de altura, vestidas de cores com seus filhinhos nos braços, paradas sobre caixas onde está a corda para caminhar.

50 mocinhas sentadas sobre molas, com seus passarinhos nas saias de 2 e ½ polegadas de altura.

120 mulheres de 6 polegadas de altura com seus filhinhos nas mãos com corda.

200 mulheres como lavradoras de 9 e ½ polegadas de altura.

7 frades de 3 e ½ polegadas de altura, parados sobre molas (descalços).

4 anciãos de 3 e ½ polegadas cada um com uma mula na frente carregada de fruta sobre caixas com cordas.

80 meninos sentados em rede.

77 guaykurúes a cavalo cada um com suas lanças de 3 e ½ polegadas de altura.

20 tigres avermelhados de 3 e ½ polegadas de altura e 7 e ½ de largura, colocados sobre molas.

20 gatos de 2 e ½ polegadas de altura sobre molas.

20 coelhinhos sobre molas.

20 raposas com um galo em cima de cada uma, colocados sobre caixas de cordas com 9 polegadas de largura.

60 matracas de 3 polegadas de largura, e 1 e ½ de largura.

(No caderno privado)

Pego outra vez de dentro dos papéis a flor-múmia de amaranto. Esfrego-a contra o peito. De novo volta a surgir de suas profundidades o fedor débil; um odor, rumor mais que odor. Irradiação magnética que comunica diretamente suas ondas ao cérebro. Tênue corrente que está ali desde antes. Só em aparência aroma-fóssil. Nebulosa fora do tempo, do espaço, propagando-se a uma fantástica velocidade a uma só vez em vários tempos e espaços simultâneos, paralelos. Convergentes--divergentes. Os objetos não têm os aspectos que encontramos neles. Ouço com todo o corpo que as ondas estão sussurrando eletricamente. Radiações acumuladas vibram no tímpano--amaranto. A tela da memória volta para trás projetando ao revés infinitos instantes. Cenas, coisas, feitos, que se sobrepõem sem misturar-se. Nitidamente. *Momentum*. Onda luminosa. Contínua. Constante. Basta, pois, que um se resguarde atrás de um espelho para contemplar sem ser destruído. Ainda que o choque desse raio infinitesimal de energia, mais tremenda que a de dez mil sóis, poderia fazer em estilhaços o mundo do espelho. O espelho do mundo.

Os raios do sol caem a prumo sobre a sumaca de dois paus em que vamos navegando rumo a Córdoba. Remonta suas águas o rio. Não há uma brisa de ar. A vela carangueja cai suave na retranca. A água fede a lodo de prainhas requentadas. Brilha nos revérberos. Posso distinguir cada um dos revérberos. *Vejo* o que vai acontecer no instante seguinte ou um século depois. A embarcação vai atravessando um campo flutuante de vitórias-régias. Os redondos botões de seda negra chupam a luz soltando um olor de coroas fúnebres. Pego um desses botões. Abro a cálida bola. No interior da esfera polida, marfilena, descubro o que busco. Redondo espelho de pontos frios de um cinza azulado, piscando nas pestanas sedosas mais negras que as asas do corvo. Ao anoitecer os botões submergem para dormir debaixo d'água. Flutuam novamente com a aurora, mas ainda sob a luz do meio-dia, como neste momento, sua plumagem permanece noturna. Absoluta inocência. Posso sujeitar o tempo, tornar a começar. Elejo qualquer um desses instantes de minha infância que se despregam ante meus olhos fechados. Estou muito dentro ainda da natureza. Depois de apagar a última palavra da lousa, minha mão não chegou ainda à escritura. Minha mente de menino toma a forma das coisas. Busco meus oráculos nos signos do fumo, do fogo, da água, do vento. Os remoinhos de terra me jogam nos olhos sua poeira matemática. O báculo caminha só, muito devagar. O venábulo vem pelo ar mais rápido que uma flecha. Vou remando em minha canoa. Consulto aqui e ali esses ninhos naturais onde põe o-que-não-é. Prognósticos. Vaticínios. Urino água sobre a água barrosa. O tremor das ondinhas é uma nova fonte de presságios que já se cumpriram. Quando os acontecimentos, o mais mínimo fato, não sucede como alguém já viu que sucederá, não é que as coisas-profetas tenham errado. A leitura que alguém faz dessas profecias é que se equivoca. É preciso reler, corrigir até o último pelo de erro. Somente assim, no cansaço, quando alguém já nem sequer espera, surge o fio sobre o qual resvala, depois da última gota de suor, uma primeira gota de verdade. O único que poderia dizer isto sem mentir seria o último homem. Porém quem pode saber que é o último homem se a humanidade mesma carece de um fim. E se isto é assim, não será que ainda não há humanidade? Haverá alguma vez? Não haverá nunca mais? Que humanidade mais inumana nossa triste humanidade se não começou ainda.

Por que queres pendurar o tambor, Efigênio Cristaldo? Já estou velho, excelência. Já não me dão mais forças para tirar do couro o som que convém ao redobre de uma Banda, de um Decreto, de uma Ordem, de um Edital. Especialmente na escolta de Sua Excelência. Sabes que já não saio a passeio. Será também por isso então, supremo senhor, que não me sai o som. Eu estou mais velho que tu e seguirei batendo o couro do Governo, saia ou não saia o som. O mais audível não é o mais ouvido, Efigênio. Eu continuarei redobrando enquanto me reste um fio de vida. Sua vida será longa sem segundo, excelentíssimo senhor. A vossência ninguém pode substituir; a mim, qualquer desses jovens tamboreiros a quem eu mesmo ensinei. Me permito recomendar muito especialmente ao trompa Sixto Brítez, oriundo da serra Ñanduá de Jaguarón. É o melhor trompa do batalhão de Escolta, porém seu *algo a mais* é o tambor. Nasceu então nada mais que para tamboreiro, supremo senhor, e nisso sim ninguém lhe ganha. Sabe encher de ar a barriga, o peito, e a golpe de punho tirar qualquer redobre, que se escuta até uma légua e mais, quando não há vento. Sobretudo depois da ranchada em que se enche de poroto-jupiká e come ele sozinho uma cabeça inteira de vaca. Não me venhas com recomendações, Efigênio, e menos a favor desse insigne comilão que tem além do mais o vício de meter a mão na braguilha em pela marcha para ir regalando-se com o fedor recolhido nos dedos. Que é isto de ir cheirando sigilosamente os eflúvios prepuciais? Que é isto de ir tocando o pinto enquanto toca a trompa? Já recebeu várias sovas por este feio costume. Mandou-se fazer-lhe uma calça especial, sem braguilha. Agora leva descosturadas por dentro das algibeiras. Menos mal que será um bom alferes na guerra contra a Tríplice Aliança. A um herói futuro podem-se dispensar alguns vícios presentes.

Policarpo Patiño trabalhou aqui entre estes papéis até seu último dia copiando sua própria sentença de morte. Teu pai, mestre de cantoria, lavrou pedras até o último dia de sua velhice. Era seu ofício, excelência, como o seu é ser Governante Supremo. Cada um nasce para um ofício distinto, senhor. Como dizes? O teu não é tocar o tambor? A gente nunca sabe, excelência. De modo que agora queres abandonar o serviço? Por acaso tu também pensas que sou o Finado. Nunca jamais pensei nem pensarei isso, excelência. Unicamente me permiti pedir a Sua Mercê que me dispense de posto para o qual já não sirvo, por velho e porque o tambor está cada vez mais longe de mim. Em nossas curtas relações com a existência tudo consiste em que tenhamos entretido um pouco o ritmo, Efigênio. Veja isto, supremo senhor. Que é isso? O calo que me formou o tambor por apoiá-lo no peito. Tão grande como uma corcunda de zebu, tão duro como uma pedra. Necessito de varetas mais longas, senhor, e o som me sai sem força. Nesse calo deve estar enterrado todo o som que não te saiu para fora. Te acorcundas-te, Efigênio. Tu também carregas tua pedra, eh. E que ofício é esse que tu gostarias de desempenhar agora? Eu, senhor, o que desde muito pequeno quis muito ser é mestre de escola. E esperaste trinta anos para me dizer? Teria esperado mais também, excelência, se pudesse seguir vivendo como tamboreiro sem a inconveniência desta corcunda que me saiu no peito, além da que também carrego no lombo. Na solicitação que apresentaste dizes que queres reintegrar-te a teu trabalho de chacareiro como plantador de milho-d'água no lago Ypoá. Também é verdade isso, senhor. Porém o ofício para o que nasci é o de mestre de escola. Não disseste isso em teu ofício. Não me animava, excelentíssimo senhor, propor a mim mesmo um ofício tão alto como o de mestre, ainda que as duas coisas sejam para mim a mesma e única razão que me trouxe ao mundo. Isto sem tirar mérito na mais mínima honra de haver servido às ordens diretas de Sua Excelência. Aqui ensinei os indiozinhos músicos; porém eles o único que necessitam aprender são os palitos das primeiras letras. Todo o mais, que é demais, já vêm sabendo das matas onde nasceram. Basta! Ficas dispensado de teu posto em que estiveste penando provisoriamente com o tambor durante trinta anos. A cada dia, lhe basta sua pena, a cada ano seu dano. Vá a tuas flores aquáticas. Dá uma carinhosa saudação a esses botões que flutuam com a primeira luz da aurora com um som muito doce que não está entre as sete notas da escala. Mira estas flores com meus olhos, se é que podes. Toca-as com minhas mãos, se é que podes. Verás que o sedaço dessas aveludadas rodas flutuantes recolhem muitas nuvens. Moisés teria querido nascer em uma dessas canastrinhas. Leva esse tricórnio pendurado no cabideiro. Ponha-o na cabeça. Vamos. Ponha-o! Pega essa flor petrificada que está sobre a mesa, ali junto ao crânio. Ponha-a sob o tricórnio. Mais para cima. Bem colada ao couro cabeludo. Aí, aí. Aperta-a mais. Antena igual a dos insetos cegos. Nela escutarás a voz que continua. Brasinha de tudo é o carvão de si mesmo. Uuu, Ah! Quanto tempo passou ou nenhum! Onde estás, Efigênio? Me escuta? Não muito bem, excelência! Escuto como se sua voz estivesse sob a terra! Não sob a terra senão em uma lata de macarrões. Ooonde estás tuuu? Aqui no lago, entre os sedaços verdes com seus botões de seda negra! Tu tampouco estás bom de saúde, Efigênio. Não tens passado bem ultimamente? Vivendo minha sorte com lutas e guerras, senhor! Não posso me queixar! Os meninos envelhecem muito rápido. As flores também! Não há tempo de se dar conta de nada! Dou fé e sigo!

A transmissão com o ex-tamboreiro se interrompe. O latão não é bom condutor. Tu és velho. Eu sou Velho. Os Velhos foram. Os Velhos são. Os sons não são. Os Velhos serão. Não nos espaços nem no tempo que conhecemos senão no tempo, nos espaços desconhecidos que circulam entre os conhecidos. Suas mãos estão sobre as gargantas dos vivos. Mas não os veem. Não podem vê-los. Não podem vê-los *ainda. (Letra desconhecida):* Tu só podes espiá-los às escuras... *(rasgado, queimado).*

... esperam pacientes porque reinarão de novo aqui. São Velhos porque são sábios. Não deves perguntar, te diz a Voz--de-Antes. Não deves perguntar porque não há resposta. Não busques o fundo das coisas. Não encontrarás a verdade que traíste. Perdeste a ti mesmo depois de fazer fracassar a mesma Revolução que quiseste fazer. Não tentes purgar-te a alma de mentiras. Inútil tanto palavreado. Muitas outras coisas nas que não hás pensado se irão na fumaça. Teu poder nada pode sobre elas. Tu não és tu senão os outros... (*falta o fólio seguinte*).

(Circular perpétua)

Uma balandra carregada de terços de erva, das tantas que estavam apodrecendo ao sol da (desde a) Revolução, foi autorizada a partir. A condição era levar o expulso Pedro de Somellera. Embarcou com toda sua família, seus móveis europeus*, enormes baús.

---

* Em 1538, em luta com as borrascas de Magallanes o piloto genovês León Pancaldo teve que voltar do estreito das Onze Mil Virgens. Sua nau Santa Maria trazia os porões repletos de um fabuloso carregamento de mercadorias destinadas aos enriquecidos conquistadores do Peru. A má sorte vinha perseguindo-o. Chegou a Buenos Aires quando sopravam muito maus ares. A fome se abatia sobre os expedicionários do Primeiro Adiantado, que acabaram comendo uns aos outros. Sob o governo de Domingo Martinez de Irala no Paraguai, os restos da despovoada Buenos Aires foram concentrados em Assunção; convertendo-a em "amparo e reparo da Conquista". Os opulentos tesouros de Pancaldo também foram transportados para esta cidade. O que permitiu aos conquistadores mobiliar e adornar seus rústicos haréns com esquisitices de verdadeiros califas. Desde 1541 até a Revolução (e ainda muito depois) as mercadorias de León Pancaldo foram matéria de compra e venda em Assunção; assim os espanhóis que apenas tinham cordas de

balestra, possuíam em compensação adagas de artística empunhadura, ricas samarras, gibões e calças de veludo. Não era raro encontrar nos ranchos de palhas, disse um cronista, misturados com os *aópoí* indígenas (tecidos de algodão muito primitivos) preciosas fazendas, cortinas de cetim, almofadas de granada, cofres e arcas de incrustações, tocadores de luas cristalizadas, leitos de baldaquins e dosséis recobertos de fios de ouro; reclinatórios, escabéis e otomanas de finíssima tapeçaria, alternando com os toscos assentos e banquetas lavradas pelos naturais para seus amos. Essa situação perdurou para *criollos* e mestiços, os *mancebos da terra*.

O carregamento de móveis e pertences que Pedro de Somellera levou de Assunção teve sua origem, sem dúvida, no tráfico dos tesouros de Pancaldo, a que alude a *circular-perpétua*. Um desses folhetinistas da história que proliferam no Paraguai, onde a história mesma é objeto de arquivo e museu, encarregou-se de reconstruir o inventário do que foi levado do Paraguai por Dom Pedro. É um repositório impressionante. O carregamento só podia caber em uma frota, não em uma pequena balandra que zarpou com a linhas de flutuação sob a água por aqueles dias em que a grande vazante quase havia deixado o rio sem água. O inventário afirma por sua conta que Dom Pedro, antes de partir, fez, além do mais, seus micos, cães, porcos e demais animais engolirem moedas de ouro e prata, cuja evasão já estava por então no Paraguai severamente proibida e apenada. (*N. do C.*)

Jaulas repletas de centenas de micos, animais de toda espécie, aves e bichos raros. Outros mais, alguns cabecinhas portenhos que não haviam cessado de conspirar para atrair uma nova intervenção de Buenos Aires contra o Paraguai, também foram enfiados com barras de grilhões entres quintais de ervas e jaulas. O mesmo aconteceu com o cordobês Gregorio de la Cerda.

A balandra partiu semi afundada aos sacolejos. Zoológico, jardim de plantas, sobrecarregado de animais. Nos barrancos do porto se apinhava uma multidão de damas patrícias e de mescla. Tinham vindo para se despedir do *omni compadre* levando a cambada de afilhados. Capelinas, sombrinhas de todas as cores se agitavam na ribeira. Ao soltar as amarras da balandra, soltaram o pranto das comadres. Cenas de desespero. Rasgaram as túnicas de seda, levantavam as saias para secar o muco e as lágrimas. Rivalizando com as macacas e papagaias viajantes em lamentações e gritinhos.

La Cerda eu o expulsei um tempo depois, quando retornei pela segunda vez à Junta. Para o caso dá no mesmo que o enviemos agora provisoriamente na balandra junto com Somellera e seus demais sócios anexionistas.

Por ele, não cessaram os trabalhos clandestinos para recuperar o poder mediante uma contrarrevolução. Na manhã de 29 de setembro de 1811 uma companhia do quartel a mando do tenente Mariano Mallada saiu arrastando dois canhões, tocando caixas e agitando as ruas aos gritos de Viva o rei! Viva nosso governador Velazco! Morram os traidores revolucionários! Era a armadilha fraguada pelos idiotas da Junta. Simulacro de um motim restaurador. Muitos espanhóis morderam a isca; alguns morderam o anzol. Nesse momento, saíram do quartel os efetivos de reserva e prenderam os agitadores.

Pela estúpida maneira com que foi idealizada e executada a tramoia da insurreição, terminou a assuada em nada. Avisado de urgência deixei a chácara e desci à cidade. Na praça começava a representação. Cheguei quando fuzilavam e penduravam na forca um criado de Velazco, Díaz de Bivar, e um armazenador catalão de sobrenome Martiní Lexía. Baixem esses cadáveres e basta de sangue!, gritei a plenos pulmões. A soldadesca, excitada já pelo cheiro de sangue, amainou. No meio da praça, erguido em meu cavalo empapado de suor, minha presença impôs respeito*. Cessou no ato a inepta farsa, cuja maquinação certos foliculários se atreveram depois a querer me atribuir. Eu a teria feito grande. Eu a fiz grande depois. Não essa ridícula farsa de um exército inteiro lançado para assassinar um armazenador e um cavalariço do governador.

---

* «Seu aspecto era imponente. Envolto em sua capa preta de forro escarlate, soltando fogo pelos olhos e recortada sua silhueta contra as nuvens, sua figura era a de um Arcanjo vingador; sua voz ressoou mais poderosa que o som da trombeta", escreve uma testemunha da época, o coronel espanhol José Antonio Zavala y Delgadillo, em seu *Diário de Sucessos Memoráveis*.

Despenduraram os enforcados ante o horror geral. De repente, a multidão de espanhóis, armados de paus e velhos arcabuzes, rebentaram uma nova barafunda, desta vez com entusiasmo. Exaltada alegria. Todos se desfaziam em me louvar e me reconhecer como seu libertador. As mulheres e anciãos choravam e me abençoavam. Alguns deles se ajoelharam e queriam beijar-me as botas. Bonito triunfo dos a-céfalos da Junta! Montar essa grotesca marmota na que eu aparecia como salvador e aliado dos espanhóis! Não era isso que desde o princípio perseguiram?

A paródia da Restauração favoreceu finalmente a causa da Revolução, ocultando-a em seus começos em uma nuvem de fumaça. No momento convinha que Eu, seu diretor e chefe civil, aparecesse como o árbitro da conciliação frente às forças em disputa para a institucionalização do país. Hei de fazê-lo, proclamei, sobre a base de coincidências mínimas, de tal modo que nenhum dos partidos ou facções percam sua identidade e individualidade. (À margem: isto sim era uma meia verdade; e quanto a "coincidências mínimas", não havia nenhuma; a inteira verdade teria sido dizer "conivências mínimas"). Eu ia usá-las sobre o tabuleiro de acordo com a estratégia pausada e inflexível que me havia imposto. O acaso começava a colaborar comigo. Já havia tirado do meio o bispo de Somellera, o cavalo de La Cerda e outros peões portenhos, que de passagem haviam deixado peladas as arcas do Estado. Já não me deteria até tomar xeque-mate com ou sem bombinha. Claro, vocês não conhecem o régio jogo de xadrez, mas conhecem à perfeição o jogo do truco. Façam de conta que eu disse: Até não ter na mão o Ás de Espadas e fazer quebrar a banca.

A maior parte dos espanhóis ricos foram parar com seus ossos no cárcere. Homem de ordem, não era Eu quem havia dado essa ordem de desordem. O resgate dos prisioneiros devia contribuir pelo menos com uma boa soma de dobrões para o fisco; além de outros confiscos, expropriações e multas que as circunstâncias exigiram na justa restituição.

Enquanto os frades increpavam os oficiais da Junta e do

quartel, segundo reconheceu plumitivo Pedro Peña em seus apontamentos para o outro bandido-escritor Molas, a mim me encheram de bênçãos. Eu era o magnânimo Doutor que os frades deram à luz e amamentaram na Pia Universidade de Córdoba.

Na cidade primeiro, logo em toda a província, se comentava publicamente que Eu me tinha oposto ao desígnio dos membros da Junta de que os presos feitos reféns fossem fuzilados em massa, incluindo o bispo e o ex-governador. As famílias dos prisioneiros vieram a mim em demanda por justiça e proteção*.

---

* «Age nesses dias de maneira conciliadora. Quer impor confiança geral, ser o homem da ordem, atrair a vontade do espanholismo. Até muda de maneiras. Se torna amável, gentil. Visitam-lhe em seu escritório, entre muitas outras senhoras da aristocracia, as senhoras Clara Machaín de Iturburu e Petrona Zavala de Machaín, cujos esposos também se achavam presos, para pedir-lhe que ative o processo. Atende-as com amabilidade, aceita o pedido e as despede "com muito consolo", segundo conta, em seu *Diário de Sucessos Memoráveis*, o pai de Petronita. Tornou-se muito gentil o carrancudo advogado. O poder muda tanto os homens! Não prestou atenção sequer que a mais jovem das damas visitantes é seu antigo amor. Esqueceu? Perdoou?". (*Comentário de Júlio César*).

«Depois de um amor desafortunado com Clara Petrona, filha do Coronel Zavala y Delgadillo que despejou suas pretensões, não se lhe conheceram outros amores ou noivados. As afeições ocupavam pouco espaço na alma frígida deste homem, absorvido por um propósito fundamental. Para penetrar nela faz falta escala e farol". (*Comentário de Justo Pastor Benítez*).

«Estranho universo o de tal homem de quem se murmura que possuía um coração endurecido, semelhante ao de Quinto Fixlein, à prova de fogo, posto que as únicas seduções a que cedia eram suas ocupações. Outros asseguram, no entanto, que não deixava de inflamar-se e era sensível a esses olhos andaluzes que ainda brilham na décima ou décima segunda geração. Ocorre-nos que, em tais casos, há de haver ardido como o antracito, segundo dizem, fulguravam seus olhos em sua cara de urubu. Há rumores flutuantes a respeito.

»Pobre Supremo! Lástima que não tenha havido um par desses olhos com a suficiente inteligência, profundidade e alma para tê-lo aprisionado de uma maneira permanente convertendo-o em um virtuoso pai de família. Há, por outro lado, alguma certeza de que fora filha de O Supremo aquela jovem atordoada, morena, vivaracha, de vida desordenada, que vinte anos depois vendia flores pelas ruas de Assunção? Nada mais que sombras, sombras, sombras. Palavras, palavras, palavras!, disse Hamlet, o melancólico príncipe da Dinamarca pela boca do nosso Shakespeare". (*Comentário de Thomas Carlyle*).

Foram-se Somellera e Cerda. Vieram Belgrano e Echevarría. Vieram vindo aos poucos. Não mais como invasores, mas em missão de paz. Esta missão estava bem calculada, relata o Tácito portenho, para tratar com um povo inocente e perspicaz como o paraguaio, tão propenso à desconfiança quanto fácil de alucinar. Belgrano representava nela a candura, a boa-fé, a altura de caráter. Vicente Anastasio Echevarría a habilidade, o conhecimento dos homens e das coisas, o verbo fluido e convincente. Eu não vi neste mequetrefe mais que uma língua varicosa, viperina; não ouvi nele mais que o barulho de suas extravagantes ideias assomando em seus olhos de réptil. Belgrano sim era muito melhor do que a descrição do Tácito Brigadeiro. Alma transparente a deste homem ignorante da maldade, assomando em suas claras pupilas. Homem de paz condenado a ser distinto do que era na profundidade de seu ser.

Os dois emissários não só não se completavam nem se complementavam, segundo o Brigardiero, como se estorvavam e se anulavam. A situação de seu país lhes impunha um suposto restabelecimento da concórdia com o nosso, pomo da discórdia do extinto vice-reinado. Não era paz e leal entendimento, no entanto, o que seguiam perseguindo os governos de Buenos Aires. A verdade era que os pobres portenhos estavam passando por muitos males. Um governo sucedia outro governo no remoinho da anarquia. O da manhã não sabia se duraria até a noite. Na dúvida, tinham suas maletas na porta. Lá fora não estavam passando melhor. Após o desastre de Huaqui, os traiçoeiros haviam voltado para se apoderar do Alto Peru. Os portugueses-brasileiros ocuparam militarmente a Banda Oriental. A esquadra real dominava os rios. Buenos Aires desfrutou, antes que Assunção, as delícias do bloqueio e do isolamento.

Neste momento não me lembro se foi a baba de raiva do Rivadavia ou a saliva de pedra do Saavedra a quem ocorreu enviar o general Belgrano e o rábula Echevarría com instruções de insistir na sujeição do Paraguai a Buenos Aires. Se isto não fosse possível, conseguir ao menos a união de ambos os governos por um sistema de aliança. Sempre a "união" sob qualquer pretexto! A qualquer preço a anexação! A Revolução no Paraguai não nasceu para cerzidos nem remendos. Eu era o que cortava o flamejante pano à sua medida.

Belgrano e Echevarría tiveram que sofrer no purgatório de Corrientes um longo plantão. Antes de sua visita, a Junta havia enviado ao governo de Buenos Aires, em 20 de julho de 1811, uma nota que expressava com firmeza os fins e objetivos de nossa Revolução. Eu disse que nenhum portenho colocaria mais os pés no Paraguai antes que Buenos Aires reconhecesse plena e expressamente sua independência e soberania. Fins de agosto. A resposta ladeava de propósito. De propósito prolonguei o plantão dos emissários na Porta do Sul. Repeti aos de Buenos Aires a partitura da nota: Abolida a dominação colonial, cantava-lhes o tenor, a representação do poder supremo volta à Nação em sua plenitude. Cada povo se considera então livre e tem o direito de governar-se por si mesmo livremente. Disso se infere que, reassumindo os povos seus direitos primitivos, todos se acham em igualdade de condições e corresponde a cada um velar por sua própria conservação. Osso duro de tragar para os orgulhosos portenhos. Havia outras alfinetadas na nota: Se enganaria qualquer um que chegasse a imaginar que a intenção do Paraguai é entregar-se ao arbítrio alheio e fazer dependente sua sorte de outra vontade. Em tal caso, seu sacrifício nada mais lhe teria adiantado nem reportado outro fruto além de trocar umas correntes por outras e mudar de amo. Pelo mesmo fato de que o Paraguai reconhece seu direito, não pretende prejudicar nem mesmo levemente os de nenhum povo, tampouco se nega a tudo o que é regular e justo. Sua vontade decidida é unir-se com essa cidade e demais confederadas, não só para conservar uma recíproca amizade, boa harmonia, livre comércio e correspondência, como também para fundar uma sociedade baseada em princípios de justiça, de equidade e de igualdade, como uma verdadeira Confederação de Estados autônomos e soberanos.

A espinha atravessada na garganta, o Tácito Brigadier não teve mais remédio que reconhecer: Esta foi a primeira vez que ressoou na história americana a palavra *Federação*, tão famosa depois nas guerras civis, em seus congressos constituintes e em seus destinos futuros. Esta célebre nota pode ser considerada como o primeiro ato da Confederação levantada no Río de la Plata.

O Paraguai regalava pois aos *portenhos* esta ideia que podia resolver de golpe todos os seus problemas. Projetava para a América toda, antes que nenhum outro povo, a forma de seu destino futuro.

A Junta expediu um ofício a Belgrano, encalhado em San Juan de Vera de las Siete Corrientes: Protestamos ao senhor comissionado que só o dever de uma inteira e feliz terminação das passadas diferenças é a que a impele a proceder com esta detenção até que seu governo compreenda e venha a aderir a nossas leais proposições e a nossos sagrados empenhos, que são e devem ser os mesmos. Protestamos também uma amizade sincera, deferência e lealdade com os povos irmãos; valor generoso contra inimigos armados; desprezo e castigo para os traidores. Estes são os sentimentos do povo paraguaio e de seu Governo, e os mesmos que reclamam e esperam também por parte de Buenos Aires. Sob este conceito pode o senhor comissionado estar seguro de que, no instante mesmo em que recebamos favorável resposta de seu governo, teremos um motivo de particular satisfação em facilitar o trânsito e a chegada dessa missão a esta cidade.

{(À margem): O bagre de Takuary virou espinha. O peixe nasce de uma espinha. O macaco de um coco. O homem do macaco. A sombra do ovo de Cristóvão Colombo gira sobre a Terra do Fogo. A sombra não é mais difícil que o ovo. A sombra foge diante de si mesma. Tudo chega. O só estar vivendo já é estar chegando.}

Às recuadas, chegou a resposta de Buenos Aires. Cumpridamente aceitava tudo o que se lhe exigia comprometendo inclusive mais do que se lhe havia reclamado. Chegaram os emissários plenipotenciários. Erguido na proa do barco, o sol acendia suas vestimentas de gala na manhã primaveril. Magnífico recebimento. As vinte famílias principais, no mais alto dos barrancos. Milhares de curiosos da fofocagem trovejando no ar com caixas e bumbos, igual às festas de touradas nos acampamentos de negros e mulatos.

A Junta em pleno lhes deu as boas-vindas em meio às salvas dos canhões e da fuzilaria. O general Belgrano adiantou-se até os oficiais. Depois da saudação militar, os ex-adversários de Takuary se abraçaram longamente soprando nas orelhas furtivas mensagens. Entre o clamor da multidão nos dirigimos à Casa de Governo na ex-carruagem dos governadores. Um pneu furado nos obrigava a cumprimentar a cada volta da roda. Valsa de acenos e sorrisos. Ao passar pela praça de Armas os recém-chegados viram as forcas. Cães nanicos lambiam as manchas de sangue do armazenador e do cavalariço de Velazco. Echevarría se virou e com uma piscadela travessa nos olhos me perguntou: Esses artefatos fazem parte da recepção? Não gostei, de entrada, da cara desse homem. Mistura de latinista e ave negra de tribunais. À guisa de fantasia, frango. Frango de monóculo; qualquer bicho, menos um homem em quem se pudesse confiar. Não, doutor, esse decorado serviu para outra representação. O que acontece é que no Paraguai o tempo é muito lento de tão apressado que anda, embaralhando fatos, extraviando coisas. A sorte nasce aqui a cada manhã e já está velha ao meio-dia, diz um velho dito, novo a cada dia. A única maneira de impedi-lo é segurar o tempo e começar de novo. Você vê isso. Não. Já não existe. Tornou-se aparição. Já vejo, já vejo, ele disse o frango-plenipotenciário entrefechando seu único olho. Esgotado por um terrível esforço mental enxugava a crista com um lenço de todas as cores. O general muito parco, muito sério, acenava a cada golpe de roda.

Surge do portapluma-memória outra recepção que darei ao enviado do Brasil, quinze anos mais tarde. Posso me permitir o luxo de misturar os fatos sem confundi-los. Economizo tempo, papel, tinta, fastio de andar consultando almanaques, calendários, poeirentas estantes. Eu não escrevo a história. Eu a faço. Posso refazê-la segundo minha vontade, ajustando, reforçando, enriquecendo seu sentido e verdade. Na história escrita por publicanos e fariseus, estes invertem seus embustes a interesse composto. As datas para eles são sagradas. Sobretudo quando são errôneas. Para esses roedores, o erro é precisamente roer o certo do documento. Tornam-se rivais das traças e dos ratos. Quanto a esta circular-perpétua, a ordem dos fatores não altera o produto dos fatos.

Em 26 de agosto de 1825, Antonio Manoel Correia da Câmara*, comissionado do império do Brasil, é conduzido, na mesma carruagem em que vou com Belgrano, à Casa de Governo. Não o acompanho eu, desde logo. O chefe de praça basta para cumprir tal mister. Um batalhão do regimento de pardos e mulatos o escolta. Máxima honra que posso dispensar a este biruta emplumado que teve o atrevimento de omitir em sua solicitação de entrada o título de *República*, que corresponde legitimamente a nosso país. Estou observando-o da janela de meu gabinete. Racimos de cabeças se alvoroçam nos vãos da rua principal. O populacho se golpeia nas esquinas ao passo do visitante galardoado tilintante de condecorações. Da carroça o amigo de sultão Bayaceto agita cerimoniosamente seu chapéu de plumas. Bandeira do parlamento. O gentio se atropela para ver de perto o comissionado imperial. Não há bulha de vitórias nem aclamações. Curiosidade espessada de instintiva má vontade. Eu sei o que é isso. Sombras vermelhas. É que o povaréu não pode deixar de ver no Homem-que-vem-de-longe o kambá brasileiro: descendente dos bandeirantes saqueadores, incendiários, ladrões, negreiros, violadores, degoladores. O pneu furado o decapita a cada solavanco. As saudações caem ao pó. Quando cala a trompa da escolta se escutam gritos de zumba. Surda vaiada: Kambá! Kambá! Kambá-tepotí! Quanta diferença com as boas-vindas a Belgrano!

---

* «Paralelamente à missão portenha [refere-se não à missão de Belgrano e Echevarría, mas à de Juan García de Cossio], está a brasileira de Antonio Manoel Correia da Câmara. Personagem de tintas extraordinárias. Nenhum chamado como ele por sua vida novelesca, por seu caráter aventureiro, para escrever o capítulo dramático de uma entrada no isolado Paraguai; sua viagem, sua estadia em Assunção e Itapúa, sua negociação na capital, formam um romance pleno de apaixonante interesse. Guerreiro na Índia, combatente em Portugal, prisioneiro de Napoleão, viajante na Turquia, revolucionário no Rio de Janeiro, amigo íntimo de José Bonifácio, devoto das musas, golpeando as portas do Paraguai e enclausurado para revelar a Esfinge. Tal homem para tal missão". (*Comentário de Júlio César*).

Dispus não receber ainda Correia. Que espere um pouco mais. Não estendo minha mão às pressas. Quero saber a fundo o que quer o império, que é que traz entre as mãos seu atarantado testa de ferro. Que o levem a seu alojamento. Da carroça preta aparece a mão branca coalhada de lampejos agitando o emplumado chapéu, saudando à direita e à esquerda. A chusma observa o espetáculo, formando parte sem participar dele. O homem-que-vem-de-longe avança no fundo da caleça preta rodeado pela atmosfera de seu carnaval carioca. Teatro inútil. Decorado dourado, escorado no não-visível. Precede-o um batuque de dançantes negras vestidas de colares. Saltimbancos, capoeiras, agitam suas baquetas machadas de vermelho. Insuficiente. Insuficientemente vermelho. Não alcança a tinta do sangue. Talvez baste para simulá-la sob o sol marginal do Brasil, ao ocaso de África. Outra coisa. Outra coisa é o passional sol de Assunção. Sempre a prumo rachando as pedras. A ressolana mostra, delata, despinta os tesouros deste carnaval de cartão. Esfuma as dançantes, os capoeiras. A mão branca contra a laca preta da carruagem empunhando o íbis do chapéu.

Garça-real. Ave-do-Paraíso. Botões de alquimia. Lantejoulas de cores. Ponham mais se quiserem. Tudo o que quiserem. Para mim não será mais que teatro. Para mim, o mensageiro imperial não é mais que um estafeta qualquer. Vem atarantado buscar minha mão. Porém, não dou a ninguém para guardar minha mão.

Por momentos a carruagem em que acompanho Belgrano e a carruagem em que vai Correia se ladeiam. Avançam à contra-marcha, rodam juntas um trecho. Se juntam. Formam uma só carruagem. Vamos todos juntos nos saudando cerimoniosamente nas bacadas. O solavanco nos coloca de acordo no forçado aceno. Cada um afirma seu não com o gesto de dizer sim a cada segundo e frações.

Buenos Aires enviou Belgrano para concordar, para pactuar união ou aliança com o Paraguai. O Império do Brasil enviou Correia para pactuar aliança, mas não a união com o Paraguai*.

---

* «O próprio Correia pediu, clamou por esta missão, ansioso por pactuar uma aliança brasileiro-paraguaia para esmagar o Plata na inevitável guerra que há de sustentar com o Império na Banda Oriental». (*Ibid.*).

Antonio Manoel Correia da Câmara apeia da carruagem ante a pousada que lhe foi destinada. Contra a brancura da taipa, destaca-se a figura do típico macaco brasileiro. Da minha janela, eu o estudo. Animal desconhecido: leão na frente, formiga atrás, as partes pudendas ao revés. Leopardo, mais pardo que leo. Forma humana ilusória. No entanto, sua mais assombrosa particularidade consiste em que quando lhe bate o sol, em vez de projetar a sombra de sua figura bestial, projeta a de um ser humano. Pela luneta observo esse engenho que o Império me envia como mensageiro. Colado à boca, um fixo sorriso de esmalte. Fosforesce um dente de ouro. Peruca prateada até o ombro. Olhos entrecerrados, escrutam ao redor com a cautelosa duplicidade do mulato*. É dos que primeiro veem o grão de areia. Logo a casa. O português-brasileiro, este mala, vem querendo construir uma casa na areia, mesmo que ainda não tenha vindo. Ou talvez já chegou e se foi de regresso. Não. Está aí, posto que o vejo. Reanima-se o passado no porta-objeto da lente-recordação. Que bonito chapéu de plumas!, ouço murmurar a meu lado o secretário de Fazenda. Vá trabalhar, Benítez, e deixe de pavonadas!

---

* «Alto, claros cabelos loiros, olhos penetrantes e castanhos, cabeça elevada e inteligente, nariz levemente aquilino com traços fortes de energia e vontade; em suma, um belo tipo de homem. Grave, circunspecto. Atitudes medidas, protocolares. Veste a moda com a elegância diplomática que adquiriu durante sua convivência nas velhas cortes europeias». (*Porto Aurelio, Os Correia da Câmara*, Anais, t. II. Introd.).

(No caderno privado)

Eu sou o árbitro. Posso decidir a coisa. Forjar os fatos. Inventar os acontecimentos. Poderia evitar guerras, invasões, pilhagens, devastações. Decifrar esses hieróglifos sangrentos que ninguém pode decifrar. Consultar a Esfinge é expor-se a ser devorado por ela sem que se possa revelar seu segredo. Adivinha e te devoro. Eles vêm. Ninguém anda só porque quer e tem duas pernas. Nós vamos deslizando em um tempo que roda também sobre um pneu furado. As duas carruagens rodam juntas ao contrário. A metade para frente, a metade para trás. Se separam. Se roçam. Rangem os eixos. Se afastam. O tempo está cheio de rachaduras. Faz água em todas as partes. Cena sem pausa. Por momentos tenho a sensação de estar vendo tudo isto desde sempre. Ou de haver voltado depois de uma longa ausência. Retomar a visão do que já aconteceu. Pode também que nada tenha acontecido realmente salvo nesta escritura-imagem que vai tecendo suas alucinações sobre o papel. O que é inteiramente visível nunca é visto inteiramente. Sempre oferece alguma outra coisa que exige ainda ser olhada. Nunca se chega ao fim. Em todo caso, a baqueta me pertence... digo esta pena com a lente-recordação incrustada no pomo.

Trata-se de uma pena cilíndrica das que fabricavam os presos em perpétua para o pagamento de sua comida. Nota-se que este objeto não saiu da simples inventividade do preso, mas que foi feita com instruções precisas. É de marfim branco, material de que não dispunham os presos. O extremo superior termina em uma paleta; leva uma inscrição apagada por vestígios de anos de mordiscos. "O que ganha um dente dando em outro dente!", era uma das expressões preferidas de *O Supremo*. "Apagar inscrições com a sobreposição de outros mais visíveis, porém mais secretas", teria respondido Ele mesmo. A parte inferior da pena termina em uma chapa de metal manchada de tinta, de forma alveolada, encapada. Desgastada no oco do tubo cilíndrico, apenas mais extenso que um ponto brilhante, está a lente-recordação que o converte em um insólito utensílio com duas diferentes, ainda que coordenadas, funções: escrever ao mesmo tempo que visualizar as formas de outra linguagem composta exclusivamente com imagens, por assim dizer, de *metáforas ópticas*. Esta projeção se produz através de orifícios ao longo do eixo da pena, que verte o jorro de imagens como uma microscópica câmera escura. Um dispositivo interior, provavelmente uma combinação de espelhos, faz com que as imagens se projetem não invertidas, mas em sua posição normal nas entrelinhas ampliando-as e dotando-as de movimento, à maneira do que hoje conhecemos como projeção cinematográfica. Penso que em outro tempo a pena devia também estar dotada de uma terceira função: reproduzir o espaço fônico da escritura, o texto sonoro das imagens visuais; o que poderia ter sido o *tempo falado* dessas palavras sem forma, dessas formas sem palavras, que permitiu O Supremo conjugar os três textos em uma quarta dimensão atemporal girando em torno ao eixo de um ponto indiferenciado entre a origem e a abolição da escritura; essa delgada sombra entre a manhã e a morte. Traço de tinta invisível que triunfa no entanto sobre a palavra, sobre o tempo, sobre a morte mesmo. *O Supremo* era muito aficionado a construir (ele mesmo fala da vesguice de seu *olho gordo*) estes artifícios como a baquetinha de nácar, os fuzis-meteóricos, os vasos-escuta, os ábacos de cálculo infinitesimal feitos com sementes de coco, os estafetas-voadores, teares capazes de tecer tramas até com fiapos de fumaça ("a lã mais barata do mundo") e muitos inventos mais dos que se fala em outra parte.

Por desgraça, parcialmente descomposto em seu sensível mecanismo, o portapluma-memória hoje só escreve com traços muito grossos que rasgam o papel apagando as palavras a tempo de escrevê-las, projetando sem cessar as mesmas imagens mudas, despojadas de seu espaço sonoro. Aparecem sobre o papel rotas pelo meio, à maneira de varinhas submersas em um líquido; a metade superior inteiramente preta, por sorte, se se trata da figura de pessoas, dão a impressão de encapuzados. Vultos sem rosto, sem olhos. A outra metade se dilui sob a linha do líquido na gama de um cinza aguacento. Manchas de cores que foram vivas em todos os seus tons, de uma visibilidade cintilante em cada um de seus pontos, se desligam desfazendo-se em todas as direções, igualmente imóveis todas. Fenômeno óptico que unicamente poderia definir-se como um movimento fixado em absoluta quietude. Estou seguro de que debaixo d'água lactescente, caulina, as imagens mantêm suas cores originais. O que deve torná-las cinzas até fazê-las invisíveis, é o cegante deslumbramento que ainda há de persistir nelas. Nenhum ácido, nenhuma água pode queimá-las, apagá-las. A outra possibilidade é que tenham virado do avesso mostrando o inverso necessariamente escuro da luz. Também estou seguro de que as imagens retêm, sob a água, ou o que seja esse plasma cinza, suas vozes, seus sons, seu espaço falado. Estou seguro. Porém não posso prová-lo.

Por obra do azar, a pena-recordação (prefiro chamá-la pluma-memória) veio parar em minhas mãos. A "baquetinha de nácar" está em meu poder. O maravilhoso instrumento me pertence! Compreendo que dizer isto é muito dizer. Para mim também resulta incrível, e muitos não vão crer. Porém é a pura verdade, ainda que pareça mentira. Aquele que queira sair de dúvidas não tem que mais que vir a minha casa e pedir-me que a mostre. Está aí sobre minha mesa olhando-me todo o tempo com o dente mordiscado do extremo superior, mordendo-me com o olho-recordação embutido na pluma. Deu-ma Raimundo, apelidado Louco-Só, tetraneto de um dos amanuenses de *O Supremo*. Praticamente, eu a arrebatei de meu antigo condiscípulo da escola primária, a quem visitava com certa assiduidade na choupana em que habitava sobre o arroio de Jaén nas proximidades do Hospital Militar, o antigo Quartel do Hospital. Em seus últimos tempos, Raimundo não abandonava sua misérrima vivenda senão para ir em busca do escasso sustento que necessitava para sobreviver, porém especialmente da aguardente e das ervas estupefacientes que consumia em grande quantidade. De tanto em tanto eu ia com algumas garrafas de cana Aristocrata e latas de carne em conserva. Ficávamos horas em silêncio, sem nos olhar, sem nos mover, até que a noite pareava nossas sombras. Raimundo conhecia meu ávido, meu secreto desejo de possessão de seu tesouro. Fazia como que não sabia, mas sabia que eu sabia, de modo que entre os dois não existia francamente nenhum segredo. Isto veio se arrastando assim desde o ano de 1932 em que nos conhecemos na Escola República de França. Companheiros de banco na 6ª série. Primeira seção varões. Lembro bem porque nesse ano a cidade se encheu de músicas de bandas e cantos patrióticos. A guerra com a Bolívia arrebentou no Chaco. Começou a mobilização que levou à frente até os anões. Para nós a guerra era um festejo continuado. Que durasse toda a vida. Cabulávamos aula e íamos ao porto nos despedir dos recrutas. Adeus futuros te'ongués (cadáveres)! Vão e não voltem mais, panacas!, gritava-lhes Raimundo. Guarda, que também chegará nossa vez!, fazia-lhe se calar encaixando-lhe uma cotovelada. Já chegou e nos ferrou!, disse. Quantas guerras já não chegaram e nos ferraram! E nós ainda na escola com os putos livros! Porém a mim não levarão ao Chaco, nem mesmo que venham me pedir de joelhos! Vou para a África! Por que a África, Louco-Só? Porque quero impressões fortes, não esta merda de guerrinha com os bolis. Que se fodam!

Nos exames desse ano eu o ajudei nas provas escritas. Respondi por ele nas orais, nas anais. Tudo. Desde a primeira até a última matéria. A escola já era um quilombo. As mestras todas excitadas pelo furor patriótico, metiam-se a escrever cartas a seus afilhados de guerra, e nós metendo a mula no exame. Raimundo, sem se mover de seu assento, tirou um dez e eu que tirei a cara pelos dois, um três. Em compensação, como prêmio de consolação, me mostrou pela primeira e única vez a fabulosa pluma que o quarto neto de Policarpo Patiño havia "herdado" através de uma emaranhada madeixa de pequenos azares, mais além dos direitos de uma dinastia amanuêntica: "Aqui está a coisa", disse. Eu apenas consegui tocá-la. Me tirou em seguida das mãos. "Eu a compro, Raimundo!", gritei quase. "Nem louco!, disse Louco-Só. Te vendo se quiseres o que sonhei ontem à noite, mas isto não. Nem morto!". Me ficou na gema dos dedos a coceira da baquetinha de nácar.

Nas vésperas do Êxodo que começou em março de 1947, fui visitar pela penúltima vez Raimundo. Não lhe sobravam já senão a pele e os ossos. "Mais um pouco e será possível fazer botões de você," disse-lhe para fazer uma piada. Ele me olhou com seus olhos de degolado que piscavam sanguinolentos nas bolsas das pálpebras. "Hée. Isso mesmo logo é o que me espera – disse, e depois de um longo silêncio — : Olha, Capincho, eu te conheço demasiado bem e sei que és um desalmado-desarmado. Um des-almado-amansado. Desde muito tempo, eu preferiria te dizer que desde a eternidade e um pouquinho mais, não só desde o banco da Escola da República da França e de nossas putarias pelos quilombos da rua General Díaz, senão antes mesmo de nascer. O único que queres é a Pluma de *O Supremo*. Ficas com água na boca. As ideias ficam molhadas só de pensar nela. Teu senso derrete e tuas mãos tremem mais que minhas mãos de bêbado, de epilético, bebedor de pó de güembé e de cocaína que me dão as enfermeiras, que me trazes tu mesmo. Tens me rondado, tens me sitiado, tens me ajudado a morrer com uma paciência mais porfiada que o amor. Mas o amor não é mais que amor. Teu desejo é outra coisa. Esse desejo, não do que sou, senão do que tenho, te acorrentou a mim. Fez de ti um escravo, um cão que vem lamber minha mão, meus pés, o piso de meu rancho. Porém não há amizade, amor, nem afeto entre os dois. Nada mais que esse desejo que não te deixa dormir, nem viver, nem sonhar mais que *nisso*. Dia e noite. Eu não te invejo. Estás muito pior que eu. Pensa um pouco, Capincho. Eu nasci lentamente e também venho morrendo aos poucos. O feito, feito. Por minha vontade. Alguns buscam a morte e não a encontram. Querem morrer e a morte lhes escapa. Têm dentes de leão, mas são como mulheres.

Mulheres que não sabem que são putas. Tu és um deles. Pior talvez, muito pior. Te esperam muito maus tempos, Capincho. Tu te converterás em migrante, em traidor, em desertor. Eles te declararão infame traidor da pátria. O único remédio que te resta é chegar até o fim. Não ficar no meio. Andas já fazendo ponta o palito". Calou-se ofegante, talvez mais que pelo esforço das palavras que pelo esforço do longo silêncio que havia rompido por fim. Seus pulmões comidos pela tísica faziam mais ruído que um carro cheio de pedras. Escarrou um coágulo de sangue contra a taipa. Com voz do anão continuou: "Vai chover pelo menos outro século de má sorte sobre este país. Isso já se cheira à beira. Vai morrer muita gente. Muita gente se vai para não voltar mais, o que é pior que morrer. O que não importa tanto porque as pessoas, como as plantas, voltam a crescer nesta terra onde te dão um pontapé e por um que falta saem quinhentos. O que importa é outra coisa... porém neste momento eu já não lembro, esqueci o que ia te dizer. – Quis interrompê-lo. Levantou a mão –: Não, Capincho, por mim não te preocupes mais. Os milicos vão me internar no asilo porque dizem que além do mau exemplo que dou aqui perto de seu hospital, estou empesteando o lugar. E então as putas dos bordéis que se empilham em toda a quadra? Eu aqui sou o único Anjo do Abismo. O Lázaro Exterminador. As famílias dos oficiais internados gritaram para o céu. Mandaram cartas ao presidente, ao arcebispo, ao chefe da policial. Mas eu não vou para o asilo. Ao asilo não vão me levar nem morto. Nem morto! Sou Louco-Só. Serei Louco-Só até o final. Não me encerrarão no asilo! Prefiro enterrar-me no arroio que arrasta algodões sujos, as imundícias e porcarias do Hospital Militar, os trapos sujos das prostitutas, os fetos de seus abortos... – Um novo catarro fumegou ao chocar-se nos adobes. Não sei se vou passar desta noite. Sei que não vou passar. Ali, na soleira do rancho, dentro de um tubo de lata, está a Pluma. Pegue-a e leve-a e vá com ela para o caralho. Não é um presente. É um castigo. Esperaste muito tempo pelo tempo de tua perdição. Eu serei livre esta noite. Tu nunca mais serás livre. E agora anda, Capincho. Pegue a Pluma e anda rapidinho. Não quero voltar a te ver. Ah, espere um pouco. Se chegares a escrever com a Pluma, não leias o que escreveres. Olha as figuras brancas, cinzas ou pretas que caem para os lados, entre as linhas e as palavras. Verás amontoadas em cachos coisas terríveis no sombrio que farão suar e gritar até as árvores apodrecidas pelo sol... Verás essas coisas enquanto os cães do campo uivam no meio da noite. E se és homem apaga com teu sangue a última palavra do quadro...". "Que palavra, Raimundo?".

Não falou mais. Voltou-me as costas encrostadas de chagas secas pelo atrito com o piso de terra nas convulsões dos ataques, nas retorções dos espasmos alucinatórios provocados pela contra-erva e as drogas. A silhueta de espectro de Raimundo se foi reduzindo as costas encurvadas que me olhavam. Porém era eu quem contemplava minhas próprias costas. Sob a rapada pele semelhante a uma escama cruzada de inscrições e rasuras, as vértebras roídas pela artrose, apontavam para mim com seus bicos de louro. Começaria a suar e a gritar essa espinha cada vez mais branca na penumbra, que era minha espinha e se cravava em meus olhos? Ouvi meu respirar pela metade. Do outro lado, o estertor ia crescendo com esse ruído de folhas secas que a ameaça de tormenta arranca da calma chicha do verão.

Só muito depois vim me inteirar de que Raimundo morreu naquela noite, tal como havia previsto. Durante toda sua vida, pelo menos desde que o conheci, cultivou o gosto de sua morte com seu temor à morte. Encontraram-no morto de vários dias. Seu corpo atravancava a porta, que em vida nunca havia fechado posto que não usava ferrolho nem chave. Tão leve era esse corpo de homem semelhante ao cadáver de um pássaro, que o vento mesmo virou a folha. Pelo buraco saiu o olor de Louco-Só, já que outra coisa não podia sair dele; largou o aviso que já se havia internado em seu próprio Asilo. Instalado no burburinho do bairro hospitaleiro. Curado em ausência. Transformado nesse duplo apelido que nomeava para sempre a lenda fatalmente enganosa de um homem.

Uns dizem que o enterraram no cemitério do Hospital Militar, o que resulta improvável tendo em conta as rígidas normas castrenses. Outros dizem que o cadáver foi jogado no arroio. O que resulta ao menos mais natural, segundo desejou o próprio Louco-Só. Por outra parte, não teria feito grande diferença entre ambas as cerimônias. (*N. do C.*).

Enquanto escrevo, ponha o olhar entre parêntesis. Leve-a a outra escala. Intervenção de todos os ângulos do universo. Intervenção de todas as perspectivas concentradas em um só foco. Escrevo e o tecido das palavras já está cruzado pela cadeia do visível. Caralho, não estou falando do Verbo nem do Espírito Santo transverberado! Não é isso! Não é isso! Escrever dentro da linguagem faz impossível todo objeto, presente, ausente ou futuro. Estes apontamentos, estas anotações espasmódicas, este discurso que não discorre, este falante-visível fixado por artifício na pluma; mais precisamente, este cristal de *acqua micans* embutido em minha portapluma-memória oferece a redondeza de uma paisagem visível de todos os pontos da esfera. Máquina encrostada em um instrumento escriturário permite ver as coisas fora da linguagem. Por mim. Só por mim. Posto que o falante-visível se destruirá com o escrito. O sumo do segredo se esfumará na fumaça. Não importa que a baquetinha de nácar transmigrante vá refletindo as praias ensolaradas da carpintaria da ribeira onde se constrói a Arca do Paraguai. Recolhe os gritos, os ruídos, as vozes dos armadores, dos artesãos, o brilho oleoso do suor dos operários negros. Seus ditos intraduzíveis, suas interjeições, suas exclamações rudes. De repente o silêncio. Ruído inaudível que bate. Que sentido pode ter ante isso os jogos de palavras? Dizer por exemplo: O Paraíso é um alto bem habitado lugar florido que transforma em coristas os justos. Ou o galo do inverno cisca quando tarda a aurora. Ou como afirma o indiólogo Bertoni, a crença de que o filho descendia exclusivamente da mãe, transformava o mestiço em um terrível inimigo. Ou o povo se embrutece mediante sua própria memória.

Dizer, escrever algo não tem nenhum sentido. Agir sim tem. A mais ignóbil peidorreira do último mulato que trabalha no estaleiro, nas canteiras de granito, nas minas de cal, na fábrica de pólvora, tem mais significado que a linguagem escriturária, literária. Aí, isso, um gesto, o movimento de um olho, uma cuspida entre as mãos antes de voltar a empunhar o enxó isso significa algo muito concreto, muito real! Que significação pode ter em troca a escritura quando por definição pode ter o mesmo sentido que a fala cotidiana falada pela gente comum?

(Circular perpétua)

Na sala de sessões, o presidente da Junta não sabe o que fazer com os poderes e credenciais dos enviados portenhos. Finalmente os enfia em seu bolso, e torcendo o bigode diz a Belgrano: Senhor General, você pode começar sua peroração.

Buenos Aires não pretende subjugar os povos do vice-reinado, começa dizendo Belgrano, e oferece desde o início a mais ampla satisfação ao Paraguai pelo envio da expedição auxiliadora. Sente-se desde já recompensada de seu sacrifício com a revolução de 14 de maio e o estabelecimento do novo governo. É necessário agora que o Paraguai se integre e acate o governo central pois há que se formar um centro de unidade sem o qual será impossível concertar e executar planos. A ameaça portuguesa é séria e não só está dirigida contra Buenos Aires como também contra o Paraguai. O meio de conter em seus limites o príncipe do Brasil não pode ser outro a não ser o Paraguai, conforme sua opinião, conduta e movimento, com o governo de Buenos Aires. As províncias devem somar seus esforços frente ao inimigo comum, e a separação paraguaia seria um exemplo funesto para todas elas. No governo de

Buenos Aires está representado na atualidade todo o interior; quer dizer, as províncias que formavam o antigo vice-reinado. Só faltam os deputados paraguaios e urge sua incorporação. (Aplausos da récua da Junta. Eu me mantenho calado. Imperturbável silêncio).

Dom Fulgêncio avançou para querer responder. Tratava de agarrar as palavras apoiando-se no retinir de suas esporas enquanto trastejava no chão. Agarrei no ar seu balbucio. Disse: Para começar, senhores comissionados, a tal expedição não foi auxiliadora, mas invasora, como consta na ata de capitulação assinada em Takuary. É verdade, Belgrano assentiu nesse momento. Reconheceu-o depois em suas Memórias: Este erro só podia caber em umas cabeças acaloradas que só viam seu objetivo, e para quem nada era difícil porque não refletiam nem tinham conhecimento. Bem, senhor General, deixemos entre parêntesis este triste episódio. Passemos a outro ponto, primeiro e principal: o Paraguai já não é uma província. É uma República independente e soberana à qual vossa Junta deu pleno reconhecimento. O vice-reinado é uma feia palavra, senhores. Imenso cadáver. Não vamos perder tempo na restauração desse fóssil. Estamos fazendo nascer nossas pátrias das províncias rebaixadas nos Reinos das Índias a simples colônias de um poder opressor. Sob o amparo da ordem deve surgir a irmandade das novas sociedades. Nem opressores nem servos alimentam / onde reinam união e igualdade, cantam aqui até as crianças das escolas. O Paraguai ofereceu a Buenos Aires o projeto de uma Confederação, a única forma que fará viável esta confraternidade de Estados livres, sem que a união signifique anexação. O leguleio Echevarría meteu a colher ad-irindo a ideia de que muito bem poderia celebrar um tratado *ad-referendum* sobre a incorporação do Paraguai e o envio de seus deputados, para submetê-lo depois à aprovação de um congresso. Posso adiantar-lhe, senhor comissionado, que o Congresso não celebrará nem aprovará este tratado *ad referendum*. Não podemos fazer de costas à vontade soberana do povo. Menos ainda submeter-lhe uma ideia que nos submeterá de novo a um poder estrangeiro. Você tem presentes as instruções de punho e letra de Mariano Moreno? Claras e terminantes. Não se andou com voltas. A união supunha-lhe *arrumar completamente* o Paraguai, remover o Cabildo e as autoridades, colocar em seu lugar homens de inteira confiança, e expulsar do país os vizinhos suspeitos. O fogoso tribuno de vosso Maio, senhores, ditou: Se houver resistência em armas morrerão o bispo, o governador e todos os principais causadores da resistência. Não, senhores; não se devem ressuscitar estas ideias de morte e destruição. Nós estamos tratando de pôr em completo arranjo o Paraguai sem tanto aparato ou gasto de sangue; de acordo com nossas próprias ideias e necessidades, independentemente e não no compasso de instruções nem mandatos de estranhos.

Echevarría bica com a língua bífida a deliberação. Diálogos de surdos. De mortos. De semimortos. Discursos. Contradiscursos. Belgrano está agora calado; cerra seus olhos sobre o presente. Lembra com certeza ponto por ponto as exaltadas instruções de Moreno. Com aquele homem sim, não com o pedante impostor de Echevarría, eu teria gostado de discutir neste momento os princípios do *Contrato Social* aplicados aos nossos países. Mas a espectral coroa monárquica ambicionada pelos "re-publicanos" portenhos já o sepultou sob seu peso no lodo do mar. Por agora não tenho mais remédio que sofrer as bobagens, joguinhos chineses de forma, os absurdos, as extravagâncias do rábula portenho.

Por agora, o Paraguai, concluo eu, encontra-se exclusivamente concentrado na organização de sua administração pública e suas forças armadas. Não pode empregá-las em outro objetivo que não seja sua própria defesa. Ameaçado internamente pelo espanholismo e externamente pelo exército português, deve enfrentar estes riscos com a totalidade de seus meios e recursos. Bastar-se a si mesmo. Não contar com a desajuda alheia. As morosas negociações entraram em um quarto intermédio com boné de espera; para mim entravam já no desvão dos trastes velhos. Se eles vêm bater à tua porta com más intenções, disse a mim mesmo, responda-lhes com a chave. Era preciso no entanto aguardar ainda; levar essa inconsequência até suas últimas consequências. Ficou fixado o 12 de outubro, Dia da Raça, para a discussão final e assinatura do tratado.

Os hóspedes são objeto de delicadas atenções por parte das principais famílias. Muitas festas em sua homenagem. Saraus, passeios, mareios, invites, convites. Com o Presidente da Junta à cabeça, os portenhistas estão que dançam em uma perna só. Preparam uma grande parada militar que se levará a efeito no mesmo dia da assinatura do tratado. Os mais conspícuos faccionários da "união" visitam assiduamente Belgrano e Echevarría. Nada de bom pode vir desses conciliábulos, pese a discreta vigilância que mando estabelecer. Os vasos-escutas colocados sub-repticiamente nos lugares de reunião registram alarmantes lengalengas. Decido, pois, acompanhar os hóspedes pessoalmente a todos as partes, a toda hora. Sobretudo Belgrano. Eu me converto em sua sombra, e não direi que o sigo até a porta do comum (todo lugar se tornou suspeito), nem que me converto em anjo da guarda de seu sonho, porque também devo preparar a minuta do tratado. Palavra por palavra. Detalhe por detalhe. O Tratado é meu formoso gorro de piolhos; não deixa ao travesseiro o cuidado de me despertar. Velo todo o tempo em desvelo. Mais magro que uma videira, à sombra de minha única folha, posso esgueirar-me em todas as partes. Espremer as uvas que me importam. As mais verdes já estão para mim maduras.

O projeto de Buenos Aires de estabelecer a unidade de seus interesses, sob a pressão dos novos tutores britânicos ou franceses, não ficará senão em um rodeio de estâncias manejado pelos portenhos. Falo à porta. Atrás dela o general faz suas abluções. Não me responde. Ouço o ruído da água na bacia. O gado mansinho das províncias comendo o sal posto no cocho pelos ingleses, digo. Não me ouve. O respingo de água cresce.

O general deve crer que está cruzando ainda o Paraná no barco de couro, depois o Takuary transbordado pela enchente, em sua expedição ao Paraguai. Também, meu querido general, ter vindo nos invadir montado em uma vaca morta!, tento uma saída jocosa. Que vaca morta?, diz ele saindo do cubículo. Sheik sorridente sob turbante da toalha. Você falava de uma vaca morta, senhor vocal decano? Humorada, meu estimado Dom Manoel; nada mais que humo-nada. Tome você como chacota. Eu estava me lembrando de seu barco. Barco? O barco feito com couro de vaca em que você cruzou os rios. Muito divertido o relato que me fez à noite na tertúlia! Bem que essa vaca morta me salvou a vida!, me segue no jogo general. Achincalhada familiaridade. Não sei nadar nem mesmo na areia. Esse barco era esplêndido. Olha geral! E não era mais que o couro de uma vaca paraguaia! Belgrano começou a rir bonachão. Se Pascal tivesse vindo com você no barco de couro não teria dito o que disse: Os rios são caminhos que andam e levam aonde se quer ir. O turbante caiu de sua cabeça. Não veio Pascal senão em forma de barco. Que história é essa, senhor vocal decano? Você lembrará, general, que em meados do século passado Voltaire metido a comerciante fretou para a América do Sul um barco sob o nome de Pascal com o pretexto de fazer guerra aos jesuítas. O Pascal foi logo alugado ao governo espanhol que o empregou como transporte de guerra na luta contra os patriotas. Gênio um tanto cínico o de Voltaire; extremamente ambicioso por dinheiro. Essa avidez fez dele um filósofo-armador. Ficou alucinado com a fábula do El Dorado. Enviou Cándido ao Paraguai, cujo mucamo, o mulato tucumano Cacambo, tomei depois a meu serviço, liberando-o da letra escrita. Não entendo, moveu a cabeça. Vamos, que o tirei do livro. Cacambo teve a meu lado um bom momento. Dei-lhe confiança. Claro que a traiu, pois no sangue dos mulatos está que sejam traidores. O general continuou rindo, estimulado por minha seriedade, crendo certamente que lhe estava relatando outra fábula.

O zambeta Echevarría vem e se intromete na conversa: Veja você, senhor vocal decano, a negatividade do Paraguai em integrar-se às Províncias Unidas do Río de la Plata significa precisamente a continuação da política de isolamento que se implantou aqui. Em absoluto, senhor jurisconsulto. O Paraguai não se isolou por sua própria vontade. A tanto equivaleria que você se atrevesse a sustentar que se o emparedássemos neste banheiro sua mercê se encontraria aí por puro gosto e no melhor dos mundos. Vamos, doutor Echevarria! Você se deixaria isolar desse modo? Diria, sem mentir, que o fez por sua própria vontade? Foram os governos do ex-vice-reinado os que se apropriaram do domínio do rio trancando a porta desde a Revolução que liberou nossos países do poder opressor. Buenos Aires agora vem nos oferecer paz, união e livre comércio. Este oferecimento se confraterniza com as atitudes e conduta de um Estado que assume a autoridade de gendarme em relação aos outros, e sobretudo com um Estado livre, independente e soberano como é o Paraguai? Não porque não e não, senhor jurisconsulto! A Junta de Buenos Aires não enviou o General Belgrano, aqui presente, com uma expedição para submeter este país? Já discutimos e esclarecemos bastante este equívoco, que não é tal. Preferiríamos, senhor vocal decano, não enredarmos em considerações laterais. Você é um dos intelectuais mais iluminados de nossa América. Por que perder tempo com o passado? Veja doutor, aqui no Paraguai o homem mais iluminado que temos é o faroleiro da cidade. Acende e apaga quinhentas mil velas por ano. Até ele sabe que o futuro é o nosso passado. Tiremos o pavio das velas nós também. Falemos do porvir. Como não. Com muito gosto. Com tantíssimo gosto. É minha matéria. Penso, senhor vocal decano, que você é muito afeito aos jogos de palavras, e aqui estamos deliberando sobre coisas muito sérias que exigem de nós a maior seriedade. De acordo, ilustríssimo doutor. Tal é a maldição das palavras: maldito jogo que obscurece o que busca expressar. Sobretudo, senhor vocal decano, se não guardamos as formas de uma elementar urbanidade. Parece-lhe que aqui, à porta de um banheiro, podemos enxaguar estes assuntos? Consoantes, doutor. Passemos ao salão dos a-cordos.

Que vantagens estava pretendendo tirar o leguleio portenho com seus petulantes escarcéus? Queria falar do porvir. Grandes, solenes palavras. Claro, ao indecente negociador interessava concluir o quanto antes os turvos negócios da missão para se meter em outros mais turvos ainda: estava apressado em propor aos ignorantes a-céfalos da Junta a venda da Imprensa dos Meninos Enjeitados. Tráfico de contrabandistas entre velhacos.

Naquilo que nos concerne, senhores comissionados, o Norte da Revolução Paraguaia é lavrar a felicidade do solo natal, ou nos sepultar entre seus escombros. Decisão irrevogável. Não há poder sobre a terra que vai nos fazer mudar de convicção ou de roteiro. Se põem portões no rio caminharemos sobre as águas. Vocês, senhores comissionados, podem evitar isso. Podemos, entre todos, evitar o pior e alcançar o bom. Fazer com que a palavra *Confederação* seja uma realidade útil. Já tiraram do Paraguai muita terra e muita água. Não lhe tirarão seu fogo nem seu ar. O queixo esverdeado de Echevarría buscou o apoio do punho. A silhueta branca de Belgrano se aconchegou na penumbra.

Falemos claramente, senhores. Se há de se formar um centro de unidade, esse centro não pode ser outro além do Paraguai. Núcleo da futura confederação de Estados livres e independentes. Por que Buenos Aires não há de vir a se incorporar ao Paraguai? Centro-modelo dos Estados que hão de se confederar. Sempre foi, desde o começo da colonização. Com mais razão deve sê-lo desde o começo da descolonização. Seu motor impulsor. Não só porque é *já* a Primeira República do Sul; também porque seus títulos a habilitam desde sempre para isso. No Paraguai se produziu o primeiro levante contra o absolutismo feudal. As hierarquias que produzem os acontecimentos da história põem, por cima de Buenos Aires, Assunção: Mãe dos Povos e nutriz de cidades, reza por aí alguma cédula idiota da coroa, que não por ser idiota deixou de expressar a seu modo uma verdade. Quando Buenos Aires se converteu em flamejantes ruínas, Assunção a refundou. Buenos Aires avança agora para querer nos refundar. Veem o que pode significar o mal uso de uma letra quando a realidade dos fatos está viciada de erros! Buenos Aires, meus amigos, é em si mesma um grande erro. Grande estômago de ruminante pendurado em um porto. Com Buenos Aires à cabeça corremos o risco de sermos tragados vivos. Fatal predestinação. Frei Cayetano Rodríguez, meu antigo professor na Universidade de Córdoba, me escreve: Não sabes, filho, que o nome portenho está odiado em todas as províncias desunidas do Río de la Plata!

Isto não é casual. Já desde os tempos em que, à luz das novas ideias, refletíamos sobre a sorte desta parte do Continente nos subterrâneos do gótico pagode de Monserrat, víamos com mediada claridade o que ia acontecer. Alguns de meus condiscípulos, que agora são membros da Junta, sabem tão bem quanto eu. Enquanto a cidade domina sobre o campo, a fingida Revolução se converte em um teatro de discórdias e agitações. É o que aconteceu aqui com o descalabro da Revolução comuneira. O patriciado da capital a traiu. Quando o Comum, o povo em seu conjunto, retoma o poder a Revolução se impõe. Logo, comete o erro de entregá-lo aos intelectuais "iluminados", aos hierarcas do patriciado. Então o povo é vencido. Seus chefes naturais são decapitados; o movimento de liberação, destroçado.

Aqui no Paraguai as forças da Revolução radicam nos campesinos livres, na incipiente burguesia rural. Espécie de "terceiro Estado", incapaz porém de governar ainda diretamente sob a forma de um parlamento revolucionário. Incapaz de levar ainda a luta pela independência até suas últimas consequências.

Em Buenos Aires a Revolução está sendo feita pelos girondinos da burguesia comercial portuária. Seus maiores e melhores esforços não passam de conservar o sistema do vice-reinado com algumas reformas que tenderão a cristalizar-se de novo em uma coroa monárquica. Desta vez crioula. Seus mais "iluminados" intelectuais estão desvinculados das massas populares, como aqui assim mesmo estão os entrincheirados chefes militares que senhoreiam a Junta.

O general se pôs de pé. Começou a caminhar outra vez de uma parede à outra. Balançou sua cabeça. Não estou de acordo com o que você diz, senhor. Eu não sou mercador. Você tampouco é. Você ama seu povo. Eu também o meu. Infelizmente estamos em minoria, senhor general. De nós depende que a maioria do povo esteja conosco. Cornelio Saavedra não acusou Mariano Moreno de malvado Robespierre que propugnava exagerados princípios de liberdade, impraticáveis teorias da igualdade? Logo segregou esta seita de falsos jacobinos-sabonários que pretendiam instaurar, segundo Dom Cornelio, uma furiosa democracia destinada a subverter a religião, a moral e nosso tradicional estilo de vida. Moreno foi mandado de remolho às profundezas do mar.

Vicente Anastasio Echevarría tomava notas muito sério. Em vez de sorver soprava a bomba do mate que lhe estava servindo o mulatinho Pilar. Assim não, doutor. Difícil sorver / soprar ao mesmo tempo, não? Se lhe estreitaram os olhos. Não soube o que responder. Vejam, senhores, eu às vezes gosto de ser ingênuo, ainda que não tanto quanto parece. Estou absolutamente seguro de que vocês vieram para me pedir que dê a Buenos Aires o resto do que já foi dado. O que dá e dá queda-sem-quedar. Em tal situação, não me queda outro recurso que meter o ferrolho dentro. Guardar as chaves. Levantar uma corrente de fortalezas do Salto até o Olimpo. Manter abertas somente as brechas que convenham ao país. Isto é o que farei. Já está feito. Cumprido.

Tenho entendido no entanto, senhor vocal decano, insiste insidiosamente o rábula, que S. Exª é só um membro da Junta Governativa do Paraguai. Aqui, senhor jurisconsulto, mais que uma Junta de parada, temos uma Revolução em marcha. O Diretor da Revolução sou eu. Os traiçoeiros golpes termidorianos nos espreitam a cada passo. Faz falta uma mão de ferro para conjurá-los. De modo que você não se preocupe com os figurões. Se minhas palavras não lhe bastam para dar razão aos fatos, os fatos me darão razão. Vitorioso no campo de batalha, meus estimados amigos, o Paraguai não se nega a um acordo. Resiste a ser vencido por um tratado. A Junta, o Cabildo em pleno aplaude minhas palavras. Ao oferecer-lhe as bases de uma Confederação estou abrindo as portas para uma solução nacionalista e ao mesmo tempo americanista. Equânime. Fraternal. No interesse da generalidade. Isto é falar do porvir nos termos mais concretos possíveis. Não deixemos a sorte à sorte. Repartamo-la equitativamente, porém não em provas de equitação. Não aceitemos a iniquidade de inequação. Tenhamos todos uma bolsa comum sem nos meter nela como em uma bolsa de gatos. Busquemos juntos o caminho mais justo. Já é bem triste que nos vejamos reduzidos a encaixotar em palavras, notas, documentos, contra documentos, nossos acordos-desacordos. Encerrar fatos de natureza em signos de contranatura. Os papéis podem ser rasgados. Lidos com segundas, até com terceiras e quartas intenções. Milhões de sentidos. Podem ser esquecidos. Falsificados. Roubados. Pisoteados. Os fatos não. Estão aí. São mais fortes que a palavra. Têm vida própria. Atenhamo-nos aos fatos. Tentemos com todas as nossas forças conformar a Confederação. Mas eu não vejo possível seu estabelecimento senão por meio de um processo verdadeiramente popular e revolucionário.

Em nosso passeio a cavalo pelo Caminho Real e os bairros baixos da cidade, os populares acodem em tropel dando vivas. O general Belgrano sorri e saúda da auréola que envolve sua imagem. Santo vivo com uniforme de general. Vamos pelas ruas de Assunção, não entre uma multidão hostil de judas, mas de um povo de fervorosos adeptos; os filhos desta vermelha Jerusalém Terrenal de Assunção. Echevarría, inquieto, mordendo a alma leguleia nas varizes da língua: Sem o eixo de um centro ordenador como é Buenos Aires, e sem órbita do direito, essa constelação de Estados livres e independentes que você propõe, senhor vocal decano, nascerá morta e informe. Veja, ilustre doutor, nem você nem eu devemos nos opor ao que está inscrito na natureza das coisas. Veja você, contemple este povo simples que anseia como todos à liberdade, à felicidade, como borbulha no forno de seu fervor! Esses seres reais, esses seres possíveis nos interrogam, nos aclamam, nos reclamam, nos impõem seu mandato inocente a nós que somos seres prováveis já sem pais sem mães, montados orgulhosamente em nossas ideias que são ideias mortas se não as levarmos às vias de fato. Eles estão vivos. Nos aplaudem mas nos julgam. Esperam sua vez. Cerram o círculo em volta. Veja você, doutor, contemple essas mãos calorosas, negras! Agitam-se queimadas pelo sol completamente brancas! Querem fazer de nós seus candeeiros. Procuram nos acender com seu fervor. Em meio à luz não deixamos mais que sombras, não deixamos mais que fumaça. Não entendo muito bem, senhor vocal decano, o que você quer dizer. Não entenda a mim, doutor Echevarría. Entenda a eles. O general Belgrano já os entendeu.

Falamos aos gritos em meio ao tumulto sem escutar nossas palavras, só vendo-as formar seu oco em nossas bocas. Já estou acostumado a que não me entendam os doutores, doutor Echevaría. Vosso Tácito dirá que esta doutrina da Confederação será explorada sinistramente nos bosques do Paraguai pelo mais bárbaro dos tiranos. Me calunia. Calunia vocês falando de vossa total cegueira, de vossa surdez total. Essa palavra consignada em um tratado, diz vosso Tácito, tomando uma forma visível, não devia tardar em pôr todos os povos do Río de la Plata em comoção, dando um ponto de apoio à anarquia e uma bandeira à dissolução política e social que comprometerá o êxito da revolução e aniquilará as forças sociais, ainda quando depois se converta na forma constitucional sintetizando os elementos de vida orgânica de nossos povos. Vosso Tácito com defeituosa sintaxe o reconhece e o nega ao mesmo tempo, amparado na tutela colonial inglesa. Não é esse o tecido que devemos cortar para fazer o saião que a todos caia bem. Se assim ocorrer, o tal saião, apesar do que disse o Tácito Brigante, passará de mão em mão, convertido em uma bolsa-enganabobos até não ser mais que uma pelanca ensanguentada, pestilenta. Sua imagem do saião, senhor vocal decano, é muito gráfica. Porém como toda imagem, ilusória, mendaz. Nós não manejamos imagens nem saiões, senão realidades políticas. Não somos alfaiates. Somos homens de ideias. Temos de governar e estabelecer as leis, segundo já sabiam os sábios legisladores da Antiguidade. Desculpe-me, doutor, mas o congresso de Buenos Aires ou de Tucumán não pensará em reunir-se na Antiguidade. Não quererá você que a Confederação envelheça dois mil anos antes de haver nascido. Hoje em dia, senhor jurisconsulto, nesta bolsa de gatos de nossas províncias colonizadas, nós os intelectuais "iluminados", segundo você proclama, temos de estabelecer primeiro as instituições a fim de que por sua vez elas façam as leis, eduquem os homens a ser homens, não chacais tomadores do alheio. Aplique seu caráter insinuante, seu espírito sagaz, seu conhecimento dos homens, das coisas, não para malbaratar nossos desígnios mas para desbaratar as intrigas em que querem nos enredar os inimigos de nossa independência. Não é ter honra de boa opinião de nossos povos ao considerá-los nascidos para a submissão e a escravidão sem fim. Contemple este povo que nos ovaciona, que *ainda* crê em nós. Crê você que nos estão rogando clamorosamente que os convertamos outra vez em escravos de uma minoria de privilegiados para explorá-los em seu particular benefício como até aqui vieram fazendo os amos estrangeiros?

Me aproximei do galope do general Belgrano que ia contornando perigosamente as encostas da Chacarita onde antigamente se amontoavam os ranchos da paróquia de São Blas. Afaste-se, General, desses barrancos! São perigosos por causa dos desmoronamentos! Não se preocupe!, respondeu-me aos saltos sobre o precipício. Conheço bem as terras que cedem e as que não cedem! Certo. O general tem razão. Quando veio ao Paraguai pela primeira vez, teve que formar seu exército com efetivos tirados da gente-multidão. Seres vivos. Poderosos. Profunda sabedoria natural. Iguais em todas as partes a iguais condições e iguais destinos. Dentre essa gente se fez a leva de homens que foram a Buenos Aires para lhes ajudar a combater as invasões inglesas, um pouco antes de que você viesse nos invadir, general. Assim é, senhor vocal decano. Os paraguaios levantaram seus homens, seus ombros, seus braços, seu denodo, suas vidas naquela primeira patriada contra os estrangeiros. Logo minhas tropas vieram também ao Paraguai em missão de socorro. Quando compreenderam que os paraguaios não compreendiam que a coisa não era contra eles e sim contra o poder espanhol que seguia regendo nestas alturas, meus soldados preferiram ser derrotados com honra à falsa glória de seguir derramando sangue de irmãos.

A conversa estava ficando densa. Liberados da gravidade, os pilotos devem ser parcos. As selas não permitem disquisições de alto voo. Salvo em corcéis como os meus, alimentados com o pensa-trevo e a alfafa aeromóvel que cultivo em minhas chácaras experimentais. Sobretudo, o mouro e o cebruno, os mais comilões, em que íamos montados Belgrano e eu. Uma noite de pastar esta forragem forneci-lhes, durante a digestão, gás volátil suficiente para um voo de várias horas. Aristóteles alcançou animais do ar. O Vinci fabricou artefatos voadores, roubando das aves o segredo de propulsão e planejamento de suas asas. Júlio César dava de comer a seus cavalos algas marinhas infundindo-lhes neptúnico vigor. Eu, baseado no princípio de que o calor não é outra coisa que uma substância levitante mais sutil que a fumaça, fonte de energia da matéria, fiz algo melhor que o estagirita e o florentino: em lugar de fabricar aparatos mecânicos e aerodinâmicos, consegui cultivar pastagens térmicas. Acho magicamente útil. Usinas de forças naturais de incalculáveis possibilidades no aperfeiçoamento dos animais e no progresso da genética humana. Construção da super raça por meio da nutrição. Alfa e ômega dos seres vivos. Eis aqui o Eldorado de nossa pobre condição real. Não acha, general, que o plâncton armazenado nos oceanos poderia nos solucionar a coisa? Viveiros inesgotáveis de energia! Eu não conheço o mar, mas sei que é possível. Vocês se acham em suas fronteiras e deveriam iniciar os experimentos. Em segredo, pois se não fizerem assim poderão desencadear a guerra dos fazendeiros e açougueiros, a avisordidez ainda mais inesgotável de mercadores portuários.

Íamos cavalgando entre as nuvens em nossos cavalos mongol-feros. O mapa vermelhão da cidade parecia ainda mais vermelho do alto. O verde dos bosques mais verde. As palmeiras mais empenachadas e esbeltas, anãs, ananíssimas. As sombras das ravinas, mais obscuras. Fogo líquido derramava o pôr-do--sol sobre a baía, sobre o casario apinhado nas lombadas. Oh, que bela paisagem!, exclamou Belgrano aspirando ar a pleno pulmão. Ajeitou-se um pouco sobre sua cadeira. Onde anda Echevarría? Não pude dissimular meu sorriso de satisfação. Via o intrometido secretário cavalgando entre as valas escavadas pelos caudais e as inundações. Veja-o lá, general! No mais baixo do Baixo! Que azar o de dom Vicente Anastácio!, condoeu-se. Perder esse espetáculo! Azar de verdade, general. Seu secretário vai montado no rocim de Fulgêncio Yegros, apto somente para os jogos de argola e as cuadreras.

Façamos descer já, disse Belgrano, nossos bucéfalos aerostáticos. Como se faz? Espetamo-los em alguma parte? Têm alguma válvula de escape? Não, general. Tudo acontece naturalmente. Não se aterre. São seres térmicos. Quando lhes acaba o gás, os cavalos aterram. Tudo acontece muito naturalmente. As luzes do ocaso são incomparáveis nesta estação do ano. Contemple-as, general.

Livre desta vez pelo menos da presença do rábula secretário, insisti em meu tema: Ao vice-reinado aconteceu, por duas vezes consecutivas, o que ao Paraguai teve de acontecer uma só. Pelo menos enquanto eu viva. Belgrano piscou sem entender. Os ingleses, meu estimado general, invadiram o Plata em uma típica operação pirata para apoderar-se dos caudais que a arrecadação alcavala do Chile e do Peru haviam acumulado no porto de Buenos Aires. Não é assim? Assim foi, senhor vocal decano. Uns cinco milhões de patacones de prata mais ou menos, não? Mais ou menos, sim. O vice-rei mandou trasladar e ocultar o tesouro. Os piratas ingleses se apoderaram do dinheiro. Repartiram equitativamente as porções que correspondiam a comodoros, generais, brigadeiros. O resto foi enviado à sua majestade britânica. Anglófila pulcritude. Chefes e oficiais invasores são hospedados em casarões das classes respeitáveis. Abre-se a liberdade de culto e de comércio com o país pirata. O patriciado se entusiasma com os sabões de cheiro que vêm de Londres. Magra compensação para os portenhos. Naturalmente a perfumada espuma não chega à chusma dos arrabaldes. Pardos, mulatos e gaúchos não cheiram mais que à crescente fermentação de seu descontentamento.

A operação de pilhagem se converteu em uma empresa política. Vista a facilidade com que um punhado de homens decididos, sem exagerados escrúpulos, se apoderou do rico butim, os ingleses devem ter pensado que podiam substituir os espanhóis no governo da Colônia, ainda que fosse sob o signo da "independência protegida".

Enquanto isso as arcas com os patacones do localizado desfile pelas ruas de Londres. Pompa triunfal. Delirante multidão, muito diferente da que saúda você lá embaixo. Os carros que transportam o produto da rapinagem são puxados por cavalos pitorescamente adornados. Levam bandeiras e inscrições em letras douradas: TREASURE!! BUENOS AYRES!! VICTORY!!! Você os vê? Lá vão entre uma fanfarra de gaitas e tambores!*

---

* Esses fragmentos sobre a primeira invasão de Buenos Aires em 1806, pelas tropas britânicas a mando de Beresford e sob a direção de Popham e Baird, estão selecionados das notas que rabiscou *O Supremo* nos primeiros anos de seu governo. Ainda que não cite ou mencione os irmãos Robertson — nem estes tampouco o fazem em seus escritos —, é evidente que o jovem Juan Parish Robertson, "testemunha presencial" dos fatos, tanto da chegada dos caudais portenhos a Londres como do começo da dominação britânica de Buenos Aires, foi o informante oficioso de *O Supremo*, durante sua estada em Assunção. Há nestes apontamentos referências muito precisas – verdadeiras ou não – sobre fatos significativos ou mínimos, até das somas destinadas a Baird, Popham e a Beresford na repartição do butim pirata capturado em Luján, após a fuga do vice-rei espanhol. *O Supremo* anota, por exemplo: "A conquista da colônia holandesa do Cabo parece ter aberto o apetite dos ingleses". Então, "Baird recebeu 24 000 libras (exatamente 23 000 libras, cinco xelins, nove níqueis), Beresford mais de onze mil, Popham sete mil, e cada um pôde comprar uma fazenda com a

sua parte". Porém não deixa de anotar também que, pela mesma época, no outro extremo do continente, Miranda tentava com dinheiro britânico [que lhe permitiu contratar mercenários e comprar armas] a "independência" da Venezuela. "Que merda é esta?", exclama indignado *O Supremo*. "Em agosto de 1806 Miranda desembarca em La Vela. Não encontra ninguém. Os patriotas escapam dos libertadores, acreditando que são piratas. Em setembro, os ingleses desembarcam em Buenos Aires, e aqui os piratas a saqueiam com ar de libertadores!" (*N. do C.*)

Se nos aproximamos dos sul-americanos como comerciantes e não como inimigos, daremos energia a seus impulsos localistas; deste modo acabaremos por metê-los todos em nossa bolsa, pensaram/agiram os governantes do Império britânico dando um brilhante exemplo a seus descendentes da Nova Inglaterra. Pese a tudo isto, pese a Revolução de Maio, pese a todos os pesares, a Nova Junta de Governo se comprometeu não só a dar proteção aos ingleses. Faria muito mais. De tal sorte, a "dominação indireta" do Río de la Plata ou "independência protegida" ficou florescentemente assegurada nas mãos dos novos amos. Não é verdade, general? Em Belgrano se enfiou na boca um pedaço de nuvem de grão grosso que lhe fez tossir. Já sei, meu estimado general, que você não apanhou, mas resistiu a todos esses fatos. Sei inclusive o que aconteceu com a Banda Oriental em repúdio aos invasores. Seu pundonor rejeitou esta desonra. Para um amigo que tenho lá, na Capela de Mercedes sobre o rio Uruguai, sei o que você sofreu naqueles dias. Sei também que durante as selvagerias britânicas você não se manteve ocioso, como correspondia a seu patriotismo. Depois o obrigaram a vir para cá.

Por minha vez tive que ser testemunha dos feitos/contrafeitos que provocaram sua expedição. Desde o retiro em minha chácara de Ybyray, eu os observei atentamente, como você desde seu estabelecimento em Mercedes. No entanto, tive mais sorte. Três vezes mais sorte: a de que sua invasão terminasse em evasão; a que tenho agora de ser seu amigo; a de ir cavalgando com você por este azul céu paraguaio. Chefe honorável de uma missão de paz você, general, vem propor ao Paraguai não a aberração de uma "independência protegida" senão um tratado igualitário e fraterno. Leitor aficionado de Montesquieu, de Rousseau, como eu sou, podemos coincidir com as ideias destes mestres no projeto de realizar a liberdade de nossos povos. Você, general, é um dos pouquíssimos católicos a quem o papa concedeu licença na forma mais ampla para ler todo gênero de livros condenados ainda que que fossem heréticos, à exceção dos de astrologia judiciária, obras obscenas, literatura libertina. Não direi que o *Contrato* e os outros livros de vanguarda encerram toda a sabedoria que nos faz falta para proceder com infalível tino e acerto. Já é bastante que coincidamos nas principais ideias. Pontos de partida na luta pela independência, liberdade e prosperidade de nossas pátrias. É com esse espírito que estou redigindo o rascunho do tratado que devemos assinar amanhã.

Junto à pia de água benta vai se deslocando a longa caravana dos que trazem nos braços suas crias para a cerimônia do batismo em que o general Belgrano atua como padrinho geral. Eles o suplicaram coletivamente. Ele aceitou a imposição com sua natural bondade, e agora a procissão de pais legítimos e naturais está ali. Vão depositando em seus braços milhares de párvulos que por virtude das águas os converte em afilhados e seus pais e/ou mães em compadres e comadres do general. Há horas que está de pé junto à pia, no átrio. A catedral, reclinada como uma nova torre de Pisa, ameaça a cada momento desmoronar. Range, chia ameaçadoramente a igreja matriz pelas contra bocas de suas rachaduras. Impávido Belgrano, vai alçando as criaturas sobre o redondo Jordão. A primeira foi María de los Ángeles, recém-nascida. José Tomás Isasi e sua esposa derramaram lágrimas sobre o embrulhinho de sua filha chutando com as pontinhas.

No teatro armado nos baixos do Cabildo se representa *Fedra**. Petrona Zabala está admirável no papel da filha do rei de Creta e de Pasifae. Ter-se-ia dito que é a esposa de Teseu em pessoa, apaixonada incestuosamente por seu enteado Hipólito Sánchez. Na cena em que, acossada pelos remorsos, enforca-se no Monte de Vênus com seu próprio cíngulo de rainha virgem, a verossimilhança do real beira o alucinante. Do alto dos barrancos, sentados sob a laranjeira, contemplamos este corpo delgado, interminável. Espectral brancura oscilando sobre o espelho negro da água entre o resplandor das tochas. Os cabelos revolvidos pelo vento cobrindo-lhe o rosto.

---

* Não é *Fedra*, mas *Tancredo* o que se põe em cena essa noite, a única obra conhecida até então no Paraguai. (*N. do Compilador.*)

Quarto intermédio da décima terceira sessão, levantada a pedido de Echevarría, suado, mal-humorado, com cara de cheirar mal o mate que vai correndo de boca em boca. O Presidente da Junta fez trazer uma canastra de *chipá* mestiço. Todos chupam e comem avidamente. Nada mais que o ruído das bocas, dos goles da bombinha na espuma. Por dizer algo, insisto na refundação de Buenos Aires que quer refundir os paraguaios. Sempre é um bom tema. Pelo menos evito as bobagens de meu parente Fulgêncio, que há muito tempo vem ameaçando enfiar uma de suas péssimas anedotas. Em 1580 fazia quase quarenta anos que a cidade-porto havia desaparecido. Incendiados os últimos ranchos, avançou o pasto e, cobrindo as cinzas, apagou-a do mapa. Quanto teríamos ganhado tudo, senhores, por haver deixado do borrão! Mas Assunção, a mãe prolífica de povos e cidades, havia nascido para amamentar leitões. De Assunção saíram os fundadores da segunda Buenos Aires. O governador Juan de Garay decidiu estabelecer no Río de la Plata um porto para unir Espanha a Assunção e ao Peru. Levantou-se, pois, o estandarte das levas. Ao toque de trombeta e tambor saiu o pregoeiro a chamar todos os habitantes que quisessem tomar parte na jornada. Alistaram-se dez espanhóis e cinquenta e seis nascidos na terra. Partiram de Assunção acompanhados de suas famílias, seus gados, suas sementes, seus instrumentos de lavoura, sua esperança. Garay e seus companheiros descem o rio no baixel. Alguns saem por terra arriando 500 vacas. Bom tropel, não? Bom plantel. Em 11 de junho de 1580 se produz o segundo parto da cidade-porto. Tudo se efetua tranquilamente. Harmoniosamente. Acabou-se a epopeia. Um é o que mata a fera, outro o que enfeita a pele e forra o capi-saio. Não há que se omitir a liturgia da fundação. O governador corta ervas e tira facadas, como prescreve o antigo costume. O escrivão Garrido engole a voz. O bom viscaíno Garay sorri para dentro. Seu sorriso se reflete na folha da espada. Vejam como inventam os cronistas. Buenos Aires está fundada definitivamente. Cabildo. Pelourinho. Cruz. Seu plano, em pergaminho de couro. Solo lhano, não havia por que se meter em gambetas, disse Larreta. Traçam-se tiradas de norte a sul, "leste/oeste", ruas perpendiculares. Tabuleiro honrado, franco. Dezesseis quadras de frente sobre o rio, nove de fundo. Seis maçãs ao Forte, entre elas a que mordiscou Adão. Três conventos. Praça Maior. Um hospital. Prédios para as chácaras dos povoadores. Enfim, já engatinha a cidade, já começa a chácara. O conto de nunca acabar. Entre os cinquenta mancebos da terra paraguaios há uma donzela paraguaia, Ana Díaz. O rábula dá um chupão na bomba e solta um risinho. De que você ri, senhor jurisconsulto? De nada, senhor vocal decano. Sua relação com aquele segundo parto, como você diz, há mais de dois séculos, me fez recordar de repente a homenagem prestada há pouco a essa mulher, Ana Díaz, pelas damas paraguaias residentes em Buenos Aires. Lindo colofão da fundação. Vamos ver, doutor Echevarría, como foi isso, disse Fulgencio Yegros. O outro toma seu tempo. Sorve longamente a bomba, até que a pança do mate comece a se queixar em seco. Bom, diz o rábula, a homenagem das damas paraguaias a Ana Díaz teve um final inesperado. Não, não!, clamam os membros da Junta. Comece pelo princípio! Nada, que as damas residentes se puseram a buscar desde esta manhã muito cedo, antes ainda da saída do sol, o solar que Juan de Garay adjudicou Ana Díaz como participante na fundação. Queriam render-lhe a homenagem na mesma hora em que se supôs que a espada de Garay teria dado o piparote fundador. Entre quintas, salgadeiras, mercearias e baldios nebulosos, a centena de damas patrícias peregrinou por toda a manhã e toda a tarde em busca do solar fantasma da paraguaia, sem acovardar-se ante a fria nevasca que soprava do estuário. Ao anoitecer chegaram ao local que, segundo os borrados planos, correspondia ao buscado solar. Ali se levanta um casarão mesquinho, mistura de convento, salgadeira e mercearia. Uma das damas, amiga minha, razão pela qual reservo seu nome, subiu um montículo de lixo e começou o discurso de circunstâncias. Interrompiam-na a cada instante homens de toda laia que entravam no local cruzando com outros que saíam bêbados e jacareros. Quando minha amiga, a dama do discurso, clamou solenemente três vezes o nome de Ana Díaz, apareceu na porta uma mulher em roupas bastante menores. Aqui estou, o que buscam senhoras?, disse que a mulher inquiriu destemperadamente. A casa de Ana Díaz, respondeu a dama. Viemos para fazer-lhe uma homenagem. Ana Díaz sou eu. Esta é minha casa e hoje é justamente o dia de meu aniversário, de modo que se quiserem ficar. As damas se horrorizaram. Então aguardem um momentinho, que vou chamar meus companheiros e meus paroquianos, para que também eles se divirtam um pouco. Já terão adivinhado vocês de que local se trata: Um vulgar Templo de Eros, acreditou-se obrigado a clarificar o rábula o que já estava mais claro que água. Apareceram em vozeiro tropel uma centena de mulheres e homens, inclusive os músicos com seus instrumentos. As damas consultaram o plano, novamente. Não havia dúvidas. O solar era esse; brincalhão, o destino havia posto ali outra Ana Díaz. A verdade é que o discurso continuou com novo e distinto ímpeto. Tão eloquente e emocionada ou confusa esteve minha amiga, que em pouco tempo damas matrícias e mancebas meretrizes choravam abraçadas à lágrima viva, enquanto os músicos colocavam um fundo de acordes marciais nessa cerimônia de imprevista e irrepetível confraternidade feminina. Mentiu o rábula portenho como sempre. Grosseira patranha. Inventada insídia. Tudo para me levar ao contrário e atrasar o xeque do Tratado que vinha cavalgando na fumaça do mate. Minhas averiguações sobre o fato nem remotamente conseguiram confirmá-lo. No solar adjudicado por Garay a Ana Díaz, não existe tal Templo de Eros, mas uma vulgar selaria.

Pela noite veio o presidente da Junta para me consultar se, devido à repentina paralisação das duas mãos que atacaram Echevarría, devia-se postergar o dia da assinatura. Veja, parente, que se o tratado não for assinado pelos dois comissionados, a Junta de Buenos Aires pode trastejar-nos depois com a jogada de que é írrito e sem valor, segreda Fulgencio Yegros. Veja, par-ente, digo-lhe, fixamos a manhã de 12 de outubro, Dia da Raça, como Dia da Assinatura. O tratado se assinará amanhã. Confirme-o aos demais membros do Governo. Já tem redigido o tratado, parente? Com todas as suas letras. Passado a limpo. Texto definitivo. Não será corrigido. Podemos ler? Você o escutará amanhã; menos trabalho. Deixe isso por minha conta: Ocupe-se de sua parada. Componha-se para realizá-la logo após o toque de diana, de modo que a cerimônia da assinatura feche as negociações e possamos nos despedir de nossos hóspedes com todas as honras. Faça-me o favor de mandar trazer de imediato La'ó-Ximó, o curandeiro de Lambaré. Enviem-mo assim que chegar.

Relutantemente Echevarría acedeu estender os dois braços sobre a esteira, a cara voltada para a parede. Os punhos crispados se destacam contra as manchas de sangue envelhecido no esparto. La'ó-Ximó, mirrado, esquelético, mas com a força de um touro, está lutando há tempos para afrouxar essas mãos crispadas em um punho de morto. Fricções, massagens, golpes fulminantes capazes de dividir um pedaço de mármore. Tudo inútil. A calva cabeça de La'ó-Ximó empapada de suor brilha entre as velas; da trança cai um jorrinho sobre o feixe de nervos da nuca. Ele se volta para mim: Senhor, é nada mais que o apava, ou seja, a paralisia. Mas o kuruchí, ou seja, o nó da ruga, não está nas mãos. Está em um ponto do cérebro. Há a marca de um ponto de onde já não se pode voltar para trás. Este pode ainda; o problema é que não quer. Tu também com os pontos, La'ó-Ximó. Sim, senhor, um ponto é. Vou ver onde está. Vou queimá-lo um pouco e as mãos vão abrir outra vez suas folhas. Inspecionou, cheirou os punhos, poro por poro. Deteve-se de golpe no ponto do parágrafo, do artigo, do inciso. Sobre a chama de uma vela abrandou uma mistura de artemisa, benjoim e liquidâmbar. Formou duas bolinhas. Esmagou-os uma na junção que há entre o polegar e o indicador da mão direita; outra no centro do metacarpo da esquerda. Acendeu um raminho de incenso e o aproximou dos emplastos. Sob a combustão acabaram de derreter e volatilizar em fumaça, em vapor, em olor. As mãos se abriram lentamente. Sorte da lenta ressurreição. Os dedos recobraram pouco a pouco seus movimentos. Já está, senhor, diz La'ó-Ximó. Echevarría olha terrivelmente para as mãos; suspeita que lhe tenham colocado outras que não as suas. Move-as contra a vontade. Enquanto recolhe sua esteira, suas mezinhas, suas agulhas e palitos La'ó-Ximó, diz baixinho em dialeto payaguá: Querendo seguir doente o doente se curou sem querer, pelo poder opilativo de Santa Librada e do Grande Avô La'ó-Xe que ata-e-desata-o-que-mata. Na porta, joguei-lhe uma moeda. Ficou suspensa no ar. La'ó-Ximó agarrou com as unhas o colibri de prata de carlos-quarto e o coloca em sua guayaka: Tenha cuidado, Senhor! As mãos desse estrangeiro estão cheias de línguas! Não te preocupes. Vá. Sua figura esfumou-se no contracanto de uma oitava.

Nova reunião solene da Junta e do Cabildo. Pausadamente, leio o Tratado. Regulo os decibéis do volume acústico sublinhando as partes mais importantes: Artigo primeiro: Achando-se o Paraguai em urgente necessidade de auxílios para manter uma força efetiva e respeitável para sua segurança e para fazer frente às maquinações dos inimigos do interior e do exterior, o tabaco da Real Fazenda existente na província será vendido na conta do Paraguai e seu produto será investido no objeto indicado ou em outro análogo. Artigo segundo: Fica estabelecido que o peso de sisa e arbítrio que anteriormente se pagava em Buenos Aires por cada terço de erva que se extraía do Paraguai, seja cobrado antes em Assunção com aplicação precisa ao objeto indicado no artigo anterior. O terceiro: Fica disposto que o direito de alcavala se satisfaça no lugar da venda. Artigo quarto: Fica declarado incluído aos limites do Paraguai o departamento de Candelária, situado na margem esquerda do Paraná. Artigo quinto: Por consequência da independência em que o Paraguai fica, a Junta de Buenos Aires não porá reparos ao cumprimento e execução das demais deliberações tomadas pela Junta de Governo do Paraguai, conforme as declarações do presente Tratado, desejando ambas as partes contratantes estreitar mais e mais os vínculos e empenhos que unem e devem uni-las em uma Federação. Está obrigada cada uma por si, não só a cultivar uma sincera, sólida e perpétua amizade, como também auxiliar e cooperar mútua e eficazmente com todo gênero de auxílios, segundo permitam as circunstâncias de cada uma, toda vez que demande o sagrado fim de aniquilar e destruir qualquer inimigo que tente se opor aos progressos de nossa justa causa e comum liberdade.

Cerrados aplausos encerram a leitura. Não há mais discussão. Todos nos reunimos para assinar o papiro de duplo teor ao qual não escapará nenhum galo. Cada um quer ser o primeiro. Um momento antes tive que arrastar Echevarría de seu alojamento. Ele segue protestando que suas mãos não são suas mãos. Vamos! Apresse-se! São suas mãos, suas mesmíssimas mãos! Deixe-se de...! Tiro dele. Eu o empurro. Reboco-o a remo, toa e corda, pesada lancha de má fé. Faço-o cruzar em disparada a praça cheia de cavalos. Ele vê Belgrano estampar sua assinatura muito satisfeito; não tem mais remédio que assinar ele também. Todos muito satisfeitos: os comissionados por terem obtido, na falta da ansiada união, uma estreita aliança. Os militares da Junta, por haverem chegado a um acordo com os portenhos. Eu por haver evitado o domínio portenho. O Tácito do Plata reprovará depois severamente, em sua crônica, os comissionados por terem cedido às exigências do Paraguai pactuando uma liga federal sem obter em troca a mais mínima vantagem. Cada um fala segundo a loucura que o alucina. Ao demônio, o Tácito pratino! Lá ele! Aqui, nós fizemos umas páscoas! Novos gritos de Viva a Santa Federação! Ovações. Aplausos. Até o próprio Echevarría com suas mãos usurárias rompe a aplaudir. O ruído dos aplausos aumenta no trovão da cavalaria.

Do pódio levantado na praça de Armas assistimos à parada. Os dois mil e quinhentos ginetes do Paraguai e de Takuary desfilam em formação de combate, soltas as rédeas dos corcéis. As armas baixas em honra a Belgrano que sorri satisfeito ante a honra ante-póstuma. Fulgêncio Yegros e Pedro Juan Cavallero, quer dizer, meia Junta, à frente do desfile. São de fanfarras. A fechada formação rompe logo em mil fanfarronadas. Simulacros de cargas, ataques, entreveros. Cavalos e ginetes se partem em dois para se juntar um pouco mais adiante, metade de um ginete com a metade de um corcel, centaureando em figura. As provas individuais se repetem sem perder o caráter de sua reorganização coletiva. Dois soldados montam um mesmo indomado, de repente um coloca o pé no chão de um lado, o outro do outro, passam do pé à mão, cruzam-se, fazem uma tesoura sobre a montaria a galope. Dez ginetes cavalgam em pé sobre uma fila de corcéis selados e em pelo alternadamente. Desmontam, correm a pé ao lado das montarias. Vão desamarrando-as sem diminuir a marcha. São lançadas pelo ar os arreios. Em um abrir e fechar de olhos voltam a selar, porém agora os que cavalgam em pelo são os que vão sobre as montarias. Deixam um pé na terra, enganchados com o outro no estribo, recolhem do chão as lanças que lançaram cem varas à frente de si. Veja você, general, não creio que nenhum país tenha ginetes que tirem vantagem dos paraguaios na arte da equitação. Com efeito, senhor vocal decano, estas provas são assombrosas! São boas, sim, balbucia Echevarría, mas na província de Buenos Aires eu vi cavalgadas que teriam assombrado você, senhor vocal decano. Há gaúchos nos Tercios de Migueletes que só com os dentes sabem arrear seus frísios. Outros que colocados entre dois cavalos, um pé em cada sela, picam as esporas à rédea solta nos toques de retirada carregando um homem em seus braços; supõe-se que um camarada ferido em combate. Outro gaúcho posto de pé sobre o primeiro vai disparando seu arcabuz ou seu bacamarte para cobrir a retirada dos três. Conheci um ginete de Bragado que manejava seu parceiro em toda sorte de exercícios, bailes e contradanças. Entre o suador e os joelhos, e também entre o estribo e os polegares de seus pés, colocava moedinhas de prata. Jamais caíam, como se tivessem sido pregadas naquelas juntas com mais firmeza que as moedas, costuradas ao couro de sua fivela. Já as mãos enrugadas do secretário despertam suas línguas pelos prados de uns eruditos à violeta. Quem pode pará-lo! Lembrei-me da prevenção de La'ó-Ximó. No meio do fragor ele gritou cada vez mais forte: Nas Índias Orientais a honra principal era cavalgar sobre um elefante, não sobre o plebeu cavalo. A segunda ir em carro puxado por quatro bois de monumental cornadura. A terceira montar um camelo. A última categoria, para não dizer a honra última ou quase desonra, consistia em montar um cavalo ou ser conduzido em uma carroça puxada por um único pangaré. Um escritor de nosso tempo disse haver visto nessas regiões de antiquíssima cultura que as pessoas de bem montam em bois com albardas, estribos e rédeas, e acrescenta que eles parecem muito roliços em semelhantes cavalgaduras. Ah sim, vamos a isso, meu estimado Echevarría, você saberá que Quinto Fabio Máximo Rutilio, na guerra contra os samnitas, vendo que sua gente a cavalo na terceira ou quarta carga tinha quase desfeito o adversário, ordenou a seus soldados que soltassem as rédeas de seus corcéis e carregassem com toda a força da espora, de sorte que não podendo detê-los nenhum obstáculo através das linhas inimigas, cujas efetivos estavam estendidos na terra, abriram passagem à infantaria, que completou a sangrenta derrota. Igual conduta seguiu Quinto Fulvio Flaco contra os celtiberos: *Ib cum majore vi equorum facietis, si effraenatos in hostes equos immittitis; quod saepe romanos equites cum laude fecisse sua, memoriae proditum est... Detractisque fraenis, bis ultro citroque cum magna strage hostium, infractis omnibus hastis, transcurrerunt**, segundo descreve Tito Lívio.

---

* Para que o choque seja mais impetuoso, soltai as bridas de vossos corcéis. É uma manobra cujo êxito honrou muitas vezes a cavalaria romana... Apenas a ordem era ouvida e desenfreiam seus cavalos, ferem as tropas inimigas, rompem todas as lanças, voltam seus passos e levam a cabo uma terrível carniçaria.

Este fragmento de Tito Lívio se encontra copiado assim mesmo no *Manual de combate das forças de cavalaria*, entre as numerosas obras de tática e estratégia devidas também ao punho e à letra de *O Supremo*. (*N. do C.*).

Mais ou menos, estimado doutor, o que ocorreu em Cerro Porteño e Takuary. Echevarría, escorregadio, muda de assunto: O Duque de Moscóvia cumpria antigamente a seguinte cerimônia com os tártaros, quando estes lhe enviavam seus embaixadores: saía-lhes ao encontro a pé e lhes apresentava um copo de leite de égua. Se ao bebê-lo caía uma gota nas crinas dos cavalos, o duque tinha obrigação de passar a língua por ela. Veja, estimado Echevarría, você não passou ainda a língua pelas crinas desses cavalos vencedores. É que tampouco você, senhor vocal decano, nos deu para beber o copo de leite de égua que o duque de Moscóvia oferecia aos embaixadores estrangeiros. Oh, sim, senhor secretário, você bebeu a metade, derramando a outra metade sobre as crinas dos cavalos da Junta. O que ocorreu é o que aconteceu com Creso ao atravessar a cidade de Sardes. Encontrou um prado em que havia uma grande quantidade de serpentes. Seus cavalos as comeram com apetite excelente, o que foi de mau agouro para suas empresas. Quase todos eles ficaram mancos de pés e mãos, segundo refere Heródoto de Halicarnasso. Chamamos cavalo inteiro o que tem as demais partes tão cabais como a crina e as orelhas, sem tirar as partes testiculares iguais e cabais em tudo e por tudo. Os outros cavalos não são senão meio cavalos, e os capões nenhum. Veja, olhe, observe isso!, exclamou Belgrano desmontando Echevarría de outra iminente bobagem. Espetáculo em verdade fantasmagórico. Uma espécie de resplandecente escuridão que espalha o fogo do sol caindo a prumo até o fio do meio-dia se racha: Um só trovão faz retumbar a terra: dois mil e quinhentos cavalos avançam a todo galope entre remoinhos de poeira. Cavalos sós. Selados ou em pelo. Não se veem os ginetes. Massa compacta. Geométrica exalação de corcéis. Passam zumbindo frente ao pódio, enlameados de suor, portando os chuços entre os dentes. Completamente desenfreados. Quando por fim os olhos se acostumam a essa carga irreal, distinguem pouco a pouco a cruz dos corcéis em pelo ou sobre as montarias vazias pequenos ginetes não maiores que os pés de um homem: são na realidade os pés de cada ginete enganchados na cruz. Veja você, Echevarría! Este era o mistério de Takuary! Como ia alguém disparar sobre essas pobres bestas sem soldados que pareciam lançadas em seu próprio desespero! Como ia alguém disparar sobre esses pequenos vultos em forma de cruz! Como ia alguém imaginar que esses vultos em cruz eram os ginetes virados ao revés! Quando nos dávamos conta já estavam direito nos acertando forte com a lança e o facão! Não podíamos saber, general!, tartamudeou Echevarría mordendo os punhos.

Silêncio de três sombras. Três vezes silêncio na penumbra do gabinete. Estão sentados ali há muito tempo. Não se pode dizer que tenham bom semblante. Porém para pôr bom semblante não há mais remédio que se lembrar de todas as contrariedades. Desculpem, nobres senhores. Com certeza estarão fatigadas suas mercês com tantas bufonarias. Esqueçam-nas, eu rogo. O que é necessário recordar é o bem de nossas pátrias.

Devemos refletir sobre o que temos concordado. Sopesar até o último grão a justiça de nosso pacto. Fazer que se cumpra. Sobretudo isso. Fazer cumprir o falado, o escrito, o pactuado, o assinado. Vocês dois em seu país, por meio de seu governo, com o respaldo da soberania do povo em suas honoráveis assembleias legislativas. Eu por minha vez aqui farei o mesmo. Melhor dizendo, deem já por feito, posto que minha vontade representa e age por delegação da incontrastável vontade de um povo livre, independente e soberano.

As duas sombras não respondem. O voo de uma mosca as atravessa. Estão ali esses senhores ou não estão? Sim, senhor vocal decano, aqui estamos, diz Vicente Anastasio Echevarría, reorganizando-se em seu assento. Levanto-me da poltrona. Despenduro Benjamin Franklin da parede, gravado em aço. O rábula portenho observa terrivelmente o inventor do para--raios. Manuel Belgrano abre os olhos. Eis aqui, amigos meus, o primeiro democrata destes novos mundos. O modelo que devemos imitar. Dentro de quarenta anos pode ser que nossos países tenham homens que se pareçam com ele. Isso, é claro, se no grande país do norte continuam surgindo homens como Franklin. Se é assim, poderemos gozar no futuro a liberdade para a qual não estamos preparados hoje. Pode ocorrer, por desdita, que na América do Norte não surjam mais homens da têmpera do inventor do para-raios, e que em nossos países o raio de anarquia aniquile nossos melhores homens. Pode ocorrer que lá inventem o Grande Garrote e aqui morramos todos do garrotilho, da mancha e do carrapato, como o gado de nossos campos. Devemos nos cuidar para não cair nas mãos de tais amos abatedores. Echevarría levantou a mão cheia de dedos agarradores: Você não é muito otimista, senhor vocal decano. Ao contrário, doutor, respondi. Sou sumamente otimista, mas não amnésico. Um mínimo de memória é indispensável para subsistir. A anulação desta faculdade comporta a idiotice, e nós aqui, no Paraguai, não bebemos o café preto de cardamomo dos esquecidos berberes, mas a infusão de erva-mate ou o chá de alecrim, que ajudam a conservar a memória, e dentro dela as boas e más recordações. Já vimos muitas vezes a cara da desdita. Agora queremos ver, e para sempre, a cara da dita por cara que nos custa dita cara. E assim, veja você, que sou claramente otimista. O verdadeiro otimismo nasce do centro do sacrifício. Livre de todo cálculo egoísta, eh? Ah! Quem se sacrifica se entrega sem voltas e o sacrificador é quem perece. Lembre-se, doutor Echevarría. Franklin sabia. Espírito que economiza até o último centavo de sua energia visionária, de sua rigorosa autodisciplina. Fé, confiança, caridade, esperança, liberdade. Par seu, entre seus pares, general, eh, eh? Não me escutou bem, abstraído na delicada solidão central de seus pensamentos. O compadre Benjamin era otimista até a respeito da morte, eu disse. À idade dos vinte e três anos, já tinha composto seu epitáfio com palavras do Ofício. Tenho-o copiado no verso. Leia você, doutor. A voz leguleia balbuciou:

Aqui jaz pasto dos vermes
o corpo de Benjamin Franklin
como o forro de um livro velho,
descosturado, despregado. Mas a obra não
se perderá pois há de reaparecer,
como ele espera, em uma nova
edição revisada, corrigida pelo
Autor.

Oxalá possamos cada um de nós redigir nossos epitáfios com palavras tão simples e tão sábias, não? Ainda que se eu tivesse de escrever o meu não gastaria mais de duas palavras:

Estou bem.

O general Belgrano sorriu. Entreguei-lhe o retrato que recebeu com emoção. O arame de cobre perde-fluido do minúsculo para-raios posto em cima do gravado, enganchou-se nos pés do rábula. Peou-lhe e deu-lhe a volta. Levantou-se meio carbonizado pela ira. Interjeições. Pus entre seus ásperos dedos uma história manuscrita do Paraguai. Leve-a como recordação. Mande imprimir se deseja, sem comprimi-la, eh? A realidade deste país é mais rica que a que está encadernada nesses in-fólios. O futuro é mais ainda. Guardemo-lo do raio.

O cabeludo Dom Benjamin, sobre o peito do general, piscou-me um olho. Levantei a vista para o rosto de Belgrano. Vi refletido nele através de imagens sombrias o fragor dos desastres futuros. Eu o ouvi suando sangue. Elefantisíaca agonia de seu Jardim do Esquecimento: *Ai, pátria minha!* Estrondo abafado pela infernal cavalgada que estremece a terra americana. Murmúrios de línguas que atormentam o que é vencido. Bocas que fabricam escorregadores de falsos testemunhos. Me via a mim mesmo. Ainda que os anos de tua vida fossem três mil ou dez mil vezes três mil, ninguém vive outra vida além da que perde. O término mais longo e o mais breve são iguais. O presente é de todos. Ninguém perde o passado ou o porvir, pois de ninguém se pode tirar o que não tem. Razão pela qual, compadre Marco Aurélio, estaríamos todos, segundo isso, abotoando sempre nossos botões na casa errada e em tempo equivocado. Aposto meu último molar contra a pá do coveiro que a eternidade não existe. Eh? Não basta ainda? Aposto então a falsa metade de meu crânio, que embromar! Vamos, acalma-te. Me exalto facilmente nos casos limite, cuja graça principal consiste em que não têm limite.

O general Manuel Belgrano me olha com seus olhos muito claros. Move a cabeça. Um pouco contristado. Adianta-se alguns passos. Apertamos em silêncio as mãos.

Apenas chegado de regresso a Buenos Aires, o rábula Vicente Anastasio Echevarría negociou por debaixo dos panos com os membros da Junta a venda da imprensa dos Meninos Enjeitados, única por aquele tempo na barragem portenha. A primeira edição americana do *Contrato Social*, foi impressa nela, em tradução de Mariano Moreno. Uma relíquia. O rábula da mão torta de Echevarría não se limitou a querer vendê-la; ofereceu também pouco menos que em leilão a biblioteca do próprio Moreno. Confirmei então minhas suspeitas acerca de qual era o rábano que o rábula e os membros do Junta mordiam em suas conciliábulos; quais os verdadeiros motivos da pressa para regressar a seu país.

Meu ex-cunhado Larios Galván, secretário da Junta, escreve-lhe: Aceitamos desde já a impressa na soma acordada de 1800 pesos. A fim de liberar a V. M. o dinheiro, fique à vontade para nos dizer se há algum outro mais para pagar, e se a máquina há de vir com todas as utilidades necessárias. Fique à vontade também V. M. para se dar o trabalho de nos mandar uma nota da biblioteca do finado doutor Dom Mariano Moreno informando-nos sobre o preço para finalizar sua compra. Tomaremos a qualquer preço todos os que tratem de matérias de direito público, política, belas letras e obras curiosas, joias para bibliômanos; sobretudo, aquelas de muito valor material por suas encadernações de ourives em metais e materiais preciosos. Não faremos reparos nos custos.

Os Cavaleiros do laço e bola da Junta, os areopagitas das Vinte gritaram que isto era uma grande perda para a cultura do país. É para seus bolsos e velhacas intenções!, reprovei-lhes. Enquanto eu possa e posso, não permitirei latrocínios clandestinos. Varri-lhes o piso. Sobre solo varrido não bicam galinhas. Fizeram algo pior: privados da Imprensa dos Meninos Enjeitados, fundaram o Cassino dos Apostadores Enjeitados. Com os restos da imprensa de pau das reduções jesuíticas, os patriciais apostadores se arranjaram para fabricar uma impressora de cartas. Do povoado de Loreto, onde estavam sepultadas, os ruins trouxeram as ruínas tipográficas que arruinaram a civilização dos índios. De Buenos Aires fizeram vir o mestre impressor Apuleyo Perrofé. Muito em breve e também muito clandestinamente começaram a sair e circular as primeiras estampas. Foram inundando o país, que ficou sem livros, sem almanaques, sem devocionários. Apuleyo colocou na máquina até as pastas do arquivo da Junta.

As impressões de Perrofé eram quase perfeitas. Os mais afamados apostadores da época não sabiam distinguir a frente e o verso dos naipes, como não distingue um ovo de outro ovo. A dessemelhança se insere por si mesma nas obras do homem. Nenhuma arte pode chegar à semelhança perfeita. A semelhança é sempre menos perfeita que a diferença. Dir-se-ia que a natureza impôs a si mesma não repetir suas obras, fazendo-as sempre distintas. Perrofé, por sua vez, as fazia ao mesmo tempo iguais e diferentes. Sabia polir, branquear e pintar tão cuidadosamente o inverso e até as figuras de suas cartas, que o mais consumado jogador se enganava sempre ao vê-las deslizar e escorregar nas mãos de seus antagonistas na roda. Até a mim enganaram os baralhos de Apuleyo Perrofé. Com a mesma perfeição compôs e miniaturizou também o *Breviário* do Bispo Panés; livro que com sua morte passou ao poder do Estado; ali está entre meus livros mais raros. Tão raro é, senhor, que a última vez que o vi já estava completamente branco. Não é raro que os livros também encaneçam, Patiño, e mais se são Livros de Horas. As letras se cansam, se apagam, desaparecem. Ocorre-lhes o mesmo que com o azougue, eh. Isso sabes, eh, eh? Quanto mais o amassam, o comprimem, o dividem, tanto mais foge e se esparrama. O mesmo ocorre com todas as coisas. Subdividindo-os em sutilezas, o único que se consegue é multiplicar as dificuldades. É grassar as incertezas e as querelas. Tudo o que se divide indefinidamente se torna confuso até ficar reduzido a pó. É o que fazia o maldito Apuleyo Perrofé. Só depois de anos de pesquisas e rastreios pôde o governo pegar na unha a imprensa clandestina. Estou vendo ainda, senhor, o momento em que o carrasco empurrou o ar com um chute na tábua e a corda no pescoço de Perrofé. Homem retaco, mais redondo que uma bola de mel, o corpo do mestre impressor balançava a ponto de arrebentar dentro de sua roupa cheia de remendos coloridos. No meio da ventania que varria a praça foi-se desinchando o enforcado. De dentro de suas roupas de cores saíam ao vento revoadas de naipes que logo encheram toda a cidade. Na hora se pensou na soltura de cem mil mariposas, que se costuma fazer todos os anos em homenagem a Sua Excelência, no fausto dia de seu nascimento. Mas no silêncio que se seguiu, como não se ouviram as salvas dos canhões, nem o ressoar das cem bandas de músicos dos quartéis, nem a gritaria dos grupos de negros, pardos e mulatos, o gentio se deu conta por fim de que não era o dia dos Reis Magos. O justiçamento do mago criminoso fazedor de baralhos terminou. Despenduraram o cadáver. Não encontraram mais que a bolsa sem fundo de suas roupas, que o dilúvio de cartas havia descarregado, estampas de santos, figuras de mulheres nuas, santinhos de primeira comunhão. Apesar desta lição, apesar das forças de segurança ultrapassarem em medidas excessivas de vigilância, excelentíssimo senhor, desde então tem-se jogado mais que nunca em Assunção, em todas as vilas, povoados, vilarejos, guarnições, postos fronteiriços; até a última barreira e na mais infeliz rancharia do país, até nas tendas dos índios se joga, senhor. É inútil que os efetivos urbanos saiam para varrer os malandros jogadores. Pouco depois estão dá-lhe com o baralho, como se nada tivesse acontecido, e até os mesmos urbanos se põem a jogar nos cassinos. Certa vez, conversando com o ministro Benítez antes que ele também caísse em desgraça, disse-me que se ele fosse Primeiro Magistrado, não teria proibido o jogo nem mandado enforcar Perrofé. O que teria feito se fosse eu O Supremo, me disse, teria sido legalizar o jogo e nomear Apuleyo Perrofé administrador geral da Produtora de Jogos do Estado. Uma espécie de grande cassino-pátria que cobrisse todo o país através das agências e sucursais de Impostos Internos, instaladas nas coletoras de renda e até nas barbearias, disse Benítez. Assim como há chácaras e estâncias da pátria, o imposto sobre o jogo teria produzido muito mais riqueza que todas elas juntas; arrecadado mais do que a alcavala, o dízimo, o estanco, a contribuição frutuária; mais que o papel selado, as tarifas de exportação e importação, os direitos de vendagem e o ramo de guerra. Um imposto frutuário sobre o jogo, disse o ex-Benítez, teria formado o fluxo de maiores ingressos em prol dos cofres do Estado, em prol do bem-estar e da prosperidade do povo. Teria transformado um vício coletivo em virtude cívica superior, devolvendo uma multidão de serviços públicos a secreta praga da aposta, fazendo dela a fonte mais limpa da Poupança Nacional. A paixão do jogo, foi-se entusiasmando o ex-ministro, é a única que não morre no coração do homem, disse ele, senhor. O jogo não é como o fogo, disse. Não é o filho de dois pedaços de madeira que apenas nascido devora o pai e a mãe, como entre as tribos; ou como entre os cristãos, o fogo nascido da cola e do enxofre, de uma triste cabeça de fósforo; o fogo que serve para fazer a panela, para queimar e fertilizar os campos, as colheitas, queimar o roçado no monte... Também, Patiño, para cremar nossos cadáveres, conforme nos ameaçou o pasquim. Veja você, Excelência, isso escapou a Benítez! Nós não escaparemos do fogo, Patiño. Não é espirrando mais e melhor agora que vais apagar a fogueira que há de nos consumir. Perdão, Excelentíssimo Senhor. Não posso segurar os espirros. Deve ser minha maneira de chover. Mais em agosto, que é o mês das chuvas e das corizas. O que Benítez acrescentou, senhor, é que nem o fogo nem o jogo deveriam ser proibidos. Em si mesmos levam sua utilidade e sua proibição. O primeiro que se sabe do fogo é que não deve ser tocado, disse. O último, que serve para cozinhar os alimentos. Muito bem, disse o ex-ministro Benítez, mas o jogo pode e deve ser tocado, e é mais útil que o fogo porque dá dinheiro ao pobre. Não pode ser proibido então. Seria uma crueldade...

(*Anotado na margem*)
Em algo tem razão esse idiota. Nosso primeiro *conhecimento* do fogo origina uma proibição social. Eis aqui pois a verdadeira base do respeito ante a chama. Se a criança aproxima sua mão do fogo, seu pai lhe dá um piparote nos dedos. O fogo faz isso sem necessidade de bater. Sua linguagem de castigo é dizer que *eu queimo*. O problema a resolver é a desobediência proposital... (*queimado no resto do fólio*).

O jogo não deve ser proibido, disse Benítez, excelência. A paixão do jogo é a única que não morre no coração do homem, repetiu. Quanto mais o ataca o vento de necessidade, mais crescem suas chamas, mais ilumina a alma do necessitado. À parte da última frase que terás saqueado de alguma parte como sempre, este discursinho sobre o pro magüer do jogo, dada a conta de que também gostas de lançar as cartas, não é colheita tua? Por Deus, excelência! Manda-me cortar a língua, costurar a boca, se minto!

Ideia de aposta a do ex-ministro Benítez sobre o imposto frutuário sobre o jogo. Outros governantes fizeram de seus países verdadeiros cassinos onde se rouba, se fazem armadilhas, se assassinam, como apostadores.

Aqui no Paraguai eles não venceram. Eu os venci. Destruí suas vantagens de apostadores clandestinos pela contra vantagem de saber que são miseráveis apostadores. Conheço a marca de cada naipe que jogam. Sei de que livros foram arrancados. Ouço o galope do cavalo de copas. Tenho em minhas mãos os quatro ases: o de paus em minhas mãos, cajado de meu poder. O de ouros nos cofres do Estado. O de copas para dar de beber o fel e o vinagre aos traidores. O de espadas para cortar-lhes a cabeça. Este é meu jogo de truco. Nele eu banco o triunfo a sangue frio, sem truques de nenhuma espécie. Ao cabo, das negras intenções do rábula Echevarría saíram coisas claras e muito claras.

Retorno ao Correia da Câmara. Neste mesmo lugar, quinze anos mais tarde, estou com o Manoel assistindo à apresentação, não de *Tancredo*, mas de *Gasparina*. Seu autor, meu oficial de ligação Cantero, ajudante do comissionado imperial que eu pus a seu serviço, não tanto para que lhe sirva como para que me sirva, ocupou-se de escrever a peça e colocá-la em cena. Já não estamos ante o teatro de tancredulidade, mas da incredulidade. Gasparina é uma mulher com gorro frígio que, segundo o autor, representa a mim e à República. Não a encarna Petrona Zavala, mas uma escultural mocinha payaguá que aparece em cena coberta nada mais que pelas pestanas, as tatuagens e maquiagens de todas as cores que fazem de seu rosto uma máscara. Correia da Câmara se desfaz em louvores à obra. Sei que faz isso à atriz indígena. Alucinado por ela, não lhe tira os olhos de cima. Devora-a com um olhar obscurecido pelo brilho do desejo. A República avança para o centro do palco para ser coroada pelo Grande Feiticeiro enfeitado com tricórnio e sobrecasaca. A Balança em uma mão, a Espada na outra, a República se detém sob o sólio de palmeiras contra o qual está erguido em duas patas um imponente leão de adereço. A República volta-se lentamente com grande majestade para o gentio. Afirma-se sobre a tesoura de suas pernas. As duas folhas ligeiramente separadas. O púbis totalmente rapado. Coberto de reflexos tortos, com claridades. Raios fosforescentes de anato, urukú, tapacum e orelana, convertem-no em sol negro. O mesmo com a boca. Dois faróis de intermitente luz. Uma metade necessariamente preta, a outra necessariamente cinza. Correia passa a língua pelos lábios. Pedante em todas as suas expressões, exclama: Essa Mulher-que-vem-dos-bosques parece envolta em uma visibilidade deslumbrante, originária. Nela o visível e o invisível são exatamente o mesmo. Noturna ao mesmo tempo que solar em cada um de seus movimentos; até quando finge imobilidade absoluta. Profundo segredo. Segredo inviolável. Só vi algo parecido em algum serralho de Berbería, excelência. Essa mulher, excelência, é um meteorito desprendido da proto-noite! Veja você! Veja você! Parte-se em dois! Está imóvel, mas risca a noite, noite! Parte-se em dois! São dois corpos e dois rostos em um só corpo, em um só rosto! O rústico autor, senhor cônsul, pretendeu representar em Gasparina a Mulher-natural e também a República. Pois, conseguiu, excelência, e neste mesmo momento eu o declaro maior do que o próprio Racine! O diálogo é idiota. Há que aguentá-lo. O comissionado comprometeu-se em nome do Império a enviar fuzis e canhões. O maior carregamento do mundo! Isto é o que importa. Não me importa gastar saliva com o emplumado cônsul carioca-rio-grandense. Nossa saliva limpa e seca nossas chagas mais mata a serpente, digo o macaco, remendando-o. Enquanto Correia devora com os olhos a Mulher-que-vem-dos-bosques, vibrando nua sob o gorro frígio; enquanto o devoto das musas garganteia frases entaladas, observo o extremo esquerdo de sua boca; é essa comissura que está em movimento e pronuncia as palavras conhecidas, metade em espanhol metade em português. O resto da boca se mantém imóvel e fechado. Recurso de embusteiros palacianos, de enviados imperiais. Graças a longos anos de exercício conseguem desdobrar seus lábios e sua língua em porções independentes. Articular ao mesmo tempo frases misturadas com vozes e entonações diversas. Agora a metade esquerda está arregaçada em beiço de cavalo descobrindo os dentes sem arrastar em suas ondulações para a região direita cerrada e impassível nas contra-frases. Conheço o truque. Eu mesmo aprendi a bifurcar a língua. Fugar a voz. Sobrepor as vozes de ventriloquia através dos lábios completamente cerrados. Jogo de meninos para mim. Arte que este mamarracho imperial não domina. Pretende me convencer de que o império oferece sua aliança ao Paraguai apenas para protegê-lo das emboscadas de Buenos Aires. Conhece meus machucados; eu, os do império. O que este busca é justamente o contrário: apoderar-se da Banda Oriental, esmagar o Plata. Tragar por fim seu "aliado". Pouca coisa. Nada de nada. Deixo que o comissionado bosteje à vontade. Quem tem o anzol sou eu. Afrouxo o fio para o dourado peixe do império. Entretanto, consigo entregas de cópias de toda a sua correspondência secreta com os espiões ingleses e franceses. Então o pego de um tirão. Trago o emissário para as ribeiras de minhas exigências, e não o solto até estar seguro de que minhas reclamações serão satisfeitas: reconhecimento pleno, irrevogável, da Independência do Paraguai. Devolução de territórios e cidades usurpadas. Indenização pelas invasões das bandeiras. Novo tratado de limites que apaga as crucíferas fronteiras impostas pela bula do papa Borgia e pelo Tratado de Tordesilhas. Troca de armas e munições por madeira e erva.

Veja, senhor cônsul, você vai me pôr por escrito tudo o que prometeu. Tomo suas palavras como saídas da mesma boca de seu imperador. Vai nelas a honra do império. Eh, eh, ah! *Mais claro, absolutamente verdade*, excelência! *Você* vai ter o carregamento de armas *mais grande do mundo*! Que venha em breve o armamento, digo-lhe, e remendando-o: *Que sabe faz a hora nao espera acontecer. Os amores na mente as flores no chao / A certeza na frente / A historia na mao*. Eh? Eh? Certissimamente, excelência! Certissimamente! Quando virá o carregamento, seor consuleiro? Embora embora, que *esperar nao é saber*, zumbo-lhe na orelha. Certissimamente, fugiu a voz do cônsul de esquerda à direita. Movimento de sucção com o duplo êmbolo da linguageral. Está, além do mais, a questão desses limites bailarinos que temos que ajustar, eh, seor cônsul. Os saltos de água. As represas. Sobretudo as represas que querem nos converter em uma presa ao gosto do Império *mais grande do mundo*! Eh. Eh. Eh. Ah! Ah! Ah! Certissimamente, seguia mastigando o incerto embusteiro por uma e outra juntura. Ah e ah e ah, não volte a omitir o tratamento adequado à República e ao Governo Supremo. Veja que isto não é teatro. O que convenhamos com o império não será matéria de aplausos senão de firmas muito firmes. Francas e honradas. De uma cordilheira à outra. Certissimamente, excelência! Quando vi que a comissura-comissária me ia deslizar algo ao ouvido, levantei a mão: *Você* vai me pedir que depois da peça lhe envie a seu alojamento a Mulher-que-vem-dos-bosques, não? *Você* pretende que lhe repita em privado a cena da tesoura não é isso, senhor conselheiro? Você é um gênio, Senhor Ditador Perpétuo da República do Paraguai! Tem dotes de taumaturgo adivinhador! O mais profeta dos adivinhadores! Telepatia pura! Veja, meu estimado telépato Correia, você compreenderá que não posso prostituir a República conduzindo-a à sua câmara. Não, Da Câmara, esta correia não é para seu couro. Posso pedir-lhe que você traga o império e o meta na minha cama? Francamente não. O menos que se pode dizer sobre isso, seor consuleiro, é que não está bem, não? Nada beim! *Os amores na mente / As flores no chao*, eh, não? Certissimamente, tein razão, excelência. Bem, então amanhã seguimos conversando na Casa de Governo, que agora a peça terminou. Vejo entrar o ministro Benítez com o chapéu de plumas do enviado imperial. Não sabe você, brincalhão, que não deve aceitar presentes de ninguém? Devolva imediatamente essa aberração com o que se pretendeu suborná-lo. Por este despropósito imponho-lhe um mês de prisão.

No mesmo lugar, onde está sentado Echevarría em 12 de outubro de 1811, presenciando a parada e comendo as unhas, faço sentar o terceiro enviado portenho, Nicolás de Herrera, dois anos depois. Um congresso de mais de mil deputados estabeleceu por aclamação o Consulado. Eu ocupo a cadeira de César; Fulgencio Yegros, a cadeira de Pompeu. O primo, ex-presidente do ex-Primeira Junta Governativa, sitia agora segundo às minhas costas.

Em Buenos Aires, a queda do Triunvirato, um presumido Poder Supremo em Formação, envia o gato mal-humorado de Herrera. Chegou a Assunção em maio. Mal mês para os portenhos. Desde então aguarda para ser recebido. Mandei guardá-lo no depósito da Aduana. Decoroso alojamento, o galpão de mercadorias suspeitas de cheirar a contrabando. O gato emissário traz os dedos cheios de desejos, olhos cheios de dedos. Ele se alivia, enquanto isso, enviando a seu governo notas confidenciais repletas de caprichosas inconfidências*.

---

* «Eles me entretêm com procedimentos dilatórios. Ele me tem praticamente refém no armazém da Aduana. Ele me disse que só depois do congresso e da mudança de governo serei recebido, mas ninguém sabe quando há de se reunir esse famoso congresso. A única certeza é que aqui os portenhos são

mais odiados que os sarracenos. Se o congresso se nega a enviar deputados e lhes declara guerra, meia província se levanta... A eminência cinzenta deste Govno., cada vez mais tirano, com o Povo cada vez mais escravo, não tem mais objetivo que ganhar tempo e gozar sem pesar as vantagens da independência. Este homem imbuído das máximas da República de Roma tenta ridiculamente organizar seu Govno. por aquele modelo. Deu-me provas de sua ignorância, de seu ódio a Buenos Aires, e da inconsequência de seus princípios. Ele persuadiu os paraguaios de que a província sozinha é um império sem igual, que Buenos Aires a adula e lisonjeia porque necessita dela: que com o pretexto de união trata de escravizar o continente. Que os povos foram violentados pelo envio de seus representantes. Que todas as nossas vantagens são supostas. E até em sua contestação transpira sua rivalidade pois jamais fui reconhecido como enviado do Supremo Poder Executivo das Províncias do Río de la Plata, mas como a um Deputado de Buenos Aires; nem a V. Exa é atribuída outra autoridade». (*Memorial de Nicolás de Herrera ao Poder Executivo*, novembro de 1813.)

«Os deputados vieram tão irritados que acharam injuriosa a proposta. O Govno. aproveitando-se desta disposição fez com que se resolvessem e o negassem firme. Tendo o congresso recebido meu escritótio, houve um tumulto e os DD. juraram me matar se eu me aproximasse, e se um sacerdote não subisse ao púlpito para aplacar a multidão, eu teria morrido sem remédio, ignominiosamente». (*Ibid.*).

Agora está sentado no mesmo assento que ocupou Echevarría. Formando com ele a segunda pessoa de uma só traiçoeira não-pessoa. Antes, eu lhe permiti assistir ao Congresso para apresentar suas pretensões. Foi dito a ele não e não e não a tudo. Eu lhe disse que o Paraguai não necessita de tratados para defender sua liberdade e conservar a fraternidade com os outros estados. São leis e sentimentos naturais de sua constituição. Dois meses depois sairá com as mãos vazias. Sem união, sem aliança, sem tratado, com só o par de sapatos novos e o poncho de sessenta listras que lhe foi dado às custas do erário para repor sua vestimenta e sapatos completamente arruinados nos vãos tráfegos. A duras penas conseguiu se salvar do ataque dos cidadãos por seu petulante comportamento no Congresso.

Está aí, com forte custódia, presenciando, amuado, enrugado, a parada que ele supõe que eu mandei dar em sua honra e desagravo, sem dar-se conta dos verdadeiros objetivos que ela persegue.

No plano de somar indivíduos afins, ponho junto ao portenho Herrera o brasileiro Correia da Câmara, nosso conhecido enviado imperial. Nos dias daquela época ainda não o conhecíamos, pois virá ao Paraguai só dez anos e pouco depois. Minha diversão favorita é meter dois escorpiões em uma garrafa. Não dois sem três. Metamos pois outro escorpião portenho no frasco. O último, o Coso este, igual que o rabugento do Herrera e o tunante do Echevarría, é afeito a escrever cartas. O Coso García* se queixa de mim a seus comitentes de Buenos Aires. Me adula ao mesmo tempo com a portenha desfaçatez. Não sei por que todos esses velhacos creem que poderão arruinar o Paraguai com epistolários. Ah lá eles.

---

* Refere-se aqui a Juan García Cossío, enviado em dezembro de 1823 por Bernardino Rivadavia, chefe do governo portenho. Não terá mais êxito que os comissionados anteriores. Cossío se queixa de que *O Supremo* se porta com ele da maneira mais irredutível e incivil. Este, por sua parte, comenta Julio César, nunca explicou o motivo de sua atitude; em sua copiosa correspondência com seus delegados em que tratava de todas as questões internas e externas, jamais se referiu a García Cossío, nem à sua missão nem às suas notas. Segundo João Francisco Seguí — secretário de Vicente Fidel López — o objetivo fundamental da missão de Cossío era o de concertar uma aliança com o Paraguai ante a iminência da luta com o Império na Banda Oriental. (*Anais*, t. IV, p. 125.)

As comunicações de Cossío com *O Supremo*, como as de outros enviados portenhos e brasileiros submetidos ao purgatório dos longos plantões, foram numerosas. Neste "suplício pela esperança", os "acusadores e pedintes medrosos" desabafaram em suplicantes, ressentidas ou melancólicas missivas.

Por cada nota das 37 enviadas de Corrientes a Assunção, Cossío devia oferecer aos estafetas 6 onças de ouro, um traje completo e um equipamento de montar que incluía desde as rédeas do cavalo até as esporas do ginete, além de um chifre com 10 litros de cana. Em fevereiro de 1824, Cossío informa a seu governo, de Corrientes, que *O Supremo Ditador* não respondeu ainda e que os mensageiros não regressaram. Nada. Nem um indício sequer. A terra parece havê-los tragado. Cossío emite esta triste reflexão: "E este silêncio, tão alheio ao Direito dos Povos como à Civilização, manifesta desde logo que não se trata de variar em parte menor, aquela mesma conduta em que fixou toda a sua atenção dentro do singular isolamento em que se acha. Tudo isto, apesar de recordá-lo dos esforços realizados pelos dois países na Guerra da Independência e na ameaça que atualmente representam para a América as miras ambiciosas da Santa Aliança e a possibilidade de uma expedição de reconquista". Em 19 de março de 1824, Cossío escreve novamente para *O Supremo*. Seu ofício conclui: "O Paraguai está se prejudicando pois deixou de vender sua erva, seu tabaco e suas madeiras; seu comércio se enfraquece pelo fechamento dos rios e pela falta de mercados externos. Por outro lado, o governo de Buenos Aires se alarma com a abertura de um porto para o Brasil e pede que lhe seja outorgada idêntica facilidade, ainda que circunscrita a um Ponto, como foi outorgada ao Português". Ao pé desta comunicação há uma nota do *O Supremo*, escrita de viés em tinta vermelha: "Por fim vamos ouvir boa música!". (*N. de C.*).

Aqui ponho-os na garrafa. Três escorpiões. Quatro escorpiões. O que sejam. À vontade. Entrelaçam suas caudas, suas pinças. Secretam seus sucos venéficos. Agitar bem o frasco. Colocá-lo no sereno, até que os bichos se serenem de tudo. O veneno se transforma então em beberagem benéfica. Tomá-lo em jejum, bem de madrugada. Doses homeopáticas. Por vezes seguidas. A continuidade-simultaneidade é o que há de melhor na cura das obstruções de todo tipo.

Nicolás de Herrera, Juan García Coso, Manuel Correia da Câmara, escorpiões diplomados, me servem de corrial. Quiseram me usar. Eu que tenho usado a eles.

Correia ainda está carrancudo e temeroso. Ele sempre anda de lado. Só mostra um olho, uma bochecha, uma mão, uma perna, meio coração, nenhuma cabeça. Figura de caranguejo. Não se sabe se caminha para trás ou para frente. Calcanhares duplos. Só lhe cresceram as plumas do chapéu e pelos por todo o corpo. Sobre sua capa de arminho, em pleno verão, expande-se no dorso a negra mancha de suas intenções com a forma do mapa do império, dobrado também ao meio. Só se vê a metade que cresce até o oeste. Por agora, meia mancha de tinta no rastro das bandeiras. Depois veremos.

Câmara está obcecado com a possível interferência portenha. Coisa que me convém.Suspeita que Coso impedirá a custo de intrigas minhas negociações com o império. Teme, além do mais, um atentado contra sua vida por parte dos portenhos e dos portenhistas de Assunção. À noite, durante o jantar, ele me contou o que foi tramado contra ele. Acusa diretamente o governo de Buenos Aires de querer assassiná-lo. Veja, Excelência, a carta que o doutor Juan Francisco Seguí enviou a Bonifacio Isaz Calderón, e que meus agentes conseguiram interceptar: O Imperador destinou como agente seu, ante o governo paraguaio, um atrapalhado que está em Montevidéu prestes a partir rumo a Assunção. Convém ser surpreendido em trânsito e trazido a Buenos Aires onde será bem recebido como merece, ou que seja assassinado no mesmo Campo, se possível fosse por algum Paysano que queira se aproveitar de Seis Mil pesos. Ou se não, que se empregue uma boa carga de arsênico na sopa. É autêntica esta carta, Correia? Certissimamente, excelentíssimo! Não é fabulada? *No* é! É carta muito verdadeira! Não se preocupe, meu sentenciado Correia! Você está agora comendo comigo tranquilamente, e eu lhe asseguro que essa sopa de carne moída, que nós chamamos so'yo, é a mais saudável e nutritiva do mundo. Tome-a sem preocupação. No Paraguai você está coberto de todo perigo. Certissimamente, excelência! *Mais* eu me salvei só por um pelinho!

Resolvi, pois, juntar estes festejos em um só. E já que estamos de farras, comecemos pela que se celebra em Assunção, inaugurando estes desmandos festeiros, antes ainda da Independência. Retrocedamos um pouco. Meu trato com os caranguejos contagiou meus apontamentos de vícios mestiços.

O mau dos festejos populares é que sempre cheiram a circo, a armadilha. Gaiolas preparadas. O pobre povo chega querendo se divertir, esquecer suas penúrias, desabafar aos gritos sua humilhada existência. Como? Com o espetáculo dos senhores de sininhos nos tablados. Qualquer coisa serve de pretexto. A mais banal. A queda de uma unha encravada no dedo do pé de um monarca. A data de nascimento de uma herdeira menstruada. A queda de um império. O surgimento de outro em seu lugar. O aniversário de um favorito. A assinatura de um tratado. Qualquer coisa. A gente chega para estas custosas e miseráveis quimeras. Enganam-no, inflamam-no até o foguete com fogos artificiais. Roubam-lhe horas de seu trabalho. Dilapidam os dinheiros do Estado. Dir-se-ia que só atiçando o fanatismo coletivo pode-se esconder as misérias que o aprisionam. O que se vai fazer, o que se vai fazer? É o costume mais antigo, desde os romanos. Algum dia voltaremos a viver austeramente em catacumbas como os primeiros cristãos. Enjaulados os tigres, os imperadores, os cônsules, os figurões. Enquanto isso, deixar viver o povo. Matar aos poucos os maus costumes.

Decididamente, o pior do mau quanto a pretextos, as datas. Este 12 de outubro, Dia da Raça, uma delas. Na tábua dos calendários parecem imortais. Regem a ilusão da realidade. Menos mal que, pelo menos no papel, o tempo pode ser comprimido, economizado, anulado.

1804

O favorito da rainha, Manuel Godoy, Príncipe da Paz, aceitou o cargo honorário de Regedor Perpétuo da cidade. Assunção é a primeira Capital no reino de índias que merece semelhante distinção. O recibo simbólico do Príncipe da Paz no Ajuntamento dá lugar aos mencionados festejos. Os de mais pompa que se recordam. Começam com um grande banquete de setenta e quatro talheres oferecidos pelo odiado governador Lázaro de Ribera e Espinoza de los Monteros*, em vasilhas de prata.

---

* «Nos começos de 1795, Lázaro de Ribera foi nomeado Governador militar e político Intendente da real Fazenda do Paraguai. Antes de viajar à

sede de seu governo contraiu casamento com a dama de linhagem María Francisca de Savatea, ligando-se assim à aristocracia portenha. Uma de suas cunhadas era esposa de Santiago de Liniers [futuro vice-rei]. Ribera não cede a direita aos seus grandes antecessores [na sede da governação]: Pinedo, Melo, Alós, e quiçá em muitos aspectos os supere. Entrou muito fundo na terra guarani, soube de suas dores e suas misérias, e estendeu a mão ao desvalido e ao pobre. Profeticamente salientou que o grande porto para o Paraguai era Montevidéu, e antecipou a grandeza do Plata, escrevendo: "As Províncias do Vice-reinado de Buenos Aires chegarão a um grau tal de opulência assim que se facilitar a extração das primeiras matérias que devem passar pelo Oceano para animar e dar energia às Manufaturas da Península". Acreditou no porvir do Paraguai por sua terra fértil, sua produção abundante, seus rios que a regam e a põem em contato com o mundo». (*N. de Júlio César*).

«Ainda que de caráter ardente e impetuoso, impaciente ante toda trava, vaidoso de si mesmo e de aristocrático avoengo, foi Lázaro de Ribera um dos líderes hispânicos mais iluminados que houve nesta parte da América, nos finalmentes do século XVIII». (*Coment. do P. Furlong, cit. por J. C.*).

À cabeceira da mesa, encostado contra um cálice de ouro, o valido Maniel Godoy; quer dizer, seu retrato cheio de grinaldas. Sob um imenso selo de lacre a cédula real que o consagrou Grande Ajuntador. Do retrato ele nos saúda com lentos gestos, os dedos ornados de anéis. Após o banquete, que dura seis horas, o Príncipe da Paz é levado em uma carroça puxada por oito cavalos pretos e oito éguas brancas, ao som da banda de músicos. Um corpo de soldados custodia a galera. Atrás marcham o governador e o bispo em outro galeão. A pé, patentes mais altas dos regimentos, dos jornais, os titulares dos corregimentos, a aristocracia principal. Numerosíssima banda de clérigos regulares e irregulares. Que dignidade daqueles tempos!

No Campo de Marte foram levantados quatro arcos triunfais. Em um deles, o da Imortalidade, é colocado solenemente o retrato ornado de flores, coroas de palmeiras e louros. Toda a praça e o casario eriçados de estandartes e bandeirolas. Os balcões dos edifícios adjacentes, ocupados por damas de primeira distinção e cavalheiros de segunda e terceira. Malandros empolados com suas capas e gibões de malha.

À noite iluminam as ruas, os edifícios públicos, as casas dos vizinhos principais. Ramos de fogos de artifício se acendem no alto. O céu, um jardim de fugazes andrômedas e aldebarãs.

Do triclínio que ocupa no pódio da praça, Lázaro de Ribera agita a vara insígnia e dirige todos os movimentos, passando a mão a cada passo pelos cachos da empoeirada peruca, como um diretor de orquestra aborrecido pela desafinação das trompas. Em todo caso, o Príncipe da Paz parece muito redondo no retrato afinando, acariciando ao acaso, os chifres de um cervo real.

Da mansão do regedor Juan Bautista de Hachar sai um tílburi com acompanhamento de violinos, pandeiros e charamelas. Ao chegar à frente do retrato, os ocupantes vestidos para a cena descem e representam *Tancredo*. Maria Gregoria Castelví e Juan José Loizaga [avô do triúnviro traidor que guardará meu crânio no sótão de sua casa] brilham nos papéis do Cruzado e da Clorinda. Dez mil pessoas assistem à representação.

O novenário de festejos prossegue sem interrupção. Corridas de touros. Máscaras de gala a cavalo com coros de música repicam em danças e contradanças, como nos torneios da Antiguidade. Cinquenta cavalheiros, disfarçados de sarracenos e índios em corcéis ricamente arreados, rivalizam no jogo da argola. Espetada pelo vencedor da vez na pua de prata, a argola é levada e presenteada com viris lisonjas à sua noiva, à sua pretendida donzela ou à assenhorada esposa. Estas a recolhem do laço de cinta e as deixam cair pelo buraco do decote. Mimam sem dar-se conta, com um gesto pueril, a cerimônia da Restauração. Não da monarquia, não, se estamos em plena monarquia, vamos! Restauração daquilo-que-somente-se-perde-uma-vez. Realeza. Virgindade. Nobreza. Dignidade. Ainda que haja alguns que perdendo-as uma vez, as recuperem duas vezes.

Lázaro de Ribera com orgulhosa displicência diz ao bispo: A ressurreição é uma ideia completamente natural, não crê Sua Senhoria? O bispo assente com um sorriso comprazido. Assim é, senhor Governador. Não é mais extraordinário ressuscitar uma vez só do que criar duas vezes a mesma coisa.

A belíssima filha de Lázaro de Ribera se inclina para ele, sem deixar de contemplar o torneio: O que disse S. M., se é que se pode saber? Nada, filha. Nada que possa interessar a ti neste momento de tão formosa festa que suspende os sentidos. Perceba esse rojoneador indígena que vem para cá, a todo galope! Com efeito, de pé sobre um alazão reluzente de suor e completamente em pelo, o ginete emplumado e tatuado à maneira dos ka'aiguá ou gente do monte, avança até o local do governador. Esbelta e gigantesca altura, completamente empapada de suor. Cauda do cometa arrasta a cavalgadura na vertiginosa carreira. Ao cavaleiro indígena não lhe cobre mais que uma espécie de rabicho ou taparrabo de um tecido que despede opacos reflexos. Com o braço estendido carrega enfiada em uma longuíssima espinha de coco, a argola que vai deixando no ar o traço da vermelha sanefa. O alazão sem rédea nem bocado modera o ímpeto de sua marcha. Avança agora a passos de baile. Seus cascos não redobram ao compasso da banda, senão ao som de outros sons audíveis somente para o cavalo e seu ginete. Suas narinas vão ressoando um alento rosado que se expande sob enorme pressão. Os dois jorros golpeiam com sua massa compacta os flancos. Levitam, projetam para trás o rabo-cometa dando-lhe presença de animal fabuloso. Cabeça de cavalo e jaguar. Os funales ou dextrários dos romanos, delira o bispo erudito, teriam parecido insetos em comparação com este índio hipocentauro. Os antigos chamavam *desultorios equos* semelhantes corcéis; de seus ginetes fundidos com eles, diziam... Mas Lázaro de Ribera já se ergue vermelho de cólera, chamando aos gritos os guardas e amolando o ar com seu bastão-estoque: Por Belzebu! Quem é esse atrevido infiel que ousa tanta ousadia! Aqui, guardas! Aqui, sentinelas arcabuzeiros! O hipocentauro com dupla cabeça de homem e de jaguar freia de repente ante o pódio. Empinando. Arranhando o ar, os cascos recortados em forma de garras. A parte humana do fabuloso animal se inclina do alto e deixa cair a argola na saia da filha do governador. Disparem, disparem, galanteadores!, ordena sua voz descomposta pela ira e pelo terror. Disparem, mal-paridos abortos de escopeteiros!, clama a voz do Governador, perdendo já todo o domínio de si no repentino silêncio. As descargas ressonaram por fim. Podia-se ouvir O gemido fino silvo das balas. Os dentes do natural reluzem entre a fumaça e a pólvora. Suas tatuagens fosforescem na penumbra que começa a cair. Com a mesma espinha de coco rasga a pele acobreada da garganta até a virilha. Arranca o capacete de cera da cabeça deixando descoberta a cabeleira tonsurada em coroa-espiral. Em meio à revoada de plumas, de adornos, de escamas, de insígnias, parece uma espécie de Cristo-Adão selvagem. Quase albino de puro branco. Alva a tez. Alvos os olhos. Barba nazarena a do Cristo-tigre. O misterioso chefe das tribos dos montes mais guerreiras e ferozes do Alto Paraná está ali! Cacique-feiticeiro-profeta dos kaaiguá-gualachí. Nem os conquistadores nem os missioneiros tinham conseguido dominá-lo. Sob ele também sua cavalgadura acabou de se transformar em um tigre completamente azul. Língua, lábios vermelhos e úmidos, caninos de marfim. As manchas da pele cintilam metalicamente ao sol. Essa crescida lenda está aí no meio da praça, ante o pódio do governador. Sua filha contempla em êxtase o que para ela é algo pouco menos que um Arcanjo. Aparição real e verdadeira.

O bispo fincou os joelhos no chão apontando a cruz peitoral para a deslumbrante aparição. *Vade retro*, Satanás! O governador uiva ordens, gritos que parecem guinchos de rato entre os rugidos do tigre. A uma nova descarga, o legendário aborígene estala os dedos. O tigre se eleva de um salto para cima da aterrorizada concorrência. Convertido agora sim em meteoro, em cometa. Transpõe o rio e se perde no céu até as cordilheiras do Nascente.

A argola em forma de uma serpente que morde a própria cauda cresceu na saia da filha do governador*.

---

* «Pouco depois da chegada de Lázaro de Ribera à Província, ocorreu um fato terrível. No distrito de Villa Real, cento e cinquenta homens se

armaram com o pretexto de repreender os índios por infração da paz, surpreenderam uma aldeia e mataram 75 índios rendidos e sem defesa. Foram amarrados pela cintura e presos a cavalos chamados "cincheros", sendo todos mortos a golpes de porretes, sabres e lanças. Tudo consta nos cinco autos que se elevam. O principal responsável foi o comandante José del Casal. O ato bárbaro teve lugar em 15 de maio de 1786. Ribera tinha sido recebido pelo governo em 8 de abril. Ele nomeou como juiz do caso o comandante José Antonio Zabala y Delgadillo.

»A carnificina com resquícios da morte de Tupac Amaru em Cuzco, com a nota sobressalente do esquartejamento por cavalos, comoveu toda a Província. Casal, mediante influências e suas riquezas, escapou do castigo». (*Júlio César, op. cit.*).

No entanto, algum tempo depois, o etnocida Casal caiu em desgraça. Por todos os meios, segundo consta nas instâncias do juízo, José del Casal y Sanabria tratou de obter a defesa de *O Supremo* que, na época, exercia sua profissão de advogado sem deter ainda nenhum cargo público nem qualquer influência oficial. «Entre todos os jornalistas que defendem pleitos – escreve o matador de indígenas ao juiz – é o único que pode me manter à tona. Eu lhe ofereci metade de minha fortuna, e mais ainda, por tão assinalado serviço. Mas tudo foi em vão. Não só o orgulhoso advogado se negou tenazmente a patrocinar minha causa e pela mesma razão me acho inerte e indefeso; também se atreveu a qualificar injuriosamente meu procedimento contra esses selvagens dos montes, afirmando, como é público e notório, que nem por todo ouro do mundo moveria um dedo a meu favor, quando pelo contrário, como Deus e nosso Exmo. Sr. Gov. dor sabem, meu mencionado procedimento só foi para o bem de toda a sociedade». (*N. de C.*).

Rápido a moça envolveu, em seu círculo o enlouquecido pai, o bispo, os cabildantes, regedores, corregedores e membros do clero. A víbora-virgo seguia crescendo. Cobriu a praça, os edifícios com seus balcões salpicados de mulheres da aristocracia. Ao mesmo tempo, o metal da argola parecido com o itérbio, o duro metal das terras virgens, foi-se abrandando, transformando em matéria viscosa-escamosa. As escamas voavam e ficavam suspensas no ar, mas leves que o véu-da-virgem. De repente a imensa víbora estalou em irisadas partículas. No palco oficial houve uma barafunda. A filha do governador jazia sobre os tapetes que recobriam o tablado, sangrando. As alvas saias tomaram a cor da sanefa carmesim da argola. A multidão prorrompeu em um clamor de supersticioso pavor: Castigo de Deus! Castigo de Deus! Em meio a bagunça, o governador e o bispo discutiam acaloradamente se deviam mandar trazer o médico ou o viático.

O Príncipe da Paz e Grande Ajuntador saiu do Retrato, atravessou o arco da Imortalidade e abraçou o consternado Lázaro de Ribera. Muito bem, muito bem, meu querido governador! Um verdadeiro conto de fadas! Permita-me parabenizar vossa filha por seu maravilhoso trabalho no papel de cisne. É algo em que se afoga! O matador de cisnes é algo que sempre me fez delirar! Esse estranho assassino que mata os cisnes para ouvir seu último canto! Ah, ah, ah! Indizível, incomensurável, imponderável maravilha! O vassalo da rainha se inclinou sobre a cabeça da serpente. Veja, veja isso! Os animais conservam em seus olhos a imagem de quem os matou e dura até a decomposição! E agora, meu querido Lázaro, volto ao retrato, disse o Grande Ajuntador. Prossiga com o espetáculo.

As festividades continuaram até o décimo dia e mais um.

O relatório do Cabildo acerca desses festejos expressa: «Jamais poderá citar esta província uma época mais brilhante que a presente. Seu poder era até pouco tempo atrás ilusório e precário; seu comércio cheio de travas e obstáculos, estava sem movimento; seu erário sem consistência; suas fronteiras indefesas eram insultadas; seus recursos, ainda que fecundos, só existiam no nome; e as festas que celebraram em homenagem ao Príncipe da Paz, quando concedeu a este Cabildo a insigne honra de aceitar sua nomeação como Regedor e Ajuntador Perpétuo de Maior Preeminência e Autoridade, seu Zelador e Sublime Príncipe do Real Segredo, constituem cabal prova deste brilhante presente de poderio, prosperidade e grandeza».

Os anais e fastos da Província de Paraguai que registram até as últimas minúcias de uma época monótona e monotonal — bodas, batizados, óbitos, extremas-unções, primeiras comunhões, exéquias, funerais, novenas, doenças, receitas de cozinha e até fórmulas de herbanário para aumentar ou neutralizar o vigor genético dos casais – referem assim mesmo com luxo de detalhes às festividades já mencionadas. Nada dizem, entretanto, do estranho episódio protagonizado pela filha do governador e o alado cavaleiro axé-guayakí, que é como agora denominam os etnólogos da tribo dos antigamente chamados ceratos, kaaiguás, barbudos, gualachíes, e outros diversos nomes.

Tampouco o *Diário de Sucessos Memoráveis*, maniacamente minucioso, contém a mais ligeira alusão ao fato relatado por *O Supremo*. Há que se remontar às mais antigas crônicas da Colônia para achar uma ou outra pista sugestiva. Du Toict, 1651, fala dos *gualachíes*: "Gente selvagem cuja ferocidade supera a dos bárbaros do Guayrá. Provavelmente antropófagos, alimentam-se da caça, comem de todas as sevandijas, mas o principal de sua alimentação é o mel das abelhas das matas pelo que sentem verdadeira paixão. Nunca foram submetidos pelos conquistadores e menos ainda reduzidos pelos Missioneiros para as vantagens de nossa santa religião, para ser inseminados da humanidade cristã. Nem creio que seriam jamais. Uma característica comum desta tribo é a cor clara de sua pele, o que deu pé ao absurdo mito de sua descendência europeia. Pelo contrário, são os selvagens mais selvagens que povoam essas selvagens regiões. Estão regidos desde tempo imemorial por um famoso cacique, bruxo e terrível tirano a quem seus súditos atribuem o dom da imortalidade. Difundiram a não menos absurda lenda de que não somente é imune às armas dos europeus, mas que também pode mudar de aparência à vontade nas mais estranhas metamorfoses e até se tornar invisível. Dizem que percorre seus domínios por terra ou por ar montado em um tigre azul, um dos mitos zoomórficos de sua cosmogonia. (*Relação sobre o povo caaiguá, passim*).

Cotejei até a exaustão não só a correspondência de Lázaro de Ribera (o governador que mandou queimar o único exemplar do *Contrato social* que existia no Paraguai); também suas referências genealógicas e biográficas. Estes documentos coincidem em afirmar que o incendiário governador teve duas filhas: uma com sua esposa legítima e outra com alguma de suas mancebas índias. Uma destas filhas morreu com muito pouca idade; a outra alcançou a puberdade e, se o Pároco Juan não mente, parece que inclusive chegou à velhice. Não pude precisar no entanto qual delas. Por outro lado, na tradição oral existe o mito do ginete alado que roubou a filha de um *Karaí-Ruvichá-Guasú, Grande-Chefe-Branco*. (*N. do C.*).

No décimo primeiro dia, alentado pelas visíveis mostras de confiança e apoio do Príncipe da Paz, Lázaro de Ribera assinou os decretos que mantinham a encomenda de índios e abolia a dispensa do serviço militar aos tabaqueiros: suas duas obsedantes aspirações. Por fim, teria conseguido concluí-las, eludindo o cumprimento da real vontade.

Congressos. Paradas militares. Procissões. Representações. Torneios de cavalaria. Desfiles. Comédias de negros e índios. Funções patronais. Exéquias duplas. Triplos funerais. Conspirações, muitas. Execuções, muito poucas. Apoteose. Ressurreições. Lapidações. Júbilos multitudinários. Desgosto coletivo (só depois de meu desaparecimento). Festividades de toda ordem. Isso sim, com toda ordem. E ainda há pasquineiros que se atrevem a apresentar a Ditadura Perpétua como uma época tenebrosa, despótica, agoniante! Para eles sim. Para o povo não. A Primeira República do Sul convertida no Reino do Terror! Arquifalsários de felonia! Não lhes consta por acaso que foi, pelo contrário, a mais justa, a mais pacífica, a mais nobre, a de mais completo bem-estar e felicidade, a época de máximo esplendor desfrutado pelo povo paraguaio como um todo em seu conjunto e totalidade, ao longo de sua infeliz história? Não merecia porventura depois de tantos sofrimentos, padecimentos e infortúnios? É isto o que entenebrece e entristece meus antigos inimigos e detratores? É isto o que os enche de ódio e perfídia? Disto me acusam? É por isto que não me perdoam nem me perdoarão nunca? Bem frito estaria se necessitasse de sua absolvição! Por enquanto, a memória da gente-multidão, os cinco ou seis sentidos mais comuns advogam, testemunham a meu favor. Vocês não têm, consignatários de calúnias e necedades, olhos para ver, ouvidos para ouvir?

Por enquanto, o primeiro testemunho. Não escutam os sons marciais que aturdem os tímpanos dos mais surdos? Me orgulho de ter feito de Assunção a capital com mais bandas de músicos no mundo inteiro. São exatamente cem as que trovejam na cidade neste momento, quase ao uníssono. Só com uma infinitesimal diferença de tom, de ritmo, de afinação, regulados com matemática precisão. Infinitos ensaios. Paciência infinita de mestres e executantes até a produção de sons, síncopes e silêncios em relevo. Volumes estereofônicos (não estercório como o zumbido pasquineiro), fazem da concha do céu sua caixa de ressonância e da terra e do ar seus meios naturais de propagação. Como se os próprios elementos fossem as bandas de músicos. Calam os instrumentos e as seções cônicas do silêncio continuam a vibrar cheias de música marcial. Parábola do som que sobrevive circularmente, igual à luz, no ponto em que o círculo abre e fecha ao mesmo tempo. Escutem. Ainda está soando a charanga dele, só e único desfile que ofereci a turbamulta de enviados imperiais, diretoriais, provinciais, urdemales. Em desagravo do país. Anos 1811, 1813, 1823.

Superpostos os enviados plenipotenciários de Buenos Aires, Herrera e Coso, e do Império do Brasil, Correia. Transpostos à dimensão que lhes obrigo a olhar. Sentados uns em cima dos joelhos dos outros. No mesmo lugar, ainda que não no mesmo tempo. Olhem, observem: ofereço-lhes o desdobramento da parada que as cobre duas primeiras décadas da República, incluída a última década da Colônia. Distingam o ilegítimo do legítimo. O puro do impuro. Feio é o belo e o belo feio. Pasmem, zonzos! Vejam os limites. As linhas divisórias das águas. O lado daqui e o lado de lá do real. Realeza da realidade emitindo os lampejos na neblina do papel entre os traços de tinta. Pena-espinha, entra neles pelos olhos e pelos ouvidos. E vocês, distintos hóspedes, observem em vossas retinas, em vossas almas, se é que as têm, estas visões feias/belas. A terra tem borbulhas como a água, murmura o jacarero Echevarria. Mas elas se esfumaram. Não, meu estimado doutor. As borbulhas continuam ali. Se você não as vê, aspire-as. A respiração invisível também é corpórea. Se você deixar de respirar morre, não? Nunca vi uma manhã mais formosa, exclama Correia. Existem deveras esses seres que vemos?, pergunta o brasileiro. Herrera, que deu alguma vez a mão a Napoleão, replica-lhe humilhado, rancoroso: Não vê que são fantasmas? Devem nos ter dado para comer alguma raiz daninha, dessas que encarceram a razão. Correia estremece. Não se preocupem, meus estimados hóspedes. Um temor real é menos temível que um imaginário. Pensar em um crime, coisa ainda fantástica é. Cometê-lo já é coisa muito natural. Não sabiam, senhores, que só existe o que ainda não existe? Os olhos vesgos de Echevarría piscam nos presbitas de Correia. Os bigodes de gato do Coso, na cara de sapo de Herrera, que comeu sua velha pele. Perdoem, nobres senhores. Suas atuações figuram em um registro cujas páginas lerei todos os dias até o fim de minha vida. Aconteça o que acontecer, o tempo e a ocasião ajudarão a saltar os escolhos. Agora não vamos perder a parada.

Desfilam os dois mil e quinhentos ginetes de Takuary. Meu ilustre primo Yegros, muito pálido à frente dos esquadrões de cavalaria. Já está amarrado ao tronco da laranjeira. Confessou sua traição. Custou-lhe fazê-lo, e somente o fez quando a dose de açoites chegou à conta de cento e vinte e cinco. O Aposento da Verdade faz milagres. Mostrou-se muito arrependido. Não tive mais remédio que mandar fuzilá-lo há vinte anos. O melhor de sua vida foi a forma em que a deixou. Morreu na atitude de quem de repente se dá conta que deve jogar fora seu mais precioso tesouro como uma insignificante quinquilharia. E pensar que era alguém em cuja ingenuidade e estupidez eu tinha depositado alguma confiança! Ah, ah, ah! Não existe arte alguma para ler em um rosto a malignidade da alma oculta sob essa máscara. Vai cavalgando entre os melhores ginetes da revista. Em seu peito luzem as feridas da execução tanto ou mais que as condecorações de Takuary. Estas falam de honra; aquelas de desonra. Mesma coisa o Cavalheiro-bayardo. Os sete irmãos Montiel. Vários outros. Quase todos os cavalheiros-conspiradores, entre os sessenta e oito prisioneiros executados no laranjeiro em 17 de julho do ano 21*.

---

* «Dia de terror, dia de luto, dia de pranto! Tu serás sempre o aniversário de nossas desgraças! Oh, dia aziago! Se pudesse borrar-te do lugar que ocupas no harmonioso círculo dos meses!». (Nota do publicista argentino Carranza para *Clamor de um paraguaio*, dirigido a Dorrego e atribuído a Mariano Antonio Molas em sua *Descrição histórica da antiga província do Paraguai*).

Neste clamor implorava-se novamente ao chefe portenho a invasão do Paraguai. (*N. do C.*)

Destacam-se galhardos e pálidos à frente dos pelotões no simulacro da carga. Leves. Descarnados. Livres já do pecado da ingratidão. Limpos do desamor à Pátria. Tão rápidos vão no ligeiro da lente, tão içados pela força centrífuga do tempo, que a aliviada ação de memorá-los resulta lenta para lhes dar alcance.

Tenho meus visitantes-plenipotenciários-espiões-negociadores sentados no átrio da catedral. Nem uma gota de água para levar aos lábios ressecados. Nem uma gota de ar para levar aos pulmões. O sol de fogo derrete os cérebros saqueadores-negociadores. O desfile de tropas é incessante. As peças de artilharia passam arrastadas por mulas. Tumulto infernal. Correia da Câmara vai inchando cada vez mais. Seu luxuoso aparato estourou deixando ver, através dos farrapos, retalhos da empolada pele em que as moscas libam junto com o suor o licor do pus. Nicolás de Herrera não passa melhor*. Eu o vejo lutando dentro de sua pele contra o tormento do calor. Turvo o senso. Língua esponjosa: O desfile me parece bem, senhor vocal decano, mas o que eu entendo mal é sua obstinada resistência à união com Buenos Aires.

Tiveram que sentar Correia da Câmara em sua cadeira com os cordões dos estandartes e seus próprios alamares. Agoureiro o sol lança adiante a sombra animalesca do enviado imperial.

---

* «Como em um pesadelo, eu via passar esses infinitos séquitos de escuros espectros, reluzindo suas armas, aos cegantes raios. Iam se apagando para mim os ruídos, o fragor dos cascos. Canhões, estranhas catapultas, complicados aparatos de guerra passavam sem fazer ruído. Pareciam voar; deslizar a um pé do chão.

»Sob um baldaquim amarelo, que era pálio do Santíssimo Sacramento nas procissões de outrora, o Cônsul-César, sentado na curul de espaldar alto que faz ainda mais quebrável e ridícula sua magra figura, sorria enigmaticamente, satisfeito ao extremo pelos efeitos de sua triunfal representação. Às vezes olhava para os lados, de rabo de olho, e então suas feições assumiam a expressão de uma vesânica auto-suficiência.

»Uma altíssima catapulta de pelo menos cem metros de altura avançou sem fazer ruído, impulsionada por sua própria força automotriz, provavelmente uma máquina a vapor. Potentes jatos projetavam sob essa imensa massa de madeira um verdadeiro colchão de exalação gasosa tornando-a mais leve que uma pluma. Foi o último que vi. Ao meio-dia desmaiei e me levaram à minha hospedagem na Aduana». (*Nota inédita de N. de Herrera*).

A ilusão do desfile cresce, tensiona seu arco de reflexos. Visões giratórias aceleram nas reverberações. Cada vez mais rápido a vertigem bordada a tambor. Não deixo que Correia desmaie nem durma. O negro Pilar o abana com um leque de plumas. De tanto em tanto lhe borrifa a cara com água da sorte e de rosa mosqueta. Em lugar do emplumado bicórneo, cobre sua testa um imenso chapéu de palha, fumegando o aromatizado vapor.

Usei o delírio em outras ocasiões com idêntica eficácia. Ao norte, com os brasileiros. Ao sul com os artiguenhos, os correntinos, os bajadenhos, os santafesinos. Meus chefes estão perfeitamente instruídos no mecanismo das refrações. Quando o inimigo ataca nos desertos ou nos pântanos, ordenam retirada. Fazem fugir de propósito suas tropas. O invasor entra perseguindo-as pelos acobreados areais ou pelas planícies pantanosas. Escondidos entre as dunas ou nos capins do campo, os paraguaios deixam a imagem de seu exército reverberando nas areias ou nos lodaçais. Torna-se assim imaginário e real ao mesmo tempo na distância. As enganosas perspectivas falseiam o milagre. Os invasores avançam. Os paraguaios agachados esperam. Os invasores disparam. Os paraguaios imitam a morte na tela distante. Os invasores se lançam sobre o "covarde inimigo guarani". Tudo desapareceu. Durante muitos dias, ao longo de muitas léguas, o mesmo engano alucina os invasores. Assombrados pelo incompreensível sortilégio e perguntando-se como, por muito rápidos que sejam os infantes paraguaios ou seus cavalos de fumo e fogo, podem desaparecer instantaneamente. Levando seus mortos. Esta luta contra os fantasmas esgota os invasores que no fim são envolvidos pelos paraguaios que caem de todas as partes em uivante avalanche. Os inimigos são destruídos em um piscar de olhos. Morrem levando nos olhos o vago horror de um espanto que a ironia torna ainda mais diabólico.

A treta nunca falha. Basta um bom treinamento e o sentido preciso das paralaxes e ângulos de luz que esses homens levam no mais obscuro de seu instinto. Sequer precisariam de armas, pois o golpe de efeito da sangrenta burla é mais mortífero que o dos fuzis. Todo verbo no círculo de sua ação cria aquilo que expressa, dizia o francês, e se sentia milagroso empunhando sua pena na atitude de um mago que gira sua varinha. Não me sinto tão seguro com minha baquetinha de nácar, saída da prisão. Por via das dúvidas forneço a meus soldados fuzis e cartuchos. O suficiente, já que são eficientes. Só uns quantos mosquetões de infantaria são autênticas armas; as que carregam os homens da ponta de esquadra que vão desfilando mais próximos do pavilhão oficial. O resto, imitações, fuzis de pau. Igual aos canhões talhados em troncos de timbó, a árvore de fumo que tem cor de ferro e pesa como fumo. Minhas armas secretas! Quanto aos efetivos, não alcançam os três mil esses que estão desfilando há trinta anos. Avançam a passo marcial na frente do tablado. Dobram a quadra da Merced. Rodeiam a maçã que enganou Adão. Perdem-se nas valas do Bajo. Passam em frente ao tronco bêbado e careca do Samu'ú-peré. Chegam até o cemitério e a igreja de São Francisco no bairro de Tikú-Tuyá. Logo dão a volta pelo Caminho Real, em fila de novo para a Merced e voltam a passar com a mesma postura diante do pódio. O longe está na esquina.

A resistência do enviado imperial é extraordinária. Sobre-humana. Antropoide. Não durará muito. Já está se demorando. Três dias com suas noites farão que não dorme, enquanto sucederam os festejos nas ruas e as tratativas na Casa do Governo. À noite, depois da representação no Teatro do Bajo, o beijar-as-mãos dos negros começou na madrugada. Terminou com o sol alto. O sangue africano encontrou um motivo para arrebentar sua algaravia. Dançaram sem parar frente ao retrato do imperador, colocado em um bosque de arcos triunfais. Agora o estrondo da parada militar não cessará até a queda do sol.

A cabeça de Correia da Câmara pende das correias douradas. Conjunto inservível, à sua maneira, completo. Por instantes, ele se levanta ainda. Tenta rir da situação. Riso sem pulmões. Às vezes fica em silêncio. A língua para fora, baba uma flor da cor de leite. Olho para ele de lado. A mesma figura do princípio: um olho só. Meia cara (embora descarado completamente). Meio corpo. Um braço. Uma perna. Treme um pouco a cada volta das tropas, na febre da soalheira, à beira da insolação.

A volta completa leva uma hora e seis minutos, de acordo com o diagrama do desfile que eu tracei ao milímetro. De modo que durante as doze horas do desfile conseguiram arredondar exatamente vinte e seis anos neste motor perpétuo da marcha. Homenzinhos minúsculos e precisos avançam em sete pelotões e uma só direção com passo igualmente imóvel. Pó vermelho. Magnéticas vibrações das reverberações. Monótono compasso da infantaria. Observe, Correia. Não lhe parece meu exército quase tão numeroso e tão bem armados como o de Napoleão? O emissário imperial não me responde. Uma aguada verde flui dos beiços caídos. Resvala sobre o peito, engordurando a girassolada jaqueta.

Tenho poucos amigos. Para dizer a verdade, nunca está aberto meu coração ao amigo presente, mas para o ausente. Abraçamos os que foram e os que ainda não são, não menos que os ausentes. Um deles, o general Manuel Belgrano. Há noites em que vem me fazer companhia. Chega agora livre de cuidados, de recordações. Entra sem necessidade de que lhe abram a porta. Mais que vê-lo, sinto sua presença. Está aí presenciando minha ausência. Nem o mais leve ruído o anuncia. Simplesmente está aí. Eu me viro de lado em pensamento. O general está aí. Inchado monstruosamente, menos pela hidropisia do que pela pena. Flutua a meio palmo do chão. Ocupa metade e meia do não-aposento. Minha perna inchada, o resto do quarto. Sem necessidade de nos apertarmos muito, ocupamos, no tempo, lugar maior do que o espaço limitadamente nos concede nesta vida. Boa noite, meu estimado general. Me escuta, me responde a seu modo. A nebulosa pessoa se remexe um pouco. Você está confortável? Diz que sim. E me faz entender que, apesar de nossas dessemelhanças, sente-se confortável a meu lado. O que eu mais apreciava nos homens, murmura, a sabedoria, a austeridade, a verdade, a sinceridade, a independência, o patriotismo... Bom, bom, general, não nos faremos compridos agora que tudo está cumprido. Nossas dessemelhanças, como você diz, não são tantas. Submersos nesta escuridão, não nos distinguimos um do outro. Entre os não-vivos, reina igualdade absoluta. Assim, o fraco como o forte são iguais. Como estão as coisas, general, eu teria gostado mais no entanto de viver a vida de um peão de campo. Lembre-se, Excelência, me consola o general com a vão consolo de Horácio: *Non omnis moriar*. Ah latinices!, penso. Sentenças que só servem para discursos fúnebres. O que acontece é que nunca se chega a compreender de que maneira nos sobrevive o fato. Tanto os que muito creem no mais de lá, como os que só cremos no mais de cá. O altitudo!, disse meu hóspede, e suas palavras ricochetearam contra as pedras... udo... udo... udo... Quando se calaram os ecos do versículo entre o zumbido das moscas, voltou para nós o silêncio das profundezas. Só desejo, general, que você não tenha acabado desesperado com o pensamento de seu Maio, do mesmo modo que desesperado com o nosso Maio sem pensamento, me empenhei em fazê-lo revolucionariamente. Lembra que você mesmo me aconselhou isso em uma carta? A recordação pesa muito. Eu sei. A recordação das obras pesa mais que as obras mesmas. Comunicavam-se nossas almas-ovos sem necessidade de voz, de palavras, de escrita, de tratados de paz e guerra, de comércio. Fortes em nossa suprema debilidade, íamos ao fundo. Sabedoria sem fronteiras. Verdade sem limites, agora que já não há limites nem fronteiras.

Para se consolar de suas derrotas, começou a escrever suas Memórias. Nota-se nelas como a ideia revolucionária fermenta, germina, fracassa à sombra dos interesses econômicos da dominação estrangeira. Belgrano, um dos primeiros propagadores do livre comércio na América do Sul, nada diz de sua participação nos projetos de fundar monarquias que, segundo os doutores portenhos, deviam ajudar o livre comércio. Iludidos ensaboados!

Creio ter entendido seu pensamento, general. Não me responde, calado no mais calado. Talvez esteja orando. Eu me encolho um pouco para não atrapalhar a reza. Não vou lhe perguntar agora o porquê de seus quiméricos projetos de restabelecer monarquias nestas terras selvagens. Meu imenso hóspede odiava como eu a anarquia. Posto que os encrenqueiros, tagarelas, cínicos politicastros, não haviam proclamado ainda nenhum dogma, nenhuma forma de governo, limitando-se a degolar-se uns aos outros pelo poder, meu amigo o general Belgrano buscou alucinadamente o centro de unidade no princípio da hierarquia monárquica. Mas, enquanto os pretendidos repúblicos de Buenos Aires queriam por rainha ou rei estrangeiro, Belgrano não aspirava mais que a uma modesta monarquia constitucional. Os re-públicos monarquistas estavam em tratos com a borbonária Carlota Joaquina. Tratavam de impor qualquer infante mercenário fornecido pelas potências dominantes da Europa. Não foi por acaso que os Rodríguez Peña e demais monarquistas portenhos celebraram suas reuniões secretas na saboaria Vieytes. À mancha grande, nem sabão ou enxaguante. Em vez disso, o que se pode reprovar em você, meu estimado general? Não pretendia instaurar uma monarquia teocrática no mundo americano que havia se liberado pela metade dos monarcas e teocratas. Não pretendia estabelecer um papado romano, pampa, ranquel ou diaguita-calchaquí. Só falou de pôr no trono da monarquia *criolla* um descendente dos incas, o irmão de Tupac Amaru que desfalecia octogenário na masmorra de sua prisão perpétua na Espanha. Era isto o que não lhe perdoaram, general, seus concidadãos?

Através de seu silêncio, contemplo o começo de sua agonia, pregado no poste de Cruz Alta, antes ainda da via crucis de sua peregrinação, ao longo de catorze meses-estações. Não lhe pouparam quebrantos, penúrias, humilhações. Queria chegar a Buenos Aires para morrer. Já não poderei chegar!, queixa-se. Não tenho nenhum recurso para me mover. Manda chamar o mestre dos correios. Este replica com fúnebre insolência: Se quer falar comigo o general, que venha a meu quarto. É a mesma distância do seu para o meu. Apesar de tudo, pôde se arrastar moribundo e chegar à sua cidade natal, que tantas vezes o havia rechaçado de seu seio e lançado nos mais duros sacrifícios. Chegou justamente o dia em que Buenos Aires, presa da anarquia, desfrutava de três governadores na falta de um, e você, general, morrendo, morrendo, com o ai, pátria minha! nos lábios, inchando seu corpo, imenso o coração que assustou os cirurgiões que realizaram a autópsia. Este coração – disse um – não pertence a este corpo! Você, longe, calado. Através de seu silêncio, meu estimado general, vejo a laje cortada do mármore de uma cômoda para cobrir seu corpo, sua memória, suas obras.

Com o meu acontece o inverso. Não tive senão que remexer-me em meu buraco de esgoto. Traído pelos que mais me temem e são os mais abjetos e desleais. Para mim fazem as exéquias, primeiro. Logo me enterram. Voltam a desenterrar-me. Jogam minhas cinzas no rio, murmuram alguns; outros, que um dos meus crânios guarda em sua casa um triúnviro traidor; levam-no depois a Buenos Aires. Meu segundo crânio fica em Assunção, alegam os que se creem mais avisados. Tudo isto muitos anos depois. A você, general, só a um mês de sua morte, como nos antigos funerais de Grécia e Roma, seus amigos se reúnem em torno da mesa de um banquete fúnebre. No salão do festim forrado de bandeiras, seu retrato coroado de louros ocupa a cabeceira. Ao entrarem os convidados, informa o Tácito Brigadeiro, ouve-se a música triste e solene de um hino composta para este fim, e todos entoam a antífona, evocando seus mortos. Em meio a essas horríveis endechas, publicadas depois por *El Despertador Teofilantrópico*, segue ressoando o inextinguível clamor de ai, pátria minha! Mas esse clamor das profundezas, altitudo!... udo... udo! Não o escutaram, nem o Tácito Brigadeiro nem os patrícios portenhos que emborcaram sobre as flores do festim suas taças de vinho.

E quanto a mim vejo já o passado confundido com o futuro. A falsa metade de meu crânio guardado por meus inimigos durante vinte anos em uma caixa de macarrões, entre os descartes de um sótão.

Como se verá no *Apêndice*, também esta predição de O Supremo se cumpriu em todos os seus alcances (*N. do Compilador*).

Os restos do crânio, *id est*, não serão meus. Mas, que crânio despedaçado a marteladas pelos inimigos da pátria; que partícula de pensamento; que resto de gente viva ou morta ficará no país, que não leve adiante minha marca. A marca em vermelho de EU-ELE. Inteiros. Inextinguíveis. Postergados no nada diferido da raça a quem o destino ofereceu o sofrimento como diversão, a vida não-vivida como vida, a irrealidade como realidade. Nossa marca ficará nela.

Meu médico particular, o único que tem acesso a minha *câmara*, minha vida em suas mãos, não pôde fazer outra coisa que robustecer minha má saúde. Em seu lugar, a mais de cem léguas de distância, os remédios de Bonpland algum bem me faziam, em troca das moléstias políticas que também meu deu. Mor de minha vontade o deixei partir só depois que os grandes soberbos da terra deixaram de me importunar exigindo sua liberação. Preferi o fluxo disentérico a que os sábios, os estadistas do mundo, o próprio Napoleão, quem quer que fosse, Alexandre da Macedônia, os Sete Sábios da Grécia, creram que podiam torcer a vara de meus desígnios. Não ameaçou Simón Bolívar de invadir o Paraguai, segundo lembrou o padre Pérez em minhas exéquias, para libertar seu amigo francês, arrasando um povo americano livre? Libertar o naturalista franchute de quê? Se aqui desfrutou de maior liberdade que em qualquer parte e gozou da mesma ou maior prosperidade que qualquer cidadão deste país, quando soube cingir-se a suas leis e respeitar sua soberania. Não declarou o próprio Amadeo Bonpland que ele não queria abandonar o Paraguai onde encontrou o Paraíso Perdido? Queriam libertá-lo ou arrancá-lo do Primeiro Jardim? Que exigências eram essas malandrices dos poderosos do mundo que tomavam como pretexto de suas malandragens com esse pobre homem rico aqui de felicidade e paz? A dignidade de um governante deve estar acima de suas diarreias. Soltei Bonpland, contra sua vontade, só quando deixaram de me enfastiar e me deu vontade. Soltei-o e caí de novo na xaroparia do protomédico.

Diga-me, Patiño, o que pensarias tu de um grande homem que, sendo amigo dos grandes homens do mundo, que sendo ele mesmo um dos sábios mais reputados do mundo, vem se meter de chofre no mais recôndito destas selvas com o pretexto de recolher e classificar plantas? O que dirias de semelhante sujeito de tantas campainhas que alega assentar praça de boliche nas fronteiras do país? Eu diria, senhor, que com essas campainhas não vão dar um passo sem que seja visto a várias léguas. Pois veio com muito sigilo e silêncio, o franchute, e passou a competir com o Estado paraguaio. Enquanto procurava subir com o contrabando da erva-mate sob as mentas de ervas medicinais e outras ervas, incluindo a contra-erva, não fazia o Grande Homem senão voltar o bico do olho para esta parte, verificando tudo o que acontecia aqui. Isto, em concerto com os piores inimigos do país: conivente com Artigas, grande capataz de bandidos e saqueadores, que agora é aqui um campesino livre paraguaio, título e condição muito superiores ao de Protetor dos Orientais; conivente o grande sábio com o tenente do protetor, o malvado traidor de Entre Rios, Pancho Ramírez, este deixará ao fim de suas correrias sua aloucada cabeça de abutre em uma gaiola; conivente com o outro tenente artigueño, o renegado caudilho índio Nicolás Aripi; conivente com todos esses animais de menor valor, o grande viajante se pôs a rondar nossa herança. Para que, por que e o quê? Não terias dito tu que semelhante grande homem era um intrigante de baixa estirpe, um vil espião, pelo lado que se lhe olhasse? Pois sim, senhor, com toda segurança! Um crápula e ruim espião que devia acabar espetado na grelha. Não tanto, meu delicado secretário antropófago. Limitei-me a fazer passar um corpo de quinhentos homens para desbaratar aquela intrusa horda de índios vadios, ladrões e desordeiros do maldito Aripi, transformado em guarda-costas mas também em amo (isso sempre sucede com os truões que oficiam como secretários). Na captura da quadrilha de meliantes, caiu também o sábio, ferido na cabeça, durante o arrasamento da espio-colônia. Só conseguiu escapar o ignorante e maldito índio por idiotice e torpeza de meus soldados. Mandei que oferecessem ao prisioneiro toda classe de atenções; inclusive às catorze chinesas e à turba de negros que foram presos com ele. Confinei o sábio nos melhores terrenos no povoado de Santa Maria onde os mesmos captores o ajudaram a levantar a colônia. Que dizes disto? Senhor, só repito agora o que disse e redisse desde os tempos em que sucederam estes fatos: que vossência é o melhor dos Homens e o mais generoso dos Governantes. Ainda mais em se tratando desse ruim espião. Traga agora tua antiga e falsa indignação. Que dirias quando o ruim espião, já reduzido, começa a mitigar meus males sem me pedir nada em troca? Senhor, que é um santo homem! Embora pensando melhor, excelência, nem tanto, nem tanto, pois o que faz não faz por gosto mas obrigado. Claro, tu pensas que o sábio prisioneiro recém chegado da corte napoleônica a estas selvas, podia cortar impunemente com seus purgantes o fio da minha vida. Claro, majestade... digo excelência! Farias tu semelhante coisa, meu espiritual secretário? Eu não, senhor! Deus livre e guarde este seu leal servidor! Não se deve tentar tantas coisas às tontas e às loucas, Patiño. A mim quando me coça o olho, busco o colírio, não o espinho do coqueiro. A ti te coça o traseiro. Não sonhes acalmar a coceira, esfregando-o em meu assento. O que encontrarás é o laço. Já o encontraste. Estava escrito. Cumprido.

Há quem fale dos pelos, ossos e dentes da terra. Grande animal é. Leva-nos no lombo. Uns por mais tempo, outros menos. Um dia se cansa, nos derruba e nos come. Outros homens, que são os homens-duplos, saem de suas entranhas. O Primeiro-Avô dos índios das matas, segundo o sonho falado e cantado de suas tradições, saiu das entranhas da terra arranhando-a com suas unhas. Ursos formigueiros saíram da terra comedora de homens em busca da Terra-sem-Mal. Saíram para comer mel. Uns se transformaram em ursos meleiros. Outros em onças brancas. Estas comem o mel e os comedores de mel. Mas à terra, pelos, ossos e dentes avermelhados, não lhe importam nada esses penduricalhos. Ela sempre acaba por comer os que entram e os que saem de sua entranha. Está lá em baixo esperando. Bem verdade, senhor!

(Escrito na madrugada. Quarto minguante)

Disfarçado de campoesino cheguei esta noite a Santa Maria. Fiz meus homens esperarem a uma légua, escondidos na mata. Coberto por meu sombreiro de palha de duas águas, entrei na fila dos enfermos que esperavam em frente à choça na encosta da colina. Eu tive que ficar entre um paralítico e um leproso, jogados no chão; um com suas chagas e o aviso de seu mal em um chapéu coroado de velas; o outro, sepultado *media res* na imobilidade total. Deitei-me eu também, fingindo que dormia, o rosto colado na terra pelada com olor de muito vaivém de enfermidades. Eu os deixei passar. Quando abri os olhos me vi frente a um homem rechonchudo, viçoso e fresco. Melena em cãs, quase platinada. Cabelo muito fino varrendo-lhe o ombro. Idêntica a ele, sua voz me disse: Não tire o sombreiro. Não se descubra. Não me tocou. Não me auscultou. Não perguntou sobre meus males. Em seguida, sem falar, sem perguntar, soube mais de mim do que eu mesmo sabia e podia lhe contar. Tome isto. Entregou-me um pacote de bulbos e raízes. Pareciam molhados por uma resina muito gomosa. Mande ferver e deixar a infusão no sereno durante três noites seguidas. Tirou uma tabaqueirinha semelhante à que eu uso para o rapé. Abriu-a. Dentro fosforesceu um pozinho com a verdosa luminosidade dos pirilampos. Jogue isso na infusão. Terá sua tisana de Corvisart. Quase sem alento, guardei os bulbos e a caixinha em minha matula de peregrino. Tentei pegar umas moedas. Pôs sua mão sobre minha mão. Não, disse, meus enfermos não pagam. Me reconheceu? Me desconheceu? Vida não é entendida. Não me reconheceu no visual. Pode que não. Pode que sim. O que respeitou foi o segredo contado sem palavras, à sombra do sombreiro que cobria minha sombra. Saí tropeçando de puro contentamento na infinidade de vultos tombados no chão. Gentio semelhante na escuridão à queixosa mortandade. Avancei pisando mãos, pés, cabeças que se levantavam e me insultavam com o tremendo rancor dos enfermos. Porém mesmo esses insultos me fizeram mais feliz ainda. A saúde não conhece a linguagem da cólera. Eu a levava em minha bolsa.

Bebi a tisana por três dias. Durante três anos meu corpo desbebeu todos os seus males.

Sem nenhuma saudade da Malmaison, do fausto da corte napoleônica, esquecido de seu próprio renome, Dom Amadeo continuou desfrutando de seu paradisíaco canto na campina do Paraguai, cada vez com maior acomodação. Protegido, querido, venerado. Enquanto se preparavam exércitos, conjuras, papelada, emissários de todas as partes do mundo, cientistas de prestígio certo, mas também incertos rufiões políticos que buscavam atraí-lo ao serviço de seus interesses, o compadre Amadeo me enviava yuyitos para meus achaques; os bulbos gomosos e o pó fosfórico de Corvisart.

Grandsire foi diferente. Veio em busca de Bonpland. Viu e se convenceu. Disse com toda clareza o que devia dizer sem faltar excessivamente com a verdade. Do outro lado do mar, os homens de ciência mais conspícuos da época esperavam seus informes. Todos seguiam vendo em Bonpland de longe o Bonpland que já não era: Humboldt, o Bonpland que o salvou dos jacarés no naufrágio das canoas no Orinoco, ou sobre as neves do Chimborazo, ou procurando em plena noite por seu companheiro na espessura da selva equatoriana. Os outros, com seus olhos de pavões reais, o sábio cortesão da Malmaison e de Navarra, o artista jardineiro de Josefina. Os mais águias, o águia caudal da ciência; o naturalista, que depois de percorrer com Humboldt mais de nove mil léguas por toda América, regressou a Paris com uma coleção de sessenta mil plantas e cerca de dez mil espécies desconhecidas. Humboldt e Bonpland, o Castor e o Pólux da Natureza, não voltariam a se encontrar sob as constelações equinociais.

Como está em Missões, Dom Amadeo?, mando-lhe dizer. Prodigiosamente bem, excelência! Estranho que não dispare sua frasezinha em francês. Toma o cuidado de fazê-lo, avisado pelo que aconteceu com Grandsire quando veio, segundo ele, para "resgatá-lo de seu cativeiro". Devolva a esse que veio, ordenei ao capataz de Itapúa, seu impertinente ofício, dizendo-lhe a meu mando que seu frívolo papel, estilo ridiculamente altivo e sua confusa escritura e tinta ruim fazem dele incompreensível e desprezível. Diga, capataz, a esse suposto e certamente falso enviado do Instituto da França, que aqui não admitimos a internação de pessoas que possam ser suspeitas de alterar a segurança, tranquilidade e independência desta República. O que é o ridículo assunto com que vem o francês tentando encobrir seus propósitos de vir buscar no Paraguai essa junção ou união do rio das Amazonas com o da Prata? Mesmo que a tivesse, que todo mundo sabe que aqui não há, não se permitirá a esses naturalistas ou desnaturados espiões que sob o disfarce de cientistas entrem em nossos territórios para observar, escrutinar e praticar outras coisas além do que declaram, manifestam ou aparentam, ocultando seus verdadeiros fins. Além de tudo isso, o que é isso de alegar o enviado do Instituto da França sua ignorância do espanhol? O que crê que podem fazer aqui os ignorantes? Se ele não sabe nosso idioma, o Governo tampouco está na obrigação de saber o seu. Diga, pois a esse cavalheiro Grandsire que aqui não falamos francês e que o Governo do Paraguai não está disposto a pagar um intérprete para atender nem entender suas enganosas pretensões, de modo que não só não será recebido senão que se lhe intima a pôr os pés na estrada. Isto quer dizer, meu estimado capataz, que o novo espião ou o que for, deve partir de imediato, se não queima-o a cartuchos de pólvora, ou seja, que o fuziles sem mais, como estás acostumado a fazer com os intrusos da outra margem.

O Compadre Amadeo sabe que falo francês, mas lhe escapam só por descuido essas frasezinhas e interjeições que os pedantes põem de propósito em seus escritos para aparentar que sabem o que não sabem. Você acha que chegará a recolher aqui pelo menos umas seiscentas mil plantas? Oh, eu acho que oui oui, Monsieur le Dictateur si Dieu e Vossência me permitem! Ouço o riso fresco de Dom Amadeo. A terra do Paraguai, excelência, é o céu das plantas; tem em maior número ainda que estrelas no firmamento e grãos de areia nos desertos. Interroguei com perseverança as camadas de nosso planeta. Eu as abri como as folhas de um livro onde os três reinos da natureza têm seus arquivos. Em cada uma de suas páginas, cada espécie, antes de desaparecer, depositou sua marca, sua memória. O homem mesmo, o último a vir, deixou as provas de sua antiga existência. Você já leu todas essas páginas, Dom Amadeu? Impossível, Excelência! Levaria milhões de anos e só estaríamos no começo! O que você acha das páginas do Livro no Paraguai? Aqui tenho que aprofundar, excelência. Fuçar camada por camada até o mais fundo. Ler da direita para a esquerda, do avesso, do direito, para cima, para baixo. Não só isso, Dom Amadeo. Aqui você deve ler estas páginas com uma paixão desinteressada. Absolutamente desinteressada. Quem conseguisse isso iniciaria uma espécie única neste planeta. Conformados no que somos, não podemos saber nem adivinhar sequer. Tem razão, excelência. Eu recolhi cerca de cem mil plantas e doze mil e seiscentas espécies, absolutamente ignoradas, dos três reinos que nesta República são extremamente prolíficos e variados. Gostaria de ficar aqui, Monsieur le Dictateur, até o fim dos meus dias, se S. Exª. me dá licença. Por mim, Dom Amadeo, pode ficar o tempo que quiser. Aqui a perpetuidade é o nosso negócio. Eu no meu. Você no seu. Mas ele estava enredado em um emaranhado de conspirações, armadilhas, astutas emboscadas dos inimigos do país. Não digo que ele se prestasse a ser usado, mas que os falsários ordinários se apressavam a usá-lo de todos os modos.

É um grande erro tanto em Paris como em Londres, disse o próprio Grandsire, pensar que o Ditador do Paraguai retém Bonpland por um motivo de inimizade pessoal contra ele ou por um capricho. Não, senhor, não é assim, e sem a posição em extremo delicada em que se encontra colocado o Ditador em direção às turbulentas repúblicas que lhe rodeiam; sem seu vivo desejo de fazer respeitar seu país e colocá-lo em livre comunicação com o resto do mundo, M. Bonpland não teria que gemer, já há cinco anos, no cativeiro que compartilha com outros franceses, italianos, ingleses, alemães e americanos que sofrem a mesma sorte. Finalmente alguém entendia algo: esses poucos particulares presos, além dos traidores e conspiradores, estão na qualidade de reféns da liberdade de todo o povo. É conhecer muito pouco o gênio e o caráter do Ditador Supremo se achamos que é suscetível de ceder ao temor, ou a uma ameaça, acrescenta Grandsire. Sim, senhor; é me conhecer muito pouco. Se não, que o diga o próprio Bolívar, a quem nem sequer respondi o bilhete, mescla confusa de súplica, querela e ameaça. Também Parish, o cônsul geral do império britânico em Buenos Aires, e outros aventureiros menores que ousaram meter os narizes no Paraguai, podem dizer algo sobre isto. Grandsire escreveu ao barão de Humboldt conceitos certos. Em honra da verdade devo dizer, disse o francês, que por tudo o que vejo aqui, os habitantes do Paraguai gozam já há vinte e dois anos de uma paz perfeita, sob uma boa administração. O contraste é em tudo surpreendente com os países que atravessei até agora. Viaja-se pelo Paraguai sem armas; as portas das casas apenas são fechadas pois todo ladrão é castigado com pena de morte, e ainda os proprietários da casa ou da comuna onde a pilhagem seja cometida, estão obrigados a dar uma indenização. Não se veem mendigos; todo mundo trabalha. As crianças são educadas às expensas do Estado. Quase todos os habitantes sabem ler e escrever. (Omito seu juízo sobre mim, pois ainda que sejam sinceros me incomodam os elogios de particulares). Este país pode chegar a ser um dia da maior importância para o comércio europeu. O Ditador está muito irritado com os vitupérios que o governo de Buenos Aires espalha a seu respeito nos jornais europeus. Ontem tive ocasião de ver um agricultor, vizinho de Bonpland, com quem este se encontra todos os dias. Afirma que aquele está muito bem, que possui terras oferecidas pelo Ditador, que exerce a medicina, que se ocupa da destilação do álcool de mel, e que continua sempre com paixão recebendo e descrevendo plantas que aumentam suas coleções dia após dia. O "prisioneiro" Bonpland escreveu ao seu colega, o botânico Delille: Estou tão contente e vigoroso como você me conheceu em Navarra e Malmaison. Embora não tenha tanto dinheiro, sou amado e estimado por todo o mundo, o que é para mim a verdadeira riqueza.

Deixei que levasse tudo que era seu, gado, dinheiro, coleções, papéis e livros, sua fábrica de licores e aguardente, sua oficina de carpintaria e serraria, os pertences e camas de seu hospital e maternidade. Os campesinos paraguaios acompanharam o francês até a fronteira. Despediram-se com cânticos, lamentações e aplausos. O batalhão de Itapúa escoltou a flotilha do viajante na travessia do Paraná. A algazarra não cessou até que a multidão o perdeu de vista. Os da escolta em seu regresso relataram que apenas pisou a terra do outro lado, lhe roubaram quatro cavalos. Como se vê que já não estamos no Paraguai!, contaram que disse Dom Amadeo voltando para nossas margens os olhos cheios de lágrimas. Descuido de que se aproveitaram os correntinos para roubar o resto de seus cavalos e bagagem.

Bonpland deixou o Paraguai sem querer, no início de fevereiro de 1831, onde chegou há dez anos. O delegado Ortellado, que o teve sob sua proteção durante todo este tempo, conta que quando se abraçaram e choraram juntos na hora da separação, Bonpland lhe disse: Veja, Dom Norberto, me trouxeram à força. À força me vou. Mas não vá dizer isso, Dom Amadeo! S. M. sabe muito bem que se quiser ficar, nosso Supremo não lhe negaria licença de permanecer aqui. Este pobre Ortellado foi sempre um imbecil sentimental. Bonpland lhe deu uma lição: Não, Dom Norberto. Agradeço muito suas palavras, mas sei muito bem que O Supremo é inexorável em seu rigor como é implacável em sua bondade. Quando ele não quis, não havia força do mundo que me arrancasse daqui. Agora Ele acha que eu devo ir, e tampouco há força no mundo que vá revogar sua decisão. Assim foi, Dom Amadeo. As páginas desta terra algo lhe ensinaram.

Faz dez anos que só tenho vagas notícias de sua pessoa e seu trabalho. Deixou o Paraguai pouco tempo depois da morte do orgulhoso Bolívar. Bonpland foi para o exílio em meio às bênçãos e lágrimas de um povo que não era o seu, mas que ele fez com que fosse. Bolívar fugiu para o exílio em meio a seus retratos rasgados pela multidão de um povo que era o seu, que ele libertou e que logo o expulsou. Morto também, esquecido, desprezado, o deão Gregorio Funes, agente e espião de Bolívar no Plata. Quando o Grimório Fúnebre tanto instigou Bolívar com a quimera da invasão ao Paraguai, eu lhe disse: Deixe de ser ridículo, padre Grimório. É possível ou não é possível. Você sabe que o que você quer não é possível. De todos os modos, se há de vir seu Bolívar, saiba que vai morrer muita gente, e é uma pena que homem tão importante e de muitos méritos fique aqui para me limpar os sapatos e selar os cavalos. Venha Sua Paternidade instalar aqui uma empresa de pompas fúnebres que traga honra a seu ilustre sobrenome e sepulcrais intenções. Aqui há muito boa madeira para ataúdes e os melhores artesãos do mundo que lhe fabricarão primores de caixões. Sairão quase de graça e você poderá vendê-las no atacado para os enlutados portenhos que venham a querer pisar a terra sagrada, está me ouvindo? Sagrada! Se o negócio vai bem, poderá ampliá-lo até para um tráfico de contrabando com as Desunidas Províncias. Os impostos de alcabala, contribuição frutuária, os tributos de anatas e moras, de remo e ancoragem no ramo de guerra, mais a tarifa de exportação não somariam 50% sobre cada unidade posta em destino. O transporte dos ataúdes poderia ser realizado em flotilhas flutuantes ou jangadas, o que economizaria, inclusive, meu estimado deão Funes, os gastos de frete e desembarque. E não só isso. As flotilhas de ataúdes, convertidos em canoas, salvo os que já vão ocupados por seus donos finados com honra nos campos de batalha, poderiam conduzir na mesma tacada vários gêneros de mercadorias do tamanho e peso de um homem. Não sei se me explico, reverendo deão, mas o que digo é o que quero dizer: mediante este último expediente, o empresário de pompas fúnebres poderia reembolsar com os fretes cobrados pelo transporte feretral... Como? Não, padre Grimório, você me entendeu mal. Eu não disse *federal*. Disse *feretral*. De féretro. Vamos, com esse maldito costume meu de inventar ou derivar palavras! Ainda que o *feretral* seja hoje, com respeito às Desunidas Províncias, verdadeiro sinônimo de *federal*, e não um bárbaro neologismo para designar uma realidade imaginária. Volta ainda mais bárbara, funerária e irreal por obra e graça de homens como você, reverendo Grimório Funes.

Morreu o pobre Simón Bolívar no desterro. Enterrara o intrigante deão, seu agente e espião no Plata. Entregaram aos vermes, leitores neutros e neutrais de probos e réprobos, o livro velho e descosturado de sua malvada pessoa.

(Escrito à meia-noite)

Só o velho Bonpland sobrevive milagrosamente. Digo *milagrosamente*, o que não é render nenhum elogio à mal chamada divina providência, senão simplesmente reconhecer a secreta lei do acaso. Saído apenas do Paraguai, Dom Amadeo caiu no redemoinho da anarquia. De vicissitude em vicissitude, de infortúnio em infortúnio, de desgraça em desgraça, deve ter ansiado pelos pacíficos anos de sua aposentadoria em Santa Maria. Soube que há pouco, na sangrenta batalha de Pago Largo entre as tropas de Rivera e de Rosas (meus vigilantes idiotas e ignorantes não sabem me informar sobre a disposição geral das forças em disputa), Bonpland escapou com uns poucos de morrer degolado entre os mil e trezentos prisioneiros que caíram nas mãos do general Echagüe. Dizem que novamente anda por San Borja, nas margens do rio Uruguay, em Santa Ana de Misiones, ou no Yapeyú. Dom Amadeo foi sempre homem de estar em vários lugares ao mesmo tempo. O que é uma forma de ter várias vidas. Alguns o veem pela Nascente; outros pelo Poente. Alguém afirma tê-lo visto no norte; alguém no sul. Parecem muitos, distintos e distantes, mas um único e só homem são. Tomara que meus batedores o localizem e o estafeta regresse com os bulbos de maracujá e o pó da mágica tisana. Mas sobretudo com suas notícias. Imagino-o como sempre, ainda entre o fragor dos galopes, bosques de lanças, rios de sangue, ocupado em folhear capa por capa o Grande Livro. Vejo seus vivos olhinhos celestes interrogando vestígios e memórias de antigas existências. Arquivos secretos: esses esconderijos onde a natureza se sinta junto ao fogo nas profundidades de seu laboratório. Onde espera pacientemente durante milhões de anos trabalhando no mínimo. Fabricando seus sucos, suas chispas, suas pedras. Seres estranhos. Presenças já passadas. Presenças ainda não chegadas. Invisíveis criaturas em trânsito de época em época. Eh, Dom Amadeu! O que você vê nessas páginas? Cansada sua voz: Pouca coisa, *Grand Seigneur*. Muito pó neste furdunço. Remoinhos de poeira. Desertos inteiros dez vezes maiores que o Saara arrancados pela raiz ocupam o lugar das nuvens. Galáxias de areia ocultam o céu, tapam o sol. Isto pesa, isto pesa! Sobre as dunas milhares, milhares e milhares de chuças galopam cada uma com um homem degolado em riste entre o simum dos relinchos. Há que se esperar que baixe tudo isso, que se aquiete, que se aclare um pouco, para que se possa voltar a ler. Luzes, digo fogos, você vê fogos? Fogueiras não vê sua aguda vista brilharem? *Mais oui, Monsieur Grand Seigneur*! Fogo, sim. Vejo fogos em todas as partes. Bivaques você diz? Também, também esses resquícios dos combates. Fogos fátuos ziguezagueiam pelas matas, pelos campos de batalha. Se acendem, se apagam. Mas a chama da vida está aí. Oh sim! Sempre fixa em um mesmo lugar e em todos os lugares. Ardendo, ardendo. À luz dessa fogueira leio aos poucos. Vejo, velo, revelo enigmas obscuros que só se podem ver bem ao avesso... Quê, agora o franchute põe-se a copiar Gracián? Bem, Dom Amadeo, então nada está perdido. Salvo que... Espere! Escute, escute-me bem que eu vou lhe dizer. Eu o escuto com toda atenção, *Grand Seigneur*. A menos que esse fogo, digo-lhe Dom Amadeo, a menos que esse fogo seja o fogo do inferno, não? Ouço de novo a risada fresca de Bonpland que me chega dos quatro pontos cardeais. *Mais non, mon pauvre sire!* Se há inferno, como nos habituamos a pensar, o inferno não pode ser outra coisa que a ausência eterna do fogo. Esse velho franchute, mais cândido que Cândido, príncipe do otimismo universal, quer consolar-me, alentar-me, reanimar-me. Ainda que talvez tenha razão. Tem muitíssima razão. Se há inferno, é este nada absoluto de absoluta solidão. Só. Só. Só, no preto, no branco, no cinza, no indistinto, não criado. O bastão de ferro, quieto na ponta do quadrante; esse ponto em que princípio e fim enfim se juntam. Aquele velho campesino, sentado sob o beiral de sua choça, em Tobatí, fuma seu cigarro, completamente imóvel no meio do fumo caulino da terra. Sua não-vida tem cem anos. Mas está mais vivo que eu. Não nasceu ainda. Não espera, não deseja nada. Está mais vivo que eu. Eh, Dom Amadeu! Eh! Você é quem agora me permite partir. Me deixa partir, liberado do sobre-amor excessivo da própria pessoa, que é a maneira de odiar mortalmente em um a todos. Se por aí, como quem não quer a coisa, encontra por azar a pista da espécie a que pertenço, apague-a. Cubra o rastro. Se em alguma fenda perdida, encontra esse joio, puxe-o pelas raízes. Você não vai se equivocar. Deve se parecer com a raiz de uma pequena planta com forma de lagartixa, costas e cauda dentadas, escamas e olhos de geada. Planta-animal de uma espécie tão fria, que apaga o fogo só de tocá-lo. Não me equivocarei, meu bom senhor. Conheço-a muito bem. Surge em todas as partes. Se a arrancamos volta a brotar. Cresce. Cresce. Se converte em uma árvore imensa. A gigantesca árvore do Poder Absoluto. Alguém vem com o machado. Derruba-a.

Deixa um toco. Sobre o grande esmagamento cresce outro. Não acabará esta espécie maligna da Só-Pessoa até que a Pessoa-Multidão suba em direito de si a impor todo seu direito sobre o torcido e venenoso da espécie humana. Eh, Dom Amadeo! Fala você agora com minhas palavras? Está me copiando? Ou é meu corretor e comentarista o que volta a interromper nossa conversa? Eh, Dom Amadeo! Eh! Já não me responde. Se faz de calado. Se faz de morto. Não terá morrido ele também? Eh, franchute, responda! Ah! Il n'y a pas de mais qui tienne! Enfio eu também minha frasezinha. Ensaio um pouco outra vez meu péssimo francês. Não sei se está bem escrito, mas já não tenho dicionário à mão. Eh, franchute! Se não morreste, se não meteram ainda tua cabeça em uma gaiola, fala comigo. Ah! Calar-te agora, justamente agora, quando neste silêncio sepulcral necessito ouvir uma voz, qualquer voz, ainda que mais não seja o coachar de um miserável batráquio!

Amadeo Bonpland regressou ao Paraguai em 1857 no navio Le Bisson, da armada francesa, com o propósito de coletar plantas em Assunção, a cidade capital que não pôde conhecer durante seu benigno cativeiro de dez anos nas Missões, sob o governo de *O Supremo*. Resultou evidente que tanto como a recoleção de espécies naturais, interessou-lhe vivamente saber o que havia acontecido com os restos mortais do Ditador Perpétuo. O monolito que indicava a localização do sepulcro frente ao altar maior do templo da Encarnación tinha desaparecido e se havia profanado a tumba. Todos os seus esforços por averiguar algo tropeçaram em uma impenetrável cortina de silêncio, tanto nas esferas oficiais como populares.

No ano seguinte e aos 85 anos de sua idade, o célebre naturalista faleceu (11 maio de 1858). Seu cadáver foi conduzido à localidade de Restauración (hoje Paso de los Libres). Quando morreu, era diretor e curador do Museu de Ciências Naturais de Corrientes, cargo que lhe outorgaram honorariamente pouco depois da derrubada de Rosas. O governador deu ordem de que o cadáver fosse embalsamado a fim de que toda a população correntina pudesse participar das honras fúnebres decretadas por sete dias. Tal decisão governamental foi frustrada no entanto por um bêbado que esfaqueou o cadáver exposto ao relento no pátio da frente da casa, no meio da fumaça das plantas aromáticas e medicinais em que era "curado" ou mumificado, segundo o método de embalsamamento dado pelo próprio

Bonpland em seus manuscritos. A agressão do bêbado foi devido à crença de que o conhecido e querido médico se negava a saudá-lo, coisa que já estava completamente fora das possibilidades de sua proverbial afabilidade.

Um descendente de *O Supremo*, o velho Macário de Itapé, relatou o episódio a um medíocre escrivão, que o transcreve deste modo:

«Uns anos antes da Guerra Grande fui visitar o médico Guasú de Santa Ana para lhe pedir remédios. Minha irmã Candé estava muito enferma do pasmo de sangue. Lembrava da viagem anterior, vinte anos antes, quando me mandaram com taitá para trazer o bálsamo para o Karaí Guasú (*O Supremo*), desta vez não tive sorte. Viagem inútil. O franchute também estava enfermo. Assim me disseram. Três dias esperei em frente a sua casa, para que sarasse. Pelas noites o colocavam na varanda em uma poltrona de frade. Nós o víamos quieto e branco, gordo e dormindo à luz da lua. Na última noite um bêbado passou e passou na frente do enfermo, saudando-o aos gritos. Ia e vinha, cada vez mais zangado, gritando cada vez mais forte: "Boa noite, Karaí Bonpland! Ave Maria Puríssima, Karaí Bonpland!...". No final ele o insultou já diretamente. O médico guasú, grande e branco e nu, cheio de sono, não lhe dava importância, nem se incomodava. Então o bêbado não aguentou mais. Tirou sua faca e subindo a varanda, esfaqueou-o com raiva, até que saltei sobre ele e arranquei-lhe o ferro. Veio muita gente. Depois soubemos que o médico guasú tinha morrido três dias antes. Para mim foi como se tivesse morrido pela segunda vez, e por querer salvá-lo ao menos esta segunda vez, caí preso com o bêbado criminoso, que saiu são e salvo com três dias. A mim me deixaram três meses no calabouço a pão e água, por achar a polícia que eu era cúmplice do bêbado. Está visto que neste mundo não se pode mesmo fazer nenhum serviço a ninguém. Nem sequer aos mortos. Vêm os vivos e te encanam acusando de qualquer coisa. Quanto mais se for pobre. Te acusam de ter matado um morto, de ter limpado o cu com um pássaro, te acusam de estar vivo. Qualquer coisa. A fim de te descer o pau. O bêbado, meio parente do governador, não teve necessidade de explicar nada. Eu quanto mais explicava acreditavam menos e me batiam mais. Ao fim esqueceram de mim. Nem água nem biscoito de quartel. Assava mosquitos no fogo de minha gimba e assim somente isso comia. Mas estavam muito magros. Mais que eu. Só escapei quando puramente pele e osso, mais magro que uma videira, dei uma última pitada à gimba. Me misturei à fumaça. Foi quando pude me esgueirar por uma rachadura do adobe, não parei até a querência». (*N. do C.*).

(Caderno de bitácola)

Os raios de sol caem a prumo sobre a sumaca de dois paus. Navega a remo, águas abaixo, pelo rio em vazante. Nem uma brisa de ar. A vela carangueja cai mole na retranca. A certas horas rajadas quentes lhe inflam na contracorrente. Os vinte remadores redobram esforços para fazê-la avançar. Gritos guturais. Olhos revirados no branco. Negros corpos brilhando de suor, pendurados nas takuaras remadoras. O sol cravado no zênite. Passam-se os dias e as noites, passam por trás do escudo de Josué, sem que possamos saber se estamos na cegante treva do meio-dia ou na perscrutadora treva da meia-noite. Agora o sol é macho. A lua fêmea desabotoa suas fases. Mostra-se nua a cara cheia, a muito descarada. Os remadores índios e mulatos a contemplam com todo o corpo gemendo, encurvando-se no arco do desejo enquanto remam sob os crescentes e os minguantes. Somente eles a veem mudar de forma. A veem jazer em sua velha poltrona de rede. Também o homem se balançará ali alguma vez coabitando com esse animal da cor das flores. Solitário e suave animal da cor do mel. Camaleoa da noite. Porca estéril inchando até mostrar o umbigo de sua redonda gravidez; ou, virando-se de lado, nada mais que a curva em lua nova da cadeira. Aridez fertilíssima. Faz brotar as sementes. Baixar e subir as marés. O sangue das mulheres. O pensamento dos homens. Por mim, vá ao diabo, fêmea-satélite. Já te comeste até meus dentes, transformando-os em pó.

Vamos atravessando um campo de vitórias-régias. Mais de uma légua de extensão. Todo o riacho coberto por peneiras do milho-d'água. Os redondos botões de seda preta chupam a luz e fumegam um vapor de coroas funerárias. Fede a água a limo de praias requentadas. Bafo de alcatroada viscosidade. Fetidez dos baixios onde ferve o lodo fermentado. Carniça de peixes mortos. Ilhas de camalotes em putrefação. A fetidez da água terrosa-leonada sai a nosso encontro. Persegue-nos implacável.

A sumaca vai repleta de couros em sal. Terços de erva-mate. Barris de sebo, de cera, de gordura. O calor os faz estalar de tanto em tanto, e se derramam na sentina. Saltam labaredas. O patrão caprino a saltos de um lado e de outro as vai apagando com o poncho. Fardos de especiarias. Plantas medicinais. Ferozes sabores. Mas dentro do fedor, outro fedor. O insuportável fedor que viaja conosco. Incalculáveis varas cúbicas, toneladas de cilíndrica pestilência cem vezes mais alta que o mastro maior. Não surge da bodega da sumaca mas da bodega de nossa alma. Semelhante ao odor da missa dominical*. Algo que não pode vir de nada são ou terrenal. Fedor blasfemo. *Negotiium perambulans in tenebris*. Fedor que tão só chegou até mim uma vez, enquanto me achava de pé junto a um objeto moribundo; esse velho que durante mais de sessenta anos havia sido considerado um ser humano.

---

* Os enterros se faziam sob o piso e ao redor dos templos; no calor do perpétuo verão paraguaio, aumentado pelo calor da compacta concorrência de fiéis, arrancava das gretas do solo esse bafo que formou o refrão, vigente ainda hoje na fala popular, ainda que esquecido já de sua origem: "Mais hediondo que missa de domingo". (*N. do C.*).

Uma vez mais, a rançosa fetidez me atacou no Arquivo de Genealogias da Província quando buscava os dados de minha origem. Claro que não os encontrei ali. Não se achavam em nenhuma parte. Salvo este fedor de bastarda prosápia. Apresentei-me à justiça requerendo informação sumária e plena de sangue e boa conduta. Minha origem? Vás conhecê-la como uma fetidez, murmurou alguém ao meu ouvido. Pelo cheiro se sabe a qualidade, dizia a aia Encarnación. Quanto mais qualidade tem o consanguíneo em vida, pior cheiro tem depois de morto. Era esse fedor toda a minha ascendência agnatícia? Sete testemunhos falsos, ao teor das perguntas do questionário, sob falso juramento, perjuram: Que tem minha estirpe por nobre e distinto sangue salvo de joelho em joelho, e por tal tem sido conhecido e reconhecido o de autos geralmente sem vozes contrárias. Horrível dialeto! As vozes contrárias têm sido muitas, incluída a minha. Não disseram que dona Maria Josefa de Velasco y de Yegros y Ledesma, a dama patrícia do piçarral, não é minha mãe? Não disseram que o indecente carioca-lusitano chegou do Brasil trazendo sua amante para logo repudiá-la e fazer um casamento de conveniência? Casado e velado segundo mando da Santa Madre Igreja continuou, pois, sob seu patrocínio, torcendo o tabaco preto de sua preta alma. Não obstante, a informação sumária e plena de genealogia e boa conduta foi aprovada sem objeção alguma por fiscais e ouvidores. Soltaram os cachorros achando que eram galgos. Minha árvore genealógica se levanta de lado na sala capitular. Mesmo que eu não tenha nem pai nem mãe, e nem sequer tenha nascido ainda, fui concebido e procriado legitimamente, segundo as perjuras notariais. Fedor de uma herança obscura falsificada no escudo nobiliário de minha não-casa: um gato preto amamentando um rato branco sobre quartéis cinzas nos abismos carmins das nove partiçoes, pariçoes e desaparições.

A correspondência inédita entre o doutor Ventura e o frade Mariano Ignacio Bel-Asco, a propósito da *Proclama* deste último, alude ao mistério genealógico:

«Outra observação de seus críticos, Rvdo. Padre, é relativa à discutida Genealogia do Tyrano.

»Deduzem que para interessar Você, a nossos Paysanos não vem ao caso que o Ditador seja filho de um estrangeiro, posto que em nossas províncias e Páyses, devido ao atraso e ignorância dos naturais, os dirigentes mais capazes são sempre ou quase sempre filhos de estrangeiros.

»Tampouco importam, aduzem, as máculas que quiseram jogar sobre sua linhagem, com respeito às duas mães que atribuem a ele; uma de origem Patrícia; a outra, plebeya e estrangeira; assim como as balelas que correm sobre as datas de seu duplo nascimento.

»Com efeito, conforme você saberá melhor que eu em sua condição de Parente, o assunto geralmente admitido considera o Ditador como filho de dona María Josefa Fabiana Velasco y de Yegros y Ledesma, sua prima, concebido no estranho casamento desta dama patrícia com o pretencyoso e plebeu português José Engracia, ou Graciano, ou García Rodrigues, oriundo segundo alguns do distrito de Mariana no Vice Reynado do Janeiro, segundo o próprio imigrante carioca jurou ante o governador Lázaro de Ribera.

»Ante Alós e Bru jura que é português, natural do Porto, nos reinos de Portugal. Em alguns de seus reiterados e quase obsessivos pedidos de informações sumárias, o Ditador afirma que seu pai era francês. Alguns de seus depoimentos asseguram, por outro lado, que era espanhol das Sierras de Francia, região encravada entre Salamanca, Cárceres e Portugal.

»Os elementos astutamente utilizados pelo carioca-lusitano para aumentar a confusão e encobrir com ela as origens bastardas de sua aventureira vida, são as letras de seus pretensos sobrenomes: o sufixo português *es* trocado pelo castelhano *ez*, com o que figura em certos documentos públicos; com o sobrenome materno (o ç de França, com o rabinho embaixo), muito conhecido entre os bandeirantes paulistas, também foi castelhanizado.

»A única certeza é que, depois de sessenta anos de viver no Paraguai e prosperar nos mais diversos ofícios desde peão na elaboração de tabaco torcido, até militar, e posteriormente regedor e administrador de Temporalidades nos Povoados de Índios, ninguém sabe quem é nem de onde veio.

»É um estrangeiro, dirá dele um Governador, que ainda não sabemos se é português ou francês, espanhol ou lunático. Deste último é que ninguém pode duvidar, a julgar pelos estigmas de notória degeneração em sua descendência.

»Enigma que dói muito particularmente a nossa estirpe de Patrícios é a união de dona María Josefa Fabiana com o aventureiro carioca-lusitano; algo que não tem explicação plausível, salvo pela escabrosa fabulazinha que corre a respeito, e da qual também a V. M. Considero inteirado.

»Uma das versões, segundo eu já disse, dá-o como filho de dona Josefa Fabiana, e nascido em 6 de janeiro de 1766, outra, que o Ditador nasceu tal dia e mês, mas em 1756, ou seja, dez anos antes, da união que mantinha José Engracia, ou Graciano, ou García Rodríguez, com a barregã ou concubina que este sujeito ao que parece trouxe consigo em sua vinda ao Paraguai, entre o grupo de portugueses-brasileiros contratados pelo governador Jaime Sanjust a pedido dos jesuítas, em 1750, com destino ao benefício do tabaco.

»Tanto um como o outro enredo ficou dissolvido na nebulosa de testemunhos e papéis mais ou menos apócrifos; pois, como você sabe, nada consta de certo acerca desses fatos que tocam a origem e genealogia que o Ditador tratou de manter ocultas até sua ascensão ao Poder Absoluto.

»Mas isto é farinha de outro saco».

Sou eu o gaúcho de bitácola da pestilenta bússola? Aferrado à pértiga do timão, o piloto me olha de soslaio e corrige de vez em quando o rumo sobre a sinuosa via do canal, entre os traiçoeiros bancos de areia. A massa compacta do fedor, mais pesada que a carga, porém, afunda a sumaca abaixo de sua linha d'água. Bem-vindo selvagem odor ferino se vens sozinho! Meu parceiro, meu camarada. Inútil recolher os pensamentos em fuga pelas más fúrias da vida. Eu me detenho em uma memorável invocação: Pelo Vivente que não morre nem há de morrer. Pelo nome de Aquele a quem pertencem a glória e a permanência. As palavras não são suas. As palavras não são de ninguém. Os pensamentos pertencem a todos e a ninguém. Igualmente este rio e os animais. Desconhecem a morte, as recordações. Desertores do passado, do futuro, não têm idade. Esta água que passa é eterna porque é fugaz. Eu a vejo, eu a toco, precisamente porque passa e se repõe no mesmo instante. Vida e morte formam o pulso de sua matéria que não é figura unicamente. Quanto a mim, o que posso dizer de mim? Sou menos que a água que passa. Menos que o animal que vive e não sabe que vive. Neste momento em que escrevo posso dizer: Uma infinita duração precedeu meu nascimento. EU sempre fui EU; quer dizer, quantos disseram EU durante esse tempo, não eram outros que EU-ELE, juntos. Mas por que a-copiar tantas bobagens que já estão ditas e reditas por outros bobos a-copiadores. Naquele momento, neste momento em que vou sentado sobre o sólido fedor, não penso em tais redundâncias. Sou um rapaz de quatorze anos. Às vezes leio. Escrevo às vezes, escondido na proa entre os terços da erva e a courama nauseabunda. Descuido. Diversão. Estou ainda na natureza. Às vezes deixo cair a mão na água requentada.

Já caminha por vinte dias o tempo desta viagem. Aquele que diz ser meu pai, dedicado agora ao tráfico comercial, capitaneia sua barca. Erguido entre os barris, como entre as ameias de um forte. Ele se dirige até o porto preciso de Santa Fé, onde reina inexorável o estanco do tabaco, junto com outros leoninos impostos aos produtos paraguaios.

Meu presumido pai decidiu me enviar para a Universidade de Córdoba. Quer que me cure. Quer que eu me faça pícaro. Quer se liberar da minha fastidiosa presença. Mas também quer fazer de mim seu futuro báculo, curtido o rebento em tanino eclesiástico. Por agora ele me carregou na sumaca, entre os couros e as especiarias, o sebo e o milho. Eu, a mais ínfima, a mais desprezível de suas mercadorias.

Alguém, talvez a dama patrícia que passa por sua esposa, que passa por ser minha mãe, prognosticou: Algum dia ouvirão esta escura criança condenando o nome de seu pai em cima do Cerro del Centinela! A dama patrícia era muda. Atacada por algum mal na garganta, perdeu a fala. Pelo menos eu jamais escutei de seus lábios voz humana, ruído ou rumor que se lhe parecesse. Então o prognóstico tinha que ser escrito por ela nas tabuletas que usava para se comunicar. Enquanto dormia, uma sesta, escondi o quadrinho dele e pedaços de gesso. Transformei em pó a marteladas. Enterrei em um terreno baldio. Forneceram-lhe novos quadros e giz. Ela voltou a escrever com letra mais firme: Algum dia ouvirão esse menino escuro condenando seu pai e sua mãe! Depois de escrever isto, a muda quebrou o quadro e rompeu a chorar sem parar sete dias seguidos. Tinham que lhe trocar a cada momento os lençóis, os travesseiros, os colchões empapados. Ninguém soube o que queria dizer. Provavelmente alguém próximo da casa, o coronel Espínola y Peña (que também diziam ser meu verdadeiro pai), talvez o velhaco do frei Bel-Asco, quem sabe quem leu em algum livro a sentença sibilina. A aia repetiu-a em suas canções. Costurou-a no forro do meu destino.

(No Caderno privado)

Nunca amei ninguém, eu lembraria. Algum resíduo teria ficado disso em minha memória. Salvo em sonhos, e então eram animais. Animais de sonho, de outro mundo. Figuras humanas de uma perfeição indescritível. Sobretudo essa criatura que as cifrava todas. Visão-mulher. Astro-fêmea. Cometa-errante. Ser extramundano de olhos azuis. Brancura resplandecente. Larguíssima cabeleira de ouro, emergindo de entre os vapores do horizonte, varrendo, cobrindo com fantástica velocidade todo o arco do hemisfério equinocial.

Não amei Clara Petrona Zavala y Delgadillo. Pelo menos sob a forma de amor normal que não se dá a um ser anormal como eu. Não entendes que o impossível não se dá em um mundo normal?, me digo e repito. Especialmente para um espírito como o que tive toda a vida. Sempre alerta contra mim mesmo; desconfiado sempre, até do mais confiável.

De repente estas furiosas cegantes. Súbitas violências. Por que estes rompantes selvagens? Esta cólera, esta feroz exaltação levantando-se de repente em meu interior com a sanha de um vento devastador. Sem mais causa e razão que sua própria sem-razão. Estas terríveis erupções que fizeram da minha vida um inferno. Um tão longo morrer para a fadiga de ter nascido duas vezes. Um só é já demasiado. Tão cansado ao longo!

Em certo sentido, pode ter sido uma lástima. Não ter encontrado, merecido uma boa esposa que me ajudasse a ser um homem calmo. Um marido. Resignado a não ser mais que isso.

Talvez estivesse sentado ao sol fumando meu cigarro, dando palmadas no traseiro das terceiras ou quartas gerações. Dando voltas na caixola, na ponta da língua, o resquício do que terá para o jantar entre os aromas que vêm da cozinha, os ruídos dos talheres. Considerado, respeitado por todos. Chancletário prazer, em lugar de arrastar gastos sapatos pelos mesmos velhos ou novos caminhos. Estar. Ficar. Permanecer. A um espírito como o que eu sempre tive, as viagens nunca boas, contratempos traquinadores.

Ah, se não fosse essa horrível mágoa que sempre tive, teria passado minha vida encerrado em uma grande sala, cheia de ecos. Não neste buraco de esgoto. Sem nada que fazer além de escutar o silêncio há muito tempo guardado. Um grande relógio de pêndulo. Escutar, adormecer. Não os ruídos do espírito ruidoso, enfermo. As flatulências intestinais. Ouvir o tique-taque do pêndulo. Seguir com os olhos o vaivém que vai do preto ao branco. Ver os pesos de chumbo pendurados cada vez mais baixos, até que me levanto da minha poltrona. Subo os pesos uma vez por semana.

Segundo o provérbio latino *Stercus cuique suum bene olet*, cada qual gosta do cheiro de seu cocô, teria aguentado minha boa esposa, por sofrida que tivesse sido, as misérias de uma vida conjugal? Suponhamos que lhe tenha sido destinado aquele homem, de quem fala o bispo de Hipona, forçado pelos gases de seu ventre a pruuumm incessantemente durante mais de quarenta anos até que baixou ao sepulcro, pode-se dizer nas asas desses ventos de suas interioridades.

Vamos nos colocar no entanto no melhor dos casos. Imaginemos a variante otimista proposta por Vives, o glosador do santo, com outro exemplo de sua época; o do homem que mantinha o poderio de sua vontade sobre o traseiro, o mais rebelde, o mais tumultuário de nossos órgãos. A tal obediência o havia submetido, que o obrigava a expelir esses gases em forma de ares musicais variando a cada tanto a partitura; de tal sorte que muitos o visitavam desejosos de deleitar-se com esses odorantes concertos. Vives afirma que o virtuoso se achava às vezes tão inspirado no solitário retiro de sua câmara, que a qualidade de suas execuções beirava a altura dos melhores gaiteiros, um dos mais renomados doçaineiros do país. São exceções. Mas pensemos por um momento na pobre mulher do homem com traseiro de músico. Haveria suportado sem enlouquecer ouvindo por mais de quarenta anos sem cessar um só minuto, os solos desse clarinete?

Mas não somente os gases. Também o reumatismo, o mal de pedra, os incontáveis transtornos da idade, da saúde. Não são essas inevitáveis goteiras as únicas que mofam, deterioram, gretam a união conjugal. Há que contar sobretudo com o pior dos achaques: a solidão de dois em companhia. O ter que se ver, se esfregar, se suportar de bom grado ou por força, um dia, todos os dias, sem mais termo que a morte mesma. Estar um à espreita do outro. Suportar seus respectivos caprichos, manias, vontades. O vício tirânico de não poder aceitar um pensamento diverso do seu próprio. Então não há mais remédio que não se deixar ver nunca nas refeições. Fugir do outro. Não falar jamais. Sobretudo quando o outro pertence à espécie de gente fanática que crê render culto a sua própria natureza desnaturalizando-se; que se apaixona por seu menosprezo; que se emenda piorando. Monstruoso animal o que de si mesmo se horroriza, para quem seus próprios prazeres são dura carga! A companhia de um cão é mais humana nestas condições que a de um marido esdrúxulo, que a de uma histérica mulher. *Nostri nosmet poenitet*. Nós mesmos somos nossa penitência, dizia Terêncio com razão.

Há quem oculte sua vida.

Não; não amei nenhuma mulher que não fosse esse cometa--mulher.

Não podia ter amado Clara Petrona Zavalo y Delgadillo. Se por um instante ocupou o lugar de minha Dulcineia celeste, foi só por um instante.

Em todo caso formava uma só pessoa com Clara Petrona sua mãe, dona Josefa Fabiana. A filha, sombra crepuscular dessa mulher, a quem eu dei, não os portenhos, o nome de Estrela do Norte. Mas esse nome corresponde em verdade a um astro de meu cosmos secreto que eu mesmo não conheço.

O coração cresce por todos os lados quando ama. Aquele que ama uma pessoa por causa de sua beleza ama a pessoa? Não; porque a varíola que mata a beleza sem matar a pessoa faria com que ele a deixasse de amar. Não se ama as pessoas. Amam-se suas qualidades. As de Clara Petrona, sendo quase insuperáveis, eram inferiores às de sua mãe; as desta não se igualavam à Estrela do Norte, minha deidade celeste.

Quando criança eu a chamava Leontina. Talvez pelos sons luminosos que sentia se acenderem dentro de mim ao pronunciar esse nome furtado das confidências da aia. Nesse nome se formou a história dessa menina loira. Seu nome. Esse nome em que se combinavam as luzes de uma girândola. A força. A fragilidade. O som sem sexo, só audível para mim na femineidade suma.

Ah, Estrela do Norte! O coração transbordado te seguia por todas as partes. Sobretudo pelas noites. Aventura-cachorro. Aventura-leão. Esperava encontrar nela o inesperado? Seguindo o caminho, me prevenia a aia, não vás te meter em um cântaro.

Eu fechava os olhos na escuridão. Murmurava o nome. Via seu brilho sob as pálpebras. Por aquele tempo ela era também uma menina. Eu sentia já então que só ela poderia amar. Seus loiros cabelos mais abaixo de sua cintura, sobre a túnica de aó-poí cingida com um cíngulo de esparta. Sua cabeleira de cometa iluminava ainda as manchas pretas do Cruzeiro do Sul, entre as três Canopes de que fala Américo Vespúcio na Relação de sua Terceira Viagem. Mas a primeira descrição das manchas pretas, dos Sacos-de-Carvão, eu encontrei muito depois no *De Rebus Oceanisis*, de Pedro Mártir de Anglería.

Antes me deitava de costas na grama, buscando a Estrela do Norte, entre as constelações das Ursas. Nas minhas costas, minha ama de leite coberta de chagas trazia Heráclito pela mão. Riam de mim. Tu a encontrarás no cântaro, caçoava roucamente uma. A mulher sai do úmido, dizia o outro. Busque-a na lei das estações; ali onde o número sete se junta com a lua.

O coração mistura amores. Tudo cabe nesse redondo universo. Pequeno cérebro que bate como se pensasse.

Muitos outros amorzinhos tomaram em minha vida a forma da Estrela do Norte. Mas só fizeram por um instante. Somente ela permaneceu sem mudança em meu coração, em minhas pupilas de menino, em minhas mudanças de homem, nesta segunda triste infância de velho.

Experimenta fechar os olhos de novo. Tu a vês brilhar sob suas pálpebras? Não; a escuridão agora está dentro, fora, em todas as partes. As manchas do Cruzeiro do Sul cobrem a região vazia do céu. Luz morta das constelações, transformada em carvão, enche as duas bolsas que incham debaixo de teus olhos. O brilho suave ainda que desigual das *nubeculae* transformado em remela.

Não poderás nunca deixar de falar de ti mesmo? Para quem você quer montar a cena agora? Estás tratando de não confundir as manchas pretas do Cruzeiro do Sul com as nuvens luminosas de Magalhães. Estás falando daqueles seres cujo pólo é a noite. Buscas o céu boreal. Busco minha Estrela do Norte entre os Sacos de Carvão da Cruz.

Por aquele tempo me apartei só pela metade da natureza. Fechei-me com ela em um desvão. Rechaçado pelos seres humanos e até pelos animais, entrei nos livros. Não em livros de papel; em livros de pedra, de plantas, de insetos dissecados. Sobretudo, as famosas pedras do Guayrá*

*Esta peça é composta por fragmentos retirados de Azara (*Descrição*, pág. 31), de Ruy Díaz de Guzmán (*Argentina*, LIII, c. XVI), e sobretudo da Provisão do marquês de Montes Claros, governador e capitão geral do Peru, Tierra Firme e Chile, "para que se enviem à Caixa Real de Potosí com bom aviamento as Pedras do Guayrá ", em 1º de abril de 1613. Cif. Viriato Díaz-Pérez. (*N. de C.*).

Algumas pedras muito cristalinas. Devo tirá-las agora de minha memória onde estão enterradas a centenas de metros de profundidade. As pedras cristalinas se formam dentro de uns cocos de pedernal. Muito empilhadas como os grãos de uma milgranada. Existem de várias cores, de tanta transparência e brilho, que a princípio tinham reputação de pedras finíssimas. Estavam equivocados os primeiros descobridores. São de muito mais valor que os rubis, esmeraldas, ametistas, topázios e até diamantes. Incalculável seu valor. As mais belas se encontram na serrinha de Maldonado. Eu sei, sou o único que sabe como o suco penetra na crosta externa dos cocos de pedra, formando lá dentro os cristais. Crescem lá dentro. Quando lhes falta cavidade e estão muito comprimidos, arrebenta o coco com estrondo como o de uma bomba ou canhão. Os pedaços se espalham por longo trecho ou se incrustam dentro de outras formando pedras compostas, unidas, únicas. No fundo da última, no núcleo mais íntimo, às vezes veem-se resplandecer as muralhas e as torres de cidades em miniatura, não maiores que a ponta de um alfinete. Visíveis como se estivessem no cume de uma montanha. Alguns destes pedaços se enterram muito fundo e voltam a estalar, produzindo tremores e estrondos nas serras e serranias. Também nos lagos e rios quando o tempo se decompõe... Trouxe essas pedras para o desvão do sótão, convertido em secreto laboratório de alquimia, na quimera de fabricar com sua essência a pedra das pedras: a Pedra.

Desta ilusão que elas não bastaram para proteger, ah, belas e traiçoeiras pedras, arrancou-me meu suposto pai para me destinar ao Gótico Pagode. Antes de ficar mais louco que seu irmão Pedro, transando todo santo dia com mulatas e índias, sentenciou. Andando, dotorsinho *da merda*!

Assim vamos boiando águas abaixo. Esmagados pela fétida coluna-pirâmide do olor. Escrevo no caderno sobre os joelhos. Dirijo-me ao rio na vazante; assim talvez me escute: Bem sabes que vou contra a minha vontade. Podem levar contra sua vontade alguém que não é ainda? Tu que nunca paras, tu que sempre pares; tu que não tens antiguidade; tu que estás impregnado da consciência da terra; tu que deste desde milênios teu humor a uma raça, podes me ajudar a desafogar minhas almas múltiplas ainda em embrião, para encontrar meu duplo corpo afogado em tuas águas? Se puderes fazê-lo, sim podes!, faça-me um aceno, um sinal, um fato por menor e imperceptível que seja. Não te portes como os avaros espíritos da Serra da Sentinela. Algum tempo atrás eu lhes deixei uma mensagem debaixo de uma pedra perguntando-lhes sobre a Estrela do Norte. Encontrei o papel feito uma bolinha, manchada de uma substância não precisamente muito espiritual. Ah! Ahá! Pigarreou o rio em uma praia: O Takumbú é uma serra muito velha. Desvaria já. Sabe pouco. Sofre de mal de pedras e do fluxo cavernário que deixou em suas entranhas o culto à Serpente. Por que achas que eles põem ali os prisioneiros condenados a trabalhos forçados por delitos políticos? O Grande Sapo Tutelar mandou extrair as pedras para pavimentar esta maldita cidade. Assunção ficará empedrada de maus pensamentos... Foi interrompido pelo ulular dos remadores. A sumaca escorou um instante sobre o canto de um banco de areia. Várias takuaras estalaram ao se dobrarem, empurrando. A sumaca safou-se do escolho. Aproveitei a barafunda. Coloquei a folha em uma garrafa. E a deixei cair entre os camalotes.

Toda a noite meu putativo pai passou narrando seus trabalhos no Paraguai, desde sua chegada na caravana brasileira em benefício do tabaco preto. Ascensões. Aventuras. Fanfarronadas. Ele cotou sua incorporação às milícias do rei. Fabricou pólvora. Reparou arcabuzes. Revistou os fortes, presídios e muralhas da Província, Costa Abajo e Costa Arriba. Fundou o forte de São Carlos. Comandou os de Remolinos e Bourbon. Levantou novos fortes e bastiões. Colaborou com Félix de Azara e Francisco de Aguirre na demarcação das fronteiras entre os impérios espanhol e lusitano. Refere infinitamente seus serviços à coroa. Monótona entonação da boca que não pensa o que diz. Dom Engracia repete mil vezes e mais uma a velha história. Por agora não lhe interessa senão distrair os remadores enquanto remam por turnos. Os que descansam dormem ao arrulho da voz caprina.

Por momentos a voz tutorial se esboça entre o rumor dos remos, o chape da água contra as laterais da embarcação, o crepitar dos fardos, a explosão de algum barril de sebo. De modo que estas interrupções a seu modo contam outras histórias, que tampouco ninguém escuta por seu sentido senão por seu som. Salvo eu, que as escuto e ouço por ambas as coisas.

(A voz tutorial)

Em 1774 fui promovido a capitão. Vinte anos de dura labuta. Inteira fidelidade a nosso Soberano. Três anos depois prestei à Coroa o mais importante serviço de minha carreira. Fui incumbido de inspecionar secretamente a situação em que se achavam estabelecidos os vassalos do Rei Fidelíssimo nas margens do rio Igatimí, e fortificados na praça com este nome. Por caminhos fragosos, invadidas por infiéis, os selvagens índios mbayás, instigados pelos *bandeiros*, entrei em território inimigo com apenas um desertor daquela nação como baqueano. Eu me infiltrei a todo risco no silêncio da noite, e por duas ocasiões, no mencionado bastião ocupado astuta e traiçoeiramente naqueles dias pelos portugueses-brasileiros. Observei com toda exatidão suas fortificações e situação. Trouxe de tudo notícia individual por planos, sendo este plano, segundo disse depois o próprio Governador Pinedo, muito útil e favorável quando passamos ao ataque e reconquista de dita praça.

A batalha do assédio se travou durante três noites e três dias, no mais cruel do inverno. Animais e homens a tremer com o frio escorregamos sobre espessas camadas de gelo. Quebrando-se sob nosso peso, afundamos nas profundas valas e fossos das defesas, enquanto choviam sobre nós as descargas fechadas dos sitiados e das flechas dos índios.

As peças de artilharia se atolaram sobre esse campo de gelo que iluminava a escuridão. Por três vezes a cavalaria debandou. Nus, sem nenhum alimento, os homens nos havíamos convertido em verdadeiras carambinas.

Nosso *jefesinho*, o Oficial D. Joseph Antonio Yegros, pai do atual capitão Dom Fulgêncio Yegros, meio parente meu, deu ordem de simular uma retirada. Tentaram um último ataque na madrugada. Isso era querer enganar o macaco com banana pintada. Acender vela sem pavio.

Sentado sobre os couros, encostado contra o mastro-mor no meio da fetidez, aumentada agora com a putrefação dos cadáveres de Igatimí, o narrador calou um momento. O farol de cabotagem assentado sobre seus joelhos lhe escavava as feições de um bode, metade homem, metade besta. Concentrado por inteiro em suas recordações, só está aí de osso presente. Alma anti-humana vagando por regiões de gelo, de vento, onde zumbem milhares de flechas, onde ressoam estampidos de canhão, de fuzis. Selvagens gritos em português, em dialetos indígenas. Endemoniada agitação. Fragor.

Notoriamente a voz tutorial já não tem em conta os remadores, o piloto, o contramestre, os balseiros mulatos, os remadores índios. Menos ainda, certamente, a mim. Nunca me levou em consideração senão como um ser ridículo, monstruoso. Eu não existia para meu putativo pai senão como objeto de sua antipatia, de suas vociferações, de seus castigos. O português dá tapas capazes de esquartejar um leão. O vento do piparote que me lançou ao me pegar com o crânio naquela tarde, me deixou dando voltas sob o couro cabeludo. Outro mais, à noite, porque demorei em cumprir sua ordem de jogar o crânio no rio. Mas essa noite a força do meu punho também se faz sentir com a velocidade do raio. A mão-garra gruda sua unhada sobre o amo tutorial. Se fecha sobre o pescoço. Aperta-o. Não o solta até que as lágrimas de raiva e impotência brotam de seus olhos mortiços. Podem chorar dois desertos? Cravo meus olhos no seus, e agora os desertos são quatro. O português cede no fim. Com o penúltimo estertor: Solta, *rapaisinho*! Vamos, solta, que me afogo! Jogue o crânio no rio, e em paz! Retirei a mão lentamente do pomo de Adão. Os dedos de Caim continuavam crispados. Durante toda a noite tive que afundá-los na água hedionda, que foi afrouxando-os aos poucos até voltarem ao seu natural.

(A voz tutorial)

... Naquela noite não morri tremendo, nu na vala, a escassa distância das paliçadas inimigas. Entre as moitas duras de geada eu me arrastei em um esforço mais que humano até dois cadáveres um tanto mornos ainda. Eu me cobri com eles à modo de coberta. Abracei fortemente um deles, aferrando-me à flecha que tinha cravada nas costas. Colei minha boca na do cadáver em busca do resto do calor que ainda estaria nele. Perdoe-me!, murmurei entre as espumas sangrentas, tão duras já também como os pelos de seu bigode. Ajuda-me, miliciano morto! Não me deixes morrer se você já está morto! O cadáver não dizia nada, como me deixando entender: Aproveite sem mais, cumpai, do que puder, que a mim já faz pouca falta tudo o que me sobra. Pelo tom da voz reconheci na escuridão o cumpai Brígido Barroso. Um homem, o mais econômico e avarento que houve em toda a Terra Firme pelos tempos dos tempos. Já estranhei que tivesse se tornado de repente tão desprendido. Me vesti bem com seu corpo. Se já chegaste aos Infernos, diga-me, cumpai Barroso, o que há por aí, e se é verdade que estás no *País do Fogo*, entrega-me por tua boca ainda que seja uma *brasinha* desse fogo. Mas a boca do Barroso ia ficando congelada, fadigando, regateando, miserando até depois de morto o que não era dele...

Escapou-me um grito que retumbou na noite. O Capricórnio se levantou. Esteve a ponto de jogar-se contra mim. Levantei a garrucha apontando para ele. E se conteve. Encheu-me de impropérios em seu bárbaro dialeto bandeirante. A sumaca orçou e encalhou na margem da ribeira. Por Deus, excelência, o que lhe aconteceu! Acabei de ouvir um grito terrível! Nada, Patiño. Talvez sonhava que ia pelo rio. Levava a mão dentro da água. Mordeu-me uma piranha talvez. Nada grave. Vá. Não me incomode quando estou escrevendo a sós. Não entres quando não te mando chamar. Mas... Excelência! Seus dedos estão pingando sangue! Vou chamar o médico, imediatamente! Deixa. Não sangrarão muito. Não vale a pena incomodar aquele velho tolo por esta velha ferida. Vá.

Nesta parte do caderno, a letra aparece, com efeito, um tanto borrada, coberta de um limo avermelhado onde as traças pastaram com gosto deixando grandes buracos.

Amanhecemos com a sumaca varada em uma curva semelhante a um funil de altos barrancos. Dormiam todos um sono mais pesado que o da morte. O patrão, os tripulantes esparramados sobre a carga, mais mortos que os cadáveres de Igatimí. Saltou o sol da outra margem e se instalou em seu lugar fixo. Pregado no meio-dia. O fedor aumentou. Reconhecerás como uma fetidez, disse a Voz nas minhas costas. Nesse momento eu vi o tigre, agachado no matagal do barranco. Podia me antecipar o que ia acontecer. À sombra das velas, improvisadas como toldos, a tripulação seguia dormindo no mormaço do entardecer. Combinei minha vontade com a da fera que se arqueava já para o salto de oito metros de altura. Um milésimo de segundo antes de se lançar o manchado meteoro rugindo sobre a sumaca, eu me joguei na água. Caí em uma ilhota de plantas. Dali, flutuando mansamente, vi o tigre destroçar a unhadas Dom Engracia quando este quis se levantar para fazer-lhe frente com o fuzil. A arma descreveu uma parábola e veio cair em minhas mãos. Apontei com cuidado, cerimoniosamente, sem apuro. Certo deleite me demorou no espetáculo da sumaca convertida em altar de sacrifício. Apertei o gatilho. O fogaréu delineou a figura do tigre em um anel de fumaça e enxofre. Rugidos de dor fizeram tremer as águas, estremecer as ilhotas, retumbar as margens. A ensanguentada cabeça do tigre voltou-se ressoprando. Furioso. Seus olhos se cravaram nos meus. Olhar de incontáveis idades. Alguma mensagem queria me transmitir. Apontei devagar outra vez para a amarelada pupila. O tiro apagou sua incandescência. Fechei os olhos e senti que nascia. Embalado no cesto de milho-d'água, senti que nasceu da água barrenta, do lodo mal-cheiroso. Saía para o fedor do mundo. Despertava para a fetidez do universo. Botão de seda preta flutuando na balsa-coroa, armado com um fuzil fumegante, emergindo na aurora de um tempo distinto. Nascia? Nascia. Para sempre extraviado do verdadeiro lugar, queixaram-se meus primeiros vagidos. Eu o encontrarei alguma vez? Encontrarás, sim, no mesmo lugar da perda, disse a pigarrosa voz rouca do rio. Ao meu lado flutuava uma garrafa. Do outro lado reinava uma densa treva. Levantei-a. Vi o funil do barranco cheio de mato ardendo do resplendor do zênite. Esvaziei a garrafa. Bebi de um gole minhas próprias perguntas. Suco de seringueira. Mamei meu próprio leite, ordenhado de meus seios frontais. Levantei-me lentamente empunhando o fuzil.

Olhei em torno. Vi a sumaca deserta, escorada na margem, manando o tufo de sua carga. A cabeça do tigre enfiada na estaca da retranca. Ao fundo, entre a folhagem escura da barranca, vi duas filas de centelhas ao redor do que parecia ser um ataúde.

Baixou correndo o talude o contramestre. Sua silhueta obscura e transparente ao mesmo tempo se deteve diante de mim vacilando, sem saber como começar: Senhor... o pai de S. M. manda chamá-lo!... Pare com essas bobagens, contramestre. Em primeiro lugar, não tenho pai. Em segundo, se se trata daquele que você chama de meu pai, não o estão velando lá em cima? Sim, senhor; Dom Engracia acaba de morrer. Pois bem, eu acabo de nascer. Como você vê, neste momento nossos negócios são distintos. Seu senhor pai continua insistindo que suba S. M. para vê-lo. Já te disse que não me liga a esse homem vivo ou morto nenhum parentesco. Além disso, se insiste em me ver a todo custo, que ele apeie um pouco da caixa e desça para me ver. Eu não me movo daqui por nenhum motivo. Senhor, S. M. sabe que somente os coxos descem encostas facilmente, mas o patrão já está completamente inválido e não saberia dar um passo por mais esforços que faça. Queria se despedir de S. M., reconciliar-se, receber seu perdão antes de ser enterrado. Meu perdão não lhe protegerá do trabalho das moscas primeiro, dos vermes depois. Senhor, trata-se da alma do ancião. O crápula desse ancião não tem alma, e se tem é por um descuido do despenseiro de almas. Por mim que vá para o inferno.

Na *Carta XVLIII*, Guillermo P. Robertson refere o episódio da seguinte maneira:

«Muitos anos antes de ser homem público, *O Supremo* rinhou com seu pai por um motivo banal. Não se viram nem se falaram durante anos. Por fim, o pai caiu prostrado no leito de morte, e antes de prestar a grande e última conta, desejou vivamente ficar em paz com seu filho. Deixou-lhe saber disso, mas ele se recusou a vê-lo. A doença do ancião se agravou pela obstinação do filho; horrorizava-lhe, na verdade, deixar o mundo sem obter a reconciliação e o mútuo perdão. Protestou que a salvação de sua alma perigava grandemente se ele morresse em tal estado. Novamente, poucas horas antes de exalar o último suspiro, conseguiu que alguns parentes se achegassem ao rebelde filho e lhe implorassem que recebesse e desse a bênção e o perdão. Este se manteve inflexível em sua rancorosa negativa. Disseram-lhe que seu pai acreditava que sua alma não chegaria ao céu se não partisse em paz com seu primogênito. A natureza humana estremece com a resposta: "Então diga a esse velho para ir para o inferno".

»O ancião morreu delirando e chamando seu filho com gemidos desgarrados que a história recolheu».

Baseado nas obras dos Robertsons e em outros testemunhos, Thomas Carlyle descreve a cena com menos martírio. Ante a súplica de reconciliação do ancião, que não se resigna a morrer sem ver seu filho e outorgar-lhe mútuo perdão por temor de não poder entrar no céu se isso não ocorrer, Carlyle faz *O Supremo* dizer simplesmente: "Digam-lhe que minhas muitas ocupações não me permitem ir e, sobretudo, não tem por que".

Outro atestado insuspeito de indulgência ou contemporização sobre a ruptura surge da correspondência de Frei Bel-Asco e do Dr. Buenaventura Díaz de Ventura. Antecessor este de *O Supremo* no cargo de síndico procurador-geral, radicado depois em Buenos Aires e personagem influente na política portenha; autor, frei Mariano, do feroz libelo que sob o título de *Proclamação de um paraguaio a seus paisanos* lançou contra o Ditador Perpétuo logo após sua nomeação, e os dois não podiam menos que mentir com a verdade (apesar, como dizia o incriminado, de que toda referência contemporânea é suspeita).

Reduzido ao essencial o contraponto das cartas diz o seguinte:

«Posteriormente ao seu regresso de Córdoba enforcou os hábitos talares que lhe correspondiam como Clérigo de Ordens Menores e Primeira Tonsura, e se lançou a uma vida ainda mais licenciosa e relaxada que a que havia levado em Córdoba. Por causa disto rompeu com seu pai, então Administrador das Temporalidades do Povoado de Índios de Jaguarón, e nunca mais quis manter trato com ele.

»Anos antes que o mal filho assumisse o Governo Supremo, o ancião em transe de morte quis reconciliar-se com seu primogênito. Enviou alguns parentes com a súplica de tê-lo junto a ele na agonia para conferir-lhe a última benção. A negativa mais rotunda e impiedosa foi a resposta.

»O velho se desesperou chamando e pedindo perdão a seu filho. Em seu delírio agônico, no entanto, ele deve ter alucinado até o final com a aparição de seu filho que entrava no quarto, envolto em sua capa vermelha, e se aproximava do leito.

»O pobre homem morreu clamando *Vade retro*, Satanás!, e amaldiçoava-o em seus últimos estertores.

»No entanto, pelos dias desses tristes acontecimentos, nosso futuro Ditador viveu atormentado pelo ressentimento que lhe produziam as constantes alusões à sua origem bastarda. Conseguiu com artimanhas um falso testemunho genealógico. Desde então, no Cabildo, em todos os cargos públicos, nas conezias e prebendas que foram os degraus para subir até o Poder Supremo, começará sempre suas apresentações com as sacramentais palavras: Eu, o Prefeito de Primeiro Voto, Síndico Procurador-

-Geral, natural desta Cidade de Assunção, descendente dos mais antigos fidalgos conquistadores desta América Meridional. Achava que se punha assim em resguardo de novos agravos contra sua condição de filho de um estrangeiro, de um arrivista, de um mameluco paulista; sobretudo, do para ele terrivelmente injurioso e degradante qualificativo de *mulato*, cuja marca candente lhe queimou a alma sob o estigma de sua escura tez".

»O que não se pode pôr em dúvida, Rvdo. Padre, é que a ruptura com seu pai data daquela época de relaxamento e de vícios. As versões das testemunhas transmitiram este fato com certa repugnância supersticiosa que o tornaram ambíguo e equívoco. A verdade parece ser, porém, que ao ter recriminado o pai sua nefasta conduta e increpado duramente por outros procedimentos não menos sujos e indignos, o bruto envenenado por seus vícios morais esbofeteou-o impiedosa, covardemente, por ser ele um homem na plenitude das forças e o outro um ancião.

»Não falta quem diga que só a intervenção de uns vizinhos impediu que o matasse a golpes. Com o qual nosso Ditado teria se iniciado dignamente como parricida".

»Não, amigo Ventura; não se deixe arrastar no entanto por sua justa indignação. Essa "repugnância supersticiosa" dos testemunhos que transmitiram o incidente entre pai e filho, não se baseiam em nenhum feito ambíguo ou equívoco. A verdade seja dita, e com a maior razão ainda entre nós, ainda que não nos convenha balançá-la muito por agora, pois poderia resultar contraproducente. Eu a direi, porém guarde-a com a reserva que acredita sua prudência e circunspecção.

»A ruptura entre Dom Engracia, por então Administrador das Temporalidades de Jaguarón, e seu irascível filho, deveu-se aos excessos e orgias a que o próprio Dom Engracia se lançou desde o começo, em união com seu filho Pedro à época já com evidentes sinais de insânia, naquele povoado de índios.

»Os abusos do Capitão de Artilharia das Milícias do Rei, convertido em Administrador, foram de aumento em aumento a julgar pelos tremendos protestos que fulminavam contra ele os moradores do povoado de Jaguarón em um memorial levado diretamente ao vice-rei pelo cacique Juan Pedro Motatí, corregedor de dito povoado».

(Memorial do cacique Motatí)

«Não é muito que sofram os índios tão pesada servidão, quando o agente que promove este incêndio é de uma insaciável cobiça, carregado de filhos e de dívidas, destituído de conveniências capazes de lhe remediar. Entrou cheio de ambição ao governo dos índios, oprimindo-os com um trabalho insuportável, despojando-os de suas curtas heranças e contemplando-os em seu estado digno de chorar.

»Quem poderia pensar, senhor, que as violências se estenderiam até nos despojarmos de nossas filhas e mulheres, cometendo com elas o mais horrendo crime que a malícia humana pode cogitar.

»Por tudo isto, suplicamos a V. Exª. que se digne a enviar um sujeito interrégimo, como o exigem tão tristes infortúnios, a fim de que confirme no terreno dos fatos esta Informação secreta que humildemente elevamos à sua alta justificação; seja declarado réu o Administrador e aplicado um exemplar castigo, como preveem as leis, haja vista tanta inumanidade como manifestam seus delitos e iníquos procedimentos, suspendendo-o no ínterim do exercício que tem...».

«É provável que as acusações do cacique Motatí fossem um tanto exageradas. O quadro que oferecia da desolação de seu povo como consequência das supostas extorsões, crueldades e excessos do administrador, pode ser, com efeito, que estivesse um tanto sobrecarregado.

»Coisas veras? Calúnias? Vá você saber!

»Pela mesma época, o antecessor de meu parente político, a quem este foi substituir, o velho sacerdote Gaspar Cáceres, já quase moribundo, encontrava ainda forças para formular contra o capitão-administrador furibundas cobranças.

»De seu próprio punho e letra escrevia... Desculpe-me, padre, um moribundo escrevendo de seu punho e letra?... Bom, amigo Buenaventura, é provável que escrevesse as cobranças um pouco antes, quando o assunto ficou muito espesso. O P. Cáceres denunciou: Tais são suas violências, que os caciques do povoado emigram em massa para as províncias vizinhas com suas muléres e filhos. O povoado de Yaguarón ficou sem mais habitantes que os anciãos, inválidos e aqueles nativos que à ponta de chicote e fuzil, como no antigo regime do *yanaconato* e das *encomiendas*, o administrador os põe para trabalhar à força em suas terras. O medo que infundiu e o ódio deixou atrás de si naquele povoado, foram suas únicas obras, afirmava o ex-administrador em seu leito de morte, por sua própria mão ou ditando o agravo a algum familiar.

»Não duvide você, frei Mariano, o achacado ex-administrador, destituído dessa conezia, respirava pela ferida ante o enérgico espírito de empresa do capitão-administrador das Temporalidades. Os ressentimentos, a malignidade dos moribundos, costumam ser terríveis.

»A verdade é, amigo doutor, que vários anos depois, quando o capitão servia de novo nas milícias da Província, tramitava-se ainda o expediente relativo à emigração em massa dos nativos encabeçados por seus caciques, entre eles, um de nome Azucapé (Açucar-chato), o mais rebelde e decidido de todos. O Administrador pôde mandá-lo enforcar por não ter fugido a tempo.

»A causa da ruptura entre pai e filho haveria que buscá-la nestes fatos. Consta que o abandono da carreira eclesiástica por parte de meu sobrinho, e seu repentino atolamento em uma vida de repouso e vícios, foram posteriores a este rompimento; provavelmente seu corolário e consequência.

»Até então levou uma vida monástica, conjectura alguém que se supõe bem inteirado. Porém valerão de algo os austeros costumes, revestidos pela dignidade dos hábitos talares?, ter-se-ia perguntado muitas vezes. Fazer tanto sacrifício pelo decoro de um nome, branco de terríveis ataques, quando lá em Jaguarón seu pai e seus irmãos Pedro e Juan Ignacio enlameavam não só o nome, senão a tradição de toda a família em bacanais com índias e mulatas?

»Muda radicalmente. Assim, enquanto os oprimidos nativos abandonam sua ancestral herança, o ex-clérigo em Ordens Menores de Córdoba, lança-se da noite à manhã aos excessos de uma desenfreada libertinagem.

»Converte-se em louco adorador de Vênus. Busca namoricos fáceis, aventuras sem dor, muléres alegres. As noites as consagra à farras intermináveis. Percorre em grupo os arrabaldes da cidade dando serenatas, intervindo em bailes no litoral. Brilha nestas festanças porque toca admiravelmente a guitarra e sabe cantar.

»Sobretudo ele se entusiasma com o jogo. Em muitas ocasiões amanhece talhando o monte ou o truque, em que ele perde com a mesma facilidade com que ganha o dinheiro de seus pleitos naqueles em que ficou famoso por não perder um só desde sua iniciação como advogado». (*N. de C.*).

Enterrem-no de uma vez, o mais fundo que possam. Depois tragam os homens. Vamos fazer zarpar a sumaca do atoleiro e regressaremos de imediato a Assunção. Foi-se o contramestre. Reflexo veloz entre os reflexos subindo o barranco. No alto da escarpa, na branca treva do meio-dia, os lampejos das velas tremeluzem com luz muito vívida de belas cores. Efeitos da perspectiva e refração, o aéreo velório entre as árvores produz um agradável espetáculo pontilhado pelos seis velões muito perto das nuvens.

As velas dos dois mastros se inflaram suavemente e ficaram tensas com o vento norte que começou a soprar, e a sumaca continuou viagem águas abaixo ao anoitecer. A voz caprina recomeçou o relato de seus trabalhos como capitão das milícias do rei. A silhueta encostada no mastro principal parecia mais ereta que nos trinta dias anteriores. Sua voz mais clara. A luz avermelhada do farolzinho de cabotagem deixava entrever um semblante mais saudável. A maior parte da tripulação, sentada a seu redor, escutava meneando sua cadenciosa e interminável fileira. Só uns poucos remadores índios ajudavam o vento com seus madeiros a empurrar a sumaca na derrota do canal. Em sete dias, exatamente, avistamos o porto preciso de Santa Fé.

(Circular perpétua)

O bom, o certo apesar de tudo, é que aqui a Revolução não se perdeu. O país saiu ganhando. A gente-multidão soube ocupar seu lugar em direito de si. Os utensílios animados de antes são os campesinos livres de hoje. Possuem seus prédios e médios: remédios para todos os seus males que se tornaram bens. Já não têm que ser diaristas senão do Estado, seu único patrão, que vela por eles com leis justas, iguais para todos. A terra é de quem trabalha nela, e cada um recebe o que necessita. Não mais, porém tampouco não menos.

Das sete vacas e um touro trazidos por Juan Salazar, ao fundar Assunção, há não menos que dez milhões nas sessenta e quatro estâncias da Pátria; das chácaras coletivas há centenas. O país inteiro está transbordando riquezas. A necessidade de multiplicar se tornou agora necessidade de desmultiplicar. Pois todo excesso de bens degenera fatalmente em males, segundo acredita a experiência. A prosperidade de um Estado não consiste tanto na existência de uma população muito grande como na perfeita relação do povo com seus meios. Virá o dia em que os paraguaios não poderão dar um passo sem pisar sobre montes de onças de ouro. Vaticinou isso, já faz muitos anos, aquele pardo riograndense Correia da Câmara, que veio várias vezes querendo barganhar quimeras em nome do Império. Por vezes, os vaticínios de taimados farsantes acertam mais que as previsões dos visionários que só divisam elementos inverossímeis produzidos pela ilusão crônica da Utopia. Risque esta enrolação. Ponha: Os paraguaios estamos a ponto de caminhar sobre o oráculo pavimentado de onças de ouro que nos predisse aquele português-brasileiro.

Nosso povo, eu disse sempre, alcançará o seu no melhor dia; do contrário, o tempo o dará. Abram-se rios ao comércio exterior; é o único que falta para que nossas riquezas inundam o exterior. Quando a bandeira da República for livre de navegar até o mar, admitir-se-á que venham a comerciar conosco os estrangeiros em igualdade de condições.

Só então se arrumará não só o tráfego mercantil, senão o que é mais importante ainda, as questões de limites entre os Estados, divididos artificialmente para que melhor reinasse a Colônia. Atrás dela, as subcolônias e os subimpérios sustentados pelos interesses das oligarquias. Também têm enricado mais no poder, disfarçados de patriotismo. Até que a Confederação de Estados Americanos seja uma realidade palmar e não mero palavreado de discursos e tratados, aqui se arrumarão o comércio, as relações exteriores, tudo segundo convenha e do modo que seja mais útil aos paraguaios. Não para exclusivo aproveitamento dos estranhos, como sucedia antes da Ditadura Perpétua.

Com seu próprio esforço, o Paraguai lavrou seu fundamento de Pátria, de Nação, de República. A educação que recebem é nacional. A igreja, a religião, também são. Os meninos aprendem no Catecismo Pátrio que Deus não é um fantasma nem os santos uma tribo de negras superstições com coroa de latão dourado. Sentem que se Deus é algo mais que uma palavra muito curta está na terra que pisam, no ar que respiram, nos bens ganhos com o trabalho coletivo; não mendigando a ninguém pela vontade de Deus por átrios, ruas, mercados, povoados, vilas, cidades e desertos. Formados no seio da terra, consideram-na a sua verdadeira mãe. Tratam os demais concidadãos como irmãos saídos do mesmo seio. Hum. Risca esta imagem da mãe-terra. Não entrará na mente desses filhos da mãe.

Aqui nacionalizei tudo para todos. Árvores, plantas tintoriais, medicinais, madeiras preciosas, minerais. Até os arbustos de erva-mate eu nacionalizei. Não digo os animais, os pássaros; estes jamais abandonam suas comarcas natais. As nuvens brotam da umidade da terra, da água dos rios, da respiração das plantas. As nuvens regressam na chuva, no relento do sereno. Voltam à terra, aos rios, às plantas. Nuvens, pássaros, animais, até as criaturas inanimadas predicam sua lealdade ao torrão. Como tu achas que está isso, Patiño. Senhor, suas palavras estão me fazendo lacrimejar, e através do suor dos olhos que são as lágrimas, vejo turvo mas ao mesmo tempo claramente tudo o que você diz. Capaz, senhor, porque suas palavras colocam dentro da gente as verdades que estão fora... (*Segue um palavrão irreproduzível de O Supremo; depois, o resto do fólio se acha queimado*).

(Em uma folha solta)

... caracol, minhoca, lesma, rochedo, flores, borboletas do campo. Muito amor sobretudo pelo fixo, enraizado. Inúmeras espécies de plantas. Impossível nomeá-las todas. Macacos eu cacei, tigres, raposas, veados, porcos da montanha. Toda classe de animália. Espécies ferozes ou mansíssimas. Certa vez, cacei um espécime do animal chamado *mantícora*, gigantesco leão vermelho, de rosto humano com três fileiras de dentes, quase sempre invisível porque o reflexo de sua pelagem o confunde com a reverberação dos areais. Sopra por suas narinas o espanto das solidões. Sua cauda eriçada de puas, as lança em todas as direções mais velozes que flechas. Elas se incrustam nas árvores. Fazem chover gotas de sangue da folhagem. Cacei o mantícora no areal plínio, flechando-o com um dardo narcótico. Deixei-o em liberdade. Quando despertou voltou ao seu habitáculo secreto. Quando acordei me encontrei salpicado de gotículas de sangue. Estas espécies não migram; do mantícora ao caracol branco listrado de vermelho, eu vi todos regressarem livremente a suas querências selvagens. Pássaros vi voarem tão alto, tão longe, até parecerem quietos na ponta da minha aguda vista. Desapareciam. Caíam do outro lado do horizonte. Momentos depois se jogavam em cima de mim por todas as partes. Corvos me fizeram isso. Também outras variedades de voláteis, de aquáteis. Mas todos, todos, até os mais erráteis, voltam. As coisas viventes, assim como as inanimadas, têm também muito amor pelo fixo, enraizado, imutável. Se as pedras tivessem como e com que, no máximo sairiam por um tempo a passeio e logo voltariam a seus lugares de origem. Plantada a pedra em seu peso, plantada a planta em suas raízes. Tenacidade do ato de permanecer. Pensamento de afincamento. Já muito me dói cada uma dessas árvores gigantes que devo mandar derrubar para trocá-las por pólvora, por munições, por armas. Cada machadada cai no meu tronco; seu grito grita em mim sua queixa de desenraizamento e morte. As jangadas descem flutuando pelos rios enfileirando milhares de paus. Vamos!, eu lhes digo. Não se façam de sonsos! É preciso que caiam para que a Pátria se levante; é preciso que se vão rio abaixo para que a Pátria fique e volte a subir.

(Circular perpétua)

Unicamente aos humanos migratórios não entrou no sangue o nacional. O que é isso de ir-se, renunciar o que é seu, a matéria de onde saíram, o meio que os engendrou? Piores os homens que as animálias!

Eu não chamo nem considero paisanos estes emigrantes que se expatriam eles mesmos renunciando seus lares, abandonando sua terra. Eles se tornam parasitas de outros Estados. Perdem sua língua no estrangeiro. Alugam sua palavra. Já sendo apátridas deslinguados, caluniam, difamam, escrevem romancinhos contra seu país. Confabulados com o inimigo se tornam espiões, baqueanos, furriéis, informantes. Sim voltam, voltam de braços com o invasor. Incitam-no, ajudam-no na conquista, no avassalamento de seu próprio país. Se pelo menos servissem para ser trocados cada um por um grão de pólvora!

Se não fosse pelo meu governo teriam emigrado em massa. Iam em legiões, até que fulminei a proibição: Vocês ficam, cobras migratórias, ou lhes faço deixar o couro para as formigas! Alguns escaparam, como o traidor José Tomás Isasi, que enviou depois como pagamento por sua fuga uns poucos barris de inútil pólvora amarela, aumentando o escárnio, escarnecendo o agravo de sua fuga e latrocínio contra o governo, contra o país.

Muitos adeptos dos unitários, da causa portenhista, ficaram por sua vez emboscados aqui. Mosquitos mortos durante o dia. Zumbidores culicídeos à noite. Conspiram, rondam, espreitam, espiam. Transpiram o seco. Mastigam o amargo. Chupam o suco das unhas. Incubam ovos palúdicos em suas poças de baba. Desprocedem; desovam-se do humano. Lêndeas de contágio. Infecção. Alguém levanta um repolho podre, um sabugo de milho. Debaixo há uma lagarta com forma de um homem pequenininho. Fístula em figura de homem. O que fazes aí? Não responde. Não fala. Não tem voz. Ausência disfarçada. Não podendo escapar, simulam estar mortinhos e distantes, atarefados em aparentar isso. Boca costurada. Um cabelo tonto como antena na metade da tonsurada cabeça. Oito patas falsas. Doze olhos cegos. A princípio pensa-se: Maldito! Não será esta a lagarta do pulgão do algodão? Não é por acaso o coleóptero megacefálico brasileiro que transporta o micróbio da mancha do gado? Bandeiras de larvas venenosas agora! Eu a esmago com um pisão. E se dissolve em um filamento de baba. A sola gruda na goma venenosa. Um destes coleópteros bandeirantes trepou uma vez até a fivela do sapato. Eu o retirei com a ponta da bengala. Deixou no metal um rastro semelhante à corrosão de um ácido. Mandei lavar o lugar com uma irrigação de extrato de nicotina, sabão preto, ácido fênico e ácido fórmico extraído das ferozes formigas guaykurúes. Tudo em vão. Os fios de mofo continuavam por ali. Juntando-se muitos em lodaçal. Pululam na lagoa de veneno como se estivessem em seu elemento. Formam colônias. Falam um dialeto de português bandeirante ou em um embaralhado portenho migratório. Chegando a noite, dependendo da lua, eles se transformam em teias de aranha. Eu os vigiei durante noites e noites. E se desvanecem ao primeiro sol. Os fios de baba deixaram a marca de suas imundícies em portas, fachadas, varandas. Marca de baba no papel perjurado dos pasquins da catedral...

Não copies estes últimos parágrafos na minuta da circular. Não, senhor, não copiei. Quando Sua Mercê dita circularmente, ordem do Perpétuo Ditador, eu escrevo suas palavras na Circular Perpétua. Quando Sua Mercê pensa em voz alta, voz de Homem Supremo, anoto suas palavras no Livreto de Notas. Se é que posso, excelência, digo se é que consigo pescar essas palavras que encaracolam de sua boca muito que mais ligeirinho para cima. Em que estabeleces a oposição Supremo Ditador/ Homem Supremo? Em que notas a diferença? No tom, senhor. O tom de sua palavra dita para baixo ou para cima, vamos dizer com sua licença, segundo sopra rajado o vento noroeste que sai de sua boca. Somente Vossência sabe uma maneira de dizer que diz por sua maneira. O bicho-feio ouve o verme se mover debaixo da terra. Vossência há de me ouvir me mover assim debaixo da papelada. Manda em mim. Dirige-me. Ensinou-me a escrever. Governa minha mão. Também posso te partir em dois, verme escrevente. Bem verdade, excelência. Como não. Dono absoluto é de fazê-lo no momento de sua santíssima vontade. Então seremos dois escreventes a seu serviço. Se bem, como você mesmo, senhor, costuma dizer, o amanuense não tem responsabilidade. Ainda que também Sua Mercê costume dizer com a mesma verdade virada do avesso: Quem pode estar orgulhoso de ser um triste escrevente? Isto eu tenho sempre muito presente, senhor. Não, Patiño; o que deves te perguntar a cada momento é se o servente é o verdadeiro culpado de todo o mal que ocorre: desde o que me lustra os sapatos até o que copia o que dito. Continuemos pois.

O presente bem-estar, o futuro progresso de nosso país são o que quero proteger, preservar; se fosse possível, avançar mais ainda. Nesta atenção, agora que julgo mais proporcionais às circunstâncias, estou tomando medidas, fazendo preparativos para livrar o Paraguai da gravosa servidão. Libertar o tráfico mercantil das travas, sequestros, bárbaras exações com que os povoados da Costa impedem a navegação dos barcos paraguaios, arrogando-se arbitrariamente o domínio do rio, para se azeitar, se auxiliar com suas depredações na pretensão de manter esta República em servil dependência, atraso, menoscabo, ruína.

Impedi as sucessivas invasões que planejavam submeter nosso país a sangue e fogo. A de Bolívar, do oeste, pelo Pilcomayo. A do império português-brasileiro, do leste, pelas antigas rotas predatórias dos bandoleiros bandeirantes. Do sul, as constantes tentativas dos portenhos; a mais infame de todas, a que planejou o infame Puigrredón, que reconhece em nosso país o destino mais rico de toda a América, e quis se apropriar não só de nosso território, mas roubar lisa e lhanamente o ouro de nossas arcas.

Rascunho de próprio punho de Pueyrredón. Projeto para pacificar Santa Fé, dominar Entre Rios e Corrientes e subjugar o Paraguai

O término da expedição em Entre Rios, por sua situação parece que deve ser Corrientes. Incorporadas as tropas desta província do modo que deixei anotado, quando menos, terá o exército 5000 homens com armas de sobra. Aqui, pois, é onde se apresenta o campo mais formoso e fácil de escolher o melhor fruto de todo o Paraguai. Só pelo respeito desse número de forças, toda ela se submeteria sem disparar um tiro. Longe de desagradar a nossa gente a internação naquele país, toda ela iria com muitíssimo gosto, como se fosse o destino mais rico de hoje de toda América, assim nas caixas do governo, onde deve haver de um milhão a milhão e meio de pesos, como na vizinhança por não haver sofrido os impostos, gabelas e demais prestações das províncias. Prescindindo de todas as vantagens que resultariam na reunião desta numerosa província e sair da soçobra em que nos mantém a equivocada conduta de seu déspota em questões de patriotismos, segue-se a pior *de todas no escarnecimento dos demais povos, seja pela pedra do escândalo, seja pelo plantel das dissidências como tem acontecido e como é esta.*

Enquanto não se ponha na ordem devida o Paraguai não cessará o clamor dos mal-intencionados, dos ignorantes, dos que os paraguaios são os únicos que entendem.

(Documentos de Pueyrredón, t. III, p. 281).

Dois anos antes, nos começos de 1815, outro esperto portenho, o general Alvear, Diretor Supremo dos espertos portuários, pretende reatar relações com nossa República. Em que termos? Nos de uma raposa trapaceira-interesseira! Ele me escreve avançando com a embustice de que se Buenos Aires sucumbe o Paraguai não poderá ser livre. Trata de me amedrontar com a treta de outra invasão europeia. E me oferece, em consequência, um intercâmbio não de liberal comércio e amizade, senão o tráfico negreiro de trocar vinte e cinco fuzis por cada cem recrutas paraguaios para seu exército. Não conheço nem li uma vilania parecida entre os piores e mais cínicos governantes da história americana.

Outros mais querem invadir o Paraguai. Os próprios paraguaios emigrantes suplicam ao general Dorrego que o faça. Vileza dos migrantes. E antes e depois de Dorrego, outros e outros ufanistas capões: Artigas, Ramírez, Facundo Quiroga. Tigres das planícies, gatos dos montes, rugem, miam, assobiam, suspiram para vir nos saquear. Acabaram todos enterrados, desterrados; alguns deles, em nossa própria terra.

Também Simón Bolívar quer nos invadir. O Libertador de meio Continente faz preparativos para atacar o Paraguai e submeter o único país já livre e soberano que existe na América! Com o pretexto de vir libertar seu amigo, Bonpland planeja a invasão pelo Bermejo. Ai dele por ter posto sua bota sobre o Paraguai! Então sim, as águas vermelhas do Bermejo teriam feito honra ao seu nome. Primeiro me escreva uma ardilosa carta que entre flores e dobras oculta a pontinha de um pomposo ultimato*.

* «Ao Senhor Ditador Supremo do Paraguai.

Exmo. Senhor:

Desde os primeiros anos de minha juventude tive a honra de cultivar a amizade do senhor Bonpland e do senhor barão de Humboldt, cujo saber fez mais bem na América que todos os seus conquistadores.

Eu me encontro agora no sentimento de que meu adorado amigo o senhor Bonpland está retido no Paraguai por causas que ignoro. Suspeito que alguns falsos informes puderam caluniar este virtuoso sábio e que o governo que V. Exª. preside tenha se deixado surpreender a respeito deste cavalheiro.

Duas circunstâncias me impelem a rogar a V. Exª. encarecidamente pela liberdade do senhor Bonpland. A primeira é que eu sou a causa de sua vinda à América, porque fui eu quem o convidou para que se transladasse a Colômbia, e já decidido a efetuar sua viagem, as circunstâncias da guerra o dirigiram imperiosamente a Buenos Aires; a segunda é que este sábio pode ilustrar minha pátria com suas luzes, assim que V. Exª. tenha a bondade de deixá-lo vir à Colômbia, cujo governo presido pela vontade do povo.

Sem dúvida V. Exª. não conhecerá meu nome nem meus serviços à causa americana; porém se me fosse permitido interpor tudo o que valho, pela liberdade do senhor Bonpland, me atreveria a dirigir a V. Exª. este rogo.

Digne-se V. Exª de ouvir o clamor de quatro milhões de americanos libertados pelo exército a meu comando, que todos comigo imploram a clemência de V. Exª. em obséquio da humanidade, da sabedoria, da justiça, em obséquio do senhor Bonpland. O senhor Bonpland pode jurar a V. Exª., antes de sair do território de seu mando, que abandonará as províncias do Río de la Plata para que de nenhum modo seja possível causar prejuízos à Província do Paraguai, que eu, enquanto isso, o espero com as ânsias de um amigo e o respeito de um discípulo, pois seria capaz de marchar até o Paraguai só para libertar o melhor dos homens e o mais célebre dos viajantes.

Exmo. Senhor: Eu espero que V. Exª. não deixará sem efeito meu ardente rogo e também espero me conte no número de seus mais fiéis e agradecidos amigos, desde que o inocente que amo não seja vítima da injustiça.

Tenho a honra de ser de V. Exª. atento, obediente servidor.

Simón Bolívar.

Lima, 23 de outubro de 1823.

N. do C.: O Supremo ditador, efetivamente, não respondeu a esta carta de Bolívar. A resposta que alguns historiadores-romancistas recolhem é apócrifa; em todo caso, invenção de uma cortesia que *O Supremo* não estilava destilar em nenhum caso.

Carta de José Antonio Sucre, presidente do flamejante estado da Bolívia, ao general Francisco de Paula Santander, vice-presidente da Colômbia, ambos tenentes de Bolívar.

«O Libertador parece que está no projeto de mandar uma expedição de Corpos do Alto e Baixo Peru para tomar o Paraguai, que você sabe geme sob o tirano que tem aquela província não só oprimida do modo mais cruel, senão que a separou de todo trato humano, pois ali ninguém entra, além daquele que gosta de seu Perpétuo Ditador». (Outubro, 11 de 1825.)

De Santander a Sucre:

«A Europa culta celebraria muito se o Paraguai saísse da tutela cruel do tirano que a oprime, e que a separou do resto do mundo» (Setembro, 1825).

Do deão Funes a Simón Bolívar:

«Referindo-me o ministro García este sucesso {o corte ríspido que deu o Ditador do Paraguai à negociação iniciada pelo ministro inglês em Buenos Aires}, aproveitei esta oportunidade para tornar palpável o quão errada era a empresa de reduzir essa fera pelo caminho da razão, e quão acertado foi o pensamento de V. Exª. em fazer sentir pelo Bermejo a força das suas armas... Eu achei ser meu dever informar a V. Exª. de tudo isto, porque entendo que lhe forneço bastante matéria para a fertilidade de seu gênio, e porque segundo minha opinião a empresa não deve ser abandonada». (Setembro 28 de 1825).

Nota de Juan Esteban Richard Grandsire:

«O extrato do jornal supramencionado fala de ameaças da parte do general Sucre se o chefe do governo do Paraguai não tomasse em consideração os passos que supunham feitos por Bolívar para obter a liberdade de M. Bonpland. É conhecer muito pouco o gênio e o caráter do Ditador Perpétuo ao achá-lo suscetível de ceder ao temor, ou a uma ameaça indireta: o homem que há doze anos tem as rédeas do governo do Paraguai e que soube calar as paixões e manter a tranquilidade interior e exterior dos vastos estados que governa, apesar das intrigas e das revoluções dos governos vizinhos, não será jamais considerado como um homem vulgar pelos homens sensatos, e as ameaças poderiam atrair sobre M. Bonpland uma catástrofe deplorável que se pode evitar por uma gestão direta do cônsul general da França no Rio de Janeiro, e melhor ainda se o pedido viesse de Paris».

(Setembro, 6 de 1826).

Nem me dei ao trabalho de responder. Deixem que venha, digo aos que se assustam com a bravata do libertador liberticida. Se conseguisse chegar, eu o deixaria transpor a fronteira só para fazê-lo meu ordenança e encarregado de meu cavalariço. Ante meu silêncio escreve a seus espião em Buenos Aires, o deão Grimorio Funes, pedindo-lhe gestão e permissões para passar por este país, "liberá-lo das garras de um revoltado e devolvê-lo como província ao Río de la Plata", propõe Dom Simón. O fúnebre deão não tem êxito em suas intrigas e conjuras. Como havia de ter o lúgubre turgimão! Mostra-se muito decepcionado pelos receios de Buenos Aires em iniciar "a empresa de reduzir esta fera", que venho a ser eu. O que Bolívar pretende não é unicamente pôr as botas no Paraguai. Pretende também pôr no Río de la Plata, não contente de ter enfadado San Martín em Guayaquil.

Na conferência que realizou em Potosí com as raposas portenhas Alvear e Díaz Vélez, Dom Simón volta a plantar sua ambição "redentora" em 8 de outubro de 1825. Vou propor a vocês, diz ele, uma ideia neutra. Vá com a ideia neutra! Senhores, diz ele, eu fiz reconhecerem o Pilcomayo em toda sua extensão até a desembocadura para me proporcionar a melhor rota no Paraguai com o projeto de ir a essa Província, jogar por terra esse tirano. Posso embolsá-lo em três dias. O que acham? Nada, dizem as raposas prateadas. Faz dez anos que pretendemos fazer esse trabalho. A fera galinha resiste. Põe seus ovos de ouro em seu hermético galinheiro convertido em um bastião inexpugnável, e não há forma de que comamos a galinha nem os ovos. Claro, bobões, porque eu os como semi-chocados toda manhã no desjejum.

Escrevem-me, pois, Bolívar, Sucre, Santander. Encolho-me os ombros. Não leio nem respondo cartas tunantes e inoportunas. Não me preocupam os arrogantes prepotentes de todas as latitudes da terra.

Que diferença, sobretudo, entre Bolívar e San Martín! Este é o único que se nega à descabelada empresa de submeter o Paraguai. Sua causa não era a de subjugar povos livres senão libertar a nação americana. "Minha pátria é toda a extensão da América", dizem em uníssono San Martín e Monteagudo. Sua luta começa desde a revolução de outubro do ano doze, a única que merece legitimamente este nome no Río de la Plata. Inspiram-na estes dois homens a quem corresponde o título de paraguaios por sistema e pensamento, além do mais por haver nascido o primeiro em terra guarani. Não importa que lhes pareça haver arado no mar, navegado entre cordilheiras e vulcões. San Martín, defraudado por Bolívar em Guayaquil. Bernardo de Monteagudo, seu ministro de Governo, deposto por um motim reacionário, assassinado depois em Lima. O próprio Simão Bolívar, a quem Monteagudo acompanhou na tentativa suprema de formar a Confederação Americana, cujo projeto esbocei à Junta de Buenos Aires, anos antes que ele.

Algum dia, a obsessão da pátria americana, que só podia ter nascido no Paraguai, o país mais encurralado e perseguido deste Continente, rebentará como um imenso vulcão e corrigirá os "conselhos" da geografia corrompida destes velhacos come-povos. Tempo ao tempo. Por agora perigos de novas invasões não há.

Claro que esses fatos, para melhor dizer delitos, alguns de vocês não os conhecem senão de ouvido; outros vão esquecê-los, e os demais não lhes dão o verdadeiro sentido que têm. Simplesmente, porque não tiveram que enfrentá-los e resolvê-los em sua oportunidade, como eu tive que fazer. Nos amadurecidos benefícios alcançados para todos pelo Chefe Supremo, os subalternos se esquecem das duras que ele teve que passar. No tempo da dita poucos são os que se lembram dos contratempos da desdita. Mas um mínimo de memória é necessário para viver; mesmo que não seja mais que para subsistir: dor na indolência, que parece ter chegado a ser vosso estado natural, dos sofrimentos padecidos para alcançar o bem-estar presente. Tudo, até o mais ínfimo bem, está avaliado em seu valor e seu custo. Não menosprezem, meus estimados chefes e funcionários, do preço que nos custou fazer de nosso país, como disse um de nossos piores inimigos, o destino mais rico hoje de toda a América.

(No Caderno privado)

O Paraguai é uma Utopia real e Sua Excelência o Sólon dos tempos modernos, me adulavam os irmãos Robertson, na má época dos começos. Não pude ler ainda o livro destes ambiciosos jovens, que agora já estarão velhos e claro mais crápulas que antes. A julgar pelo título, mal posso esperar que suas cartas sobre meu Reino de Terror (não sei se são dois livros ou um só) melhorem o quadro maldosamente pintado dez anos atrás pelos Rengger e Longchamp. Sem dúvida, uma nova mistura de embustes e infâmias temperadas ao paladar dos europeus que piram por esses reinos selvagens. Selvageria de espíritos refinados e cansados. Desfrutam flagelando-se com as desgraças de raças inferiores, em busca de novas ereções. A dor alheia é um bom afrodisíaco que os viajantes moem para os que ficam em casa. Ah, ah, ah! Cegos, surdos e mudos, não entendem que não podem transcrever senão o ruído de seus ressentimentos e esquecimentos. O que se pode esperar desses viajantes extraviados, incapazes, vorazes? De onde tiram as matérias de tais memórias? Se meus próprios manuscritos não estão seguros em minha caixa de sete chaves, os desses traficantes migratórios, atentos unicamente à caça de dobrões, terão se perdido sete vezes em quem sabe que latrinas.

As cartas e *O reino do terror* apareceram com muito atraso devido ao extravio dos originais que *O Supremo* parecia prever e prognosticar: "Em uma daquelas noites de janeiro passado – dizem os Robertson – quando todas as coisas inanimadas da natureza haviam congelado, quando os caminhos se achavam cobertos de neve e as calçadas escorregadias, um dos autores destas *Cartas sobre o Paraguai* viajava no ônibus de Londres a Kensington. Levava sob o braço o manuscrito da obra. Ao descer do carro, a aparição de um negro quase espectral, coberto de capa e tricórnio, fechou-lhe a passagem, olhando fixamente o viajante. Este escorregou e caiu sobre o gelo. A estranha aparição se tornou mais espectral ainda contra a fraca faísca do candeeiro a gás. Depois desvaneceu. Por um momento ficou aturdido por causa do golpe e do susto. Enquanto pôde, levantou-se e se afastou do lugar coxeando com muita dor. Havia caminhado apenas alguns minutos quando *sentiu* que estavam dormentes os braços, além da penosa manqueira. Neste momento, sua consciência extraviada teve a súbita revelação de que havia perdido o *manuscrito*. Voltou ao malfadado local da queda. Buscou e removeu a neve perturbado pelo difuso temor de encontrar de novo com o afantasmado personagem. Este não reapareceu; mas tampouco apareceram os papéis. No dia seguinte foi anunciada a perda em cartazes e jornais. Ofereceram gratificações. Porém nunca mais pudemos voltar a pôr os olhos sobre as páginas perdidas. Uns dias depois recebemos um bilhete anônimo onde nos diziam: *Voltem ao Paraguai. Lá encontrarão o manuscrito*. Pensamos em uma ocorrência de mau gosto feita por alguns de nossos amigos. Não voltamos ao Paraguai, desde então. Mais fácil era refazer as *Cartas*, que obtiveram o mais lisonjeiro dos êxitos. Em três meses a edição esgotou, antes ainda de que a moléstia de coxear e do formigamento dos braços desaparecessem de tudo. Não faltaram, no entanto, alguns reparos e críticas. Thomas Carlyle, por exemplo, tratou--nos duramente. Ele via no *Supremo* do Paraguai o homem mais notável dessa parte da América. Despedia uma luz muito sulfurosa e sombria que brilhava em seu espírito – afirma o cultor dos Heróis –, porém com ela iluminou o Paraguai o melhor que pôde. Enfim, opiniões adversas como as do grande Carlyle, em vez de desmerecer nossa obra aumentaram seu prestígio pelo fato de que homens de sua altura a levaram em conta; o que contribuiu muitíssimo com sua promoção e divulgação".

Por outro lado, alguns autores contemporâneos sustentam que as *Cartas* em certo modo são apócrifas; quer dizer, que os Robertson atribuíram para si, pelo menos parcialmente, a paternidade de um material sugado nos muitos libelos que sobre *O Supremo* corriam no Río de la Plata por aquela época. Se se tomam em conta as propensões "copiativas" que fizeram a fortuna e finalmente a ruína dos Robertson em suas andanças south-americanas, a afirmação não careceria de alguma verossimilhança. A "unidade de estilo" dos ex-comerciantes convertidos em memorialistas ou romancistas, sua habilidade de "pintar soberbos retratos" e outras virtudes literárias se acham presentes, com efeito, nos volumes das *Cartas* e em *No Reino do Terror*, porém não excluem a provável impostura. O extravio do manuscrito "louco", confessado ou inventada pelos autores, delata esta possibilidade. Reforça ainda mais o episódio, sem dúvida não menos fraudulento, do fantasmagórico encontro em um beco de Londres com o sombrio espectro, muito ao gosto da literatura de mistério já em voga na época. Os autores parecem querer insinuar a aparição do além-mundo de *O Supremo* com o fim de roubar-lhes o manuscrito que, segundo eles, seria sua lápide. Certamente os autores consideravam já "finado" seu antigo anfitrião e podiam tomar um duplo desquite endossando este "latrocínio" do além-túmulo sob a impunidade de um romancezinho pueril. Porém

O Supremo se achava ainda vivo em Assunção, esperando poder ler as anunciadas obras que apareceram por fim em 1838 e 1839, pouco antes de sua morte. (*N. de C.*).

Ansiosos por vender suas recordações, a alma que já não têm ao diabo de um imaginário leitor, a espécie mais nefanda que conheço, inventam para seu deleite afro-disíaco patranhas, calúnias, feitos imaginários. Relatam como alheias suas próprias perversidades.

Não tanto por dar o gosto a estes bajuladores turiferários do dinheiro e do poder, quanto por usá-los a serviço do país que eles usavam para fazer gordas ganâncias, pensei em nomeá-los meus representantes ante a Grã-Bretanha, ou seja, a Inglaterra, como súditos dela. Fazia tempo que vinham me cercando com estas súplicas de que lhes concedesse este cargo. Para eles, uma distinção sem segundo, ao mesmo tempo que um novo meio de ampliar e aumentar a fortuna de traficantes e contrabandistas com patentes de imunidade diplomática. Não ignorava é claro que os propósitos destes ambiciosos mercadores não eram os de colaborar lealmente na prosperidade econômica de nossa Nação, mas fomentar ainda mais a sua. A suas segundas intenções opus as minhas, que sendo as terceiras eram as primeiras.

Mandei chamar, pois, Juan Parish Robertson, o mais velho dos irmãos, e lhe abordei o assunto com minha habitual franqueza.

J. P. Robertson, em suas Cartas sobre o Paraguai, relata assim a entrevista:

«Um oficial da guarda do palácio chegou essa noite com a irrecusável mensagem: "Manda O Supremo que venha você vê-lo imediatamente".

»Saí com o ajudante, um alferes negro, ranço de gordura de cozinha e fuligem. Sabia-se o que significavam as visitas destes nebulosos *officiers* do regimento escolta. Marchava diante de mim invisível, salvo por sua jaqueta de lanceiro; de modo que eu ia para esse encontro, que nada bom pressagiava para nossa sorte, com a sensação de acompanhar uma fétida sombra uniformizada sem mais ruído do que o roçar do espadim.

»Quando cheguei ao palácio fui recebido, no entanto, por O Supremo com mais bondade e afabilidade do que de costume. Seu aspecto se iluminava com uma expressão quase vizinha da jovialidade. Sua capa mordoré pendia de sua ombros em graciosas dobras. Parecia fumar seu charuto com desacostumado deleite, e contra seu costume de acender uma luz em sua humilde salinha de audiências, essa noite se achavam acendidas duas grandes velas da melhor banha de sebo na mesinha redonda de um pé, na qual não podiam se sentar mais que três pessoas: a mesa de comer do Absoluto Senhor daquela parte do mundo. Deu-me a mão muito cordialmente: "Sente-se, senhor Dom Juan". Arrastou seu assento junto ao meu e expressou seu desejo de que eu lhe escutasse atentamente.

»"Você sabe qual tem sido minha política em respeito ao Paraguai. Sabe que quiseram me acorrentar às outras províncias onde reina o maligno germe da anarquia e da corrupção. O Paraguai está em condições melhores de qualquer outro país. Aqui tudo é ordem, subordinação, tranquilidade. Mas a partir do momento em que se cruzam suas fronteiras, como você mesmo pôde comprovar, o estampido do canhão e o som da discórdia ferem os ouvidos. Tudo é ruína e desolação ali; aqui tudo prosperidade, bem-estar e ordem. De onde nasce tudo isso? Bom, de que não há homem na América do Sul, fora o que fala, que compreenda o caráter do povo e que seja capaz de governá-lo de acordo com suas necessidades e aspirações. É verdade isso ou não?" – me perguntou. Assenti. Não podia dizer-lhe que não, pois O Supremo não admite que lhe contradigam.

»Os portenhos são os mais vaidosos, vãos, volúveis e libertinos de quantos estiveram sob o domínio dos espanhóis neste hemisfério. Clamam por instituições livres, mas os únicos fins que perseguem são a espoliação e o engrandecimento de seus interesses. Por conseguinte, resolvi não ter nada que fazer com eles. Meu desejo é estabelecer relações diretamente com a Inglaterra, de governo para governo. Os barcos da Grã-Bretanha cortando triunfalmente o Atlântico entrarão no Paraguai, e em união com nossas frotas desafiarão toda interrupção do comércio desde a desembocadura do Plata até a lagoa dos Xarayes, quinhentas léguas ao norte de Assunção. Seu governo terá aqui um ministro, e eu terei o meu na corte de Saint James. Seus compatriotas comercializarão em manufaturas e munições de guerra, e eles receberão em troca os nobres produtos deste país".

»A esta altura do discurso, ele se levantou de sua cadeira com grande agitação e, chamando a sentinela, ordenou que viesse o sargento da guarda. Assim que o chamado veio, ordenou-lhe peremptoriamente que trouxesse "isso". O sargento se retirou e antes de três minutos voltou com quatro granadeiros que portavam um bolsão de tabaco de duzentas libras de peso, um pacote de erva de iguais dimensões, um garrafão de cana paraguaia, um grande pilão de açúcar e muitas carteiras de charutos atados e adornados com fitas coloridas. Por último, veio uma negra velha com algumas mostras de tecidos de algodão em forma de tapetes, toalhas e panos de toda espécie. Pensei que seria um presente que O Supremo queria me fazer às vésperas de minha partida para Buenos Aires. Julgue então minha surpresa quando ouço de repente que me diz:

»"Senhor Dom Juan, estes não são mais que uns poucos dos ricos produtos deste solo e da indústria e do engenho de seus habitantes. Eu me dei algum trabalho para proporcionar a você as melhores mostras que o país produz em diferentes ramos de artigos. Sabe em que extensão ilimitada estes produtos podem ser obtidos neste, posso chamá-lo assim, Paraíso do mundo. Agora, sem entrar em uma discussão sobre se este continente está maduro para as instituições liberais e burgueses (penso que não) não se pode negar que em um velho e civilizado país como a Grã-Bretanha, estas instituições invalidaram gradual e praticamente as antigas formas de governo ordinariamente feudais, formando em troca a estabilidade e a grandeza de uma nação, que é hoje a maior potência da Terra. Desejo, pois, que você prossiga viagem até sua pátria, e que tão logo chegue a Londres se apresente à Câmara dos Comuns. Tome, leve com você essas mostras. Solicite ser ouvido do púlpito e informe que você é um deputado do Paraguai, a Primeira República do Sul, e apresente a essa Câmara os produtos deste rico, livre e próspero país. Diga-lhes que eu lhe autorizei a convidar a Inglaterra a cultivar relações políticas e comerciais comigo, e que estou pronto e ansioso para receber em minha capital um ministro da corte de Saint James, com a deferência devida às relações entre nações civilizadas. Uma vez que esse ministro chegue aqui com o reconhecimento formal de nossa Independência, eu nomearei um enviado meu perante aquela corte".

»Tais foram os termos textuais com os que O Supremo me interpelou. Fiquei atônito ante a ideia de me ser nomeado ministro plenipotenciário, não ante a corte de Saint James, mas ante a Câmara dos Comuns. Recomendou-me especialmente não me encontrar com o chefe do executivo, "porque – aduziu O Supremo – sei bem quão inclinados são os grandes homens da Inglaterra para tratar questões tão importantes como esta, só quando a Câmara dos Comuns as tiverem debatido e resolvido afirmativamente".

»Nunca em minha vida me enredei mais sobre o modo de agir ou dizer. Recusar a quixotesca missão era provocar imediatamente a ruína sobre minha desditada cabeça e a de meu pobre irmão, se é que não as perdíamos antes sob a lâmina do carrasco. Não restava mais que aceitar. Assim fiz, a despeito da asfixiante sensação de ridículo que me oprimia quando me via já forçando a entrada da tribuna dos comuns; dominando com meia dúzia de carregadores o comissário do Parlamento, e entregando, a despeito de oposições e resistências, de uma só vez os bolsões de couro com mercadorias paraguaias e o discurso, *verbatim*, de O Supremo. Porém Assunção estava muito longe de Saint James. Por conseguinte aceitei o mandato, e não a proposta, e me fiei ao azar dos acidentes em busca de uma remota possibilidade de desculpa que me eximisse aceitavelmente da culpa de não ter podido entrar com tão insigne honra e com os bolsões de ouro pela porta que me havia indicado do outro lado do mar».

Veja, Dom Juan, disse-lhe, vamos falar bem claro. Estou disposto a conceder-lhe a honra que vem me solicitando. Vou fazê-lo representante mercantil do Paraguai ante o governo de seu império. Meu desejo é fomentar relações diretas com Inglaterra, coisa que estimo de mútua conveniência para ambos os países; o seu, a maior potência do mundo contemporâneo; o meu, a mais próspera e ordenada República destes novos mundos. Convém a você essa boquinha? Ele se desfez em exaltações e agradecimentos. Mas, nesse mesmo momento, como me ocorre sempre quando enfrento crápulas que me vêm com papéis molhados, já sabia eu que o obsequioso inglês não ia cumprir nada do que ele mesmo se adiantou a prometer. Mais ainda; pelo ruído de seus elogios eu *sabia* que ele ia me enganar. Apesar de tudo, eu não podia deixar de jogar essa carta. A missão Robertson foi uma forma de sondar, sob a bandeira britânica, a possibilidade de romper o bloqueio à navegação forçando a arbitrariedade dos pícaros e sucessivos governos do Río de la Plata, já então rendido à vassalagem da coroa britânica sob o manto de um pretenso "protetorado". Me pareceu inclusive uma boa ideia tentar tirar cocos do fogo pelas mãos dos ingleses. Não mereciam outra coisa os muito truões.

Quero Dom Juan, disse-lhe, cravando as unhas em suas coronárias, que você consiga o restabelecimento da liberdade de comércio e navegação, despojada do Paraguai por Buenos Aires contra todos os direitos. Estou nas melhores condições de fazê-lo, excelentíssimo senhor, assegurou-me o traficante. Sou muito amigo do Protetor e comandante da esquadra britânica no Río de la Plata. Apenas fale com ele, os barcos paraguaios entrarão e sairão sem nenhuma dificuldade, protegidos pelos navios de guerra do capitão Percy. De acordo, Dom Juan. Meu desejo é, sem dúvida, que suas funções não se limitem ao ramo do comércio unicamente. Isto não será possível sem o prévio reconhecimento pela Grã-Bretanha da Independência e soberania do Paraguai. Para mim será uma honra, respondeu o mercador, administrar este justo reconhecimento e estou certo de que para meu país será também um motivo de orgulho ligar suas relações com uma nação livre, independente e soberana como o Paraguai, à qual todo o mundo chama já com justiça de o *Paraíso do Mundo*. Grandes palavras abrem os bolsos, Dom Juan. Não se alucine com fogo de palha, que o Paraguai não é a Utopia que você diz, mas uma realidade muito real. Seus produtos se dão em extensão ilimitada e podem prover todas as necessidades do Velho Mundo. Segundo meus informes, a situação é esta: a queda de Napoleão e a restauração de Fernando VII confundiram a mente dos homens de Buenos Aires. Alvear é agora Diretor Supremo. Artigas venceu em Guayabos os diretórios, que ficaram sem direção, à deriva dos acontecimentos, após sua expulsão da Banda Oriental. Este é o momento oportuno para que você tente o que proponho. Armarei uma flotilha de navios carregados até o topo. Vou colocá-los sob seu comando, e você não vai parar até a Casa Branca, quero dizer, a Câmara dos Comuns, para apresentar esses produtos, suas credenciais e minhas demandas pelo reconhecimento da independência e soberania desta República. Estamos de acordo? Ideia genial, Excelência!

Dias depois Robertson saiu para Buenos Aires em seu barco La Inglesita. Geral euforia. Favoráveis perspectivas. Uma primeira operação de sondagem, sugerida por José Tomás Isasi. Também ele eu deixo partir com dois bergantins abarrotados de produtos.

Os *Apontamentos* voltam a confundir as datas. José Tomás Isasi não saiu com Juan Robertson, mas dez anos depois, no grupo formado por Rengger e Longchamp e outros estrangeiros cuja saída foi autorizada por O Supremo, em 1825.

O insólito fato teve sua origem em uma solicitação de Woodbine Parish, cônsul britânico em Buenos Aires. Nela, solicitava ao governante paraguaio a liberdade dos comerciantes ingleses para sair levando seus bens. O tácito reconhecimento da soberania do Paraguai por parte da Grã-Bretanha, implicado na petição de seu encarregado de negócios no Río de la Plata, produziu seu efeito, declaram em seu livro Rengger e Longchamp. O Ditador Perpétuo concordou que partissem não só os comerciantes ingleses, mas também outros súditos europeus, comerciantes ou não, escolhidos por ele. Estendeu-lhes o salvo conduto e permitiu que se emparelhassem os barcos com a única condição de que fossem tripulados por estrangeiros ou negros. Proibiu-lhes, ainda mais, que levassem outros artigos e mercadorias além dos adquiridos com seu próprio dinheiro. O que foi rigorosamente fiscalizado e cumprido. José Tomás Isasi, naturalmente não só foi eximido deste requisito como desfrutou das mais amplas prerrogativas. "Conseguiu me enganar – diria mais tarde seu compadre – porque conspiraram a seu favor duas circunstâncias. Deixei-o partir para que ninguém pensasse que cedia à necessidade ou à pressão do inglês em favor da liberdade de seus compatriotas unicamente. Por outro lado, o vilão do meu compadre, maldita instituição do compadrio!, utilizou ainda a tosse da sua filha como patente de traidor e de corsário". Isasi nunca mais voltou ao Paraguai. Rematou sua deslealdade com a burla de remeter tempos depois alguns barris de pólvora inservível, retorno única e irrisória devolução do numeroso desfalque. O indignado ex-amigo tratou de obter a qualquer preço sua captura. Decreto o confisco de todos os seus bens, e um jovem dependente de sua casa de comércio em Assunção, chamado Gregorio Zelaya, foi fuzilado após julgamento sumaríssimo, justamente no ano de sua fuga, em 25 de abril de 1826. A cada aniversário, um novo refém foi executado em uma espécie de ritual que castigava o culpado *in-absentia* — segundo o imemorial simbolismo de tais sacrifícios – nas vítimas mais inocentes. O poder e os esforços de anos e anos do Ditador terminaram em vão. Os inimigos de Artigas, isolado no Paraguai, ofereceram entregar Isasi em troca do Ex-supremo dos orientais. Foi o único arbítrio que o Ditador Perpétuo rechaçou com semelhante indignação. Mandou fuzilar sem processo o portador da oferta de troca. Mas não por ele renunciou à sua obsessiva perseguição do fugitivo, que desapareceu como se o tivesse tragado a terra.

E quanto à "insinuada promessa" de reconhecimento oficial, livre navegação e comércio, Mr. Parish demorou indefinidamente, assim que os viajantes transpuseram a "muralha chinesa" pela Porta do Sul na União das Sete Correntes. A título de memorando e jogando a última carta de seu orgulho disfarçado de cortesia, o Ditador fretou outro barco com o único objetivo de conduzir uma nota ao cônsul inglês. Não foi muito política, no entanto; depois de vagas considerações sobre o bom fim da viagem dos libertados soprou a nota pela ferida: "Os súditos de S. M.

britânica só suportaram a mesma sorte a que têm sido condenados todos os habitantes do Paraguai neste iníquo bloqueio. Por último, não têm nenhum motivo para se queixar, pois eles vieram ao Paraguai sem que ninguém os tivesse chamado". O encarregado de negócios britânico fez caso omisso ao "insinuado" pedido e escreveu ao Ditador solicitando-lhe agora a liberdade de Bonpland. A cólera de *O Supremo* estalou silenciosa, porém definitiva: devolveu o ofício na mesma pasta sobre a qual mandou colar um tosco rótulo com letra de seu amanuense que dizia: "A Parish, cônsul inglês em Buenos Aires". Ao mesmo tempo girou uma lacônica circular a seus funcionários de todo o país: "Jamais devem crer nos europeus, nem se fiar deles quaisquer que seja sua nação e os objetivos que manifestem trazer. Fechar a porta nos narizes de quem apareça, e se insiste com suas impertinências, não dizer: Passe em frente, pois ação há, segundo o hábito de nossa inveterada hospitalidade, que é dar-lhe uma paulada no ossinho do nariz e gritar bem alto: Fora daqui, seu verme!".

Do respeito e consideração que os estrangeiros libertados continuaram sentindo longe do Paraguai pelo Ditador Perpétuo — com a mesma intensidade que os cidadãos e estrangeiros residentes na Arcádia Paraguaia –, Rengger e Longchamp dão um insuspeito testemunho, citado depois pelo cônsul da França em Buenos Aires, M. Aimé Roger: "O capitão Hervaux que foi autorizado a partir em um dos bergantins do Senhor de Isasi, depois de um prolongado cativeiro no Paraguai, morreu em Buenos Aires em 1832. Durante os sete anos que correram desde sua liberdade até a morte, nunca pronunciou nem ouviu pronunciar o nome de *O Supremo* (o único que aceitava como título do Ditador Perpétuo) sem se pôr de pé e quadrar com forte ruído dos calcanhares, levando a mão ao chapéu. Um paraguaio fugiu como clandestino em outro bergantim. Perguntei-lhe: Por que saiu do Paraguai? Fui soldado desde os vinte e cinco anos atrás. É esse o único motivo de sua fuga? O único, senhor, já faz vinte e cinco anos. Você se sentia infeliz lá? Não, senhor, de jeito nenhum! Boa terra, boa gente e sobretudo que bom governo. Mas vinte e cinco anos!". (*Nota do C.*).

Proporciono a Isasi cinquenta mil pesos em moedas de ouro do erário para compra de pólvora e armamento da melhor qualidade. Me trai o inglês Robertson. Me trai duplamente o paraguaio Isasi. Eu devia suspeitar quando me pediu autorização para levar com ele sua mulher e filha. Zelou arteiramente por seus desígnios, prevalecendo-se de minha fraqueza pela menina. Para que queres sacrificar tua família nesta penosa viagem? É por minha filha, senhor. Sofre de tosse ferina e o Dr. Rengger assegura que a mudança de ar pode sará-la. Ouça como tosse a pobrezinha! Dia e noite, sem parar! Bom, José Tomás, se se trata da saúde de minha afilhada, leve-a. Cuidado no regresso. Já não viajarás no comboio dos barcos ingleses, e ainda está por se ver se o cônsul britânico cumpre sua insinuada promessa de negociar o tratado do comércio entre a Inglaterra e o Paraguai. Farinha ruim é o que me dá este Juan Parish. Os ingleses são velhacos. Melhor não confiar neles até que demonstrem que são confiáveis. José Tomás Isasi, meu amigo, meu compadre, meu companheiro de anos, escuta-me no baixo. Do alto de seus sapatos. Levanta para mim a menina que se prende ao meu pescoço em um inusitado gesto de carinho, pois até este momento havia demonstrado para mim melhor dizendo certo instintivo temor. A coqueluche não conseguiu diminuir a beleza verdadeiramente angelical da criatura. Transfigurou-a ao contrário em uma expressão que tem algo de sobrenatural. Talvez por contraste com a escura e ainda não visível vilania de seu pai. Em uma pausa na tosse, que lhe sufoca a respiração nas convulsões, me dá um beijo na bochecha. Adeus, pap...!, soluça, cortada a voz por um novo ataque. Instinto das crianças que advinham as despedidas definitivas. Levaram-na feita por um longo estertor de sufoco que o burburinho do porto ensurdeceu em seguida. A última coisa que vi de minha afilhada foi seu louro cabelo brilhando em um lampejo ao sol daquela esplendorosa manhã de abril. Com uma estranha apreensão mergulhei nos febris preparativos da partida.

De volta de sua penúltima viagem, Juan Robertson pagou uma parte de suas culpas. Meus piores inimigos, os artigueiros, foram os encarregados de cobrá-la e aplicar-lhe o castigo. Entre Santa Fé e a Bajada, os bandidos e salteadores do Protetor dos Orientais piratearam o pirata descendente de piratas. Submeteram-no a terríveis vexames. Amarraram-no desnudo, de bruços contra a terra. A turbamulta de tapes e correntinos se revirou sobre ele durante horas. Relato confuso de coisas vividas à meia-noite. Sonhadas ao meio-dia. Não sei se foi sincero o gringo. Eu gostaria de ler a versão que dá em seu livro do episódio, se é que se anima a contá-lo.

O episódio está relatado pelos Robertson em *O reino do terror*. A supressão de certos repugnantes pormenores, atribuível mais a escrúpulos puritanos, ao proverbial gosto inglês pela reserva e pelo decoro, do que à distância dos fatos narrados em prosa medida pelos autores, nao impede que sua versão coincida em linhas gerais com a que dá *O Supremo*. (*N. do C.*).

Em meio a minhas reprovações e insultos ao inglês, filtrou-se a melopeia que ele costumava cantarolar entre dentes durante as partidas de xadrez ou entre minhas divagações sobre astrologia, os mitos indígenas, a Guerra das Gálias ou o incêndio da Biblioteca de Alexandria. *There's a Divinity that shapes our ends, Rough-hew them how we will!* Ouço a voz de Juan Parish. A Divindade Benéfica desbastou por fim seu destino da maneira desejada, *how he will* nos campos da Bajada.

Os bandoleiros de Artigas saquearam La Inglesita dos pés à cabeça. Até os quepes e uniformes de gala pedidos pelos militares da Junta. Cintos, rendas, couros e madapolões, jóias e penduricalhos para suas mulheres.

No tempo desses acontecimentos, já não existia a Junta Governativa nem o Consulado, que a havia substituído. A ditadura temporária se achava em vésperas de converter *O Supremo* em Ditador Perpétuo. Os ex-militares da Primeira Junta, em sua maior parte, se achavam confinados ou presos. (*N. de C.*).

Um tricórnio, instrumentos óticos e musicais, um telescópio, várias máquinas elétricas, encargos que eu havia listado pormaiorizadamente. Claro, a dotação completa de armas e munições que sob um carregamento de carvão e trigo trazia por minha ordem para o exército.

O trapo riscado de seu império não lhe serviu para empunhar o cabo quente da frigideira onde se tostavam as castanhas. Quando o efebo inglês despertou de seu pesadelo, presenciou um divertido espetáculo improvisado em sua homenagem. O bando de fascínoras artigueiros, disfarçados com os uniformes de gala, os ornamentos e paramentos eclesiásticos, travestidos com as roupas e alfaias das mulheres, dançavam ao seu redor uma zambra de enlouquecidos demônios, brandindo sabres e pistolas novinhas. Apostavam aos gritos quem era capaz de degolá-lo de um só talhe. Também John Parish Robertson, naquele instante, como o velho do conto de Chaucer (e como aconteceu comigo faz pouco) deve ter batido com os punhos nas portas da mãe terra pedindo-lhe que o deixasse entrar.

Não sei o que nesse momento devia pensar Juan Robertson. Pensamentos nada reconfortantes seguramente. O coração ferido não ama a faca. Embora um inglês trate sempre de ser atemporal, já não estava a seu lado Juana Esquivel para recuperar suas feridas e embalá-lo com seus cânticos de cigarra.

Para o pior dos males, à noite antes de sua partida, quando ferir ainda era rir seu irmão o havia despedido com piadas e pantomimas algo proféticas. Não riam, senhores, sobretudo você, Dom Juan, meu futuro cônsul comercial. Tanto cisca a galinha em busca do grão que por fim perde o chão. Dito, predito.

Juan Parish foi salvo pelo flautim que costumava tocar em nossas reuniões. Quando os vândalos bajadenhos fizeram com ele tudo o que lhes deu vontade, descobriram entre seus efeitos o flautim duplo. Toque a flauta!, exigiam-lhe a cada momento enquanto os emperequitados captores o levavam amarrado ao mastro mor de seu próprio barco à comandância da cidade. Com minhas feridas e chagas ainda sangrando, os sátiros disfarçados de mulheres, de padres, de militares, exigiam-me que tocasse sem cessar o flautim, enquanto eles faziam retumbar a ponte ao meu redor com suas cirandas e danças de negros, contou Juan Robertson buscando granjear minha compaixão. Toque a flauta! Toque a flauta!, ordenavam a palmadas cada vez que me faltava o ar. Me afogava, e no meio da desesperação me agarrei com dedos e unhas ao instrumento. Não tinha a que me aferrar mais que a essa palhinha de som. Eu asseguro, excelência, que não há nada mais triste que entoar desafinadamente o próprio réquiem em um flautim de má sorte para alegria de quem vem para matá-lo!

Não morreu Juan Robertson. Maldito tresloucado! Não o mataram os bandidos de Artigas. Pelo contrário, soube revender bem caros seus tropeços e seus trapos. Conseguiu, sob coação da esquadra britânica, fazer-se indenizar com folga o atropelo das hordas artiguistas. Com o salvo-conduto que lhe outorgou o Protetor dos Orientais, efetuou gordos negócios ao longo de todo o litoral, tirando o dobro ou o triplo do que lhe saquearam. A preço de ouro de sem-vergonha, o traficante anglicano vendeu cada gota de sangue perdido no módico gólgota bajadenho. Depois cometeu ainda a desfaçatez de se apresentar aqui, apesar de haver-lhe proibido pisar novamente terra paraguaia.

O que não posso perdoar em você, senhor Robertson, é que se tenha prestado vilmente a negociar com o diretor Alvear a venda de armas por sangue de paraguaios! O velhaco portenho me ofereceu trocar homens por mosquetes. Me ofertou 25 fuzis por 100 paraguaios. Quatro cidadãos dessa livre Nação por uma escopeta! Infames mercadores! Esse é o preço em que fixaram o valor de meus compatriotas! E você, a quem dispensei honras e atenções mais que a qualquer outro súdito estrangeiro, é quem me traz a oferta! Mercador de carne humana! Pirata negreiro, que você se achou! Saibam que não há ouro em toda a terra para pagar nem a unha do dedo mindinho do mais inútil dos meus concidadãos!

Timidamente, como um verme partido ao meio que fala através de uma fenda na terra, Juan Robertson tentou desculpar-se: Eu não fiz tal negociação, excelência! Só acedi a que o diretor Alvear enviasse na valise postal do meu barco uma carta selada e lacrada dirigida a Sua Excelência. Covarde, além do mais hipócrita! Ou você não conhecia o conteúdo dessa infame carta? Não direi de tudo que não, excelência. Algo me contou o general Alvear acerca de sua proposta no forte de Buenos Aires. Disse-me que precisava tirar recrutas do Paraguai para reforçar as legiões do Río de la Plata. Eu antecipei ao Diretor Alvear que você não concordaria com tal negociação; que me constava que Sua Excelência só escamba armas e munições por árvores ou erva, por tabaco ou couro de vaca, jamais por pele humana! Ah, isso não toleraria sob nenhuma hipótese o Supremo Ditador do Paraguai!, disse ao chefe do governo portenho, e me neguei terminantemente a mediar esta negociação. No entanto, aceitou trazer a carta infame em seu barco. Você não traz a carta. Não. Quem traz é a maleta do seu barco. Fino ardil. Discreto álibi. Além do mais, permitiu que lhe roubassem as armas que eu lhe paguei antecipadamente com um carregamento de mercadorias cem vezes superior ao seu preço. Senhor, me roubaram tudo o que se pode roubar de um homem. E mais. Porém estou disposto a restituir-lhe integralmente em dinheiro contado e soado o valor da mercadoria roubada. Claro que você fará isso até o último cêntimo, com mais os custos por danos e prejuízos! Mas isto não é tudo. Nesse tanto, Artigas enviou cópias da carta sequestrada aos quatro ventos para que todo mundo se inteirasse de que meus concidadãos vão ser vendidos como escravos. Sinto ao extremo, senhor. A verdade dos fatos será restabelecida muito em breve. Você não sabe ainda que a verdade não existe e que a mentira e a calúnia não se apagam jamais? Porém deixemos essas vãs filosofias. Contudo o que quero saber é quando me serão entregues as armas com tudo. Sinto dizer a Sua Excelência que lamentavelmente isso não poderá acontecer. Fique à vontade para me explicar, senhor Robertson, para que então servem os canhões da esquadra britânica, que a você serviram para reembolsar com acréscimo tudo que foi roubado. Por que você não insistiu ante o cônsul de seu império, ante seu cupincha, o comandante desses barcos de guerra, que me seja devolvido o que me pertence? Não respalda essa frota o protetorado britânico sobre o Río de la Plata? É incapaz de impedir que se cometam impunemente atos de pirataria que despojaram meu país de um armamento necessário para sua defesa? As armas, excelência, são consideradas artigos de guerra, e nestes casos, o cônsul e o comandante britânicos se abstêm de intervir. Isto seria violar a soberania e livre determinação dos Estados. Sua Excelência sabe e tampouco estaria disposto a permiti-lo no seu. Não me saia você agora com tais mesquinharias. Já estou farto de velhacarias impregnadas de fleuma inglesa! Assim é que, em resumo e liquidação de toda essa barafunda, seus comandantes e cônsules não podem me assegurar o livre tráfego pelo rio que, segundo o direito de povos e de nações, não é patrimônio nem propriedade exclusiva de nenhum dos estados limítrofes. Assim é, excelência. Está fora dos seus alcances, eu lamento, senhor, mas assim é. De modo então, senhor negreiro, que quando se trata da soberania do Protetorado há soberania e quando se trata da soberania de um país livre e soberano como o Paraguai, não há soberania. Esplêndido modo de proteger a livre determinação dos povos! São protegidos se forem vassalos. São oprimidos e explorados se forem livres. Parece que agora não há mais alternativa que apostar no mestre inglês ou francês e nos que venham depois. De minha parte, não estou disposto a tolerar semelhantes trapaças de nenhum império da terra.

Veja, Robertson, você e seu irmão foram recebidos bondosamente nesta República. Foi-lhes permitido comerciar com a amplidão que vocês quisessem. Têm traficado em tudo e contrabandeado de todo jeito até a contra erva e as mulatas*.

---

*Uma das *Cartas* é ilustrativa a esse respeito. Transcreve *verbatim et liberatum* a que o sargento escocês David Spalding (radicado em Corrientes depois de desertar das invasões inglesas) escreve a seus amigos, os irmãos Robertson, reclamando-lhes o cumprimento de uma pequena "dívida". A carta do sargento Spalding está datada da época dos fatos ocorridos a Juan Parish na Bajada, por isso também é, a esse respeito, o "documento" de uma testemunha ocular, apesar de sua enredada sintaxe e ortografia.

Eis aqui os parágrafos pertinentes da carta escrita em inglês:

«Tenho verdadeiro pesar em comunicar-lhe a novidade que acabo de receber pelo fato de que Dom Agustín, o patrão do bergantim Ysasys [sic] [trata-se de José Tomás Isasi] encontrou seu irmão no rio San Juan, cerca de três léguas abaixo do porto de Caballú Cuatiá, que havia sido levado ou devolvido pelos soldados de Artigas que o assaltaram na Vajada quando vinha águas acima trazendo armas para O Supremo do Paraguai. Em 25 deste mês penso me pôr a caminho deste lugar, e se puder prestar qualquer serviço a ele, farei tudo o que estiver ao alcance de meu poder e curtos recursos, e dali saber como vão as coisas.

»Enviei da margem do rio para entregar a vocês por Dom Enrique de Arévalo (apelidado Tucu-tucu), uma corrente de ouro, uma cruz idem, quatro anéis idem, desses memoriais para presentes e outros quantos que valem menos do que pesam mas brilham muitíssimo mais do que valem.

Fique à vontade para me dizer se os recebeu ou não, pois o enviado não é de todo confiável nestas comissões. A corrente de ouro tinha duas jardas de comprimento, e seria uma lástima que andasse pendurada onde não deve, muito mais quando ainda me deve o preço de seu custo.

»Espero que na data tenham vocês vendido minha mocinha mulata, e terá você, agora que seu irmão está preso e nem Deus sabe quando o soltarão, a bondade de me enviar o preço dela em erva suave da primeira qualidade e na primeira oportunidade". *(Robertson, Notas).*

Me sufoca a indignação. Tiro a bolsinha que me deu Bonpland com o bálsamo de Corvisart. Aspiro em forma de rapé (não estava para tisanas!), repetidas vezes, até que toda a cara e as mãos se banham de uma fosforescência esverdeada. Juan Robertson dá um passo atrás, espantado. Ouça você! Perdeu sua cara, excelência! O descarado é você, que diabos! Não só você e seu irmão viveram e comerciavam aqui a seu capricho. Muitos outros comerciantes ingleses o fizeram. Quando quiseram ir foram. Levaram fortunas. Você e seu irmão fizeram aqui uma fabulosa fortuna. Procurei, como você sabe, abrir relações diretas entre sua nação e este rico país. Quis nomear você meu representante comercial, meu cônsul, meu encarregado de negócios perante a câmara do comum. E este é o pagamento que recebo! Quando peço os artigos de que preciso me dizem que suas autoridades não me podem garantir o livre tráfico de armas! Quando hão de consultar meus interesses, dizem-me que o destinado para minha República há de ficar à mercê de bandoleiros e degoladores, enquanto os oficiais britânicos escandalosamente passam por alto minhas justas reclamações! Saiba então que não permitirei mais você, seu irmão ou qualquer comerciante britânico residir em meu território. Não lhes permitirei mais comerciar com trapos ingleses. As palavras trapos ingleses me provocam grandes espirros. Resfriado de repugnância. Aspiro mais rapé fosfórico. Pela janela entram nuvens de vaga-lumes. Eu os arrebento a socos. Esfrego minha cara, meu pescoço, com as tripas dos pirilampos. Esfrego todo o corpo com essa gordura luminosa. O quarto se enche de lívidos resplendores. Minha cólera arde do piso ao teto. A lufada de espirros derruba a urna funerária onde guardo rapé do Brasil A sala se enche de uma neblina preta salpicada de amarelo. Eu sei agora que escrevo. Então Robertson viu, deslumbrado por esses fulgores. Ante seu apavorado estupor dou trancos a torto e a direito de uma parede a outra, de uma margem a outra margem, feito uma chama verde. Levem seus malditos trapos! Trapos de ignóbeis trapeiros! Trapos Infectados por tropas de pulgas, piolhos e outras espécies de insetos! Para nada necessitamos aqui desse enlameado de trapos! Você e seu irmão devem deixar a República em vinte e quatro horas se é que não querem deixar o couro, cumprido esse prazo. Permita-me, excelência, temos que preparar nossos pertences!... Não lhe permito nada! Vocês não têm mais pertences que o ranhoso trapo de sua existência! Tirem-na daqui antes que meus corvos siracusanos biquem suas britânicas pelancas! Tu me entendeste? Eh! *I beg your pardon, Excellency!... Shut up, Robertson!* Guarde sua pegajosa língua e mova-se pra já. Você e seu irmão ficam expulsos e desterrados. E dispõem exatamente de 1435 minutos para soltar amarras e liberar esta cidade de suas pestilentas pessoas! Ouviu?

Lá se vai o impostor afastando-se de costas, agarrados os olhos às fivelas dos meus sapatos, às fivelas das minhas calças, às fivelas da minha paciência. Volta balançando como se não pudesse se soltar daquele linha que o mantém preso em um tecido invisível. Perdão, excelência! Cachorramente. Ganido arrastando-se pelo chão, lambendo minhas solas. Robertson, eu disse para você ir embora! Até quando pensa que vai durar minha paciência? Vá com Deus ou com o diabo! Mas vá de uma vez! Vá e diga de minha parte ao comandante de sua esquadra que ele é um patife. Vá e diga de minha parte a seu cônsul que ele é um astuto patife! Vá e diga de minha parte ao patife do seu rei e à patife de sua rainha que são os mais consumados patifes que o planeta já pariu! Diga-lhes de minha parte que meu enferrujado penico vale mais, muitíssimo mais, que sua ranhosa coroa, e que não estou disposto a trocá-lo por ela! E não lhe digo que vá e diga de minha parte aos honoráveis membros de sua câmara do comum que são uns patifes e astutos vigaristas, porque a única coisa respeitável ainda para mim é o comum, que representa o povo em qualquer parte, mesmo no sujo buraco de seu império. Alferes, leva este *green-go-home* ao quartel onde estará preso com o outro *green-go-home* do seu irmão, até o momento de sua partida. Dê parte de minha ordem ao chefe da praça para fazê-la cumprir. Ko'a pytaguá tekaká oñemosé vaérá jaguaicha!* Você tem exatamente 1341 minutos a partir deste instante para fazê-lo. Como sete relampejos, os sete relógios ergueram seus quadrantes sobre a mesa apontando suas afiadas agulhas cravadas no mesmo ponto e dando em uníssono a hora. Vamos, desçam este indecente para a guarda! Depois vá acordar o fiel de feitos. Adormecido ou morto, traga-o. Vou ditar-lhe agora mesmo a sentença de confisco de bens e expulsão. Juan Robertson se jogou a meus pés soluçando uma súplica em uma desesperada e final tentativa de lhes comutar as penas. A um sinal meu, o alferes o arrancou pelo braço e o tirou a empurrões da minha presença. Até que sumiu o ruído dos passos, marciais de um, arrastados do outro, fiquei imóvel no meio do cômodo. A luz esverdeada da minha pessoa se projetava na escuridão através da porta. Saí para dar a diretriz à sentinela. Patiño chegou abotoando as calças, cobertos os olhos de teias de aranha. Estás atrasado como sempre, patife, uma eternidade! Senhor, acabaram de me chamar! Volta a dormir. Amanhã será o mesmo dia de hoje. Fechei as portas e coloquei as trancas. Entrei em minha câmara e me pus a escrever no cone branco da palmatória.

* Estes gringos de merda devem ser expulsos como cães!

No trêmulo clarão da vela está se queimando um inseto: minha certeza na lei do necessário azar. Não é mais que um inseto. Entrou pelas fissuras? Saiu de mim? Uma mosca, uma varejeira. A primeira. A primeira? Quem sabe quantas terão vindo já para espiar minha disposição para pactuar, para capitular sem condições. Em todo caso, a primeira que vejo. Preta emiséria, omissória, emissária das animálias da noite. Muito em breve começarão a invadir-me. Por agora, uma só, aparentemente. A varejeira insiste em se queimar. Não pode. Não é que não possa se queimar a varejeira. A chama da vela é que não pode consumi-la. O fedor do sebo e do inseto chamuscado enche o fosso de minha recâmara. Não posso ventilá-la agora. Não posso tirar a mosca que se molha na centelha, como em outro tempo tirava as moscas afogadas no tinteiro com a ponta de minha pluma-lança. Pluma-memória. O que se afoga agora sou eu. Quem me tirará com a ponta de sua pluma? Sem dúvida, algum rasteiro fideputa cagalivros, a quem desde agora eu maldigo. *Vade retro!* A mosca se colore de rescaldo. Bate as asas feliz. Lustra as asas com as patas. Seus enormes olhos facetados me observam. Diamante avermelhado. Girassolado no preto de distintas centelhas. Saíste de mim, fideputa?! A varejeira me dispara um de seus poliédricos olhos montados sobre molas. Sinto em mim o efeito de uma bala de canhão. *Vae victis!* Chegou o momento, passou o instante, está por dar a hora, o minuto, a fração de eternidade em que jogo o cetro de ferro na balança que pesa o ouro destinado ao resgate de nossa Nação.

Dominar a casualidade! Ah, loucura. Negar o azar. O azar está aí desovando no fogo. Choca os ovos de sua imortalidade não parecida a nenhuma outra. Da tremeluzente chama surge intacto o azar. Em vão tratei de reduzi-lo e colocá-lo a serviço do Poder Absoluto, mais frágil que o ovo dessa mosca. Tu o conhecerás como uma fetidez, escreve-repete a pluma. Deve haver algo oculto no fundo de tudo. Velho espaço, não há azar. Velho tempo, tu és o azar que não existe. Não? Sim! Não pretendas enganar-me agora! O engano já não é teu negócio. Ao menos comigo. A vela cheira ao que perece e se acaba. Condenado a viver no coração de uma raça, também Eu estou atado ao tronco das execuções. In-servível carniça. Até meus próprios corvos a desprezam com asco. Loucura inútil. Alguém me dita: Sopra a vela do ser pela qual tudo existiu. Vamos ver, tenta. Sopra. Sopro com todas as minhas forças. A centelha não se empana no mínimo. Somente o rescaldo escuro da mosca se aviva um pouco. Muito pouco. Quase nada. Nada. Vamos! Tenta outra vez. Impossível. Estou muito fraco. Vou tentar de outra maneira; pelo caminho da fraqueza suma; pelo caminho da palavra; pela via morta da palavra escrita. Faz isso então desta vez, esta última vez, com a retórica mais chocha, mais idiota possível. Executa o exercício como se verdadeiramente acreditasse nele. A simulação deve ser perfeita. Tal é a fórmula dos exorcismos mais eficazes. Receita de conjuros, de conjuras. Vamos! Escreve. Escreve enquanto te observa deleitando-se zombeteiramente a varejeira.

Raça minha... (isto soa ainda a sermão, a mando, a proclamação. Para quê, se já ninguém há de ler o que escrevo; se já não se há de comunicar o pregão a golpe de tambor e corneta?). Raça minha, escuta de todos os modos. Escuta antes que se apague minha vela. Ouve o relato que te farei de minha vida. Vou te dizer como verdade o que vou te dizer.

Negado o azar por um anacronismo, dos muitos que emprego em minha batalha contra o tempo, sou esse personagem fantástico cujo nome jogam umas às outras as lavadeiras enquanto batem montes de roupa limpando-a da sujeira de seus corpos. Sangue ou suor, dá no mesmo. Lágrimas. Humores sacramentais, excrementais, o que mais dá. EU sou esse PERSONAGEM e esse NOME. Suprema encarnação da raça. Vós me elegestes e vós me entregastes pela vida o governo e o destino de vossas vidas. EU SOU O SUPREMO PERSONAGEM que vela e protege vosso sono adormecido, vosso sono desperto (não há diferença entre ambos); que busca o passo do Mar Vermelho em meio à perseguição e encurralamento de nossos inimigos... Que tal soa? Como o mesmíssimo caralho! Nem o capão mais torto dos muitos galos que cantam à meia-noite querendo despertar a aurora antes do tempo, nem o mais ignorante desses escreventes que ciscam buscando a letra do pasquim no Arquivo, acreditaria em uma só palavra do que escreveste. Nem tu mesmo acreditas. Bem, e que diabos me importa.

Fedor nauseabundo. Pelas treliças se filtra o ruído dos passos do apaga-velas; me vela seu acatarrado estribilho: Dozeee em pontoooo e serenoooo! Ainda que lhes dooaaaam as caneeelaaas vou apagandoooo as veeelaaas!... Gritos distantes das sentinelas passando a consigna: Indeeepeeendeeenciaaa oouu morteeeee!!! Ah, o costume que amolece os hábitos e degrada o mais sagrado... *(Aprofundar isso, se eu puder...)*.

Desandando anos, desenganos, traições, alucinações, José Tomás Isasi, contra sua sombria vontade latrocida, remontou o rio na contra-corrente. Eu o capturei por fim. Estava obrigado a fazê-lo, mesmo que ele tivesse fugido para os confins do universo. Por que traíste minha amizade? Silêncio de pedra. Por que roubaste o Estado? Silêncio de poeira. Por que traíste teu país? Silêncio de pólvora. Do Aposento da Verdade o arrastam para o centro da Praça onde está acesa uma fogueira com os barris da inservível pólvora que me enviou. Símbolo de sua vilania. A inútil pólvora amarela agora serve pelo menos para queimar o patife. Amarrado a um poste de ferro ele cumpre a condenação que ditei contra ele no instante mesmo em que sua nefanda ação foi descoberta. Da minha janela eu o vejo arder. Faz dez anos que o vejo arder ali. A fumaça de sua carne esturricada forma sobre sua cabeça a figura de um monstro de furioso ouro que chora e chora implorando perdão. Suas lágrimas parecem gotas de ouro derretido dos cinquenta mil dobrões que roubou da Arca. O dourado pranto não inspira nenhuma piedade ao gentio que presencia a execução. Com certeza não se sente envilecido só por escutá-lo, por ouvir e ver que essas lágrimas amoedadas dispersas pelo vento pendem das folhas das árvores sussurrando queixosos pios. Ninguém, nem sequer as crianças, faz o menor gesto de ir pegar essas chorantes gotas de preto ouro reluzente. Um pequeno rio de lava de preto ouro reluzente corre até a Casa de Governo, gruda nas treliças. Suas línguas lambem as solas de meus sapatos. Um grupo de granadeiros, hussardos e outros efetivos da guarda, acode em funções de bombeiros com baldes de água e carrinhos de areia. Em um piscar de olhos sufocam os olhos do incêndio. Lavam a imundície de preto ouro reluzente. Limpam os rastros de lava. Por longo tempo, sob o ruído dos sapatões-pátria, queixam-se ainda, nas juntas do piso, invisíveis filamentos desse choro preto. A ponta de sabres, atritos de esfregões, fricção de escovões, alvejante e sabão acabam com os restos choradores.

Uma muda presença me distrai da sonolência. Me faz levantar as pálpebras. Antes ainda de vê-la, *sei* que é ela. María de los Ángeles está lá. Os braços cruzados sobre o peito. A cabeça levemente inclinada sobre um ombro, o esquerdo. Sua mata de cabelo dourado cinza caindo-lhe em cascata até a cintura. Erguida sem arrogância, mas também sem falsa modéstia; sem compadecer nem inspirar compaixão. De uma distância inalcançável me olha fixamente. Acende o velho espaço morto. Presenciaste a execução de seu pai na praça? Sorri. Agora só a antecâmara da íris mudou (muito pouco) de cor. Sobre o papel a pupila é quase garça. Inteiro-me de tudo em um instante que não cabe na página. José Tomás Isasi, pastor de Santa Fé, morreu pobre e enfermo. Caído do cavalo, enterraram-no no mesmo lugar de sua queda. Uma índia velha te recolheu e te levou a Córdoba; depois a Tucumán. Eu te vejo, menina ainda, rondando a casa onde descansou e orou teu padrinho Manuel Belgrano, depois de suas batalhas. O lugar onde começou sua agonia; o posto convertido em sua Horta dos Esquecimentos. Entre os farrapos da túnica, vejo em teu ombro esquerdo uma mancha. Sei o que é isso. Rastro da vida montonera. O peso da lança, do fuzil. Posso calcular o tempo que os tem carregado esses ombros de mulher. Uma cicatriz no pescoço. Costuras feitas pelas malignas fúrias da vida. A um velho como eu, sem mais calor que o de seu dessecamento, a tristeza perto de pessoa querida muito enfraquece. E já não há mais, por mais que se busque.

Mandei julgar seu pai porque roubou o ouro do Estado. Ela me traz o preço do resgate. De meu próprio resgate, talvez. Agora sei o que é socorro. Só agora eu sei. Por que só agora quando o agora já não é mais?

Não falas e te entendo. Escrevo e não me entendes. Mesmo que eu pudesse sair desse buraco, eu poderia estar ao teu lado. Em outro tempo andamos juntos. Um enorme cavalo branco e preto por metades, e se interpunha entre nós sua metade branca, sua metade preta. Andamos lado a lado sem poder nos juntar, em idades diferentes. Por todas essas distâncias passei com a minha pessoa ao meu lado, sem ninguém. Só. Sem família. Só. Sem amor. Sem consolo. Só. Sem ninguém. Só em país estranho, o mais estranho sendo o mais meu. Só. Meu país encurralado, só, estranho. Deserto. Só. Cheio da minha deserta pessoa. Quando saía desse deserto, caía em outro ainda mais deserto. O vento voa entre os dois com cheiro de alguma chuva perto. Quanto querer poder querer! Não receber mais que medo, e se acaba suspirando ódio como se fosse amor! Cai a chuva forte. Goteiras sólidas. Cortina de chumbo entre duas idades do universo. É o Dilúvio? O Dilúvio. Continuamos avançando. Quarenta dias. Quarenta séculos. Quarenta milênios. Entre as grandes folhas e os monstros mansos e imensos, duas crianças brincam. Não se conhecem. Se viram alguma vez? Não se lembram. Adão e Eva? Não sei, são sei... Não aprendemos ainda a falar. Porém já nos entendemos. Brincamos entre os monstros lentos e pacatos. Tu estás despertando um a um os brotos de seda preta do milho d'água. Eu pisoteio uma romã de angustifólia. Te chamo sem nomear-te. Te viras e olhas. Dentro da granadilha há algo que se move. Semente vivente. O que é? O que é? Ignoramos os nomes das coisas, dos seres. É quando melhor nos conhecemos. Seus nomes são eles mesmos. Idênticos em forma, em figura, em pensamento. Batem dentro de nós. Faíscam fora e no íntimo. Vemos aparecer um diminuto pombo. Plumagem metálica. Pequeníssima cabecinha humana com olhinhos de pássaro. Nossas mãos se juntam na suave penugem. Nós o tiramos de sua prisão. Colibri. Pássaro-mosca.

Beija Flor. O pássaro primogênito. Nosso Pai Último-Último-Primeiro no meio das trevas primogênitas tirou de si o colibri para que o acompanhasse. Tendo criado o fundamento da linguagem humana/ tendo criado uma pequena porção de amor/ o Colibri lhe refrescava a boca/ o que sustentava Ñamanduí com produtos do Paraíso era o Colibri... Sim, sim, minucioso trabalho de nosso Pai Último-Último-Primeiro, pôr os fundamentos da linguagem! Ah! Suava gotas-colibrias! Já está: a famosa linguagem humana! Então também nós falamos. Milhões de anos depois os folgazões velhacos da filosofia e os varredores do púlpito diriam que não tiramos a linguagem de uma simples granadilha, mas de uma "ajuda extraordinária". Agora essa *ajuda extraordinária* não me serve mais. Eu te ouço e te compreendo de memória. Os demais, tudo perdido. O imenso cavalo preto entre os dois.

Chegaste justamente hoje 12 de maio, dia do teu aniversário. Nada tenho para te dar. Venha para a mesa. Pega daí esse brinquedo que sobrou da repartição do ano passado. Representa os dias da semana girando sobre uma roda. Muda de cor e de som segundo os dias. Na escuridão, certos timbres permitem imaginar a figura e a cor de cada dia. Acho que a mola ficou presa em um domingo de *tenebrio obscurus*. Veio o armeiro Trujillo. Tentou consertar. Disse: Não posso contra o olho! Veio mestre Alejandro. O barbeiro esteve manipulando um bom tempo com a navalha. De repente gritou e retrocedeu: Terrível o que vi! Veio Patiño. Levou o relógio. Sentou-se à sua mesa de três pés, colocou os pés na palangana. Esteve cutucando com a pluma as fossas nasais do relógio que seguia em síncope. Não pôde sequer fazer girar as agulhas. Patiño só pôde fazer girar a roda-viva da escrivaninha, dar voltas na manivela da circular-perpétua. Senhor, este brinquedo está enfeitiçado!, gritou. Ora, que está enfeitiçado! Eles, esses mequetrefes, estão enfeitiçados. Sua escuridão de velhos os faz mais temerosos que as crianças. Cada um vê nela o que cada qual é por dentro. Não ponham a culpa nessa coisa inocente! Não entenderam. Fugiram empurrados por seu medo. Tampouco eu me ocupo mais de dar corda aos relógios. Pega-o. Talvez tu possas consertá-lo. Ela o deixa suavemente onde estava. Não o quer. Talvez para ela o tempo transcorra de outra maneira. A vida da gente dá sete voltas, digo-lhe. Sim, mas a vida não é da gente, ouço o que ela diz sem mover os lábios. Já não é uma criatura. Que posso te dar? Talvez aquele fuzil... Entre esses fuzis fabricados de matéria meteórica, está o fuzil que empunhei ao nascer. Esse, esse! Pegue-o. Leva-o? Leva-o. Nas histórias que se contam nos livros sucedem estas coisas. Inspeciona o fuzil atentamente. Não parece de todo satisfeita. Pega o relógio de música descomposto. Acerta a hora. Faz com que dê seu som. Doze badaladas. Meio-dia de domingo. Cor azul índigo. Pergunto se tu pensas em ficar na Pátria. És a única migrante que voltou. É bom que tenhas deixado a montaria na traseira desses pequenos átilas das Desunidas Províncias, os Ramírez, os Rostos, os Desgostos, os López e demais bandoleiros da baixa laia. Não sabem mais do que degolar a si mesmos. Enfiar suas cabeças nas estacas. Conveniente com os trapaceiros daqui, o Pancho Ramírez quer nos invadir. Sua cabeça acabou na gaiola. Facundo Quiroga, o Tigre dos Llanos, também se gaba nos fumos de uma pretendida invasão. Vão esquartejá-lo com tiros de pistola em uma carruagem senhorial. Nós somos os únicos que fizemos aqui a Revolução e a Libertação. Os paraguaios são os únicos que entendem, disseram nossos piores inimigos. Eh? Dizes que não? Já verás. Aqui temos a única Pátria livre e soberana da América do Sul; a única Revolução verdadeiramente revolucionária. Não te vejo muito convencida. Para ver bem as coisas deste mundo, tens que olhá-las do avesso. Depois, colocá-las do lado certo. Para isso vieste? Bom, ah, bom. Aqui eu deveria escrever que rio com um pouco de sarcasmo. Só para dissimular meu balbucio. Eu te pergunto se queres fazer algum trabalho útil. Este é o resgate que deves pagar. Culpa não tens nenhuma. Condenação válida, legal, já não te posso fazer. Pena que cumpre, legal, um tiro de arma, forca, todas essas ninharias não posso mandar contra ti. Aprovo, recebo, muito aprecio e dou à prova de tua pouca palavra, de tua muita vontade. Quando moveu a mão, lentidão sumária, movimento que quase não aparece, pensei que ela ia disparar o fuzil de meu nascimento contra minha não-pessoa. Duvidar, não duvidei. Meio que me entristeci apenas. Mas hei de provar-te um pouco primeiro, digo-lhe buscando-lhe os olhos. Vontade muita, a melhor intenção, não valem nada ainda se não agem. Deves começar de baixo; às vezes o mais baixo é o mais alto. O fim das coisas está de acordo com o seu começo. Não há hierarquias senão na qualidade das conquistas. Aceitas? Então ficas nomeada diretora da Casa de Mocinhas Órfãos e Recolhidas. Não funciona desde que em 1617 morreu Jesusa Bocanegra. Apesar de tudo e ser freira, além de encrenqueira, Bocanegra foi a primeira montadora de educação nestas comarcas. Anda agora mesmo para reorganizar a Casa. Faz com que cumpra sua função. Encontrarás por aí umas órfãs minhas. Se é que estão aí ainda e não se macularam por maus casamentos e essas tristes coisas que ocorrem às mulheres que nasceram para ser subjugadas.

Quando saí do Quartel do Hospital, Patiño me trouxe a informação de que a Casa de Mocinhas Órfãos e Recolhidas está se convertendo em um grande prostíbulo. Até as piores mulheres de má vida guardavam prisão nos cárceres foram levadas, senhor, a essa Casa má onde estão gozando de boa vida. Casa-quartel parece, de tão cheia que está pelas noites com os efetivos urbanos, de granadeiros, de hussardos. Festejam com as mocinhas *in cueribus*. Muito ainda pior que as índias. Mandei um interventor, excelência. Expulsaram-no pouco menos que a pancadas. Dizem que uma fêmea brava, a quem ninguém conhece, ao menos ninguém ainda havia visto, é a que comanda o mulherio puteiro, um dizer com sua licença, senhor. Sobre a porta pregaram sua Licença em um papel assinado com sua mesmíssima assinatura, senhor. Digo, suspeito, excelência, se não será outro pasquim falsário como o que puseram na porta da catedral. Mandei pôr espiões, senhor. Tira-os. Como, excelência? Não aprova que vigiemos a Casa? Tira os espiões, patife!

Entra o provisor montado em um rolo de papel. O que está pensando, Céspedes? Me sinto muito preocupado por sua saúde, excelência. Não é assunto que lhe compete por agora. Já chegará o momento em que deverá ter a chateação de me cantar um responsório. Pensei que talvez Vossência queria ordenar a vinda de um sacerdote. Você já me ofereceu isso. Não recebeu a resposta que lhe enviei com o proto-médico? Para que veio, Céspedes, desobedecendo minhas ordens? Põe o rolo debaixo do braço. Começa a esfregar as mãos. Lenta contradança em volta do leito. O sacramento da confissão, senhor, como Vossência sabe... Um sacerdote... Não, Céspedes, não necessito de nenhum linguarudo que traduza minha alma ao dialeto divino. Eu almoço com Deus na mesma fonte. Não como vocês, piara de pícaros, em opíparos pratos que depois o diabo sai lambendo. O vicário tropeçou no meteoro. Saíam-lhe faíscas pelos olhos. Aguarde um momento, Céspedes. Talvez tenha você razão. Acaso tenha chegado o momento para um ajuste privado de contas de meus públicos feitos com a Igreja. Graças a Deus, excelência, que Sua Senhoria resolveu receber o sacramento da confissão! Não, meu estimado Céspedes Xeria, não se trata de sacramentos nem de secretamentos. Nada a confessar nem ocultar a respeito de minha dupla Pessoa. Já se encarregarão disso os foliculários com ou sem tonsura. E quanto a meu comportamento com a Igreja não tem sido generoso, magnânimo, bondosíssimo? Adicione você os superlativos que quiser. Não é assim, provisor? Assim é, excelência. Sempre será pouco elogiar a ação do Patronato do Governo sobre a Igreja Católica nacionalizada de romana em paraguaia. Deixei a Igreja que se governava a si mesma com inteira liberdade, sob a base do Catecismo Pátrio Reformado. Sua Paternidade sabe. Desde que eu o pus à frente da Igreja como vicário geral, quando ficou demente o bispo Panés, há vinte anos, você veio usando com discrição a indústria do altar. O que termina sendo justo, pois, segundo o apóstolo, os que servem nos altares é deles que hão de tirar o sustento. O que termina sendo injusto é que os servidores do altar tirem desse lugar centenas a mais do que o sustento, conforme Sua Paternidade também sabe. Sua Excelência disse a pura verdade. Minha gratidão será eterna por sua magnanimidade... Não se apresse, Céspedes. Vá chamar o atuário e volte. Quero que essas confissões entre Patrono e Pastor figurem na ata, sem segredo nenhum. Tal deveria ser a essência do sacramento da confissão. Santificado não pelo segredo, mas pela fé pública. Pecado e culpa nunca se reduzem à consciência ou inconsciência privada. Afetam sempre o próximo, inclusive o menos próximo. Por isso resolvi que este ajuste *in extremis* seja apregoado e difundido na minha morte em todos os púlpitos da capital, nas vilas e nos povoados da República.

Quais são meus pecados? Qual é minha culpa? Meus difamadores clandestinos de dentro e de fora me acusam de ter convertido a Nação em uma cadela atacada de hidrofobia. Me caluniam de ter mandado degolar, enforcar, fuzilar as principais figuras do país. É verdade isso, provisor? Não, excelência, me consta que isto não é verdade em absoluto. Quantos justiçamentos se produziram, Patiño, sob meu Reinado do Terror? Por razão da Grande Conjura do ano 20, foram levados ao pé do laranjeiro sessenta e oito conspiradores, excelência. Quanto tempo durou o processo destes infames traidores da Pátria? Tudo o que foi necessário para não proceder como tontos e loucos.

Foi-lhes outorgado o direito de defesa. Foram esgotadas todas as precauções. Pode-se dizer que o processo não se encerrou nunca. Continua aberto ainda. Nem todos os culpados foram condenados e executados. Alguns se salvaram. Assim foi que só depois de quinze anos de sua morte, o inaugural traidor da Pátria no Paraguai e Takuary, Manuel Atanasio Cavañas, foi descoberto na trama da conjura, e submetido à mesma condenação que os demais. Porque isso sim, meu estimado vicário, aqui da Justiça não se salva nenhum culpado vivo ou morto. Então, diga-me você, provisor, responda-me se é que pode; eu pergunto, considere, responda a si mesmo: menos de uma centena de justiçamentos em mais de um quarto de século, entre ladrões, criminosos comuns e traidores de lesa Pátria, isto é uma atrocidade? O que poderia me dizer, por comparação, do vandalismo de bandidos que fazem tremer com sua cavalgada infernal toda a terra americana? Saqueiam, degolam, a todo o tempo e à mão solta. Quando acabam com as populações inermes, degolam-se uns aos outros. Cada qual leva atada ao trapo de sua montaria a cabeça do adversário quando já a sua está voando dos ombros com o corte de sabre que vai amarrá-la ao trapo de outra sela. Ginetes decapitados galopando em charcos de sangue. Reforçando as distinções e os limites, eu diria que se acostumaram a viver e a matar sem cabeça. Total, para que necessitam dela, para que a querem, se seus cavalos pensam por eles.

Reforçando as distinções e os limites também eu diria que, frente a esses átilas montanhenses, eu me ergo humilde e me sinto modesto. Chefe patriarcal deste oásis de paz do Paraguai, não uso a violência nem permito que a usem contra mim. Digamos, por fim, ainda que seja muito e só por figura e movimento da mente, senti-me aqui um recatado Abraham empunhando a faca entre estes matagais do terceiro dia da Fundação. Solitário Moisés arvorando as Tábulas de minha própria Lei. Sem nuvens de fogo ao redor da testa. Sem bezerros sacrificados. Sem necessidade de receber de Jeová as Verdades Reveladas. Descobrindo por mim mesmo as mentiras dominadas.

Lado a lado, impossível comparar-me com eles. Mas tampouco se rebaixa minha honra, mesmo que a passageira coincidência com aqueles patriarcas fundadores tivéssemos que estabelecer em relação de tempo e lugar. No fim das contas, também eles tiveram suas dificuldades marcadas por nós de quarentenas. Moisés necessitou de quarenta anos para conduzir seu povo à Terra Prometida, e ainda andam vagando por aí de sião em sião. Dimensão inalcançável. O pobre Moisés passou quarenta dias, que foram outros quarenta anos, no Monte Sinai para receber os dez mandamentos que ninguém cumpre. Eu precisei de menos tempo; me bastaram vinte e seis anos para impor meus três mandamentos capitais e levar a meu povo não à Terra Prometida, mas à Terra Cumprida. Eu consegui isto sem sair do eixo da minha esfera. Segundo a Bíblia, o dilúvio cobriu a terra durante quarenta dias. Aqui, males e danos de toda espécie diluviaram durante três séculos e a Arca do Paraguai está segura. No Novo Testamento se lê que Jesus jejuou quarenta dias no deserto e foi tentado por Satanás. Eu neste deserto jejuei quarenta dias e fui tentado por 40000 satanases. Não fui vencido nem me crucificarão em vida. Então, imagine você, provisor, se me preocupará a cabala quarentária!

Vocês, tonsurados clerigalos, falam de Deus pintando sombras e desenhando abismos nas ratoeiras dos templos. Não é acreditando, mas duvidando que se pode chegar à verdade que sempre muda de forma e condição. Vocês pintam Deus na figura de homem. Mas também pintam o demônio na figura de homem. A diferença então está na barba e na cauda. Vocês dizem: Jesus nasceu sob o poder de Pôncio Pilatos. Foi crucificado. Desceu aos infernos. No terceiro dia ressuscitou de entre os mortos e subiu aos Céus. Porém eu lhe pergunto: Onde nasceu Jesus? No mundo, Céspedes. Onde trabalhou? No mundo. Onde passou seu martírio? No mundo. Onde morreu? No mundo. Onde ressuscitou? No mundo. Portanto, onde estão os infernos? No mundo, pois. O inferno está no mundo e vocês mesmos são os diabos e diabinhos com tonsura, e a cauda levam pendurada à frente.

Na Bíblia lemos que quando Caim matou por inveja seu irmão Abel, Deus lhe perguntou: Caim, que fizeste de teu irmão Abel? Perguntou-lhe, mas não lhe castigou. Portanto, se existe, Deus não castiga ninguém. O castigado é ele, por ensinar a verdade. Que verdade? Que Deus? A isto é que eu chamo de pintar sombras que ninguém pode agarrar por mais longas que tenha as unhas, por mais velas benditas que empunhem suas malditas mãos.

Apesar de tudo eu não proibi aqui nenhum culto. Tampouco desejei criar o culto do Ser Supremo, que alguns fracos governantes têm que entronizar nos altares abrindo o guarda-chuva de proteção para o amanhã. O Ditador de uma Nação, se é Supremo, não necessita da ajuda de nenhum Ser Supremo. Ele mesmo é. Neste aspecto o que fiz foi proteger a liberdade de cultos. O único que impus foi que o culto se submetesse aos interesses da Nação. Promulguei o Catecismo Pátrio Reformado. O verdadeiro culto não está em ir e vir, senão em compreender e cumprir. Obras quero eu, não palavras, que estas são fáceis e a obra difícil, não porque seja difícil obrar, mas porque o mal original da natureza humana torce e envenena tudo, se não há uma alma de ferro para vigiar, oriente e proteja a natureza e os homens.

O que fiz foi proteger a Igreja Nacional contra os abusos dos que, devendo servi-la e dignificá-la, a degradavam e envileciam com o relaxamento de seus vícios, a imoralidade de seus costumes. Vocês padres e frades viviam publicamente com suas concubinas. Longe de se envergonhar, se vangloriavam disso. Eh? Ah! Aí está o livreto dos Rengger e Longchamp. Testemunho neste aspecto insuspeitável. O prior dos dominicanos, entre outros, conta Juan Rengo, confessou-lhe alegremente em uma reunião ser pai de vinte e quatro filhos de diferentes mulheres. Quantos gerou você, Céspedes? Por Deus e a Virgem Santíssima, excelência, me põe em um verdadeiro aperto! Vossência sabe... Sim, que semeaste mais de cem filhos; a maior parte, nas gentis selvagens de Missões, que você tinha a obrigação de catequizar, não de emprenhar. Muitos destes filhos seus revistam hoje nas tropas de linha custodiando fronteiras. Mais dignos que você. Aqui, na capital, não direi que minha vigilância conseguiu deixá-lo casto. Ao menos morigerou um tanto seus luxuriosos anseios. Se ainda o fizesse para desafiar as regras do direito canônico com as regras do direito de pernada! Os sequazes da tonsura endireitaram aqui ambos os direitos na torta sensualidade de suas calcinhas. O que não tem desculpa. Em 1525 Martinho Lutero casou-se com uma freira. Eu me casei, afirmou o Dom Martinho, não por amor, mas por ódio a umas regras apodrecidas da velhice. Eu poderia me abster, já que nenhuma razão íntima me obrigava a fazê-lo. Mas dei o passo para zombar do diabo e seus capangas, dos príncipes e dos bispos, dos inventores de obstáculos, ao compreender que eles eram loucos o bastante para proibir o casamento dos sacerdotes. Com gosto provocaria um escândalo ainda maior, disse Dom Martinho, se soubesse que há outra atitude com a qual posso agradar a Deus e pôr meus inimigos fora de si.

Não aperte o rolo, Céspedes. Aceite suas culpas como eu as minhas. Nesta confissão *ex confessione* devemos nos absolver mutuamente. Excelência, minha gratidão será eterna por sua magnanimidade bondosíssima. Honra que me fizeram é ter internado estas pobres almas na Casa de Mocinhas Pobres. A Casa já não se chama agora assim, Céspedes. Já não há pobres no Paraguai. Você sabe que por Auto Supremo a Casa se chama agora Recolhidas e Órfãs. O que são, senão órfãs, ainda que estejam vivos seus pais? Órfãs, mas não pobres. Filhas adotivas do Estado. Os filhos não têm por que carregar as culpas de seus pais.

Por outro lado, e você também sabe, eu não confisquei os bens, os conventos, as inúmeras propriedades da Igreja com o fim de hieratizar o país. Fiz para cortar as asas dos relaxados servidores de Deus que na realidade se serviram dele na crapulosa vida que levavam às custas do povo ignorante. Por pouco não passeavam pelas ruas gordas humanidades *in puribus*. Já não regiam para os tonsurados regulares e irregulares nem sequer o pudor e menos ainda a vergonha. Para que o hábito de talhar se esses tais entravam talhando ventres onde queriam e a qualquer hora. Como desciam o rio os monges para tomar seu banho, Patiño? Em couros, excelência. Em algum lugar escondido? Não senhor, para o desaguadeiro da Luta, no riacho cheio sempre de lavadeiras. Veja você, Céspedes. A mais de um de seus capangas, piranhas e palombetas cortaram o membro maculado. Subiam ensanguentados. Ao que parece isto não os condenava ao celibato forçoso pois em pouco tempo, como se lhes tivesse esverdeado o coto, voltavam a fazer das suas. Não devia tomar o Governo medidas contra essas iniquidades? Isto é ter-se levantado contra Deus? Não era caso de protegê-lo contra os agravos mais obscuros da clerigalha?

Quando prevaricou o cérebro do bispo Panés, o que fazia o demente, Patiño? Nos dias daquela época, senhor, sabia vir para aborrecer Sua Excelência todos os dias, querendo fazê-lo acreditar que tinha enjaulado o Espírito Santo no sacrário da catedral. Afirmava que o Deus-Pássaro lhe ditava suas pastorais e homilias, e que o bispo em pessoa era quem as copiava com uma das plumas que arrancava das asas do Espírito Santo. Na última vez, a um novo pedido de audiência, Sua Mercê me mandou dizer ao bispo que se o assunto era falar outra vez sem tom nem som do Pombo Trinitário, mandava-o assar e comia. Que um bom pombinho como esse teria virtude suficiente para tirar-lhe da cabeça todo o vapor de loucura que havia ali amontoado, e que se isso não bastava para curá-lo, que buscasse uma amante como os outros frades, que não iam aos bailes mas que ficavam com a melhor parte. Salvo por erro ou omissão na conta, foi isso que aconteceu, senhor, e eu lavo minhas mãos. Ah, imbecil e malvado Patiño! Tudo deturpas e confundes. Tens a horrível palavra do idiota. Não te mandei dizer ao bispo insano que assasse o Pombo Trinitário e o comesse. Eu te ordenei dizer-lhe para cortar em dois um pombo e que o aplicasse em forma de emplasto na cabeça. Sabes muito bem que esse é o remédio que se usa aqui e em outras partes para extrair os maus humores do cérebro. Um pombinho, qualquer pombinho. Não o Espírito Santo, sacrílego idiota! O da amante foi adicionado por ti, mulato irreverente, eloquente canalha, na burla a esse pobre velho quase nonagenário. Não te mandei que lhe desses essa grosseira mensagem. Ordenei-te que lhe dissesse que eu não era um ocioso como ele para recebê-lo a cada momento, e que se queria que ficássemos bem, que se ocupasse de seus assuntos, a menos que preferisse ser suspenso da cadeira. Depois começaram a me caluniar de que eu fiz com que o envenenassem com as garrafas de vinho de missa que lhe enviei de presente. Excelência, por Deus, a sombra dessa dúvida ficou suficientemente esclarecida! A morte de S. Ilma, sucedeu por causa de sua má saúde e mais que avançada idade. Quando morreu o bispo, o que encontraram no sacrário? Teias de aranha, excelência. Veja você, provisor, que tênue o esqueleto do Espírito. Eu não fiz mais que confiscar os bens da Igreja. Limpá-la da horda impura que a povoava. Limpei as ratoeiras dos conventos. Transformei-os em quartéis. Mandei derrubar e queimar os corroídos templos. Deixei intacto o culto. Respeitei os sacramentos. Destituí o bispo insano. Coloquei você na cadeira, que sem ser o melhor tampouco era o pior. Pois mesmo quando o Governo deixou de ser católico devia seguir respeitando a fé religiosa, com tal que seja honrada, austera, sem malícia, sem hipocrisia, sem fanatismo, sem fetichismo.

Aqui, por culpa de vocês os Paí, sucedeu todo o contrário. Você se lembra, provisor, dos comandantes que pediam imagens de santos para guardar as fronteiras? Acaba de ver você o que quis fazer o padre da Encarnação à viúva de minha sentinela Arroyo. Assuntos de estipêndio. Ruinosos assuntos.

O Paí-cura é quem fez um adúltero deste povo leal. Cheio estava de inocência, de natural bondade. Se ao menos o tivessem deixado viver em seu primitivo cristianismo! O Velho Testamento já narra as iras de Jeová contra a Jerusalém carcomida de escribas e fariseus. Narrar as feitorias dos maus sacerdotes, dos falsos profetas. Se isso aconteceu nos tempos de Jeová com o chamado Povo de Deus, que misérias não iam reinar nestas terras que os católicos conquistadores e missionários vieram reduzir a um antecipado inferno para maior glória de Deus?

Ao Bispo Panés eu o removi de sua cadeira em 1819, depois de muitos anos de não querer cumprir suas obrigações nem exercer seu ministério. Sua demência mesma, verdadeira ou simulada, não era senão o estado de seu azedume furioso contra os patriotas. Ateu! Herege! Anticristo!, clamam ao céu meus caluniadores clandestinos. O que fazem aqui embaixo os padres? Nada mais que espumar a panela de suas negras intenções. Ninguém conhece melhor que a concha o fundo da panela. Despanelei as conchas de frades e padres. Eu os tirei de suas tocas e covis de vergonha e degradação. O comandante Bejarano, excelência, se me permite meter a colher, tirou por sua ordem os confessionários para a rua e os repartiu pela cidade para guaritas das sentinelas. Lindos de ver, senhor, esses nichos de madeira lavrada e dourada das ruas! Os guardas sentados lá dentro, vigiando através dos véus de cetim. As pontas das baionetas caladas reluzindo lá fora aos raios do sol. Muito satisfeito, rindo lamentavelmente, Sua Excelência costumava dizer: Nenhum exército do mundo tem suas sentinelas em guaritas mais luxuosas! As mulheres continuavam vindo para se ajoelhar ante as treliças dos confessionários-guaritas querendo confessar seus pecados. Denúncias. Queixas. Delações. Pleitos entre comadres. Um ou outro grão ficava às vezes na peneira da treliça. O guarda-padre impunha a penitência às pecadoras nas valas e mandava os pecadores à prevenção mais próxima. Um sem-juízo veio confessar à sentinela que tinha assassinado Sua Excelência. Eu quero pagar minha culpa! Quero pagar meu crime contra nosso Supremo Governo!, gritava para que todo o mundo o ouvisse na frente do *Cuartel de los Recoletos*. Saía-lhe espuma pela boca. Eu matei nosso Karaí-Guasú! Quero pagar, quero pagar, quero pagar! Quero que me executem! A sentinela não sabia o que fazer com o louco. Vá e seja preso no quartel. Não, eu quero que me matem agora mesmo!, seguia gritando o louco. Saltou de onde estava ajoelhado. Agarrou-se à baioneta do guarda e a enterrou em seu peito até a cruz. Eu matei o governo! Agora o rematei!, foram suas últimas palavras.

É o que digo, Céspedes. Tais são os endiabramentos que produziram nestas pobres pessoas os maus Paí. Todos praticam o engano. Então tentam curar o quebranto, curar as feridas de meu povo dizendo: Está tudo bem! Paz! Paz! Paz! Porém essa paz não existe por nenhum lado. Os curas não pastoreiam homens nos prados do Evangelho. Pastoreiam demônios. Não acaba de confirmá-lo o próprio papa de Roma? Não acaba de enfatizar sobre a pluralidade espantosa do diabo? O mesmíssimo pontífice! Quantos demônios você sabia, Céspedes, que existiam no Novo Testamento? Sessenta e sete, excelência. Não, provisor, anda atrasado em notícias demonológicas. O papa em sua última bula, reproduzida em *La Gaceta* portenha, afirmou que há milhares de milhões de demônios. Já tinha ouvido você? Milhares de milhões! Eles se proliferaram mais do que a espécie humana. Veja você que fertilidade espermática a de Satanás! Agora cada pecador já não tem um só pobre diabo, mas milhões de poderosos e luxuriosos demônios. O que pode fazer um só anjo da guarda contra tantíssimos malignos! Estamos, pois, todos condenados sem remissão possível a dar de cabeça no inferno? O que fazer contra o Príncipe das Trevas? De imediato, suprimir o resto do aparato eclesiástico, que demonstrou não servir na luta contra Satanás senão para colocar com tanto gasto o cu nas goteiras, como vulgarmente se diz. Desde a ereção da Igreja no Paraguai em 1547, a indústria de altar produziu tantas riquezas, que parece uma fábula para rir melhor. Eu fiz as contas minuciosamente. Com a metade de tais riquezas conseguimos comprar três vezes todas as Yslas das Yndias do mar Oceano que estão *debaxo* do grêmio do Senhor compondo o *ymenso* Aprisco da Fé, segundo diz a bula da ereção. A bula íntegra não se ocupa mais que das exigências estipendiárias, salariais, tarifárias, prebendárias, canoniárias, calendárias e demais benefícios de todo o pessoal que devia cobiçar o *ymenso* Aprisco da Fé. Das rendas anuais, duzentos ducados de ouro, destinados à mensalidade episcopal, ficando facultado ao bispo aumentá-la, ampliá-la, alterá-la livre, licitamente, quantas vezes lhe parecer conveniente em sua diocese. À dignidade de deão, cento e cinquenta libras. Às de arcediago e do chantre, cento e trinta pesos. Aos cônegos, cem. O que fazem esses anacoretas?

O arcediago, excelência, toma o exame dos clérigos que hão de se ordenar. O chantre deve assistir no facistol e ensinar a cantar os servidores do coro. Aos cônegos se obriga celebrar a missa na ausência do bispo, e cantar as Paixões, as Epístolas, as Profecias, e as Lamentações. Bem, bem, Céspedes. Como não há mais prelados, coros, facistóis, e já estamos por aqui de paixões, profecias, epístolas pasquineiras, lamentações infames: suprimidos os cargos. Suprimidas as cargas. Você me entendeu, provisor? Nada mais de canonicatos, acolicatos, prebendados nem fascistões de nenhuma espécie. Igualmente suprimidas as indignidades dos raçoeiros à razão de setenta pesos cada um; de meio-raçoeiros a trinta e cinco rúpias per capita. O que é esse canonicato de magistral? O que deve ensinar gramática ao clero, excelência. Suprimido. E o de organista? Aquele que tem por obrigação, senhor, tocar o órgão nas missas pontifícias, a voto do Prelado ou Cabildo. É também o que com o deão há de dar licença às pessoas que por causa de uma necessidade expressa de seus órgãos necessitem sair do Coro no momento do Culto. Veja, Céspedes, o que se gastou desde 1547 até esta parte nesta gente crente do coro ao comum! Fora! Acabou-se! A todos os ensoitanados-ensatanados que sobreviveram à abolição de 1824, mande-os trabalhar nas chácaras, nas estâncias da Pátria. Aos que por sua idade ou enfermidade, não puderem, internem-nos nos hospitais, asilos, casas de saúde ou de orates.

O único organista de verdade que surgiu no Paraguai, Modesto Servín. Tome-o como exemplo, Céspedes. Um gênio! Jamais custou um real ao Estado. Come sua alma. Disso ele vive, e dá aos mais necessitados as mandiocas e os milhos de sua chácara, plantados por suas mãos. Podia ser organista na Basílica de São Pedro. Preferiu ser fiel a sua Pátria tocando no pobre templo de um povoado de índios. Organista de Jaguarón. Mestre de primeiras letras. Santidade última. O lugar onde nasceu já devia estar consagrado. Suprimido o cargo. O que toca o órgão, que o faça por gosto, com arte e por amor à arte como Modesto Servín.

Há mais indignidades e ofícios-sem-sentido eclesiásticos, Céspedes? Há, senhor, o de ministro, o de administrador ou procurador, o de tesoureiro, cuja missão é mandar fechar e abrir a igreja; faz tocar os sinos; guardar todas as coisas do serviço; cuidar das lâmpadas e cálices; prover o incenso, luzes, pão e vinho e demais coisas necessárias para celebrar. E logo, excelência, a dignidade de cachorreiro, que deve botar os cachorros para fora do templo e há de varrer a Casa de Deus aos sábados e às vésperas das festas que trazem vigília. Quanto atribuiu a Ereção ao marechalato dos cachorros? Doze libras de ouro, excelência. Você sabe, provisor, quanto ganha um professor de escola? Seis pesos mais uma rês bovina por mês. Sabe quanto ganha um soldado das tropas de linha? O mesmo, mais o vestuário e equipamento. Mande os cachorreiros trabalharem em comissão com os efetivos de urbanos nas batidas anuais de cachorros da cidade, vilas e povoados. Já estão trabalhando em peso, excelência. Desde a Reforma da Igreja introduzida pelo Supremo Governo, os cachorreiros colaboram na batida e caça de cachorros e são os encarregados de sacrificar os cães raivosos que a cada ano são mais em quantidade. Quanto ganha você, Céspedes? O dote e a mensalidade do bispo para uma sede vaga, senhor. Mais a de arcediago, chantre e cônego. Mais as razões inteiras e meias razões que me correspondem por sustentar o encargo do Hábito Pontifício e a Administração de nossa Igreja. Me parece uma barbaridade! A partir de hoje receberá você o pagamento de um oficial do exército. Todos os padres, quais sejam seus ofícios e malefícios, receberão um salário igual ao dos professores da escola. Parece-lhe bem, provisório? Você o disse, excelência. Acate-se sua Vontade Suprema. O que há da chegada do novo bispo? Novo bispo, excelência? Não se faça de desentendido, Céspedes. Ou é que teme perder sua cadeira vaga? Não é isso, excelência, só que não tinha nenhuma notícia da chegada de nenhum novo bispo. Não é novo mas muito antigo. Trata-se do opulento clérigo Manuel López y Espinoza, designado pelo papa no ano de 1765. Impossível, Senhor! O doutor Dom Manuel López y Espinoza, nomeado Bispo desta Diocese no ano que vossência menciona, teria agora mais de cento e cinquenta anos. Deve ter morrido há muito tempo. Não, Céspedes. Estes bispos matusalênicos não morrem. Não findou o bispo Cárdenas aos cento e seis anos? López y Espinoza está tardando para chegar porque o transportam em uma cadeira de mão do Alto Peru. Vem acompanhado por um exército de familiares e escravos. Traz consigo as numerosas fazendas que possuía em Trujillo, em Cochabamba, em Potosí e em Chuquisaca. Gado. Carretas carregadas de lingotes de prata. *Opulentia opulentissima*. A última coisa que soube dele é que desviou sua lenta marcha pelo Gran Chaco, abandonando a antiga rota de Córdoba del Tucumán por temor às guerrilhas do Norte. Estive aguardando todo este tempo sua chegada. Índios guaykurúes adestrados, soldados baqueanos, meus melhores vaqueiros rastreadores patrulham há anos em sua busca por todas as rotas prováveis do Chaco. Estou seguro de que a cadeira gestatória-migratória chegará a Assunção, nem que seja com o petrificado esqueleto de López Espinoza sentado nela. Não me interessa o irritante velho. Desde já, Céspedes, pode contar você com a mitra, o báculo do prelado sesquicentenário, se ainda continua vivo. Se não estiver, encarregue-se de dar cristã sepultura ao ossamento viageiro quando chegar em nossas costas. Os bens que traga o patriarca episcópico serão incorporados ao patrimônio nacional, os que somados às economias que acabamos de fazer com o pessoal da igreja, poderão custear por si sós o grande exército que tenho projetado em defesa da soberania da Pátria.

A Yglessia del Paraguai, verdadeiro Grão de mostarda nestas *ymensidades*, apenas brotada em terra tão bem regada, desenvolve-se esplendidamente como frondosíssima Árvore em cujos ramos Aves do Céu de todas as cores e plumagens se aninharam preciosíssimas e sem conta, reconhecem com celestial encanto os primeiros informes pouco tempo após a Ereção. Veja você como cresceu o grão de mostarda! Demasiadas aves de rapina entre seus ramos! Vamos proceder de modo que a frondosíssima Árvore se emende consigo mesma: que a folhagem empapada de amor sirva para algo mais que abrigar pássaros de conta. Ponto.

Devia ter permitido Deus que se cometessem todas essas iniquidades? Eh? Eu pergunto a você que se intitula seu ministro. Não, excelência, a verdade é que não devia tê-las permitido. O que pensa você que é Deus? Eu, excelência, penso que, segundo o Catecismo Pátrio Reformado, Deus Justo, Deus Onipotente, Deus Sábio é... Alto! Vou lhe dizer eu sem tantas embromações: Deus é quem é definitivamente. O demônio, o contrário. Excelência, é a melhor definição de Deus que já ouvi na minha vida!

Vamos agora a um pequeno exame. Qual é a primeira pergunta do Catecismo? Com todo gosto, excelência. A primeira pergunta é: Qual é o Governo de teu País? Resposta: O Pátrio Reformado. A segunda pergunta, provisório. A segunda, senhor, é: O que se entende por Pátrio Reformado? Resposta: O regulado por princípios sábios e justos, fundados na natureza e necessidades dos homens e em condições da sociedade. A terceira. A terceira pergunta, excelência é... é... Sim! A terceira pergunta é: Como se prova que é bom nosso sistema? Resposta: Com fatos positivos... Você se equivocou, provisório. Esta resposta corresponde à quinta pergunta. O fato positivo é que você anda mal da memória. Você me obriga a que lhe rebaixe o soldo para o pagamento de subtenente. Seja mais frugal e recobrará a memória. Os encantos da frugalidade não se pagam com ouro. A verdadeira santidade não é a fingida. Não é a que se oculta sob a tonsura cujo tamanho é o de um real de prata, segundo estabeleceu a Ereção, como unidade monetária dos estipêndios. Se isto é religião que venha o diabo e o diga! Que diferença entre os maus servidores da religião e os que a servem em suma pobreza, em total renúncia! Estes vêm a Deus no próximo, no semelhante. Tanto mais vivamente, quanto mais pobre, mais sofrido é este. Aqui tivemos um exemplo. O Pe. Amancio González y Escobar, o cura fundador dos povos melodiosos do Chaco. Não tenho, senhores, outros bens que a pobreza, parte de minha religião, escreveu antes de morrer. Esta cuba me emprestou um irmão. Este colchãozinho me cedeu a piedade de uma idosa. Aquela jarra me fabricou um índio.

Esta caixa, um vizinho honrado. Esta mesa, este reclinatório, um ebanista leproso, fabricante de instrumentos. Mando que sejam restituídos a seus donos os pobres, enquanto eu restituo a vida a quem a devo. Não há em minha choça outros espólios que os que fará a morte no saco do meu corpo. Somente minha alma é de Deus. Isto disse com suas palavras e seus atos o padre Amancio. Evangelizou os índios na mesma medida que os índios o evangelizaram. Esta é a língua que falou o curinha melodioso de Emboscada. Entenderam-na todos. Língua de apóstolo. Você, Céspedes Xeria, não é crente. No entanto, fala como se fosse. À minha maneira, eu tenho certa fé em Deus, da que você carece. Para mim não existe um consolo religioso. Só existe o prêmio e o castigo, que não têm sentido depois da morte. Salvo se a vida puder dar um sentido à morte neste mundo sem sentido. Não tem ou não entendemos este sentido porque não é forçoso que o sentido do mundo seja o de nossa vida. Nossa civilização não é a primeira que nega a imortalidade da alma. Porém, sem dúvida é a primeira que nega importância à alma. Depois do combate, diz um dos Livros mais antigos do mundo, as mariposas pousam sobre os guerreiros mortos e os vencedores adormecidos. Você, Céspedes Xeria, não é dessas mariposas. Se a Igreja, se seus servidores querem ser o que devem ser, terão que se pôr algum dia ao lado dos que nada são. Não só aqui no Paraguai. Em todos os lugares da terra povoados pelo sofrimento humano. Cristo quis conquistar não só o poder espiritual. Também o temporal. Derrocar o Sinédrio. Destruir a fonte dos privilégios. Quebrar a fronte dos privilegiados. Sem isto, a promessa da bem-aventurança, papel pintado. Cristo pagou seu fracasso na cruz. Pilatos foi lavar os pratos. Sobre este fracasso inicial, os falsos apóstolos descendentes de Judas erigiram a falsa religião judaico-cristã. Dois milênios de falsidade. Pilhagem. Destruição. Vandalismo. Nesta religião devo crer? Desconheço este Deus da destruição e da morte. A um Deus desconhecido devo confessar meus pecados? Quer que eu ria a gargalhadas? Não, Céspedes. Deixe de piadas fúnebres! Tem algo mais que dizer? Só vim, humildissimamente, senhor, para testemunhar a vossência a gratidão e fidelidade da Igreja Paraguaia a seu Patrono Supremo. Com assentimento e conselho de meus irmãos em religião, me permiti trazer para submeter a seu exame a Oração Fúnebre que o Padre Manuel Antonio Pérez, nosso mais brilhante Orador Sagrado, há de pronunciar nas exéquias de Sua Senhoria... digo, quando chegue o momento, se é que o chega, e se Sua Excelência se digna a aprová-la. Já chegou esse momento, Céspedes. Já esse momento é passado. Leve o pasquim funerário e pregue-o com quatro tachinhas no pórtico da catedral. Ali, as moscas que ganham batalhas serão suas mais devotas e pontuais leitoras. Corrigirão sua pontuação e sentido. Economizarão trabalho aos historiadores. *Ego te absolvo... (rasgado, queimado, o que segue).*

(No caderno privado)

Muitíssimo piores, mais indignos, os funcionários civis / militares. Pelo fato de que neste ponto, ao menos, o decretório papelucho da sentença certa razão tem ao propor pena de forca para todos eles. Veio para me recordar algo que eu devia ter feito sem demora.

Em trinta anos meus venais Sanchos Panças me deram mais guerra que todos os inimigos juntos de dentro e fora. Bastava mandá-los com medidas precisas que fizessem avançar a Revolução no sentido de sua órbita, para que esses mirmidões confundissem minhas ordens. Todos meus planos. Fizeram avançar para trás o país nas pernas da contrarrevolução retrógrada. São estes os chefes que eu criei, os patriotas em que acreditei? Eu devia ter feito com eles o que fiz com os traidores da primeira hora.

A Revolução-revolucionária não devora seus verdadeiros filhos. Destrói seus bastardos. Cáfila de truões! Eu os tolerei. Quis reabilitá-los em funcionários dignos. Abriguei corvos que me saíram herdeiros. Não zombaram pelas minhas costas fazendo de mim o mais mísero de seus comparsas? Eles transformaram cada departamento do país em uma satrapia onde atuam e mandam como verdadeiros déspotas. Afundados até a cabeça na corrupção, contrabandearam meu poder com seu flácido contrapoder de abjeções, obsequiosidades, mentiras. Contrabandearam minhas ordens com suas desordens. Lixaram minhas unhas com suas papeladas. Eles se divertem entre si do velho louco que alucinou acreditando poder governar o país com nada mais que palavras, ordens, palavras, ordens, palavras.

Nenhuma necessidade de manter esta pérfida gente. Nenhuma necessidade de um contrapoder intermediário entre Nação / Chefe Supremo. Nada de competidores. Enciumados de minha autoridade, só se empenham em miná-la em benefício da sua. Quanto mais divida meu poder, mais o debilitarei, e como só quero fazer o bem, não desejo que nada me impeça; nem sequer o pior dos males. Me conformarei agora, quando já apenas posso me mover, em ser subalterno de cem déspotas de minha Nação? Convertido em personagem inútil, minha inutilidade deu cem amos a meu povo. Fez isso em consequência vítima de cem paixões diferentes em lugar de governá-lo com a única obsessão de um Chefe Supremo: proteger o bem-estar comum, a liberdade, a independência, a soberania da Nação.

Achado um machado vou cortar este bosque de plantas parasitas. Tempo não me sobra. Mas tampouco há de me faltar. Produzo minha raiva. Devo contê-la. A letra me sai trêmula no demorado. Me faz doer o braço. Disparo minhas ordens-palavras no papel. Risco. Apago. Me amparo no rabisco do segredo.

Não mandarei ao sol que pare. Basta-me dispor de um dia mais. Um único anti-natural dia em que a própria natureza pareça ter se pervertido juntando o dia mais longo com a mais longa noite. Suficiente! Não necessito mais para destruir esses sevandijas. Chefes, magistrados, funcionários, bah! O melhor deles ainda é o pior. Os mesmos que em um superior progresso para cima poderiam pôr-se à cabeça da República, baixando até o mais baixo acabaram em uma fístula.

Meditadas as circunstâncias, tudo concorre para me assegurar que vou re-presenciar as coisas. Não re-presentá-las. Sem apuro. Caio de repente sobre eles na velocidade do raio. Fulminá-los! Questões a considerar de imediato: exterminar a praga; não afugentar com o alvoroço que se usa para as lagostas. Agir suavemente. Se ordenho leite tirarei manteiga. Se pareço forte tirarei sangue dos narizes. Espantaram-se os bárbaros. Por agora tirar o pavio das velas sem apagá-las. Trazer as coisas às vias de fato juntando as espigas sob a forca. Faça aparecer tudo que se oculta. *Quidquid latet apparebit*. Caça quem não ameaça. Vou começar pelo falsário que tenho mais à mão; meu amanuense e fiel de feitos que anda tecendo suas maquinações e intrigas para se alçar enquanto possa com o governo provisórios de fátuos. Nada mais que um toquezinho de corrente voltaica nas zonas sensíveis do batráquio-atuário.

Sejamos justos, eh, Patiño. Não te parece depois de tudo que o pasquim tem razão? Como, excelência? Quando não espirras, adormeces. Não dormia, senhor. Apenas tinha fechado os olhos. Assim, além de ouvir, *vejo* suas palavras. Estava pensando nessas palavras que você me ditou outro dia quando ele disse que, viva ou morra, o homem não conhece imediatamente sua morte; que sempre morre em outro enquanto abaixo está esperando a terra. Não é isso exatamente o que eu te ditei, mas é exatamente o que te acontecerá dentro de não muito mais que muito pouco. Perguntei se não te parece que o pasquim tem razão. Não me parece que um pasquim possa ter razão, senhor. Quanto mais se for contra o Superior Governo. Não te parece que eu devia ter mandado à forca todos os que dizem servir à Pátria quando o único que fazem é roubá-la com discrição? O que opinas, meu fide-indigno? Você sabe, excelência Tu não sabes que eu sei. Mas eu sei que tu não sabes tudo o que deveria te importar. Se os burlões-ladrões soubessem as vantagens da honradez teriam a malandragem de se tornar honrados a tempo. Do que te assustas? És um deles? Sou seu humilde servidor nada mais, excelência. Estás tremendo inteiro. Teus pés aquáticos fazem ranger a palangana abaixo da linha d'água. Rangem teus dentes. Ou será que de repente te agarraram a ti também as convulsões de aspirante? Eu te outorgarei a promoção póstuma de alferes da morte-em-pé; melhor dizendo, da morte-pendurada. Não tentes esconder teu medo. Por mais que trates de medi-lo, reduzi-lo, sempre será maior que tu. Não é dono de seu medo, senão quem o perdeu.

Lupa em riste cavas na escritura panfletária. Gostarias de poder enterrar-te nela, não?; encontrar um substituto; *ver* esse alguém que há de morrer por ti. Eu sei, meu pobre Patiño. Morrer, ah morrer, sonho muito duro até para um cão. Mais, para os que como tu que ganham a vida com a morte dos outros. Estás imensamente gordo. És já um inteiro bolo de sebo. Minha suposta irmã Petrona Regalada poderia fabricar com tua vil pessoa mais de mil velas para a catedral. Outras tantas velas vis para o iluminado. Regala à minha velária irmã teu cadáver. Ela o transformará em candelas para teu próprio velório. Pelo menos depois de morto serás o fiel de feitos mais iluminado que tive a meu serviço. Obsequia-lhe esse molho de sebo que é a tua pessoa. Mas faz isso legalmente, por escritura pública, ante testemunhas. És um daqueles que fazem trapaça até depois de mortos. Não sei como se arranjarão para enforcar-te quando chegue a tua vez. Terão que içar-te com um torniquete. As cordas de tua rede bastaram para ti. Te adiantaste ao carrasco enforcando-te tu mesmo para não ter que dar conta de tuas traições e latrocínios. Essa coisa pesada que carregavas na boca, a adulação-traição, facilitou o trabalho do laço. Tua pressa não te deixou tempo de escrever com carvão nas paredes de tua cela versinhos de despedida no estilo dos que alguns escribas atribuem a meu parente Fulgencio Yegros como escritos antes de sua execução. O refulgente cavaleiro de laço e bola, ex-presidente da Primeira Junta e posteriormente traidor-conspirador, sabia desenhar sua assinatura apenas. Pudeste imitar o apóstrofe-dictério que o Cavaleiro-bayardo garatujou com o índice tinto em seu sangue. Abriu as veias com a fivela do cinto que utilizou depois para se enforcar, segundo continua-se mentindo nas escolas públicas século e meio depois.

Não é para honrar a ele, até como traidor e conspirador, senão para denegrir a mim. Repita-a. Vamos! Relincha esse engano que hoje se ensina na escola. Bem sei que o suicídio é contrário às leis de Deus e dos homens, porém a sede de sangue do tirano de minha pátria não se há de aplacar com a minha... Senhor, vossência não é um tirano! Há várias versões desse embuste póstumo. Podes eleger a que quiseres. Inventar outra mais afetada ainda antes de perder a memória no laço. Suor ou lágrimas gotejam sobre o promontório de tua barriga. Estás dando-te a todos os diabos. Já o disse o papa. Tantos demônios rondando um só indivíduo, mais indigno que todos eles juntos!

Faz o que fizeram os povoadores mulatos de Areguá, por conselho dos mercedários, quando se sentiram atacados por uma invasão de demônios. Levantaram-lhes uma casa para que deixassem de alvoroçar as suas. Os luzbeles, lucíferes, lucialferes, belzebus, mefistófeles, anopheles, leviatãs, diabretes-fêmeas e os lêmures de três sexos, que Dante não registrou em seus círculos infernais da demonologia medieval, se lançaram ferozes contra o povo de Areguá. Continuaram suas tropelias porque a casa que lhes levantaram não lhes pareceu digna nem cômoda. Até que dona Carlota Palmerola lhes levantou nas margens do lago Ypacaray um palácio de mármore que se conserva até hoje. (*Na margem*: Ditar o Decreto de confisco deste edifício abandonado que pertence ao fisco por direito de aubana). Só então se acalmaram exigindo unicamente os endiabrados diabos que as mulheres lhes levassem comida e as diabretes que os negros e mulatos garanhões mais torneados fossem de ronda pelas noites a suas alcovas. Preço que os primeiros aregueños cumpriram de muito boa vontade. Por um tempo Areguá conheceu sua época mais feliz. O mau da felicidade é que não dura; o bom das orgias, que cansam logo os homens e os diabos. Depois daqueles cem dias de luxúria nos quais o povo de Areguá ultrapassou em muito Sodoma e Gomorra, com a vantagem de que o fogo não o destruiu, os pardos, homens e mulheres retornaram à rotina de seus moderados costumes. Daqueles bacanais no branco castelo, proveio sem dúvida a pigmentação avermelhada da pele dos aregueños, tal como testemunha o cronista Benigno Gabriel Caxaxia em sua verídica história traduzida já para vários idiomas. Teu pai, que emigrou de Areguá para vir se empregar como escrevente do último governador espanhol, luzia em suas pardo-moradas bochechas esta granulação de fogo e cinza. Tu herdaste sua cara, mas o descaro é só teu.

Revolução dos farrapos no Brasil. Novos parágrafos acerca de um velho conhecido, o filho da mãe do Correia da Câmara. A jovem república envia-o para mim como ministro plenipotenciário. Pede autorização de entrada com o propósito de "sustentar ante o Governo do Paraguai as relações de perfeita inteligência, paz e boa harmonia felizmente existentes entre os dois Estados".

Quais serão os verdadeiros motivos da pretensa república? Se há império não há república. Não espero dela nada de novo nem bom; menos ainda se o seu embaixador é Correia. Já está batendo outra vez as portas de Itapúa. Antes veio como emissário do império; agora, como embaixador da república. Essa palhaçada é eterna! Mais tenaz que o grande rio, o riograndense. Não cessa de correr. O que é isso de nossas relações de perfeita inteligência, paz e boa harmonia entre os dois Estados? Querem os farrapos ganhar minha boa vontade com uma piada ruim?

Ofício ao delegado de Itapúa: Não sei que assunto vem tratar comigo o enviado dos que se dizem revolucionários do Brasil. Os brasileiros são sempre os mesmos sacanas sob distinta pele. Império ou república não os muda. Pretendem esses velhacos passar pelo buraco da agulha da Revolução! Não me estranha que tenham voltado a mandar como parlamentar o Correia, o mesmo encurvado camelo a quem expulsei uma infinidade de vezes porque não vinha senão para entreter e entorpecer com diligências ineptas a satisfação das reclamações que eu fiz e que seguirei fazendo até o fim dos tempos, enquanto não sejam devidamente satisfeitas. Não creio que venha com assunto que importe, mas sim com novos disparates e impertinências, nas quais ele se crê muito jeitoso. No entanto, nada perdemos em pôr à prova esse patife; ver que pilhérias traz debaixo de imperial sombreiro, boné frígio republicano, chapéu de gaúcho matreiro ou faixa de bandeirante.

Dez anos atrás presenteei o comissionado do Brasil com sua última oportunidade. Ele a perdeu. Durante dois anos, desde setembro do ano 27 a junho do 29, mandei retê-lo em Itapúa. Não há melhor recurso que manter as pessoas em espera para que mostrem os fiapos. Por não confiar no atarantado de Ortellado, eu o substituo por Ramírez, o único que pode se medir em cinismo e malandragem com Correia. A primeira coisa que hás de dizer-lhe, meu estimado José León, é que o Brasil deve dar inteira satisfação à República do Paraguai sobre todas as suas reivindicações, e não entreter, demorar, passar o tempo e talvez os anos com fúteis pretextos de vãs, frívolas e infrutíferas diligências, seguramente com a ideia de frustrar com tais procedimentos nossas justíssimas demandas em matérias e fatos bem sabidos, sobradamente notórios, pensando sem dúvida que aqui não temos bastante conhecimento de tudo e pretendendo além do mais com gracioso empenho vir espionar com suspeitosa má-fé nosso território. Deves ler ao velhaco esta parte do ofício, muito solenemente, marcando as palavras, os silêncios, as pausameaças. Tua missão é hostilizá-lo das mil maneiras que te ocorram, até que ceda, cumpra ou vá embora. Tirar-lhe tiras muito finas, não importa o tempo que te demande a tarefa. A maior discrição, isso sim. Tudo como se fosse da tua conta, sem comprometer o Supremo Governo. Suas ordens serão cumpridas, excelência. Vou ser muito sigilativo.

Abriga Correia e sua comitiva, José León, na antiga comissaria. Ortellado me informa que o enviado do império me trouxe como um suborno-presente do imperador cem cavalos da raça árabe. Coloque-os no pasto mais pelado de grama que encontrar, de modo que os corcéis arábicos descomam a seu gosto e desencarnem à vontade; e que o malandrinho do império os leve de volta. Me entendeste, José León? Perfeitamente, excelência. Não te apequenes nem um fio de unha. Não retrocedas ante o emissário uma só polegada, nem um salto de pulga, por melhor dizer. Você me conhece bem, excelentíssimo senhor. Vou estar muito altivo.

À espera do que acontece me encerro no Quartel do Hospital. Corto assim toda possibilidade de comunicação oficial. De passagem, dedico-me por inteiro a meus estudos e escritos.

Completo silêncio de meu novo comissário. O que acontece lá? Envio meu oficial de ligação, o Amadís Cantero. Correia da Câmara irá denegri-lo mais tarde em seus informes e memoriais. Será a única vez em que diz a verdade*.

---

* «Leitor de romances de cavalaria, escritor ele mesmo de borrões insuportáveis; um dos mais decididos pedantes do século, este escrachado espanhol naturalizado paraguaio, o mais vil rastejante que conheci em todos os anos de minha vida. Seu forte é a história, mas muitas vezes ele faz atuar Zoroastro na China, Tamerlão na Suécia, Hermes Trimegisto na França. Intrigante da pior estirpe, se debatia na miséria até que se colocou como espião junto ao Supremo Ditador, perante o qual goza, segundo me informam, de grande prestígio. Noite após noite, está lendo para mim algo vagamente parecido com uma biografia romanceada do Supremo do Paraguai. Abjeto epinício no que põe o atrabiliário Ditador nos chifres da lua. Enquanto ao Império e a mim, Amadís se refere nos termos mais ignóbeis. Amparado na impunidade, na ignorância, na vilania, derramou sobre o papel uma espantosa mistureba de infâmias e mentiras. O pior de tudo é que tive que suportar com fingida e entusiasta admiração a leitura do delirante manuscrito ao longo destes dois anos. Forçado a escutar o truão de seu autor, os dois temos chorado à lágrima viva entre a espessa fumaça de excrementos de vaca que se queimam aqui para combater os insetos. Suas lágrimas são para mim a melhor homenagem de sua

emoção e sinceridade, de sua admiração e respeito por nosso Supremo Ditador, atreveu-se a me dizer o biógrafo e espião do sultão do Paraguai. É o tormento, a humilhação mais atroz, que jamais me infligiram! (Inf. de Correia, *Anais, op. cit.*).

Com alguma razão, sem dúvida, Correia protesta contra Cantero. Enquanto isso, meu exegeta e oficial de ligação intercepta suas mensagens e informes secretos. Itapúa é um fervedouro de pequenos acontecimentos, aparteia Cantero. Sucedem quase insensivelmente e como que em segredo, diz, fiel à sua mania de literaturizar as coisas. Dom José León Ramírez pôs todas as pessoas, inclusive o subdelegado, o comandante, e os oficiais, a tropa inteira da guarnição, para caçar pulgas. O próprio Dom José Leon, enfiado em uma canastra maior que uma canoa, abastecida com botijas de água e suprimentos, fez-se remontar por meio de um aparelho até a cumeeira do edifício da Delegação, presumivelmente empenhado também, a seu modo, na caça às pulgas. Não deu de si, nestes últimos três dias, mais sinais de vida que alguns estremecimentos da canastra no alto; remexidos semelhantes a furiosos ataques de calafrios. Que faço, excelência?, pergunta Cantero. Espera, eu ordeno. Continua esticando a sola a Correia.

A indignação de Correia da Câmara estoura: «É indizível o que o Ditador me está fazendo padecer. Sou o representante de um Império e me trata como a um ladrão vulgar de cavalos. Mais que hospedado dignamente, estou detido, sequestrado quase, no infecto rancho de uma antiga comissaria, no meio de um pântano. A despeito deste extremo ignominioso, por mim não me queixaria pois no serviço de meu país e de meu Soberano devo suportar os maiores sacrifícios. É justo, porém, que minha esposa e filhas suportem tão indignos vexames? Nos encontramos rodeados de charcos que fluem miasmas pestilentos, pútridas emanações, insetos condutores de paludismo, disenteria, vômitos negros. Tempestades, ventos desabridos, chuvas em torrentes, aguaceiros com granizo, caem intempestivamente a cada momento. Raios, centelhas, todas as misérias do mundo. Acampamentos de índios. Lupanares onde quiser. Minha mulher e minhas filhas estão condenadas a presenciar obscenos e infames espetáculos. O quarto em que tivemos que nos refugiar perdeu a metade de suas taipas. Desde nossa chegada tem sido impossível dormir ou descansar. O teto de zinco é apedrejado da meia-noite até o amanhecer. Bêbados passam todas as horas na frente da casa lançando gritos e pedras contra portas e janelas, como se divertindo. Os índios entram na vivenda e perturbam minhas escravas. Roubam mantimentos. Empesteiam o ambiente com a fetidez de suas sujas pessoas. Soldados que se fingem ébrios tratam de forçar a porta, e só se retiram quando eu mesmo os ameaço com disparos sobre eles.

»Ontem fuzilaram um ladrão, a vinte passos de minha janela. Onde está o delegado? Mando-o chamar. O espião Cantero desavergonhadamente me sai com a desculpa de que está ocupado, de que não pode me atender porque se pôs a caçar pulgas. Sossegue, Exmo. Senhor Enviado Imperial, trata de me aplacar com fingida cortesia. Tenha S. Exa. a absoluta segurança de que se o Delegado do Supremo Governo do Paraguai, Dom Joseph León Ramírez, está caçado pulgas, ele o faz sem nenhuma dúvida em obséquio de sua comodidade. Não são pulgas somente, senhor Oficial, a única praga que nos atormenta neste inferno!, eu replico. Peço, é mais, exijo ver o delegado imediatamente, e você me diz que se acha enfiado em uma canastra no alto do edifício da Delegação de Governo, embarcado na absurda caçada de pulgas. Recorde S. Exa., diz imperturbável o espião-escritor, que cada um tem sua maneira de matar pulgas, e o Delegado do Supremo Governo é infalível em seus métodos.

»Isto não é tudo, senhor Cantero. Esta manhã, uma índia velha me exigiu uma forte indenização alegando que sua burra havia sido violentada e morta pelo burro que transportava água a este tugúrio. Tive que indenizá-la com um dobrão de ouro, pois menos não queria aceitar. Parece-lhe que tudo isto é suportável? Para o cúmulo, a mortandade da peste está crescendo. Passam de quinhentos infelizes que com meus olhos e da porta desta cabana vi enterrarem nessas imediações. Tudo acontece em um dia, e um dia não tem aqui diferença do que segue em todo um ano, de sorte que ignoro se cheguei aqui na semana passada ou no século passado. Assim como nos sonhos, Exmo. Senhor!, diverte-se Cantero. A propósito de sonhos, há coisa de oito dias tive um a respeito do Paraguai e do Brasil. Sonhei que o Brasil seria o maior império do mundo se sua linha divisória se estendesse até a margem do rio Paraguai e para o oeste, e até o rio Paraná para o sul. Sonhei, acrescentou o esperto espião, que o Paraguai e o Brasil formavam não somente uma aliança total, senão uma unidade completa. Não creio, no entanto, que tais sejam as visões do Império do Brasil. Por outra parte, não creio em sonhos, disse. Tive que responder-lhe com toda severidade: Eu creio menos ainda em trapaças disfarçadas de sutilezas! Um passo a mais, senhor Roa*, no caminho dos insultos, e conhecerá o Governo paraguaio até que ponto o representante do Império sabe sustentar a dignidade de seu eminente caráter e a ofendida majestade de seu soberano!». (Inf. de Correia, *op. cit.*).

* O compilador deseja aclarar que o lapso e a menção não lhe correspondem; o informe confidencial de Correia menciona textualmente este sobrenome, segundo se pode consultar no tomo IV de *Anais*, pág. 60. (*N. do C.*).

Minha confiança em Ramírez não está partida ainda. Deve estar tramando algum ardil contra o enviado da corte imperial.

Como verá, excelência, Cantero me diz em sua última parte, estou tratando por todos os meios possíveis de abrandar o emissário da corte imperial e subtrair dele as segundas e terceiras intenções que possa trazer, segundo Sua Excelência me ordenou. Em um giro que me pareceu acertado e oportuno, tentei puxar sua língua sob o pretexto de um sonho que fingi ter tido acerca da aliança entre o Paraguai e o Brasil e que juntos formaríamos a potência maior deste Continente. O enviado imperial se mostra tão deprimido, que sinceramente começa a inspirar lástima.

Nas frescas galerias do Quartel do Hospital desfruto imaginando o enviado do império devorado por mosquitos, percevejos e pulgas. Invadido pelas víboras dos estuários. Carbonizado pelo calor do verão no forno ruinoso da antiga comissaria. Acossado pela varejeira Amadís Cantero, que quer averiguar por meio de sonhos os planos expansionistas do Brasil.

Por fim, ofício de Ramírez. Triunfantemente me explica em detalhe, em escala milimétrica, a relação que existe entre o salto da pulga e a longitude de suas pernas. Salto que varia de macho para fêmea, antes e depois de sugar o sangue de suas vítimas; também antes e depois da cópula, com perdão de vossência. O infame esporão do meu delegado registrou todos os movimentos copulatórios em procazes desenhos.

Parte confidencial de Cantero: O que o Senhor Delegado Ramírez subiu com ele na canastra ao teto da Delegação, excelência, não foram suprimentos ou água unicamente; também embarcou na canastra uma das donzelas de serviço do enviado imperial. Tão discreto tem andado pelas alturas o Senhor Delegado, que ninguém viu nem suspeitou de nada. Com o ventre abotoado à antiga, os ocupantes da canastra esfregaram alegremente as banhas fazendo besta de sete peles no teto da Delegação. Por sua parte, o enviado do império se queixou para mim de que a invasão de pulgas cresceu consideravelmente. Estou tratando de que se inteire do fato, já público e notório no povoado. Até os índios riem da canastra-que-subiu-ao-céu. Muito temo que o desconfiado brasileiro queira ser ressarcido por sua vez da indenização que pagou à índia pela burra morta. A bela escrava mulata parece no entanto muito satisfeita depois de seu encanastramento com o Senhor Delegado. Não podemos dizer senão que Dn. Joseph León Ramírez tem alcançado astutamente, com algum sacrifício de sua parte, é bom reconhecer, beneficiar nossa causa. A mulata é que subtrai a correspondência secreta de seu amo, coisa que nos permite copiá-la integralmente a fim de manter vossência plenamente informado das comunicações do enviado do império à sua chancelaria.

Ordeno a Cantero que amaine sua ofensiva amansadora. Na última parte ele me informa: Convidei, excelência, o enviado imperial e sua família para dar passeios a cavalo pelas formosas florestas do Paraná. Recusou secamente. Enviei então de presente uma rede paraguaia para ele, sua esposa e suas filhas. Depois, uns arreios de prata lavrados. Idêntico rechaço. Por ocasião da festa nacional de seu nascimento, Exmo. Senhor, o enviado imperial aproveitou a oportunidade para pôr relevo em sua raiva. No dia 6 de janeiro do ano anterior ele o havia festejado de forma extraordinária. Mandou acender duas grandes fogueiras e iluminar a frente de sua residência com oitocentas velas, do modo como eu lhe contei que a população paraguaia rende velariamente sua devoção a nosso Supremo

Ditador. Além das velas, o comissário do império repartiu esmolas aos pobres e, vestido de gala, assistiu com sua família às danças e jogos do povo. Este ano, por outro lado, manteve fechadas as portas e janelas de sua casa, e vestido com o terno mais grosseiro passeou de forma ostensiva e desafiante na frente da mesma. Permiti-me fazê-lo notar a diferença em sua atitude de um ano ao outro. Que obrigação tem, ele respondeu asperamente, o plenipotenciário de um Império de festejar o aniversário de um governante que o retém dezessete meses em um povoado de índios, indecente e nada são? Um homem continuamente maltratado não deve nem pode se divertir. Faça saber seu Ditador Supremo, que parece se gabar de que o Brasil o teme, que isso não existe. O Império não se assusta com as coisas pequenas e toma as injúrias ao seu enviado como de quem vêm. Faça-o saber, de minha parte, que se há entorpecimento na marcha das negociações, ele se deve à duplicidade de conduta do Gabinete Paraguaio, enfermidade moral certamente desconhecida na Corte do Rio de Janeiro. Como devo responder, excelência, aos desplantes desse mísero enviado? Deixe-o que se desafogue. Diga-lhe que se tem algo importante a me dizer, que venham primeiro as provas com o cumprimento da palavra empenhada sobre o envio de armamento e demais. Se não tem, que se vá por onde veio. Devo informar também a vossência que as ossadas dos cavalos arábicos, trazidos de presente pelo enviado do império, branqueiam já no potreiro sob bandos de aves de rapina. Diga-lhes, Cantero, de minha parte, aos corvos, bom proveito!

Último informe de Correia ao seu governo, entrega Cantero cifrado: As vinculações internacionais da Ditadura são vastas. Seus tentáculos se estendem ao Plata, à Banda Oriental, a Rio Grande, a Santa Cruz da Serra. O objetivo fundamental está indicado na formação de uma Grande Confederação da qual seria centro e cabeça o Paraguai. Nenhuma dúvida cabe de que o governo paraguaio está se entendendo com o marechal riograndense Barreto, e que não abandona o projeto de revolucionar o Rio Grande do Sul e confederá-lo a Montevidéu contra Buenos Aires, enquanto possa contar com a aliança do Brasil para se opor às temerárias pretensões portenhas. Ao se desligar das províncias do interior de Buenos Aires, o Ditador, que é a alma desta nova Federação, embora ainda se conserve atrás da cortina que mal o cobre, à primeira notícia do movimento mandou recuperar a posição ou acampamento do Salto, que abandonara, e enviou para percorrer os portos de seus futuros novos aliados. Ah, desbocado e intrigante Correia! E és tu o que vem agora como embaixador dos revolucionários do Rio Grande! Eu te deixaria chegar a Assunção, só para plantar tua cabeça espetada em uma estaca no centro da praça da República! Puah, seu sujo infame! Nem essa honra de que teu sangue manche a terra paraguaia vou te conceder! Vá para o mesmíssimo demônio! O ingênuo Cantero me previne com a idiotice que o caracteriza: Descobri, excelência, que o enviado do império é, além do mais, arquimaçom e dos graus mais elevados e terríveis desta tenebrosa associação. Não seria isso o pior de Correia, meu estimado Cantero. Pelo contrário, ser maçom, se é que ele é, viria a constituir o único pouco bem que tenha este pícaro bandeirante disfarçado, ora de emissário do império, ora de embaixador da república dos farrapos. Pobres farrapos republicanos! Pobres maçons! Ter em suas fileiras esse supérfluo supersticioso os levará à ruína. Continua a parte de Cantero: O representante imperial e republicano, Exmo. Senhor, considera vossência o chefe da nascente e vasta confederação. No dia, ele expressa em seu informe de 2 de abril, mais chefe da Federação Argentina que o próprio Buenos Aires, com inteligências secretas no Estado Cisplatino e na República Peruviana, contando com um partido em Missões e Rio Grande, rico em inteligências no Matto Grosso, o Ditador se aproveitará da primeira ocasião para dar a mão aos partidários da independência absoluta da Província de Rio Grande e acabar inteiramente com Buenos Aires; colocar-se sem rebuço à cabeça da atual Federação, invadir Matto Grosso, apoderar-se das Missões Orientais a título de compensação ou represálias, e levar os horrores da guerra ao centro da Província de São Paulo entrando pelo Salto de Sete Quedas, sob o mesmo pretexto. A nunca interrompida correspondência entre o Governo Paraguaio e as províncias dissidentes da Federação do Río de la Plata, via Corrientes, durante a última passada campanha do sul, a assombrosa restituição por parte do Ditador Paraguaio dos súditos cordobeses, santafesinos, paranaenses, poucos meses antes de essas Províncias se declararem contra Buenos Aires e iniciarem uma guerra; todas estas circunstâncias e outras mais das que irei dando conta pontual em meus informes, levam à conclusão de que não existe outro caminho para conjurar os perigos que por todas as partes ameaçam o Império, do que concertar uma aliança com o Paraguai e seu astuto e rebelde Ditador... Que mais eu poderia querer, seu astuto bufão! Rivalizas com Cantero em pôr sobre o papel uma espantosa miscelânea de feitos contrafeitos, patranhas, falsidades de todo calibre. Encerrado em sua canastra de intrigas, tua imaginação é mais pobre que a de José León Ramírez para matar pulgas. Expulsa de uma vez, José León, este impenitente degenerado e cuida de revisar muito bem tua bagagem. Não o permitas levar nem sequer uma pulga de nossos pertences. Eh! Muito cuidado! Expressa-lhe também de modo terminante que não lhe ocorra nunca mais voltar a se aproximar de nossas costas, se não quiser perder definitivamente a cabeça que você não tem. Que vá para o inferno com seu império ou sua república e com ambos de uma vez!

(No Caderno privado)

Ruins de tudo não são as ideias deste desmiolado. Núcleo, o Paraguai, de uma vasta Confederação, é o que desde um primeiro momento pensei e propus aos imbecis portenhos, aos imbecis orientais, aos imbecis brasileiros. O que não só é ruim, mas muito ruim, está em que esses miseráveis convertam em matéria de intrigas um projeto de natureza tão franca e benéfica como é o de uma Confederação Americana, formada em figura e semelhança de seus próprios interesses e não sob a pressão de amos estrangeiros.

Outro assunto:

Destituí José León Ramírez. Mande-me fuzilar, excelência!, ele me implorou às lágrimas atirando-se a meus pés quando lhe mandei que se apresentasse para render contas de seus delitos, porque deves saber, José León, que arrumaste sarna para se coçar. Soberano histrião! Estava a ponto de engolir a fivela do meu sapato. Morrerei contente ante o pelotão, Supremo Senhor, se esses cartuchos à bala são o preço de ter zombado desse mala do império que pretendeu zombar de nossa Pátria e Governo!

Não devo ter me fiado do arrependimento desse falsário. Justos nove meses depois de sua reabilitação deu um filho à minha suposta sobrinha Cecilia Marecos. É verdade que não teve necessidade de encanastrá-la nem de fingir caçadas de pulgas ou chatos. Mandei-lhe que passe à mãe a pensão que lhe corresponde por lei. A fim de que possa pagá-la com dignidade, coloquei-o a trabalhar agrilhoado no desentupimento e limpeza das latrinas do exército. Tem um bom tempo pela frente, até que a criança atinja a maioridade. Assim os anos aplacarão em José León suas copulativas fumaças.

(Circular perpétua)

Quando recebi este desditado Governo, não encontrei em conta de Tesouraria dinheiro, nem uma vara de gênero, nem armas, nem munições, nenhuma classe de auxílios. Não obstante estou sustentando os crescentes gastos, a provisão, o preparo de artigos de guerra que demanda o resguardo, a segurança nacional, além de custosas obras, à força de arbítrios, de manhas, fainas, diligências. Incessantes trabalhos, desvelos, suprindo por ofícios, ministérios, cargos que outros deveriam desempenhar no civil, no militar, até no mecânico. Recarregado por isto e além do mais por tarefas que não me correspondem nem me são próprias. Tudo isto por me achar em país de pura gente idiota, onde o Governo não tem a quem voltar os olhos, sendo preciso que eu o faça, industrie, amestre, ministre até o menor dos detalhes, em meu afã de tirar o Paraguai da infelicidade, do abatimento, da miséria em que tem estado mergulhado por três séculos.

Encontro-me pois aqui sem poder respirar. Afogado no imenso acúmulo de atenções/ ocupações que pesam sobre meu solo, neste país onde é mister que eu supra ao mesmo tempo cinquenta ofícios. Se isto há de seguir assim, será melhor descansar. Deixar que o Paraguai siga vivendo à maneira de antes, ou seja, à moda paraguaia. Isto é, um povo de tapes, afeito à mofa, ao desprezo das pessoas de outros países. No fim sempre ficarão em vão meus afãs; minhas diligências em nada. Todos os meus planos, frustrados; os custos, perdidos. Dinheiro jogado no lixo. Os paraguaios ficarão sempre paraguaios e nada mais. Desta sorte, com todos os seus títulos de República Soberana e Independente que acreditam ser a Primeira República do Sul, não será considerada senão à maneira de uma República de Guanás com cuja substância e suor engordam os outros.

Se no meio de tudo há quem deseje mais do que eu posso proporcionar, não tenho outro arbítrio que licenciá-los. Não serei capaz de fazer isso que os frades chamam milagre. Muito menos nesta terra de impossíveis. Eu já queria ver vocês lidando, do Governo, com a incapacidade dos funcionários dos ramos de Fazenda, Polícia, Justiça Civil, Obras Públicas, Relações Exteriores, Relações Interiores, Inspeção de Forros e outras minúcias! Andar desesperadamente discutindo à pura raiva com os empregados da fábrica de cal, da fábrica de armas, pólvora, munições; com os estaleiros, as carpintarias da ribeira, onde não consigo que preparem a flotilha de guerra que cobrirá a defesa do rio da Capital até Corrientes. A Arca do Paraguai, o grande navio de comércio, jaz sepultada na areia há vinte anos. Acrescentem a essas atividades a preparação, instrução, ensino de tropas de artilharia, infantaria, cavalaria, entre as terrestres; de pessoal apto para a armada em todos os usos que requerem nossas necessidades; a atenção, vigilância, direção das oficinas, artesanatos, armazéns, estâncias, chácaras da Pátria; a organização do serviço de espionagem, bombeiros, rastreadores, monitores, agentes de inteligência, os mais ignorantes e ineptos do mundo.

Além de Ditador Perpétuo, devo ser ao mesmo tempo Ministro de Guerra, Comandante em Chefe, Supremo Juiz, Auditor Militar Supremo, Diretor da Fábrica de Armamento. Suprimidas as graduações de oficiais superiores até a de capitão, eu sozinho constituo o Plano Maior completo em todas as armas. Diretor de Obras Públicas, devo vigiar pessoalmente até o último artesão, a última costureirinha, o último pedreiro, o último peão caminheiro; tudo isto sem contar o trabalho, os desgostos, as contrariedades que me dão vocês, chefes, funcionários civis/ militares, de todo o país nas guarnições, nas fortalezas mais distantes.

Já queria vê-los! Ofereço-lhes o cargo. Venham tomá-lo se ainda lhes parece fácil o que faço. Façam vocês melhor que eu, se é que podem.

Um pasquim me acusa nestes dias de que o povo perdeu sua confiança, que já está farto de mim; cansado até não mais poder; que eu só continuo no Governo porque eles não têm poder para me derrubar. É certo isto? Eu estou certo que não. Em vez disso, se eu acabasse de perder a confiança no povo, fartar-me, cansar-me dele até não poder mais, posso por acaso dissolvê-lo, eleger outro? Notem a diferença.

Chefes da República: Sobretudo vocês devem se perguntar, cavar no fundo de suas consciências, até que ponto se consideram livres desta ptomaína que se forma naqueles que estão mortos antes de estar mortos. Ponha um esclarecimento no rodapé: Ptomaína é o veneno que resulta da corrupção das substâncias animais. Espessa supuração de odor fétido, produzido pelo bacilo *vibrio proteus* em núpcias com a vírgula ou a coma. Mortalmente patógena, como que provém dos alambiques de Tânatos. Estes bárbaros, já estou vendo, são capazes destilar ptomaína no lugar de cana nos seus alambiques clandestinos! Vulgarmente também se chama cadaverina. Para este veneno que fabricam dentro de si os mortos-vivos, não posso oferecer-lhes nenhum antídoto. Não vacilo em dizer-lhes que para este bacilo não existe contrabacilo. Contra a cadaverina não há a ressurrectina. Ninguém descobriu ainda, e provavelmente ninguém a descubra jamais. De modo que cuidado! Estes sucos venéficos se formam não só nos que têm de ser enterrados em pastagens fora da cidade, sem cruz nem marca que recorde seus nomes. Geram-se também naqueles que jazem sob fátuas "nuvens". Naqueles mais imensamente fátuos ainda que mandam edificar mausoléus-pirâmides onde abrigar suas carniças como um tesouro em um caixa-forte. Os proto-próceres, os proto-heróis, os proto-seres, os proto-malas e outros protos, mandam erigir estátuas, para pôr-impor seus indignos nomes em praças, ruas, edifícios públicos, fortes, fortificações, cidades, vilas, povoados, mercearias, lugares de diversão, quadras de futebol, escolas, hospitais, cemitérios. Prostibulários-santuários de seus sacro restos e arrestos. Isto foi assim em todos os tempos e lugares. E segue sendo agora. Seguirá sendo enquanto as pessoas vivas não deixem de ser idiotas. Só mudarão as coisas quando você reconheça sem soberba mas também sem falsa humildade que o povo, não a plebe, é o único monumento vivo a que nenhum cataclismo pode converter em escombros nem em ruínas.

Também aqui, antes de nossa Revolução, aconteceu isto. Já lhes falei da fastuidade e fatuidade das milícias de linhagem; ou seja, dos senhores de laço e bola que herdaram estâncias, sabres e alamares. Não seria nada estranho que estivesse voltando a acontecer agora. As ervas daninhas criam raízes profundas. Poderia ser que a ptomaína daqueles indignos oficiais e chefes esteja infectando novamente vocês de fora para dentro, de dentro para fora. Eu disse e sustento que uma revolução não é verdadeiramente revolucionária se não forma seu próprio exército; ou seja, se este exército não sai de sua entranha revolucionária. Filho gerado e armado por ela. Porém pode ocorrer que por sua vez os hierarcas deste exército se corrompam ou apodreçam, se em lugar de pôr-se por completo a serviço da Revolução, ponham ao contrário a Revolução a seu serviço, degenerando-se. Eu digo então que não bastou o justiçamento de uma centena de réus de conspiração e traição à Pátria. Achei ter fini-quitado o resíduo de militares falsários e traidores; de todos aqueles que se acharam chamados e eleitos, cada um por si e ante si, para ser a cabeça da Revolução e não eram senão politicastros ignorantes, venais milicastros embalados em reluzentes uniformes. Comprovaria assim que as penas infames reservadas a estes crapulosos traidores da Pátria e do Povo da República não serviram como remédio. A baqueta, o fuzilamento, o lanceamento não acabam, pelo visto, com a degradação de chefes e oficiais; degradação que em desgraçada graduação contagiou e se propagou ao resto das pessoas de arma subalterna. Eu teria que inferir o seguinte: há algo uniformemente maligno sob o uniforme. Este *algo* se constitui assim na insígnia mesma de desonra e não do pundonor; não no signo da lealdade, senão no indigno da deslealdade. As invenções dos homens são de século a século diferentes. A malícia da milícia parece ser sempre a mesma. Estigma uniforme pelos signos dos séculos.

Saibam vocês ser não somente honrados mas também humildes soldados da Pátria, qualquer que seja sua graduação, função e autoridade.

Os principais libelistas de *O Supremo*, cujos testemunhos podem ser parciais porém suspeitosos de favoritismo, explicam e sem querer justificam o austero rigor e a implacável disciplina que o Ditador Perpétuo tratou de impor em suas armadas, ao que parece sem muito êxito:

«As baquetas não se infligem ordinariamente mais que aos militares. Para a imposição de referida pena basta uma ordem do Supremo Ditador. Cada condenado à pena capital é arcabuzado, como se fazia nos últimos tempos da dominação espanhola. No dia da execução põe-se uma forca na praça, da que pende o corpo do justiçado». (Rengger e Longchamp, *Ensaio Histórico*, cap. II).

Ao referir-se ao processo, e justiçamento dos conspiradores do ano 20 (em sua maior parte chefes militares, muitos dos quais tiveram destacada atuação na luta contra a expedição de Belgrano), Wisner de Morgenstern testemunha: «O ambiente estava acalorado, e não há dúvida de que a tormenta se preparava, pois todos os que não participaram do poder estavam contra a Ditadura. O Ditador havia recebido vários bilhetes anônimos nos quais lhe pediam que se cuidasse muito, e ele havia feito redobrar a vigilância. Na noite do segundo dia da Semana Santa, cinco indivíduos foram presos e submetidos a rigoroso interrogatório. Outro, que havia conseguido escapar da batida, um tal Bogarín, temeroso e tímido, fora para confessar e descobriu tudo o que sabia do plano que se havia elaborado para suprimir o Ditador. A Sexta-feira Santa foi o dia marcado para ultimá-lo na rua, durante seu passeio de costume à tarde. O capitão Montiel foi designado para isso. Desaparecido o Ditador, o general Fulgencio Yegros, seu parente, assumiria o governo, e os comandantes Cavallero e Montiel tomariam o mando das tropas, entre as quais havia comprometidos alguns sargentos. O sacerdote exigiu ao contrito Bogarín que denunciasse no dia o plano ao Ditador, pois como bom cristão, tratando-se de um crime que se ia cometer, não devia de nenhuma maneira participar disso». (*O Ditador do Paraguai*, cap. XVII).

Durante dois anos se "substanciou" o processo nos sótãos do Aposento da Verdade, que Wisner mais cautelosamente denomina *Quarto da Justiça*. Os carrascos guaykurúes de Bejarano e Patino tiveram bastante trabalho nesta laboriosa pesquisa. Ao fim as confissões arrancadas na ponta dos chicotes "rabos-de-lagarto" não deixaram um só resquício de dúvida. Em 17 de julho de 1821 foram executados os sessenta e oito réus acusados de alta traição na conspiração, após a qual o *Supremo Ditador* conduziu o navio do Estado sem ulteriores complicações. Em algum de seus apontamentos lê-se esta aprazível reflexão: «Os problemas de meteorologia política foram resolvidos de uma vez para sempre em menos de uma semana pelos pelotões de execução». (*N. do C*).

«O maior prazer do Ditador era falar de seu Ministério de Guerra. Uma vez entrou o armeiro com três ou quatro mosquetes reparados. O Grande Homem os levou um por um ao ombro e apontando para mim, como para fazer fogo, apertou o gatilho várias vezes, tirando faíscas da pederneira. Encantado, rindo a gargalhadas me perguntou:

»– O que você achou, Mister Robertson? Não ia disparar em um amigo! Meus mosquetes levarão uma bala ao coração de meus inimigos!

»Outra vez o alfaiate se apresentou com uma casaca para um granadeiro recruta. Mandou que entrasse o conscrito. Fez-se com que ficasse nu completamente para prová-la. Depois de sobre-humanos esforços, pois bem se notava que jamais havia usado trajes com mangas, o pobre rapaz conseguiu. A casaca ultrapassava todos os limites do ridículo. No entanto havia sido feita de acordo com a fantasia e um desenho do próprio Ditador. Elogiou o alfaiate e ameaçou o recruta com terríveis castigos se o uniforme sofresse por descuido a menor mancha. Saíram tremendo alfaiate e soldado. Depois, piscando-me um olho, ele disse: *"C'est un Calembour, Monsieur Robertson, qu'ils ne comprennent pas!"*.

»Nunca vi uma menininha vestir sua boneca com mais seriedade e deleite que os que este homem punha para vestir e equipar a cada um dos granadeiros». (Robertson, *Cartas*).

Se ainda faltasse algum insuspeitável testemunho acerca da preocupação do Supremo Ditador, de sua constante solicitação no cuidado de suas forças armadas, bastaria o que de um modo definitivo dá ao Pe. Pérez na oração fúnebre pronunciada em suas exéquias:

«Quantas providências não tomou Sua Excelência para manter em paz a República, e colocá-la em um estado respeitável a respeito das estranhas? Provisão de armas, formação de soldados uniformizados com as galas mais deslumbrantes que se veem nos exércitos destas Repúblicas e ainda dos reinos do Velho Mundo.

»Fico assombrado quando contemplo este Homem Grande dando expediente a tanta ocupação! Dedica-se ao estudo da milícia, e em breve tempo comanda os exercícios e evoluções militares como o mais prático veterano. Quantas vezes eu vi Sua Excelência aproximar-se de um recruta ensinando-o o modo de pôr pontaria para dirigir com acerto o tiro ao alvo! Que paraguaio havia de desdenhar a portação corretíssima do fuzil quando seu próprio Ditador lhe apontava o modo de governá-lo, usá-lo, limpá-lo e repará-lo até em suas menores peças? Aparecia à cabeça dos esquadrões de cavalaria e os mandava com tal energia e destreza que transmitia seu espírito vivo aos que lhe seguiam. Mais poderosa era sua voz que a do clarim nas manchas e nos entreveros dos simulacros de combate. E ainda mais! Maravilha muito grande era comprovar que depois desses epopeicos exercícios, a revista minuciosa que fazia o próprio Ditador, homem por homem, não descobria a mais ligeira mancha sobre esses alvos e impolutos uniformes».

«Todos os paraguaios entram no serviço como simples soldados, e o Ditador não os chama oficiais até o cabo de muitos anos, e depois de ter passado por todas os graus inferiores. O uniforme geral é uma jaqueta azul com babados e voltas, cuja cor varia segundo a arma, calças brancas e chapéu redondo; uns cordões nas costuras das costas distinguem a cavalaria da infantaria. Só o corpo de lanceiros mulatos faz a exceção; seu uniforme consiste em uma jaqueta branca sem abotoar, um colete encarnado, calças brancas e um gorro também encarnado. Para fazer esses coletes e demais prendas do uniforme tomaram-se os damascos dos ornamentos que ainda se achavam nos templos e conventos confiscados. É verdade que o Ditador fez confeccionar para os dragões e granadeiros a cavalo várias centenas de uniformes de gala; porém não usam fora dos dias de parada e para montar a guarda da Casa de Governo em ocasião da visita de algum enviado estrangeiro. Fora destes dois casos, os uniformes são guardados cuidadosamente nos armazéns do Estado». (*Rengger e Longchamp. Ibid.*).

Quando lhes pedi recibo do uniforme entregue às tropas, um de vocês saiu com a ridícula pergunta sobre retalhinhos de sola, como se eu tivesse que fazer apreço de semelhante lixo, ainda que é claro não vou jogá-lo na rua. Ser soldado consiste na capacidade. Não na roupa. No vice-reinado de Nova Granada, a maior parte do exército patriota andava em chiripá, em camisa; o mais das vezes nus, caminhando imensas jornadas, morrendo continuamente em frequentes batalhas com os europeus. Confirmam-no as austeras palavras do Libertador San Martín, nascido em Yapeyú paraguaio. Em uma Ordem Geral do ano 19, o Libertador arenga com seus soldados: Companheiros: A guerra teremos que fazer do modo que podemos. Se não temos dinheiro, carne e um pedaço de tabaco não nos há de faltar. Quando se acabem os vestuários nos vestiremos com a baeta que nos produzem nossas mulheres, e se não, andaremos pelados como nossos paisanos índios. Sejamos livres, que o demais não importa nada.

Este proclamou um grande e digno general em plena campanha libertadora. Aqui, meus galantes oficiais querem mostrar-se em uniforme de gala para pavonear-se nas formações do Quartel, ou na Praça ao toque da alvorada ou recolher e alucinar a população como se fossem seres superiores. Não, senhores. O militar deve se acomodar à decência e à austeridade. Para ser um bom soldado o luxo não só não é preciso como é prejudicial. Não me peçam mais coletes encarnados de cetim, de damasco, de seda, de brocado, de marroquim, de tricoline ou de cambraia. Aqueles foram mandados confeccionar uma só vez para os lanceiros mulatos. As guerreiras de passamanaria para os oficiais brancos que comandavam o corpo dos pardos não existem mais. Os tecidos dos ornamentos confiscados pela Igreja só conseguiram cobrir o vestuário dos batalhões de granadeiros, de dragões, de hussardos. Todos esses gêneros eclesiásticos apodreceram. Coletes, casacas, talins bordados de prata. Altos morriões de veludo adornados de sanefas brancas, de tafetá amarelo esvoaçando ao vento das marchas, hoje andrajos. Não há mais ornamentos para confiscar. Perdão, excelência. Queria lembrá-lo que nas Tendas do Estado restam vinte fardos desses tecidos apreendidos nas igrejas dos povoados de índios. Silêncio! Não fales quando não te perguntam. Não contradigas o que vou ditando. Conformem-se com o traje de punteví, de brim devastado ou de fio. Calças de pele lisa. Camisas de gaze trançada para os oficiais. Algodão raiado em tiras para a tropa. Os mestres da escola se vestem ainda mais modestamente do que os indivíduos das tropas. Há apenas dois anos que eles são providos de roupa interior um pouco mais decente; inferior, contudo, à dos soldados. Calça de linha de sarja, camisa de mescla. Jaqueta do tecido que tiver. Colete de nanquim. Poncho, chapéu de entre-pano, lenço de pescoço. Antes disto se vestiam com os tecidos que eles mesmos arranjavam em fibras de algodão, do karaguatá, de pindó. Não há necessidade de mais indumento para cumprir suas tarefas, frente às crianças nuas, enroupadas em sua própria inocência. Eu mesmo já não tenho mais que uma sobrecasaca cerzida; um par de calças, um de recepção, o outro para montar; dois coletes que se livraram uma guerra de trinta anos com traças, baratas, cupins.

Além do mais, não sei para que querem, para que me reclamam a cada passo vestuário de luxo, se logo o têm arrombado em qualquer parte. Já me indigna bastante saber que nos atos de serviço, os chefes mostram-se pavoneados extravagantemente com batas de fios irisados da Irlanda, bombachas de bombasí, gorros de dormir, iguais aos meus, imitando minha indumentária de casa, em lugar do uniforme de regulamento para cada caso. Que imbecilidade é essa?

Não quero chefe idiota nem altaneiro que ande dando trancos de bufão. Ufano de seus cachos, de seus rasos, tapando suas desvergonhas com sem-vergonhices de fantoches. Prefiro um que pareça miúdo, manco, mas que finque o pé no lugar preciso, no momento oportuno. Coração sobrando ao serviço da República. Capaz de cumprir suas obrigações desembargadamente, sem ostentações nem lambuzadelas. Todas as coisas têm duas asas. Cuidado com a falsa.

Os comandantes também devem velar assim mesmo tanto pela disciplina como pela saúde de seus soldados. As tropas do Paraguai parecem tropas de fracotes. Não são destruídas por seus inimigos, como acontece em outros países. Ela mesma a cada passo se impossibilita, se destrói por quadrilhas com seus excessos perseguindo namoradas e índias, embebedando-se com a aguardente que lhes contrabandeavam os traficantes estrangeiros para suborná-los; ou pior ainda, para degenerá--los, arruiná-los mais cedo.

Eu lhes ordeno reprimir severamente estas faltas. Processo sumaríssimo. No mesmo lugar onde se lhes encontrem cometendo tais desaforos os culpados deverão ser passados pelas armas. Do contrário, será formado um Conselho de Guerra contra o próprio comandante acusando-o das consequências de suas desídias diante dos abusos.

A população de índios, especialmente as mulheres dos naturais, merecem especial proteção. Eles são também paraguaios. Com maior razão e antiguidade de direitos naturais, que os de agora. Devem deixá-los viver em seus costumes, em suas línguas, em suas cerimônias, nas terras, nos bosques que são originalmente seus. Lembre-se que está completamente proibido o trabalho escravo dos índios. O regime a usar com eles é o mesmo dos campesinos livres, pois não são nem mais nem menos que eles.

Não sei como outro de vocês, que passa por grande chefe, saiu pedindo-me sem se envergonhar que lhe conceda o traslado de um soldado do escritório da comandância em qualidade de secretário, alegando que o necessita para acomodar suas partes. Isto é reconhecer que esse soldado tem mais aptidão para ser oficialmente diretor, ou por acaso comandante. Salvo se este ao dirigi-lo em suas partes disfarce alguma ocupação inconfessável. O que seria duas vezes pior.

É possível que muitos de vocês não saibam sequer rascunhar uma parte ruim, desgrenhar um ofício, ordenhar a ubre de sua inteligência rabiscando um escrito? Isto é muito triste para um Governo.

Quando eu recebo as papeladas dos comandantes, o primeiro que faço é sondar a letra, o escrito. Uma mesma coisa pode se dizer de distintos modos com diferentes aplicações que podem ter diversos sentidos. De onde tanto o comandante, que não sabe escrever, como o furriel, que escreve o que não sabe, saem falando de coisas que não entendem nem do revés nem do direito. Se acontece algo ruim por culpa de uma parte mal redigida, o comandante se desculparia dizendo que não foi ele quem fez mas o furriel, mal interpretando o mal ditado. E mais que isto, se se oferece para dar uma ordem reservada, o Governo se vê embaraçado ao duvidar que o comandante a compreenda. Certamente me sairá falando em sua resposta de qualquer espécie ou bobagem, como com frequência acontece. Não teria eu que nomear comandante este furriel e enviar tal analfabeto comandante ao corpo de tropa?

A todos vocês eu os tirei do nada em tempos em que eu andava recolhendo casulos do campo. Quero gente nova, disse a mim mesmo. Quero gente de ouro em pó. Quero o melhor do melhor a serviço da Pátria. Assim encontrei os que me pareceram os melhores. Não ia andar escudrinhando com a vela de Jeová o segredo do ventre de nossas mulheres. Tomei o que achei à mão. Me bastava que falasse cada um de si mesmo como de um desconhecido; alguém que não fosse dono nem sequer de sua própria pessoa. Eu lhes perguntava: Esta é tua casa? Não, senhor, esta casa é de todos. Este cão é teu? Não, senhor, não tenho cão meu. Ao menos, teu corpo, tua vida são teus? Não, senhor, eu os levo emprestado nada mais até que nosso Supremo Governo disponha deles. Tal despropriedade significava uma força incalculável. Não tinham nada. Possuíam tudo, posto que cada um formava o todo. Eu disse: Esta gente nasceu de pé. É do que preciso para pôr de pé o país. Assim encontrei, por exemplo, José León Ramírez. Rápido de mente. Olho de falcão. Voava quieto. Corria parado. As ordens lhe chegavam velhas. Ele estava sempre um pouco adiante. Foi um de meus melhores homens, até que se converteu no pior. Não gostava de ser adulador nem alcaguete. José León Ramírez servia para tudo que era mandado sem deixar de ser cada vez ele mesmo. Com os anos pensava ascendê-lo a capitão, a ministro de Guerra. Inclusive, um tempo, pensei em designá-lo meu sucessor. Sua oportunidade teve. Sua oportunidade lhe presenteei. Tomou-a vacilante. Perdeu-a no indecente de suas braguilhas.

Outro indecente perdido: Rolón, o ex-capitão Rolón. Chegou ao grau mais alto. Descendeu ao mais baixo. Durante cinco anos o instruí pessoalmente na arte da guerra. A artilharia era sua arma natural. Subia em um canhão. Apalpava-o, acariciava-o como a um cavalo manso. Enquanto o amarrava à carreta falava-lhe dizendo baixinho o que era que tinha que fazer. No momento de acender a mecha traçava com o indicador uma parábola, fixava o objetivo do mesmo modo que o ginete indica ao cavalo a barreira que deve saltar. Um leve estalo de língua, o canhão dava o bote. Noventa e nove vezes de cada cem tiros o obuseiro dava no alvo, por mais longe que estivesse.

Ah, Rolón, Rolón! Eu te fiz rico em ardis para vencer qualquer inimigo, para demolir qualquer cidadela, inclusive de tua própria alma. Ensaiamos em terra e água batalhas terríveis. Em um desses simulacros acertaste os cem pontos. Quase me ganhas. De soldado raso a capitão. O militar de mais alta graduação que revistava no exército da República pelos dias daquela época. Imponente o capitão artilheiro. Arietante. Martelante. Sem reposto, sem substituto possível. Único.

Lembras, Patiño, como era? Eu o estou vendo, senhor. Alto, a cabeça raspando o teto. Encorpado. Melena, bigodes até a cintura. Só de vê-lo impunha respeito, excelência. Bom, pois Rolón era esse, tal qual o pintas. Esse era Rolón, o primeiro capitão da República.

Em um alvoroço com os correntinos mandei-o bombardear a praça para escarmentá-los. Pus à sua disposição quatro bons barcos de guerra armados até de vinte e tantos canhões. Não serviram senão para que Rolón oferecesse sem custo ao inimigo uma ridícula representação. Não serviu senão de faz--me-rir pelo desatino com que conduziu a expedição. Onde seu amor à pátria? Onde sua honra e seu orgulho, o respeito ao governo? Onde seu próprio amor-próprio?

Na juntura do Paraná com o Paraguai, os quatro barcos se puseram a dançar ante o forte de Corrientes nos remoinhos das sete correntes. Sem disparar um canhonaço. Sem saber que rumo tomar; sem afundar ou voar.

Povoadores e tropas improvisaram um burlesco carnaval em homenagem aos navios invasores. Laçaram-se para competir com eles quem dançava mais e melhor. E se os correntinos não os tomaram com só esticar as mãos, foi porque a bebedeira os derrubou tanto como o susto derrubou Rolón e seus homens. Ao regressar de sua façanha se apresentou muito fresco desculpando-se com necedades. É o que acontece quando se encomenda uma empresa a desavergonhados inservíveis. É verdade que eu só ordenei essa expedição como prova, que não me saiu bem. Só por isto não mandei executar Rolón. Se lhe comutou a pena de remo perpétuo. Que houve dele? Continua empurrando a canoa, senhor. As últimas partes das guarnições costeiras informam que já não é mais que pele e ossos. Outros, que é uma só inteira mata de pelos cujo rabo de mais de três metros se arrasta na corrente enquanto rema. Os ribeirinhos do Guarnipitán fizeram correr estranhos rumores. Dizem alguns que o que vai sentado na popa já não é o condenado vivo mas o defunto. Outros rumores dizem que a morte mesma é que vai empurrando a negra e apodrecida embarcação. E assim deve ser nada mais porque faz anos que não recolhe os alimentos dos lugares estabelecidos na condenação, entre a Villa del Pilar e o Guarnipitán.

O que estás fazendo sobre o papel? Raspando o *re* de rumo-res, senhor. Mudar, ainda que seja por valor de umas letras, o destino do ex-capitão Rolón.

Aí o tenho esse outro frouxão covardão, o ex-comandante de Itapúa, Ojeda. Revés indigno do que deve ser um verdadeiro comandante de guarnição. Abandona Candelaria às tropas de Ferré que invadem nosso território pretendendo estender seu domínio e apoderar-se das Missões, antigo pertencimento e possessão do Paraguai. Meu comandante de guarnição se retira sem resistir, antes de soar o primeiro tiro. As armas se derretem nas mãos destas galinhas uniformizadas quando se veem forçadas a fazer uso delas. Deixa regado o caminho de sua fuga com bagagens, apetrechos, mantimentos que custam sangue e suor ao país. Mando-o chamar. Até as ceroulas caíram manchadas de tuas próprias misérias. O que é uma vergonha para a República. Opróbrio sem segundo. Ignomínia sem exemplar. Ultimamente me deixaste envergonhado com o gosto simples e sem desculpa que tiveste, ao extremo de me fazer abandonar Candelaria, bastião imprescindível para a segurança do país; o último resquício que ficava para comerciar com o exterior. Que diriam esses comerciantes estrangeiros. Que se dirá no Paraguai, quando teus compatriotas souberem. Te cuspirão na cara, e no lugar de comandante da primeira guarnição da República, serás a última cuspidela do desprezo e a zomba de todos.

Eu mesmo me abstenho de fazê-lo. Trato de não criar raiva contra ti. Não me tolero iras contra homens tão-para-pouco, tão-para-nada. Criar raiva contra infelizes bufões é o mesmo que autorizar que estas contra-pessoas passem durante algum tempo governando as ideias e os sentires de nossa Pessoa. O que é uma dupla perda.

Por agora não te mandarei ao tronco. Não aches que por lenidade ou bondade. Não desculpo a farta bobada que fizeste. Tolerância, fonte de todos os danos. Bobeiras. Faço um finca-pé: me esforço em não esparramar minhas raivas inúteis contra inúteis como tu.

Não peço a meus homens que atuem sempre com a máquina do acerto. Sendo comandante de fronteiras, tens te apequenado, submetido a um vão temor, sem motivo, sem necessidade, sem fazer nada. Isto é falta de energia, de disposição de ânimo, e assim pouco é o que se pode esperar de ti. Não saias com a evasão de aguardar ordens. Todo comandante, a qualquer rumor ou indício de inimigos, tem a obrigação de prevenir as defesas que estão a seu arbítrio. O que não lhe impede de esperar as ordens se as circunstâncias dão tempo e lugar. A pretexto de não ter ordens não deve desordenar-se todo. Ponha-te em estado de defesa tendo o como e o com o quê, é o mínimo que devias ter feito. Quando em uma batalha se combate com especial empenho pela posição de uma capela ou de uma praça determinada, deve-se lutar por ela como se se tratasse do mais importante santuário nacional, ainda que tais objetivos tenham nesse momento um valor puramente tático, e quiçá só para essa batalha. Tu estiveste com sobras de forças para mandar efetivos de até cinco mil homens a Santo Tomé, com boa artilharia, somadas as tropas de reserva em infantaria e cavalaria, mais dois esquadrões escolhidos de lanceiros. Pudeste fazer desta seção o começo de uma verdadeira campanha militar em resguardo de nossas fronteiras, e chegado o caso, convertê-la em uma cruzada de longo alcance com vistas a estender e assegurar o domínio dos rios até o mar oceânico contra as hordas de selvagens e governos duvidosos que estorvam nosso direito à livre navegação dos rios, agravam nossa soberba e impedem o exercício de nosso comércio exterior.

Devido a extravagâncias como a tua, esses selvagens inimigos andam com suas frívolas falações. Reputam os paraguaios por gente simples, pouco patriota, e assim fácil de ser enganada, alucinada com qualquer coisa, até com o brilho de espelhinhos, tal como faziam os espanhóis para enganar e alucinar os índios.

Não falariam esses merdas se o Supremo Ditador do Paraguai tivesse um militar digno de seu mando e da honra da República. Um militar, não um asno, instruído na arte de fazer guerra. Capaz de ir em qualidade de general ainda que não fosse mais que sargento, ao sumo capitão, para arrasar Corrientes e a Bajada, em pagamento e castigo de seus latrocínios, depredações e burlas.

A boa tropa, porém sobretudo os bons chefes, têm outro espírito, outra energia, outra resolução. O fogo da pátria lhes arde no sangue, lhes impede de mostrar as costas ao inimigo, entupir suas armas. Em cada chefe, em cada soldado viaja a pátria inteira. Vendo que os inimigos insultam, caem sobre eles em uníssono e os fazem pó. Porém os soldados a mando de militares timoratos têm o sangue gelado. Tudo olham com indiferença. Se aos chefes nada lhes importa, o que pode importar à tropa.

Por sua culpa, meu estimado comandante es-capado, me vi obrigado a fechar o acampamento do Salto, não fosse que também por ali andássemos a salto de mata com gente tão cumprida para a fuga. Pus cadeado nas trancas de San Miguel e Loreto em previsão de outros desastres.

Por agora não te mando fuzilar com a condição de que em diante não retrocedas nem um palmo nas escaramuças com o inimigo. Ficas obrigado a marchar sempre em frente tuas tropas nos combates e assaltos. Já não haverá retiradas sob nenhum pretexto. E em prevenção de que cometas novas extravagâncias, ordeno-te ler às tropas durante três dias, ao toque de alvorada e silêncio, o Bando Supremo adjunto em que autorizo e ordeno aos sargentos de companhia, aos cabos e até o último soldado, que te disparem um balaço pelas costas à menor intenção de voltar a mostrá-la ao inimigo. Ofereço-te generosamente esta comutação e deixo em tuas mãos, melhor dizendo em teus pés, a iniciativa de ser fuzilado em combate por tua própria decisão. Tu em pessoa deves ler o Bando.

Uma boa milícia é a única capaz de remediar estes males. Não vamos perpetuar castas militares. Não quero parasitas de quadrilhas que só servem para os fins de atacar/ conquistar o vizinho; acorrentar/ escravizar os próprios cidadãos em seu conjunto.

Quero que sejam cidadãos-soldados íntegros ainda que careçam de instrução militar completa, se bem a recebem com as primeiras letras desde a escola primária. Atacados pelo inimigo, todos os nossos cidadãos se converterão automaticamente em soldados. Não há um só que não prefira a morte a ver sua Pátria invadida, seu Governo em perigo.

Os cidadãos podem ser excelentes soldados em um mês. Os soldados chamados regulares não perdem seus vícios em cem anos.

Os funcionários, categoria em que se deve incluir as duas classes superiores do Estado, uma em sua condição de magistrados, a outra de ajudantes ou executores armados das decisões daqueles, hão de receber uma formação rigorosa que lhes permita a uns defender a Nação contra seus inimigos; a outros, administrar a justiça em favor do povo; terminar com as injustiças que continuam existindo mesmo depois de nossa Revolução.

Os militares, os magistrados devem evitar com o maior cuidado que sua destra mão aparte riquezas enquanto a sinistra sujeita as rendas do mando destruindo o fundamento igualitário da sociedade.

Por isso eu lhes prescrevi uma forma de vida de total austeridade; a que eu mesmo me impus. Nem vocês nem eu podemos possuir bens de nenhuma natureza. Celibato perpétuo, para não deixar viúvas, eu lhes mando. Nos está vedado construir nossa própria família, pois nos levaria a favoritismos injustos. Guerreiros, magistrados, ajudantes, espécie de santos armados, sem bens próprios nem vida familiar, estão obrigados a defender os alheios com desprezo de todo ponto de vista. Quero que isto fique bem claro. Releiam minhas ordens. Aprendam-nas de memória. Não quero que o posto fique estorvado pelo suposto. Quero que a letra lhes entre não com sangue, mas por entendimento.

Peço, exijo a todos vocês o controle estrito dos bens, dos fundos públicos, dos gastos. Estritíssima vigilância para evitar latrocínios, cobranças indevidas, multas, exações, propinas, subornos. Afrontas em que alguns de vocês parecem ser mais aptos do que aplicar regularmente os regulamentos. Sobre este ponto da pirataria dos funcionários voltarei mais adiante. Vou apertar as tarraxas afinando a corda no tom justo ao redor do pescoço de cada um. Risca o parágrafo. Depois de subornos, escreva: O saneamento da administração é indispensável para a execução do plano de salvação pública que devemos realizar em mancomunado esforço.

A República é o conjunto, reunião, confederação de todos os milhares de cidadãos que a compõem. Entenda-se dos patriotas. Os que não são, não devem figurar nem se considerar nela; a não ser como a moeda falsa que se mistura com a boa, conforme aprenderam no Catecismo Pátrio.

Temos o Estado mais barato do mundo, a Nação mais rica da terra por suas riquezas naturais. Depois dos muitos, incontáveis anos durante os quais temos desfrutado da maior paz, tranquilidade, bem-estar que jamais conheceram antes neste Continente, devemos nos esforçar agora em defesa deste incomensurável bem.

Ao estado de paz perpétua sucederá o estado de guerra permanente. Não atacaremos ninguém. Não toleraremos que ninguém nos ataque. O Paraguai será invencível enquanto se mantenha fechado compactamente sobre o núcleo de sua própria força. Mas, se sair desse núcleo, seu poder decrescerá em razão inversamente proporcional ao quadrado da distância em que se dispersem suas forças. Eis aqui a lei da gravitação exercendo-se em forma horizontal. Newton não vê todos os dias cair a maçã. Risca maçã. Põe laranja. Também não serve. Risca todo o parágrafo. Quem aqui conhece Newton?

Com vistas a reorganizar os padrões populacionais devem levantar de imediato um completíssimo censo de todos os habitantes, inclusive indígenas, que se acham radicados na jurisdição a cargo de cada um de vocês sobre os vinte Departamentos da República, a fim de atualizar o registro de nossa população. Este censo há de especificar nos formulários detalhados para o efeito, quantidade de adultos, idade, sexo, ocupações, aptidões de cada homem ou mulher; antecedentes familiares, políticos, policiais, aquele que os tiver, principalmente os chefes de família, referências a seu afeto e desafeto à Causa de nossa Independência. Número de filhos, desde os recém-nascidos aos que estão por entrar em idade militar. Situação das crianças que recebem instrução. Enviarão listas dos rapazes das escolas com expressão dos que já andam escrevendo. Com respeito aos mais adiantados, serão requeridos resposta em forma de uma composição escolar à pergunta de como estas crianças consideram o Supremo Governo. Têm ampla liberdade de expressão. O Governo destacará inspetores a cada uma destas escolas com o objetivo de verificar com adequadas provas o progresso dos alunos, médias de assistência, aproveitamento, saber, aplicação, assim como as causas que impedem seu rendimento ou provocam a ausência ou repetência nas séries. Nunca como hoje é necessário fazer inteira verdade do dito: No Paraguai não há nenhum cidadão que não saiba ler nem escrever, e o que é sua consequência: Expressar-se com propriedade.

Reflitam pausadamente sobre estes pontos que constituem a base de nossa República. Focos de projeção de seu progresso no porvir. Quero chefes, delegados, administradores, aptos em suas diversas funções. Quero pundonor, austeridade, valor, honradez em cada um de vocês. Quero másculos patriotas sem mácula.

Anotem qualquer dúvida, opinião, sugestão, que estimem conveniente formular acerca dos principais assuntos tratados nesta Circular. Tenho pensado em realizar dentro de pouco um conclave, que é como dizer um Congresso de chefes, funcionários, empregados do mais alto ao mais baixo nível, a fim de fortalecer, uniformar, entre todos, a futura política do Supremo Governo.

Cada um de vocês deve preparar uma prestação de contas de toda sua atuação nos diversos cargos a que tenham sido destinados desde seu ingresso na administração pública. Prestação de contas que será estudada pelo Supremo Governo antes do Conclave. Seus informes, que costumam ser bastante disformes, desta vez hão de ser conformes com os formulários que chegarão com o próximo estafeta. Tais folhas de serviço, juntamente com o censo da população, assim como o censo educacional, que ordenei, deverão ser enviados dentro de um mês, quer dizer, em fins de setembro do presente ano, no mais tardar.

O propósito desta prestação de contas não se fraterniza desde logo com o despropósito de relevar vocês pelas faltas que possam ter cometido no passado. Condená-los por ter incorrido em torpezas, não será senão outra torpeza a mais. O que já foi feito para o bem está bem. O feito para o mal procuremos fazê-lo bem no futuro. Minha ideia é conduzir a cada um de vocês de modo que cheguem a ser grandes chefes, funcionários, irreprocháveis da República. Por isso quero que suas partes, seus ofícios, seus relatórios vão saindo ajustados à realidade dos fatos. Não se deixem levar pelas ribeiras de sua imaginação. Não me obriguem a ir descascando suas papeladas bulbosas cheias de camadas amargácidas. Não me façam morder a cebola. Quero que tomem minhas advertências não tanto como do Chefe Supremo, melhor que seja do amigo que não só os estima muito como os ama. Talvez muito mais do que vocês mesmos podem suspeitar.

O tempo que vivemos bem pode resultar o derradeiro; portanto, adequado para nos emendarmos em recuada. Por inconveniências melhor que por conveniências pessoais. Estando pouco doutrinado pelos bons exemplos, que não abundaram nunca em nosso próprio país, me sirvo dos maus exemplos cuja lição ao contrário é ordinária porém extraordinária para dar bons exemplos do direito.

Costume de nossa justiça é executar os culpados em advertência dos demais. A fim de que o mal exemplo não se instale, corrige-se não o que se enforca mas os demais pelo enforcado. Sempre se morre em outro. Não lhes vá ocorrer que já estejam mortos e não o notem ou se façam de esquecidos de que estão. A mentira não me engana. Sempre dou com ela ainda que venha escondida entre as solas dos sapatos. Superstições e cabalas não me tocam nem alucinam. A vocês lhes consta minha temperança; mas também meu inoxidável rigor. Este rigor está posto por inteiro a serviço da Pátria. Defendê-la a todo transe de seus inimigos sejam estes de dentro ou de fora.

Entendam-me, pobres cidadãos! Eu antes quero morrer que voltar a ver minha pobre Pátria oprimida, e tenho a satisfação de crer que o geral de toda a República está no mesmo. Se assim não for, culpa nossa será. Mas então nenhum de nós se salvará do desastre da Pátria. Por quê? Porque todos e cada um de nós *seremos* esse desastre. Sobre tais despojos virão se sentar seus reais as feras do deserto.

Costuma-se dizer que o que se fia do povo edifica na areia. Talvez, quando o povo não é absolutamente mais que areia. Porém aqui não reina esta cabala. Eu lido não com um povo de areia nem de fantasmas, senão com um povo de homens de mil e tantas misérias. Paraguaios, um esforço mais se quiseres ser definitivamente livres!

Apenas eu receba os resultados do novo censo e a padronização geral dos cidadãos que lhes ordeno na presente, serão informados sobre o projeto que forjei para a formação de um grande exército e uma frota de guerra com objetivo de liberar de uma vez por todas nosso país do iníquo bloqueio da navegação e reforçar nossas defesas, fundamento de nossa autodeterminação e soberania. Os pormenores do plano serão revelados oportunamente aos comandantes militares em instruções muito reservadas.

(Caderno privado)

No momento o que vou fazer é o seguinte: uma vez cortado o bosque de sátrapas, uma vez extinguida a praga de cães raivosos babões de abjeção, mandarei estender sobre seus restos uma grossa camada de cal e esquecimento. Não mais chefes indignos e bufões. Não mais efetivos de linhas que se espreguiçam à espera de fugir ao menor perigo. Não mais tropas de um exército que existe e não serve para nada, pois até o último dos soldados acaba contagiando-se dos vícios de seus chefes. Não mais uniformes, nem graduações, nem hierarquias classificatórias, que recebem não por mérito mas à antiguidade de sua inutilidade. O exército da Pátria será todo o povo em roupa e dignidade de ser o povo em armas. Exército invisível, porém mais efetivo que todos os exércitos. Seus efetivos, os campesinos livres, enquadrados pelos chefes naturais que surjam desse natural exército de trabalho e defesa da República. Trabalharão de dia. De noite farão seus exercícios. Se adestrarão nas trevas de modo que as mesmas trevas sejam suas melhores aliadas. As armas serão escondidas durante o dia, junto aos sulcos. As muralhas musgosas serão nossos melhores bastiões; os desertos e pântanos, nossos fossos impenetráveis;

os rios, lagos e arroios, as artérias por onde circulará a força fulminante de nossos destacamentos articulados em pequenas unidades. Que venham os elefantes. Já o compadre Confúcio dizia que os mosquitos acabam comendo os elefantes. Quando irrompa o inimigo, achará que entra em uma terra inerme e pacífica. Mas quando os invasores se derem conta de seu erro encurralados entre o trovão e o relâmpago por esta aparente miragem de homens e mulheres que defendem sua herança em roupa de trabalho, saberão que só pode ser vencido o povo que quer sê-lo.

As tropas de pais de família enraizados na zona do Paraná, que enviei contra a invasão dos correntinos, foram um bom exemplo no começo. A partir de hoje, nada de inservíveis tropas de linhas. Dissolverei esses efetivos de preguiçosos e incapazes que disparam ao primeiro tiro do inimigo. Acabou-se o exército de parasitas que chupam o sangue do povo inutilmente, ademais de vexá-lo sem cessar com toda classe de atropelos e abusos.

A partir de hoje, o povo mesmo será o exército: todos os homens e mulheres, adultos, jovens e crianças em condições de servir no Grande Exército da Pátria. Único, invisível, invencível. Estudar todos os aspectos de sua organização. Projetar em seus menores detalhes um plano de estratégia e tática; um regulamento de combate de guerrilhas e um sistema geral de autoabastecimento, orientados a cobrir os objetivos centrais de trabalho e defesa.

A base mais importante para esta conversão das milícias tradicionais em milícias do povo é... (*queimado no resto do fólio*).

Ergue o crânio sacudindo a terra. Levanta a metade do esqueleto apoiando-se nos quartos traseiros. Está a ponto de me jogar na cara o segredo do negro Pilar. Um pequeno arco-íris de baba se forma ao redor de seu focinho. Sarcástico sorriso na sombra pelada do osso. Eu me retiro um passo, fora de seu alcance. Eu o observo com o canto do olho. A hidrofobia de um cachorro morto pode ser duas vezes mortal. Mandou que o matassem por...! Ele se contém com um fingido ataque de tosse. Devagar, meu bom Sultão. Tens a eternidade pela frente. Opa, opa, o que ias dizer do preto? Continua. Te escuto. Não eras antes tão bom ouvinte, meu estimado Supremo. Tampouco tu eras muito conversador em tua vida de cão. Mandaste-o fuzilar no mesmo ano em que celebravas tuas bodas de prata com a Ditadura Perpétua. Correu este ano sebo quente como nunca. Lembras, Supremo, da velona? Velo aí. Teus cachorráulicos mandaram fabricá-la de cinquenta varas de altura por três de grossura na base. Dez mil quintais de sebo ardendo foram derramados sobre o esqueleto do tramado. Acenderam o pavio que estava calculado para durar por pelo menos outro quarto de século com a chama acesa dentro de seu nicho de mica. Levantaram-na pela noite na praça da República. Véspera daquele Natal. Tu não sabias de nada. Surpresa absoluta. Somente te surpreendeu essa luz que brilhava depois do toque de recolher em um lugar onde não a havias visto nunca nem ordenado que estivesse. Enfocaste o telescópio da janela. A Estrela do Norte!, ouvi-te murmurar. Toda a noite passaste contemplando-a. Ganido baixinho de cão viúvo. Mil suspiros. Um só suspiro cortado por mil contra-suspiros. De modo que eram mil e também um só. Me obrigaste a suspirar e ganir a teu lado, esmagando-me a pata com a sola ferrada do sapato. Enquanto tu suspiravas e ganias como um cão eu ria como um homem de tua ridícula pena-pessoa. Quando a aurora assomou eu te levei à cama quase arrastado. Encerrei-te em teu caramanchão. Montei guarda à porta.

Atraído pelo alvoroço da praça, descobriste a velona algumas horas depois. Desprendida da armação de takuara, sob os ardores do sol está já completamente dobrada em direção à terra, despejando sebo e fumaça pela ponta. Gritos e risadas, vivas e hurras a O Supremo! A multidão se aquece. Brinca em torno à imensa lamparina, que quis humilhar mansamente a cabeça para a multidão na nunca vista celebração. As mulheres se revolcam frenéticas na poeira vermelha da praça. As mais audazes bacantes-vagantes se balançam contra a branda ponta. Eriçados os cabelos. Túnicas em farrapos. Olhos desorbitados. Arranham pedaços de sebo quente. Pegam no côncavo das mãos as gotas ardendo. Esfregam emplastros de sebo no ventre, nos peitos, nas bocas. Saem uivando enlouquecidas:

Oé... oé... yekó raka'é
ñande Karaí-Guasú o nacé vaekué...[1].

Chamaste a todos os diabos. O que para eles era a Festa das Festas, para ti foi a mais sinistra zombaria das zombarias. Mandaste dissipar a praça à baioneta calada. Três vezes tiveram

2 Oé... oé... faz muito tempo
nosso Grande Senhor dizem que nasceu...

que carregar teus granadeiros em formação de combate. Os cachorráulicos tremeram.

Naquele dia mandaste fuzilar o negro Pilar. Fui lamber as feridas que lhe haviam aberto as balas no peito. Perto da hora nona, com voz de morto o negro me disse rindo um pouco: Tanta vela para o santo-peido! Não, Sultão? A índia Olegaria eu deixei prenhe. Quando tiver parido o filho diga-lhe que cu lhe faço dizer que lhe ponha meu próprio nome. E ao velho de merda, que não tem nome, diga-lhe que eu lhe faço dizer que não saiba por onde anda nem tenha o que dizer, que se lhe faça noite por dentro e durma de uma vez sem que saiba jamais que morreu. Isso foi o que disse o negro Pilar. Seu póstumo desejo. Por que não escreves estas coisas verdadeiras entre tantas mentiras que tua mão pega emprestado a outras mentiras acreditando que são tuas verdades?

Sabes que não o mandei matar por pura sevícia, Sultão, senão pelos feitos que fez. Mandei-o ao inferno por seu latrocínio, por sua traição. A que inferno? Ao de tua negra consciência? A teu Inferno Supremo? Não me faltes com o respeito! Manda fuzilar a mim também, maldito velho morto de supremacia! Estou farto de ti. Finaliza-me antes que tua mão não possa mover mais essa pluma. Agora que somos finados podemos nos entender. Não, Sultão, tudo isto exige uma compreensão que, vivo ou morto, não cabe em teu entendimento. Bah, Supremo! Não sabes ainda que alegria, que alívio sentirás debaixo da terra! A alucinação em que jazes te faz tragar os últimos sorvos deste amargo elixir que chamas de vida, enquanto vais cavando tua própria fossa no cemitério da letra escrita. O próprio Salomão disse: O homem que se aparta do caminho da compreensão permanecerá, ainda que esteja vivo, na congregação dos mortos. Estás iniciado pela metade; como nela eu sou mais antigo, tu o noviço me deves respeito, Supremo. Sabedoria adiciona dor, já sabemos. Porém há uma dor que volta a ser loucura, e isto não se acha escrito em nenhuma parte. Não fiques absorto contemplando demasiado esse fogo que tua incipiente cegueira verbal crê ver arder nos Livros. Se existe não está neles. Não faria senão incinerá-los. Te esturricaria. Nesta ocasião voltei ao teu mal-cheiroso canil só para acompanhar-te um instante; ao cabo sinto por ti a piedade dos mortos pelos vivos. Não trates de me entender. Poderias ficar ditoso de repente. Sabes o terrível que é ser ditoso neste mundo?

Na obcecação de teu Poder Absoluto pelo que crês dominar tudo, não adquiriste nem sequer um real da sabedoria do rei Salomão, o não-cristão. Dormia com suas concubinas guardando sob seu travesseiro a faca do Eclesiastes. Às vezes ele tirava sem um arranhão o aço forjado-em-dor enquanto elas dormiam. E lhes cortava suas cabeleiras fabricando formosas barbas ruivas, douradas, pretíssimas, onduladas, crespas, cacheadas, que chegavam até o umbigo. Com um sorriso lhes cortava os seios de um talho; tão suave, que as adormecidas deviam se sentir ainda acariciadas em sonhos. E lhes esvaziava os olhos em uma piscada. Nada há de mais bonito que contemplar na palma da mão um par de olhos cheios de sono! O cordão umbilical do nervo óptico pendurado entre os dedos. Fosforescem um tempo as pupilas na escuridão. Brilho sulfúreo de amor-ódio. Depois se escondem do lado escuro da terra. São coisas que não estão nos Cantares.

Espera, Sultão! Quem disse essa última coisa? Não me atrapalhes! Dá na mesma, Supremo. Não te preocupes. Como não hei de me preocupar? Se estou tratando de entender; não quero misturar minhas coisas com tuas cachorradas de além-túmulo. Já te disse que não entenderás até que entendas. Porém isto não te acontecerá enquanto simules teu enterro nestes fólios. As falsas tumbas são péssimos refúgios. O pior de todos, o sepulcro escriturário de meio real a resma. Só debaixo da terra-terra encontrarás o sol que nunca se apaga. Treva germinal. Noite--noite a de olhos em peregrinação. Única lâmpada iluminando seus trabalhos de vida-e-morte. Pois se nem sempre no escuro se morre, só do escuro se nasce, entendes, Supremo? Quando ainda vivias me eras útil, meu estimado Sultão. Te ouço grunhir em sonhos. Lates. Acordas sobressaltado. Levantas a pata direita para combater a má visão. Em teus olhos se reflete a imagem do Estranho. Desconhecido sem dimensões de cor nem forma. Coisa. Acontecimento. Vaticínio do preto ao cinza; do cinza ao branco; do branco à sombra parada diante de ti. Teu sono agora demasiado pesado. Já não sabes representar a morte como em outro tempo o farias soberbamente para diversão de meus hóspedes. Igual o bufão do negro Pilar, capaz de bufonarias parecidas arremedando vozes, figuras, gesticulações dos estranhos mais estranhos. Pantomimo. Histrião. Alcaguete. Improvisador. Sátiro. Transformista. Caricato. Palhaço. Gatuno.

Diga-me, Sultão, aqui entre nós, ponha a pata sobre o peito: com a mais inteira franqueza diga-me se o negro falou algo acerca dessa fábula que lhe embaralhou o cérebro com a ideia de ser algum dia rei do Paraguai. Mentiras! Patranhas de teu disparatado fiel de feitos para desacreditar ainda mais o negro! A última coisa que ele queria era ser rei deste país de merda! O que sonha em destronar-te e se fazer rei algum dia é justamente teu fiel de feitos, o próprio Policarpo. Preste atenção à parte de trás da cadeira de teu lacaio. O que vês escrito ali, em carvão? *Policarpo I Rei do Paraguai*. Mande-lhe apagar a legenda com a língua. Ele o fará, não te preocupes, antes que o nó corrediço a faça saltar bem úmida para fora da boca.

Por ordem do cão escrevo então sobre o negro Pilar. Durante dez anos o pajem desfrutou de minha exclusiva confiança. Além do protomédico, o único que entra em meu quarto. Me prepara o mate. Vigia o cozimento dos alimentos. Prova-os antes que eu. Nas audiências atua como assistente; de guarda-costas nos passeios. Avanço sobre o mouro; vou avançando lentamente pelas ruas cortadas de árvores. Os olhos de falcão do negro vigiam pelas treliças das casas trancadas. Atrasado no matagal, um monte de cabeças com chapéu. Pilar cai brandindo o chicote nos chapéus de palha. Cabeças de rapazotes curiosos se escondem sob os chapéus. Ele os afugenta a chicotadas.

Nos exercícios militares cavalga a meu lado. Mancja a lança e o fuzil como o mais preparado de meus hussardos. O negro provoca neles inveja, pasmo, admiração. Nas caças anuais de cães, Pilar vai sempre na frente. Adora entrar nas casas dos patrícios. Finaliza a golpes de baioneta, diante dos aterrorizados donos, os cãezinhos escondidos sob as camas, nas cozinhas, nos sótãos, sob as anáguas das mulheres. Em uma destas batidas atravessou de uma espetada Herói, que já andava morto de fome desde que expulsaste os Robertson. Ninguém lhe tirava um osso nem sequer às escondidas por temor de cair em desgraça se ele chegava a saber. Cala-te, Sultão. Não me interrompas tu agora. Não te ponhas em ditador nem em corretor. Falo do negro Pilar, não de ti. Escrevo sobre ele, e a letra lhe dá igual que seja verdade ou mentira o que se escreve com ela.

O que mais lhe alucinava era contemplar o céu pelas noites através do telescópio em busca de minhas constelações preferidas. Olha, José María, vou ler para ti o calendário do zodíaco. O que é zodíaco, Padrinho? Algo parecido a um almanaque do céu. Já sei, Padrinho, algo parecido ao Almanaque das Pessoas Honradas que você lê de vez em quando. Não mistures as coisas vis com as coisas do cosmos! Escuta, se eu te entrego um toco de vela e te digo que o comas, tu o farias? Não, senhor, porque você mesmo me tem dito que não se deve comer a própria vela. Atenção, bufãozinho: o sol gira em torno de seu anel ardente e não necessita mais alimento que o seu próprio. Quem me dera ser sol! Não, senhor? Comer pançadas de si mesmo! Não me interrompas tu agora. O zodíaco é a franja circular das doze constelações que percorre o sol no espaço de um ano. Os doze signos marcam as quatro estações. Vamos ler o calendário. Aí está Áries, o carneiro, besta libidinosa que nos engendra. Ali, Tauro, o touro, que começa nos dando uma chifrada. No torocandil, senhor, eu sou sempre o primeiro que chifra os outros negros. Olha Geminis, os gêmeos; quer dizer a Virtude e o Vício. Procuramos alcançar a virtude quando chega Câncer, o caranguejo, que nos engancha com suas pinças dentadas. Enquanto nos afastamos da Virtude, Leo, rugiente leão, que nos cruza o caminho. E nos ataca com ferozes garras. O leão moribundo da fábula de Esopo que você costuma me contar, senhor, o que organiza a parada para comer o resto dos animais? Se não me deixas falar não chegaremos nunca ao fim. Cola tua negra alma ao telescópio; escuta o que vou dizendo. Fugimos do Leão, encontramos Virgo, a virgem. Nosso primeiro amor. Nos casamos com ela. De que estás rindo? De nada, senhor; só porque também lhe ouvi dizer que os virgens se encontram sempre entre as palhas. Parece que também há virgens no céu. Nós nos cremos felizes para sempre quando aparece Libra, a balança, que pesa a felicidade com peso de fumaça. Muito tristes ficamos. Escorpio, o escorpião, nos sacode um agulhada nas costas que nos faz dar um terrível salto. Nos curamos das feridas, quando eis que nos chovem flechas de todas as partes: Sagitário, o arqueiro, se diverte. Nos arrancamos as flechas. Cuidado! Já estamos flutuando na Arca. Chegou Aquário, o aguateiro que verteu todo seu dilúvio inundando a terra. Converteu-a em um oceano onde reina Piscis, porque eles nos pescam a nós sem isca nem anzol. Em cada coisa há oculto um significado. Em cada homem um signo. Qual é o seu, senhor? Capricórnio, o Capricórnio do Trópico. Aríete que arremete e por todas as partes se mete. Puta merda, Padrinho, com este Livro do Céu. O sol o lê todos os anos, Pilar. Sempre sai são, cheio de ânimo; lá em cima segue girando alegremente. Eu também posso fazê-lo, senhor. Lê-lo diretamente. Não sei quando nasci, nem o mês, nem o dia, nem a hora, porém pela picardia desses signos o que me corresponde capaz que seja o dos Gêmeos. Sou o kõi de meu kõi. Eu diria que teu signo mais provável é o caranguejo que lhe segue. Se me reparto no minimozinho de cada dia, sim, senhor. Agora o que me pergunto é se na vida de Sua Mercê é também desse modo. Para mim, seu signo é você mesmo, senhor. Você não depende da sorte momentânea que salta o salto fino por um fio empurrando as coisas que não se veem enquanto acontecem as coisas que se veem. Nas histórias dos livros, não é dessa maneira? Se vossência me dá licença eu também lerei esse Almanaque das Pessoas Honradas do Céu.

Não sabes ler ainda. Aprende. Começa por aprender o alfabeto na escola. Vou ver se posso fazê-lo, senhor, digo na podência do floreado com palavras apenas.

Não chegará o negro a passar de Capricórnio. Sua falsa inventiva o crava na irreverência delatora. Eco de antigas velhacarias de meus detratores, que atribuem meu ódio aos patrícios por frustrados amores com a filha do coronel Zavala y Delgadillo. Não menciona nomes o audaz falador. Zombeteiras vaguidades sobre a Estrela do Norte, apelido com o que por elogio se conhecia dona María Josefa Rodriguez Peña, mãe da formosíssima Petrona. Público mote correspondendo na boca do negro com meu mais guardado segredo. História fingida de uma constelação. Prova o canto de que até através das mais longínquas galáxias o verme ruim acaba sempre picando a saúde da fruta. O coração do negro já estava picado. Fiz que lhe aplicassem uma surra de açoites. Recebeu sem um gemido. Depois se ajoelhou a meus pés pedindo perdão. Ofereci-lhe uma oportunidade para se reabilitar. Foi a última vez que cometi um ato de estúpida comiseração. Seguiu-me enganando um tempo. Em minha presença, humildade, discrição sem igual; às escondidas, o pior dos truões. Tronou-se cínico, libertino, beberrão, relaxado ladrão. Ajudado pela índia Olegaria Paré, sua concubina, começou a roubar os armazéns do Estado. O vil com o vil se junta. Nas minhas costas começou a cobrar gorjetas, propinas por presumidas mediações com o Governo. Rufianaços de toda espécie, que respondiam a sua prodigiosa capacidade de truania, de invenção, de malícia. Todo o mundo disputava os favores do famoso camareiro em que se havia convertido meu antigo pajem. Nesse tempo, a índia já grávida a ponto de parir seguia vendendo finezas na praça do varejo, até nas casas dos inimigos, as mercadorias que seu amante roubava. Peças de tecido inglês, barbantes, arrasados de fio, gazes-libélulas, peitilhos de encaixes, fitas coloridas, lenços, brinquedos, foram parar nas mãos de corroídas linhagens, dos chapetões arruinados, dos convencidos patrícios. Davam o que não tinham para pagar esses luxos roubados das Tendas do Estado. Imenso regozijo. Um guarda o flagrou jogando pelas claraboias rolos de fita que se desfaziam na brisa do rio*.

---

* Declaração do guarda Epifania Bobadilla:

... Que está fazendo S. M. Joseph María?, diz o sumariado que perguntou ao réu. Nada, sentinela. Jogando no ar peidos-de-freira. E a índia que está abaixo, escondida na franja? Eia, ela recolhe bolas-de-frade nada mais. Vá, guarda, ocupe a barreira. Vou denunciá-lo por ter abandonado seu posto de imaginação. Não diga a ninguém nada do que tenha visto ou ouvido. Você não viu ou ouviu nada. Entendeu, sentinela? Está bem, S. M. D. Joseph María. Retire-se, pois, soldado. Fiiir... carreira maaar!, ordenou-me Dom Joseph María. Não vê que se você bisbilhota, a freira tem vergonha? Esconde o cu. Não sabe chover seus peidos forrados de vento-norte. As bolas-de-frade se secam na saia da Olegaria. Fora daqui, guarda. Aí vai uma caixeta de doce para você e minhas recordações à sua irmã, declara a sumariada sentinela Bobadilla que lhe disse o réu. Ouvido isso o guarda se retirou levando a caixeta.

Uma tarde, ao voltar do passeio, o pasmo me cravou na porta do despacho. Embainhado em meu uniforme de gala estava o negro sentado à minha mesa ditando com destemperados gritos as mais estapafúrdias providências a um escrevente invisível. Completamente bêbado, folheia desfolhando os expedientes amontoados. Me custa sair do estupor que fez de mim uma pedra de imaginação, digo de indignação. O pior é que na alucinação de minha cólera me vejo retratado de corpo inteiro nesse mirrado negro! Imita à perfeição minha própria voz, minha figura, meus movimentos, até o menor detalhe! Levanta-se. Tira de seu esconderijo as chaves da arca de fluxos. Retira o grosso arquivo que contém os processos da Conspiração do ano 20. Também começa a desfolhá-lo. Lança punhados de folhas ao ar vociferando insultos contra cada um dos sessenta e oito traidores justiçados. Terríveis anátemas! Os mesmos com que eu costumo apostrofá-los ainda, depois de vinte anos.

Ele não me sentiu entrar. Não repara na minha presença. No fim me vê. Apesar de sua bebedeira dá um pulo até o teto. A embriaguez da desavergonhada pantomima aumenta sua loucura. Não escuta meus impropérios, minhas ameaças. Salta sobre mim. Me arranca a jaqueta, me rasga a camisa.

Me provoca. Dança em torno a mim gaguejando uma mágica melopeia. Me cerca, me encurrala contra o meteoro colocando-me no interlúdio que está representando esse mico disfarçado de Supremo Ditador de uma Nação.

Em um giro rápido ele se transforma agora em cada um dos sessenta e oito justiçados. São eles os que agora me insultam, me apostrofam, me julgam a mim, caído detrás da grande pedra. Sessenta e oito figuras que formam uma só no ritmo de vertigem que eletriza os movimentos do negro. Sessenta e oito imagens de próceres traidores, mais fiéis às suas desaparecidas figuras, que os retratos pintados pelo procerógrafo Alborno. Sessenta e oito vozes do além-túmulo apenas na voz aguda do negro. Guardas!

Estupefatos, atemorizados com a iminência de uma feroz batalha, hussardos, granadeiros, guardas, entram agachados, dispostos a enfrentar uma legião de demônios. Não me veem na penumbra. Somente o negro, em quem me veem, deslocando-se a saltos entre os móveis, fazendo refulgir a empunhadura de ouro do espadim, as fivelonas de prata dos sapatos napoleônicos.

O mico suprêmico centelha de um lado a outro. Alaridos riscam o ar do despacho. Quica o negro de uma parede a outra. Estala contra o teto, contra o piso; de novo contra as paredes, contra os móveis, contra as armelas, contra as bandeiras, contra as grades da janela. No fim, fica quieto, feito um nó, sobre o aerólito, rindo estentoriamente. Gritando-me ainda insultos com o remedo de minha voz. Interjeições, exclamações obscenas. Ataques grosseiros, aprendidos na libertinagem mais vulgar.

Aí!, aponto com o indicador levantando-me do chão. Aí, está! Prendam-no de uma vez, idiotas! Me saem agora as ordens chiadas com a voz do negro. Os guardas não sabem ainda por quem se decidir. Se por mim, quase nu, negro pela penumbra, pela cólera; se pelo negro, travestido, suado, resplandecendo no alto do meteoro. Aí!, grita por sua vez o negro. Levem-no, mentecaptos, *espolones*! Tirem-no daqui!

Nos levam arrastados os dois. O negro se debate ainda com todas as suas forças. Morde, arranca a orelha de um; destroça a dentadas o dedo gordo de outro guarda. Desmaiam-no a coronhadas. Tiram-no deixando um rastro de sangue, de vômito fedendo a aguardente de mercearia. As peças do traje de gala, espalhadas sobre o piso, estremecem ainda nos últimos espasmos dessa vertigem de pesadelo. Um sapato anda dando voltas pelo ar em busca do pé que perdeu. Cai sobre a mesa convertido finalmente em peso de papel.

Negou todos os cargos do sumário. As vergastas de touro não conseguiram arrancar-lhe mais nada que o menos. Bejarano, Patiño, os verdugos guaykurúes trabalharam com ele cuidadosamente no Aposento da Verdade. Desolado, cinzento, ele se manteve firme. Fui vê-lo uma noite. Espiei através da grade do calabouço. Perene sorriso de zombaria entre os lábios inchados, avermelhados. Obstinadamente negou seus delitos. Até chegou a ameaçar que faria cair muitos se falasse; gente que chegava até o teto do Governo, disse: altos oficiais, funcionários, a quem ele havia emprestado dinheiro. O pior de tudo, seus atos de latrocínio em cumplicidade com a índia.

Declaração da índia Olegaria Paré:

Jura como que é verdade e diz como verdade que teve tratos e comunicação com o criado Joseph María Pilar, o qual para o efeito lhe solicitou pessoalmente, sem se valer de outro alguém, e desde o mês de setembro de 1834 começou a se valer dela. Também declara que estes serviços os fazia gostosamente a S. Mce o senhor Joseph María pelo gosto de que ele lhe gostasse e não por nenhum outro interesse... (*eliminado o que segue do parágrafo*).

Havendo-se negado às primeiras solicitações aceitou por sua inteira vontade ir com D. Joseph María pelo mês de outubro, enquanto S. Exª. esteve no mencionado Quartel. Havendo-lhe indicado D. Joseph María as meias Ilhas que há nas margens do arroiozinho que passa na frente do citado Quartel, como lugar propício para seus tratos e comunicações, concorriam ali até que S. Exª. saiu e voltou a se ocupar dos exercícios militares de fogo. Os dois seguiram encontrando-se nos bosquezinhos das meias Ilhas, porém não se lembra quantas vezes.

Ali lhe entregava o senhor Joseph María rolos de fitas celestes e carmim de um um dedo a dois de comprimento, e alguns papéis de agulhas, porém não se lembra que quantidades de fitas, nem quantas libras dos pedaços de aço, nem o número dos papéis de agulhas. Só que para entenderem-se ambos em linguagem inocente segundo disse que D. Joseph María lhe dizia, e para não despertar suspeitas, chamavam "bolas-de-frades" os aços, "peidos-de-freiras" as fitas, não se lembrando das quantidades que lhe jogou.

Declara que permaneceram estas comunicações e tratos até meados da Quaresma em que sentindo-se grávida deixou de continuar nelas, ou seja, nos entretenimentos a dois que tinham nas meias Ilhas: ocorreu isto por seu próprio pedido, para que não se descobrisse que o causante do feito era D. Joseph María. No entanto disse que ele mesmo veio lhe entregar uma vez três varas de barbante e outras cinco varas de tecido inglês, de tais gêneros se mandou fazer uma anágua, uma camisa ou meia túnica recomendando quem os confeccionaria, e a faixa para esconder o que seria o fruto de seu ventre, prendas que aqui apresenta em devolução, muito usadas ainda que bem lavadas e passadas.

No mês de junho segue dizendo que voltou a passar por trás dos fundos da Casa de Governo subindo o rio com um atado de roupas como lavadeira para esconder sua gravidez e os tratos em que andava com Joseph María Pilar. Desde então com estes mesmos recursos e cartas na manga, por umas janelinhas que dão na rua dos Armazéns, D. Joseph María Pilar continuou jogando-lhe numa vala, onde ela se escondia, mais rolos de fita, que foram como três dúzias, de todas as cores, e outras tantas peças de gênero de várias qualidades, que ela vendia a sujeitos da praça da Feira. Interrogada sobre a filiação de dtos. sugeitos, disse que nenhum deles são de sua fé e conhecência, ainda que sim que todos eram sugeitos pobres que iam à Prassa, aos que ela vendia os bens no atacado e pelo que lhe dessem. Responde também à outra interrogação que jamais foi para reduzir os empenhos furtados às casas das famílias ricas pois por sua condição de índia não teriam querido receber sequer as senhoras da alta sociedade. Disse que entregava o dinheiro a D. Joseph María que o repartia aos pedintes das ruas e aos presos das cadeias para seus alimentos, segundo contava com olhos chorosos; o que ela considera verdade pois no dia seguinte o supdto. Pilar já não tinha mais dinheiro e tinha que continuar vendendo. De todo o numerário que lhe entregava cada vez afirma que dava a ela seis reais e outros três mais pelo não nascido, para seu aproveitamento.

Na segunda, 13 de julho, indo à prassa da Feira para comprar chipá, D. Joseph María se aproximou dela entre as pessoas com muita dissimulação dizendo-lhe que os "peidos" e as "bolas" estavam cheirando mal e que o mal--cheiro já havia chegado ao olfato do Karaí-Guasú, pois lhe havia mandado dar um rolo de açoites. Me disse que havia que se preparar para qualquer coisa. Ela disse que lhe respondeu que sempre estava preparada e que ela assumia toda a culpa sobre sua cabeça, e que não se assustava com nada.

Entregou-lhe o réu três calças de tecido inglês, duas riscadas e uma lisa, uma camisa de tecido crioulo de porte regular com peitoral de encaixe e um lenço de girassol listrado amarelo e vermelho com flores cor de ouro, para que os lavasse e passasse. Vestuário que levava posto o dto. Joseph María quando iam os dois aos bailes dos negros de Kambákua, de Huguá-de-seda ou Acampamento Loma, e ali dançavam, segundo expressão da declarante, até não sentir mais o corpo, que voltávamos de manhã quase sem pisar o solo.

Também lhe entregou um anel de prata, sete ramais e um espelho com marco do mesmo metal, como último presente diz que lhe disse que podia fazê-lo, pois Anjo de Aviso não tinha e muito menos Anjo da Guarda, porém que pelo corpo lhe caminhava um estorvo de ideia muito fininha de que ia fatalizar-se logo, e que se era assim, disse a índia à letra: «S. Mce. D. Joseph María continuaria se lembrando de mim debaixo da terra e também de nosso filho que viria a nascer quando ele já estivesse morto, o que aconteceu na véspera de Natal do ano que acaba de findar. Me disse também meu senhor D. Joseph María que se queríamos vê-lo não tínhamos mais que olhar no espelho e que ali encontraríamos sempre sua cara que nos estaria olhando com muita alegria e fina devoção...» (*Eliminado o último parágrafo, quase ilegível*).

Hoje, 6 de janeiro, Dia do Excelentíssimo Senhor, declara que veio para se apresentar por sua própria vontade e decisão, sem que ninguém lhe mandasse fazê-lo, para responder pelas acusações das que como já expressou *ut supra* se declara única culpada.

Vem assim mesmo para apresentar em devolução ao Estado tudo que o finado lhe dera; a roupa de festa igualmente bem lavada e passada e perfumada com raminhos de *alvaca* e jasmin; inclusive o espelho; menos o resto do dinheiro que disse ter gastado em pedágios para tratar de ver o réu antes de seu justiçamento... (*riscado*) ... e o último real e meio gastou, disse a índia à letra, para comprar uma vela posta à noite nas varandas da Casa de Sua Excelência, já que Ele não aceita mais presente que isso. Firmei minha velinha entre as velas todas que brilhavam no chão desse lugar em quantidade mais imensa que as estrelas do céu desaparecendo entre elas no momento de colocar e nada mais, que era o que eu queria porque não queria passar por atrevida. Pus entre todas minha vela de um real e meio, a maior homenagem que eu podia acender a Sua Excelência, que vela por todos nós agora e na hora, ao rei São Gaspar seu Patrono, e também em memória de seu Ex-afilhado e ex-Ajudante de Câmara, meu senhor D. Joseph María Pilar, que era o que eu mais amava... (*apagado o final, ilegível*).

E aí? Mandaste justiçá-lo por isso? O negro queria viver livremente as trinta moedas de ouro de liberdade que lhe compraste. Encontrou todo o bem no que tu chamas todo o mal; da linha do baixo ventre para baixo. É essa para ti a linha de flutuação do que a cada tempo chamas pomposamente razões da Razão Universal? Adão não teve umbigo. Tu, ex-supremo, o perdeste. Já não te lembras de tua festeira vida de jogador, violeiro e mulherengo? Também o negro gostava de folgar com a índia Olegaria nas meias ilhas do arroio. Voava feliz entre o cheiro das fritadas, dos chipás, das laranjas, do suor, do fedor, dos gritos de prazer das praceiras. Beliscava-lhes as nádegas, os seios. Metia a mão-trompetinha nas calcinhas das mais franguinhas, só para libar o ácido aroma a pólen-fêmea, sem o qual estamos outra vez no Eclesiastes. Estamos no que me passou a mim. No opróbrio. Na miséria. Envelhecer ao teu lado. Fui deste mundo com não mais que a metade do traseiro perdido em esquentar tua perna gotosa, o rabo despelado em varrer durante um quarto de século o piso de teu Absoluto Poder.

O negro Pilar foi o único ser livre que viveu a teu lado. No dia seguinte reembolsaste as trinta onças de ouro que te custaram sua alforria. Mandei justiçá-lo porque sua corrupção já não tinha remédio. Entendo, ex-amo, velha sombra suprema. Mandaste justiçar o homem corrompido pela natureza, só porque não pudeste entender o que é uma natureza corrupta. Escuta-me, Sultão; não uses a capciosa linguagem dos homens de igreja. Não sejas ingrato. Quando comas, dá de comer aos cães, ainda que te mordam, disse o grande Zoroastro. Fostes o único com quem não temi praticar esse preceito. Quase podemos dizer que comemos no mesmo prato. Mas agora nem eu como nem tu mordes. Passaste ao inimigo tu também, depois de morto? Não, ex-supremo. Sou um cachorro muito velho para trair minha natureza canina. Tu, o que perseguia os pasquinistas, és o pior deles, amarrado à servidão voluntária. Não queres admitir porque quem te canta isso é um ex-cachorro, e tu não és depois de tudo mais que um ex-homem. Por ter te observado caninamente soube que o que ignoravas de ti é essa parte de tua

natureza que teu velho medo te impedia de conhecer. Ouça-
-me, Sultão, sem cólera, sem desprezo. Sabes que jamais fui cruel por puro gosto. As atrocidades por sua só atrocidade não são atrozes. Me concederás pelo menos a fé de que soubeste cumprir com o grande princípio da Justiça: evitar o crime em lugar de castigá-lo. Justiçar um culpado não requer senão um pelotão ou um carrasco. Impedir que haja culpados exige muito engenho. Rigor implacável para que não haja rigor. Se depois de tudo há ainda algum tolo que ousa cavar sua cova, pois à cova. Quem a quer a goza. O negro. Suprimido. Da mesma maneira que se suprime uma palavra abusiva. O malvado só, a palavra só, nada significam. Nenhum risco. Tachado. Apagado. Aboliesquecido. Agora, o silêncio é minha maneira de falar. Se entendessem minha fala-silêncio poderiam vencer-me por sua vez. Impenetrável sistema de defesa. Isso é o que pensas, carniça suprema. Não fazes mais que emaranhar-te nas palavras. Pelo estilo daquele homem que fornicava três meninas que havia tido de sua mãe, entre as quais havia uma menina que se casou com seu filho, de modo que fornicava com ela, fornicava com sua irmã, sua filha e sua nora, e obrigava seu filho a fornicar sua irmã e sua sogra... (*queimado o resto do fólio*).

Dentro em pouco já não poderás ler em voz alta

O que acontecerá após o primeiro *ictus*? Mais vulgarmente, depois do primeiro ataque de apoplexia, o que te acontecerá? É possível que percas o uso da palavra. Perder a palavra? Bah, não é ruim perder o ruim. Não; é que não perderás a palavra propriamente dita mas a memória das palavras. Memória a seco, queres dizer; para isso tenho Patiño. Não; quero dizer memória dos movimentos da linguagem, esses de que se valem as palavras para dizer algo. Memória verbal cavando fossas orbitais no Istmo-das-Fauces. Pensamento de lobo agachado na Ilha-de-Lóbulos entre temporais, parietais, occipitais, chuvas secas sobre as zonas tórridas de Capricórnio. Nem a metade de uma meia colheita de sete palavras produzirão já essas áridas crateras afundadas em dupla noite. Não poderás cantarolar sequer um compasso da Canção de Rolando, como era teu costume quando apontavas o telescópio aos céus equinociais. Esconderás a lua debaixo do sovaco, querendo defendê-la dos cães que o pastor Silvio incita com assobios. Acabarás jogando-a no bocal do algibe de Broca.

Isso é tudo, cão Minervino? Não de tudo. É provável que a imagem do fim projete a sombra de uma cruz sobre teu ensombrecido cérebro. Sentes pesada a língua, não é verdade? Podes movê-la ainda. Podes mover língua, laringe, cordas vocais. Não poderás pronunciar por momentos as palavras apropriadas. Tu as verás muito bem antes de abrir a boca. E te sairão outras. Palavras equivocadas, dessemelhantes, mutiladas; não as que viste e quiseste pronunciar. Depois, o pequeno sopro saindo da caverna dos pulmões, trabalhado pela língua, amassado contra o paladar, não digo partido pelos dentes porque já não os tens, não produzirá nenhum ruído.

Por agora nada mais que os primeiros sintomas. Em lugar de dizer *trompa*, pronuncias *tromba*; em vez de dizer a Patiño *o que veem tuas pupilas*, perguntas a ele *o que veem os mamilos de seus olhos*, eh, malandro velho! Em vez de dizer *minha língua*, sai de ti *a tesoura que tenho na boca*. O que não é de tudo impróprio. Cortas as frases; falas com uma bola na boca. Embolado. Embolofrástico. Introduzes palavras impertinentes, estranhas, mal formadas, mal informadas, no mais simples. Dás muitas voltas tomando tempo para pensar no que queres dizer e terás que desdizer. Alteras a formação das proposições. Falas em infinitivos e gerúndios. Verbos que não verberam. Orações cascalhosas. Omites sílabas e palavras. Repetes sílabas e palavras. Juntas, separas sílabas e palavras. Arbitrariamente. Tu mesmo não sabes por quê. Interrompes a cada passo a conversa. Tartamudeias, alongas os finais; espécie de eco de teu ego seco. Espasmo involuntário. Pigarreias, gargarejas, borbulhas sem necessidade. Não lubrificarás desse modo mas arruinarás ainda mais tua laringe. Garganta em chamas. Tragar tua saliva duplo suplício; por tragar, por ser tua saliva. Sua absorção aumenta tua sensibilidade aos efeitos desse tóxico.

Experimentemos um pouco. Diga por exemplo: *sofro de alegria*. Vamos, abra a boca, pronuncia a proposição. Nada mais fácil: Orfos ed alergia. Viste? Inversão de letras. Invenção de uma palavra que não se conhece ainda. Outra frase. Profira a consigna suprema. Avante. INDEPENDÊNCIA OU MORTE! Bom, está bem, saiu-te correta. Com esta sentença tens a vantagem de sua constante repetição. O mecanismo da linguagem tem por fundamento a repetição, e pela repetição é como se geram as mudanças da linguagem.

De todos os modos vais perdendo rapidamente a memória da fala. A ti atribuis frases que foram lidas, escutadas. Estás mais irritável que antes. Para pior, teu ouvido também começa a estropiar. Associas mal. Ouves mal. Inútil que trates de afugentar isso com a pena. Nem com uma lança. Não serve de nada. Vais cavalgando até a surdez verbal, até a mudez absoluta. Chegará o momento em que não te ouvirá nem ao pescoço da camisa. Não te inquietes demais. Só estás no começo. Além do mais, teu entendimento permanece e permanecerá incólume.

Bem se vê, pobre Sultão, que o estar tanto tempo debaixo da terra tem te des-cerebrado. A terra te comeu inteiro. Só deixou o pior de ti. Escória canina. Sempre foste mal-agradecido, esquecido. Nunca manifestaste o menor sentimento de prazer nem de gratidão por muito que me esmerasse em afagar-te, em satisfazer teus menores desejos. Muitas vezes te mostravas irado. Só contra mim. Cinicamente bufão. Na velhice já não podias sorver nem a sopa; eu mesmo te dava na boca. Teu agradecimento era dar-me uma dentada quando já te sentias satisfeito. Pouca gratidão. Quando o sono te subia ao tálamo, só se podia despertar-te aos empurrões, fazendo muito ruído. Depois o sono se fez mais pesado que todos os tálamos e hipotálamos. Mais que todos os empurrões. Mais que todos os ruídos. Que ruído é o que estás fazendo contra mim desde tua póstuma postura perrengada?

Primeiro esquecerás os nomes, depois os adjetivos, ainda as interjeições. Em tuas grandes explosões de cólera, no melhor dos casos, ocorrerá que ainda consigas articular algumas frases, as mais repisadas. Por exemplo, antes dizias: *Quero, significa poder dizer não quero*. Dentro em pouco, quando te imponhas dizer NÃO, só poderás balbuciar depois de muitas tentativas, no cúmulo da irritação: *Não posso dizer NÃO!*

Começarás pelos pronomes. Sabes o que será para ti não poder lembrar, não poder tartamudear mais EU-ELE? Teu sofrimento acabará logo. No fim não poderás sequer lembrar-te de lembrar.

À surdez se somará a cegueira verbal. Pó de polvilhar tapará com sua areiazinha teus focos ópticos. Perderás também por completo a memória visual. Quando *isso* chegar é claro que continuarás vendo; porém ainda que não te tenhas movido de lugar te encontrarás em um lugar completamente distinto. Já não poderás imaginar de memória nada conhecido, e o não conhecido como poderás reconhecê-lo?

De uma parte assaltado por sons idiotas de uma língua estrangeira. Idioma extinguido que revive um momento ao ser cortado em pedacinhos por tua língua-tesoura. De outra parte, imagens desconhecidas. Continuarás vendo alguns objetos; não poderás ver as letras dos livros nem o que escreves. O que não te impedirá a capacidade de copiar; até de imitar as letras de uma escritura estranha, sem que entendas por isto seu sentido. Escrevo, dirás, como se tivesse os olhos fechados ainda que sei que os tenho bem abertos. Será para ti uma bela experiência. A última. Se te sentes muito aborrecido, poderás jogar dominó ou as cartas com Patiño, inclusive ganhar dele todas as vezes que quiseres.

Escuta-me, Sultão...

Entendo, entendo; não tens necessidade de dizer-me nada, ex-supremo. Tudo teu me resulta sumamente claro. Queres escrever. Faça-o. Te sobra ainda um pouco *disso* que os humanos chamam tempo. Tua mão continuará escrevendo até o fim e ainda depois do fim, ainda que agora digas: Sei bem como se há de escrever a palavra, mas quando quero escrever com a mão direita não sei como fazê-lo. Nada mais simples. Quem não pode escrever já com a mão direita pode fazê-lo com a esquerda; quem não pode fazê-lo com a mão pode fazê-lo com os pés. Ainda com o braço direito paralisado, a perna esquerda inchando-se cada vez mais, podes continuar escrevendo. Não importa que não vejas o que escreves. Não importa que não o entendas. Escreve. Segue o fio condutor do labirinto horizontal--vertical dos fólios, em nada parecido às circunvoluções de tuas latomias subterrâneas. Tua fala é tão obscura que parece sair dessas masmorras.

Escuta-me, Sultão...

Tente as rememorações. Eu te aclaro com um exemplo. Se tivesses vivido na idade em que se inventaram aparatos de reprodução cinética visual, verbal, não terias tido dificuldade. Poderias ter impresso os apontamentos, o discurso de tua memória, o copiado de outros autores, em uma placa de quartzo, em uma fita imantada, em um fio de células fotoelétricas ali por completo. Depois, por um movimento casual da máquina, o terias ouvido de novo e reconhecido como próprio por certas propriedades. Se o tivesses continuado tu, ou outro qualquer; a cadeia não se teria interrompido. Porém esse futuro das máquinas e aparatos não retrocedeu ainda a este país selvagem, que amas e odeias; pelo que vives e vais morrer.

O escrito no Livro de Memórias tem que ser lido primeiro. Quer dizer, tem que evocar todos os sons correspondentes à memória da palavra, e estes sons têm que evocar o sentido que não está nas palavras, mas que foi unido a elas por movimento e figura da mente em um instante determinado, quando *se viu* a palavra pela coisa e se entendeu a coisa pela palavra. *Symptomale*, dirias tu. Leitura sintomática.

Essa segunda leitura, com um movimento ao revés revela o que está velado no próprio texto, lido primeiro e escrito depois. Dois textos dos quais a ausência do primeiro é necessariamente a presença do segundo. Porque o que escreves agora já está contido, antecipado no texto legível, a parte de seu próprio lado invisível.

Continua escrevendo. Além do mais não tem nenhuma importância. em resumidas contas o que no ser humano há de prodigioso, de temível, de desconhecido, não se pôs até agora em palavras ou em livros, nem se porá jamais. Pelo menos enquanto não desapareça a maldição da linguagem como se evaporam as maldições irregulares. Escreve então. Sepulta-te nas letras.

Sultão, espera! Aguarda um momento!...

Voltou a tombar. Se esfuma pouco a pouco. Furtividade zombeteira. Nada mais que o mundo crânio à flor de terra. Também se afunda. Desaparece.

Muita fadiga. Só por haver feito longas palavras com a disparatada sombra de um cão.

Cinco vezes a cada cem anos há um mês, o mais curto do ano, em que a lua prevarica. O que passou, um fevereiro sem lua. Logo, a tormenta de agosto; a mesma que me virou o cavalo na tarde do último passeio. No meio da chuva, tombado de costas, lutei desesperadamente para me safar da sucção do barro. A chuva salpicando-me a cara. Não uma chuva caindo de cima como é normal. Pancada mais que sólida, forte, gélida. Gotas de chumbo derretido, ardendo ao mesmo tempo que gelado. Dilúvio de gotas disparadas em todas as direções. Goteiras de fogo e escarcha, fazendo-me soar os ossos, provocando-me vômitos. Sob o aguaceiro, o zaino tingido de súbitos brancos por relâmpagos arrancou de novo impávido sua marcha. Aos saltos, a capa revoando ao vento, erguido como sempre, ELE, afastando-me de costas ao mesmo tempo caído no lodaçal, vomitando, arrastando-me, gritando ordens, súplicas, ganidos de cachorro escorraçado, estirado no bosque de água. Logo depois de lutar com mais ardor e heroísmo que o mais testudo cascudo, consegui me virar de bruços, e continuei pelejando o braço partido no lodaçal. Por fim, pude me levantar pesado de barro e desesperança. Vaguei toda a noite pela cidade, apoiado em um galho recolhido por sorte. Não me atrevi a rodear as proximidades da Casa de

Governo por temor a meus próprios guardiões. Errei por lugares mais desertos, dando voltas e voltas de cego que me voltavam sempre ao mesmo beco sem saída, à mesma encruzilhada. Vagabundo, o Supremo Mendigo, o único Grande Esmoleiro. Sozinho. Levando com custo minha deserta pessoa. Sozinho sem família, sem lugar, em país estranho. Sozinho. Nascido velho, sentindo que não podia morrer mais. Condenado a desviver até o último suspiro. Sozinho. Sem família. Sozinho, velho, enfermo, sem família, sem sequer um cachorro a quem voltar os olhos. Vamos fideputa! Continuas ganindo como um cachorro. Se já não és mais que uma sombra, aprende pelo menos a te comportar como um homem. A chuva havia amainado por completo. Completa escuridão. Silêncio completo no beco. Então eu me disse: A única saída do beco sem saída, o próprio beco. Segui andando apoiado no galho. Enfrentou-me uma patrulha: Alto! Quem viveee! Ninguééém!, respondi sem que saísse a voz. Senha e contrasenhaaa!, reclamaram entre o estalar dos ferrolhos. A Pátria!, fiz ressoar minha voz dentro desses corpos empapados de chuva e patriotismo. Onde vive!, insistiu o cabo. Domicílio incerto!, disse. Como se anima a sair a estas horas ao descampado, velho pícaro? Me perdi na tormenta, meus filhos. Não sabe que está proibido sair depois do toque de recolher? Sim, sim. Eu mesmo dei a ordem. Não entenderam. Me insultaram. Sim, sim, meus filhos, sei muito bem que não se pode sair depois do toque de recolher. Porém a mim já não me recolhe o toque. Este velho está louco ou bêbado, disse o cabo. Deixem-no ir. Vá, velho, dormir a mona em qualquer saguão, se não tem casa! Cuidado se voltamos a encontrá-lo por aí!

Me dirigi até uma luz tremeluzente que apareceu no extremo da ruela. Não era ainda a aurora. Reconheci a mercearia de Orrego, que estava abrindo a porta. Hesitei entre entrar e não entrar. Por fim me decidi. Quem vai me reconhecer neste estado. Os espiões são muito idiotas. Pedi com acenos um copo de aguardente. Porra, compadre, você veio como um cachorro mijado! A chuva me amoleceu até os chifres, chefinho! Tratou de dar corda à conversa. Fiz um corte de manga na altura do cangote. Certo, compadre, você tem cara de não ter voz! Joguei-lhe um quarto de carlos quarto, que caiu no chão entre as bolsas e as caixas. Traseiro ao ar, ele se pôs a buscá-lo de joelhos. Onde diabos se meteu a puta moedinha! Saí ouvindo os insultos do espião ao monarca derrotado em Trafalgar, convertido em um quartinho de moeda.

Na tarde seguinte, do terraço do Quartel do Hospital pela luneta apontada para o Chaco, vi avançar uma nuvem de estranha forma. Atacada por redemoinhos e calafrios de rebentação. Outra tormenta!, repicou a imaginação nos ossos. Gafanhoto! Pensei na dupla colheita do ano perdida, malocada pela praga. De novo todo o país em pé de guerra. Matracas, tambores, gritos de guerra trovejando pelo ar de um confim a outro. A nuvem se imobilizou no horizonte. Parecia retroceder. Perder-se. Desaparecer entre os reflexos do pôr do sol. Coisas do ante-olho, do antolho. Fenômeno de refração, para saber como e o quê. Quando me dei conta estava caindo uma manga de andorinhas que voavam à deriva, enlouquecidamente. Cegas as aves. Os balaços da água da tormenta lhes haviam arrebentado os olhos. Eu pude me salvar porque ao cair do cavalo havia posto o bicórneo sobre o rosto. Não bastou. Tirei a placa de aço que levava no peito sob a roupa. Aguentei os tiros de chumbo derretido e gelado; as andorinhas, não. Traziam seu verão lá do norte. O Dilúvio lhes saiu no encalço. Cortou-lhes o negócio. O terraço se encheu em seguida dessas avezinhas desolhadas que me miravam através das gotas de sangue em suas órbitas vazias. Batiam as asas um instante e rodavam mortas. Saí daí a passadas sobre o ruipiado dos ossinhos, tal como se caminha sobre uma ninhada de alface seca. Deduzi que a tormenta havia se estendido até muito longe. Toda essa volataria chegava dos confins do país para morrer nos meus pés.

O que acontece com a investigação do pasquim catedralício? Encontraste a Letra? Não, excelência, até agora tivemos muito pouca sorte. Nem a ponta de um pelo em toda a papelada do Arquivo, e isso porque se revisou até o último pelo de folha e fólio. Não busques mais. Já não tem importância. Queria acrescentar nada mais com sua permissão, excelência, que é capaz que não se encontrou o culpado nas pastas e expedientes do Arquivo, porque a maior parte dos assinantes dessas papeladas já estão mortos ou presos, o que é mais ou menos o mesmo. Aos escreventes eu os mandei por via das dúvidas com forte custódia para repovoar o penal de Tevegó. Assim matamos dois pássaros com um tiro, pensei; melhor dizendo, avançamos na prevenção dos males; evitar por uma parte que estes malandrinhos continuem ajudando a guerrilha pasquineira. Por outra parte, acabar com a bruxaria do Tevegó, e me apetece que a única maneira é como quem diz dar nova vida ao penal pondo outra vez lá prisioneiros em lugar dos que se evaporaram na pedra. Porque esta manhã, ao vir até o Palácio, excelência, tenho sido testemunha outra vez de um acontecimento muito estranho. O que, bufão, vais começar de novo com um de teus contos sherazados para me fazer perder tempo e demorar tua condenação? Não, excelentíssimo senhor, Deus me livre de lhe enrolar inutilmente a paciência com falações e rumores. Eu te disse que não se diz rumores, mas *rumos*. O vocábulo provém do latim, mas em nosso idioma se diz ao contrário. Sim, senhor, assim farei no ocorrido. Resulta ser que aconteceu uma coisa que não tem laia e que nunca se viu antes. Larga o rolo de uma vez. Começo, senhor, e que Deus e vossência me ajudem. A coisa não é simples. Não sei nem por onde começar. Começa; assim saberás ao mesmo por onde terminar.

Na vez que Sua Excelência caiu do cavalo durante a tormenta, e já vai ao tempo de um mês daquele maligno dia, sucedeu que enquanto vossência esteve internado no Quartel do Hospital, entraram na cidade dois homens, uma mulher e uma criatura. Vinham, ao que parece, em busca de esmola. Isso disseram quando se lhes tomou declaração. O que já resultava estranho, posto que em nosso país não há mais mendigos, suplicantes nem mendicantes desde que Sua Excelência tomou as rédeas do Supremo Governo. De onde vêm?, foi a primeira coisa que lhes perguntei. Em seguida lembrei que vossência costuma dizer quando fala de que todas as coisas se retiram até sua figura. Mas dessa coisa ou gente que eu via ali não me lembrava de nenhuma figura conhecida. De onde vêm?, voltei a lhes perguntar um pouco enjoado pela fetidez que saía deles. Não souberam ou não quiseram dizer. Somente balançavam a cabeça, com movimentos de surdos-mudos. Eram mudos? Não eram mudos? Eram surdos? Não eram surdos? Por via das dúvidas lhes perguntei: Não são vocês por acaso de Tevegó? Ficaram calados. Um deles, o que depois agarrou e disse ser o pai, começou a se coçar com vontade por todo o corpo. Vocês sabem que pedir esmola está sendo castigado com vinte e cinco açoites. Não sabemos, senhor, respondeu o homem que depois agarrou e disse ser o tio. Não temos nada, garganteou a mulher que depois agarrou e disse ser a tia da criatura, e apontando para ela: Não temos mais que isso para ganharmos a vida, porque o que temos é fome e há três dias que não comemos nem um triste pedaço de mandioca. Ninguém quer nos dar nada. Se assustam, fecham as portas, correm de nós, soltam os cachorros, nos atiram pedras os grandes e os pequenos, como se tivéssemos o mal-de-são-Lázaro, ou mais que isso, um mal muito mais mal, senhor.

A princípio pensei que estavam querendo enganar a autoridade. A criatura parecia em tudo de forma ordinária. Se sustentava sobre os dois pés muito caprinos, as pernas muito arqueadas. Mas andava como as demais criaturas de sua idade. Cabelos albinos, de tão brancos quase não se viam ao sol. Os olhos sem vista, ao que parece, ainda que a vista não tenha nascido antes que os olhos. Porém que viam era certo porque quando a tia-machú se inclinava para acalmar os chorinhos da criatura, esta se lhe pegava na teta. Levem-nos, ordenei aos soldados, e socorram-nos na guarda.

A criatura se jogou ao chão e começou a engatinhar, a choramingar com uma voz muito usada, muito velha, que não parecia de criatura mas de uma iguana assustada ou de qualquer outro animal das matas. Me aproximei, pus na sua boca minha mascada de tabaco. Provou um pouco e o atirou cuspindo o suco negro. Nákore!, disse. Seguiu chorando cada vez mais forte e grosso. A tia-machú se ajoelhou e lhe deu de mamar outra vez. Que idade tem?, perguntei. Vai completar dois, cabal-eté, no próximo aniversário de nosso Karaí-Guasú, disse o pai. Nasceu no mesmo dia dos Três Reis, disse o tio.

Veio um guarda. Quis levantá-la nos braços. Não pôde. Pesa mais que uma pedra de cinco arrobas, disse querendo recolher o gorro que havia caído sobre a cabeça da criatura. Tirou o gorro com todas as suas forças e não pôde arrancá-lo. Veio outro guarda e também não pôde levantá-la. Pesa como dez arrobas, disse. Entre os cinco guardas não puderam levantar a criatura, que agora gritava e se lamentava por dois. Nos puxões dos guardas lhe arrancaram os andrajos de roupa. Então vimos de repente a laia *dessa* criatura. Sob o mamilo estava grudado outro garotinho, sem cabeça, que tinha fechado o duto traseiro. O resto do corpo, cabal. Somente um braço mais curto que o outro. Quebrou ao nascer, disse a tia do chão. As duas criaturas estavam unidas frente a frente, como se o menininho menor quisesse abraçar a menina maiorzinha. A articulação que os prendia um em um par teria menos de um palmo, de modo que levantada a criatura imperfeita teríamos visto o umbigo da outra. Os braços, coxas e pernas, que não estavam colados, pendiam da menina como até a metade de sua altura.

A tia nos disse que a criatura sem órgãos fazia suas necessidades pelos dutos da menina e assim os dois se alimentavam e viviam do mesmo. Quando lhes perguntei onde estava a mãe, disseram que não sabiam. O pai só atinou contar vagamente que no dia em que nasceu a dupla criatura, a mãe havia desaparecido. Melhor dizendo, disse retificando-se na declaração, quando voltei da chácara ao anoitecer, a dupla criatura estava lá, mas a mãe havia desaparecido. Com meu irmão e minha irmã, que segue dando de mamar aos dois sem que nunca se lhe acabe o leite, fomos ver um curandeiro de Lambaré, o Payé payaguá que cria porcos selvagens. Ele nos disse que viéssemos ver nosso Karaí Guasú, porque em algum tempo e lugar esses gêmeos contranatura seriam adivinhos e podiam ser úteis ao Supremo Governo adiantando-lhe favoráveis prognósticos para manter a união de suas leis e as diversas partes do nosso Estado.

Continuei achando que o-único que queriam era se salvar dos açoites que correspondiam aos pedintes. Capaz que gente ensinada pelos pasquineiros ou pelos das vinte douradas para foder a paciência. Vocês acham, disse-lhes, que ainda que seja verdadeiro o embuste e as criaturas encoleiradas chegassem a ser os melhores adivinhos do mundo, nosso Supremo Ditador vai querer mendigar os prognósticos, maravilhas ou adivinhações desses mellizos contranatura. Disse-lhes que você, senhor, era contra todas as bruxarias, restos da influência dos Paí sobre a ignorância da gente.

O pai, o tio e a tia-nutriz não disseram mais nada. Não demonstraram nenhum susto, nenhuma aflição. Ao cepo e vinte e cinco açoites a cada um!, gritei aos guardas. A dupla criatura também deixou de choramingar. A tia levantou-a sem esforço, colocou-a montada em nas cadeiras e seguiu os guardas que levavam os homens. Pelo caminho tirou o gorro da cabeça da menina e devolveu ao guarda. Ordenei ao sargento que, uma vez aplicado o castigo, os guardassem no cepo e os mantivessem ali até quando vossência se restabelecesse e ordenasse o que havia de se fazer com eles.

Eu estava tomando mate em casa na manhã do dia seguinte, quando apareceu o sargento com cara de outro. Falando desafinado, ainda dentro do susto disfarçado de coragem que um soldado sempre deve ter mesmo que já esteja morto, e me contou o acontecido. Susto é mau conselheiro. Sabe o que houve, senhor Patiño? Se não falas como surdo-mudo talvez algum dia saiba, eu lhe disse. O que aconteceu, sargento? Os dois homens e a mulher foram despidos para o castigo, senhor secretário do Governo. Os três não apresentavam rastros de suas partes de macho ou fêmea. Nada. Só três furos por onde urinavam continuamente. Os chicotes apodreciam só de tocar esses corpos úmidos. Tivemos que mudar até cinco vezes os chicotes mais duros trançados em verga de touro. Os índios não quiseram continuar batendo. Mandei colocar os réus no cepo. Também os mellizos. Esta madrugada já não estavam. Não havia mais que um charco de urina no calabouço dos infratores. As garras dos cepos estavam pretas, queimadas. Quentes ainda. É algo que queria contar a vossência. Eu queria entender estas coisas em um segundo, mas somente você, senhor, poderia compreender o acontecimento acontecido com seu entendimento e sabedoria. Talvez o que nós, ignorantes, chamamos monstros como aqueles outros do Tevegó, não são monstros a seus olhos. Capaz que estes seres de carne e osso não sejam mais que figuras de um mundo desconhecido para o homem comum; obras perdidas de algum mundo anterior ao nosso; coisas contadas em livros perdidos para nós. Capaz que se relacionem com alguns outros seres sem nome, mas que existem e que são mais poderosos que o cristão. Nunca saberás o que é suficiente, se primeiro não sabes o que é mais que suficiente, você costuma me dizer, senhor, quando faço burradas.

Li toda a Bíblia buscando um fato igual para encontrar comparação. Isaías me disse que nenhuma obra, nenhum livro de valor havia se perdido neste mundo nem nos outros. Perguntei ao profeta Ezequiel por que comeu excremento e permaneceu tanto tempo deitado sobre seu lado direito e também sobre o esquerdo. Respondeu-me: O desejo de elevar os demais até a percepção do infinito. Não sei o que querem dizer essas duas palavras.

Eu sei que o que conto estou contando mal, senhor. Porém não é para lhe fazer perder tempo nem por disfarçar meu pensamento. Nem vá pensar isto. O que acontece é que não sei contá-lo de outra maneira. Você mesmo, senhor, diz que os fatos não são narráveis, e você no entanto é capaz de pensar o pensamento dos outros como se fosse seu, ainda que seja o pensamento de um homem ignorante como eu.

Tenho minha reverência, Supremo Senhor, meu respeito firme, firmado. Você gasta seu tempo e paciência em ouvir-me. O que muito agradeço é sua fineza de atenção. Até fechou os olhos para me ouvir melhor. Eu invejo sua instrução; o que eu mais invejo é sua inteligência, sua ciência, sua experiência. Muitas das coisas que você diz por alto, eu não entendo por baixo, ainda que sei sem saber que são a verdade mesma. Você é mais que bom, muito bondoso demasiado, em escutar minhas idiotices, as idolatrias que me saem pela boca nada mais do que porque a tenho esburacada e você me escuta com paciência de santo.

Em cada movimento que eu realmente tive de alegria forte ou pesar em minha vida, se vou colocá-lo em palavras, ao escutar-me sinto que sou outra pessoa. Uma pessoa-que--fala. Diz que ouviu muitas vezes até que esta língua minha tira umidade de boca alheia para fazer resvalar para fora suas palavras. Saem garganteadas como as do papagaio. Eu sei que isto que estou dizendo é dificultoso, muito trançado. Porém você muito me encoraja com sua tolerância para me ouvir. Quase sinto que estou me confessando como o homem sem juízo que se matou com a baioneta do guarda por crer que havia assassinado em sonhos Sua Excelência.

Um se sente sempre outro ao falar. Porém eu quero ser eu mesmo. Falar sendo homem dono de sua língua, de seu pensamento. Contar-lhe minha vida com seus mais e com seus menos. Você, senhor, costuma dizer que viver não é viver senão desviver. Isso queria lhe contar. Queria entender o medo, o valor, as vontades que empurram alguém a dar corpo ao acontecido sem que o corpo se inteire. Fazer tantos feitos que não se entende, parecidos com sonhos desajuizados, desfigurados. Tantas más ações estranhas que fazemos quando estamos pertinho dos que é nosso, por direito, por destino, a saber o que, e não se sabe, não se sabe, não se sabe!, ainda que meta os pés na água mais fria.

As pessoas e as coisas não são de verdade. Muito poucas vezes os sonhos nos mostram figuras visíveis, ajuizadas. Têm duas caras, fazem as coisas ao revés. Você também, senhor, haverá lhe passado que a luz lhe atinge menos os olhos ao despertar, se tiver sonhado com coisas visíveis. Não, vossência é de outro modo. Sua Mercê sempre há de ver o que sonha. Você me chama a cada momento idiota, animal. E tem razão. Eu sou de outro modo. Devo ser como o corvo que queria ser todo branco, ou como a coruja que queria que tudo fosse preto.

O que eu muito agradeço é sua fina atenção. Você me escuta, pensa, repensa o que lhe estou dizendo muito tolamente, porém com muita reverência. Eu lhe falo do que não sei, mas eu sei que você sabe. Vou lhe falar um pouco mais, agora que minha memória se tornou um vespeiro que se incha e aturde a cabeça; agora que minha mão parece mais fiel ao papel e escreve empurrada por outra mão. O sério, o pontual, o acontecido realmente é isto. Escute-me, senhor, escute-me desarmado; escute-me mais do que estou dizendo, pois só vossência vê mais além de todo o visível, ouve o que está mais além de todo o audível. Só vossência pode fraternizar o fato com a adivinhação do fato. Adivinhar as coisas passadas é fácil. As alegrias não riem. As tristezas não choram. As súplicas não sulcam, as louvações não amadurecem, costumam ser seus dizeres. E a muitas coisas lhes falta nome. Pelo menos eu não sei lhes dar e me escapam. Cada vez estou mais confuso. O que acontece é mais grave do que parece. Porque o que aconteceu naquele desgraçado dia de sua queda, voltou a acontecer esta manhã. De novo como por uma bruxaria malvada voltou a aparecer na cidade essa gente contrafeita. Mais contrafeita ainda, e não só uma família como a primeira vez. Eu só, senhor, vindo de minha casa à Casa de Governo, encontrei como umas dez tropinhas desses malas. Saem das sarjetas, sobem os barrancos, descem da Serra-da-Sentinela. Parecem muito seguros e decididos. Não demonstram nenhum temor por nada nem por ninguém. Mesmo que mansos ainda ante os soldados e as armas, não se pode saber que feitoria são capazes de cometer quando formem maior número. Estão aparecendo por todas as partes, segundo as partes dos postos de guarda e escoltas de fora da cidade. Porém assim como aparecem, desaparecem em uma piscada como se os tragasse a terra ou se escondessem nos recantos das lombadas e nos matagais das cavernas. Estes de agora, senhor, já não falam; melhor dizendo, só falam entre eles por sinais ou em um zumbido como das moscas nos enterros... Não acabou sua paciência, senhor? Eh, Sua Mercê? Dormiu, excelência? Envolto em toda sua escuridão não parece respirar sequer. E se estivesse morto? Ah, se estivesse morto! Então... Não, meu estimado secretário. Não te iludas. Quem espera saúde na morte do outro fica louco. É o que te acontecerá dentro em pouco. Tu me estiveste falando desses monstros de figura semi-humana que começaram a invadir a cidade. Mas eu te digo que há outros piores ainda e que não necessitam nos invadir porque já estão entre nós há muito tempo. Em comparação com estes, aqueles hão de ser mais inocentes que crianças de peito. Hão de ser também mais leais, cumpridores, responsáveis e inteligentes. Terei que encomendar esses monstros mansos porém ativos que façam o censo ordenado a meus homens. O que é esta zombaria de papelada que me entregaste ontem? Segundo tais padrões populacionais, o Paraguai sozinho tem reunidos mais habitantes que todo o continente. A cem léguas se vê a vadiagem inventando qualquer disparate com intuito de não trabalhar. Total, escrever, anotar, é fácil. O papel aguenta tudo. Meus funcionários civis e militares com intuito de continuar não fazendo nada encarregaram o trabalho a seus furriéis e estes fabricaram o censo a dedo, sobre suas rodinhas, estendidos em suas redes, depois de ter passado todo o dia perseguindo moças, mulatas e índias entre os matos, matagais e ranchos. Não há mais que cheirar nos papéis a fedentina de suas cuecas. Estes miseráveis fizeram nascer gente do nada. A cada família de pai e mãe desconhecidos meteram uma carrada de filhos que não existem. O casamento que menos tem figura com mais de cem. As mães solteiras são mais prolíficas ainda que as casadas, amancebadas, juntadas ou amigadas. Aqui encontro uma tal Erena Cheve, a quem os cornudos furriéis deram 567 filhos, pondo neles os mais estranhos nomes e idades, o mais novo ainda não nascido; o mais velho, mais velho que a mãe. Não são todos esses nascimentos, verdadeiros partos dos matos? Deste modo, o último censo-padrão que mandei levantar há dez anos tem aumentado cem vezes, e se eu me fiasse na classe, poderia calcular e ordenar uma leva imediata de não menos de cem mil homens. Um exército de fantasmas saídos das ribeiras da imaginação desses perdulários que fizeram de suas braguilhas as peças principais de seus arneses militares.

Senhor, chegaram também as primeiras listas de 140 mestres de escolas públicas com as respostas dos alunos à pergunta de como eles veem a imagem sacrossanta de nosso Supremo Governo Nacional. Vamos, deixa de firulas idiolátricas e lê as primeiras. Começo, senhor:

Distrito Escolar Nº 1, capital. Escola Nº 27, "Primeira República do Sul". Mestre José Gabriel Téllez. Aluna Liberta Patricia Núñez, 12 anos: "O Supremo tem mil anos como Deus e leva sapatos com fivelas de ouro bordadas e rodeadas em pele. O Supremo decide quando devemos nascer e que todos os que morrem vão para o céu, de modo que ali se junta muita gente demasiado e o Senhor Deus não consegue o milho nem a mandioca para dar de comer a todos os mendigos de sua Divina Bem-aventurança". Outra aluna do mestre Téllez, Victoriana Hermosilla, 8 anos, cega de nascimento, diz: "O Supremo Governo é velhíssimo. Mais velho que o senhor Deus, de quem nos fala em voz baixa o mestre Dom José Gabriel". Basta com os alunos de Téllez. Este e Quintana, que são os que mais ganham como mestres de disciplina e palmatória, em lugar de ensinar o Catecismo Pátrio metem por baixo o abolido, e em lugar dos Beabás e Cartilhas de regramento pervertem os alunos com histórias de vã profanidade antipatriótica. Se mal me lembro, Téllez e Quintana exercem seus cargos interinamente até que se encontrem outros de maior idoneidade, não? Sim, excelência, estão onde estão provisórios desde 11 de março de 1812, nomeados pela Primeira Junta. Manda vigiar estes fuleiros que até se permitiram dar clandestinamente aulas particulares aos filhos das Vinte. Sua ordem será cumprida, excelência.

Escola Nº 5, "O Paraguaio Independente". Mestre Juan Pedro Escalada. Aluno Prudencio Salazar y Espinosa, 8 anos: "O Supremo Governo tem 106 anos. Nos ajuda a ser bons e trabalha muito fazendo crescer a grama, as flores e as plantas. Às vezes toma banho e aqui embaixo chove. Mas Deus ou o diabo, não sei no fim qual dos dois, ou capaz que os dois juntos, fazem a crescer erva ruim e o *yavorai* de nossas *kapueras*". Hum... Ah! Este aluno está melhor, apesar do fuleiro portenho que ficou aqui como retardatário dos areopagitas.

Mesma escola, os seguintes compostos:

Aluna Genuária Alderete, 6 anos: "O Supremo Governo é como água que ferve fora da panela, sempre fervendo ainda que se apague o fogo, e faz com que não nos falte a comida".

Aluno Amâncio Reclade, 9 anos: "Passa a cavalo sem nos olhar porém nos vê a todos e ninguém vê Ele". Ah. Bem se vê que este menino é o neto de Dom Antonio Recalde.

Aluno Juan de Mena y Mompox, 11 anos: "O Supremo Ditador é quem nos deu a Revolução. Agora manda porque quer e para sempre".

Aluna Petronia Carísimo, 7 anos: Mamãe diz que é o Homem Mau que mandou prender nosso avô só porque o cavalo em que sai para passear todas as tardes tropeçou em uma laje frouxa frente a casa do vovozinho. Mandou que lhe pusessem um grilhão muito pesado e se foi para o fundo da terra, assim que nunca mais poderemos ver o vovô José". Rasgo, senhor, esta composição da menina? Não. Está bem. A verdade das crianças não se rasga nem se dobra.

Aluno Leovigildo Urrunaga, 7 anos: "O Supremo é o Homem-Dono-do-susto. Papai diz que é um Homem que nunca dorme. Escreve dia e noite e nos quer ao revés. Diz também que é uma Grande Parede ao redor do mundo que ninguém pode atravessar. Mamãe diz que é uma aranha peluda sempre tecendo sua teia na Casa de Governo. Ninguém escapa dela, diz. Quando faço algo ruim, minha mamãe diz: O Karaí vai colocar uma pata peluda pela janela e te levar!". Mande citar os pais desse menino. Que o tragam e me veja. Não é bom enganar as crianças. Já lhes enganarão depois nas escolas, se houver escolas, que quando morreu a aranha peluda tiveram que colocar pela janela uma longa *takuara* para picá-la e saber se de verdade estava morta. Sim, senhor.

Escola Nº 1, "Pátria ou Morte". Mestre aborígene Venancio Touvé. Aluno Francisco Solano López, 13 anos: "Peço ao Supremo Governo o espadim do Ditador Perpétuo para tê-lo em custódia e usá-lo em defesa da Pátria". Este menino tem alma brava. Envia-lhe o espadim. Senhor, com sua licença, eu lhe lembro que é filho de Dom Carlos Antonio López, o que ... Eu lembro, eu lembro, Patiño. Carlos Antonio López e o índio Venancio Touvé foram os dois últimos discípulos do Colégio San Carlos que eu examinei e aprovei com a mais alta qualificação, pouco antes da Revolução. Tu também vais te lembrar de Dom Carlos Antonio López, futuro presidente do Paraguai. Antes que se acenda sua estrela no céu da Pátria, a corda de tua rede fechará seu nó em torno ao teu pescoço. Continue.

Escola Especial "Casa de Órfãs e Recolhidas". Aluna Telésfora Almada, 17 anos: "O Supremo Governo deve convocar imediatamente eleições populares e soberanas. Enquanto isso, deve dissolver o exército parasitário mandado por chefes corrompidos e venais, transformando-o em milícias que façam avançar a Revolução junto a todo o povo da Pátria...". Ahá. Não é má ideia, não é má ideia em absoluto, a desta mocinha! A propósito da Casa de Órfãs e Recolhidas, excelentíssimo senhor, permito-me informar que nesse estabelecimento estão ocorrendo coisas muito estranhas. Vais me dizer, Patiño, que também ali estão aparecendo esses monstros nunca vistos que começaram a invadir a cidade, talvez o país inteiro? Não tanto, senhor. Porém o que sim é verdade e real, é que ali reina a maior libertinagem que se possa imaginar. Não se sabe o que fazem, nem a que hora dormem essas mocinhas e mulheres de toda espécie. De noite a Casa de Recolhidas e Órfãs, um prostíbulo. De dia, um quartel. Formaram um batalhão de todas as cores, idades e condição. Brancas, pardas, negras e índias. Antes de romper a manhã vão aos matos. Capaz que se dediquem a exércitos de combate. Durante todo o dia até a caída da noite se ouvem tiros longínquos. Mandei observadores. Voltam sem ter visto nada. Um deles ficou fortemente amarrado em uma árvore com cipós e um cartaz injurioso no peito. O ysypó-macho com que o ataram não se pôde cortar nem a machado e tiveram que queimar para libertá-lo. Praticou-se um longo interrogatório na Câmara da Verdade. Não pôde, não soube ou não quis informar nada, até que ficou sem alento sob os quinhentos açoites. Fui pessoalmente esta manhã registrar a Casa e a encontrei vazia. Nenhum rastro, senhor. Salvo a aparência de estar desabitada desde muito tempo. Em tais circunstâncias, me permito reunir a vossência as ordens do que devo fazer. Com respeito à Casa, por agora nada, meu fiel ex-fiel de feitos. Pegue a pena e escreva o que vou te ditar. Aperta-a bem forte com toda a firmeza de que sejas capaz. Quero ouvi-la gemer quando rasgue o papel com minha última vontade.

CONVOCATÓRIA

EU O SUPREMO DITADOR DA REPÚBLICA

Ordeno a todos os delegados, comandantes de guarda e efetivos de linha, juízes comissionados, administradores, capatazes, receptores fiscais, cobradores, alcaides dos povoados e vilas, apresentarem-se na Casa de Governo para a reunião do conclave anunciado na Circular Perpétua.

A reunião terá começo às 12 horas do domingo próximo a 20 dias do mês de setembro.

O comparecimento é obrigatório e sua omissão não poderá ser suprimida nem justificada em nenhum caso por extrema que seja a causa

Agora vou ditar o convite especial que concerne a tua estimada pessoa:

EU O SUPREMO DITADOR PERPÉTUO ORDENO que, à apresentação deste mandato por mãos do próprio interessado, o chefe de Praça proceda à prisão do fiel de feitos Policarpo Patiño sob total e absoluta incomunicação.

Por achar-se incurso em um plano conspirativo de usurpação do Governo, o réu Policarpo Patiño sofrerá pena de forca como infame traidor da Pátria, e seu cadáver será enterrado em pastagens fora da cidade sem cruz nem marca que recorde seu nome.

São responsáveis pelo cumprimento deste Decreto Supremo juntamente com o Chefe de Praça os três comandantes restantes. Cumprido, deverão render conta de imediato e pessoalmente ao subscrito, ficando assim mesmo os quatro comandantes sujeitos às penas de sub-repção, lenidade ou cumplicidade em que poderão incorrer por omissão ou comissão.

Passe-me os papéis. Vou assiná-los agora mesmo. Nova tromba d'água, a última, se arranca da palangana em brusco movimento. O condenado se enquadrou. Desapareceu. A pessoa catafalca do mulato se dissolveu no charco que inunda o piso e forma arroiozinhos nas junções. A velha pestilência aumentou subitamente o dobro de seu tamanho e fetidez. Os chatos e enormes pés no entanto estão aí. Calcanhares juntos. Polegares separados levantando suas córneas cabeças com trêmulos movimentos de súplica, de espanto. Somente os pés úmidos reluzem na penumbra. Imensos. Banhados de suor. Incharam tanto, que o obeso fiel de feitos deve ter se metido inteiramente neles, querendo afundar-se mais e mais. Enterrar-se. Porém as tábuas do piso, mais duras que o ferro, produziram um efeito contrário na intenção de fuga, de ausência. Fizeram-na mais presente ainda no tremendo inchaço do monstro humano convertido em dois pés que suam. Dois pés que olham nas piscadas das unhas. Dois pés que oscilam já com o lento balanço dos enforcados. Vamos, aproxima-te! Ou será que queres morrer duas vezes? Passe-me os papéis. O fiel de feitos assoma temerosamente de seu esconderijo armado a duplo calcanhar. O enorme corpanzil sai em pontinhas de seus pés. Pouco a pouco. Medo a medo. As bolsas calcâneas vão se afrouxando à medida que o corpanzil recupera seu tamanho, mas também sua duplicidade. O dúplice malandro, definitivamente partido em dois de cima a baixo pelo talho de uma pena. Assino. Assinado. Joga talco nos orifícios. Põe o teu em um envelope. Lacra-o. Senhor, acabou o lacre. Não importa, vai lacrado com o lacre de tua ex-pessoa. Nu de repente, põe-se um decreto adiante, o outro atrás. Do íntimo de seu peito exala um mortal suspiro. A destra mão feito um preto canudo de pena dá um grande golpe na cara. Pretende ainda o infeliz subornar-me ao final por compaixão? Com uma última graça de artista de feira? Enfia de repente a mão-pena no gasganete atravessando o pomo de Adão, de modo que o ferro sai pela nuca no traseiro da cabeça, e na ponta dele aparece um menino cantando e fazendo endiabradas piruetas. Com voz de anão o ex-Patiño me suplica: Excelentíssimo senhor, aceito humildemente o justo castigo que vossência quis me impor, pois vim carregando minha negra consciência por um caminho muito velhaco de muitos dolos e lodos, um caminho blasfemado da mais negra ingratidão até sua Excelentíssima Pessoa. Porém mais humildemente ainda me animo a rogar a Sua Excelência que não prive a minha sepultura do mais apreciado signo de todo bom cristão, a santíssima Cruz. Não me importa, senhor, ser sepultado na pastagem mais pelada de fora da cidade. Não me importa que a Cruz seja feita do mais vilíssimo pau e ainda de venenosa madeira. Não me importa, senhor, que a enfeitem de estola ou com pedrinhas de cores ao pé. Ah, senhor, porém a Cruz, a Cruz!, geme o falsário fazendo gestos de mistério. Sem o socorro e proteção da Cruz, piedosíssimo senhor, os espíritos com os quais tenho contas pendentes viriam tomar desquite e vingança contra mim! Ao que mais queira, senhor, eu rogo, eu imploro!... Pelo que ouço, já te consideras enforcado e enterrado, e queres fazer aqui mesmo teu verdadeiro velório. Senhor, eu!... Teus suspiros me cheiram a arrotos. Tu te consideras um bom cristão? Senhor, santo eu não sou, porém minha crença na Cruz não posso simplificar. Tem sido sempre meu socorro, senhor, e tu tens sido o fanfarrão mais cauteloso em cem anos. O que pode significar então a cruz para ti? De modo que *nequaquam*! Nem cruz nem marca! Te equivocaste ao nascer e te equivocas ao morrer. Não lutarei a pontapés com minha ex-mula. Eu a dispensarei como a um ex-secretário. Anda a bruxulear teu último retrete; a um burro morto a cevada no rabo. Vá já e não quadres mais porque ouvirei soar o golpe de quatro calcanhares. Me entendeu mal o animal. Põe-se de quatro, relincha um pouco e se afasta chafurdando no barro. Ex-Policarpo Patiño! Detém-se de repente. À sua ordem, excelência! A lupa, lembra-te da lupa! Que lupa, senhor? Põe a lupa ao sol. Ah sim, excelência! Ergue-se o mulato bufando penosamente. Vamos, apressa-te. Abre o postigo. Coloca a lente no arco que te mandei pôr *ex profeso* no marco. Sim, senhor, coloco. Se entusiasma ajustando o cristal na moldura. Brincadeira de crianças. *Expende Dictatorem nostrum Populo sibi comiso et exercitu suo!**. Quantas arrobas de cinza produzirão meus fracos ossos? Pelo menos cem, excelência! *Exoriare aliquis* *nostris es ossibus ultor!***, murmuro enquanto vejo cair sobre a lente raios de sol zenital. A partir da superfície biconvexa, formam um sólido lingote de ouro fundente. Bem. Está bem. O universo continua cooperando com seus preciosos dons, que me resultam muito módicos. Põe debaixo desse lingote de fogo tua ex-mesa com tudo e as finadas almas atadas a suas pernas. Amontoa sobre ela em forma de pira uma pilha de papéis. Afastou um pouco a mesa. Fez com que o feixe de sol pegasse na crista mesmo do feixe papelário. Aí, aí. Quando começam a brotar os primeiros frisos de fumaça contra sua cara, o ex-fiel de feitos volta a sorrir. Me olha caninamente, os olhos cheios de lágrimas. Dá corda aos sete relógios. Nenhum deles te dará já a ti a hora. Põe o de repetição ao alcance de minha mão com suas campainhas redobrando. Recolhe a palangana e vai. Se não temos de nos ver mais nesta vida, adeus até a eternidade.

---

* Combinação da expressão *Expende Hannibalem* de um verso de Juvenal (Sátiras, X, 147): Pesa Aníbal: Quantas libras de cinza acharás naquele grande capitão?, e a frase da rogativa cotidiana ordenada aos prelados seculares e claustrais pelo congresso do 1° de junho de 1816 que elegeu *O Supremo* como Ditador Perpétuo da República, em substituição à jaculatória *De Regem*, que se rezava antes. (*N. do C.*)

** Que nasça algum dia um vingador de minhas cinzas! (Virgilio, *Eneida*, 625).

Minha memória não é sonhadora. Antes trabalhava desperta até no sono, se é que alguma vez consegui dormir. Coisa muito pouco provável. Agora trabalha até no não-sono. Desmemória rememorante meu muito mando em eclipse. Escrevo entre os remoinhos de fumaça que enchem o ambiente. Câmara da Verdade. Quarto de Justiça. Aposento das Confissões Voluntárias. Póstumo confessionário. Minhas obras são minha memória. Minha inocência e minha culpa. Meus erros e acertos. Pobres concidadãos, me leram mal! E qual é a conta de teu Dever e Haver, contra-ouvinte de teu próprio silêncio?, pergunta ao que corrige às minhas costas meus apontamentos; o que por momentos governa minha mão quando minhas forças fraquejam do Absoluto Poder à Impotência Absoluta. Qual é a conta, regedor perpétuo, de tua desconfiança? Em meio à fumaça a mão coa meus segredos. Mergulha. Separa a palha do grão. Grãos muito poucos. Quiçá um só: muito pequeno. Diamantífero. Brilhando e cegando sobre o preto travesseiro das Insígnias. Palha muita; quase todo o resto. Destinada a consumir-se no fogo. A mão de ferro força a minha mão. Sempre alerta contra tudo, escreve minha mão a mando de outra. Não podes suportar a suspeita e não podes sair dela. Emparedado em teu côncavo espelho, tens visto e seguirás vendo ao mesmo tempo, repetido em sucessivos anéis até o infinito, a terra em que estás deitado ensaiando teu jazigo último-último-primeiro. Selvas. Pântanos. Nuvens. Objetos que te rodeiam. A imagem espectral de tua raça dispersa como a areia do deserto. Apostaste tua paixão a sangue frio. Certo. Mas apostaste sobre o tapete do azar. A paixão do Absoluto, ah mal jogador!, foste enferrujado e carcomido pouco a pouco, sem dar-te conta enquanto vigiavas tuas contas até o centavo. Te conformaste com pouco. Puseste sobre o aerólito tua perna enormemente inchada. Está lá, preso. Tu, trancado com ele. Sentes que palpita e respira melhor que tu. Sentes no meteoro o pulso natural do universo. Em qualquer momento pode regressar a seus caminhos siderais. Estes cães do cosmos não adoecem de hidrofobia. Tu já não podes mover-te. Salvo esta mão que escreve por inércia. Ato vestigial de um Hábito absolutamente gratuito. Só te falta cair na cova. No mais fundo do funil-espelho. Qualquer raio de luz que penetre no seu invólucro de insólita refração, mais pesada que a atmosfera de Vênus, seguirá um arco invariável-mente mais agudo que teu próprio pensamento... Estou me repetindo? Não; porque não é minha vontade que se molhe de tinta e se expresse em signos. No entanto, sim! A Voz repete os pensamentos que alguma vez anotei em meu almanaque. Eu os tinha completamente esquecidos! Os apontamentos de Almastronomia que escrevi em 13 de dezembro de 1804! A imagem do côncavo espelho e do raio de luz repetindo em sucessivos anéis ao infinito olho que olha até fazê-lo desaparecer em seus múltiplos reflexos. Nesta perfeita câmara de espelhos não se saberia qual é o objeto real. Portanto não existiria o real senão somente sua imagem. Em meu laboratório de alquimia não fabriquei a pedra filosofal. Consegui algo muito melhor. Descobri este raio de retidão perfeita atravessando todas as refrações possíveis. Fabriquei um prisma que podia descompor um pensamento nas sete cores do espectro. Então cada um em outros sete, até fazer surgir uma luz branca e preta ao mesmo tempo, ali onde os que somente concebem o duplo-oposto em todas as coisas, não veem mais que uma mistura confusa de cores. Deste descobrimento não chegou a se inteirar nunca meu mestre Lalande, a quem o papa na mesma data do 13 de dezembro de 1804 lhe disse que um astrônomo tão grande como ele não poderia ser ateu. O que poderia dizer o Sumo Pontífice, que havia vindo ao Paraguai onde lhe estava reservado o cargo de capelão? Que poderia dizer Sua Santidade, banhando-se na espessa atmosfera de Vênus, ao ver em meu côncavo espelho o espectro de Deus saído do prisma? Também me teria chamado ateológo?

Quando fixei a fórmula, meu próprio pensamento era um prisma e um espelho-funil. Até o último grão de poeira era refletido nele. Fazia tilintar a página do éter. Em outro tempo, me repito, escrevia, ditava, copiava. Me lançava pelas encostas de papel e tinta. De repente, o ponto. Súbito fim da desmedida. O ponto em que o absoluto começa a tomar do revés a forma da história. Em um princípio achei que eu ditava, lia e atuava sob o império da razão universal, sob o império de minha própria soberania, sob o ditado do Absoluto. Agora me pergunto: Quem é o amanuense? Não o fide-indigno, desde logo. Naquele tempo mandei-lhe que se descalçasse, de modo que o sangue acumulado nos pés ao calor das botinas-pátria se expandisse para a cabeça. Subiu o sangue e ativou um pouco mais as pilhas do encéfalo sulfatadas de sebo, desamparada de massa cinzenta. Subiu-lhe o sangue, mas também se lhe subiram os fumos. Épocas de começo da Ditadura Perpétua.

Não bastou ao fide-indigno a frescura do piso. Aperfeiçoou o invento. O mesmo trouxe a palangana de água fria. Durante mais de um quarto de século teve metidos os pés nessa água preta que se tornou mais espessa que a tinta. Sem saber, sem se propor, conseguiu contradizer Heráclito. Os pés anfíbios do amanuense se banharam na mesma água imóvel em um *sempre* bastante parecido com a eternidade. Joga a água suja e mal-cheirosa, Patiño. Troca. Senhor, com sua licença eu a deixaria por agora na palangana sem mais. Já tem a forma de meus pés. Se eu mudar, não sei o que pode acontecer. Capaz que faça de nós ferrugem, ou o quê. Capaz. Deus nos guarde! que a água nova me derreta os pés e até todo o corpo. Que sei eu! À água do rio e até à água da chuva lhes tenho muito medo. A uma porque corre. A outra porque cai como o rabo chovido para baixo da vaca ou do cavalo. Razão não de todo desajuizada a do meu Sancho Pança. Não alegava o Sábio rei Salomão que o tempo devora o ferro com oxidação e o homem com oscilação? Quer algo mais fixo e imóvel que o Pai Nosso? E no entanto o Pai Nosso se move sem parar na boca das pessoas. O pensamento do Pai Nosso é mais ágil que doze mil Espíritos Santos, ainda que cada Espírito tivesse doze camadas de penas, e cada camada tivesse doze ventos, e cada vento, doze vitoriosidades, e cada vitoriosidade, doze mil eternidades. Os Grócios e os Pufendorfes fazem a mesma observação. Dizem que suas cláusulas já estavam em uso na época de Cristo. Vá você contradizê-los! Onde a contraprova? O que Cristo fez, afirmam, foi recolhê-las e enfiá-las qual pepitas de ouro, de mirra e de incenso. Ah, a fumaça se espessa e a tosse absorve as funções do pensamento. Agora sou eu quem espirra! Pela noite me ajoelhava ante a palangana do amanuense. Ao cone branco da vela. Me inclinava sobre o redondo espelho preto. Juntava as mãos e ficava à espera em atitude de orar. Em algum momento, quando cansava, algumas vezes, não sempre, via deslizarem-se lentamente borradas imagens parecidas a nuvens de um horizonte a outro sobre a superfície de betum. Pensavam pois os pés do fiel de feitos ao contrário de sua mente memoriosa e ignorante? Também ouvia vozes, algumas vezes; algo semelhante ao burburinho de uma procissão marchando pelas ruas de trás do pálio do Santíssimo. Pensar no amanuense me levava a Aristóteles quando sustentava que as palavras de Platão eram voláteis, movediças e, em consequência, animadas; me levava a Antífanes quando sustentava que as palavras dirigidas por Platão às crianças congelavam por causa da friagem do ar. Devido a isso, não eram entendidas até que as palavras se tornavam velhas; as crianças também se tornavam velhos, e então entendiam algo muito distinto do que as palavras diziam a princípio. Mas os pés do amanuense, o que pensavam? O que diziam? Eram animadas suas palavras como as de Platão? Se algo diziam não era em castelhano, guarani, latim, em nenhuma outra língua viva ou morta. As imagens não passavam de nuvens muito brancas que adotavam formas de animais desconhecidos. Bestiários. Fabulários. Às vezes, tingidas pelos reflexos de algum diminuto sol submergido, as nuvens viravam uma cor azulada que encapota os olhos dos vesgos; a opacidade das telinhas das cataratas; o almagrado e gauda das onças no cio. Nada mais que isto. Nenhuma revelação no Patmos da palangana. No entanto, há que se andar com cuidado. Nunca se pode saber. Um piolho pode voar montado em uma caspa. As revelações mais profundas tomam às vezes os caminhos mais grosseiros e inesperados. Petrônio opinava que os mundos se tocam entre si em forma de triângulo equilátero, e que no centro deles está a residência da Verdade. Ali habitam todas as palavras, exemplos, ideias e imagens de todas as coisas passadas e futuras.

No inferno do verão, ainda nas noites mais calorosas, a palangana se mantinha obstinadamente muda. À luz da vela, da lua, do farol mais potente, a água pesada dormia lisa, sem sonhos. À pata solta. Era com as primeiras geadas do inverno quando começavam as nuvens e os rumores. Ensaiei os mais diversos reativos de ácidos, de sais, de substâncias destiladas do fagópiro ou trigo-sarraceno, do licopódio e outras muitas essências aperitivas. O pólen seminal das plantas é muito inflamável. O mais que conseguiam era pôr em ereção alongadas borbulhas que estalavam silenciosamente jogando-me na cara a fetidez dos olhos de galo do mulato. Toda uma noite trabalhei com a solda de acetileno, para ver se podia descongelar as palavras e figuras encerradas nessas nuvens, nesses sussurros. A chama do maçarico se tornou mais branca até uma brancura de osso que encandeava os olhos; a água, mais negra, até que começou a ferver despedindo um vapor sulfuroso. O maçarico explodiu. Seus fragmentos se incrustaram nas paredes, semelhantes a estilhaços de granada. Na manhã seguinte, observei com o maior dissimulo e atenção o comportamento de meu amanuense. De tanto em tanto, nas pausas do ditar, levantava um pé e o coçava debaixo da mesa, enquanto as gotas caíam, perfurando a pedra de minha paciência. Eu as sentia cair como gotas de chumbo fundido sobre as zonas mais sensíveis de minha perna gotosa, agudizadas pelo ataque de cefaleia que já durava desde a noite. O que há, Patiño? Por que coças o pé? Nada, senhor, parece que a água está um pouco quente nada demais. Resulta que me está tirando um pouco de sarna ou sarampo, ou não sei o quê. Com sua permissão, senhor, vou trocá-la. Não!, roguei-lhe eu dessa vez, gritando quase. Não troque! À sua ordem, senhor. A mim me dá gosto depois da água um pouco morna. Os pés refrescam sem segundo depois ao vento da rede, quando se dorme a sesta com o pé solto. Eu pensava guardar essa água com os segredos pensados pelos pés de meu amanuense. Tão infinitamente astuto o mulato, que previu esta última possibilidade, e emborcou de propósito a palangana! O pisado passado, terá dito ao ir-se.

Línguas de fogo brotam alegremente em várias partes, acordes com meu estado de ânimo. *Pabulum ignis!* Bem-vinda, Potência Ígnea. Passe adiante, amigo Fogo. Ação tem. Trabalhe forte, ao homem. Não vai lhe custar muito tempo para acabar com tudo isto. Com tudo! Eh! Você terá a revanche do pequeno frente o grande. Do oculto frente o manifesto. Não se esparrame. Concentre-se. Não se distraia com os rumores que murmuram alguns acerca de que os homens não são mais que mulheres dilatadas pelo calor, ou que as mulheres são homens ocultos porque levam elementos masculinos escondidos em seu interior. Permita-me que te trate por tu. A ti te encomendo meu fim entre tua chama e a pedra, do mesmo modo que EU formei meu princípio entre a água e o fogo. Não surgi da fricção dos pedaços de madeira, nem de um homem e uma mulher que esfregaram alegremente suas manteigas fazendo a besta de duas costas, segundo dizia meu exegeta Cantero. Não sofrerás comigo de indigestão. Mas tampouco poderás acabar de tudo comigo. Sempre fica por aí algum pedaço que se te faz duro de tragar. Tu o cospes. Plínio se jogou no Etna. O vulcão o devolveu em um vapor que conservava intacta sua forma, seu sorriso bufão, até o tique do seu olho esquerdo, o vesgo, que piscava sem cessar. Empédocles, bêbado, se precipitou no mesmo vulcão querendo não tanto se matar como enganar seus compatriotas; fazer-lhes crer, ao não encontrar nenhum vestígio de seu corpo, que havia subido ao céu. Vulcano vomitou intactos o vapor de um, as sandálias de bronze do outro, delatando a superstição daqueles orgulhosos embusteiros.

Não arderei em uma pira na praça da República senão em minha própria câmara; em uma fogueira de papéis acesos a meu mando. Entendes muito bem. Não me lanço de cabeça em tuas chamas. Me lanço no Etna de minha Raça. Algum dia sua cratera em erupção lançará somente meu nome. Espalhará por todas as partes a lava ardente de minha memória. Inútil que enterrem meus despojos junto ao altar-mor do templo da Encarnación. Depois, na fossa comum da contra-sacristia. Depois, em uma caixa de macarrão. Nenhum desses lugares devolverá uma só fivela de meus sapatos, uma só lasquinha de meus ossos. Ninguém me tira a vida. Eu a dou. Não imito nisto nem sequer a Cristo. Segundo o melancólico deão, o Deus-Filho se suicidou no Gólgota. Não importa que a causa fosse a salvação dos homens. Talvez o autointitulado "Povo de Deus" não mereceu, não merece, não merecerá que nenhum deus se suicide por ele. O que provaria de passagem que a ideia de Deus é pobremente humana. Um Deus-Deus-Deus três vezes Último-Primeiro, não é ainda que possa ressuscitar no Terceiro Dia. Ainda que seja um Deus-Trinitário em Três-Pessoas-Iguais-e-Distintas. Se o é verdadeiramente, está obrigado a existir sem pausa; a não poder morrer nem sequer um instante. Além do mais, no momento do fel e do vinagre, o Deus-Filho vacilou no Horto das Oliveiras. Senhor, afasta de mim este cálice, etcétera, etcétera... Frouxo! Brando o pobre Deus-Filho! Por acaso faltou ao Redentor pagar a última gota de sangue do resgate que será reclamado à espécie humana, supostamente redimida, na grande pira da destruição universal sob a terrível nuvem em forma de fungo do Apocalipse. Mas não nos percamos em hipóteses ateológicas.

Quando alguém ao mesmo tempo é o poço que exala esta emanação mortal, o forno que cospe ardente fumarada, a mina que vomita sufocante umidade, é possível não dizer que não nos matamos com nossos próprios vapores? Que fiz eu para engendrar estes vapores que saem de mim?, continua copiando minha sinistra mão, pois a destra já caiu morta para o lado. Escreve, se arrasta sobre o Livro, escreve, copia. Dito o inter-dito sob o império de alheia mão, de alheio pensamento. No entanto, a mão é minha. O pensamento também. Se alguém deve se queixar das letras, esse sou eu, posto que em todo o tempo e em todo lugar serviram para me perseguir. Porém é necessário amá-las apesar do abuso que delas se faz, como é necessário amar a Pátria, por muitas injustiças que nela se padeça e ainda que por ela mesma percamos a vida, pois só se morre segundo se viveu. Eu tomo de outros, aqui e ali, aquelas sentenças que expressam meu pensamento melhor do que eu mesmo posso fazer, e não para armazená-las em minha memória, pois careço desta faculdade. Deste modo os pensamentos e palavras são tão meus e me pertencem como antes de escrevê-los. Não é possível dizer nada, por absurdo que seja, que não se encontre já dito e escrito por alguém em alguma parte, disse Cícero (*De Divinat.* II, 58). O eu-teria-dito-primeiro-se-ele-não-tivesse-dito não existe. Alguém diz algo porque outro já disse ou dirá muito depois, ainda sem saber o que disse já alguém. O único nosso é o que permanece indizível detrás das palavras. Está dentro de nós mais ainda do que nós mesmos estamos dentro de nós. Os que fingem modéstia são os piores. Hipocritamente inclina Sócrates a cabeça quando pronuncia sua famosa e embusteira sentença: Só sei que não sei nada. Como pôde saber o perípato que não sabia nada se nada sabia? Mereceu pois a correção da cicuta. O que diz que eu minto e diz a verdade, mente sem lugar a dúvidas. Mas o que diz que eu minto e mente realmente, está dizendo uma estrita verdade. Sofisticarias. Politicarias. Miserável honra a de entregar a ânsia de imortalidade às palavras, que são o símbolo mesmo do perecível, repreende o melancólico deão. Depois contra-repreende: Toda a humanidade pertence a um só autor. É um só volume. Quando um homem morre, não significa que este capítulo é arrancado do Livro. Significa que foi traduzido a um idioma melhor. Cada capítulo é traduzido assim. As mãos de Deus (disse quem falou do suicídio de Deus, haja graça!) encadernaram novamente todas as nossas folhas dispersas para a Grande Biblioteca onde cada livro deitará junto a outro, em sua última página, em sua última letra, em seu último silêncio. O compadre Franklin, econômico, copiador em tudo, copia em seu epitáfio o pensamento do deão. O compadre Blas copia o senhor da Montanha, simulando também uma falsa modéstia: Escrevendo meu pensamento me escapa às vezes. Isto faz que me lembre de minha debilidade que constantemente esqueço. O que me instrui tanto como o pensamento esquecido, porque eu não tendo mais que conhecer a minha nulidade. Desde menino, quando lia um livro, entrava dentro dele, de modo que quando o fechava continuava lendo (como a barata ou a traça, eh!). Então sentia que esses pensamentos estavam em mim, desde sempre. Ninguém pode pensar o impensado; somente recordar o pensado ou o agido. Aquele que não tem memória, copia, que é sua maneira de recordar. É o que me acontece. Quando um pensamento me escapa, eu o queria escrever, e só escrevo que me escapou. Não acontece o mesmo com as moscas. Observe sua força racial, seu mosqueteiro patriotismo. Ganham batalhas. Impedem de agir nossa alma, devoram nossos corpos, e em nossas ruínas põem a esquentar seus ovos que as fazem eternas, ainda que cada uma não dure mais que uns quantos dias. As moscas! Me salvei delas! O fogo e a fumaça me salvaram de sua invasão, de suas depredativas migrações! Quando chegarem não encontrarão senão um só comensal carbonizado na Ceia das Cinzas, a Última Ceia a que não fui para brindar aos mil judas e mais um de meus traidores apóstolos.

Por que tardas tanto, fogo, em fazer teu trabalho? Eh, folgazão! Que que há? Também a ti te afeta a esterilidade e impotência a partir de certa idade? Estás mais velho que eu? Ou será que tu também te afogas em minha abertura de monturo? Terei tirado isto de alguma parte? Se assim for, não me importa nada. Patiño, espiritualista, me teria consolado: Senhor, quem lhe pode provar que este outro Senhor Antigo não é você mesmo? Provado que um espírito passa de um corpo a outro e é sempre o mesmo pelos tempos dos tempos! Muito capaz era o bufão de converter suas almas em metafísicas migratórias.

Não sei por que me ocupo já agora da marcha dos relógios. No mortal silêncio da cidade, o de repetição dobra suas fúnebres campanadas. O único som. Pelos vivos e pelos mortos. Morrer não quero, mas estar morto já não me importa, leio Cícero que copia uma sentença de Epicarmo. E em Agostinho de Hipona: A morte não é um mal senão pelo que a acompanha (*De Civit-Dei*, I, i i). Muito certo, compadre. Menos cruel é estar já morto de uma boa vez, que se achar esperando o fim da vida. Sobretudo, quando eu mesmo ditei minha sentença e a morte escolhida por mim é minha própria criatura. Quantos prisioneiros cavaram eles mesmos suas tumbas nesta terra! Outros deram ao pelotão a ordem de fogo! em sua própria execução. Eu os vi atuar com decisão, quase diria alegremente. Outros jazem ainda, depois de tanto tempo, sobre o chão ou em suas redes, carregados de grilhões. A esta hora da sesta, que para eles continua sendo de impenetrável treva, protegidos do sol cegante dormem docemente. Trabalham em sonhos cavando suas tumbas com seu próprio peso não maior que o mais magro de meus corvos brancos. Estes eu vejo escavando as asas tinhosas tirando pulgas na tardança da espera. Duas manchas pretas no meio das reverberações. Os prisioneiros balançando na rede na escuridão. Oscilam apenas no vaivém perpétuo. O chiado de seus grilhões me embala com certo som maternal. Eu, por minha vez, absolutamente imóvel. Beneficiário de uma morte certa, ensino-lhes mortificação com o exemplo. Desde o meio-dia jazo atravessado na cama, a cabeça pendente para o chão. No quadrado da janela aparecem medrosamente as figuras invertidas de Patiño e dos comandantes. O ex-fiel de feitos empunha agora, não a pena, senão uma longa vara de takuara. Começa a remover meu corpo não para comunicar vida senão para comprovar que está morto. Empurrado pelo pau me sinto boiar nas águas estigiais-vestigiais, mas também em outro rio vivo, deslumbrante; o Rio-das-Coroas, o Rio-Rio.

«Sempre, até o final, a torturante e perene obsessão do rio caminho livre!». (Júlio César, op. cit.).

Meu corpo vai se inchando, crescendo, agigantando-se na água racial que os inimigos pensaram atravancar com correntes. Meu cadáver as vai rompendo uma a uma, dragando as profundidades, dilatando as margens. Quem pode me deter agora? A mão póstuma se aferra à ponta do pau. Meio morto de susto, o ex-amanuense o solta. Traçamos juntos o último signo.

Policarpo Patiño escapou da sentença por pouco tempo, tal como havia previsto *O Supremo*. À morte deste, em 20 de setembro de 1840, uma junta formada pelos comandantes militares se apoderou do governo acéfalo, depois de uma intriga palaciana. Derrubou-a um golpe de quartel a mando de outro "marechal" do Finado, o sargento Romualdo Duré (fabricante de bolachas). O ex-fiel de feitos Policarpo Patiño, secretário de Estado e eminência cinza da abatida junta, enforcou-se em sua cela com a corda de sua rede. (*N. do C.*).

«Em 24 de agosto de 1840, dia de São Bartolomeu, por influência de seu empregado infernal, o Ditador colocou fogo antes de morrer em todos os documentos importantes de suas comunicações e condenações, sem prever que a voracidade do elemento podia ser tanta, que chegasse a abrasar-lhe a cama. Desesperado e sufocado de fumaça chamou em seu socorro aos serventes e guardas. Abriram-se portas e janelas, lançaram-se à via pública colchões, cobertas, roupas e papéis em chamas. Oh, aviso claro das chamas que no mês seguinte principiariam a abrasar eternamente sua alma! Entretanto o único que é certo foi que nesta ocasião os passantes que puderam se sobrepor a seu pavor viram pela primeira vez os interiores da tétrica Casa de Governo. Alguns se detiveram inclusive para examinar os chamuscados restos de bombasí, tecido desconhecido no país, do qual se faziam os lençóis de *O Supremo*.

»Para os católicos, o 24 de agosto é o dia em que o diabo sai só. Muita gente uniu essa circunstância à cor da capa que usava o Ditador, deduzindo que seu fim estava próximo». (Manuel Pedro de Peña, *Cartas*).

O fogo se acomoda sem saber muito bem por onde atacar. Crepita sobre os papéis que vai chamuscando e convertendo em fumaça, em cinzas. Prende rastos de faíscas pelos cantos. Não se atreve a chegar até mim; talvez não possa atravessar o lodaçal que rodeia o leito. A água e o fogo, dos quais me formei, tramam agora para me entregar à solidão final. Sozinho, em um país estranho de pura gente idiota. Sozinho. Sem origem. Sem destino. Encerrado em perpétuo cativeiro. Sozinho. Sem apoio. Sem defesa. Condenado a errar sem descanso. Expulso sucessivamente de todos os asilos que escolho. Impossibilitado de descer ao sepulcro... Vamos, não é para tanto! Não conseguirá a morte agora afundar-te na autocompaixão que não anulou tua vida. Os mortos são muito fracos. Mas o morto vivo na morte, três vezes forte.

De acordo estou em que esta luta *ad astra per aspera* fez de mim um mestiço de duas almas. Uma, minha alma-fria, olha já da outra margem onde o tempo se arremansa e começa a caranguejar. A outra, a alma-quente, vigia ainda em mim. Adepto da dúvida absoluta, posso avançar ainda apoiando minha direita diurna, a perna demasiada inchada que já não pode me sustentar, na esquerda-noturna. Esta resiste ainda. Carrega meu peso. Vou me levantar um pouco. Devo avivar o fogo. É ELE que sai do EU, dando voltas em torno de mim de novo no impulso da retrocarga. Bate uma palma. O fogo se reaviva no ato. Volta a dançar alegremente, com mais energia que antes. Suas labaredas enfiam no quarto uma espécie de amanhecer. Ele bate outras palmas. Soa a canhão. Acodem no tropel dragões, hussardos, granadeiros com baldes de água e carrinhos de areia. Todos os efetivos com todos os elementos. Como quando mandei queimar José Tomás Isasi na fogueira de pólvora, e o fogo de lava amarela se propagou até minha própria câmara. O incêndio é agora sufocado uma vez mais sob verdadeiras trombas de água e areia. Um dilúvio de barro cai no quarto através de portas, janelas, claraboias, olhos de boi, das rachaduras do teto. Goteiras. Goteeeiras. Gotas de chumbo derretido, ardendo e ao mesmo tempo gelado; aguaceiro mais que sólido, forte, fazendo-me soar os ossos. As trombas de lodo disparam em todas as direções. Empapam, queimam, perfuram, mancham, gelam, derretem tudo o que encontram em meu covil. Convertem-no em um lodaçal desbordado onde flutuam pedaços viscosos, ilhotas de chamas. No meio, Ele, erguido, com seu brio de sempre, a potência soberana do primeiro dia. Uma mão atrás, a outra metida na solapa da levita. Não te tocam as rajadas de vento e de água. Faço com que arrebente o último aneurisma de voz que me reservava sob a língua. Cuspo um sangrento insulto. Quero exasperá-lo: Ainda que nos enterrem em extremos opostos da terra, o mesmo cão nos encontrará os dois! Não reconheço minha voz: esse sopro que sai dos pulmões e põe em movimento todo o aparato de fonação. Cordas, tubos, alvéolos, ventrículos, paladar, língua, dentes, lábios, não formam mais em mim o efêmero ruído que chamamos voz. Faz tanto tempo que não grito! Acordar a palavra com o som do pensamento. O mais difícil do mundo! Passo a mão por minha cara na escuridão. Não a reconheço. Ver em uma lâmpada dois focos de luz. Uma preta, outra branca. Em um homem, dois rostos. Um vivo, outro morto.

Ele se desinteressa. Se desentende. Abre a porta. Se dirige ao saguão. Sai ao exterior. Vejo sua silhueta na varanda, nimbada desse filamento de luz branca e preta, estriando fosforicamente a escuridão. Ouço que dá a senha e contrassenha ao chefe da guarda: PÁTRIA OU MORTE! Sua voz enche toda a noite. A última consigna que hei de ouvir. Fica cosida ao forro do destino dos concidadãos. Trepida a terra sob a vibração desse clamor. Se propaga de uma sentinela à outra por todos os confins da noite. EU é ELE, definitivamente. EU-O-SUPREMO. Imemorial. Imperecível. A mim não me sobra senão tragar minha velha pele. Muda. Mudo. Só o silêncio me escuta agora paciente, calado, sentado junto a mim, sobre mim. Somente a mão continua escrevendo sem cessar. Animal com vida própria agitando-se, retorcendo-se sem cessar. Escreve, escreve, impelida, estremecida pela ânsia convulsa dos convulsionários. Último rácio, último rato escapado do naufrágio. Entronizada na tramoia do Poder Absoluto, a Suprema Pessoa constrói seu próprio patíbulo. É enforcada com a corda que suas mãos fiaram. *Deus ex machina*. Farsa. Paródia. Pelotiqueiro do Supremo-Palhaço. Sobre o tabladinho, só a mão escreve. Mão que sonha que escreve. Sonha que está desperta. Somente desperto o dormente pode relatar seu sonho. A mão-rata-náufraga escreve: Sinto-me cair entre os pássaros cegos que caem com a queda do sol na tarde da queda. Seus olhos arrebentados me empapam de sangue. Guardam a imagem de minha queda em meio à tormenta: Esses pássaros estão loucos! Estes pássaros sou EU! Atenção! Me esperam! Se não vou com a maleta da justiça não os reconhecerei nunca... nunca...

nunca...

nunca...

nunca...

nunca...

NUNCA MAIS!!!

Está regressando. Vejo crescer sua sombra. Ouço ressoar seus passos. Estranho que uma sombra avance a trancos tão fortes. Bastão e coturnos ferrados. Sobe marcialmente. Faz ranger o madeirame dos degraus. Detém-se no último. O mais resistente. O degrau da Constância, do Poder, do Mando. Aparece o halo de sua erguida presença. Auréola ao vermelho vivo em torno da escura silhueta. Continua avançando. Por um instante oculta-o um pilar. Reaparece. ELE está aí. Emborca sobre o ombro a roda de sua capa e entra na pré-câmara inundando-a de uma fosforescência escarlate. A sombra de uma espada se projeta na parede: a unha do indicador me aponta. Me atravessa. ELE sorri. Durante duzentos e sete anos me escruta em um sopro ao passar. Olhos de fogo. EU, fingindo de morto. Põe chave nas portas. Encaixa os ferrolhos nas trincas de cinco arrobas. Eu lhe ouço percorrer com o mesmo passo e efetuar a mesma operação de trancar, inspecionar e revisar prolixamente as treze dependências restantes da Casa de Governo; da sala de armas até os armazéns ramos gerais, passando pelos banheiros. Sei que não saiu sem registrar um só resquício na imensa armação paralelepipedônica, babilônica, da Fortaleza Suprema. A fumaça do incêndio extinto à tarde rodopia e repousa na antecâmara, na pré-câmara, na câmara onde jazo. Porque não se desmoronará de uma vez o velho casarão em meio a tanta umidade!, penso com fastio, lembrando-me daquelas manhãs em que depois da missa ia observar a escavação para as fundações. Escondido entre os montinhos de terra vermelha, disfarçado por meu capuz-de-coroinha, virava carretas de sal nas fossas, em vez do pedregulho que jogavam os operários. Eu os olhava fixamente fazerem seu trabalho, enquanto eu fazia o meu. Oxalá que a primeira chuva derreta o sal e te afunde, maldito casarão!, gritava meu pensamento vendo-o crescer pesado, quadrangular, piramidal. Desmorona de uma vez! Seguramente o sal prensado é mais resistente que o cascalho de granito, que o rochedo das serras, que a pedra da desgraça. O sal de meu corpo empapado resiste intacto à viscosidade do Terceiro Dilúvio.

Apesar dos vapores, do hermético emparedamento, entra a primeira varejeira. Provavelmente se infiltrou por alguma treliça ou greta do altar-mor. As varejeiras são atraídas pela fascinação da morte. Certas emanações anunciam sua iminência às moscas. Apenas cessou a vida, afluem outras espécies de moscas. As migrações se sucedem. Desde o momento em que o sopro de corrupção se fez sensível instalando seus reais na realidade cadavérica, chega a primeira: a mosca verde cujo nome científico é *Lucilia Caesar*; a mosca azul, a *Azura Passimflorata*, e a mosca grande de tórax rajado em branco e preto, chamada *Gran Sarcófaga*, esporão desta primeira invasão migratória. A primeira colônia de moscas que acodem ao saboroso sinal pode formar nos cadáveres até sete e oito gerações de larvas que se amontoam e proliferam durante uns seis meses. Todos os dias as larvas da Gran Sarcófaga aumentam duzentas vezes seu peso. A pele dos cadáveres se torna então de um amarelo que tende ligeiramente ao rosa; o ventre ao verde-claro; as costas ao verde-escuro. Pelo menos, tais seriam as cores se tudo isso não ocorresse na escuridão. Eis aqui o seguinte esquadrão de granadeiras cadaverófilas: as piófilas que dão seus vermes ao queijo. Vêm depois as cornietas, as longueas, as ofiras e as foras. Formam suas crisálidas como o pão ralado sobre os presuntinhos ou a sopa de feijão que eu tanto gostava de saborear. Depois da decomposição, muda de natureza. Uma nova fermentação, mais rica que as anteriores, mais viva e dinâmica também, produz ácidos graxos denominados vulgarmente de gordura de cadáver. É a estação dos dermestos capricornianos que produzem larvas provenientes de longos pelos, e das lagartas que floresceram depois em belas borboletas denominadas aglossas ou *Coronas Borealis*. Algumas destas matérias cristalizarão e brilharão mais tarde como lantejoulas ou pepitas metálicas no pó definitivo. Chegam mais contingentes de imigrantes. À decomposição deliciosamente preta acodem as ávidas sílfides de olhos diamantinos e girassolados; as nove espécies de necrófagos, forneiros lirófagos desta epopeia funerária. O esquadrão de aquários redondos e ganchudos inicia o processo de dessecação e mumificação. Aos aquários (que se chamam em realidade ácaros, ainda que prefira denominá-los aquários) sucedem os aradores. Estes roem, serram, esmigalham os tecidos apergaminhados, os ligamentos e tendões transformados em matéria resinosa, o mesmo que as calosidades, as substâncias córneas, os pelos e as unhas. É chegado o momento em que estes deixam de crescer nos cadáveres, como vulgar e acertadamente se crê. A mim não me crescerão mais as unhas dos pés, e minha forçada calvície é sem remédio. Ao fim, ao cabo de três anos, o último grão migrante, um coleóptero preto, imenso, maior que a Casa de Governo, chamado *Tenebrio Obscurus*, chega e dita o decreto da dissolução completa. Tudo se acabou. A hediondez, último sinal de vida, desapareceu. Se fundiu e se esfumou todo. Já nem sequer há duelo. O *Tenebrio Obscurus* tem a mágica qualidade de ser ubíquo e invisível. Aparece e desaparece. Se acha em várias partes ao mesmo tempo. Seus olhos de milhões de facetas me olham mas eu não os vejo. Devoram minha imagem, mas já não distingo a sua envolta na preta capa de forro carmesim... (*petrificado o emplasto dos dez fólios seguintes*).

(*Queimado o começo do fólio*)... e já não podes atuar. Dizes que não queres assistir ao desastre de tua Pátria, que tu mesmo preparaste. Morrerás antes. Morrerá essa parte de ti que vê o mortal. Não poderás escapar de ver o que não morre. Porque o pior de tudo, grotesco Arqui-Louco, é que o morto sempre e em todas as partes sofre, por muito morto que esteja com muita terra e o esquecimento em cima. Achaste que a Pátria que ajudaste a nascer, que a Revolução que saiu armada de teu crânio, começavam-acabavam em ti. Tua própria soberba te fez dizer que eras filho de um parto terrível e de um princípio de mistura. Te alucinaste e alucinaste os demais fabulando que teu poder era absoluto. Perdeste teu azeite, velho ex-teólogo metido a repúblico. *Oleum perdidiste*. Deixaste de acreditar em Deus porém tampouco acreditaste no povo com a verdadeira mística da Revolução; única que leva um verdadeiro condutor a se identificar com sua causa; não a usá-la como esconderijo de sua absoluta vertical Pessoa, na que agora pastam horizontalmente os vermes. Com grandes palavras, com grandes dogmas aparentemente justos, quando já a chama da Revolução se havia apagado em ti, seguiste enganando teus concidadãos com as maiores baixezas, com a astúcia pior e mais perversa, a da enfermidade e a da senilidade. Enfermo de ambição e de orgulho, de covardia e de medo, te encerraste em ti mesmo e transformaste o necessário isolamento de teu país no bastião-esconderijo de tua própria pessoa. Te cercaste de rufiões que medravam em teu nome; mantiveste a distância ao povo de quem recebeste a soberania e o mando, bem comido, protegido, educado no tremor e na veneração, porque tu também no fundo o temias porém não o veneravas. Te transformaste para a gente-multidão em uma Grande Escuridão; no grande Dom-Amo que exige a docilidade em troca do estômago cheio e da cabeça vazia. Ignorância de um tempo de encruzilhada. Melhor que ninguém, tu sabias que enquanto a cidade e seus privilégios dominam sobre a totalidade do Comum, a Revolução não é tal senão sua caricatura. Todo movimento verdadeiramente revolucionário, nos atuais tempos de nossas Repúblicas, única e manifestamente começa com a soberania como um todo real em ato. Um século atrás, a Revolução Comunera se perdeu quando o poder do povo foi traído pelos patrícios da capital. Quiseste evitar isso. Ficaste na metade do caminho e não formaste verdadeiros dirigentes revolucionários senão uma praga de sequazes atrelados à tua sombra. Leste mal a vontade do Comum e em consequência atuaste mal, enquanto tuas caduquices de gerôntropo giravam no vazio de tua onímoda vontade. Não, pequena múmia; a verdadeira Revolução não devora seus filhos. Somente seus bastardos; os que não são capazes de levá-la até suas últimas consequências. Até mais além de seus limites se é necessário. O absoluto não hesita em levar até o fim seu pensamento. Tu o sabias. Tu o copiaste nestes papéis sem destino nem destinatário. Tu vacilaste. Estás igualmente condenado. Tua pena é maior que a de outros.

Para ti não há resgate possível. Aos outros o esquecimento os comerá. Tu, ex-Supremo, és quem deve dar conta de tudo e pagar até o último quadrante... (*amassado, ilegível o que segue*).

... à meia-noite, baixarás às masmorras. Passearás entre as fileiras por vinte anos de escuridão, sofrimento e suor. Não te reconhecerão. Não te verão sequer. Não te verão nem ouvirão. Se ainda tivesses tido voz, terias gostado de insultá--los, fazer muito ruído segundo teu costume; tomar distância destes espectros que ousarão ignorar-te. Escutem-me, malditos covardes!, terias gostado apostrofá-los, repetindo pela última vez o que resmungaste milhares de vezes. O bom, o melhor de tudo é que ninguém te escuta mais. Inútil que te esganices no absoluto silêncio. Percorrerás as filas dos prisioneiros. Tu os olharás a cada um nos olhos remelentos, cataratados. Não piscarão. Saberás se sonham e te sonham como a um animal desconhecido, como a um monstro sem nome? Sonho. Um sonho. O mais secreto de um homem e de uma besta. Serás para eles simplesmente a forma do esquecimento. Um vazio. Uma escuridão nessa escuridão. Te deitarás por fim em uma rede vazia. A última. A mais baixa entre as fileiras de redes que oscilam levemente sob arrobas de ferros cem vezes mais pesados que suas ossadas de espectros. Desfeita de mofo e velhice, a rede dará contigo no chão. Ninguém rirá. Silêncio de tumba. Toda a noite passarás aí, deitado entre os pestilentos despojos. Os olhos fechados, as mãos cruzadas sobre o peito. O suor desses miseráveis, suas cacas, suas urinas, jorrando de rede em rede pingarão sobre ti, choverão gotas, gotas de lodo sepulcral. Te esmagarão para baixo cada vez mais. Apontarão tua imobilidade com esses pilares ao revés. Estalactites crescendo sobre tua suprema impotência. Quando os ácaros, as sílfides, as varejeiras, as sarcófagas e todas as outras migrações de larvas e lagartas, de diminutos roedores e aradores necrófagos, acabem com o que resta de tua estimada não-pessoa, nesse momento te assaltarão também umas vontades tremendas de comer. Terrível apetite. Tão terrível, que comer o mundo, o universo inteiro, ainda seria pouco para acalmar tua fome. Te lembrarás do ovo que mandaste pôr sob as cinzas quentes para teu último desjejum, o que não chegaste a tomar. Farás um sobre-humano esforço tratando de levantar-te sob a massa de treva que te esmaga. Não poderás. Cairão de ti os últimos cabelos. As larvas seguirão pastando em teus despojos tranquilamente. Com seus longos cabelos tecerão uma peruca para tua calvície, de modo que teu mundo crânio não sofra muito frio. Enquanto te estejam comendo todo o bandolim ao som de seus alaúdes e laudos, afônico, afásico, em catarrosa mudez agravada pela umidade, implorarás que te tragam teu ovo, o ovo embrionado, o ovo esquecido na cinza, o ovo que outros mais astutos e menos esquecediços já terão comido ou lançado ao tacho dos desperdícios. As coisas acontecem deste modo. Que tal, Supremo Finado, se te deixamos assim, condenado à fome perpétua de comer um ovo por não ter sabido... (*encadernado, ilegível o resto, não encontrados os restos, esparramadas as carcomidas letras do Livro*).

APÊNDICE

1. Os restos de O SUPREMO

Em 31 de janeiro de 1961, uma circular oficial convocou os historiadores nacionais a um conclave com o fim de "iniciar as gestões com intenções de recuperar os restos mortais do Supremo Ditador e restituir ao patrimônio nacional essas sagradas relíquias". A convocatória se fez extensiva à cidadania exortando-a a colaborar na patriótica Cruzada de reconquistar tanto o sepulcro do Fundador da República como seus restos, desaparecidos, aventados por anônimos, profanadores, os inimigos do Perpétuo Ditador.

Os ecos da convocatória chegam aos mais apartados confins do país. Igual a outros momentos cruciais da vida nacional a cidadania toda se põe de pé como um só homem e responde a uma só voz.

A única dissonância nesta afirmação plebiscitária é oh, surpresa! a dos especialistas, cronistas e folhetinistas da história paraguaia. Uma repentina e inesperada incerteza parece ensombrecer a consciência historiográfica nacional acerca de qual pode ser o único e autêntico crânio de *O Supremo*. As opiniões se dividem; os historiadores se contradizem, discutem, disputam ardorosa, clamorosamente. É que – como cumprindo outra das predições de *O Supremo* – esta iniciativa de união nacional se converte em terreno onde aponta o broto de uma diminuta guerra civil, afortunadamente incruenta, posto que se trata só de um enfrentamento "papelário".

Eis aqui, em apertadas sínteses, algumas das deposições dos historiadores nacionais mais notórios sobre o tema (consignadas por ordem de apresentação):

De *Benigno Riquelme García* (23 de fevereiro de 1961):

«Cabe-me manifestar a V. Exª que, pessoalmente, e pelas informações que são de meu conhecimento, sou de parecer que existem razões válidas para admitir a presunção de que, tanto os restos (existentes no Museu Histórico Nacional de Buenos Aires), como os existentes em nosso Museu Godoi, tem sido extraídos de uma tumba que, indubitavelmente, foi a do prócer evocado.

»O que poderia ser questionado seria a já anteriormente citada impugnação à autenticidade dos mesmos, qualificação que poderia corrigir-se ou ratificar-se, após a perícia neutral que me permito, muito respeitosamente, sugerir a V. Exª, e que poderiam ser efetuadas pelas seguintes enumeradas instituições:

SMITHSONIAN INSTITUTION
United States National Museum
Washington, D. C.

DEPARTMENT OF ANTHROPOLOGY
Yale University
U.S.A.

PEABODY MUSEUM OF AMERICAN ARCHAEOLOGY AND ETHNOLOGY
Harvard University
Cambridge, Massachusetts, U.SA.

cuja competência e imparcialidade na matéria, ficaria fora de toda suspeita. Sobre a necessária cautela que o Governo da República deve guardar na iniciação das pertinentes gestões, por compreensíveis razões que não é de oportunidade explicar, creio que a mesma não deva raiar em uma excessiva prevenção, até o extremo de não fazer uso de um gesto cuja exemplaridade não poderá ser retalhada, qualquer que seja o veredicto dos centros científicos que me permiti propor». {Há um informe adjunto que conta a história do destino dos restos existentes no Museu Histórico Nacional de Buenos Aires e critica o estudo pericial do doutor Félix F. Outes sobre tais restos, recusando e invalidando ironicamente suas conclusões}.

De *Jesús Blanco Sánchez* (14 de março de 1961):

«Em primeiro termo, devo dizer a V. Exª que me apraz sobremaneira e me parece muito plausível a determinação do Superior Governo de honrar a memória de nossos próceres da Independência Nacional. Sendo assim, e desde o momento que nosso governo toma a seu cargo essas gestões, é fundamentalmente importante que elas se realizem com absoluta seriedade e, sobretudo, tomem-se quantas medidas sejam necessárias para evitar desagradáveis surpresas, às quais não se pode expor o Governo da Nação.

»Bem sabe V. Exª que se esses restos se encontrassem em nosso país não haveria maiores problemas para o sucesso do feliz propósito perseguido, pois em última instância sempre ressalta o sentido simbólico que, por sobre tudo, têm estas coisas. Porém como estes restos devem ser trazidos de Buenos Aires, onde este prócer de nossa Independência tem sido tão combatido, especialmente por uma poderosa e determinada corrente de opinião adversa tanto a sua pessoa como, sobretudo, a seu lavor de Governante, este assunto, e por estas razões, torna-se delicado e digno de ser estudado minuciosa e objetivamente. Em tal inteligência, creio que a referida corrente de opinião tem renovado auge na Argentina nestes momentos, e por tal motivo devemos prevenir a possibilidade de que os restos existentes no Museu Histórico de Buenos Aires não fossem autênticos; nesta suposição, nos exporíamos, seguramente, a uma campanha de propaganda aleive que trataria inclusive de deixar-nos em ridículo.

»Ninguém pode duvidar da autenticidade do documento {refere-se ao que pareceria provar a autenticidade dos restos}. Para mim não o prova fidedignamente, pois quem por muito tempo teve essas relíquias "em uma caixa de macarrões" e depois as entregou a um estrangeiro, está nos dizendo eloquentemente que elas não mereceram jamais nenhum interesse, nem lhe despertaram sentido patriótico algum».

De *Manuel Peñal Villamil* (24 de março de 1961):

«Para informar a V. Exª, cingido a um estrito critério de investigação científica, faz-se necessário responder a duas questões que, ainda que conexas, respondem a abordagens distintas. Primeiro, podem verossimilmente ter pertencido ao Ditador Perpétuo os restos do Museu Histórico Nacional de Buenos Aires? Segundo, autoriza o estado atual das investigações históricas sobre a matéria ao Superior Governo iniciar os procedimentos oficiais para a devolução desses restos mortais?

»Respondendo à primeira questão manifesto que não estou em condições de afirmar ou negar com autoridade que esses despojos sejam autênticos. Antes de toda resposta se faz necessário um exame dos procedimentos seguidos pelo senhor Loizaga para a exumação dos restos do antigo templo da Encarnação. Existe sobre o particular a versão do próprio senhor Loizaga em carta enviada ao historiador argentino, doutor Estanislao Zeballos. O historiador paraguaio Ricardo Lafuente Machaín, em um folheto intitulado *Morte e exumação dos restos do Ditador Perpétuo do Paraguai*, recolhe sem maiores variantes e sem aportar nova investigação. Citam-se como testemunhas presenciais do fato o padre Becchi e o senhor Juan Silvano Godoi. Este último retirou naquela oportunidade outro crânio da mesma sepultura, que se conserva no museu de Assunção que leva seu nome.

»As observações que nos sugerem o modo como procedeu o senhor Loizaga para dita exumação são as seguintes: a) Não agiu guiado por um sério e imparcial espírito de investigação histórico senão impulsionado pela paixão política; b) Não se apoiou em nenhum exame pericial idôneo que descartasse a possibilidade de um erro acerca dos restos que exumava». {Seguem outras considerações em que questiona a autenticidade apoiada em um informe do médico paraguaio doutor Pedro Peña, publicado no jornal *La Prensa*, Assunção, 1.º-II-1898, e no famoso estudo frenológico do médico argentino doutor Félix F. Outes, 1925, peça-chave nessa disputa museológica, publicado no *Boletim do Instituto de Investigações Históricas*, Fac. Filosofia e Letras de Buenos Aires (tomo IV, págs. 1 e ss.)}.

De *Júlio César Chaves* (28 de março de 1961):

«Em meados de 1841 agitou-se o ambiente político paraguaio abrindo-se uma acalorada polêmica sobre a vida e a obra de O Supremo. Circularam panfletos e pasquins, correram prosas e versos. Mobilizaram-se entusiasticamente seus inimigos e seus partidários. Afirmavam os primeiros que O Supremo não era digno de descansar em uma igreja e anunciavam publicamente que iriam se apoderar de seus restos para jogá-los em um monturo. É conveniente lembrar que pouco tempo depois apareceu uma manhã na porta do templo um cartaz que se dizia enviado por ele, do inferno, suplicando que lhe removessem daquele lugar santo para alívio de seus pecados. Várias das famílias ferozmente perseguidas por O Supremo, entre elas a de Machaín, não ocultavam por outra parte seu projeto de vingança em seus restos mortais. Os partidários, por sua vez, não permaneciam inativos. Realizavam constantes demonstrações populares chegando em manifestação até o sepulcro de seu paladino. A tensão foi crescendo ao longo do ano de 1841 e parece que chegou a seu ponto culminante em 20 de setembro, dia em que se cumpriu o primeiro aniversário da morte do Supremo Ditador. As paixões desatadas ameaçavam desatar a guerra civil; foi-se esquentando o ambiente até pôr em risco a paz da nação, tão necessária para afrontar e resolver graves problemas internacionais, econômicos e sociais. Foi então quando os Cônsules se decidiram a agir com energia; mandaram fazer desaparecer o mausoléu que guardava os restos e enterrar estes "não se sabe onde". Segundo a versão de Alfred Demersay (*Le Docteur France, Dictateur du Paraguay*, 1856): "Ele foi inumado na igreja da Encarnação e uma coluna de granito marcava sua última morada para a veneração e o culto de seus numerosos partidários. Foi dito que pouco tempo depois do aniversário desse dia de duelo, o mausoléu desapareceu e se difundiu o boato de que os restos do muito famoso Doutor haviam sido transportados para o cemitério da igreja. Uma parte deste romance era verdadeira, porém o governo consular, autor misterioso desta medida inspirada pela política, rechaçava toda ideia de uma profanação inútil. O Supremo repousa agora no lugar que a piedade desses homens escolheu para ele, mas sua tumba não cessou de lançar sombra sobre seus sucessores".

»Thomas Jefferson Page, comandante do navio norte-americano Water Witch, que chegou ao Paraguai em missão de exploração e estudos, diz a este respeito: "Os templos eram mantidos em boa condição, mas um foi, evidentemente, menos frequentado que os outros. O bom povo raramente alude a isso, porque um medonho mistério ultrapassa seus sagrados limites. Numa serena manhã o templo foi aberto para a pregação segundo o costume: o monumento havia sido espalhado e os ossos do tirano haviam desaparecido para sempre. Ninguém soube como, ninguém perguntou onde. Somente se sussurrou que o diabo havia reivindicado o seu: corpo e alma". (*La Plata, The Argentina Confederation and Paraguai*, Londres, 1859).

»Os restos doados pelo Dr. Estanislao S. Zeballos ao Museu Histórico Nacional de Buenos Aires podem ser atribuídos ao Ditador Perpétuo do Paraguai? Esses restos estiveram durante longos anos em exposição no citado museu; na atualidade se encontram nos sótãos da instituição, entre os objetos sem valor.

»Só conhecemos duas opiniões, as duas valiosas e as duas negativas {refere-se aos estúdios já mencionados}. Outes, um eminente homem de ciência, levado por sua curiosidade de investigador, fez o exame dos supostos restos. Depois de examiná-los, afirmou: "Em primeiro lugar, a calota craniana, por seu caráter morfológico e particularidades anatômicas, pertence a um indivíduo de sexo feminino, no máximo de quarenta anos, e que com muita probabilidade, não era europeu, *sensu lato*. Prescindindo dos caracteres que oferece esta última, resultaria vão todo esforço de reconstrução valendo-se de ambas as peças, pois nas duas existe excesso frontal. Isso demonstra *prima facie*, que corresponde a dois indivíduos. A mandíbula, por último, é a de um menino que, ao morrer, conservava a totalidade de sua dentição de leite".

»Suas conclusões são portanto as seguintes: Primeira: A calota pertenceu a uma mulher, no máximo de quarenta anos, e que não era europeia; era negra ou índia. Segunda: A carcaça facial era de um adulto, não de um idoso. Terceira: A mandíbula pertenceu a um menino menor de seis anos».

2. Migração dos restos de O SUPREMO

De *R. Antonio Ramos* (6 de abril de 1961):

«Francisco Wisner de Morgenstern, que escreveu um livro sobre O Supremo Ditador por encargo do marechal Francisco Solano López, anota o seguinte: "Há poucos meses da morte do Ditador o sacristão da igreja se surpreendeu ao encontrar uma manhã aberto o sepulcro onde fora sepultado. Não se pôde saber quem foram os autores de tal feito; no entanto, estes haviam deixado um rastro que se perdia na beira do rio Paraguai, onde se supõe com bastante fundamento que foram jogados à água, pois em dita margem se encontraram vestígios que assim comprovaram. Corriam a respeito na Assunção daquela época várias versões: uma delas, de que foram mandados tirar os restos do Ditador por homens pagos pela família M..., para ser afundados no rio, em vingança dos fuzilamentos de membros da mesma família, ordenados pelo Ditador depois de ser descoberta a última conspiração Yegros; outra versão era que uma família fez extrair os restos do sepulcro para queimá-los e lançar suas cinzas ao vento; e finalmente, que outra família, de comum acordo com seu sacerdote, retirou-os para ocultar em outro lugar"». {*Comentário do compilador*: Segundo a versão de Wisner, que baseando-se em sussurros faz desaparecer os restos de O Supremo na água, no fogo, no ar ou na terra, nos encontraríamos pois com que a migração de seus despojos profanados pelo ódio ou a vingança, não se produziu}.

Sigamos, não obstante, com a deposição do Dr. Ramos:

«Wisner de Morgenstern dá no entanto outra versão vinculada com o testemunho que veremos na continuação. Carlos Loizaga, que formou parte do triunvirato criado em Assunção em 1869 e que negociou com o barão de Cotegipe o tratado de paz com o Brasil {refere-se ao governo títere posto pelas forças de ocupação da Guerra de 70, um ano antes de que esta finalizasse}, expressa em uma carta endereçada ao Dr. Estanislao Zeballos que ele {o ex-triúnviro Loizaga}, acompanhado do padre Vecchi, padre da Encarnação, exumou "os restos do tirano". Essas relíquias – acrescenta – estavam antes em um sarcófago ao lado do Altar-Mor daquela igreja e o padre D. Juan Gregorio Urbieta, depois bispo, tirou-os uma noite, em tempos de D. Carlos Antonio López, e os sepultou na contra-sacristia, em 1841.

»Na carta aludida de Carlos Loizaga, este afirma que na exumação dos "restos do tirano" lhe acompanhou o padre Vecchi. Porém Ricardo de Lafuente Machaín afirma também que na tarefa esteve além do mais presente Juan Silvano Godoy. "Não obstante a reserva observada a respeito do projeto – expressa – o doutor Juan Silvano Godoy, secretário do Superior Tribunal de Justiça, soube, e apesar de não ser convidado, decidiu assistir. Na noite designada aguardou a chegada do senhor de Loizaga, oculto atrás de um pilar do templo. Dali se desprendeu envolto em sua capa e um imenso chapéu, como um imenso morcego em forma humana. Devido à surpresa que lhe produziu tal aparição, dados o lugar, as circunstâncias e as intenções, ou acaso parecendo-lhe estas irreprocháveis, passado o susto, o senhor Loizaga acedeu sem dificuldade a que o funcionário Godoy se agregasse a ele e aos peões e começassem a realizar o trabalho. Levantada a lápide e removida a terra dos enxadões, começaram a aparecer restos humanos. Se supôs que os do Supremo Ditador deviam ser os mais de cima. O senhor Loizaga mandou-os recolher e colocar dentro de uma caixinha de macarrões levada expressamente para isso. Porém entre a terra e os cascalhos apareceu outro crânio que o senhor Godoy se abaixou para recolher e o levou sob sua capa. Dizem que o ex-triúnviro, senhor de Loizaga, viu-o afastar-se vacilando um instante em dúvida de qual dos crânios seria o autêntico. Afirmou-se entretanto na certeza de que os restos recolhidos por ele na caixa de macarrões eram os de O Supremo, e o mandou colocar em um sótão de sua casa, à espera do destino que resolvesse dar a seu conteúdo"». {O senhor Godoy guardou o crânio que recolhera aquela noite em seu museu particular, digno de um varão do Renascimento; de sorte que a história mesma de tais restos ficou enforquilhada dubitativamente na encruzilhada do crânio bicéfalo do tirano, comentam outros escoliadores}.

Retoma a palavra o Dr. Ramos: «Vejamos agora onde foi parar o crânio recolhido por Loizaga. Estando em Assunção em 1876, o Dr. Honorio Leguizamón, como médico da canhoneira argentina Paraná, soube que "os restos do Ditador Perpétuo estavam em poder de Carlos Loizaga". A notícia lhe chegou por intermédio da família deste. Leguizamón procurou "ver e examinar os preciosos despojos". Loizaga resistiu no princípio, porém depois acedeu aos desejos do médico argentino {que o havia atendido de uma grave enfermidade, curando-o}. O próprio Dr. Leguizamón faz o seguinte relato: "Dentro de uma caixa de macarrões me foram apresentados os restos. Grande foi meu desencanto ao encontrar-me só com uma massa disforme de ossos fragmentados a marteladas. Conhecido o temperamento de meu paciente, assim como o seu velho ódio contra o Ditador, não me foi difícil aventurar a hipótese acerca do motivo dessas marteladas. Do crânio, só a parte superior estava bem conservada. Das vestes somente encontrei a sola de um sapato que correspondia a um pé muito pequeno; provavelmente de uma criatura de pouca idade. Consegui do senhor Loizaga, a quem eu perdoei o pagamento de meus honorários, que me permitisse trazer o crânio de quem fosse O Supremo do Paraguai".

»Posteriormente – conclui o Dr. Ramos – Leguizamón doou essa parte boa do crânio ao Dr. Estanislao Zeballos, que por sua vez a doou ao Museu Histórico Nacional de Buenos Aires. Segundo os últimos informes, o crânio deixou de ser exibido ao público como se fazia em épocas anteriores. Pelas breves considerações que antecedem, que não pretendem ter esgotado o tema, não se pode afirmar que o crânio conservado no Museu Histórico Nacional de Buenos Aires seja do Supremo Ditador. Não existe certeza para uma afirmação semelhante».

De *Marco Antonio Laconich* (21 de abril de 1961)

«Depois da queda de Assunção em poder da Tríplice Aliança, os legionários {paraguaios} entraram com os pés na capital saqueada e sequestrada. E se puseram a remexer como frenéticos lovisomens [sic] a terra sagrada dos mortos, para poder saciar nos restos de O Supremo seus ódios de meio século. Em 1870 Loizaga formava parte do Triunvirato constituído em Assunção pelos aliados, como governo "paraguaio" provisório. Loizaga era um primata da Legião. Não ponhamos em dúvida, por um instante, que fosse autor da profanação funerária, da qual parece se gabar em sua contestação ao Dr. Zeballos. No mais, encontrava-se em situação privilegiada para cometê-la com a maior impunidade; porém ele pensou ter encontrado o sepulcro do Ditador, e morreu com essa crença, suas ânsias terminaram falidas. Tudo faz supor que Loizaga meteu as mãos em alguma vala comum e dali extraiu, na escuridão da noite, os restos humanos que manteve guardados em sua casa, por muito tempo, em uma caixa de macarrões. Dizemos vala comum, pelos resultados da análise de alguns desses ossos, feita pelo Dr. Outes; ossos levados pelo Dr. H. Leguizamón.

»Vá alguém saber se por uma ironia do destino, com que o Senhor se compraz às vezes em reprimir os rancores humanos, alguns daqueles ossos que Loizaga tinha guardados em uma caixa de macarrões não fossem os de algum parente seu muito querido... Porque o Ditador, suponho, morreria sem seus dentes de leite!

»"O resto do esqueleto – disse Loizaga – foi levado por mim a um cemitério aberto". Sempre a falta de testemunhas nas andanças deste coveiro solitário. Se o resto do esqueleto era o crânio reconstituído, cabe o direito de supor que se comporia, por exemplo, de cinco canelas {fêmures}, três colunas vertebrais, cinquenta costelas, etc.; do que resultaria que o Ditador era um fenômeno esquelético extraordinário.

»De todas as maneiras, não deixa de ser curioso, na verdade, que Loizaga e Godoy se retirassem do templo, envoltos nas sombras da noite, com dois crânios do Ditador, como se este tivesse sido bicéfalo. Cada um estava convencido de levar um autêntico crânio de O Supremo».

{*Nota do Compilador*: Loizaga, segundo revelação de uma velha escrava da família, tinha guardada no mesmo armário uma urna com as cinzas de sua avó materna. Esta informante, em pleno uso de suas faculdades mentais, apesar de sua idade mais que centenária, me referiu que uma noite, por equívoco, preparou com essas cinzas a sopa que serviu na comida. A escrava, hoje liberta, me confiou também que, em vista de que seus amos não se aperceberam do equívoco, voltou a encher a urna funerária com areia do quintal, de modo que não se descobrisse sua grave falta. Rogou-me muito encarecidamente que não a delatasse nem pusesse "em papel à toa essas bobagens". Como o descuido da escrava configurava uma ação delitiva muito mais leve do que a profanação e o roubo dos restos mortais de *O Supremo*, cometidos por Loizaga, não só não incorro em incidência como, ao contrário, considero um dever de justiça dar à publicidade o relato da ex-escrava do ex-triúnviro}.

Continua o Dr. Laconich:

«Na data de 23 de junho de 1906, o Dr. Honorio Leguizamón escreveu ao diretor de *La Nación* uma carta que considero de suma importância. Nesta carta, o Dr. Leguizamón, médico da canhoneira argentina Paraná naquela época, dá conta das circunstâncias em que obteve de Loizaga, no ano 1876, os restos em questão, cedidos depois por ele ao Dr. Zeballos, e finalmente doados por este último ao Museu Histórico Nacional de Buenos Aires, em julho de 1890.

«Deparei-me no princípio – escreve o Dr. Leguizamón – com uma retumbante negativa; porém convencido o Sr. Loizaga de que tinha a notícia da melhor origem, pois membros de sua própria família declararam-lhe que me tinham transmitido, teve de ceder a meu desejo e confessar-me toda a verdade: seu espírito religioso lhe havia impulsionado a extrair estes restos, que profanavam o local onde lhe haviam dado sepultura. Dentro de uma caixa de macarrões me foram apresentados os restos – e adicione isto, que convém reter –: *Grande foi meu desencanto ao encontrar-me só com uma massa disforme de ossos fragmentados...*

»Depois do desencanto que experimentou o Dr. Leguizamón ao se deparar com isso, ele se fazia uma pergunta: "Corresponderia a fragmentação do esqueleto à crueldade vingativa de alguma vítima? Não me atrevi então a perguntá-lo."

»A carta deixa flutuando nas entrelinhas a suspeita de que Loizaga tivesse esmagado com um martelo aqueles ossos, vingando-se assim do Ditador. Em uma *post-data*, o Dr. Leguizamón dá andamento a essa suspeita dizendo que «era um costume antigo dos guaranis o de se vingar dos que haviam sido seus inimigos, extraindo seus ossos e quebrando-os".

»Sinceramente, acreditamos que esse costume dos guaranis é uma descoberta do Dr. Leguizamón, sob medida para o caso.

Os guaranis tinham mais interesse na carne de seus inimigos que em seus ossos: eles os comiam tranquilamente, se fossem apetitosos. Se não, que o diga Hans Staden...

»A *massa disforme de ossos fragmentados* parece confirmar o da vala comum, que vai em harmonia com a abóbada craniana de uma mulher, a carcaça facial de um adulto e a mandíbula de um menino, entrevero de ossos que conclui a perícia feita pelo Dr. Outes. No entanto...

»O Dr. Leguizamón atesta em sua carta que na caixa de macarrões encontrou das vestes somente "íntegra a sola de um sapato que correspondia a um pé muito pequeno". É fama que o Supremo Ditador tinha as mãos e os pés pequenos, pelo que se orgulhava muito como prova de boa linhagem; mas "muito pequeno" faz pensar em um menino.

»Não é pois conveniente, em meu julgamento, organizar esta homenagem nacional com a repatriação de restos de autenticidade tão duvidosa e discutida, como são os depositados atualmente no Museu Histórico Nacional de Buenos Aires. Os antecedentes de uma patranha ligada à caixa de macarrões do legionário Loizaga – conclui o Dr. Laconich –, mancharia inevitavelmente, neste caso, a homenagem à esclarecida memória do Prócer».

NOTA FINAL DO COMPILADOR

Esta compilação foi selecionada – mais honrado seria dizer surrupiada – de umas vinte mil pastas, éditos e inéditos; de outros tantos volumes, folhetos, periódicos, correspondências e toda sorte de testemunhos ocultos, consultados, espigados, espiados, em bibliotecas e arquivos privados e oficiais. Há que se agregar a isto as versões recolhidas nas fontes da tradição oral, e umas quinze mil horas de entrevistas gravadas em magnetofone, agravadas de imprecisões e confusões, a supostos descendentes de supostos funcionários; a supostos parentes e contra-parentes de O Supremo, que se orgulhou sempre de não ter nenhum; a epígonos, panegiristas e detratores não menos supostos e nebulosos.

Já terá sido advertido o leitor que, ao contrário dos textos usuais, este tem sido lido primeiro e escrito depois. Em lugar de dizer e escrever coisa nova, não fez mais que copiar fielmente o já dito e composto por outros. Não há pois na compilação uma só página, uma só frase, uma só palavra, desde o título até esta nota final, que não tenha sido escrita dessa maneira. "Toda história não contemporânea é suspeita", gostava de dizer O Supremo. "Não é preciso saber como nasceram para ver que tais fabulosas histórias não são do tempo em que se escreveram. Tanta diferença há entre um livro que faz um indivíduo e lança ao povo, e um livro que faz um povo. Não se pode duvidar então que este livro é tão antigo como o povo que o ditou".

Assim, imitando uma vez mais o Ditador (os ditadores cumprem precisamente esta função: substituir os escritores, historiadores, artistas, pensadores, etc.), o a-copiador declara, com palavras de um autor contemporâneo, que a história encerrada nesses Apontamentos *se reduz ao fato de que a história que nela devia ser narrada não foi narrada. Em consequência, os personagens e fatos que figuram neles ganharam, por fatalidade da linguagem escrita, o direito a uma existência fictícia e autônoma a serviço do não menos fictício e autônomo leitor.*

Apoiadores

O livro não seria possível sem os 1.000 apoiadores da campanha de financiamento coletivo realizada entre os meses de maio e junho na plataforma Catarse. A todos um grande obrigado da equipe Pinard.

Adilene Virginio Da Silva Costa
Adla Kellen Dionisio Sousa De Oliveira
Adonai Takeshi Ishimoto
Adriana Santos Da Paz
Adriane Cristini De Paula Araújo
Adriano Augusto Vieira Leonel
Adriano Luiz Gatti
Adrielly Cardoso
Ágabo Araújo
Aimê De Souza Abílio
Aisha Mendonça
Alba Elena Escalante Alvarez
Alberto Ferreira
Aleson Hernan Morais Dos Santos
Alessandra Cristina Moreira De Magalhaes
Alessandra Garcia
Alessandro Lima
Alex Bastos
Alexandre Galhardi
Alexandre Oliveira
Alexsmárcio Mariano
Alice Antunes Fonseca
Alice Campos Barbosa De Sena
Alice Emanuele Da Silva Alves
Alice M Marinho Rodrigues Lima
Aline Bona De Alencar Araripe
Aline Coutinho
Aline Helena Teixeira
Aline Khouri
Aline Santiago Veras
Aline T. K. Miguel
Alisson Guilherme
Allangomes
Alyne Rosa

Alyson Monteiro Barbosa
Amanda Cardozo
Amanda Carvalho
Amanda De Almeida Perez
Amanda Franco
Amanda Silva
Amanda Titoneli
Amanda Vasconcelos Brito
Amauri Caetano Campos
Amauri Silva Lima Filho
Ana Beatriz Aparecida
Costa Valle
Ana Beatriz Mauá
Ana Carolina Almeida
Manhães
Ana Carolina Bendlin
Ana Carolina Cassiano
Ana Carolina Cuofano
Gomes Da Silva
Ana Carolina De Almeida
Ana Carolina Macedo Tinós
Ana Carolina Ribeiro De
Moraes
Ana Carolina Wagner
Gouveia De Barros
Ana Claudia De Campos
Godi
Ana Cláudia F Terence
Ana Claudia Souza Barros
Ana Cristina Schilling
Ana Elisa De Oliveira
Medrado Drawin
Ana Farias
Ana Julia Candea
Ana Karine De Sousa Dantas
Ana Ligyan De Sousa
Lustosa Fortes Do Rêgo
Ana Lucia Da Silva Cunha
Ana Luisa Cruz
Ana Luísa Fernandes
Fangueiro
Ana Luisa Simões Marques
Ana Luiza Furtado
Ana Luiza Lima Ferreira
Ana Luiza Vedovato
Ana Paula Antunes Ferreira
Ana Paula Cecon Calegari
Ana Paula D' Castro
Ana Paula Gomes Quintela
Ana Paula Magalhães Dos
Santos
Ana Rosa
Ana Vitória Baraldi
Anaí Verona
Anamelia Bísparo Araujo
Anastacia Cabo
Anderson Luis Nunes Da
Mata
André Felipe De Souza
Nogueira
Andre Leone Mitidieri
André Luis De Oliveira
André Luis Machado
Galvão

André Luiz
André Luiz Dias De Carvalho
Andre Molina Borges
André Natalini Dalla
Andrea Carla Pereira Cavalcante
Andréa Knabem
Andrea Lannes Souza
Andrea Pereira
Andrea Vogler Da Silva
Andreia Hastenteufel
Andressa Merces Reis Silva
Angélica Ribeiro
Angélica Salado
Angelo Defanti
Anna Clara Ribeiro Novato
Anna Laura Gomes De Freitas
Anna Raissa Guedes Vieira
Anna Regina Sarmento Rocha
Anna Samyra Oliveira Paiva
Anna Teresa Penalber
Anne Novaes
Annie Figueiredo
Antonia Mendes
Antônio Carmo Ferreira
Antonio Vilamarque Carnauba De Sousa
Aparecida De Sousa Caldas
Aparecida Sardinha Sayão
Arianne Martins Borges
Arianni Ginadaio
Arthur Sentomo Gama Santos
Artur Pereira Cunha
Augusto Bello Zorzi
Augusto César
Augusto Lima De Freitas
Barbara Krauss
Barbara Salgueiro De Abreu
Bárbara Ximenes Vitoriano
Beatriz Astolphi
Beatriz Ayres
Beatriz De Araujo Mourão
Beatriz Fernandes Pipino
Beatriz Marouelli
Beatriz Mian
Bernardo De Castro
Berttoni Cláudio Licarião
Bete Brum
Bianca Da Hora
Bianca Ghiggino
Brenda Cardoso De Castro
Brenda Fernández
Breno Botelho Vieira Da Silva
Bruce Bezerra Torres
Bruna Antonieta Vieira
Bruna Cruz
Bruna Garrido
Bruna Helena Pereira Junqueira
Bruna Silveira
Bruna Traversaro
Brunno Victor Freitas Cunha
Bruno Brasil
Bruno Bucis Ribeiro Pereira

Bruno Capelas
Bruno Ferrari
Bruno Figueiredo Caceres
Bruno Fiuza
Bruno Henrique Cristal Claudino
Bruno Koga
Bruno Lins Da Costa Borges
Bruno Martins
Bruno Mattos
Bruno Miranda E Silva
Bruno Moulin
Bruno Novaes Bezerra Cavalcanti
Bruno Pinto Soares
Bruno Schoenwetter
Bruno Taveira Da Silva Alves
Bruno Velloso
Bruno Wanzeler Da Cruz
Caio Henrique Vicente Romero
Caio Pereira Coelho
Camila Barreto Bustamante Vincenti
Camila Dias
Camila Dias Do Nascimento
Camila Dos Santos Magalhães
Camila Martins Varão
Camila Menezes Souza Campelo
Camila Nascimento Maia
Camila Oliveira Giacometo
Camila Soares Lippi
Camila Szabo
Carina Moura Valença
Carla Cafaro Da Silva
Carla Curty Do Nascimento Maravilha Pereira
Carla Ribeiro
Carla Santos Zobaran Ferreira
Carlos Eduardo Azevedo Pimenta
Carolina Almeida Prado
Carolina Araújo
Carolina Cunha
Carolina De Oliveira Vieira
Carolina Delmaestro
Carolina Giglio
Carolina Giordano Bergmann
Carolina Rodrigues
Carolina Silva Miranda
Carolina Talarico
Carolina Vieira
Caroline Camargo Borba
Caroline Domingos De Souza
Caroline Rodrigues
Caroline Rodrigues Gonzalez
Caroline Santos Neves
Cássio Mônaco Da Silva Watanabe

Catarine Arosti
Catharina Mattavelli Costa
Catharino Pereira Dos Santos
Cátia Vieira Moraes
Cauê Bueno
Cecilia Lopes
Cecília Santos Costa
Celso Correa Pinto De Castro
Cesar Lopes Aguiar
Charles Cooper
Christian Lucas Cunha Silva
Christianne Pessoa
Cíntia Garbin
Cíntia Zoya Nunes
Clarice Mota
Claudia Avila Klein
Cláudia Lamego
Claudia Sarpi
Conrado Ros Peixoto
Crístian S. Paiva
Cristiane Weber/ Mônica Viana De Souza
Cristina Rieth
Cynara Pádua Oliveira
Cynthia Valória Conceição Aires
Cyntia Micsik Rodrigues
Dafne Takano Da Rocha
Daniel Baz Dos Santos
Daniel Cunha
Daniel Falkemback Ribeiro
Daniel Machado Dos Santos Maia
Daniel Melo Muller
Daniel Tomaz De Sousa
Daniela Balestrin
Daniela Cabral Dias De Carvalho
Daniela Da Rocha Lacerda Barros
Daniela Lêmes
Daniela Lilge
Daniela Maia
Daniele Alencar
Daniele Cristina Godoy Gomes De Andrade
Daniele Oliveira Damacena
Danielle Veras Pearce Marçal Lima
Danielle Yumi Suguiama
Danila Cristina Belchior
Danilo Albuquerque Mendes Castro
Danilo Panda Prado
Dannilo Pires Fernandes
Dario Alberto De Andrade Filho
Darla Gonçalves Monteiro Da Silva
Darwin Oliveira
Davi Oliveira Boaventura
Davi Ribas Novais

Débora Andrade
Débora Beck Machado
Débora Mayumi Kano
Debora Melo
Debora Sader
Deborah Marconcini Bittar
Denise Amazonas
Denise Maria Souza João
Denise Marinho Cardoso
Denise Veloso Pinto
Desidério De Oliveira Fraga Neto
Diego Domingos
Dieguito Azevedo
Dilma Maria Ferreira De Souza
Diogo De Andrade
Diogo Ferreira Da Rocha
Diogo Gomes
Diogo Neves
Diogo Souza Santos
Diogo Vasconcelos Barros Cronemberger
Dk Correia
Durmar Ferreira Martins
Edelvis Marta De Araujo Almeida
Edielton De Paula
Editora Moinhos Ltda
Edson Cordeiro Do Nascimento
Eduardo Almeida
Eduardo Crepaldi
Eduardo Da Mata
Eduardo Oikawa Lopes
Eduardo Rafael Miranda Feitoza
Eduardo Rodrigues Ferreira
Eduardo Sanches
Eduardo Vasconcelos
Eliana Maria De Oliveira
Elizabeth Diogo Gonçalves
Eliziane De Sousa Oliveira
Eloiza Cirne
Elton Alves Do Nascimento
Emanuel Fonseca Lima
Emanuela Régia De Sousa Coelho
Emanuella Maranatha Félix Dos Santos
Emerson Dylan Gomes Ribeiro
Emile Cardoso Andrade
Emmanuel Feliphy
Erica Vanessa Soares Mourão
Erika Brunelli
Erika Neves Barbosa
Estante Compartilhada
Ester Nunes
Evandro José Braga
Eveline Barros Malheiros
Evillasio Villar
Ewerton José De Medeiros Torres

Fabiana Alves Das Neves De Araújo
Fabiana Bigaton Tonin
Fabiana Cristina De Oliveira
Fabiana De Souza Azevedo
Fabiana Elicker
Fabiano Costa Camilo
Fabiele Cristina Santos Costa
Fábio Alexandre Silva Bezerra
Fabio Batista
Fábio Mariano
Fábio Sousa
Fátima Luiza
Fátima Pessoa
Felipe Cuesta
Felipe Da Silva Mendonça
Felipe De Lima Da Silva
Felipe De Sousa Almeida
Felipe Esrenko
Felipe Junnot Vital Neri
Felipe Pierro
Felipe Rufino Pinto Da Luz
Fernanda Alves
Fernanda Costa
Fernanda Da Conceição Felizardo
Fernanda Nogueira Gonçalves Lupo
Fernanda Palo Prado
Fernanda Savino
Fernanda Silva De Moraes
Fernanda Taveira
Fernando Bueno Da Fonseca Neto
Fernando Cantelmo
Fernando Cesar Tofoli Queiroz
Fernando Crispim Ferreira
Fernando De Azevedo Alves Brito
Fernando José Da Silva
Fernando Luz
Fernando Simoes
Flavia Furtado De Mendonça
Flora Fernandes De Oliveira
Francisco Alberto Menezes De Arruda
Francisco Alexsandro Da Silva
Francisco De Assis Rodrigues
Francisco Espasandin Arman Neto
Fred Vidal Santos
Gabriel Cardoso Coutinho Vieira
Gabriel Castorl Barroso
Gabriel Da Matta
Gabriel Dias
Gabriel Pinheiro

Gabriel Silva Marques Borges
Gabriel Silvério
Gabriel Trindade Silva
Gabriela Braune
Gabriela Castanhari De Lima Costa
Gabriela Costa Mayer
Gabriela Martins De Arruda
Gabriela Melo
Gabriela Moraes
Gabriela Salvarrey
Gabriely Ribeiro Mendonça
Geórgia Fernandes Vuotto Nievas
Georgia Schmitz
Geraldo Penna Da Fonseca
Germana Lúcia Batista De Almeida
Gerzianni Fontes
Geth Araújo
Gicarlos Oliveira Dourado
Gildeone Dos Santos Oliveira
Giovana Pancheri
Giovania
Giovanna Fernanda Gregório
Giovanna Fiorito
Giovanni Orso
Gisela De Lamare De Paiva Coelho
Gisele Souza Neres
Gislane Amoroso Oberleitner
Glaucia Dos P L R Alaves
Graciela Foglia
Graziele Luques Wagner Oliveira
Guido Collino Neto
Guilherme Bacha De Almeida
Guilherme Fernandes De Melo
Guilherme Melo
Guilherme Onofre Alves
Guilherme Pinheiro
Guilherme Priori
Guilherme Silva
Guilherme Silva Rodrigues
Guilherme Stoll Toaldo
Guilherme Torres Costa
Gustavo Bueno
Gustavo Gomes Assunção
Gustavo Jansen De Souza Santos
Gustavo Maia
Gustavo Peixoto
Gustavo Stephani Pimenta
Hádassa Bonilha Duarte
Helder Lara Ferreira Filho
Helder Lima Leite
Helena Bonilha De Toledo Leite

Helena Coutinho
Helena Kober
Helenilda Oliveira
Helton Lima
Heniane Passos Aleixo
Henrique Barbosa Justini
Henrique Carvalho Fontes Do Amaral
Henrique De Oliveira Rezende
Henrique Dos Santos
Henrique Fraga
Henrique Santiago
Herivelton Cruz Melo
Hítalo Tiago Nogueira De Almeida
Hitomy Andressa Koga
Hugo César Rocha De Paiva
Hugo Rodrigues Miranda
Iago Silva De Paula
Iara Franco Schiavi
Igor Aoki
Igor Medeiros
Ilidiany Cruz Melo
Inaê Oliveira
Inez Viana
Ingrit Tavares
Ioannis Papadopoulos
Isa Lima Mendes
Isa Northfleet
Isabel Lauretti
Isabela Cristina Agibert De Souza
Isabela Dantas
Isabela Dos Anjos Dirk
Isabela Flintz
Isabela Rodriguez Copola
Isabella Miquelanti Pereira
Isabella Noronha
Isadora Soares
Italo Lennon Sales De Almeida
Itamar Torres Melo
Ivandro Menezes
Iven Bianca Da Cunha Carneiro
Izabel Cristina Ribeiro
Izabel Lima Dos Santos
Izabel Maria Bezerra Dos Santos
Izabela Batista Henriques
Jade Felicio Vidal
Jairo Barbosa Dos Reis
Jalusa Endler De Sousa
James Cruz Santos
Jamilly Izabela De Brito Silva
Janaína De Souza Roberto
Janiel Alves De Lima
Janine Bürger De Assis
Janine Pacheco Souza
Janine Soarea De Oliveira
Janine Vieira Teixeira
Jean Ricardo Freitas
Jeferson Bocchio
Jelcy Rodrigues Correa Jr
Jessé Santana De Menezes

Jéssica Caliman
Jéssica Jenniffer Carneiro De Araújo
Jéssica Mantovani
Jéssica Santos
Jéssica Vaz De Mattos
Joabe Nunes
Joana Garfunkel
João Alexandre Barradas
João André
João Felipe Furlaneti De Medeiros
João Fidélis Salles
João Lúcio Xavier
Joao Paulo De Campos Dorini
João Pedro Cavaleiro Dos Reis Velloso
João Pedro Fahrion Nüske
João Vianêis Feitosa De Siqueira
Joaquim Marçal Ferreira De Andrade
Joelena De Brito Santos
Joeser Silva
Jonas Vinicius Albuquerque
Jorge Caldas De Oliveira Filho
José Antônio De Castro Cavalcanti
José Antonio Veras Júnior
José Carlos Barbosa Neto
José De Arimatéia Dos Santos Amorim
José De Carvalho
Jose Flavio Bianchi
José Guilherme Pimentel Balestrero
José Henrique Lopes
José Lucas Santos Carvalho
José Mailson De Sousa
Jose Paulo Da Rocha Brito
Jose Roberto Almeida Feitosa
Joyce K. Da Silva Oliveira
Juan Manuel Wissocq
Júlia Minichelli
Julia Mont Alverne Martins
Julia Salazar Matos
Juliana Albers
Juliana Baeta
Juliana De Castro Sabadell
Juliana Gonçalves Pereira
Juliana Lima Damasceno
Juliana Maria Ascoli
Juliana Marins De Oliveira Pereira
Juliana Nascimento Peres

Juliana Nasi
Juliana Ribeiro Alexandre
Juliana Salmont Fossa
Juliana Silveira
Juliana Soares Madeira
Juliane Garcia
Juliano Meira Santos
Juliano Roberto De Oliveira Lima
Júlio Cadó
Junia Botkowski
Kamila Moreira Bellei
Karina Aimi Okamoto
Karina Müller
Karina Pizeta Brilhadori
Karinna Julye Checchi
Karla Galdine De Souza Martins
Karyn Meyer
Katia Noriko Yamada Tajima
Katielly Santana Lúcio Da Costa
Kevynyn Onesko
Lady Sybylla
Lailah Pires Rodrigues
Laís Vitória Nascimento
Laise Pessoa Da Silva
Landiele Chiamenti De Oliveira
Lara Almeida Mello
Lara Maria Arantes Marques Ferreira
Lara Niederauer Machado
Lara P. Teixeira
Lara Soares D Aurea
Lara Vilela Vitarelli
Larissa Andrade
Larissa De Almeida Isquierdo
Larissa De Andrade Defendi
Larissa De Oliveira Pedra
Larissa Yamada
Laura Ferreira
Laura Hanauer
Laura Nicolela Giordano Leme
Layssa Souza
Leandro De Proença Lopes
Leandro Ramos Rodrigues
Leila Brito
Leila Cardoso
Leila Silva
Leíza Rosa
Leonardo Pires Nascimento
Leonardo Ribeiro Costa
Lethycia Santos Dias
Leticia Aguiar Cardoso Naves
Leticia Alves Da Silva
Leticia Consalter
Letícia Ferreira
Leticia Franco
Letícia Garozi Fiuzo
Letícia Paiva Silveira

Leticia Santos Guilhon Albuquerque
Letícia Simões
Letycia Galhardi
Levi Gurgel Mota De Castro
Lilian Monteiro De Castro
Lilian Vieira Bitencourt
Lionete De Sa
Lívia Magalhães
Lívia Revorêdo
Livraria E Editora Levante Ltda
Lizia Barbosa Rocha
Lorenna Silva Arcanjo Soares
Loriza Lacerda De Almeida
Luana Hanaê Gabriel Homma
Luana Perro Deister Machado
Lucas Bleicher
Lucas Carvalho De Freitas
Lucas De Jesus Santos
Lucas Josijuan
Lucas Lia
Lucas Lucena Favalli
Lucas Menezes Fonseca
Lucas Moraes
Lucas Perito
Lucas Rizzi
Lucas Silva Pires De Oliveira
Lucas Simonette
Lucas Sipioni Furtado De Medeiros
Lucas Teixeira
Lucas Yashima Tavares
Lucia Hansen Pacheco
Luciana Ferreira Gomes Silva
Luciana Figueiredo Prado
Luciana Harada
Luciana Lamblet Pereira
Luciana Maria Truzzi
Luciana Moraes
Luciana Morais
Luciana Ribeiro
Luciano Busato
Luciene Assoni Timbó De Souza
Ludmila Macedo Correa
Luis
Luís Henrique Da Cunha Marinho
Luisa Bissoni De Souza
Luisa Muller
Luisa Müller Cardoso
Luiz Antônio Correia De Medeiros Gusmão
Luiz Antonio Rocha
Luiz Felipe Dias De Souza
Luiz Guilherme De Oliveira Puga
Luiz Kitano
Luíza Dias
Luiza Leaes Dorneles

Rodrigues
Luiza Nunes Corrêa
Luize Ribas
Lvpvs Voltolini
Lygia Beatriz Zagordi
Ambrosio
Mabe Galvao
Maira Andrea Tanoue Batista
Maira Ferraz
Maíra Leal Corrêa
Marcal Justen Neto
Marcella Farias Chaves
Marcelle De Saboya Ravanelli
Marcelle Machado Leitão
Marcelle Marinho Costa De
Assis
Marcelle Soares
Marcelo Bueno Catelan
Marcelo Gabriel Da Silva
Marcelo Mendes Rosa
Marcelo Rufino Bonder
Marcelo Scrideli
Marcia A Beraldo
Márcia Bohrer Mentz
Marcia De Sousa Gomes
Marcia Goulart Martins
Marcia Kooh Rodrigues
Marcia Regina Dias
Márcia Zanon
Márcio Da Silva Barros
Marcio Jose Pedroso
Márcio Paulo Veloso Ferreira
Marco Aurélio Bastos De
Macedo
Marco Medeiros
Marco Polo Portella
Marco Severo
Marconi Soares De Moura
Marcos Bezerra Nunes
Marcos Germano
Marcus Vinicius De Souza
Dionizio
Marcus Vinícius Nascimento
Reis
Mari Fátima Lannes Ribeiro
Maria Antonieta Rigueira
Leal Gurgel
Maria Aparecida Cunha
Oliveira
Maria Beatriz Perrone
Kasznar
Maria Cecília Carneiro
Fumaneri
Maria Celina Monteiro
Gordilho
Maria Clara Nunes
Maria Cristina Machry Verza
Maria Cristina Vignoli
Rodrigues De Moraes
Maria Da Consolação Viana
Maria De Nazare Teixeira
Goes
Maria Do Rosário Da Silva
Maria Eduarda Mesquita

Maria Eduarda Souza De Medeiros
María Elena Morán Atencio
Maria Elenice Costa Lima Lacerda
Maria Elisa Noronha De Sá
Maria Fernanda Ceccon Vomero
Maria Fernanda Oliveira
Maria Góes
Maria Helena Mendes Nocetti
Maria Kos Pinheiro De Andrade
Maria Martins
Maria Paula Villela Coelho
Maria Santos
Mariana Andrade
Mariana Barreto
Mariana Dal Chico
Mariana De Moura Coelho
Mariana De Petribú Araujo
Mariana Freitas
Mariana Hetti Gomes
Mariana Knorst Maciel
Mariana Martins
Mariana Moro Bassaco
Mariana Rosell
Mariana Velloso
Marianne Maciel De Almeida
Marina Carneiro Oliveira
Marina Dieguez De Moraes
Marina Fraga Duarte
Marina Franco Mendonca
Marina Landherr
Marina Lazarotto De Andrade
Marina Tarabay
Maríndia Brites
Marise Correia
Marjorie Sommer
Marriete Morgado
Mateus Cogo Araújo
Matheus Cruz Da Silva
Matheus De França Chagas
Matheus Goulart
Matheus Lolli Pazeto
Matheus Sanches
Matheus Silveira
Mauricio Micoski
Mauro Bessa
Mauro Cristiano Morais
Mayandson Gomes De Melo
Mellory Ferraz Carrero
Melly Fatima Goes Sena
Meriam Santos Da Conceicao
Michele Rasche
Micheli Andrea Lamb
Micheline Ferreira
Michelle Medeiros
Michelle Miranda Lopes
Michelle Rehder
Miguel Gualano De Godoy

Milena Batalha
Mirella Maria Pistilli
Miriam Borges Moura
Miriam Paula Dos Santos
Mirian Lipovetsky
Miro Wagner
Mônica Geraldine Moreira
Monica Teodoro De Moura
Monick Miranda Tavares
Moniege Almeida
Morgana Pinto Amaral
Murilo Martins Salomé
Murilo Sarabanda
Mylena Cortez Lomônaco
Naína Jéssica Carvalho
Araújo
Nalu Aline
Nanci De Almeida Sampaio
Nanci Lemos
Nara Oliveira
Natália Alves Dos Santos
Natália Trindade De Sousa
Natalya Oliveira Coelho
Natasha Karenina
Natasha Lobo
Natasha Mourão
Natacha Ribeiro Hennemann
Nathalia Costa Val Vieira
Nathália Fernandes G
Machado
Nathalia Lippo
Nathália Mendes
Nathalia Nogueira Maringolo
Nathalya Porciuncula Rocha
Nathane Chrystine Dovale
Cunha
Nayara Suyanne Soares
Costa
Nicalle Stopassoli
Nicolas Guedes
Niége Casarini Rafael
Nielson Saulo Dos Santos
Vilar
Nikolas Maciel Carneiro
Nilton Resende
Nina Araujo Melo Leal
Norma Venancio Pires
Núbia Esther De Oliveira
Miranda
Odacir Gotz
Odinei Alexandre
Opmichelli Opmichelli
Orlando Nunes De Amorim
Osvaldo S Oliveira
Otavio Turcatti
Pacheco Pacheco
Paloma Soares Lago
Pamela Cristina Bianchi
Pâmella Arruda Oliveira
Pamina Rodrigues
Paola Borba Mariz De
Oliveira
Parada Literária
Patricia Rudi

Pattrick Pinheiro
Paula Franco
Paula Mayumi Isewaki
Paula Rutzen
Paulo Berti
Paulo Lannes
Paulo Olivera
Paulo Sergio Muller
Pedro B. Rudge Furtado
Pedro Carvalho E Silva
Pedro Cavalcanti Arraes
Pedro Couto
Pedro Fernandes
Pedro Figueiredo
Pedro Figueredo Durao
Pedro Gabriel Neves De Aquino
Pedro Henrique Gomes
Pedro Henrique Lopes Araújo
Pedro Henrique Müller
Pedro Marques
Pedro N. P. L. E. Esanto
Pedro Pacifico
Pedro Ricardo Viviani Da Silva
Pedro Sander
Pedro Torres
Poliane Dos Passos Almeida
Pompéia Carvalho
Pricilla Ribeiro Da Costa
Priscila Couto Ilha
Priscila Miraz De Freitas
Grecco
Priscila Sintia Donini
Priscila Six
Prosas E Algo Mais -
Fran Borges
Queniel De Souza Andre
Rafael Bassi
Rafael Icassatti
Rafael José Oliveira
Ofemann
Rafael Müller
Rafael Padial
Rafael Phelippe
Rafael S
Rafael Theodor Teodoro
Rafaela Altran
Rafaela De Melo
Rolemberg
Rafaela Gil Ribeiro
Rafaela Junqueira De
Oliveira
Rafaela Montefusco
Rafaella A. F. Bettamio
Raimundo Neto
Raissa Barbosa
Ramilli De Araújo
Pegado
Raphael Da Silva
Santos
Raphael Demoliner
Schizzi
Raphael Frederico

Acioli Moreira Da Silva
Raphael Peixoto De Paula Marques
Raphael Scheffer Khalil
Raphael Seabra
Raphael Vicario
Raphaela Vidotti Ruggia Vieira
Raquel Mattos
Raquel Nogueira R Falcão
Raquel Silva Maciel
Raul Frota
Rayanne Pereira Oliveira
Rebeca Silva Dos Reis
Regina Kfuri
Renan Keller
Renata Aloise
Renata Bossle
Renata Oliveira Silva
Renata Sanches
René Duarte
Ricardo Braga Brito
Ricardo Fernandes
Ricardo Munemassa Kayo
Ricardo Rodrigues
Rickson Augusto
Roberson Guimaraes
Roberta De Sousa Santos
Roberta Fagundes Carvalho
Roberta Lima Santos
Robson Barros
Rochester Oliveira Araújo
Rodrigo Facchinello Zago Ferreira
Rodrigo Leandro Dalla Mutta De Menezes
Rodrigo Mutuca
Rodrigo Novaes
Rodrigo Pereira
Rodrigo Rocha
Rodrigo Rudi De Souza Gutierres
Rodrigo Souza
Rodrigo Ungaretti Tavares
Rodrigo Valente
Rogério Mendes
Rogerio Menezes De Moraes
Rogerio Santana Freitas
Romulo Cabral De Sá
Romulo Valle Salvino
Roney Vargas Barata
Rosa Juliana Costa
Rosana Vinguenbah Ferreira
Ruben Maciel Franklin
Rui Cruz
Sabrina Barros Ximenes
Sabrina Jacques
Samantha Da Silva Brasil
Samir Eid Pessanha
Samuel Joaquim Rezondo Lima
Samuely Laurentino

Sandra Rúbia
Sanndy Victória Freitas
Franklin Silva
Sergio Klar Velazquez
Sergio Luis Mascarenhas
Serivaldo Carlos De Araujo
Sheila Jacob
Sheila Shirlei Zegarrundo Arcaya
Silvana S. Lima
Silvia Massimini Felix
Silvia Naschenveng
Simone Da Silva Ribeiro Gomes
Simone De Oliveira Fraga
Simone Kneip De Sá
Simone Lima
Simone Marluce Da Conceição Mendes
Sine Nomine Sbardellini
Sizue Itho
Solange Kusaba
Solon Jose Ramos Neto
Sonia Aparecida Speglich
Sophia Bianchi De Melo Cunha
Stefania Dallas G B Almeida
Stella Bruna Santo
Stephanie Lorraine Gomes Reis
Stephany Tiveron Guerra
Suelen Nogueira Costa
Suely Abreu De Magalhães Trindade
Sulaê Tainara Lopes
Suzana Cunha Lopes
Tadeu Meyer Martins
Taiane Santi Martins
Tânia Maria Florencio
Tania Ribeiro
Tania Toledo
Tati Frogel
Tatiana Bonini
Tatiana De Aquino Mascarenhas
Tatiana Junger
Tereza Cristina Santos Machado
Tereza Maciel Lyra
Tereza Raquel Pereira Da Costa
Thainá Lorrane Dos Santos Moraes
Thainá Trindade
Thaís Campolina Martins
Thaís Molica
Thais Sangali
Thais Terzi De Moura
Thales Veras Pereira De Matos Filho
Thamiris De Santana
Thenisson Santana Doria
Thiago Almicci

Thiago Augusto Moreira Da Rosa
Thiago Barsalobres Bottaro
Thiago Camelo Barrocas
Thiago De Oliveira Soares
Thiago De Souza Rodrigues
Thiago Lopez Pauzeiro
Thiago Rabelo Maia
Tiago Buttarello Lima
Tiago Mitsuo
Tiago Nogueira De Noronha
Uiny Manaia
Valesca Vedam
Valquiria Gonçalves
Vanessa Coimbra Da Costa
Vanessa França Simas
Vanessa Huenerwadel
Vanessa Menezes Duarte
Vanessa Panerari Rodrigues
Vanessa Pipinis
Vanessa Ramalho Martins Bettamio
Verônica Meira
Verônica Vedam
Victor Cruzeiro
Victor De Barros Rodrigues
Victor Gabriel Menegassi
Victor Hugo Siqueira
Victor Otávio Tenani
Victoria Bowman-Shaw
Victória Correia Do Monte
Victoria Giroto
Victória Gomes Cirino
Vinicius Barboza
Vinicius Eleuterio Pulitano
Vinícius Hidemi Furucho
Vinicius Lazzaris Pedroso
Vinicius Lourenço Barbosa
Vinícius Ludwig Strack
Violeta Vaal Rodríguez
Vítor Domingues
Vitor Gambassi
Vitor Kenji De Souza Matsuo
Vitor Mamede
Vitor Yeung Casais E Silva
Vitória Benatti
Vivian Osmari Uhlmann
Viviane Monteiro Maroca
Viviane Poitevin Mélega Dias
Viviane Tavares Nascimento
Wandréa Marcinoni
Wanessa Cristina Ribeiro De Sousa
Wanessa Gabriela Rodrigues Ferreira
Wasislewska Ramos
Wellington Furtado Ramos
William Hidenare Arakawa
William Santana Damião
Willian Vanderlei Meira
Wilma Suely Ribeiro Reque

Coleção Prosa Latino-americana

Originária do latim, a palavra *prosa* significa o discurso direto, livre por não ser sujeito à métricas e ritmos rígidos. Massaud Moisés a toma como a expressão de alguém que se dobra para fora de si e se interessa mais pelos outros "eus", pela realidade do mundo exterior. A prosa está no cotidiano, no rés do chão, nas vizinhas que conversam por cima do muro, nos parentes que plantam cadeiras nas calçadas para tomar ar fresco e ver a vida lá fora. Se ouvimos dois dedos de prosa, já sabemos que estamos em casa. Em "Las dos Américas", escrito em 1856, o poeta colombiano José María Torres Caicedo apresenta pela primeira vez a ideia de latino-americano ao falar de uma terra merecedora de futuro glorioso por conter "um povo que se proclama rei". Hoje o termo diz respeito a todo o território americano, exceto os Estados Unidos, abrangendo os 12 países da América do Sul, os 14 do Caribe, os 7 da América Central e 1 país da América do Norte. É a nossa casa. Dona de uma literatura rica pela diversidade, mas ainda com muitos títulos desconhecidos pelos leitores brasileiros, a prosa latino-americana vem composta pelos permanentes ideais de resistência, sendo possuidora de alto poder de contestação, dentro de uma realidade que insiste em isolá-la e esvaziá-la. Com esta coleção cumpre-se o objetivo de ampliar nosso acervo de literatura latino-americana, para corrermos e contemplarmos a casa por dentro, visitá-la em estâncias aconchegadas, de paredes sempre sempre bem revestidas.

1. Dona Bárbara, de Rómulo Gallegos
2. O aniversário de Juan Ángel, de Mario Benedetti
3. A família do Comendador, da Juana Manso
4. Homens de Milho, de Miguel Ángel Asturias
5. Eu o Supremo, de Augusto Roa Bastos

Título original: *Yo El Supremo*

Grafia atualizada segundo o Acordo Ortográfico da Língua Portuguesa de 1990, que entrou em vigor no Brasil em 2009

EDIÇÃO
Igor Miranda e Paulo Lannes
TRADUÇÃO E APRESENTAÇÃO
André Aires
ASSISTENTE DE TRADUÇÃO
Eliz Oliveira
CONSULTORIA DE TRADUÇÃO
Mario Ramão Villalva Filho
REVISÃO
Ana Rossi
COMUNICAÇÃO
Paulo Lannes e Pedro Cunha
CAPA E PROJETO GRÁFICO
Luísa Zardo

DADOS INTERNACIONAIS DE CATALOGAÇÃO NA PUBLICAÇÃO (CIP)

Bastos, Augusto Roa, 1917-2005
Eu o Supremo / Augusto Roa Bastos;
tradução André Aires. — 1. ed. — São Paulo: Pinard, 2022

ISBN 978-65-995810-5-2

1. Ficção paraguaia I. Título.

CDD Pa863

Catalogação na fonte:
Aline Graziele Benitez (CRB 1/3129)

PINARD

contato@pinard.com.br
instagram - @pinard.livros

A TODOS QUE FAZEM O BOM USO DA DEMOCRACIA E LUTAM CONTRA A TIRANIA DOS AUTORITÁRIOS

@pinard.livros

Impresso em setembro de 2022, durante a pandemia do coronavírus. Neste momento, o número de mortos passa de 19 mil no Paraguai e de 680 mil no Brasil.

Composto em
HK GOTHIC E DANTE

Impressão
GRÁFICA PALLOTTI

Papel
LUX CREAM 70g